毛泽东读四大名著

◎董志新 著

读《红楼梦》

北方联合出版传媒（集团）股份有限公司
万卷出版公司

ⓒ 董志新 2011

图书在版编目（CIP）数据

毛泽东读《红楼梦》/董志新著．— 沈阳：万卷出版公司，2011.1（2021.5重印）
（毛泽东读四大名著）
ISBN 978-7-5470-1299-4

Ⅰ．①毛…　Ⅱ．①董…　Ⅲ．①毛泽东（1893～1976）—评论—红楼梦　Ⅳ．①A841.691②I207.411

中国版本图书馆CIP数据核字（2010）第220845号

出 品 人：王维良
出版发行：北方联合出版传媒（集团）股份有限公司
　　　　　万卷出版公司
地　　址：沈阳市和平区十一纬路29号　邮编：110003
印 刷 者：辽宁新华印务有限公司
经 销 者：全国新华书店
幅面尺寸：170mm×240mm
字　　数：480千字
印　　张：28.5
出版时间：2011年1月第1版
印刷时间：2021年5月第3次印刷
责任编辑：王会鹏　齐丽丽
封面设计：刘萍萍
版式设计：徐春迎
责任校对：高　辉
ISBN 978-7-5470-1299-4
定　　价：78.00元

联系电话：024-23284442
邮购热线：024-23284050
传　　真：024-23284448

常年法律顾问：李福　版权专有　侵权必究　举报电话：024-23284090
如有质量问题，请与印务部联系。联系电话：024-31255233

内容提要

毛泽东曾经说过：《红楼梦》是中国的"第五大发明"。可见这部千古名著在他心目中的分量和在文学史、文化史上的地位。

《毛泽东读〈红楼梦〉》是一部研究和介绍毛泽东解读《红楼梦》的情况和经验的学术专著，也是一部有着填补学术空白意义的新著。

本书作者在较为充分占有研究资料的情况下，对毛泽东珍爱红楼遗产，痴迷阅读小说文本，多角度评论其思想和艺术，巧妙运用红楼典故于生活实际，热情关怀和关注红学人物成长，带动20世纪下半叶红学的波浪式发展和持续繁荣，创立区别于旧红学索隐派和新红学考证派的新的红学流派，深刻广泛地影响红学史的发展方向，等等史实情况，都做了翔实具体的介绍和见解独到的评论。

全书内容划分为五个单元：第一单元是毛泽东对《红楼梦》文本的阅读，对小说作者家世和生平、思想和艺术才能、文学创作实践（即所谓"曹学"）的评说。第二单元是毛泽东对《红楼梦》在文学史上地位的判定，以及对阅读文本经验的概括。第三单元是毛泽东对《红楼梦》思想性和艺术性的多层面多角度的评论阐扬。第四单元是毛泽东对《红楼梦》人物形象的漫议、鉴赏和征引。第五单元是毛泽东对《红楼梦》故事典故、词语典故思想内容的发掘、借鉴和引用。本书全面展示了毛泽东解读《红楼梦》的新鲜经验和独到见解，探讨了毛泽东在红学发展史上应有的独特地位。

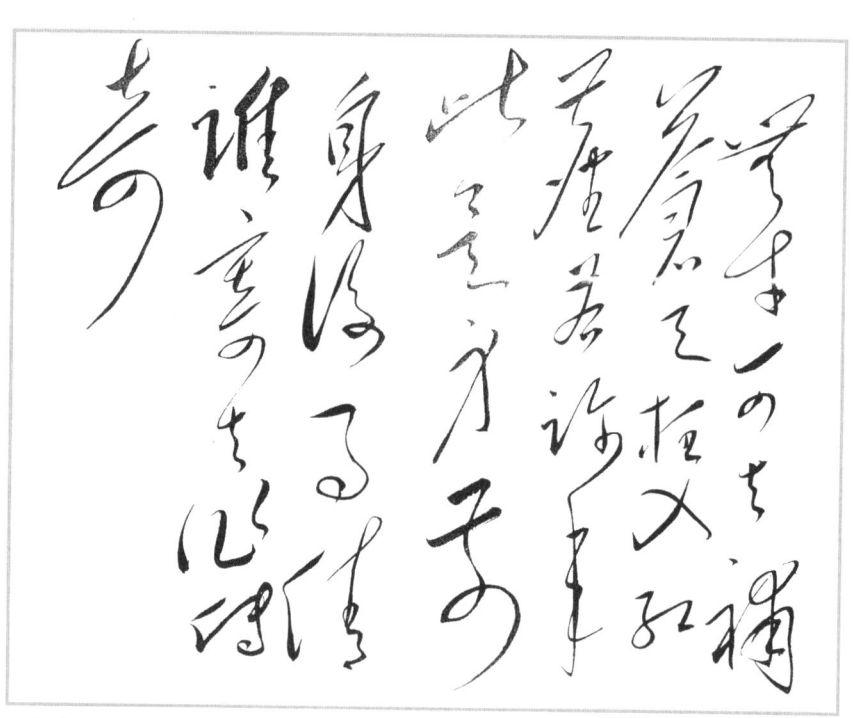

毛泽东手书《红楼梦》句

曹雪芹 红楼梦 第一回 句 无才可去补苍天,枉入红尘若许年;此是身前身后事,倩谁寄[记]去作传奇[奇传]?

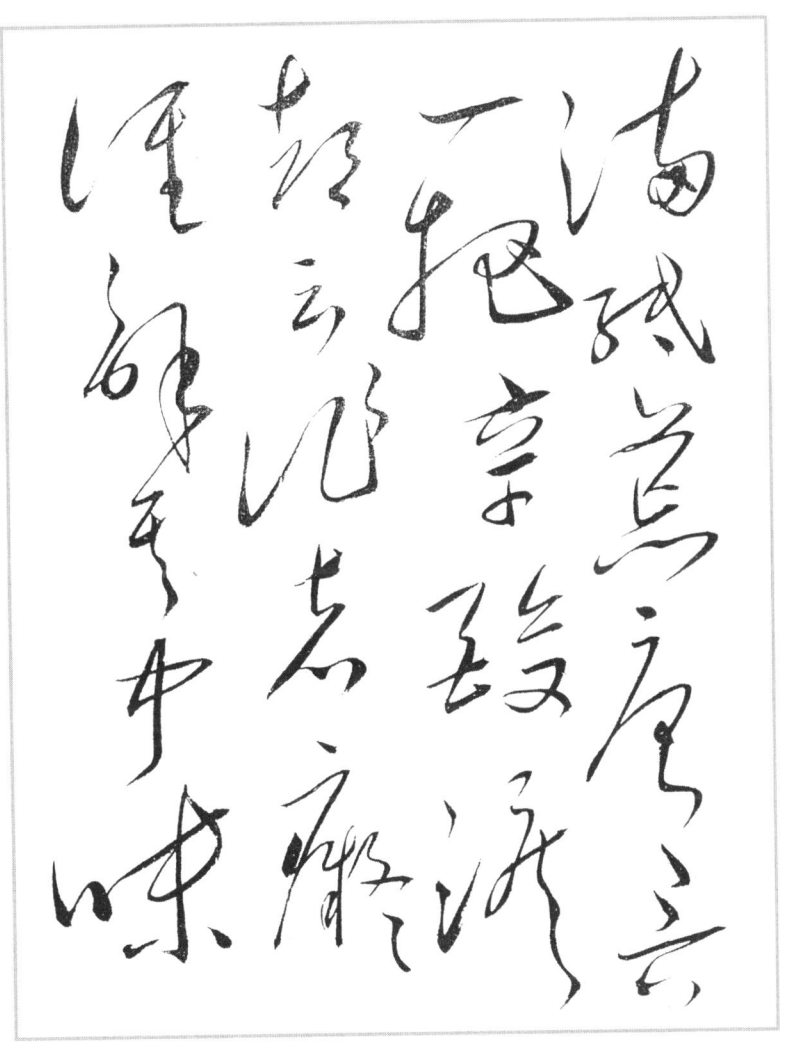

毛泽东手书《红楼梦》句

曹雪芹　红楼梦　第一回　句　满纸荒唐言，一把辛酸泪！都云作者痴，谁解其中味？

目 录

毛泽东与红楼遗产（自序）
——毛泽东派红学的历史地位　001

他自己说读了十几遍（文本阅读之一）
《红楼梦》就是在一师学的　001
口袋里装着，书架上放着　003
恰到好处的引证　005
线装本·石刻本·精装本　006
他能背《红楼梦》中很多诗词　009

你们都要看看《红楼梦》（文本阅读之二）
"《红楼梦》可以读"　012
"这些书不看是不行的"　014
"一定要精读《红楼梦》"　016
"你去读《红楼梦》吧"　017

对《红楼梦》发表了许多精辟见解（文本阅读之三）　026

家境不衰写不出《红楼梦》（曹学之一）　029
曹雪芹就生活在那个时代　029
你是曹雪芹的同乡嘛　034
曹雪芹的家是在雍正手里衰落的　036
雍正时代兴"文字狱"　040
家境不衰写不出《红楼梦》　044

曹雪芹还是想补天的（曹学之二） 049
曹雪芹只是个拔贡 049
因为有一肚子火气才写《红楼梦》 053
多才多艺的伟大作家 057
曹雪芹还是想补天的 060

"曹雪芹的民主文学"（曹学之三） 066
"曹雪芹的民主文学" 066
曹雪芹的脂粉气比先生浓得多 071
写一部"像《红楼梦》那样的书" 075

在文学上有部《红楼梦》（阅读感悟之一） 078
在"位置是不很高的"七字旁画了个大问号 078
中国古代小说写得最好的一部 084
在文学上有部《红楼梦》 086
对世界的三大贡献 089

看五遍才有发言权（阅读感悟之二） 092

要读后面的部分（阅读感悟之三） 098

我是把它当历史读的（阅读感悟之四） 104
我是把它当历史读的 104
写的是很精细的社会历史 107
当作历史材料来学是有益的 110

不读《红楼梦》就不懂封建社会（阅读感悟之五） 111

顶好的社会政治小说（红楼思想之一） 117

《红楼梦》写"四大家族"（红楼思想之二） 123
《红楼梦》是描写"四大家族"的 124
主要是写四大家族统治的历史 126
可以看出家长制的不断的分裂 128
借"四大家族"兴衰揭示封建制度腐朽 130

第四回是个总纲（红楼思想之三） 134

它是讲阶级斗争的（红楼思想之四） 144
  它是讲阶级斗争的 145
  一部形象的阶级斗争史 150
  只有用阶级分析才能读懂《红楼梦》 152
  都白白地断送了性命 155

关于爱情掩盖政治（红楼思想之五） 160
  谈情说爱与两派斗争 160
  才子佳人与四大家族 162
  当作色情书看待不公道 164
  "吊膀子"是掩盖政治斗争的 166

同一人生观相互结合的爱情（红楼思想之六） 175
  《讲堂录》中的"意淫"说 175
  同一人生观相互结合的爱情 182
  为什么非林妹妹不可 187

《红楼梦》尊重女性（红楼思想之七） 192
  宝二哥说女人是水做的 192
  贾宝玉对这些人都是同情的 195
  写女奴"都写得好" 197

很早以前就有土地买卖（红楼思想之八） 200
  非"盗贼"去"抢田夺地" 200
  助长了农民留恋土地的心理 204
  写封建剥削只有一两处 206

《红楼梦》写得有点希望（红楼思想之九） 210

自道其现实主义创作方法（红楼艺术之一） 214
  作者自道其现实主义创作方法 214
  此回是现实主义最成功的范例 221
  没有实际经验写不出"认镫"二字 226

《金瓶梅》是《红楼梦》的老祖宗（红楼艺术之二） 229

通过家庭反映社会（红楼艺术之三） 237

用假语村言写出来（红楼艺术之四）　243

刘姥姥进大观园就是这么写的（红楼艺术之五）　250
　　宁荣二府与"小小之家"　251
　　刘姥姥进大观园就是这样写的　254
　　刘姥姥见凤姐一段"扯得开，收得回"　255

石头会说话呢（红楼艺术之六）　259

所有剧目与主旨切合（红楼艺术之七）　265
　　作者对戏曲极为熟悉　266
　　书中剧目为当时流行名剧　268
　　所用剧目与本旨切合　269

语言是古典小说中最好的（红楼艺术之八）　274
　　语言是古典小说中最好的　274
　　创造了好多文学语言呢　279
　　可以学习他的语言　282

而且人物性格各异（红楼艺术之九）　284

文学中的一个革命家（红楼人物·贾宝玉之一）　291
　　文学中的一个革命家　293
　　不满意封建制度的小说人物　295
　　他觉得女孩受压嘛　298

全不肯劳动的公子哥儿（红楼人物·贾宝玉之二）　301

是个很有头脑的女孩（红楼人物·林黛玉之一）　305
　　林黛玉不是四大家族的　305
　　是个很有头脑的女孩　308
　　林黛玉写的诗全能背下来　310

身上发出的一种香（红楼人物·林黛玉之二）　314
　　林黛玉身上发出的一种香　314
　　林妹妹自然不愿嫁给焦大　315
　　女同志不同于林黛玉　317

不学林黛玉　要学花木兰　319

凤姐这个人物写得好（红楼人物·王熙凤）　321
　　治世能臣　乱世奸雄　322
　　想办法积攒私房　326
　　凤姐这个人物写得好　327
　　当内务部长的材料　329

探春不过是代理（红楼人物·贾探春）　334
　　他们不喜欢探春　334
　　探春也当过家　337
　　您想让我当探春　339

荣国府的最高家长（红楼人物·贾母）　341
　　贾母是最高家长　341
　　我是《红楼梦》里的老夫人　343

刘姥姥是个典型的农民（红楼人物·刘姥姥）　346
　　知不知道刘姥姥这个人物　346
　　刘姥姥是个典型的农民　348
　　像刘姥姥借钱　352

敢把皇帝拉下马（征引运用之一）　355
　　张学良敢把老蒋拉下马　356
　　我是"敢把皇帝拉下马"的人　358
　　这是古人王熙凤说的　359
　　彻底的唯物论者就敢写　362
　　要有王熙凤"舍得一身剐"的精神　363

东风压倒西风（征引运用之二）　365
　　在路线上没有调和余地　366
　　目前形势的特点是东风压倒西风　368
　　东风已压西风倒　371
　　这是苏州姑娘林黛玉讲的　372
　　总结一个"东风压倒西风"　373
　　杜勒斯对"东风压倒西风"表示惊恐　374

东风要占优势　375
　　这一句不宜在这个时候讲　376
　　林黛玉有句话讲得好　377

不知大有大的难处（征引运用之三）　379
　　多次提起"大有大的难处"这句话　379
　　大国的事情也并不那么好办　381
　　美苏都碰到了许多困难　383
　　"大有大的难处"对我们特别有用　384

党员干部警惕受人包围（征引运用之四）　386

贾府运筹谋划者无人（征引运用之五）　391

没有不散的筵席（征引运用之六）　395

白茫茫大地真干净（征引运用之七）　399

其实各有各的心事（征引运用之八）　402

贾宝玉的命根与国民党的军队（征引运用之九）　410

主要参考文献资料　414

后记　419

丛书后记
　　——我这样写毛泽东读"四大名著"　423

毛泽东与红楼遗产

——毛泽东派红学的历史地位（自序）

《红楼梦》是"稗圣"曹雪芹留给世人的稀世文学珍品，是光彩夺目的世界级"文化国宝"，是永远值得国人骄傲的文化遗产。

因《红楼梦》而产生的红学，二十世纪得到长足的发展，成为中国学术中为全世界所瞩目的"三大显学"之一（另两门学问为甲骨学与敦煌学）。红学之所以成为"显学"，得力于三大红学流派的出现和推动。这三大红学流派，即以蔡元培为代表的旧红学索隐派、以胡适为代表的新红学考证派、以毛泽东为代表的现当代红学。三大红学流派以其不同的方式，都对红学的勃兴、繁盛和发展作出了贡献，而以毛泽东派红学贡献最大。

毛泽东具有自觉的文化遗产批判继承意识。早在延安时期，他就对这个问题有过睿智的思考、前卫的观点和清晰的表达，他说：

> "我们必须继承一切优秀的文学艺术遗产，批判地吸收其中一切有益的东西，作为我们从此时此地的人民生活中的文学艺术原料创作作品时候的借鉴。有这个借鉴和没有这个借鉴是不同的，这里有文野之分，粗细之分，高低之分，快慢之分。所以我们决不可拒绝继承和借鉴古人和外国人，哪怕是封建阶级和资产阶级的东西。"（《在延安文艺座谈会上的讲话》，《毛泽东选集》第3卷，人民出版社1991年6月版，第860页）

创立红学流派，继承红学遗产，推动红学发展，是毛泽东成功继承优秀文学艺术遗产的典型范例，其在新文化建设中的历史贡献有目共睹。

本书记载和分析毛泽东解读《红楼梦》的个案，亦即理解毛泽东红学思想的各个理论支撑点，这恰恰是毛泽东派红学的主导部分；本篇序文则是据此论述该学派的历史地位。

有作为才有地位，有贡献才有地位。毛泽东派红学对当代红学建设的多方面贡献是世所罕匹的，二十世纪红学史上应该有它显著的位置，应该重彩浓墨将其载入史册。正如杨光汉教授所说："注意：毛泽东也是一位红学家，而且是红学大家。谁写红学史而无视他的存在，决称不上是'科学的'。"（杨光汉：《红学与经学——论"红学"的定位之争》，《红楼梦学刊》1997年增刊，第107~108页）

杨光汉教授提请"注意"，是因为还有不承认毛泽东派红学历史地位的种种令人不解的议论和现象。肯定这个学派在红学史上的地位，还要讨论清楚一些问题：

第一，毛泽东派红学是不是一个独立的、成熟的学派？一般情况下，红学家、红学史家认为二十世纪给红学发展以巨大影响的红学流派主要有三大派别：一是索隐派，二是考证派，第三派的具体指向则有两个，有人指毛泽东派红学，有人指以王国维为代表的"小说批评派"。试图把毛泽东派红学纳入"小说批评派"的学者，在整体观照二十世纪红学流派的演变时，忽视了一个基本事实：近代红学"小说批评派"的开先河者王国维，其专著《红楼梦评论》发表于1905年，尽管王氏的研究有开创的意义，尽管王氏的学术价值今天可以重新定位，但是，王氏的研究直到二十世纪八十年代才被重新提起，中间七十余年不绝如缕，几无影响，这是不争的事实。让开创于二十世纪五十年代中期的毛泽东派红学去衔接与自身出现和发展没有什么内在联系的王氏"小说批评派"，这样的归类不知依据什么道理？似乎难于解释。其实，这种学术现象的出现，它的积极方面是对学界批评毛泽东派红学的学术缺失后的一种补救，是在更广阔历史背景下为毛泽东派红学寻求红学内在理论支持；它的消极方面则客观上否定了毛泽东派红学的学派独立性，把毛泽东派红学的海洋硬性溶入"小说批评派"的池水。毛泽东派红学是有个性的、独立的、成熟的红学流派。它在研究观念、研究方法、研究对象上有自身的特质，它在发生发展上有自身的轨迹。它不是红学中的一两个学术观点，而是一个较为完整的思想体系；不是红学队伍中的一两个学人，而是一个庞大的、传承递进的学术集团；不是影响一两天，而是影响较长的历史时期。总之，毛泽东派红学是有自身特殊性的、具备学派各种基本要素的、别的学派不可取代和容纳的成熟学派。

第二，毛泽东派红学的出现是不是一场"红学革命"。二十世纪七十年代末，美国耶鲁大学教授余英时发表《近代红学的发展与红学的革命——一个学术史的分析》一文，该文依据孔恩在《科学革命的结构》一书中提出的"典范"理论，论定近代红学研究史上的"索隐派"和"考证派"是"两个占主导地位而又相互竞争的'典范'。"余英时称毛泽东派红学为"封建社会阶级斗争论"，简称"斗争论"。余氏对近代红学发展史的考察，其理论基础或基本理念可称之为"典范论"，他对近代红学史各个学派的评论多有精彩之处，对二十世纪七十年代末刚刚走上思想解放之路的大陆红学界震动很大，不无启蒙启示意义。但是，其中对毛泽东派红学的论断，似可商榷。他说：

> "斗争论"对于《红楼梦》研究而言毕竟是外加的，是根据政治的需要而产生的。它不是被红学发展的内在逻辑所逼出来的结论。
>
> 我们必须承认，在摧破自传说方面，"斗争论"是有其积极意义的。但"斗争论"虽可称之为革命的红学，却不能构成红学的革命。（第二个"革命"取孔恩之义）其所以不能构成红学的革命，是因为它在"解决难题"的常态学术工作方面无法起示范的作用。更确切地说，它只是马克思主义的一般历史理论在《红楼梦》研究上的引申。换言之，这是一种借题发挥式的红学。既是借题发挥，则它的结论是否有效便不能单独取决于所借之题——即红学的内在标准，而必须取决于历史唯物论在清初社会史研究方面的整个成绩。这一层自然越出了我们的讨论范围之外。
>
> 到了五十年代，由于自传说"典范"本身的局限性，考证派实已成强弩之末。大陆上"斗争论"之适于此时崛起，正如海外索隐派的复活一样，是红学发展将要进入新的突破阶段的一种明确表示。（《近代红学的发展与红学的革命——一个学术史的分析》，《红楼梦研究文选》，华南师范大学出版社1988年4月版，第893、894页）

"典范论"在解释毛泽东派红学出现的历史动因时，使用了令人大感意外的"外加的"一词，而"外"是指"政治的需要"，所以它的结论是毛泽东派红学的产生不合"红学发展的内在逻辑"。也就是说，"典范论"既没给毛泽东派红学"准生证",也没给毛泽东派红学合法的"身份证"。毛泽东派红学不仅是"红外学",而且是"外红学"。这里无意中提出个衡量红学派别与红学关系的标准:因"政治的需要"而产生的红学流派对红学来说是"外加的"。可是,"近代红学的发展"明明白白地告诉人们,蔡元培索隐《红楼梦》是"吊明之亡,揭清之失",是实实在在的在搞"反清排满"的民族主义和民主革命;胡适考证《红楼梦》的初衷是借古典白话小说提倡白话文,推动文化革命,以适应五四运动提倡"德先生"和"赛先生"(科学与民主)的时代政治思潮。蔡氏索隐红学、胡氏考据红学的出现,不仅是一般"政治的需要",而且是社会大变革、大转型时期的"政治革命的需要"。那么,蔡、胡之论对于"《红楼梦》研究"来说,是不是也是"外加的"?!毛泽东派红学产生于大规模的阶级斗争行将结束的五十年代中期,它的出现直接原因是文化建设和文化整合的需要,"政治的需要"倒还在其次;仅就"政治的需要"而论,比之蔡胡两派红学还低了一个层次。同样的事情,同类的性质,单单把毛泽东派红学排除在外,至少有失学术公道吧!再者,说毛泽东派红学"不是被红学发展的内在逻辑所逼出来的结论",这个观点难于成立,且有自相矛盾、不合逻辑之嫌。上述引语中就有一段:"到了五十年代,由于自传说'典范'本身的局限性,考证派实已成强弩之末。大陆上'斗争论'之适于此时崛起……是红学发展将要进入新的突破阶段的一种明确表示"。从红学发展的历史演进来说,在考证派已成强弩之末并产生严重危机之时,毛泽东派红学适时崛起,应运而生,难道不是契合了"红学发展的内在逻辑"和顺应了时代学术思潮吗?既然承认这是红学发展"新的突破阶段",那么,如果这个"突破"带有质变的性质,毫无疑问就是红学革命。但是,"典范论"认为毛泽东派红学虽然可以"称之为革命的红学,却不能构成红学的革命",原因在于它只是一种"借题发挥式的红学"。即借"红学的内在标准"之题,去"发挥"历史唯物论。并进一步认为毛泽东派红学的结论"取决于历史唯物论在清初社会史研究方面的整个成绩",而这又越出了"讨论范围之外"。说来说去,毛泽东派红学之于红学是"外加的",因此依据"典范论"的标准(即孔恩的"革命"之义),不能看做是"红学的革命"。其实,衡量红学流派的出现是不是"红学革命",把孔恩以研究"科学革命"为对象的"典范论"作为尺子,本来就不可靠,比较稳妥的还是历史唯物论和唯物辩证法这把尺子。我们知道,事物有量变,有质变;质变决定两个事物之间的根本区别。毛泽东派红学的出现,并不是索隐派、考证派的量的增加和积累,也不是"小说批评派"的延伸和扩大，而是红学出现了一种新质，一种全新的形态。它对索隐派、考证派的否定，不是一两个学术观点的数量的否定，而是学派整体的质量的否定。它的根本标志是研究观念和研究方法不同于以往任何一个红学流派，即人们通常说的"马克思主义红学"（以马克思主义文艺理论和美学原则作指导研究《红楼梦》）。余英时教授也明白指出是"马克思主义的一般历史理论"或"历史唯物论"。在实践上，正如余氏所言，毛泽东派红学的最主要功绩是"在摧破自传说方面""有其积极意义"。尽人皆知，"自传说"是胡适派新红学的核心概念，"摧破自传说"已经从学术基石上瓦解了考证派。"自传说"是考证派胎里带来的病根，至今它仍然是学者们诟病考证派最为有力的根据。二十世纪的红学流派，"新红学"是对"旧红学"质的超越，毛泽东派红学是对"新红学"质的超越，这种红学内部的学术性变革，正体现了事物发展的"否定之否定"规律。如果这还不是红学革命，还能在红学领域举出超出这种学术变革的别的例证吗？

天津师范大学文学院赵建忠教授对近代红学各个流派颇有研究，他在《两百年来红学研究范式的转型与当代红学新批评视野的建构》一文中，认为毛泽东派红学（他使用的概念是"社会历史批评派红学"）是继"新红学"之后的"第二次红学革命"：

> 其实，着重对文本阐释的研究路向，早在上世纪五十年代就已经揭开了序幕，这就是以"典型论"为核心理论的社会历史批评派红学与胡适考证派红学的交锋。余英时在上引那篇文章中曾认为这种批评范式是"根据政治的需要而产生的，不是被红学发展的内在逻辑逼出来的"，所以"革命的红学"尚不能构成"红学的革命"，这种看法也还有商榷的余地。作为一种可能的研究视角和认知方法，"社会学"也并不外在于"红学"研究的内在逻辑，因为如果离开历史、社会而仅仅从作品本身去寻找答案，那么人物形象也就变得难于理解甚至解读流于随意性，这方面，恰恰是"典型论"对"自传说"的可贵反驳。胡适开创的"新红学"研究范式只强调"作者"与"版本"两项，虽然也提及"时代"，但仅是一笔带过，并没有取得什么骄人的研究实绩。对"时代背景"的深入考察，是社会历史批评派红学的重要贡献，不容抹杀。可以说，"典型论"在一定程度上拓展了《红楼梦》研究的学术空

间。对于考证派独霸红坛的历史而言,它也确实构成了一场"红学的革命",可以这样表述,就红学的发展历程看,"社会历史批评派红学"是继"新红学"之后的第二次红学革命。(《红楼梦学刊》2006年第5辑)

1963年年底,早于余英时16年(余氏论毛泽东派红学不是"红学革命"的文章发表于1979年),毛泽东派红学出色的组织家、研究家何其芳在《曹雪芹的贡献》的文章中,就评价从"批俞评红"开张的毛泽东派红学是"在《红楼梦》研究和整个文学遗产研究中的一个革命":

> 一九五四年,新中国的文艺界对《红楼梦》研究中的错误倾向、对胡适在《红楼梦》研究中的影响作了广泛的批判,反对了脱离时代、脱离社会、脱离阶级来研究文学的资产阶级唯心主义的立场、观点和方法,反对了贬低《红楼梦》的巨大价值的"自传"说和"色空"说,同时也批评了《红楼梦》研究中的烦琐考证的倾向和"不可知论"。经过这次批判,许多文学研究工作者初步建立了用马克思列宁主义的立场、观点和方法来研究文学遗产的必要性的认识,对《红楼梦》的广泛而又深刻的反封建的意义得到了比较一致的看法。这次批判是在《红楼梦》研究和整个文学遗产研究中的一个革命。它给古典文学研究工作指出了新的方向。在这以后,用新的立场、观点和方法来研究《红楼梦》和其他文学遗产虽然还只能算是一个开始,而且对有一些重要的问题还存在着分歧的看法,我们的方向却是正确的。(《何其芳文集》第6卷,人民文学出版社1984年6月版,第368页)

何其芳的评价有充分的史实依据和严密的逻辑力量,结论令人信服。赵建忠对"典型论"与"典范论"作了细密的比较分析,肯定了前者,否定了后者,结论是毛泽东派红学是"第二次红学革命"。

第三,毛泽东派红学是不是处于主流红学的地位?谁都知道,从二十世纪二十年代初到四十年代末,是"新红学"考证派一统天下。1954年的"批俞评红",毛泽东发现了两个"小人物"有开创意义的批判"新红学"考证派的文章,发起和领导了关于《红楼梦》研究的一场全国性辩论,确立以马克思主义为指导思想研究《红楼梦》(及其他古典文学作品)的新典范。"新红学"考证派遭到重创,其红学主流地位基本丧失,毛泽东派红学正式形成,登上红坛,并取得"执牛耳"的地位。一时之间,大陆内地的红学,"索隐派"几乎踪影皆无,考证派也是溃不成军,独有毛泽东派红学经五十年代的"批俞评红"、六十年代的"曹雪芹逝世二百周年纪念活动"、七十年代"'文革'评红热"三次形态各异的高潮涌动,称霸红坛二十余年,成为二十世纪下半叶没有匹敌的主流红学。尽管余英时不承认这一"典范",但是这个"典范"却客观存在并有很大影响,它从五十年代中期到七十年代末,在四分之一世纪的时间里毫不动摇地占据大陆红学研究的主流地位,这是一个无可争议的客观历史事实。别的红学流派,即使偶有表现,也只配支流、潜流或暗流的地位。八十年代以降,考证派卷土重来,索隐派死灰复燃,其他新学派纷纷登场,但至今似乎难以撼动毛泽东派红学的主流地位。进入新世纪,虽然红学各派大有齐头并进之势,但是还没有哪派有力量取毛泽东派红学而代之。红学代有才人出,各领风骚几十年。从二十世纪红学史的角度看,索隐派、考证派与毛泽东派红学都曾经风光一时,"挂帅出征",引领过红学发展的新潮流。这是因为它们都确立了自己的研究"典范",并在一个相应的历史阶段使之成为学术研究的传统;这一传统既经形成之后,大多数学者即在其特定的"典范"笼罩之下从事"解决难题的常态工作"。八十年代以后,在改革开放的时代大背景下,受解放思想、实事求是的思潮影响,红学界各派并起,表面上大有并驾齐驱之势,其实并非旗鼓相当。毛泽东派红学经过自身的痛苦裂变、反思和洗礼,也几度经历了挑战与危机,但是它清洗掉"以运动方式研究学术"等等灰尘和污垢,又以崭新的面貌轻装上阵了,它的主流地位似乎还没有替代者。人们在文章中和媒体上经常称呼的"主流红学家",实质上绝大部分是毛泽东派红学家,就是最好的证明。所谓毛泽东派红学的历史地位,其实也就是它在红学发展中的主流地位。我们承认毛泽东派红学的主流地位,并不是说索隐派、考证派和其他红学派别已经退出历史舞台走向灭亡。相反,它们在新的红学语境和氛围中,也照样会通过扬长避短获得新的生机和发展前景,只是没有或不再占据学术研究的主流地位而已。

　　第四,毛泽东派红学是不是推动了红学发展?评价毛泽东派红学的历史地位,题中应有之义是要弄清楚它的作用是推动了还是阻碍了红学发展。倘若是前者,它的作用是积极的,在红学历史上有重要地位;倘若是后者,它的作用是消极的,在红学历史上将没有地位。二十世纪下半叶(从新中国建立到世纪末)的红学史研究中有一个最大的悖论:一方面认同红学大发展，是世界级"显学"，另一方面又全面抹杀毛泽东派红学的学术成果和对红学发展的巨大贡献。如论者在评论"阶级斗争红学"时说1954年到1978年的二十多年间，"红学"遭遇的只是一场浩劫。"阶级斗争红学"即指毛泽东派红学。"浩劫论"已经把毛泽东派红学的价值和作用全盘否认。这样说倒也痛快，只是不符合二十多年间红学发展的史实。

我们还是先来看一下二十世纪红学发展的实际进程。杨光汉教授统计的百年红学成果是：

> 在1900年至1996年不到百年的时间内，发表过红学文章或出过专著的海内外研究者有2361人，在中国出版的红学专著及工具书586部，发表论文近6000篇。另有续书、仿作70部，以《红楼梦》为题材的诗词、图画28集，戏曲343种，话剧16部、电影8部，电视剧36集，音像制品161种。……这一百年的成绩充分说明，红学的存在并被中国和海外学者认同，已是一个不争的事实，以至我们可以这样说，二十世纪中国的一大文化奇观，便是《红楼梦》研究成了专学、显学。（杨光汉：《红学与经学——论"红学"的定位之争》，《红楼梦学刊》1997年增刊，第98~99页）

杨光汉教授讲的红学研究成果是整个二十世纪的。如果把这个世纪上半叶五十年红学研究成果减掉，那么，余下的统计数字中的主要部分说明的恰恰是毛泽东派红学的研究成果了。因为这个学派对红学发展全局产生影响，是在二十世纪下半叶的时间段内。吕启祥和林东海主编的《红楼梦研究稀见资料汇编》（人民文学出版社2001年8月版）一书，统计和囊括的恰恰是二十世纪上半叶（1911—1949）的红学研究成果。吕启祥在该书《前言》中说：

> 返身回顾本世纪上半叶的红学研究……搜集和汇集了这一时期发表在全国各种报刊杂志上的红学评论约有五百余篇。
> 本书所收录的一百余位作者约三百篇文章，占到我们所及见的五百多篇的大部，未收入的……数量已不多……
> 本世纪上半叶单本的红学著作很少……

吕启祥和林东海的调查结果是：二十世上半叶的红学研究成果的三个

主要数据分别是：论文500余篇，论著"很少"，论者百余位。而与之相应的杨光汉教授披露的三个主要数据分别是：发表论文近6000篇，在中国出版的红学专著及工具书586部，海内外研究者有2361人。据此，我们得知二十世纪下半叶红学研究成果的三个主要数据大约是：红学论文5400余篇，论著560余部，论者2200余人。

山东大学马瑞芳教授引用的二十世纪下半叶红学研究成果数据更能直接说明问题：

> 有人调查：20世纪后半个世纪，明清小说研究论文百分之九十集中于《三国演义》《水浒传》《西游记》《金瓶梅》《聊斋志异》《红楼梦》《儒林外史》七部名著，总共发表论文17315篇，其中《红楼梦》研究的8756篇，也就是说，七部名著研究论文中，每两篇就有一篇研究《红楼梦》，真是"一部红楼，半壁江山"。这不成比例的研究恰好说明《红楼梦》无愧于"盖世之作"。（马瑞芳：《红楼人生五大事》《文史知识》2006年第3期第28页）

虽然数量并不就是质量，但是没有数量就谈不上质量；量变终久会引起质变，量多一般会显示发展。二十世纪上半叶和下半叶红学研究成果数量上的悬殊比例，无可辩驳地说明了占有主流地位的毛泽东派红学给予红学发展的巨大推动力。如果抽掉这些内容，去掉这些成果，红学遭到的只是浩劫，那么它是如何成为显学的？说红学得到发展了还有客观依据吗？尽管由于统计标准和统计方法不一样，两处的统计结果有较大差异，尽管这些统计数据中还包括毛泽东派红学名下一些称不上"学术研究"的论文（如"文革评红热"中"梁效"的大批判文章），尽管这些统计数据中还包括改革开放（1978）以后索隐派、考证派和其他红学流派的文章，但是主体部分还是毛泽东派红学的学术成果，它们对红学的发展和建设起到的推动作用是有大量事实证明的。

我们再看一些红学专家对这个问题的评论。

红学家陈毓罴在《红楼梦学刊》编委会与中国红学会常务理事会召开的"纪念毛泽东诞辰100周年座谈会"上说，毛泽东"开辟了红学研究的新天地"：

> 由于毛泽东对《红楼梦》作出了高度评价，《红楼梦》的地位

得到显著提高，红学也进入一个新阶段，那就是马克思主义红学的兴起，开辟了红学研究的新天地。解放前，也有个别人写了文章作了这方面的研究，但比较浅。而且自从毛泽东提倡后，红学研究中出现了许多新观点。例如，不再只把《红楼梦》放在单个作家或仅与曹家联系起来看，而是作为封建社会的百科全书看，指出它产生在封建社会由盛转衰的时代，具有历史发展的必然性。这就把《红楼梦》的真正意义显现出来了。当时批判"钗、黛合一"论，认为薛、林的思想倾向是对立的。这是一个重要的观点。毛泽东多次谈到《红楼梦》的价值，还曾以后四十回中的"不是东风压倒西风，就是西风压倒东风"来比喻世界形势。可见毛泽东对后四十回也不是全盘否定，一棍子打死的。（《纪念毛泽东诞辰100周年座谈会纪要》，《红楼梦学刊》1993年第4辑，第33页）

纪念毛泽东诞辰一百周年之时，红学家胡文彬为参加学术会议特意撰写了《毛泽东与〈红楼梦〉》的论文，他评价毛泽东"在当代的红学研究界一直产生着巨大的影响作用"：

> 在当代的红学史上，《红楼梦》这部小说是与毛泽东同志的名字紧密联系在一起的。他对《红楼梦》一书的评价，对红学研究所发表的许多重要评论，在当代的红学研究界一直产生着巨大的影响作用。在一定意义上说，当代红学研究的盛衰曲折，是与毛泽东同志的许多评论所分不开的。
>
> 从整个当代红学史上看，毛泽东同志对发展红学、繁荣红学，曾经作出过巨大的贡献。他晚年对《红楼梦》有偏颇之论，不足为训。但是人们不会因此而否定他的贡献，否定他对当代红学史的巨大影响。因为，历史固然不是少数几个权威手中的玩物，它是由人民来写的，但人民是不否认杰出人物对历史进程的影响作用的。
>
> 《红楼梦》自问世后曾经产生过数次"高潮"，但从来没有像在毛泽东时代这样走红过。曹雪芹地下有知，他会因为得到一位历史巨人毛泽东的相知而高兴。（《红楼放眼录》，华艺出版社1995年6月版，第1、14页）

红学家冯其庸在"扬州国际《红楼梦》学术研讨会"的开幕词中阐述"20世纪下半叶是红学大发展的阶段"的观点时,列举了六点标志:《红楼梦》的早期抄本陆续有所发现,和曹雪芹祖宗的家世档案传记碑刻,以及曹家几代人的奏折有大量的发掘、发现和公布;对《红楼梦》文本的研究,中国艺术研究院红楼梦研究所的"新校注本"和《脂砚斋重评石头记》汇校本,十多种早期抄本的相继影印出版,是"红学"发展的基础;对清代记事式的红学和评点派的红学也都有整理,在工具书方面有中国艺术研究院红楼梦研究所的《红楼梦大辞典》等;《红楼梦》的思想研究、艺术研究、典型研究、美学研究也取得了很大的发展;中国红学会成立后,领导了历次盛大的国际和国内的红学活动;"红学"走向世界,《红楼梦》文本传布国外,《红楼梦》外文译本的增多,《红楼梦》国际性学术研讨会的召开。他说:

> 大家知道,"红学"的真正成为"学"并且得到发展,是开始于20世纪20年代的"新红学"派,而得到更大的发展,是在20世纪50年代以后,直到20世纪之末……可以说,20世纪的下半世纪是"红学"大发展的阶段。(《红楼梦学刊》2004年第4辑,第2~4页)

评价毛泽东派红学的历史地位,不能绕过对1954年"批俞评红"的评价。李希凡是当事人,又是"首难"者,经过半个世纪的红学风雨,他对那场至今聚讼纷纭的红学大讨论,形成了较为稳定的看法:讨论和批判促进了建国后红学的发展,造就了"红学"的显学地位。

> 人所共知,毛泽东同志还为了如何正确评价《红楼梦》,在1954年发动了一场批判运动。对于这场批判运动,至今还聚讼纷纭。尽管这场批判运动有这样那样的缺点和错误,却在主客观上大大促进了建国后的红学研究的发展……《红楼梦》流传后不久,就有了"红学"的出现,后来又有了新旧红学之分。但真正使"红学"有了系统性规模的研究,却是解放后这几十年来学术发展的丰硕成果。(李希凡:《"说不尽的〈红楼梦〉"——在'94莱阳全国红楼梦学术讨论会上的致词》,《红楼梦学刊》1995年第1辑,第330~332页)

这次讨论与批判，曾激发了知识界深入学习马克思主义的热潮。至于在《红楼梦》研究方面，也应当承认，对这部杰作的深刻的社会内容，伟大的时代意义，高度的思想艺术成就，可以说都是从此时起，才得到了广泛而深入的探讨。而且正是由于毛泽东同志对《红楼梦》有很高的评价，在他后半生中多次谈论《红楼梦》的政治历史价值、思想艺术成就，才引起了广大群众的阅读兴趣，造成了《红楼梦》研究历久不衰的所谓"显学"地位。（《关于建国初期两场文化问题大讨论的是与非——答〈文艺理论与批评〉记者问》，《传神文笔足千秋——〈红楼梦〉人物论》，文化艺术出版社2006年5月版，第457页）

如果有人以李希凡为"当事人"，其评价或可有先入为主的成见的话，那么我们再看一下不是"当事人"的红学家张庆善在回顾百年红学史时，对1954年"批俞评红"积极作用的评价：

在百年红学的历程中，1954年对俞平伯《红楼梦》研究的批判，无疑是对红学走向有重大影响的事件。今天我们用历史的客观的态度审视当年的过程，应该说以李希凡、蓝翎为代表的学者努力运用马克思主义的观点研究《红楼梦》，注意《红楼梦》产生的时代背景和作品的思想意义，挖掘作品的社会历史内涵，拓宽了人们的研究视野，也取得了许多成果，这是值得肯定的，他们同样为红学的发展作出了重要的贡献。（《历史给了我们什么启示——〈百年红学〉代序》，文化艺术出版社2007年12月版，第3~4页）

毛泽东派红学把红学发展推向了快车道，使其成果丰硕，盛况空前，影响长达半个世纪，乃至更为久远。这是客观存在的历史事实，无法否认也没必要否认。至今，还没有哪个红学流派取得的实际成果超越它。"浩劫论"最大缺失是没有事实根据。《红楼梦》研究成为显学被誉为"二十世纪中国的一大文化奇观"，这个"文化奇观"的出现，有几大学派的功绩，其中毛泽东派红学的贡献最大。这是任何努力都无法掩盖的事实。

第五，毛泽东派红学是不是现在仍然保持着学术活力？毛泽东身后，红学发展态势发生了很大变化，不仅"回归文本"的呼声大倡，而且三大红学流派取长补短、求同存异亦为趋势。仅从论文论著发表看，则有并驾齐驱、分庭抗礼之态。但仔细观察，却都在展示各自的历史命运，既遇到了机遇，也遭遇了挑战。索隐派的复活几乎进入亢奋期，然而并不是自我更新赢得发展的蜕变，虽然著作频出，并在研究方法上采取改变策略的规避性措施，但并没有多少学理上的真正进步，其成果虽然满足了部分读者的好奇心和探秘感，却得不到红学界的广泛认同，还时不时陷入"人人喊打"的窘境。学派内部各亮"谜底"，"索"出的"隐"越来越多，也越来越杂，"好奇"的读者也不知信谁。展望其前景，"索隐"的每一结果，都布下了一座新的"迷宫"；不仅没有增强发展的实力，反而缩小了生存的空间。考证派在"再评价"中获得学术发展机遇，不仅胡适、俞平伯的著作纷纷出版再版，学人研究其红学道路、红学思想、红学史料的著作也纷纷问世，而且别的流派的红学家、研红学人也出版了为数不少的"曹学""脂学""版本学""探佚学"的考证性著作，一时蔚为大观。但是，复苏的考证派仍然摆脱不了胎里带来的学术危机：一是它作茧自缚的"自传说"仍然不断受到追问叩击，成为阻碍其发展的"致命伤"；二是它把红学圈定在史学的框架之内，渐次远离文本和文学，被讥为"红外学"，俞平伯晚年反思"红学实是反《红楼梦》的，红学愈昌，红楼愈隐"，其深层含义亦在于此；三是它依赖新材料的发现解决学术难题日渐窘迫，不少命题不能求解，成为学术"死穴""死结"，陷入泥潭而难于自拔。毛泽东派红学经历了三十余年（1977—2008）红学研究实践的检验。其间，有全盘否定，有基本肯定，有是非参半，有功大于过，有客观总结其经验者，也有系统批判其教训者……经过涅槃、反思和洗礼，它抛掉了"运动批判式""泛政治化""庸俗社会学"等等束缚自身发展的绳索，远离了"领导干预""政治参与"等等的政治背景，保留下现实主义和"典型论"文学观的批评模式和真理内核，维护和发展了红学研究对新时期文化建设的积极作用，仍然保持着学派的生机和活力。几十年宽松的学术环境，民主的学术氛围，红学各派"百花齐放，百家争鸣"，纷纷登台亮相，一较短长。在相互比较中，学人们越来越感觉到，就研究观念的科学、学术视野的广阔、探索层次的深邃、文化建设的实绩而论，毛泽东派红学虽然不是独领风骚，但也尽占头筹。进入新世纪，这个学派很有学术实力、学问功底的著作不断涌现，使其始终葆旺着学术青春。

红学演进到今天，毛泽东派红学本身也逐渐成为文化遗产。怎样对待和继承这一笔文化遗产，是当今红学建设重大历史性课题。在这个事关红学全局的事情上，玩世不恭的态度、不屑一顾的态度、一概抹杀的态度、误读曲解的态度和盲目信从的态度，都将贻害于红学自身。如果说，在对待索隐派、考证派等红楼文化遗产上，都曾经有过"全盘推倒"的鲁莽，都犯过"否定一切"的过错，难道我们在对待毛泽东派红学上还要重复这样的历史错误吗？论者好以"科学的态度"相标榜，其实"科学的态度"即是实事求是的态度，就是是其所是、非其所非的老实态度，毛泽东批判继承红楼遗产采取这种态度，我们今天批判继承毛泽东派红学遗产也应该采取此种态度。

他自己说读了十几遍

(文本阅读之一)

> 毛泽东是个爱读书的人……在中国的古典小说中,他最喜欢《红楼梦》《水浒》和《三国演义》,每种都看过几遍。他的记忆力很好,看过的书都记得很清楚,而且善于汲取有用的东西,加以应用。
>
> 王行娟:《井冈杜鹃红——贺自珍风雨人生》,辽宁人民出版社2000年1月版,第102页

毛泽东读古典小说"四大名著"的趣闻逸事很多,尤以读《红楼梦》为最,可说是不绝于书,俯拾皆是,到处都可以翻到。

当采访者询问一位在中央文献研究室工作了十余年的研究人员:"毛泽东读过哪些中国书?"得到的答案中自然是包括《红楼梦》的——"毛泽东也非常喜欢读中国的传统小说,如《红楼梦》《金瓶梅》《西游记》等等。《红楼梦》是毛泽东最喜欢的一部书,他自己说读了十几遍,显然他是作为中国封建社会的百科全书来读的。这个方法就是马克思主义的。"(张素华、边彦军、吴晓梅:《说不尽的毛泽东》,辽宁人民出版社、中央文献出版社1993年12月版,第106~107页)

《红楼梦》读了十几遍,这个话是毛泽东晚年说的。他开始读《红楼梦》时,却还是青年学子。

《红楼梦》就是在一师学的

毛泽东何时开始阅读《红楼梦》?一些有关毛泽东生平的回忆文章的记载是不一样的。

中国古典小说"四大名著",《三国演义》《水浒传》《西游记》三种书,毛泽东是少年时代在韶山家乡阅读的,这见之于他与斯诺的谈话录

《西行漫记》一书。至于读《红楼梦》，也有人说是毛泽东少年时期在韶山读的，这不准确。毛泽东自己另有说法。

1964年9月7日，毛泽东在与湖南省委负责人谈话时，说到自己首次阅读《红楼梦》的时间。研究毛泽东颇有成就的专家陈晋记载：

> 毛泽东后来说过：《资治通鉴》《昭明文选》《红楼梦》就是在一师学的。许多篇章，他都可以背诵。（陈晋：《文人毛泽东》，上海人民出版社1997年12月版，第11页）

中共湖南省委党史研究室的两位专家，在其研究毛泽东与湖南的专著中，依据党史资料写道：

> 1964年9月7日，毛泽东在长沙接见湖南省委张平化、华国锋、李瑞山三位书记，在座谈和听取汇报中，毛泽东发表了长篇讲话。
>
> 毛泽东提倡解放思想，破除迷信，学生不要迷信先生，下级不要迷信上级。他举例说：……一师有个湘阴的柳先生，借给我《资治通鉴》看，《红楼梦》也是这个时期学的。（夏远生、马娜：《毛泽东的三湘情结》，中央文献出版社2002年5月版，第534页）

史载：毛泽东就读于湖南省立第一师范学校，是1913年春天到1918年6月这五年多时间（1913年春天，毛泽东考入了湖南省立第四师范学校预科，1914年2月，省立第四师范学校合并于省立第一师范学校）。毛泽东说自己开始读《红楼梦》，就是在"这个时期"。

不过，据笔者考证，毛泽东开始阅读《红楼梦》的时间，还可以具体一点，那就是从入学四师到1913年的冬天这段时间里。这年的10月至12月，他听国文课和修身课，记下了万余言的《讲堂录》。

> 十一月三日的国文课，听老师讲清人方苞的《与翁止园书》，笔记中有"意淫之为害"这样的词句。"意淫"一词，见《红楼梦》第五回。十二月十三日听修身课，笔记中则留下"练达世情皆学问"的话。这句话也是出自《红楼梦》第五回，原话是"世事洞明皆学问，人情练达即文章"。（见《毛泽东早期文稿》，中共中央文献出版社、湖南人民出版社1993年12月版，第587、600页）

这表明毛泽东在老师的引导下，已经开始接触《红楼梦》。或许正是以此为契机，他到学校图书馆阅读了这部千古名著。或者在这以前他已读过《红楼梦》，听课时接触到其中的词句，自然记了下来。

至迟到1916年，毛泽东自己也拥有了一部《红楼梦》，并把这部书转让给同学贺果、陈赞周等人阅读。毛泽东与贺果，无论在第四师范学校，还是在第一师范学校，两人都是同在一个班，意气相投，一见倾心。同窗共读，朝夕相处，长达五年半之久。从那时起，他们之间的珍贵友谊，一直延续了五十余年。贺果，号培真，湖南邵东县人，生于1896年。新中国成立后曾任全国政协委员、贵州省政协副主席。毛泽东与贺果都爱好体育运动，是运动场上的一对健儿。毛泽东在"文明其精神，野蛮其体魄"的思想支配下，对各项体育运动都有全面的爱好，冷水浴、日光浴、风浴、游泳、登山、体操等活动，样样皆能。贺果却只偏爱个别项目。毛泽东赞赏贺果对体育运动的爱好和特长，时常邀他一起参加踏雪、游泳、泛舟，又对他只偏爱一两个项目，深感遗憾，并多次启发和规劝。1916年前后，远东运动会全国预备会在上海举行。湖南选派7名代表参加，其中第一师范占了3名：贺果、陈绍休（赞周）、彭道良（则厚）。那天晚上10点钟，贺果等人在长沙大西门外码头搭乘轮船赴上海。

> 起航前，毛泽东匆匆赶来，送来一部《红楼梦》，让他们在船上消磨时间。第一次长途旅行。大家没经验，未曾想到在旅途中会闲得发慌，而毛泽东却体贴入微地替他们想到了。贺果接过《红楼梦》，心情非常激动。（姜道友：《相距万里 心息相通——与同班好友贺果的密切联系》，《咱们的领袖毛泽东》，解放军出版社1992年8月版，第272~273页）

口袋里装着，书架上放着

1918年，毛泽东离开学校，进入社会这个大课堂。10年后的1927年，他领导秋收起义队伍走上井冈山，成为著名的"山大王"、革命战争的游击战士。敌人频繁"围剿"、战斗不断的环境，仍然没有冲淡他喜欢读《红楼梦》的兴趣。在井冈山寒冷而漫长的冬夜里，他与贺子珍漫谈贾宝玉、林黛玉等红楼人物以消磨难挨的时光。后来，贺子珍回忆道：

毛泽东是个爱读书的人。在井冈山的艰苦生活中，读书也许是他最大的乐趣了。他的口袋里常常装着一本书。有点空闲，就拿出来看。所以，后勤部门为他做服装，都根据他的意思，把衣服的两个口袋做得大大的，好往里面装书。他博览群书，什么书都爱看。他读过几年私塾，古文的根底很深，也喜欢中国的古典文学作品。……在中国的古典小说中，他最喜欢《红楼梦》《水浒》和《三国演义》，每种都看过几遍。他的记忆力很好，看过的书都记得很清楚，而且善于汲取有用的东西，加以应用。（王行娟：《井冈杜鹃红——贺子珍风雨人生》，辽宁人民出版社2000年1月版，第102页）

1934年10月，红军退出江西革命根据地，实行战略转移，开始了震惊中外的万里远征。这是一条艰苦卓绝、险象环生的路，可毛泽东仍然信心十足，情绪乐观，指挥作战闲暇之时，照样兴致勃勃谈《红楼梦》。遵义会议以后，红军女战士刘英（后来成为张闻天的夫人）到中央队当秘书长，与毛泽东接触多了，很了解毛泽东的嗜好。她在回忆录中写道：

"毛主席生活随便，爱说笑。他对中国的历史、小说熟极了，闲扯起来滔滔不绝，津津有味。《红楼梦》尤其谈得熟。"（《在历史的激流中——刘英回忆录》，中共党史出版社1992年版，第68页）

延安时期，生活虽然还是很艰苦，但毛泽东毕竟有一段相对稳定的生活。他不仅住上了相对宽敞的窑洞，而且安上了书架，书架上赫然放着一部《红楼梦》。这一点，是一位国民党将军首先留意看到并记载下来的。此人叫邓宝珊，时任国民党晋陕绥边区总司令。1943年6月，他由驻防地榆林路经延安去重庆，在延安受到热烈欢迎。

"毛泽东和他作了几次长谈。他认为毛泽东精通辩证法，对问题看得远，看得深。他还说毛泽东学问渊博，读书很多，住的窑洞里书架上有马、恩、列、斯著作，也有《三国演义》、《红楼梦》等古典文学作品，还有陕北各县的县志。"（《邓宝珊将军》，文史资料出版社1985年版，第186页）

恰到好处的引证

在延安，毛泽东读《红楼梦》当然不是读着玩的，他读书的用意很深。那时，在他的潜意识中，《红楼梦》就是中华文化的一个参照物，是中华文化的一个坐标系。有一次，蒋介石说："没有国民党就没有中国。"毛泽东在批驳这个错误观点时，就曾引《红楼梦》作证据。那是1943年8月8日，中央党校第二部开学典礼，毛泽东在讲演中说：

"最近国民党出了一本书，是蒋介石著的，名叫《中国之命运》。他在这本书中说没有国民党就没有中国，不知他是从哪里考证出来的。各位有看过历史书和小说的，《三国志》《水浒传》《封神榜》《红楼梦》上都没有国民党，还不是照样有中国。国民党有五十年的历史，它在中国旧民主主义革命时期做过一些好事，但是，中国革命的第一步由半殖民地半封建社会转变为民主主义社会的任务它并没有完成。"（《毛泽东文集》第三卷，人民出版社1996年8月版，第57页）

因为《红楼梦》和《三国志》等历史书和小说中"都没有国民党"，所以"没有国民党就没有中国"的政治观点是没有史实根据的，完全站不住脚。毛泽东的"考证"（论证）巧妙幽默，很有力量。后来，有人针对蒋介石的观点，创作了歌曲《没有共产党就没有中国》。毛泽东建议把歌词改为"没有共产党就没有新中国"。一字之添加，避免了犯历史逻辑错误。

1945年8月，抗日战争取得了最后的胜利，蒋介石三次拍电报，邀请毛泽东到重庆进行和平谈判。毛泽东到哪儿都离不开书，在江青为他准备的书中，他只挑选了几本小说，有《红楼梦》《三国演义》等。《三国演义》《红楼梦》是毛泽东在闲暇时爱不释手的书。要携带这些书，毛泽东没有公文包，更没有旅行箱之类的东西。处于延安的条件的限制，随行的警卫战士齐吉树，只好把这些书装进了一个手提的小木箱里。到了重庆，《红楼梦》还真派上了用场。8月30日，毛泽东在重庆接见了数位民主革命同盟的领导人，从吃晚饭谈起，谈了10个小时。这次，毛泽东兴致很高，开怀畅饮，旁征博引，讲的是史册古籍——《红楼梦》《西游记》等等，却又都切中时弊，针砭国民党的法西斯独裁统治。毛泽东以古喻今，妙趣横生，妙语连珠，在场的人都听得入了迷，忘了时辰，无不为之感佩。

毛泽东在与其他民主人士和文化人的谈话中，时不时恰到好处地引证《红楼梦》的情节、故事和人物，谈吐幽默诙谐，聪敏机智，折服了许多听众。（李清华：《雾都较量》，中共中央党校出版社1994年4月版，第46~47页）

1946年，和平建国的美好愿望被国民党内的战争狂人所破灭，共产党人被迫卷入全国内战。"中央军"气势汹汹逼来，毛泽东率领军民主动撤离延安，开始了险象环生的陕北转战。据跟随毛泽东的警卫排长阎长林回忆，在艰难转战的日子里，毛泽东充分利用行军打仗的间隙时间，在行军路上学习，与连队官兵们兴致勃勃地谈论古典小说。他对战士们说："你们的文化低，读理论书有困难，可以先看小说，引起读书兴趣，文化提高后再慢慢读理论书。小说的内容很丰富，有政治，有军事，有文化，有生活，看小说不仅能够增长知识，养成良好的学习习惯，而且也能够提高分析和判断的能力。"接着毛泽东就由《水浒传》讲到了《三国演义》和《红楼梦》，什么借东风、七擒孟获、大观园等，说得生动有趣。战斗间隙有一阶段，大约有十几天，毛泽东把日常工作全交给了周恩来，自己每天下乡搞调查。晚上回来，除重大战役决策外，便一屁股坐到办公桌后再也不动，专心读《红楼梦》，常常通宵达旦。

线装本·石刻本·精装本

新中国成立后，毛泽东的读书环境大为改观。他有了数以万计的藏书，有了各种版本的《红楼梦》。据为他管理图书的徐中远在《毛泽东读评五部古典小说》一书中介绍：毛泽东故居里有线装木刻本《红楼梦》，也有线装影印本、石刻本《红楼梦》，还有各种平装本《红楼梦》。中南海毛泽东故居藏书中，不同版本的线装本《红楼梦》一共有20种之多，它们是：

《增评补图石头记》木刻大字本　4函32册
《脂砚斋重评石头记》影印本　1函8册
《脂砚斋重评石头记》16回本　上海人民出版社1975年版1函8册
《脂砚斋重评石头记》80回本　上海人民出版社1975年版1函8册

《乾隆抄本百廿回红楼梦稿》中华书局1963年版 12册
《戚蓼生序本石头记》人民文学出版社1973年版 2函20册
《脂砚斋重评石头记》文学古籍刊行社1955年版 1函8册
《原本红楼梦》有正书局版
《红楼梦》道光壬辰年版 24册
《脂砚斋重评石头记》上下册
《脂砚斋重评石头记》乾隆甲戌 16回 14册 中华书局1962年版
《乾隆甲戌脂砚斋重评石头记》胡适评 1961年版 2册
《脂砚斋重评石头记》俞平伯评 中华书局1962年版 4册
《全图增评石头记》上海求志斋 光绪戊申年版 16册
《原本全图红楼梦》16册
《绘图评注石头记》王希廉评 道光壬辰版 2册
《乾隆甲戌脂砚斋重评石头记》台湾中央印制厂影印 2册
《增评补图石头记》商务印书馆1934年版 16册
《增评补图石头记》道光壬辰年版 16册
《增评补图石头记》光绪戊戌年上海石印 16册

这些不同线装版本的《红楼梦》，差不多都摆在中南海游泳池住地会客厅里。游泳池住地卧室里还摆放两种：一种是《脂砚斋重评石头记》（8册），一种是《增评补图石头记》（32册）。这两种，毛泽东都有圈画。放在游泳池住地会客厅里和卧室里的多种不同版本的《红楼梦》，有的是用黑铅笔作了密密麻麻的圈画，有的还打开放着，有的折叠起一个角，有的还夹有纸条。这些说明，毛泽东曾经一遍又一遍地阅读《红楼梦》。

在毛泽东的书房里，不仅仅是这些线装书，还有新中国建立以后，国内一些出版社出版的各种平装本《红楼梦》。

新中国成立后的20世纪50年代、60年代，直到70年代，据为毛泽东管理书、报、刊的逄先知（从1950年冬到1966年夏，给毛泽东兼管图书报刊近17年）和徐中远等人的记载，毛泽东先后多次要过《红楼梦》。

50年代和60年代，逄先知的记载是这样的：

1958年7月1日，主席要：《红楼梦》（送原本《红楼梦》）。

1961年9月28日送主席：《乾隆甲戌脂砚斋重评石头记》，台湾中央印制厂影印，2册。

1963年2月6日，主席要：《脂批红楼梦》。

1966年夏往后，直到70年代，关于毛泽东要看《红楼梦》，徐中远等人的记载如下：

1966年11月20日，送主席：《脂砚斋重评石头记》，4册。

1967年4月2日，送主席：《红楼梦》，2函20册。

1968年7月11日，送主席：《红楼梦》，120回，24册；《红楼梦》，80回，上、下册；《红楼梦》，120回本，4册；《乾隆甲戌脂砚斋重评石头记》上、下册。

1969年9月28日，送主席：《红楼梦》，道光壬辰版，24册；《增评补图石头记》，光绪二十四年版，2函16册。

1970年6月27日，送主席：《脂砚斋重评石头记》，中华书局1962年版，4册；《乾隆甲戌脂砚斋重评石头记》，1962年版，2册；《增评补图石头记》，光绪二十六年版，16册；《石头记》，120回，4函32册；《增评补图石头记》，120回，4函32册；《脂砚斋重评石头记》，商务印书馆影印，8册。

1971年6月9日，送主席：《增评补图石头记》，商务印书馆版，16册；《增评补图石头记》，道光壬辰刻本，16册。

1971年6月10日，送主席：《增评补图石头记》，光绪戊戌石印本，16册。

1971年8月4日，送主席：《红楼梦》，道光壬辰刻本，24册。

1972年5月24日，送主席：《红楼梦》，人民文学出版社1972年版，4册。

1973年3月9日，送主席：《红楼梦》，人民文学出版社1972年版。

1973年4月4日，送主席：《红楼梦》，人民文学出版社1972年版。

1973年5月26日，送主席：《红楼梦》等4种新版古典小说各1部。

从20世纪50年代到70年代前期，在15年时间里，毛泽东16次索取《红楼梦》，版本多达20余种，如此喜读《红楼梦》，足令专业"红学家"惊叹不已，须知他可是日理万机的政治家和国务活动家，属于他的读书时间少得可怜啊。由此可知，他对此书痴迷之程度和阅读之勤奋。

事情并非仅此。毛泽东并不满足书房里已有的《红楼梦》，外出巡视时还随时随地借阅。1959年冬季，毛泽东带领读书小组到杭州。临行前，他把管理图书的逄先知叫来，开列出要带的一大批书的目录。尽管带来不少书，但远远满足不了他读书的需求，为了毛泽东读书方便，又从杭州图书馆借来了800多册各种书籍，其中有古典小说《隋唐演义》《水浒传》《三国演义》和《红楼梦》。（李林达：《情满西湖》，中央文献出版社1993年版，第123页）

毛泽东信奉有书赶快读。他读《红楼梦》真可谓废寝忘食。据时任水利电力部副部长兼毛泽东秘书的李锐回忆：

> 1958年南宁会议不久的一天晚上，奉召到丰泽园毛泽东的住所，漫谈《工作方法六十条》草稿等。待上卫生间时，看到一张方凳上放着翻开的线装《红楼梦》一书，可见此书经常随身，对其之厚爱。

他能背《红楼梦》中很多诗词

毛泽东读《红楼梦》十分认真，尤其是书中的诗词等韵语，几乎都能背诵。1986年9月5日，曾经任过中共中央办公厅主任的杨尚昆，在中共中央文献研究室召开的一次座谈会上说：毛泽东知道得很多，记忆力特别好，"《红楼梦》中的很多诗词，他也能背"。毛泽东工作之暇，以书写古典诗词作为休息的一种方式。据中央档案馆编的《毛泽东手书选集》第十卷《古诗词》下册载录，他手书《红楼梦》韵语达13条之多，而且都是凭记忆背写下来的：

> 第一回"无才可去补苍天"句；
> 第一回"满纸荒唐言"句；
> 第一回《好了歌》注；
> 第二回"身后有余忘缩手"句（两幅）；
> 第五回"世事洞明皆学问"句；

第五回"飞鸟各投林"一首；

第五回"嫩寒锁梦因春冷，花气袭人是酒香"句(两幅)；

第五回"霁月难逢，彩云易散"二句；

第五回《终身误》"都道是金玉良缘"句；

第十七回"吟成豆蔻诗犹艳，睡足酴醾梦也香"二句；

第二十八回"滴不尽相思血泪抛红豆"一首。

这传世的十三幅书法珍品，多数是毛泽东工作之余作为一种休息，书写于不同时间，表现出诗人毛泽东对《红楼梦》诗词曲赋的钟情和熟悉，对阅读这本经典小说的经常与痴迷。它们不仅是研究毛泽东书法艺术的宝贵材料，而且是研究毛泽东与《红楼梦》关系的宝贵史料。

毛泽东读《红楼梦》原著，也看依据原著改编绘画的"小人书"。机要秘书高智回忆：毛泽东最大的嗜好就是读书。

有一次，我到他的屋子里去，竟发现他的床上放着一套《红楼梦》小人书，大概是从哪个卫士那儿借来的。毛主席喜欢曹雪芹的《红楼梦》，竟连小人书也不放过。（高智、张聂尔：《机要秘书的思念》，中共中央党校出版社1993年11月版，第224页）

阅读《红楼梦》内容的"小人书"，也观看《红楼梦》题材的戏剧。1969年秋，毛泽东观看了浙江的文艺演出，并接见了演员。在他亲切询问浙江文艺界的情况时，一个演员反映说："现在的越剧改革，改得京不京，越不越，歌剧不像歌剧。"他认真倾听意见，说："你唱一段老越剧给我听听吧。"演员立即唱了越剧《红楼梦》的一个唱段，他表示曲调好听，微笑着说："调子还是高昂的嘛。再唱下去吧。"演员回答："下面不会了。"他和蔼地说："那你找些唱片来我听听。"越剧《红楼梦》"曲调好听"！确实如此，许多人都愿听越剧《红楼梦》。（《怀念毛泽东同志》，人民文学出版社1980年版，第138~139页）

也许是爱屋及乌，毛泽东因爱读《红楼梦》而喜欢依据大观园设计建造的杭州西湖刘庄。刘庄是杭州第一名园。它原为晚清刘学洵的私人别墅，名为"水竹居"，刘庄是它的俗称。它坐落在西湖丁家山前隐秀桥西；背山濒水，环境十分清幽美丽。园内馆阁、楼台、小桥、水榭错落有致，是座典型的东方园林佳处。毛泽东喜欢古老的东方园林，而刘庄的庭园景观正巧全是中国民族风格，且依《红楼梦》大观园设计建造。

它面对六桥，背仰双峰，囊括湖山胜景。园中楼阁亭榭都有风雅题额，造在水上的叫"湖山春晓"。是一突出湖面、三面临窗的楼台，中间镶有一面很大的凸镜，把湖对面的苏堤、花港、南屏晚钟等胜景一览无余；掩映于繁

接外孙贾母惜孤女

花、丛树、修竹和怪石之间的有"梦香阁""望仙楼"等；每组院落都各具不同的结构和风格，有的像"潇湘馆"，有的似"怡红院"，颇具中国建筑的古典美。尤其是新中国成立后，刘庄又经著名园林建筑家戴念慈重新设计，更呈现了楼台隐现，回廊曲折，临湖依山，清新幽雅的景观，被誉为"西湖第一名园"。

在丁家山半山腰处，有一绿色琉璃瓦面，上饰金黄色琉璃瓦翘角的楼房，以围廊亭阁相护卫，这就是毛泽东当年在刘庄喜欢住的一号楼。毛泽东确实把刘庄当成了自己的家，卧室里、床上也如中南海丰泽园的"菊香书屋"一样，堆着一半书，办公室、休息室、厕所里都放着书。一次，浙江省公安厅长王芳刚要动手帮毛泽东整理书籍，毛泽东马上制止说："书是要读的，不是装潢门面的，我们要做工作，想抽出专门时间读书那是不多的，我到处放书，随手拿上读上一页一段，多方便啊！"住在"大观园"刘庄里，毛泽东工作闲暇之时读《红楼梦》，别有一番滋味在心头。据知情者回忆：在刘庄，毛泽东经常找人了解情况，商讨问题，谈论读《三国演义》《红楼梦》《水浒传》等古典名著的体会。

你们都要看看《红楼梦》

(文本阅读之二)

> 毛泽东嘿了一声:"不行哟!要看,你们都要看看《红楼梦》。不读《红楼梦》,就不知道什么是封建社会!"
>
> 权延赤:《卫士长谈毛泽东》,北京出版社1989年版,第239页

在漫长的岁月里,毛泽东不仅自己孜孜不倦地读《红楼梦》,而且还不遗余力地把这本书推荐给他接触过的各种各样、许许多多的人。

"《红楼梦》可以读"

毛泽东把《红楼梦》这部千古名著推荐给儿女子侄们,形成了别具一格的"红楼"家教。

告诉长子读《红楼梦》的要领。1946年1月,长子毛岸英从莫斯科经新疆,飞西安,秘密回到延安,回到祖国的大地,回到日夜思念的父亲身边。自从离开父亲,已近十九年了。毛泽东仔细地询问了岸英在苏联的学习情况。又问:"你在苏联常读中国的书吗?"岸英回答:"经常读的,能找到的我就找来读。"毛泽东再问道:"读过什么小说?"岸英想了想说:"读过《红楼梦》《水浒》,还有鲁迅的作品。《红楼梦》里的诗词不大好懂。"毛泽东便把阅读《红楼梦》的要领告诉岸英,然后站起来,抬头遥望延河那边凤凰山上正在开荒的人群,慈祥地对毛岸英说:"岸英,你在苏联长大,国内的生活你不熟悉。你在苏联大学读书,住的是洋学堂,我们中国还有个学堂,这就是农业大学、劳动大学。"听到这里,岸英已经领会了父亲的意思。接着说:"是的,我离开中国这么久,在苏联大多过的是学校生活,中国农村我不知道,也不会种田,我愿意向农民学习。"在毛泽东的潜

意识中，会读《红楼梦》与会劳动，同样是有理想有作为的青年人的必修课。（华英：《毛泽东的儿女们》，中外文化出版公司1989年12月版，第31页）

要求长女必须读通《红楼梦》。毛泽东长女李敏，小名娇娇。在苏联度过少年时代。回国后上学时，俄语讲得流畅，汉语却说不好，她就抓紧时间补习汉语。现代汉语补过了，爸爸还要她补习古代汉语，他对娇娇说："古文一定要学好哇，中国文化博大精深，不学好古文怎么能了解中国文化呢？你要做个有文化的孩子哟。"学古文，难度更大了。娇娇不得不放弃自己对体操、美术、舞蹈、钢琴的多种爱好，一头扎进古文的学习中。爸爸给她下了死命令：必须读通《红楼梦》《水浒传》《西游记》《三国演义》，而且只准读中文版，不准读外文版。李敏照办了，开始读那些大部头。毛泽东教导李敏读《红楼梦》，是把文化启蒙与文学启蒙结合到一起了。

放手让小女儿读这部书。小女儿李讷读书条件更好些，上小学五年级时，就读起了大部头的《红楼梦》。有人说，李讷那么小就读《红楼梦》，会受到不良影响。毛泽东则放手让李讷读这部书。（《爱》，1997年10期）

鼓励女婿"看《红楼梦》"。学理科的女婿孔令华，在学校担任学生会主席，社会工作多，加之学习又紧张，得了神经衰弱症。1960年暑期，孔令华、李敏以及孔氏全家都在大连，住在枫林街158号。毛泽东听说女婿病了，很快给他和李敏来了信，要孔令华不要着急，要安心养病，以后学习和工作的日子还长，要锻炼好身体，毕业后才能报效祖国，效力于人民。后来孔令华恢复了健康，投入到紧张的学习工作中。毛泽东多次告诉孔令华要看《红楼梦》，至少看三遍。因为孔令华是学理工专业的，对文学不太感兴趣，他见到毛泽东时，怕问起此事。过了一段时间，毛泽东似乎看出他的心思，主动对他说：

"要你们看《红楼梦》不是让你们单纯看文学作品，是要你们通过看《红楼梦》了解历史和社会的复杂性，看了《红楼梦》才能知道什么是封建社会、封建大家族。"（孔淑静：《唯实——我的哥哥孔令华》，海南出版社2003年3月版，第72~74页）

教诲表侄孙女正确认识《红楼梦》。王海容是毛泽东姨表兄王季范的孙女也就是毛泽东的表侄孙女。1965年，正在北京师范学院读书的王海容到中南海看望"主席公公"毛泽东，谈话时王海容说道："现在谁都不准看古典作品，我们班的那个干部子弟，尽看些古典作品，大家忙着练习英语，他却看《红楼梦》，我们同学对他看《红楼梦》都有意见。"毛泽东问道："你读过《红楼梦》没有？"王海容回答："读过。"毛泽东教诲她说：

"《红楼梦》可以读，是一本好书。读《红楼梦》不是坏事，而是读历史，这是一部历史小说。"（逄先知、金冲及主编：《毛泽东传（1949—1976）》，中央文献出版社2003年12月版，第291页；胡小林、于云才：《毛泽东的学习思想与实践》，山东人民出版社2003年8月版，第384页）

"这些书不看是不行的"

毛泽东把这部千古名著推荐给身边工作人员读，以此作为提高素质、沟通思想、增进了解、联络感情的经常性红楼"话题"。

随着所负责任的加重，毛泽东身边的工作人员越来越多。有秘书，有卫士，有厨师，有司机，还有保健的医生护士，日常勤务人员，等等。这些人来了一茬又一茬，走了一拨儿又一拨儿。这些人职业各异，文化水平参差不齐，兴趣爱好各不相同。怎样提高这些人的素质和学养？除了要求他们加强学习之外，毛泽东独具一格的办法，是与他们共话《红楼梦》。毛泽东向身边工作人员推荐《红楼梦》，最典型的例子是他对卫士们的要求。

卫士李银桥、武银岭、李连成、葛来亮、张玉生都有过这样的经历和回忆。

李银桥、武银岭是战争时期来到毛泽东身边的，尽管戎马倥偬，书籍难寻，毛泽东还是让他们读《红楼梦》。有一次，毛泽东问李银桥："你读过《红楼梦》没有？"李说："没有。"毛泽东说：

"你作为一个中国人，既然有阅读能力，不可不读《红楼梦》，不读就不懂中国的封建社会。读一遍也不行，最少看三遍，不看三遍没有发言权。"

1947年10月，转战陕北的毛泽东率部在瓦窑堡北边大川行军。他听说警卫员伍银岭会讲《红楼梦》，表现出极大兴趣："是吗?小伍!《红楼梦》你读过几遍?"伍银岭说："看过一遍。"毛泽东笑着摇头："只看过一遍，没有发言权。"他将大手一伸，张开五指："要讲，起码得看三五遍。"他环视左右，问："还有谁看过《红楼梦》?"大家都摇摇头，毛泽东嘿了一声：

> "不行哟！要看，你们都要看看《红楼梦》。不读《红楼梦》，就不知道什么是封建社会！"

新中国成立后，环境改善了，学习条件好转。但毛泽东身边的卫士不少出身农民，文化水平很低，不利于工作。刚当卫士的李连成有时听不懂毛泽东的问话。有一次，毛泽东在火车上和他谈起来："小李，你来的时间不算短，半年多吧?"李连成说："十个月了。""我说话你还听不懂吗?""能听懂。"毛泽东说：

> "说明你不是听不懂话，而是学习少，没看过书，《聊斋》没看过，《红楼梦》没看过，《三国演义》也没看过。做一个中国人，这些书不看是不行的。你应该去学习学习啊！"

还有一次，毛泽东问警卫葛来亮："来亮，你在看什么书?"葛来亮回答："在看一本苏联小说，书名叫《远离莫斯科的地方》。"毛泽东说："我国的三部名著《三国演义》《水浒》《红楼梦》你看过吗?"葛来亮说："没有。"毛泽东摇摇头说："作为一个中国人，对这三部书，不看它三遍太遗憾了。"继而又说："要学点历史、哲学、辩证法，不懂历史，不懂哲学，不懂辩证法，就不能很好地处理问题，工作起来就不自由。"读《红楼梦》等优秀古典小说，以利沟通，以利工作。

"你们都要看《红楼梦》!"这是毛泽东对卫士们读书的一个要求。1955年夏季的一天，毛泽东在中南海游泳时，问警卫员张玉生近来在看什么书。张玉生说："看政治书，也看小说。"毛泽东说：

> "看文学作品很好，要多看些文学方面的书。文学方面的书包括很广，知识很丰富，里头反映社会情况，里头有历史，有风俗习惯，还有各种人物。你要多看嘛!多看，会使你聪明，对社会了解得多一些，也会对事物增强分析能力。要看《红楼梦》《三国演

义》《儒林外史》……要吸收其中的好东西。"(《光明日报》1977年9月6日)

"一定要精读《红楼梦》"

作为人民领袖,毛泽东交际广泛,与各行各业的人们都有交流,他认为读小说不只是作家的事,不只是文学爱好者和文化人的事,而是各行各业的人都要有的一种修养,一种储备和积累。他把《红楼梦》推荐给各类人员阅读,似乎它是各类人员的共同教材。

文工队队员要看看《红楼梦》。1953年朝鲜停战后,志愿军第十二军文工团演员余琳奉调回北京,学习舞蹈和服装制作,不久调入中南海中央警卫团文工队。那时,中直机关常举办舞会,文工团员们常陪中央首长跳舞。有一次,余琳陪毛泽东跳舞。毛泽东问余琳平日学什么,余琳回答:"学您的著作,还有马克思、列宁的著作,还看看文艺书籍。"毛泽东摇摇头说:"那还不够,不够。你们要看看《三国演义》《红楼梦》。每天的《人民日报》也要读,还应该学学外文,我都在学外文。你们年轻,要多学一点,学深一点。"不久,毛泽东就让自己的秘书田家英给文工队讲了《红楼梦》。这件事对余琳影响很大。她感到自己年纪轻,文化程度不高,需要学习的东西太多了,由此产生了考大学去念书的想法。(李瀚:《墨海洪波涌芙蓉》,《穿越硝烟——原十二军文工团老战士文集》,白山出版社2000年10月版,第552页)吴凤君也是中央警卫团文工队的队员,她在回忆录中说:主席与我们谈话时常常问到学习问题,我记得他不止一次地告诉我:要养成每天看报的习惯,要关心国家和世界上发生的事情,不然就变成了聋子、瞎子了。他经常问我都看什么书,喜欢读什么书。有一次我告诉他我订了一份《新观察》杂志,我很喜欢看。他听了笑着说:"要学会观察事物不是很容易的。你好好学习一下如何观察人,如何观察事物吧。"主席问我看过《红楼梦》吗。我说看过,只是其中许多诗词看不懂,还有许多不认识的字。他说:"多看几遍就懂了,那些字不认得记下来问我。"后来我又看了《红楼梦》,其中的疑难字通过查字典,向周围同志请教也认得不少,我未去打扰他老人家。但他对我们的教诲是极有耐心的。(吴凤君:《在毛主席关怀下成长》,《缅怀毛泽东》下册,中央文献出版社1993年12月版,第681页)

搞公安的也应该看《红楼梦》。毛泽东在广东珠江游泳休息时，问省公安厅长薛焰："最近读过些什么书？你看过《红楼梦》吗？"薛焰回答："这是本文艺书，我是搞公安的，没有看过。"毛泽东便认真地说：

"搞公安的就不要看？你知道那里面有多少人命案子呀！这是一部讲阶级斗争的书，应该看看。你最少要看上五遍才能搞清楚。""这里面有你们学习的。书内有四大家族，你知道吗？"（薛焰：《光辉的形象 亲切的教导》，《广州文艺》1977年第5期。转引自《毛泽东谈文说艺实录》，长江文艺出版社1992年5月版，第151页）

学医的要关心祖国的优秀文化遗产《红楼梦》。据毛泽东身边的工作人员汤沛回忆：一次吃饭时主席对我们说："你们这些学医学的，不能光看医学书籍，要多看些其他书籍。"并进一步教导我们："我们中国人要关心祖国的优秀文化遗产，一定要精读《红楼梦》《水浒传》《三国演义》《西游记》等名著。"主席兴趣所至，在餐桌上深入浅出地给我们讲解这些书中的某些片段和情节以及它们的意义。周末的晚餐桌上成了他老人家考我们的场所。当然这也是我们增长知识的场所。（《中华儿女（国内版）》1995年第9期，第12页）

摄影师要看五遍《红楼梦》。1954年初，毛泽东在杭州主持起草中华人民共和国第一部宪法。有一天爬山，他对身边的摄影师侯波说："你现在看什么书啊？"侯波说："《红楼梦》。""看得懂吗？""看故事呗。"在毛泽东身边工作久了，侯波说话也就随便多了。"你要看五遍才有发言权。"毛泽东说。"我一遍还没看完哪。""那样的社会，那样的家庭，你们没看到过。只能看看故事。"（侯波：《毛泽东身边二三事》，《毛泽东在浙江》中央党史出版社1993年11月版，第132页）

"你去读《红楼梦》吧"

夺取政权的战争年代，毛泽东带起来的各级领导，多数是出身贫苦、文化水平不高的工农干部。这些人斗大的字不识几升，更不要说读过《红楼梦》了。这也怪不得这些干部，是时代条件使然。毛泽东找这些工农干部谈话，要求他们"知识化"，对他们进行文学启蒙，一条基本的要求就是"学点文学"。

"学点文学"这一条,曾经被毛泽东写入"工作方法六十条"里面,那是20世纪60年代的事。可是,早在延安时期,他就要求"文武官员"读《红楼梦》了。

1944年夏末秋初,毛泽东和延安市委书记张汉武谈话。张汉武汇报了参加革命后,1934年才开始学习,说自己现在还只能算是一个半文盲。

毛泽东说:

"不是半文盲,也不是高级知识分子,说中等知识分子比较合适,你要抓紧学习,我们都要学习。我每天除工作外,就是读书。你看过《红楼梦》没有?"

张汉武回答:"没有。"

毛泽东就说:

"你想办法找那部书看看,对你来说很有用,那部书好!你可以练习写东西,还可以看看封建社会是个什么样子!你从懂事就念书,稍大点就参加革命,虽然接触社会,但不多,要看看书。"(张汉武:《终生难忘的幸福会见》,《陕西文史资料》第七辑,1980年版)

毛泽东向干部们推荐《红楼梦》,最有传奇色彩的还是要求三位"战将"读《红楼梦》。

第一位是窑工出身的战将徐海东。1938年10月,党中央在延安召开扩大的六届六中全会。会议休息时,毛泽东和大家一块在院中散步闲谈。毛泽东说:

"中国有三部小说:《三国演义》《水浒传》《红楼梦》,不看完这三本书,不算中国人。"

贺龙连忙说:"没看过,没看过,不过我不是外国人。"毛泽东问徐海东:"海东同志,你可看过这三本书?"徐海东老实回答:"没看过《红楼梦》。"毛泽东笑着说:"那,你算半个中国人!"徐海东对这次玩笑牢记在心。

当时,徐海东正在延安马列主义学院学习,要读的书很多,学院规定必读《共产党宣言》《中国近代史》《政治经济学》《论持久战》等等，哪有闲心看小说啊。一天，徐海东回到自家住的窑洞，他的妻子周东屏坐在炕上，正在看书，徐海东问她："喂，你看过《三国》吗？"周东屏没听懂，不答话。"你看过《水浒》吗？"徐海东又问。周东屏被问得莫名其妙，露出疑问的目光。"还有《红楼梦》，你肯定更不知道了，"徐海东笑着说，"毛主席讲了，谁没有看过那三部书，不算一个中国人。你呀，恐怕连'半个中国人'都不够哩！"周东屏还是不解他的意思，咂咂嘴巴说："嗨，我这文化水，比瓶里的油还少，讲革命道理的书还来不及看，哪有工夫看哪？听说《红楼梦》里写的都是小姐、丫头们的事哩。"徐海东说："你不要不懂装懂。没有调查研究就没有发言权。你找时间看看书再说吧！"

周东屏十三岁当了红军，以前是人家的童养媳，没有读过书。她心里纳闷起来，海东一天到晚想的都是打仗的事，是个"粗人"，今天怎么热心起讲姑娘、少爷的书了。"看你这个人，毛主席讲笑话，你认哪门子真！"周东屏说。"笑话是笑话，"徐海东接着说，"我们读书太少，和读书多的人比较，尤其是和毛主席等中央领导相比，真只能算半个人哪！"周东屏自嘲地说："嗨，你'半个'，我'半个'，两个半个加起来，不就是算一个人吗？"两人说笑了一阵，也就搁下了。

徐海东记性好。毛泽东说他是"半个中国人"的笑话，他也深深地印在脑子里了。他总想找《三国》《水浒》来瞧瞧，又想看看那部从来没看过的《红楼梦》。可是在延安，虽说有党校，有马列主义学院，还有鲁迅艺术学院，由于是战争环境，读书的人多，买书藏书的人少，要想找到他想读的那三部小说，还实在难呢。

一天，徐海东会见一位新华社的干部。这人是个知识分子，斯斯文文，是从大后方来的。他久闻徐海东的大名，听说过许多关于徐海东的传奇故事，特地到窑洞拜访。徐海东虽然自己读书少，但并没有一些工农干部看不起知识分子，认为知识分子只会说，不会做的偏见，非常喜欢和文人交谈和交朋友，以从他们身上汲取营养。他们在一起交谈了好久。"你看过《红楼梦》吧？"徐海东突然问。"看过。"那人心里好生奇怪，一位领兵打仗的虎将，为啥问起这部书。"我一直没有看到，"徐海东坦率地说，"不知道书里写了些什么。"那人打开了话匣子，详细地向徐海东介绍《红楼梦》。说它有一百二十回，写书的人叫曹雪芹。书中写了两个大户人家，写了几百个人物，有公子老爷，小姐丫鬟，是一部描绘封建社会没落的好书。"这书，在中国有名，世界文学史上也数得着的。名著，名著！"那人连声称赞。"我真想看看。"徐海东托那位同志想法借一部《红楼梦》。不知是那位同志忘了，还是这书实在难找，几个月过去了，徐海东还没看到书。

不久，中央军委命令下来，要徐海东到华中新四军任职。他在离开延安的前一天晚上，到毛泽东的住处辞行，当说到在马列主义学院读了些书的时候，说："只是你说的那三部小说还没有看呢！""哪三部小说？"毛泽东显然已经不记得了。"就是《三国演义》《水浒传》《红楼梦》嘛！"徐海东说，"你不是向贺老总和我说过，谁没有看过这三部小说，就不是一个中国人。"毛泽东听说，哈哈大笑起来。他真没有想到，徐海东会对自己的一句玩笑话如此认真，同时，也对徐海东的认真充满了喜悦之情。毛泽东原本就是十分喜欢徐海东的。

徐海东到江北新四军指挥部不久，就病倒了，他病得很重，大口吐血，白天黑夜都躺在担架上。当他挣脱了死神那双黑色的手，病情略微好转，能看书报时，又开始啃起了他立志要看完的三部书。打仗不易，啃书更难。徐海东最先捧起一本托人找来的《三国演义》，像捧起一块厚厚的砖头——实在难啃。但为了不当半个中国人，他带病捧读，坚持不懈，两个月后，一本《三国演义》硬是叫他啃了下来。有了对《三国演义》的认识和兴趣，他又接着啃《水浒》。

《红楼梦》既不同于《三国演义》，也有别于《水浒》。《三国演义》《水浒》不管多难，好在都有打仗的内容。但《红楼梦》没有打仗，尽是男呀女的，说说笑笑，搂搂抱抱，即便有打仗，也是打嘴巴仗。因此，徐海东这个"大老粗"刚一捧起《红楼梦》，便感到无法接受。但毛泽东说了，不看完这三本书不算是一个中国人，尽管他已经看了两本，但还是只算半个中国人。于是，为了不当半个中国人，徐海东开始咬牙啃读。他逐字逐字地看，一句一句地读，看不进照样看，读不懂反复读，他相信自己一定能读懂。一本《红楼梦》总算看完了四分之一。但读这样的书对从小在大山沟里长大的徐海东来说，无疑等于上刑。

一次，他刚看到"黛玉葬花"这一节，实在忍不住了，将书本一扔，愤愤地说："花落了就落了吧，葬它干啥？农民种地都忙不过来，哪有闲工夫葬花？"而且，一看到大观园里摆酒席，他便想到大别山的农民；一看到贾宝玉吟诗作画，谈情说爱，他眼前便浮现出战场上那倒在血泊之中的红军战士。于是，他将书扔在床头，可翻几个身后，他又苦着脸再次捧起扔掉的《红楼梦》。

妻子周东屏看他读得这样苦，劝他看不进去就别看了，他不听。于是，周东屏只好趁他睡熟之后，悄悄将他折叠在128页的书面叠到182页处，为的是好让他尽快看完。但还是被他发现了，他仍坚持从128页看起。

终于，每日穿行于战火之中，时刻颠簸于担架之上的徐海东，前后用了两个多月时间，读完了《红楼梦》。那天，当他读完最后一页时，书一合，高兴得像刚刚打了一个大胜仗。他连叫带喊让周东屏来到床前，举着手中的《红楼梦》兴奋地说："东屏，毛主席说的这三本书我全看完了。哈哈！我现在不是半个中国人了！"

在病中，他看了不少书。《红楼梦》就看了两遍。他看懂了，知道了这是一部反映中国封建社会没落历史的好书，用文学的方法揭示了历史的发展规律。他又想起毛泽东说的话，更加信服毛主席说的并非是笑话，作为一个中国人，是应该好好看看这三部书。"半个中国人"的故事，徐海东常常讲，讲给客人、战友，也讲给他的儿女。每当讲起的时候，都带着对毛泽东的崇敬。他常说，如果不是毛主席的一句玩笑话，我到现在恐怕还不知这三本书为何物。（李智舜：《毛泽东与十大将》，中共中央党校出版社1995年3月版，第73~77页）（《将帅夫人》第221~223页）

第二位是和尚出身的战将许世友。此公倒是看过《三国志》《水浒传》《封神榜》等战争题材的古典小说，讲话时还引用其故事语句，语言不失幽默风趣，但对《红楼梦》只听说过，却没看过，甚至说过一些不以为然的话，反对读《红楼梦》。

许将军在爱情上恪守中华民族的传统美德：忠贞专一。他曾公开说：《红楼梦》讲的是"吊膀子"（俗称男女间爱情之事），有什么看头？

多年以前，许世友在一次干部集训队讲话时，即兴插进去一句话："有人喜欢看《红楼梦》。《红楼梦》写的都是吊膀子的事，有什么好看？"

1973年以前的很长一段时期，许将军任南京军区司令员。这年年底，中央军委决定八大军区司令员对调。

从20世纪50年代开始，毛泽东曾多次推荐人们读《红楼梦》。对此提议，文化不高的许世友不感兴趣。这位爱将的"吊膀子论"，作为笑谈反映到毛泽东那里，毛泽东也报之一笑而已。

1973年11月17日，毛泽东在同周恩来等人谈到八大军区司令员调动时，一向言谈风趣幽默的毛泽东大概想到许世友"吊膀子论"的往事，不无调侃地说：

"许世友反对读《红楼梦》，说尽是吊膀子。你没有看，怎么知道是吊膀子。你没有调查，就下断语，大概是听什么人说的吧。我则不然，我说它是部政治小说。"（陈晋：《漫议"随、陆无武，绛、灌无文"——从毛泽东让许世友读〈红楼梦〉说起》）

接着，他还引述了小说中的一些话，诸如"坐山观虎斗"，"千里搭长棚，没有不散的筵席"，"不是东风压倒西风，就是西风压倒东风"等，来比喻国际形势，又说："'大有大的难处'，特别对我们有用。"

12月21日，毛泽东在中南海春藕斋召见军队高级将领。毛泽东坐在大沙发上，对着将领们侃侃而谈，要将领们读《汉书·周勃传》。他还专门讲了中国古典文学名著《红楼梦》。

毛泽东对许世友讲了许多话，说："许世友同志，你现在也看《红楼梦》吗？

许世友："看了，自从上次主席批评我，就全部都看了一遍。"

毛泽东："要看五遍才有发言权呢。"

许世友："那，没有看那么多，我还刚看一遍呢。一定坚持看下去。"

毛泽东说："他那是把真事隐去，用假语村言写出来，所以有两个人，一名叫甄士隐，一名叫贾雨村。真事不能讲，就是政治斗争，吊膀子这些是掩盖它的。"

毛泽东又说："中国古代小说写得好的是这一部，最好的一部，创造了好多文学语言呢。你就只讲打仗。"

许世友："主席讲的这个话，确实打中要害。"

毛泽东："你这个人以后搞点文学吧。'随陆无武，绛灌无文。'汉书里边有汉高祖和陆贾的传，那里边说的：'常恨随陆无武，绛灌无文'。"

许世友："应该搞点文。"

毛泽东："你能够看《红楼梦》，看得懂吗？"

许世友："大体可以。"

毛泽东："要看五遍。"

许世友："坚持看五遍。"

毛泽东："《水浒》不反皇帝，专门反对贪官。后来接受了招安。"

毛泽东解释"随陆无武，绛灌无文"说："绛是说周勃，周勃厚重少文。你这个人也是厚重少文。如果中国出了修正主义，大家要注意啊！"

许世友："把它消灭！不怕，那有什么关系！"

毛泽东："不怕啊！你就作周勃嘛。你去读《红楼梦》吧！"（《毛泽东传（1949—1976）》，中央文献出版社2003年12月版，第1676页）

12月21日毛泽东与许世友谈话时，许世友明确提道：自从主席上次批评我，就把《红楼梦》全部翻看了一遍。其中的"上次"，不知具体指的是哪一次。笔者翻许将军的回忆录，也没有查到。但是，在一本书中却有这样的记载：

有一次他（指毛泽东——引者注）问宿将许世友读完《红楼梦》有何感受。许司令毫不掩饰地说：没什么感受。无非是吊膀子、搂搂抱抱呗。他听后诙谐地笑着说，看来你还读得少，没读懂。《红楼梦》至少得读四遍才有发言权。多少年来，人们一直把它当做色情书看待。我看这不公道。（喜民：《魂系中南海》中国文联出版公司1990年8月版，第93页）

也许因为这个缘由，毛泽东让许世友读《红楼梦》，也就在情理之中了。

许世友虽然忠勇过人，但在建设时期，作为领导干部，如果只知打仗而不知其他，无疑是个缺憾。毛泽东让许世友读《红楼梦》，显然有现实的考虑，意在让他提高文化修养和政治觉悟。

毛泽东其实是很赏识许世友的，不光赏识他的战功，还赏识他的忠诚、质朴、重情和坦诚。毛泽东1971年9月3日在杭州曾说："许世友这个人是可以交朋友的。"

自从八大军区司令员对调毛泽东亲自谈话以后，许世友的床头果真摆上了一部《红楼梦》。但有人说，直到许世友去世，他床头的《红楼梦》仍然翻在第一卷。

晚年，许世友谢印归隐南京，一位军中记者在采访许世友时，曾半开玩笑地问许世友读了《红楼梦》没有，许世友回答已经读了"六遍"。可是在与记者的交谈中，他连"金陵十二钗"也弄不清楚。

在任南京军区司令员和归隐之后，许世友住南京紫金山南麓中山陵八号。庭院内的主体建筑是一幢两层的别墅楼。外形设计为不规则的多边形，凸凹衔接，圆润自然，灵秀而又雅致。楼前用青砖圈成心形草坪，有养金鱼的水池，八九株高大挺拔的松柏簇拥在大门南侧。主楼后面，有假山、石径、花圃、竹林、凉亭和人工湖。三四幢附属建筑物，似乎不经意地点缀了庭院四周。许世友称这里为"稻香村"。

如果说许世友读《红楼梦》而弄不清"金陵十二钗"是谁，那么对于《红楼梦》中"稻香村"的一草一木他是情有独钟的。

《红楼梦》第十七回里，林黛玉作诗描绘"稻香村"："一畦春韭熟，十里稻花香。盛世无饥馁，何须织耕忙。""稻香村"原称"浣葛山庄"，是贾元春为贵妃后省亲时，看了黛玉的诗，大喜，遂后改的名。

归隐重返中山陵八号的许世友，做的第一件事，就是按照他的喜好对院落进行改造。靠围墙边的那排灌木丛被毫不犹豫地锯掉了，取而代之的是一排猪圈，几头猪崽热烈地拱着土吃食。楼房西头的那片苗圃也被毫不犹豫地铲平，挖成一个四四方方的鱼塘，各色鱼苗，应有尽有。楼后的奇花异草名树被理所当然地移走，平整成了一畦畦"生产地"。在这块"生产地"里，种过水稻、地瓜、高粱和各种蔬菜。

许世友按照自己的喜好，将别墅改造成了鸡鸣狗吠、猪欢鱼跃、瓜果满棚、蔬菜滴翠、高粱飘香的"稻香村"。他则自任"稻香村"村长。这可算是许将军读《红楼梦》的一点收获吧。

第三位将军是后起之秀李德生。高级干部有了新的任命，毛泽东找其谈话，也询问他们阅读《红楼梦》的情况。李德生原是中国人民解放军第十二军军长，曾经当选为党中央的副主席，他在回忆录中写道：到中央工作后，第一次受到毛泽东主席的接见，等着毛泽东对他提出具体要求。然而，毛泽东思路纵横驰骋，完全不像他想象的常规的工作方法。毛泽东谈起了党在历史上同"左"倾"右"倾路线斗争的情况，又问李德生平常爱读什么书。李德生看到毛泽东主席房间里那么多书，顿感惭愧。他说："主席，我文化程度不高，除了学文化，就是读一些军事理论方面的书。"

毛泽东说："你打了好多仗，但是光读军事书籍不行，还应该读点历史、文艺、科技方面的书。你看过《红楼梦》吧？"

李德生只好如实地回答说:"看过,只是断断续续的,没有从头到尾完整地看一遍。"

毛泽东说:"要读《红楼梦》,要把它当历史读。我是读了五遍才能开讲的。"(《李德生回忆录》,解放军出版社1997年8月版,第378页)

接下来,毛泽东又提出,《天演论》和《通鉴纪事本末》也要看。毛泽东说:"《通鉴纪事本末》是中国历史的简明读本,我喜欢看这本书。看一遍不行,要看五遍。"

这是李德生第一次面对面地听毛泽东谈历史,谈文学。他的直接感受是:毛泽东是有感而发,有着具体的或广泛意义上的针对性。

向所接触到的各种各样的人推荐《红楼梦》,利用任何一次机会要求人们读这部小说,这是毛泽东读《红楼梦》独具个性的特点。"你们都要看看《红楼梦》",这几乎成了他的口头禅。他希望这部文学名著被国人认同,获得普及,让灿烂的文学之光照亮人们精神生活的天空。

对《红楼梦》发表了许多精辟见解

（文本阅读之三）

> "这一次他和我畅谈中国古典文学，对《红楼梦》发表了许多精辟的见解。"
>
> 茅盾：《新文学史料》1985年第1期

像读别的书喜欢与人交流一样，毛泽东读罢《红楼梦》也愿意与人谈论。尤其是熟读之后，他在讲话、谈话甚至闲话时，常举《红楼梦》的例子。遇到懂文学、懂历史的谈话对手，更是乐此不疲。这几乎成了毛泽东日常生活、交际方式乃至领导艺术的一大特色。

据毛泽东的卫士回忆，毛泽东看过的书，好多都能记住详细情节。比如《红楼梦》，里边那么多人物，一般人看过后，一些次要人物就忘记了，毛泽东却连那些不起眼的小丫鬟的名字都记得。有时给卫士们讲事情，常举《红楼梦》里的例子，还告诉这是在第几回里，照书去查，从来一丝不差。（孙宝义：《毛泽东的读书生涯》，知识出版社1993年版，第243页）

抗战初期，小说家丁玲来到延安。毛泽东比较喜欢中国古典文学，常与丁玲讨论。据丁玲回忆："我记得党中央初到延安时，我去看他，他给我的印象是比较喜欢中国古典文学；我很钦佩毛主席的旧学渊博。他常常带着非常欣赏的情趣谈李白，谈李商隐，谈韩愈，谈宋词，谈小说则是《红楼梦》。那时他每周去红军大学讲唯物辩证法，每次他去讲课，警卫员都来通知我去听。在露天广场上，他常常引用《红楼梦》中的人、事为例，深入浅出，通俗生动，听课的人都非常有兴趣。"（丁玲：《毛泽东与延安文艺》，《中国出了个毛泽东》，解放军出版社1991年4月版，第3~4页；艾克思：《延安文艺运动纪盛》，文化艺术出版社1987年版，第49页）

1940年6月初在延安，毛泽东来到老朋友茅盾住的窑洞里交谈。据茅盾

回忆说:"这一次他和我畅谈中国古典文学,对《红楼梦》发表了许多精辟的见解。"(《新文学史料》1985年第1期)

王昆仑是著名的民主党派人士,同时也是一位诗人和《红楼梦》研究专家。早在20世纪40年代,他就出版过《红楼梦人物论》,以后又陆续写过一些有关的文章。1945年8月底,毛泽东应蒋介石之邀到重庆谈判时,很注意与各界著名人士的接触与交谈。那时,王昆仑与许宝驹、侯外庐等都是中国民主革命同盟(简称"小民革")的成员。而中共内负责统战工作的王炳南本来也是"小民革"的成员。在征得了毛泽东的意见之后,他便安排了一次毛泽东与"小民革"成员的交谈活动。在交谈中,王昆仑等集中提出了这次和谈能否成功的问题。王昆仑平时对《红楼梦》等小说颇感兴趣,便引用了《红楼梦》里的词语和故事,来比喻蒋介石邀请毛泽东来重庆会谈是不怀好意的,他很明确地说:"依我看,这次和谈是谈不成的;即使谈成了,国民党当权派也不会给共产党实权的。"不料毛泽东对《红楼梦》也相当精熟,同样以《红楼梦》里的词语和故事回答了王昆仑所谈的问题。最后他说:明知这次谈判困难很大,还是要谈,因为人民需要和平,人民需要团结。所以,中共应该尽力地争取和平,争取团结,为人民利益必须这样做。《红楼梦》的故事情节,成了毛泽东与王昆仑交流思想观点的媒介。(孙琴安、李师贞:《毛泽东与名人》,江苏人民出版社1993年2月版,第662页)

1954年3月中旬,毛泽东在中共浙江省委书记谭启龙的陪同下,来到绍兴,游览东湖,感受水乡的特色。毛泽东在外面观赏风景后,便到室内的走廊上小憩。毛泽东与秘书们从科学种田和东湖的景观谈开去,谈起了《红楼梦》,谈起了对《红楼梦》的研究。

毛泽东说:"《红楼梦》不仅是一部文学名著,而且是一部阶级斗争史。里面有六条人命呢!冯渊、贾瑞、鲍二家、尤三姐、司棋、晴雯……都白白地断送了性命。'红学'派、'新红学'派,他们借研究《红楼梦》,推销他们的主观唯心论,毒害着青年人……"

谈着谈着,毛泽东忽然转过头来,问谭启龙:"你看过《红楼梦》吗?"

谭启龙回答说:"在战争年代看过。"

毛泽东接着问:"看过几遍?"

谭启龙答道:"看过一遍。"

毛泽东笑着说:"只看过一遍?!看一遍不行,至少看五遍才有资格参加我们今天的议论。"说得大家都笑了起来。

毛泽东的谈话，使谭启龙感受很深，他后来在回忆录中写道："经毛主席这么一说，我才知道这部书里面有这么大的学问，我虽说也看过一遍，可对毛主席他们所谈的确实有些一知半解。这也激发了我要多读书，尤其要多读一些历史的东西，多探讨一些历史的问题。"（谭启龙：《回忆毛泽东亲临浙江的几个片断》、中共绍兴市委党史研究室：《毛泽东在绍兴的足迹》，《毛泽东在浙江》，中共党史出版社1993年11月版，第6、69页；谭启龙：《坚持实事求是深入调查研究》，《缅怀毛泽东》上册，中央文献出版社1993年7月版，第237~238页）

　　1959年7月4日，在庐山，毛泽东对王任重、刘建勋和梅白说："我今天有一点点空闲，请你们三位与我共进晚餐如何？"他们三人当然很高兴。席间，毛泽东兴致很高，除说了国际国内的一些事以外，还谈起诗和《红楼梦》。（许祖范等：《毛泽东幽默趣谈》，山东人民出版社1995年版，第159页）

　　北京大学中文系老师芦荻回忆：1975年4月进中南海，替毛泽东读书。毛泽东7月22日做了白内障摘除手术，一只眼睛复明。8月13日晚，张玉凤也在侧。芦荻向毛泽东请教几部中国古典小说的评价问题。……谈起《红楼梦》，芦荻说只读了一遍半，高鹗的续书不喜欢读。毛泽东说，我读了五遍，要读后来的部分。他还特别谈了封建社会中妇女的命运问题。（《文学理论与批评》记者：《毛泽东评〈水浒〉的前前后后——芦荻访谈录》，《水浒评话》，江苏教育出版社1999年1月版，第300页）

　　"开谈不说《红楼梦》，读尽诗书也枉然"，这是曹雪芹创作的《红楼梦》流传开后，一时在官宦士子中所形成的风气。在毛泽东，则是"开谈常说《红楼梦》，细品深究成自然"。这是一个良好的读书习惯。"与君一席语，胜读十年书。"交谈是一种复习，可以梳理读书心得，使感悟得到深化；交谈是一种交流，各抒己见，互相启示，人人获益匪浅；交谈是一种享受，品味《红楼梦》这样的千古名著，是一种美的精神大餐。毛泽东身体力行所带动的谈红之风，是一种高雅的、清新的、书香气的文明之风。

家境不衰写不出《红楼梦》

（曹学之一）

> 毛泽东多次说过，司马迁不受辱刑写不出《史记》，屈原不被流放体验不到生活，曹雪芹家境不衰败也就没有《红楼梦》了……
>
> 陈晋：《毛泽东之魂》，中央文献出版社1997年9月版，第122页

现在，研红学人一般称研究曹雪芹身世和曹家家世的学问为"曹学"，并把"曹学"视为"红学"一大分支学科。

20世纪20年代初胡适作《红楼梦考证》，他主要考证了"作者"和"本子"。对作者的考证研究，学术成果日渐丰盈，成为专学。80年代后，由周汝昌、冯其庸等人倡导推崇，被称之为"曹学"。

毛泽东生前，还没有"曹学"这个概念，但是曹学研究却早已发生，并在持续发展，不断有新成果推出。对《红楼梦》作者曹雪芹的生平和家世，毛泽东不仅十分关注，而且发表了不少见解独到的评论，构成了毛氏的"曹学"体系。

曹雪芹就生活在那个时代

要读懂《红楼梦》，就不能不了解作者的生活时代和小说产生的社会背景。正如鲁迅所说："……倘要论文，最好是顾及全篇，并且顾及作者的全人，以及他所处的社会状态，这才较为确凿。要不然，是很容易近乎说梦的。"[《且介亭杂文二集·"题未定"草（七）》]

1962年1月，中共中央召开扩大的中央工作会议，史称"七千人大会"。毛泽东在会上发表了著名的讲话。在讲话第四点谈"关于认识客观世

界的问题",即谈对于社会主义建设规律的认识时,毛泽东涉及曹雪芹的"生活时代"和《红楼梦》产生的"社会背景"。

毛泽东以《红楼梦》为坐标,谈到中国在曹雪芹生活的乾隆时代已经有了资本主义生产关系的萌芽:

> 十七世纪是什么时代呢?那是中国的明朝末年和清朝初年。再过一个世纪,到十八世纪的上半期,就是清朝乾隆时代,《红楼梦》的作者曹雪芹就生活在那个时代,就是产生贾宝玉这种不满意封建制度的小说人物的时代。乾隆时代,中国已经有了一些资本主义生产关系的萌芽,但是还是封建社会。这就是出现大观园里那一群小说人物的社会背景。(《在扩大的中央工作会议上的讲话》,《毛泽东著作选读》,下册,人民出版社1986年8月版,第828页)

毛泽东20世纪60年代初期这个论断,并非猝然得出的。笔者以为,它的形成来自两个方面:

一方面,它来自毛泽东研究社会形态历史发展,尤其是研究资本主义社会的发生、发展和衰落历史的理论思维成果的自然延伸。

早在延安时期的1939年冬季,毛泽东和一些同志研究和分析"中国社会",撰写了供干部学习之用的课本《中国革命和中国共产党》。在课本中毛泽东就正确指出:

> "中国封建社会内的商品经济的发展,已经孕育着资本主义的萌芽,如果没有外国资本主义的影响,中国也将缓慢地发展到资本主义社会。外国资本主义的侵入,促进了这种发展。"(《毛泽东选集》第二卷,人民出版社1991年6月第2版,第626页)

二十年后的1958年11月2日至10日,毛泽东召集部分中央领导人和部分地方负责人在郑州举行工作会议。他在会上多次讲话,批评了急于想使人民公社由集体所有制过渡到全民所有制、由社会主义过渡到共产主义,以及企图废除商品生产等错误主张。11月10日下午,毛泽东在解释社会主义商品生产这个问题时,再次提到封建社会孕育资本主义生产方式的话题:

"在奴隶时代商品生产并没有引导到资本主义。斯大林说，商品生产'替封建制度服务过，可是，虽然它为资本主义生产准备了若干条件，却没有引导到资本主义'。斯大林的这一说法不很准确，应该说：封建社会这个母胎中已经孕育了资本主义的生产方式。"（《毛泽东文集》第七卷，人民出版社1999年6月版，第439页）

从1939年到1962年，毛泽东二十余年的理论探索，都贯穿了封建社会孕育了资本主义萌芽的思想观点。他为曹雪芹生活时代和小说人物出现背景的社会性质定义，也是渊源有自。

另一方面，这个结论也与五六十年代史学界、红学界关于明清之际社会性质及其与《红楼梦》产生的社会背景的讨论有关。我们只要看一些论文的题目，对此就能有个梗概的了解：

《中国资本主义生产因素的萌芽及其增长》 尚钺 《历史研究》1955年3期

《从万历到乾隆——关于中国资本主义萌芽时期的一个论证》 邓拓 《历史研究》1956年10期

《对邓拓同志"从万历到乾隆"一文的商榷和补充——并试论处理和运用实地调查材料的方法》 汤明檖 《历史研究》1958年1期

《中国资本主义经济发展中的若干特点》 吴江 《经济研究》1955年5期

《关于中国资本主义萌芽的一些问题——在北京大学历史系所作的报告》 吴晗 《光明日报》 1955年12月22日

《论十八世纪上半期中国社会经济的性质——兼论红楼梦中所反映的社会经济情况》 翦伯赞 《北京大学学报》1955年2期

《论"红楼梦"的社会背景和历史意义》 邓拓 《新华月报》1955年2期

《略论"红楼梦"的历史背景》 吴大琨 《文史哲》1955年1期

《略论"红楼梦"的社会背景——评吴大琨先生的几个论点》 陈湛若 《文史哲》1956年4期

这个讨论持续了七八年，其中的批评与反批评此起彼伏，很是热闹。

论战中，"萌芽说"为较多史学、红学工作者所接受，形成了一种有代表性的观点。这些论文的作者和登载论文的报刊，几乎都为毛泽东所熟悉。这不能不影响到毛泽东对这个问题的判断。

毛泽东说，曹雪芹生活的"乾隆时代，中国已经有了一些资本主义生产关系的萌芽，但是还是封建社会"。这个理论判断是科学的，而且充满辩证精神。中国封建社会经过漫长时期的发展，到它的晚期明清之际，确实孕育了资本主义生产关系的萌芽。明代后期出现的资本主义萌芽，在清军入关后的战火中，曾一度遭受到摧残和抑制。但是新生的力量是消灭不了的，经过康熙、雍正、乾隆时期，社会生产和商品经济又逐渐恢复和发展起来，资本主义萌芽也在这个基础上继续发展了。资本主义萌芽在清代见之于手工业部门中，突出的如丝织业、棉布加工业、矿冶业、制瓷业、制盐业、木材采伐业、造纸业等。清代丝织业发展迅速，江宁（今南京）、苏州等地出现一些很富有的机户，经营着较大的手工业作坊或工场。江宁在康熙以前机户有织机不过百张，至道光年间有"开五六百张机者"。特别是一些大的包买商，开设"账户"或"行号"，有众多的小机户及职工受其支配，形成资本主义的雇佣关系，从事资本主义式的经营。清中叶棉布加工业中的资本主义萌芽也很明显。如在苏州有许多踹坊出现。这种踹坊是为棉布染后的整理加工而设。踹坊的经营者称为包头，苏州共有包头三百四十余人，开设踹坊四百五十余处，每坊容纳踹匠数十人。包头提供踹石、场房，召集踹匠居住，向布商（客店）领布发给踹匠踹牙，布商付给踹布每匹工价银一分一厘三毫，全为踹匠所得，踹匠则每人每月给包头银三钱六分，以偿其房租家伙之费。在这里，踹匠和布商经由踹坊发生关系，布商是雇工的资本家，踹匠是受雇的工人，包头则绍介其间，从中谋利。清代矿冶业中的冶铁、铸铁、采铜、采煤等部门都有资本主义性质的工场手工业存在。如陕西南部山区，有许多由商人出资雇工经营的铁厂，其规模甚大，厂内厂外用工甚多，大厂"二三千人"，小厂"有千数百人"。这样的铁厂无疑具有资本主义性质。曹雪芹家从他的高祖曹玺、祖父曹寅到父辈曹颙、曹頫，三代四人"专差久任"江宁织造六十多年，丝织、铜斤、制盐都曾在其管辖经营范围之内，其采用的经管方式与上述资本主义萌芽状态的生产方式是共同的、一致的。曹雪芹就在江南这种社会环境中长大（他大约在十三四岁才回到北京），社会生活在缓慢变化，他的思想不可能不受其影响。

存在决定意识，经济基础决定上层建筑。尽管曹雪芹生活的时代资本主义处于萌芽状态，但是它必然反映到意识形态领域，产生新的思想和文化形态，新的思想意识缓慢地暗暗地滋长起来。曹雪芹通过小说《红楼梦》透露出来的反封建传统、反礼教、反程朱理学以及要求给人以自由的思想，正是新的思想意识的反映。这里不妨试举几例：

反对压迫人、束缚人，主张人的解放和自由：

——第六十回，春燕转述宝玉的话说："将来这屋里的人，无论家里外头的，一应我们这些人，他都要回太太全放出去，与本人父母自便呢。""自便"的主张即是摆脱束缚获取自由的主张。

——第三十六回，贾蔷买了个雀儿笼子送给龄官玩，龄官说："你们家把好好的人弄了来，关在这牢坑里学这个劳什子还不算，你这会子又弄个雀儿来，也偏生干这个。你分明是弄了他来打趣形容我们……"官宦世家是关押奴隶的"牢坑"——这是女奴血泪的控诉。

——第四十七回，贾宝玉说："我只恨我天天圈在家里，一点儿做不得主，行动就有人知道，不是这个拦就是那个劝的，能说不能行。"思想开化的公子哥儿，也感到了封建家庭的不自由。

反对包办婚姻，主张择偶自由：

——第六十五回，尤三姐对着贾琏那一班人坚决表示："终身大事，一生至一死，非同儿戏……只要我拣一个素日可心如意的人方跟他去。若凭你们拣择，虽是富比石崇，才过子建，貌比潘安的，我心里进不去，也白过了一世。"

反对热衷功名利禄的"经济之道"，斥责国贼禄鬼：

——第十九回，作者借书中人物袭人转述宝玉的话，狠骂借科举之路向上爬的封建士子道："背前背后乱说那些混话，凡读书上进的人，你就起个名字叫'禄蠹'。"

贾宝玉在另一处又说："说了半天并没个明心见性之谈，不过说些什么文章经济，又说什么为忠为孝，这样人可不是个禄蠹么？"

——第三十六回，贾宝玉反对薛宝钗见机导劝自己"委身经济之道"，他说："好好的一个清静洁白女儿，也学得钓名沽誉，入了国贼禄鬼之流。这总是前人无故生事，立言竖辞，原为导后世的须眉浊物。不想我生不幸，亦且琼闺绣阁中亦染此风，真真有负天地钟灵毓秀之德！"因此祸延古人，除四书外，竟将别的书焚了。

曹雪芹在《红楼梦》中多处痛斥封建的道德、功名、利禄和等级制度，痛贬那些虚伪的封建社会的忠臣孝子，痛骂那些凌辱别人的个性自由的残暴行为。作者体现在多方面的这种思想倾向，显然是受了当时反映着萌芽状态中的资本主义生产关系的发生和发展的新兴市民思想影响的结果。

曹雪芹生活的时代尽管产生了资本主义的萌芽，但从本质上说它"还是封建社会"。资本主义萌芽自明朝后期出现以来，其发展是异常缓慢的，它在很长的一个历史阶段只是孕育在封建社会内部的新社会形态的萌芽，而对社会的影响力也是很有限的，还不是社会矛盾的主导方面，不能改变社会的封建性质。造成这种情况的主要原因是封建地主土地所有制没有根本动摇，当然封建的上层建筑也起了严重的阻碍作用。在这样的时代背景下，曹雪芹所能呼吸到的民主自由空气也是十分有限的，《红楼梦》中所反映出的新兴市民的思想则是早期的、原初的、粗糙的、启蒙的，贾宝玉和林黛玉等新人的苦闷、觉悟和叛逆都刻下了这个特定社会背景的烙印。

毛泽东关于曹雪芹生活时代和产生《红楼梦》社会背景的论断，深化了人们对《红楼梦》作者生活环境和小说思想内涵的认识。《红楼梦》的伟大之处，正在于它不仅是一个特定时代的产物，而且在于它准确、丰富、深刻地反映了这个时代。它是时代的一面镜子，是时代精神集中的艺术反映。

你是曹雪芹的同乡嘛

曹雪芹祖籍在哪里，毛泽东没有直接发表看法。只是在20世纪60年代末，有一次他在接见北京市委书记吴德时，提到吴德与曹雪芹是"同乡"。吴德是河北省丰润县人。

中国红学会副会长、中国社科院文学所研究员刘世德在"关于曹雪芹祖籍、家世和《红楼梦》著作权问题"研讨会上说：

在"文化大革命"中……传出一句最高指示，说毛主席不知在什么场合对吴德同志说了一句，曹雪芹是你们丰润人。从这以后，"丰润说"被重视起来。（刘世德：《学术研究要尊重事实，尊

重材料》,《曹雪芹祖籍在辽阳》,辽海出版社1997年7月版,第276页)

刘世德在讨论曹雪芹祖籍的专著中,再次披露了这条史料。他曾经写道:

> 当时,流行着把"最高指示"抄贴出来,让大家认真学习的风气。人们不难在街头的大字报上看到了这样一条"最高指示":有一次,在一个会议上,毛泽东主席对某位丰润籍领导人说:曹雪芹就是你们丰润人。于是,红学中的"丰润说"不胫而走,尽人皆知。(刘世德《曹雪芹祖籍辨证》,中国大百科全书出版社1998年3月版,第258页)

曹雪芹的祖籍问题,早在"新红学"产生不久,就有人注意到它了。后来在红学界逐渐形成曹雪芹祖籍"丰润说""辽阳说""铁岭说"和"沈阳说"。不过,在毛泽东生前,"丰润说"不仅进入专著,而且传播较广。由于这个结论曾得到毛泽东的认同,因此曾一枝独秀多年。那时,曹雪芹祖籍别的说法,虽有雏形,但无成论。

20世纪30年代,北京故宫博物院的一位秘书长李玄伯已提出了"丰润说"。到了50年代初,周汝昌在其成名著《红楼梦新证》中,力主"丰润说"。《籍贯出身》一章《丰润咸宁里》一节对此考论详密。周氏根据曹雪芹祖父曹寅《楝亭集》中的材料,考出曹寅与丰润的曹钤、曹钫都是丰润曹氏后代。曹寅诗中深情满怀地回忆描写了少小时在丰润曹家生活的情景:他们一起在曹家松茨园夜晚"读书",在曹家莲花湖弄玩"莲叶",到丰润境内的"浭水"垂钓。他们入仕为官后的互相赠答的诗作有六题二十二首,其中有不少"骨肉""同胞""伯氏""仲氏"的称谓语,说明他们是兄弟关系。周汝昌还引尤侗《艮斋文集·松茨诗稿序》互相印证。这些材料证明"丰润咸宁里""即是雪芹之老家"。

1963年前后,纪念曹雪芹逝世200周年,记有曹雪芹祖先谱系的《五庆堂重修曹氏宗谱》出现于北京。20世纪70年代中后期,红学家冯其庸经过研究,提出了《五庆堂重修曹氏宗谱》是曹雪芹家族宗谱的观点,并由此提出曹雪芹的祖籍在辽阳的"辽阳说"。冯其庸的《曹雪芹家世新考》一书和一些专题论文的问世,使"辽阳说"有了更多的史料依据。"辽阳说"的基本观点是:曹雪芹祖籍"确是辽阳,后迁沈阳,而不是河北丰润"。《五庆堂曹氏宗谱》在曹俊的第四房曹智名下载有曹雪芹的上祖,这一记载是真实的。丰润曹氏的《浭阳曹氏族谱》《丰润县志》均一字未载曹振彦、曹玺、曹寅及其后辈的任何情况,主持参加这两部书修撰的恰好是被曹寅称之为"骨肉""兄弟"的曹钤和他的父亲曹鼎望。于是冯其庸反诘:"如果曹寅一家确是丰润曹分出的到辽东铁岭去的,曹玺、曹寅的东北籍贯确是铁岭……那么曹鼎望在监修此谱时为什么把这一支就在跟前的同宗兄弟不编入谱,而要排出在这谱外呢?""既然由丰润分出去的曹邦也可以编入县志,那么现任内务府江宁织造的曹寅以及他的一家,如果他的祖籍确是'丰润'的话,为什么不能编入县志呢?难道他的声望、地位还不够格吗?"足见曹钤、曹钫兄弟与曹寅并非同宗。这个反驳是有力的。

冯其庸考证的结论使"丰润说"面临严重的挑战。因此这个观点一出台立即遭到"丰润说"学者的驳论。他们认为谱中从曹锡远以上五世祖名字后均注明了"因际播迁,谱失莫记"字样,因此前后接续不上。周汝昌又根据《浭阳曹氏族谱》中曹鼎望《曹氏重修南北合谱序》,认定"辽阳曹"是自丰润迁往辽东的曹端广的一支。由此,有的学者进一步考证推论,由"丰润说"派生枝蔓出"铁岭说"。"丰润说"有明显缺陷。因为除曹寅外,对曹雪芹祖先曹世选、曹振彦、曹玺等拿不出任何与丰润有关的证据;要证明曹雪芹的上祖与"丰润曹"同宗,何因何时由丰润出关客籍辽阳的?至今尚无有力证据。相反,反证却可以举出不少。

2006年底,周汝昌在回答《沈阳日报》记者访谈时,郑重宣布放弃坚持几十年的"丰润说",转而主张"沈阳说"。这是他学术观点的重要修正。近年来,辽沈地区一些学人依据可信史料撰写了一批学术文章,论证曹雪芹祖籍"沈阳说",此说与曹雪芹远祖、直系祖先的历史活动丝丝入扣,若合符节,与有一定真理性的"辽阳说"遥相呼应。

"曹雪芹是你们丰润人",看来毛泽东的这句话是依据《红楼梦新证》的考证说出来的。话中认定曹雪芹祖籍的成分,反映了20世纪70年代人们对曹雪芹祖籍的认识水平。史料在不断发现,认识在不断深化,"丰润说"被修正乃至被否定是在常理之中的事情。

曹雪芹的家是在雍正手里衰落的

从后金天命六年(1621)曹雪芹远祖曹世选在沈阳中卫城沦落为战俘开始,曹家经历了曹雪芹高祖曹振彦、曾祖曹玺、祖父曹寅等几代人的艰难创业，家业重振，到康熙晚年（1720年前后），曹家"赫赫扬扬，已历百载"。然而，百年望族的曹家到六世孙曹雪芹的少年时代，不可挽回地衰落破败了。

什么原因使曹家衰败的？这对于曹雪芹生活道路和《红楼梦》的诞生来说，是太重要了。

曹家败落的原因究竟是什么？这是"红学"界长期争论的问题。毛泽东生前，关于这个问题在红学界主要有两种意见：一种意见认为是政治原因。也就是说康熙死后，曹家失去了政治靠山。雍正上台后，打击政敌即康熙朝的旧臣以及诸王子，祸及曹家；另一种意见认为是经济原因，曹家在江宁织造任上亏空了巨额帑银，而且一亏再亏，从曹寅到曹頫，几经努力，无法赔补，终至经济犯罪，抄家败落。

曹家的败落，毛泽东倾向"政治原因"。

1964年8月24日，毛泽东与北京大学副校长周培源、中共中央宣传部科学处处长于光远谈话，谈"关于人的认识问题"，不知不觉谈到对曹家衰落原因的分析，毛泽东说：

> 曹雪芹的家是在雍正手里衰落的。康熙有许多儿子，其中一个是雍正，雍正搞特务机关压迫他的对手，把康熙另外两个儿子，第八个和第九个儿子，一个改名为狗，一个改名为猪。（毛泽东：《关于人的认识问题》，《毛泽东文集》第八卷，人民出版社1999年6月版，第393页）

毛泽东认为曹家的衰败是政治原因，其具体内容是康熙晚年诸子夺嫡，雍正搞"特务机关"，上台后打击政敌，排斥异己，顺我者昌，逆我者亡。康熙八子为允禩，雍正将其名改为阿其那，俗传为"狗"的意思；九子为允禟，雍正将其改名为塞思黑，俗传为"猪"的意思。

毛泽东采用此说，很可能受到周汝昌《红楼梦新证》的影响。1953年版的《红楼梦新证》的《史事编年》一章，于雍正五年（1727）引《永宪录续编》的记载"原苏州织造削籍李煦馈阿其那侍婢事觉，再下诏，狱辞连故江督赫寿"，致使赫寿的子孙"罹党祸"，这个党祸即"阿（其那）、塞（思黑）之私"。周汝昌于此加按语说：

"阿其那（满语译音，义为'恶狗'）即胤禩，与塞思黑即胤禟，皆因争康熙嫡位事为雍正之死敌。雍正即位，不独阿、塞辈折磨极苦，辱贬备至，即称相与涉者，无不瓜蔓株连，考拷无类。李煦既以此下狱，则其下场与家事可不必问矣。"

毛泽东的结论是"曹雪芹的家是在雍正手里衰落的"。只要看一下曹家与皇室、王府关系的演变史，就不难明白这个结论的一语中的。

曹雪芹的高祖曹振彦，天聪八年（1634）即升任多尔衮属下旗鼓牛录章京，顺治七年（1650）出任山西平阳府吉州知州，顺治九年（1652）任大同府知府，顺治十三年（1656）到顺治十六年（1659）又任浙江盐法道。

雪芹的曾祖曹玺，顺治六年（1649）因"随王师征山右有功"成为顺治帝亲信侍臣，康熙二年（1663）到江宁任织造，"专差久任"到康熙二十三年（1684）死于任所，授内工部尚书衔。曹玺的妻子孙氏，是少年康熙（玄烨）的乳母，这使曹家直接与皇室建立了亲密联系。

雪芹的祖父曹寅，少年时做过康熙的"伴读"，青年时任康熙帝的侍卫，康熙二十九年（1690）后，任苏州、江宁织造也是二十余年，同时四次兼任两淮巡盐御史。康熙六次南巡，有四次以江宁织造署为行宫，也就是曹寅四次接驾，荣宠之至，达到了曹家家运的鼎盛巅峰期。曹寅因接驾有功，授通政使司通政使衔，位在九卿。他的两个女儿，被康熙帝指定嫁给王子，同为王妃。同时，四次接驾，修道路、治桥梁、建行宫、演戏剧，摆盛宴，打点应对诸王子和皇帝近臣无休止的讨要，银子花得像淌海水似的，也造成了巨额亏空。

曹寅死后，雪芹父辈曹颙、曹頫二人又相继任织造十五年。几乎整个康熙朝，再加上雍正朝前五年，前后60余年，曹玺与长子曹寅及孙辈曹颙、曹頫，祖孙三代四人都担任过江宁织造这一要职。

曹家上述经历，使他们与王府、皇室始终直接保持着一种特殊关系：曹振彦与睿亲王多尔衮、顺治帝福临，曹玺与顺治帝福临、康熙帝玄烨，曹寅、曹颙、曹頫与康熙帝玄烨，关系都可说是非同一般。尤其是康熙帝，对曹家真可谓恩宠有加，"皇恩浩荡"。

但是，这种情况到了雍正年间却有了根本改变。原来，康熙帝晚年，经常为选立"皇储"而忧心，皇太子允礽两立两废，皇四子胤禛、皇八子允禩、皇九子允禟互相明争暗斗，都在觊觎皇位，并志在必得。与皇室王府有着密切联系的曹家卷进了上层权力斗争的漩涡。康熙帝一死，皇四子胤禛窃取大位，是为雍正帝。这位雍正帝，说得好听一点，是明察果决，身手不凡，上台伊始，整顿吏治，敢下刀子；说得苛刻一点，此人"子系中山狼，得志便猖狂"，屠杀亲党，排斥异己，大开杀戒，专以革职抄家为能事，一时之间，人人自危，天下惶恐。雍正的政敌允礽、胤禩、胤禟、胤禵，都受到了残酷无比的折磨和打击。降爵、除籍、圈禁、毒毙……接踵而至，无所不用其极。胤禩被改名"阿其那"，胤禟被改名"塞思黑"，以示轻蔑和侮辱。更有甚者，谁和他们有来往，谁就受到株连。

抄本《红楼梦》以"假语村言"写出了雍正帝这种接二连三惩治异党的实际状况。有一条脂批值得注意。甲戌本《石头记》第一回，在"此方人家多用竹篱木壁者多，大概也因劫数，于是接二连三，牵五挂四，将一条街烧得如火焰山一般"一段上面，脂砚斋眉批："写出南直召祸之实病。""南直"即南直隶省的简称，实指南京曹家。"召祸"应指"接二连三，牵五挂四"的亲戚连累。我们看到，自从康熙一死，雍正上台，曹家的亲友故旧确实是个个失宠，"一损俱损"。先是雍正元年，苏州织造、曹頫的舅舅（曹寅大舅哥）和实际"监护人"李煦，被撤职抄家。接着，曹頫的姑父傅鼐于雍正四年五月获罪，谪戍黑龙江。曹頫的姐夫平郡王纳尔苏也在这一年"革退王爵，在家圈禁"。雍正五年，又以李煦曾经为胤禩在苏州买五个女子的罪名，指控其为"奸党"，将其流放到东北的苦寒之地打牲乌拉，两年后冻饿而死。再有，推测为曹家另一门亲戚的孙文成，又与曹頫同时罢官。特别是李煦的牵累，对曹家影响最大（葫芦庙起火正在苏州）。这种情况，用火势蔓延来形容，真是再恰当也没有了。

雍正帝对曹家的压迫，也与上述打击同时并举。雍正五年，就在李煦被以"奸党"罪流放的同年，曹頫以"行为不端""织造款亏空"罪被革职抄家。雍正的上谕是：

> 奉旨：江宁织造曹頫，行为不端，织造款项亏空甚多。朕屡次施恩宽限，令其赔补。伊倘感激朕成全之恩，理应尽心效力；然伊不但不感恩图报，反而将家中财物暗移他处，企图隐蔽，有违朕恩，甚属可恶！著行文江南总督范时绎，将曹府家中财物，固封看守，并将重要家人，立即严拿；家人之财产，亦著固封看守，俟新任织造官员绥赫德到彼之后办理。伊闻知织造官员易人时，说不定要暗派家人到江南送信，转移家财。倘有差遣之人到彼处，著范时绎严拿，审问该人前去的缘故，不得怠忽！钦此。

这个谕旨，可以看出雍正帝精心罗织曹頫罪名，周密布置在北京和南京两地捕捉曹家人犯，深文周纳陷曹家入罪的良苦用心。雍正要惩治曹頫的真正用意，他所信任依赖的臣子是心领神会的。一旦他们发现曹家与"奸党"联系的蛛丝马迹便马上报告。继曹頫接任江宁织造的是绥赫德，雍正六年（1728）七月初三日，他具折向雍正帝"奏闻请旨"：

> 窃奴才查得江宁织造衙门左侧万寿庵内，有藏贮镀金狮子一对，本身连座共高五尺六寸。奴才细查原由，系塞思黑于康熙五十五年遣护卫常德到江宁铸就，后因铸得不好，交与曹頫，寄顿庙中。今奴才查出，不知原铸何意，并不敢隐匿，谨具折奏闻。或送京呈览，或当地毁销，均乞圣裁，以便遵行。奴才不胜惶悚仰切之至。谨奏。

绥赫德《奏查织造衙门左侧庙内寄顿镀金狮子情形折》，通过铸造和藏贮镀金狮子事件，把雍正的政敌塞思黑与已经革职查办的曹頫捆绑在一起，其用意与利用买苏州女子之事把李煦定为阿其那"奸党"案一样歹毒。追查镀金狮子"原铸何意"，是绥赫德暗示雍正帝：当年胤禩（塞思黑）铸造镀金狮子图谋不轨！只是此时塞思黑已死，曹頫"枷号"在狱，打击奸党用不着再升级涨格，所以朱批：镀金狮子就地"毁销"。（《雍正朝汉文朱批奏折汇编》，第814页）

总之，种种文献和史实表明，雍正五年六年之交的（1727—1728）曹家被抄家没产，正是这种政治斗争中的牺牲品。其中有经济原因，如大量亏欠帑银，无力赔补，但主要是政治原因。毛泽东的结论与曹家史实是吻合的。

不过，毛泽东身后有的红学家与清史专家，对满语"阿其那"与"塞思黑"是否是猪狗的意思，心存疑义。他们著文考证，说"阿其那"不是恶名，是允禩争储失败受打击后给自己起的名字，寓意自己是"俎上之鱼"，任凭雍正帝处置；说"塞思黑"是满文读音，确是恶名，是令人"讨厌"的意思，雍正的用意在于以示侮辱。但是，尽管对"阿其那"与"塞思黑"的满语具体含义是什么理解不一样，却改变不了一个基本事实：雍正帝上台以后穷治政敌，曹家正是在这种残酷的政争中败落的。换句话说，曹家是在雍正手里衰败的。

雍正时代兴"文字狱"

谈到曹雪芹的生活时代，谈到曹雪芹著书的社会文化背景，不能不涉及清前期的"文字狱"状况。众所周知，清初严酷的文字狱，使曹雪芹不可能直抒胸臆而只能"将真事隐去""用假语村言敷演起来……"

毛泽东关注曹雪芹生活时代的文化氛围，关注到清代文字狱与其学术兴衰乃至文学创作的关系。1965年6月，毛泽东在上海。6月20日上午，他与文学史家刘大杰等人谈话时，刘大杰问毛泽东：清代"乾嘉学派"如何评价？毛泽东回答说：

"对'乾嘉学派'不能估价太高，不能说它就是唯一的科学方法，但是它的确有成绩。"

毛泽东对这一学派产生的历史背景以及历史变化作了科学的分析，他指出：

清代雍正时代对知识分子采取高压政策，兴"文字狱"，有时一杀杀一千多人。到了乾隆年代不采取高压政策了，改用收买政策。网罗了一些知识分子，送他们钱，给他们官做，叫他们老老实实研究汉学。与此同时，在文章方面又出现了所谓"桐城派"，专门替清王朝宣传先王之道，迷惑人心。

在鸦片战争以后，中国面临亡国的危险，就有一些进步的知识分子出来，像龚自珍这些人既反对"乾嘉学派"，又反对"桐城派"。前者要知识分子脱离政治，钻牛角尖，为考证而考证。后者替封建统治阶级做宣传，两者都要反对。后来又出现康梁变法，都没有找到出路。

最后还是非革命不可，这一点现在你们都懂了吧？（刘大杰：《一次不平常的会见》，《毛泽东在上海》，中共党史出版社1993年10月版，第144~145页）

文字狱是封建专制主义制度下必然产生的历史文化现象，故并非起自清代。据《左传》等文献记载，早在春秋时期，就有因文杀身的记载。以后的文字狱，可谓史不绝书，清代尤甚。因为清代是把禁书、修书、笔祸、文字狱紧密结合起来，使清代成为我国历史上文网最密、思想控制最严酷、镇压最血腥的朝代。据《清实录教科文史料汇辑·文字狱》条载，清朝文字狱繁密而严厉，动辄凌迟、枭首、斩立决，株连规模浩大。仅从顺治到乾隆的150年时间里，较大的文字狱便有160多次，平均无年能免。在全国范围内，掀起了一次又一次禁书狂潮，尤其是乾隆年间的禁书运动，真可以用如梳如篦来形容。

毛泽东评"乾嘉学派"，讲雍正、乾隆两朝的文字狱，其实清代早在此之前的顺治、康熙两朝，文网初张就很残酷。如康熙二年庄廷鑨修明史案，顾命大臣鳌拜下令严办，下狱者多达2000余人，写书者、刻版者、校对者、印刷者、装订者、书商、买书者、藏书者、读书者均未能幸免。其中名士伏法者221人。

封建统治者是血腥残暴的，毛泽东则赞扬敢冒文字狱风险奋起斗争的志士仁人。他在读书批语中曾经写道：

"曾静、戴名世……诸辈，以身殉志，不亦伟乎！"（《毛泽东读文史古籍批语集》，中央文献出版社1993年11月版，第237页）

曾静，号蒲潭先生，雍正朝湖南学者，他读书矢志，遂萌发反清思想。戴名世，安徽桐城人，康熙四十八年进士。曾静和戴名世的"殉志"，起因于康熙朝与雍正朝的两起文字狱。

康熙五十年戴名世狱。起因是桐城人方孝标写了一本《滇黔纪闻》，认为南明永历朝不可称之为伪朝，戴名世看了后很同意这个说法，于是在他写的《南山集》中很多地方都采用了这种说法。此书由汪灏、方苞作序，方正玉、尤云鹗出钱刊印。康熙五十年十月，此书被都察院左都御史赵申乔参劾，说其"颠倒是非，语言狂悖。"第二年正月判决。开始刑部等衙门的处理意见是：戴名世以大逆应凌迟处死。方孝标虽然死了，也应该戮尸。方戴二人之祖父子孙兄弟及伯叔父兄弟之子，年16岁以上者，都要斩立决。母女妻妾之姐妹，15岁以下的子孙伯叔兄弟之子，给功臣家为奴。汪灏、方正玉、尤云鹗免死，发往宁古塔安置。后来，康熙下旨，戴名世斩立决，家人不问。方孝标之子方登峰等免死，并其家流放黑龙江。汪灏、方苞免死，给旗人为奴。免死者300余人。

雍正六年曾静参与其事的吕留良狱。吕留良是顺治十年秀才，后自悔乃削发为僧，以示不与清政府合作。吕留良精通程朱理学，在当时名气很大。死后40年，被曾静牵连。

一次偶然机会，曾静看到吕留良的作品，从文章中看出吕留良学问很深，心中十分钦佩，就派学生张熙到吕留良老家浙江打听其遗稿。张熙不仅打听到文稿的下落，还找到了吕留良的两个学生。张熙与两位学生来到湖南。曾静热情接待，席中四人议论起清朝的统治都十分气愤，于是大家在一起想办法要推翻清王朝。曾静突然想到担任陕甘总督的汉人大臣岳钟琪是岳飞之后，此人掌握重要兵权，备受雍正帝重用。如果能劝说他反清，推翻清王朝的统治就一定能成功。雍正六年九月，曾静便写了一封亲笔信派张熙交给岳钟琪，动员其复明抗清，由此案发。雍正八年十二月，刑部等衙门判决，对吕氏家族及牵连众多人犯或抄斩，或流放，或为奴。但对曾静及张熙却并未杀害，而是由雍正亲自出面与其辩论，写下长篇圣谕，编成《大义觉迷录》，让他四处现身说法，以期在汉民族的读书人思想深处肃清反清意识。然而乾隆即位后，不顾雍正不要杀曾静的告诫，立即下谕旨将曾静、张熙凌迟处死。

乾隆登基后的前十年，为改变雍正峻急的政策，缓和官场中的紧张关系，缓解汉族知识分子的不满，采取宽和的政策，恢复康熙时代整理汉学的方针，如乾隆四年诏命校刊十三经颁布学宫等。但是，他渐渐也大肆搞起文字狱来，下令开展查办禁书的运动，此运动席卷全国。乾隆把禁书和修书合为一体。他下令开四库馆，纂集《四库全书》。在搜集古书的同时禁书24次，538种，13862部。在《四库全书总目提要》杀青的乾隆四十七年（1782），四库馆正总裁英廉进呈应全毁书目146种，抽毁书目180种，共326种。另外，军机处准奏抽毁书目40种，全毁书目724种，专案专理应毁书目208种，共972种。总之，在乾隆朝，从中央到地方都编制了一部违禁书目，并日益扩充，按图索骥，广事株连。在乾隆当政的60年中，有记载的文字狱就有130多起，平均每年两起以上。当此之时的文人，正如龚自珍诗中所云："国家治定功成日，文士关门养气时"，"避席畏闻文字狱，著书都为稻粱谋。"至此，乾隆皇帝达到了泯灭汉族知识分子反清的民族意识，控制其思想的目的。

清朝的文字狱，使不少有学问的文人不明不白地就丢了脑袋。弄得文人学者们不敢写文章、谈时事。有的学者便在考据学方面下功夫，使清朝的考据学相对发达起来；有的文人还想把真实思想感受表达出来，便在写作技巧上动脑筋，与文字狱的制造者"斗智"。曹雪芹的小说创作活动，恰恰是在这样的文化背景下进行的。

1973年12月21日，毛泽东在同军队高级将领谈话时说：

> 他（曹雪芹——引者注）那是把真事隐去，用假语村言写出

来，所以有两个人，一名叫甄士隐，一名叫贾雨村。真事不能讲，就是政治斗争。(《毛泽东文艺论集》，中央文献出版社2002年4月版，第209页)

毛泽东洞若观火，说透了《红楼梦》创作中一个历史事实：小说用假语村言隐去了政治斗争的真事。《红楼梦》成书于乾隆年间，频繁的文字狱对曹雪芹的政治观念、文化观念不可能不产生重要影响。红学家们一般认为曹雪芹开始创作《石头记》大约在乾隆九年（1744）前后，从他"十年辛苦不寻常"的诗句看，当完成于乾隆十九年（1754），然后又多次修改，直至乾隆二十七年（1762）去世时止。有清以来，尤其是他生活期间的雍正、乾隆两朝的文字狱，肯定会左右他的创作思想。这就是他巧用"假语村言"来进行文学创作的社会政治和文化氛围方面的原因。正如晚清小说家吴沃尧在《杂说》中所说："忧时愤世之心，不得不托之小说，且托之小说，亦不敢明写其事也，必委曲譬喻以为寓言。"

家境不衰写不出《红楼梦》

百年望族曹家在雍正手里衰落了，这对曹家来说无疑是灾难，是灭顶之灾，是极大的不幸；但是，这个灾难和不幸对《红楼梦》的产生来说，却创造了历史的契机，提供了助产的温床。

不幸，造就了绝世天才小说家；灾难，催生了千古杰作《红楼梦》。

毛泽东也这样看待曹雪芹和《红楼梦》的出现。他说过：

司马迁不受辱刑写不出《史记》，屈原不被流放体验不到生活，曹雪芹家境不衰败也就没有《红楼梦》了，等等。（陈晋：《毛泽东之魂》，中央文献出版社1997年9月版，第122页）

毛泽东这个话道出了生活与创作的因果关系。遭遇不幸经历坎坷的作家，比生活道路平静稳定的常人，对历史、对社会、对人生、对现实与理想、对过去与未来、对繁华与穷困、对尊严与屈辱、对热情与冷漠……有着较多的求索，较深的理解，较丰富的体验。战国时期的屈原被贬流放，西汉的司马迁遭逸受刑，清朝的曹雪芹家境衰败，都使他们有了不同常人的生活经历和生命体验，因此造就了他们在著述上的不朽！

"曹雪芹家境不衰败也就没有《红楼梦》了",家境衰败给曹雪芹和《红楼梦》创作带来了哪些影响呢?

家境衰败改变了曹雪芹的人生轨迹。曹雪芹是曹寅的孙子。曹寅在康熙五十一年(1712)谢世。曹寅的儿子曹颙承家袭职为织造不到三年,回京述职时突然病故。接替曹颙为织造的是曹寅的过继儿子曹頫。红学家一般认为曹雪芹出生在康熙五十四年(1715),雍正五年底六年初(1727—1728)曹頫被革职抄家时,雪芹大约十三四岁。这个事件无疑是曹家、也是曹雪芹生活道路的转折点和分水岭。假设没有抄没事件,曹雪芹也许是个承职袭爵的织造或佐领,至少恩典个什么小官。但历史没有"假设",就在抄家后大约两三个月后,曹家在家主"枷号"受审、家产全部没收的情况下,从南京被押回北京,生活境况发生了一落千尺的剧变,曹雪芹也一下子从织府公子哥儿沦落为罪人之子,秦淮繁华已是昨日旧梦,锦衣玉食只存在记忆之中,且不说衣食无忧,温饱也只能靠很有限的"旗人"回归旗营后恩典的"皇粮"支撑,而且亏欠的银两时时被催逼追还。十三岁的少年曹雪芹和亲人承受了"忽剌剌似大厦倾,昏惨惨似灯将尽"的打击,飞黄腾达成了梦想,出人头地化做泡影,现实迫使他想的不是发展,而是如何生存。像长辈那样做皇帝亲臣近臣已不可能,从科举之路重新进入上层社会也失去了机会,他成了被最高统治者打入另册的"废人"。曹雪芹要实现人生价值必须另谋出路。曹家的文化传统又造就了他在文学上的早慧早熟,"自古华山一条路",看来,"英雄没有用武之地"的曹雪芹要实现人生价值,只能被"逼"着走上文学创作之路了。

家境衰败影响了曹雪芹世界观的形成。十三四岁,正是世界观的形成期。由于曹雪芹个人史料的匮乏,我们还无法描述他世界观形成的具体过程及其复杂性,但是通过《红楼梦》这部小说,我们完全可以判断曹雪芹新世界观的一些基本方面。家庭生活的剧变,人生道路的困顿,促使青少年时期的曹雪芹对社会现存的整个价值体系产生怀疑,思想在碰撞、转化和嬗变,一部分产生了新的价值观念,一部分甚至发生了质变,当然也有一部分处于迷惑、迷惘、迷茫状态。客观上他生活所在的清朝康、雍、乾时期又是个盛中含衰、新思潮不断涌现的时期。上述两方面对曹雪芹世界观的形成是有重要影响的。鲁迅说过:"有谁从小康人家而坠入困顿的么,我以为在这途路中,大概可以看见世人的真面目。"(《呐喊·自序》)由富贵坠入窘迫的曹雪芹就认识到他所处社会的一些本质方面。他对个人、对贵族青年群体、对世家大族家庭、对宗法制度、对封建专制、对仕途经济、对传统的礼教、对传统文化儒道佛三大学派，进而对整个宗法社会、对现存社会的主要价值体系，都进行了深刻的反思，深入的解剖，得出了一些全新的看法：如封建社会皇帝是至高无上的，曹雪芹却认为皇宫是"见不得人"的地方，痛骂皇帝是"臭男人"；如封建世家大族的物质文化生活是富足的幸福的，曹雪芹却认为那里是束缚个性没有自由的樊笼和牢坑；如生活在社会最底层的奴婢（尤其是女奴）是卑贱低下的，曹雪芹却认识到她们的高雅、善良、聪慧和美丽；如等级社会最严主奴身份，曹雪芹却认识到奴仆的人格尊严；如科场立身扬名、仕途为官做宰是封建士子的金光大道，曹雪芹却把那看成是"国贼禄蠹"的肮脏之途；如孔孟之道、程朱理学是当时钦定的官方统治思想，曹雪芹却说是"混编纂出来的"……总之，传统的桎梏在被砸碎，思想的旧垒在被瓦解，曹雪芹的世界观中产生了许多新质，他深刻地看出了现存社会的黑暗和腐朽，清醒地认识到封建专制制度必然崩溃的历史走向。曹雪芹背叛了自己贵族家庭的政治立场和思想观点，他没有像父祖辈那样去研究"性命之学"（即程朱理学），去"绍闻衣德"，而相反地成了封建家庭的叛逆者，成了封建礼教的叛逆者。正如朱淡文教授指出的那样："曹氏家族的解体，生活的剧变，促使漂泊中的曹雪芹痛定思痛，在回忆中观照思考其家族灭亡的原因，逐渐看清了以前可能习焉不察的家族之丑恶腐朽，进一步认识了这个携带着封建社会全部遗传信息的细胞，并通过对此细胞的剖视透析，认识了当时封建家族之共同本质，看到了它们必然走向衰亡的命运。只有到了此时，曹雪芹的思想才会产生飞跃。才可能真正发展其叛逆意识，向封建地主阶级显现其离心离德。也只有到了此时，曹雪芹才可能认识到这个家族之毁灭是不足惜的，最可惋惜的是那些伴随着这个家族的灭亡而惨遭不幸的女儿们：美伴随着丑恶而毁灭，玉石俱焚，这才是最震撼灵魂的人生悲剧。"（朱淡文：《红楼梦论源》，江苏古籍出版社1992年6月版，第136页）曹雪芹世界观的新质，构成了他从青年时起创作的现实主义小说《红楼梦》的思想内容的主干部分，小说典型地反映了封建末世的社会矛盾，体现了强烈的反封建精神。

家境衰落为曹雪芹日后创作准备下丰富素材。文学家的人生经历，尤其是大起大落、大开大阖、大悲大喜的常人难以体验到的特殊经历，丰富了作家的人生阅历，为其创作提供了取之不尽用之不竭的原材料。在17世纪上半叶和18世纪下半叶，曹家是个很久远、很复杂、很特殊的封建贵族家庭，因而很有典型意义，很有解剖价值。曹家的百年兴衰史，几乎与清前期、清中期的历史同步迈进，与横扫东北入主中原的满洲军功贵族集团，命运与共，相伴而行。伴其兴而盛，"扶摇展翅九万里"，锦衣纨袴，饫甘餍肥；伴其衰而败，"飞流直下三千尺"，"茅椽蓬牖，瓦灶绳床"。曹家几代人是达官贵人，富比王侯，生活于上流社会，既体验到"花柳繁华地，温柔富贵乡"的甘美，也感触到"伴君如伴虎""高处不胜寒"的战栗。曹家终于沦落为罪人，抄家没产，颠沛流离，"家散人亡各奔腾"，子孙后代星散飘零，曹雪芹更是"寒冬噎酸齑，雪夜围破毡"，"举家食粥酒常赊"。还有一层，曹家虽是"军功出身"，又是"书香门第"，军旅不乏战功，从政不乏业绩，论文更有"秀才"，有思想的头脑，有精神产品的创造者，曹寅、曹雪芹都是了不起的大文人，他们又是家庭剧变的亲历者（曹寅以其丰富的政治经验，生前已经预感到"树倒猢狲散"）。总之，这个家庭的生活内涵实在是太丰富了，承载了足可以认识一个民族、一个时代、一个社会的密集的信息量，它的倾覆和毁灭，使更多的生活内容涌流出来，裸露出来，凸显出来，生活其间的"过来人"曹雪芹获取了大量的创作素材。

　　家境衰败也深刻影响了曹雪芹的创作思想，促使其形成独具一格的美学观念。曹雪芹创作《红楼梦》的意向和动机，应该孕育产生于曹家败亡之后。虽然曹雪芹的童年衣食无忧，比较幸福，但是"秦淮旧梦"很快就化作了"燕市悲歌"，一夜之间大厦倾颓，曹雪芹由饫甘餍肥的富贵公子沦落为遭人白眼生计无着的罪臣之后，这场天崩地裂式的剧变不仅对他人生道路、思想性格起着举足轻重的作用，其影响也鲜明地反映在他的创作中。他在走前人没有走过的创作道路。在《红楼梦》之前，中国文学史中很难找到一部纯粹的悲剧，即使《窦娥冤》《西厢记》《牡丹亭》这样的优秀作品也都夹着一条光明庸俗的尾巴，才子佳人小说更是不外乎"小姐赠金后花园，落难公子中状元"的俗套和"金榜题名""奉旨完婚"的大团圆结局。传统的大团圆模式和中国人追求完满团圆的审美心理有密切关系，这种传统的审美模式确实能给人们一种在现实中寻找不到的慰藉。遭受家庭沧桑剧变赋予了曹雪芹独特的审美眼光，他一反传统的大团圆模式，以人的悲剧、家庭的悲剧、社会的悲剧来构思全书。像鲁迅所说，传统的思想和写法都打破了。书中的贾府早露出了下世的光景，日趋萧索，悲剧不断，大故迭起，死亡破败相继，最终"落了片白茫茫大地真干净"。抄家惨祸的沉重打击让曹雪芹比一般世人头脑清醒，他不认为所生活的社会是"盛世"，他多处点醒读者说这是"末世"；他不认同传统的大团圆结构模式，更无意于编织缥缈美丽的故事来粉饰现实以自欺欺人，他写出了令人刻骨铭心的真正悲剧。这悲剧，更具有震撼人心的力量；这悲剧，更透彻地揭示了人生和社会的本质方面；这悲剧，树起了中国古典小说创作新的里程碑。

"曹雪芹家境不衰败也就没有《红楼梦》了！"毛泽东透彻地看出：生活环境上曹雪芹是不幸的，创作机遇上曹雪芹则是幸运的：家庭的衰败孕育出了中国历史上最伟大的小说家、世界文化巨人。假若当年曹家不是这样的结局，曹雪芹一生会做什么又另当别论了，可以肯定地说是不会有《红楼梦》了。但是，历史给予了曹家抄家的灾难，也就留给后人一位伟大的小说家和一部伟大的小说《红楼梦》。

曹雪芹还是想补天的

(曹学之二)

> 曹雪芹在《红楼梦》里还是想补天,想补封建制度的天,但是《红楼梦》里写的却是封建家族的衰落,可以说是曹雪芹的世界观和他的创作发生矛盾。
>
> 《毛泽东文集》第八卷,人民出版社1999年6月版,第393页

评论作品要了解作家的身世。毛泽东评论小说《红楼梦》,也十分注意了解小说家曹雪芹的生平和经历。这大概与"知人论世"的我国文艺批评传统有关。

知人论世语见《孟子·万章下》:"颂其诗,读其书,不知其人可乎?是以论其世也。"孟子提出这一主张后,历代文艺批评家多把它作为评论文学作品的重要方法,并逐渐成为我国古代文学批评的一个传统。

鲁迅先生也说过:"……倘要论文,最好是顾及全篇,并且顾其作者的全人,以及他所处的社会状态,这才较为确凿。要不然,是很容易近乎说梦的。"[《且介亭杂文二集·"题未定"草(七)》]

评论作品必须知人论世,是因为文艺作品和作者本人的生活、经历、学养、思想以及它所产生的时代,都有着紧密的联系。因此,要真正了解作品,就必须"知其人"和"论其世",既要了解作者的身世,同时要了解作者所处的时代环境。

前一篇,我们较多地接触了毛泽东对曹雪芹的"论其世",本篇则侧重毛泽东对曹雪芹的"知其人"。

曹雪芹只是个拔贡

1960年4月14日,毛泽东在北京西郊钓鱼台邀餐。黄炎培、章士钊、

程潜、李烛尘、唐生智、王季范、陈叔通、傅作义、张治中、蔡廷锴等党外民主人士和统战部领导徐冰等人出席宴会。在漫谈中，毛泽东说：

"劳动工农最聪明。《三国演义》《水浒传》《西厢记》《红楼梦》的作者，都不是科名显赫的人。"（许汉三：《黄炎培年谱》，文史资料出版社1985年版，第292页）

1964年2月13日，毛泽东召开春节教育工作座谈会。他说：

历来的状元，出色的没有几个。唐朝的李白、杜甫两大诗人不是状元，也不是进士、翰林。韩愈、柳宗元是进士，是二流的。王实甫、关汉卿、施耐庵、曹雪芹、罗贯中、蒲松龄等都不是进士，曹雪芹和蒲松龄是清朝的拔贡。（邓力群主编：《毛泽东与科学教育》，中央民族大学出版社2004年1月版，第460、491页；戴知贤：《山雨欲来风满楼》，河南人民出版社1990年版，第197页）

毛泽东两次谈到曹雪芹的出身，意思只有一个：曹雪芹不是科场出身，不是进士，只是个拔贡；但是，他很聪明，很出色，比那些状元、翰林、进士"高明得多"。

《红楼梦》的作者、我国文学史上最伟大的现实主义作家曹雪芹，生于1715年（一说1724年），卒于1763年（一说1764年），名霑，字梦阮或芹圃，号雪芹或芹溪居士，以号闻名于世。

曹雪芹祖籍辽东，先世是汉族人。其远祖曹世选、高祖曹振彦原为驻守沈阳中卫军城的明军中下级军官，1621年战败被俘归依后金八旗军，入满洲正白旗为"包衣阿哈"（家庭奴隶）。曹振彦及其子曹玺（曹雪芹曾祖）随清军入关，立下战功。到康熙大帝时，曹家已跻身贵族，显赫一时。曹家入清（后金）以后，雪芹是第六代传人。他的曾祖父曹玺仟江宁织造，曾祖母孙氏做过康熙帝玄烨保姆。祖父曹寅做过康熙帝御前侍卫，后任苏州、江宁织造，兼任两淮巡盐御史。康熙帝六次南巡，其中曹寅接驾四次。曹家还是一个书香门第。曹寅即以藏书和诗词曲赋创作名噪一时，其文学造诣颇深。曹寅还在任上奉诏主持刊刻过《全唐诗》和《佩文韵府》。曹寅病故后，康熙特命其子曹颙、过继子曹頫继任江宁织造。一家祖孙三代四人担任织造之职长达60余年，直至雍正五年（1727）曹頫被抄家败落为止。

据《八旗满洲氏族通谱》《八旗通志》《五庆堂重修辽东曹氏宗谱》、曹雪芹朋友的著述等文献考知，曹雪芹应为曹寅之孙、曹𫖯之子。雪芹幼年"曾随其先祖（曹）寅织造之任"（敦诚《寄怀曹雪芹》），他少小之时约有十二三年生长在煊赫富贵而又文化气氛浓郁的贵族家庭，过着锦衣玉食奢华无比的生活，受到了很好的家学教育和熏陶，汲取了丰富的文学养分。加上他用功学习，涉猎广博，且在秦淮风月繁华之地见多识广，阅历丰富，为他日后的文学创作奠定了良好的基础。"秦淮风月忆繁华"（敦敏《赠芹圃》），当年江南的繁华生活给少年时代的曹雪芹留下了深刻的印象。

雍正五年，由于封建统治阶级内部政治斗争的牵连，曹家遭受一系列打击。曹𫖯任上以"行为不端""骚扰驿站"和"亏空帑银"罪名被革职抄家，并被下狱治罪，"枷号"一年有余。曹家家产被悉数抄没充公。约于雍正六年春夏之交，雪芹随全家迁回北京城内居住。由于文献的不足，回到北京后的曹雪芹都做了些什么难于确知。多年来，只有语焉不详的几条线索，供人们追寻。或说他于右翼宗学充役，或说他与优伶戏子为伍，没有地位和名分。

曹雪芹的"拔贡"（贡生）出身，首先是周汝昌考证出来的。见之于1953年版《红楼梦新证》第二章《人物考》第一节《点将录》：

> 雪芹姓曹氏，名霑，字芹圃，号雪芹。贡生，官内务府堂主事。……梁恭辰《劝诫四录》："曹雪芹实有其人，然以老贡生槁死牖下。"邓之诚《骨董琐记》："雪芹名霑，以贡生终。"独叶德辉的《书林清话》卷九页十四说："雪芹孝廉。"郭希汾译日人盐谷温中《小说史略》页八十八也说："雪芹为举人"。未知所本，疑不足据，恐系为高鹗续书所误，当以贡生为是。《北大学生》第一卷第四期页八十五至九十三奉宽著《兰墅文存与石头记》页九十一注十三引英浩《长白艺文志初稿》云："红楼梦，曹霑，曹字雪亭，内务府汉军正白旗人，官堂主事"；页八十六亦云："或云曹雪芹官内务府堂主事"，英浩当有所本。（《红楼梦新证》，棠棣出版社1953年12月3版，第39~40页）

20世纪60年代，台湾省著名小说家高阳就周汝昌的话题做了进一步考证，说清代的贡生分六种，雪芹不是"拔贡"是"副贡"。总之，雪芹地位不高，身份不尊。

随着家境的日益败落，曹雪芹也落魄贫居在北京西郊一带，跌落到"举家食粥""一病无医"的境地。经济收入的巨大逆差，生活变化的巨大落差，人世悲欢的巨大反差，使曹雪芹更加接近社会底层普通民众的生活，使他对封建社会和世态人情有了更深刻、更清醒的认识，看到了封建贵族的穷途末路，对自身命运的改变回天乏力，因而他愤世嫉俗，豪放不羁，恃才傲物，并嗜酒善谈。这也为他创作《红楼梦》提供了坚实的基础。"残杯冷炙有德色，不如著书黄叶村"（敦诚《寄怀曹雪芹》），他蔑视权贵，远离官场，过着贫穷艰难的日子。在清苦的生活中，以坚韧不拔的毅力，犀利的笔锋，饱蘸着血与泪，专心致志地写作和修订《红楼梦》，成了他的精神寄托和人生目标。历经十载，《红楼梦》尚未完稿，曹雪芹的幼子夭亡。忧伤和悲痛击倒了曹雪芹。他因过度的悲伤，卧病不起，于乾隆二十七年除夕（1763年2月12日）在贫病交加中溘然逝世，终年近五十岁。

毛泽东说拔贡曹雪芹等人比那些状元、翰林、进士"高明得多"，这个观点也为周汝昌所接受了，后来周先生说：

> ……做幕的却必须有真才实学，所以像曹雪芹，虽然只是拔贡生，却比那些状元、翰林、进士高明得多。出而做事，给人做做"西宾"，并不算玷污了他的生平。这一点是应当加以说明的。（见周汝昌《红楼梦及曹雪芹有关文物叙录一束》一文第五节"画像"）

毛泽东对《红楼梦》作者及其出身的认定，与绝大部分小说史家、红学专家的意见大体上是一致的。不过他的评论，不在于做考据性文章，不在于做小说史的研究，而在于拿曹雪芹作例子，说明论证思想观点：毛泽东有句名言——"卑贱者最聪明，高贵者最愚蠢。"在他看来，既然劳动工农最聪明，那么社会地位较低，晚年穷困潦倒的落魄知识分子，如写出巨著《红楼梦》的曹雪芹，也是聪明的，因为他在困顿落魄之后较多接触了下层民众，融入了劳动工农的行列，了解了社会实际生活。毛泽东阐述的还是群众是真正的英雄的历史唯物主义的基本原理。

由此推开去，在1964年那个颇为知名的春节座谈会上，毛泽东表示了对教育现状的不满意。怎样进行教育革命，怎样才能出人才？毛泽东还是用自己常用的谈古论今的老办法，谈话中对"状元""进士"出身的人不以为然，以为他们中没几个"出色"的。反过来说，不是状元，不是翰林，不是进士，或只是"二流进士"、不入流贡生之类的人，倒是名贯古今的大诗人、大文章家、大剧作家、大小说家。毛泽东不重科班出身，而重实际能力的思想，虽然给人一种把一个方面强调得有些过分的嫌疑，但他通观古今所得出的结论，却已有强调"素质教育"的内涵，这与他强调实践出真知，实践出真理，实践出人才的哲学观，是紧密相联的。

因为有一肚子火气才写《红楼梦》

1958年10月15日，毛泽东在天津视察的谈话中，就说过：

> 司马迁的《史记》、李时珍的《本草纲目》，都不是因为稿费、版税才写的，《红楼梦》《水浒传》也不是因为稿费才写的，这些人是因为有一肚子火才写的，还有《诗经》等。（陈晋：《毛泽东之魂》，中央文献出版社1997年9月版，第386~387页）

毛泽东以为，曹雪芹与司马迁、李时珍、施耐庵、《诗经》的作者有个共同点：不是为了稿费和版税，而是"因为有一肚子火气"才写作的。也就是说，《红楼梦》是曹雪芹的"抒愤"之作。

毛泽东阐扬的是司马迁以来的作家提出的"发愤著书"的文学创作理论和传统。

司马迁对前代许多著作家不辞艰辛刻苦著书的原因做出总结，他在《报任安书》中说：

> 古者富贵而名摩灭，不可胜记，唯倜傥非常之人称焉。盖文王拘而演《周易》；仲尼厄而作《春秋》；屈原放逐，乃赋《离骚》；左丘失明，厥有《国语》；孙子膑脚，《兵法》修列；不韦迁蜀，世传《吕览》；韩非囚秦，《说难》、《孤愤》；《诗》三百篇，大底贤圣发愤之所为作也。此人皆意有郁结，不得通其道，故述往事，思来者。乃如左丘无目，孙子断足，终不可用，退而论书策，以舒其愤，思垂空文以自见。

《史记·太史公自序》也有类似的说法。司马迁认为许多著作家都是由于遭遇不幸，受到社会的迫害和压抑，有"道"难通，有志难申，为了表达意见，化解郁结，抒发怨愤，才著书立说，以留传后世的。"意有所郁结，不得通其道"，深刻揭露了封建社会对人的迫害，而发愤著书正是对迫害的不满与反抗。正因为如此，其著作必然强烈表现出不满现实、批判现实的精神，在不同程度上揭露了社会政治的黑暗。"发愤著书"的人心中满怀郁愤，由郁愤而产生力量，这力量激励他们不辞艰辛坚持著述，从而写出不朽的著作。司马迁的"发愤著书"思想，对封建社会中进步作家具有重要的启示和鼓舞作用，对后代文学理论产生了深刻的影响。东汉桓谭提出"贾谊不左迁失志，则文彩不发"（《新论》），唐朝韩愈提出"不平则鸣"（《送孟东野序》），宋代欧阳修提出"诗穷而后工"的观点，这些观点都是对司马迁"发愤著书"说的继承和发展。

对司马迁的"发愤著书"说，毛泽东不仅读到过，而且是关注的，是接受的，并给予引申和发挥。1962年1月30日，在扩大的中央工作会议（即有名的"七千人大会"）上，毛泽东讲到一个干部的工作岗位"下降和调动"时，他说：

  我认为这种下降和调动，不论正确与否，都是有益处的，可以锻炼革命意志，可以调查和研究许多新鲜情况，增加有益的知识。我自己就有这一方面的经验，得到很大的益处。不信，你们不妨试试看。司马迁说过："文王拘而演周易，仲尼厄而作春秋。屈原放逐，乃赋离骚。左丘失明，厥有国语。孙子膑脚，兵法修列。不韦迁蜀，世传吕览。韩非囚秦，说难孤愤。诗三百篇，大底贤圣发愤之所为作也。"……司马迁讲的这些事情，除左丘失明一例以外，都是指当时上级领导者对他们作了错误处理的。我们过去也错误地处理过一些干部，对这些人不论是全部处理错了的，或者是部分处理错了的，都应当按照具体情况，加以甄别和平反。但是，一般地说，这种错误处理，让他们下降，或者调动工作，对他们的革命意志总是一种锻炼，而且可以从人民群众中吸取许多新知识……（《毛泽东著作选读》下册，人民出版社1986年8月第1版，第816~817页）

虽然，毛泽东在这里谈的是"错误处理干部"也会让他们受到锻炼学到知识，不是谈论著书立说问题，但有一点是明确的，毛泽东对司马迁"发愤著书"的议论是赞同的。到了1964年8月18日，他在北戴河与哲学工作者谈话时，有一段对《诗经》的评论就是谈的文艺创作传统问题。他说：

> 司马迁对《诗经》品评很高，说诗三百篇皆古圣贤发愤之所为作也。大部分是风诗，是老百姓的民歌。老百姓也是圣贤。"发愤之所为作"，心里没有气，他写诗？"不稼不穑，胡取禾三百廛兮？不狩不猎，胡瞻尔庭有悬貆兮？彼君子兮，不素餐兮！""尸位素餐"就是从这里来的。这是怨天，反对统治者的诗。（陈晋：《毛泽东之魂》，吉林人民出版社1993年10月第1版，第345页）

这段评论强调作者的创作动因和思想倾向，充分肯定司马迁的"发愤著书"说，并进而发挥为"怨天，反对统治者"。毛泽东认为，老百姓是因为心里有气才写诗，并举《诗经·魏风·伐檀》为例。《伐檀》是伐木奴隶的诗，它愤愤不平地咏叹着人们伐木制车的沉重劳作，尖锐质问那班奴隶主贵族"不稼不穑，胡取禾三百廛兮？"表达了作者反对剥削、反抗压迫的态度和心声。占《诗经》作品大部分的风诗，都是老百姓心里有气的"发愤"之作。毛泽东认为是"反对统治者的诗"，深刻揭示了《诗经》风诗描写现实、揭露现实、批判现实的主要特征。

毛泽东赞同司马迁的"发愤著书"说，并以此观照《红楼梦》等文学作品的创作，通俗地说作者"有一肚子火气"才写作。但毛泽东没有具体阐明曹雪芹为什么有火气，较早透露此中消息的是曹雪芹自己，他在《红楼梦》中开笔就说：

> 此开卷第一回也。作者自云：因曾历过一番梦幻之后，故将真事隐去，而借"通灵"之说，撰此《石头记》一书也。故曰"甄士隐"云云。但书中所记何事何人？自又云："今风尘碌碌，一事无成，忽念及当日所有之女子，一一细考较去，觉其行止见识，皆出于我之上。何我堂堂须眉，诚不若彼裙钗哉？实愧则有余，悔又无益之大无可如何之日也！当此，则自欲将已往所赖天恩祖德，锦衣纨袴之时，饫甘餍肥之日，背父兄教育之恩，负师友规谈之德，以至今日一技无成、半生潦倒之罪，编述一集，以告天下人：我之罪固不免，然闺阁中本自历历有人，万不可因我之不肖，自护己短，一并使其泯灭也。虽今日之茅椽蓬牖，瓦灶绳床，其晨夕风露，阶柳庭花，亦未有妨我之襟怀笔墨者。虽我未学，下笔无文，又何妨

用假语村言,敷演出一段故事来,亦可使闺阁昭传,复可悦世之目,破人愁闷,不亦宜乎?"故曰"贾雨村"云云。

这段话,其中所谓"曾历过一番梦幻",所谓"风尘碌碌,一事无成",所谓"一技无成,半生潦倒",所谓"茅椽蓬牖,瓦灶绳床"等字面的背后,隐含着曹雪芹历经磨难饱尝辛酸痛楚的丰富信息。由此观之,曹雪芹的积怨衔恨,与他所处时代的黑暗,与他家族的衰败、与他生活遭遇的坎坷,关系甚大。曹雪芹生于"末世",虎狼当道,遭逢困厄,迭受打击,不肯卑屈逢迎,所以不能施展抱负,郁郁不得其志,退而撰著《红楼梦》,以泄愤抒胸中块垒。

关于曹雪芹的发愤著书,刘鹗在《老残游记》的自序中说得透彻:雪芹寄哭泣于《红楼梦》。

《离骚》为屈大夫之哭泣,《庄子》为蒙叟之哭泣,《史记》为太史公之哭泣,《草堂诗集》为杜工部之哭泣;李后主以词哭,八大山人以画哭;王实甫寄哭泣于《西厢》,曹雪芹寄哭泣于《红楼梦》。王之言曰:"别恨离愁,满肺腑难淘泄,除纸笔代喉舌,我千种想思向谁说?"曹之言曰:"满纸荒唐言,一把辛酸泪;都云作者痴,谁解其中味?"名其茶曰"千芳(红)一窟",名其酒曰"万艳同杯"者:千芳(红)一哭,万艳同悲也。

潘德舆在《读红楼梦题后》中道得明白:雪芹有奇苦极郁在文字之外。

余始读《红楼梦》而泣,继而疑,终而叹。夫谓《红楼梦》之恃铺写盛衰兴替以感人,并或爱其诗歌词采者,皆浅者也。吾谓作是书者,殆实有奇苦极郁在于文字之外者,而假是书以明之,故吾读其书之所以言情者,必泪涔涔下,而心怦怦三日不定也。

二知道人在《红楼梦说梦》中论得清楚:雪芹之孤愤假儿女以发之。

蒲聊斋之孤愤,假鬼狐以发之;施耐庵之孤愤,假盗贼以发之;曹雪芹之孤愤,假儿女以发之,同是一把酸辛泪也。

《红楼梦》是作者发愤所著,其人"实有奇苦极郁",小说全书是"一把辛酸泪"。他声明写书不是为自己而哭泣，而是为了"闺阁昭传"，这实质上是为普天下女子悲惨存在状况而哭泣。具体地说，是为当日与之相处的女子的遭遇而悲哀，这种悲哀是刻骨铭心的。《红楼梦》中不仅有女奴的悲怆呼喊，如晴雯在临死之前"有冤无处诉"痛入骨髓的自白；而且大量描写了像金陵十二钗等贵族女性的悲惨命运。曹雪芹所抒之愤已不是小我之愤，而是大我之愤。正如雪芹自己所记：千红一哭，万艳同悲。敦敏的诗句"秦淮旧梦人犹在，燕市悲歌酒易醺""燕市哭歌悲遇合，秦淮风月忆繁华"正真实、准确、充分地记录了曹雪芹的内心感受。

在创作论上，毛泽东继承司马迁以来的"发愤著书"说，将其视为文艺创作的一个优良传统。曹雪芹因为"有一肚子火气"才创作出伟大的现实主义的不朽杰作《红楼梦》。毛泽东的话虽然不多，却道出了一条文艺创作的规律。

毛泽东指出曹雪芹"因为有一肚子火气"才创作《红楼梦》的结论，是实事求是的科学见解。它正确地深刻地揭示了作者的创作动机和创作环境，与《红楼梦》是伟大的现实主义杰作的结论，有其内在的相辅相成的联系。

多才多艺的伟大作家

1954年秋冬之际，毛泽东在读作家出版社依据程乙本整理的新版《红楼梦》第十七回《大观园试才题对额　荣国府归省庆元宵》时，写下过这样的批语：

> "大观园的建筑结构，非精于园庭工程者，不能写出。作者真是一个多才多艺的伟大作家。"（季学原：《毛批〈红楼梦〉点滴》，《羊城晚报》1995年9月5日）

20世纪60年代，毛泽东多次到浙江省杭州等地视察。其间，浙江一些文艺团体也多次给随行视察人员和省市陪同人员演出文艺节目，并受到毛泽东的接见。据浙江文艺工作领导者曾昭弘回忆：

> ……主席要求文艺工作者在业务上一丝不苟，在技术上精益求精。主席经常说，文工团员，你们懂得太少了，要多学习，要

学各方面的知识。浙江的不少文艺工作者，多次聆听过主席夸赞伟大的文学家曹雪芹，说他博学多才，懂得很多：文学、政治、经济、医学、建筑、衣着、炊事……各方面懂得很多。主席殷切期望文艺工作者要有多方面的知识才干。还在一九六九年，就明确提出过，演员不但要会演戏，女的还要学会针灸、接生、打针，男的要学会理发等等，要学会更多的为人民服务的本领。（曾昭弘：《心中的太阳永不落——记毛主席对浙江文艺工作的关怀》，《怀念毛泽东同志》，人民文学出版社1980年2月版，第238页）

一处批语，一处谈话，点到的都是曹雪芹的非凡才气。

批语中，毛泽东首先从大观园的描写，看出了曹雪芹的"精于园庭工程"，看出了曹雪芹非比寻常的描写功力，由此进一步看出了作家的知识素养。

曹雪芹学养深厚，知识渊博，熔书法、绘画、工艺美术及园林建筑艺术于一炉。在小说第十七回，以生花妙笔调动各种描写手段，"筑造"了一个佳构天成几成仙境令人叹为观止的园林。大观园综合了南北园林的特点，具有高度的艺术性。小说家用文学语言"筑造"出的园林，不仅体现了独树一帜的园林理念，而且在造园手法上也达到了极高的水平。人们读《红楼梦》，不仅欣赏那极耐咀嚼的细节描写，出神入化的人物塑造，而且也在欣赏曹雪芹精心设计的那个"天上人间诸景备"的大观园。清人明义在《题红楼梦》绝句中称赞大观园：

佳园结构类天成，快绿怡红别样名。
长槛曲栏随处有，春风秋月总关情。

曹雪芹"造"园的目的还是写人。大观园的每一处建筑，其实都是为贾宝玉和"金陵十二钗"等人物而设计。曹雪芹让贾宝玉入住怡红院，让林黛玉寄居潇湘馆，让薛宝钗幽处芜蘅院……每一处庭园，都是符合人物身份、地位、学养、性格的典型环境。倘若曹雪芹在小说中没有预先设计安排一座人间仙境大观园，单单只描写一些才子佳人、达官贵人、奴仆丫鬟，真不知道这些人物将在什么样的空间里活动，会形成一种什么样的艺术效果。有读者批语揭示小说作者描写大观园的良苦用心："《红楼梦》书中，每每详写楼阁轩榭，树木花草，床帐铺设，衣服饮食古玩等事，正所以见荣、宁两府之富贵，使读者惊心炫目，如亲历其境，亲见其人，亲尝其味。"

曹雪芹描写大观园，构思之新颖，文笔之灵动，格局之别致，气势之恢宏，曾使多少读者为之折服，为之倾倒，确有令人顿生才气盖世之慨！脂砚斋评点时说："随笔顺笔略一点染，则耀然洞彻矣。""方见大手笔行文之立意。"此评确因敬服于曹公之才气，并非溢美之词也。

谈话中，毛泽东盛赞曹雪芹"博学多才，懂得很多"，一连举了文学、经济、医学等七个方面的才能。人们读《红楼梦》，从书中广泛涉及诗词、绘画、建筑、烹调、工艺、戏曲、典故、宗教、典章、花草、民族、外洋等知识，会很自然地推测作者是个多才多艺的作家。对于此点，在过去二百多年里，前贤古人的读《红楼梦》随笔札记中，屡屡提及。如洪秋蕃的《红楼梦抉隐》说曹雪芹"于学无所不窥"；二知道人的《红楼梦说梦》则认为小说作者"博于材艺，不独诗古文词各臻娴熟，篇中所叙弹琴作画，双陆围棋，以及医理大六壬之类，无所不通"；大批评家王希廉在其《红楼梦总评》中说得更透彻："一部书中，翰墨则诗词歌赋、制艺尺牍、爰书戏曲，以及对联匾额、酒令灯谜、说书笑话，无不精善。技艺则琴棋书画、医卜星相，及匠作构造、栽种花果、畜养禽鱼、针黹烹调，巨细无遗。……"诸联在《红楼评梦》中也说："作者无所不知，上自诗词文赋，琴理画趣，下至医卜星相，弹棋唱曲，叶戏陆博诸杂技，言来悉中肯綮。想八斗之才，又被曹家独得。"

曹雪芹的多闻多识，多才多艺，除了自己的天资聪颖博闻强记外，红学家一般认为他得益于祖父曹寅的丰富藏书。曹寅主要活动于康熙年间，官至江宁织造，走南闯北，好结交天下文士，又是诗人、刻书家、藏书家。据曹寅《楝亭书目》记载，他共藏书3287种，分36类。其中以"说部类"最为丰赡，收有前人小说、笔记等多达469种。另有"杂部类"，收医卜、星象、历算、金石、花草、饮膳等书（谱）。曹雪芹的《红楼梦》与曹寅《楝亭书目》中提到的有些图书，内在联系紧密。如书目中有医书70种，花草谱26种，《红楼梦》中有关医药和花草的描写，可能来源于此。小说第十七回至第十八回"大观园试才题对额"时，贾宝玉谈到众多异草之名，并引《离骚》等古籍对异草之名详加辨析，纠谬辨误，如果看到《楝亭书目》中有《〈离骚〉草木疏》四卷，就知道曹雪芹渊源有自了。

"千古文章未尽才"。曹雪芹学贯古今才华横溢，再加上大起大落离合悲欢的生活阅历，"披阅十载，增删五次"的写作功夫，《红楼梦》（通行本前八十回）自然是内容丰富、思想深刻、艺术精湛的杰作，成为中国古典小说创作的高峰，在中国文学发展史上占有十分重要的位置。

曹雪芹，中华民族的千古奇才，屹立东方的文化伟人，他与《红楼梦》成为中华民族灿烂文化的不朽象征。

毛泽东将其作为学习的楷模，其人足以当之！

曹雪芹还是想补天的

毛泽东评价曹雪芹是"多才多艺的伟大作家"，身怀绝世奇才。那么，曹雪芹的思想如何，也就是说如何评价他的世界观，以及他的世界观及其创作方法的关系呢？这是研究"曹学"的题中应有之义。

1964年8月24日，毛泽东同北京大学副校长周培源，中共中央宣传部科学处处长于光远一起谈话。

1964年，《自然辩证法研究通讯》杂志第三期刊载了日本物理学家坂田昌一的文章《关于量子力学理论的解释问题》。

毛泽东读坂田昌一的文章有感慨，有体会，激活了他对人生哲学的思考。于是，他找来科学工作者周培源和于光远，与他们结合坂田昌一的文章一起谈"人的认识问题"。

其中，毛泽东谈道："我们的脑子是个加工厂。工厂设备要更新，我们的脑子也要更新。我们身体的各种细胞都不断地在更新，现在我们皮肤上的细胞就不是我们生下来时皮肤上的细胞了，中间不知换了多少次。"

接着，毛泽东说：

> 曹雪芹在《红楼梦》里还是想补天，想补封建制度的天，但是《红楼梦》里写的却是封建家族的衰落，可以说是曹雪芹的世界观和他的创作发生矛盾。（毛泽东：《关于人的认识问题》，《毛泽东文集》第八卷，人民出版社1999年6月版，第393页）

毛泽东在这里讲清了互相关联的两个问题：曹雪芹世界观的定位；曹雪芹世界观与创作方法的矛盾。

关于《红楼梦》小说中有"补天"思想这个问题，是理解曹雪芹世界观和《红楼梦》思想倾向一个重要方面，甚至可以说是一个基本方面，是一把打开曹雪芹思想之门的钥匙。

《红楼梦》中所反映的曹雪芹的思想是"拆天"还是"补天"？曹雪芹要补的是"情海情天"还是"封建制度的天"？这在20世纪50年代到60年

代的红学界，看法颇不一致。毛泽东的结论是"曹雪芹在《红楼梦》里还是想补天，想补封建制度的天"。

《红楼梦》小说的一些情节、脂砚斋的一些批语表明，作者曹雪芹有"补天"的思想。

小说第一回开篇即讲出女娲炼石补天的神话故事，所炼补天石"三万六千五百块，只单单的剩了一块未用"，此处脂砚斋批："剩了这一块，便生出这许多故事。使当日虽不以此补天，就该去补地之坑陷，使地平坦。"不用的这块补天石"便弃在此山青埂峰下"。此处脂砚斋又批："妙！自谓落堕情根，故无补天之用。"这块被弃之石"因见众石俱得补天，独自己无材不堪入选，遂自怨自叹，日夜悲号惭愧"。后来过了几世几劫，这块石头被空空道人称为"无材补天，幻形入世"，此处脂砚斋再批："八字便是作者一生惭恨！"神话故事末尾，有一首偈语，第一句是"无材可去补苍天"，脂砚斋朱笔旁批"书之本旨"；偈语第二句是"枉入红尘若许年"，脂砚斋又是朱笔旁批"惭愧之言，呜咽如闻"。小说第五回贾宝玉神游太虚幻境观看"金陵十二钗"正册，内中有题探春的诗句："才自精明志自高，生于末世运偏消。"脂砚斋朱笔夹批："感叹句，自寓。"

把曹雪芹的描写与脂砚斋的批语对看，并联系起来思考，不难得出这样的看法：曹雪芹新解"女娲炼石补天"神话，用象征手法剖白了自己的思想——他就是那块被弃荒山无由补天的"石头"。"众石"俱得补天，"独己"不堪入选，正是小说作者曹雪芹的"一生惭恨"！本来，这块石头"才自精明志自高"，补天，可使天完整；补地，可使地平坦。但是，他"生于末世运偏消"，世道衰微，命运不济，生不逢时，无由补天，无机会补天，社会没有提供作者补天的机遇和舞台。所谓"无材补天"，不过是曹雪芹的正话反说，实质是"末世"黑暗，天塌地陷，有才无人识，有能无处用，"英雄无用武之地"。这样的社会现实，这样的人生遭遇，作者难免自怨自叹惭愧呜咽。"枉入红尘若许年"——是作者对不堪入选无由补天、社会埋没人才的控诉。悲叹自己有才无运，补天无路，这正反映出作者有补天思想。

总之，曹雪芹还是要补天的。那么，他要补的天是什么天呢？神话中的女娲炼石所补之天是自然之天，太虚幻境警幻仙姑让贾宝玉所补之天是"情海情天"。毛泽东的见解与此不同，他从《红楼梦》中看出：曹雪芹要补的是"封建制度的天"。曹雪芹并不知道什么是"封建制度"，"封建制度"只是现代人对曹雪芹时代社会制度性质的认定。曹雪芹使用的字眼是

"入世""末世"和"红尘"。"世"就是社会,"红尘"就是人生,曹雪芹的"补天"即是匡时济世,就是拯救衰落的社会现实。"补天"思想反映了曹雪芹世界观的内在矛盾:"补天"是因为天塌地陷,这个"世"已经是"末世",渐渐露出那"下世"的光景。他猛烈批判这个"末世"各种制度——官僚制度、司法制度、科举制度、奴婢制度、婚姻制度等等,这是他的积极性。另一方面,"补天"也表明他对"天"的哀怨和怜悯,

对身处其中的那个走向衰落的阶级的同情和惋惜,为自己的"不堪入选""无材补天"惭恨不已,这是他的局限性。

曹雪芹像他笔下的人物贾宝玉一样,是封建家族、贵族阶级的叛徒逆子,但是这并不说明曹雪芹主观上要反对和消灭封建制度。他的思想有先进性,但他还看不到有比封建制度更好的社会制度。"眼前无路想回头",贾宝玉最终是"出家"当和尚,选择了逃避——这是曹雪芹世界观的曲折反映。毛泽东对曹雪芹世界观的定位是平实的,不贬低,不抬高。

在多年的《红楼梦》研究探讨中,不少人否认或者看不到曹雪芹世界观的落后面,看不到《红楼梦》存在着作者的思想倾向和他的艺术实践意义上的矛盾,甚至连曹雪芹身上存在着对生活的幻灭感,存在着色空观念也加以否认,而夸大了他的世界观的进步意义,有些人甚至把曹雪芹的思想估计得高出于王夫之、戴震等人之上,以为只有这样才足以说明曹雪芹和他的《红楼梦》的伟大意义,这都是由于没有考虑到艺术的特殊规律而陷于离开事实的主观臆断。这些意见远不如毛泽东评价曹雪芹的话平实稳妥。

毛泽东关于曹雪芹世界观和创作方法发生矛盾的分析,很容易让人们想起1888年4月恩格斯评论巴尔扎克的话:"他就看出了他所心爱的贵族的必然衰落而描写了他们不配有更好的命运……这一切我认为是现实主义最伟大的胜利之一。"(《恩格斯致玛·哈克奈斯》,《马克思恩格斯选集》人民出版社1972年5月版,第4卷,第463页)优秀古典文学作家世界观与现实主义创作方法发生矛盾的观点,是马克思主义美学的一个基本观点。

除了恩格斯对巴尔扎克的分析,还有列宁对托尔斯泰的分析,毛泽东对曹雪芹和他的《红楼梦》的分析,是一个较新的也进一步有力地说明这种现象的例子。

优秀古典文学作家世界观与创作方法发生矛盾这个美学观点,早在20世纪50年代初期就有人引进《红楼梦》研究中来了。1953年9月周汝昌的《红楼梦新证》出版,责任编辑文怀沙用笔名王耳写了《关于红楼梦的几点

理解——周著：红楼梦新证代序》，开篇就谈到曹雪芹的世界观与创作方法：

> 《红楼梦》是曹雪芹依据自己的生活感受，通过高度的艺术手腕，所唱出的封建贵族阶级走向灭亡的挽歌。曹雪芹在一定的程度上对于他的时代，还保有某种伤感的气息——依恋和徘徊。因此，从他这部作品的世界观看，不可避免地流露着若干对垂死阶级的悲悯情致。但是，在方法论上，无容置疑地，作者身上所满蕴的现实主义得到了伟大的胜利。这部不朽的著作不只是描写了一个贵族之家走向败坏的三代生活，抑且卓越地描绘出封建贵族阶级的无耻和堕落，进而明显地暗示了封建时代的必然消亡。

文怀沙从《红楼梦》这部作品看曹雪芹的世界观，认为曹雪芹主观上"流露着若干对垂死阶级的悲悯情致"，而客观上他在小说里却"明显地暗示了封建时代的必然消亡"，这是"现实主义得到伟大的胜利"。显然，这里讲的是曹雪芹世界观中消极方面与现实主义创作方法的矛盾。

紧接文怀沙之后谈此问题的是一年后发表在《文史哲》杂志（1954年第9期）上的李希凡和蓝翎的文章《关于〈红楼梦简论〉及其他》：

> 我们认为：要正确地评价《红楼梦》的现实意义，不能单纯地从书中所表现出的作者世界观的落后因素，以及他对某些问题的态度来作片面的论断，而应该从作者所表现的艺术形象的整体的真实性的深度来探讨这一问题……有些古典作家所创作的现实主义作品往往和他的世界观很不相称，甚至有着极明显的矛盾。但是，由于作者忠于现实生活的描写，战胜了他自己的阶级同情和政治偏见……曹雪芹也正是以这样的胜利写出了伟大的杰作《红楼梦》。（李希凡、蓝翎：《关于〈红楼梦简论〉及其他》，《红楼梦问题讨论集》一集，作家出版社1955年6月版，第49~50页）

这是对曹雪芹世界观和创作方法发生矛盾学术观点的另一种表述。接下来在1954年的"批俞评红"中，这个问题引起了讨论。如在1954年10月24日中国作家协会古典文学部召开的红楼梦研究座谈会上，一些红学家就此发表了新的具体意见。王昆仑的发言中有这样的话：

"曹雪芹在世界观与写作方法上是否有矛盾呢？即使有，也与托尔斯泰、巴尔扎克有所不同。他没有看见新兴的资产阶级，也和农民革命没有联系，他的矛盾是新旧思想上的矛盾，他反对旧而又找不到新的东西。"

吴恩裕在发言时则说：

"关于李、蓝文章中的重要结论：曹雪芹比较落后的世界观被他的现实主义的创作方法战胜了云云，我不懂文学，但我同意钟敬文先生所提出的，对这个问题可以再考查一下：到底这个矛盾是不是又源于他的世界观本身就有着矛盾？而他的世界观内部的矛盾，我想，又是他的生活现实中的矛盾的反映？"（《光明日报》1954年11月14日）

王昆仑和吴恩裕都认识到世界观和创作方法关系问题的复杂性，所以他们说的不是结论，而是疑问、质疑或解决问题新的途径。这确实是曹雪芹和《红楼梦》评论评价中的一个基本问题。这引起学者们的继续探讨。1957年1月5日，中国社会科学院文学研究所副所长何其芳，在中国作家协会文学讲习所演讲，他说：

可以这样说，世界观对艺术创作起一定的决定作用或者说是起很重要的作用，但不是起绝对的决定作用，决定作品的好坏，还应该包括生活经验、艺术修养、艺术才能、艺术劳动等等，但是我们应该承认世界观与创作方法可以有一定程度的矛盾。高尔基说："形象大于思维。"……《红楼梦》也是如此。说它是对封建社会的总的批判，那是我们今天的认识，在当时的作家本人是不可能知道的。这就是"形象大于思维"——作家的客观的描写出来的形象，大于作家的对当时事物的认识。这是一方面。再一方面，现实主义的创作方法，即忠实于现实生活的描写，可以突破作家的世界观的限度，这两方面是互相联系的。由于《红楼梦》的"形象大于思维"和作者忠实于现实生活的描写，就决定了他对封建社会批判的多，回护的少。（何其芳：《答关于〈红楼梦〉的一些问题——1957年1月5日在中国作家协会文学讲习所的

演讲》,《红楼梦研究集刊》第四集,第14~15页)

　　曹雪芹世界观与创作方法发生矛盾的问题,为众多红学家所关注。虽然具体阐述各有千秋,但基本观点大致相同。毛泽东的评论吸纳诸家之精华,高度概括,简洁明确,深入浅出,不失为大家之言。他关于曹雪芹有"补天"思想、世界观与创作方法发生矛盾的评论,对《红楼梦》的深入研究,确有打开思路的作用。

"曹雪芹的民主文学"

（曹学之三）

> 回到北京后毛泽东又多次谈起这件事，他说：
> 我要写一本书，一本像《红楼梦》那样的书，把我的一生都写进去，把你们也统统写进去，把你也写进去。
> 张仙朋：《我在毛主席身边十三年》，《毛泽东与山东》，中央文献出版社2003年11月版，第553~554页

毛泽东了解曹雪芹其人，也了解曹雪芹其书。

知其人，有利于透彻地解释其书；知其书，有利于全面地认识其人。

毛泽东的"曹学"，是既知其人，亦论其书。

"曹雪芹的民主文学"

1958年8月，毛泽东在审阅中共中央文教小组组长、中央宣传部部长陆定一的《教育必须与生产劳动相结合》一文时，加写的一段文字：

> 中国教育史有人民性的一面。孔子的有教无类，孟子的民贵君轻，荀子的人定胜天，屈原的批判君恶，司马迁的颂扬反抗，王充、范缜、柳宗元、张载、王夫之的古代唯物论，关汉卿、施耐庵、吴承恩、曹雪芹的民主文学，孙中山的民主革命，诸人情况不同，许多人并无教育专著，然而上举那些，不能不影响对人民的教育，谈中国教育史，应当提到他们。但是就教育史的主要侧面说来，几千年来的教育，确是剥削阶级手中的工具，而社会主义教育乃是工人阶级手中的工具。（毛泽东：《关于中国历史上的民主文学》，《毛泽东文艺论集》，中央文献出版社2002年第4版，第191页）

"曹雪芹的民主文学",是说《红楼梦》具有民主性。毛泽东这个命题、这个结论太重要了!在毛泽东的文化视野里,曹雪芹的《红楼梦》与关汉卿的戏剧、施耐庵的《水浒传》、吴承恩的《西游记》一样,都是中国历史上的"民主文学",都具有"人民性的一面"。

怎样继承祖国的文化遗产,毛泽东的一贯原则是:批判其封建性糟粕,吸取其民主性精华。具有民主性、人民性的《红楼梦》自然是中华民族几千年文化遗产中的精华!

《红楼梦》可称"民主文学",其中具有民主主义思想,一些具有资产阶级民主革命思想的学者也看出了这一点。辛亥革命后的陈蜕于1914年作《列〈石头记〉于子部说》一文,内中有:

> "《石头记》一书,虽为小说……而合于大同之旨。谓为东方《民约论》,犹未知卢梭能无愧色否也?""见于行为者,事顽父嚚母而不怨,得祖母偏怜而不骄,更视谗弟而不忮,趋王侯而不谄,友贫贱而能爱,处群郁之中而不淫,临悍婢呆童而不怒,脱屣富贵而不恋。综观始终,可以为共和国民,可以为共和国务员,可以为共和议员,可以为共和大总统矣。"

作《民约论》的卢梭(1712—1778),是欧洲文艺启蒙时代法国的大思想家。陈蜕认为《红楼梦》(《石头记》)的思想内涵有天下为公的"大同之旨",拿《石头记》与《民约论》相比较,倒认为卢梭有"愧色"。他还举贾宝玉的行事乖张为例,称许贾宝玉可以成为共和国的国民、国务员、议员,甚至是大总统,这个思路与毛泽东把曹雪芹的民主文学和孙中山的民主革命列于一系不无相似之处。可是,《红楼梦》中的民主主义思想与辛亥革命时期的资产阶级旧民主主义革命思想虽然有历史联系,但毕竟是两个历史阶段的东西。所以毛泽东说"诸人情况不同",给予区别。陈蜕把《红楼梦》中民主思想抬得过高了,说贾宝玉"事顽父嚚母而不怨"等,也不是民主思想的例证,倒是典型的封建伦理观念。这虽然表现了陈蜕观念上的混乱,但他也指出贾宝玉有"趋王侯而不谄,友贫贱而能爱……脱屣富贵而不恋"等民主意识和行为,他鼓吹《红楼梦》优于《民约论》,贾宝玉可为大总统,其目的则在于倡导资产阶级的民主主义,为辛亥革命后出现的民主共和制张本。当然,陈蜕所以能如此说,根本原因还在于《红楼梦》中有民主思想因素。

新中国建立后，在《红楼梦》研究中揭示其民主性、人民性思想内涵，以示其书为文化遗产之优秀者，亦为一时之文艺思潮。从1954年秋冬之际开展"批俞评红"大讨论之后，许多红学家在评论《红楼梦》反封建思想内涵时，都谈到其间蕴含着强烈浓厚的民主思想。李希凡、蓝翎的《论〈红楼梦〉的人民性》（1954），何其芳的《论〈红楼梦〉》（1956），曾敏之的《谈红楼梦》（1957），一些学者的专题论文，都讨论过这个问题。虽然红学家们对小说中民主思想阶级属性的认定不同——有的认为是新兴市民阶层的民主思想，有的认为是封建贵族叛逆者的民主思想，有的认为是"古已有之"的传统民主思想，有的认为是农民阶级的民主思想——但是，在承认《红楼梦》中有丰富的民主思想内容，它是"民主文学"上，几乎是共识。

毛泽东把曹雪芹及其创作的小说放在几千年民主思想传统的大背景中来评价，认定《红楼梦》是"民主文学"。民主是专制与独裁的对立物，《红楼梦》小说中反封建的思想强度和深度，与民主思想的深刻开掘和充分展开相向并行。这充分表现在小说主要角色贾宝玉的民主作风上。贾宝玉的民主观念体现在多方面，比如，他提出了要全部释放甚至解放女奴的政治主张。小说第六十回：

> 春燕因向他娘道："……宝玉常说：这屋里的人，无论家里外头的，一应我们这些人，他都要回太太，全放出去与本人父母自便呢。你只说，这一件可好不好？"
>
> 原来柳家有个女孩儿，今年十六岁，虽是厨役之女，却生得人物与平、袭、鸳、紫相类，因他排行第五，便叫他五儿，只是素日有弱疾，故没得差使，近因柳家的见宝玉房中丫鬟差轻人多，且又闻宝玉将来都要放他们，故如今要送到那里去应名。

有贵族才有奴隶；没有奴仆谈不上贵族的享受。身为公子哥儿的宝玉，竟然主张对女奴们"都要放"，"全放出去自便"，这不啻是解放女奴的宣言，这也是很激进的民主主张。"厨役之女"柳五儿要到宝玉"那里去"，反映了宝玉"全放"女奴主张的感召力和影响力，它在女奴世界不胫而走，被迅速传播着，非常符合社会底层被欺压者的愿望。

贾宝玉身上的民主作风，还体现在他蔑视封建等级制度，追求人与人之间的自由平等，这是人道主义的复苏。

《红楼梦》第三十五回，通判傅试家的两个嬷嬷给宝玉请安，告辞出来后谈论宝玉的为人，一个婆子说：

> 且是连一点刚性也没有，连那些毛丫头的气都受的。

《红楼梦》第六十六回，贾琏的小厮兴儿向尤二姐、尤三姐介绍宝玉：

> 再者也没有一点刚性儿，有一遭见了我们，喜欢时没上没下，大家乱顽一阵，不喜欢各自走了。他也不理人，我们坐着卧着，见了他也不理，他也不责备，因此没人怕他，只管随便，都过的去。

这里所谓的"刚性"，其实质就是贵族统治者的身份、架子、摆谱，威风八面，盛气凌人，"人上人"阶级属性和个性；所谓"没上没下"，就是宝玉不以统治者的身份自居，没有把奴仆视为"人下人"，更没有像别的统治者那样把奴仆视为牛马猪狗一样的牲畜随意打骂摧残，而是把奴仆下人视为与自己平等的"人"，与他们不分尊卑贵贱，打成一片，抛弃了统治阶级可憎的面目。宝玉这"只管随便，都过得去"的自由平等行为，发生在礼仪繁多等级森严的贵族大家庭里，说明他身上新的平等观念的滋长和发展。傅家老女仆和贾府男仆兴儿这样介绍、评论宝玉，反映了社会底层被压迫被奴役者对自由平等的渴求。宝玉对被压迫者平等"善待"的种种行为，确实是对生活在封建等级制度下的人们的思想观念的冲击和突破。再看《红楼梦》第十七回"大观园试才题对额"的一段细节描写：

> 宝玉听说，方退了出来。至院外，就有跟贾政的几个小厮上来，拦腰抱住，都说道："……人人都说，你才那些诗比世人的都强。今儿得了这样的彩头，该赏我们了。"宝玉笑道："每人一吊钱。"众人道："谁没见那一吊钱！把这荷包赏了罢！"说着，一个都上来解荷包，那一个就解扇囊，不容分说，将宝玉所佩之物尽行解去。又道："好生送上去罢。"一个抱了起来，几个围绕，送至贾母二门前。

清代最强调主奴之分。不仅有终身为奴者，而且有世代为奴者。主奴的等级区分严厉到生活中的每一个细节。可是，小说中这段描写中，被奴役的男仆可以随意"抱住"主子贾宝玉,令其"赏"赐,接着是强行"解荷包,解扇囊","不容分说,将宝玉所佩之物尽行解去"。几个奴仆,把主子身上的贵重佩物给分了——当然这是主子宝玉首先默认了的。"不容分说"是因为情感上不分彼此。在这里已经看不见统治者和被奴役者的水火不容的对立关系,而是一种打破等级界限的自由交往,像感情融洽的亲朋密友那样。如此自由平等的人际关系,其发展足可以摧垮封建等级的旧秩序。

仅从主奴关系方面所展示的新观念,我们就可以判断《红楼梦》挖掘民主思想的深度。进一步看,在皇权的批判、吏治的批判、理学的批判、男权的批判等方面,小说展示了民主思想的广度。在这个基础上肯定《红楼梦》是"民主文学",可谓不易之论。

毛泽东还谈道:

"中国教育史有人民性的一面……曹雪芹的民主文学……不能不影响对人民的教育,谈中国教育史,应当提到他们。"

这个观点无疑为毛泽东首创。《红楼梦》是小说,不是教材,为什么能"影响对人民的教育"?因为《红楼梦》是"民主文学",它已为读者所广泛阅读和接受,它的先进思想和艺术形象在读者中产生了巨大的经久不息的影响,以至渗透到他们的日常生活中去,构成了他们的思想观念、价值判断和艺术修养的要素。事实上《红楼梦》成了他们认识社会、了解事物、积累知识、历练才能、把握人生的"教本"。毛泽东这里讲的"中国教育史"是一种大教育观,它突破了课本教育、课堂教育的常规视野,把优秀文学作品阅读和传播也视为教育的历史现象,肯定其具备教育的功能。因此,曹雪芹和《红楼梦》不仅在"中国文学史"上有地位,在"中国教育史"上也"应当提到"。

《红楼梦》是小说,它的精彩片段也可以选进教材。早在延安时期,毛泽东就提出了把一些优秀古典小说选进教材的主张。1964年2月13日,毛泽东在春节教育工作座谈会上的谈话中讲到改变考试方法时,说过这样一段话:

我主张题目公开,由学生研究,看书去做。例如:对《红楼梦》出二十个题目,学生能答出十题,答得好,其中有的答得很好,有创见,可以打一百分;二十题都答了,也对,但是平平淡淡，没有创见的，给五十分、六十分。（毛泽东：《在春节教育工作座谈会上的谈话（1964年2月13日）》，《毛主席论教育革命》，人民出版社；高凯、于玲主编：《毛泽东大观》，中国人民大学出版社1993年4月版，第650页）

以《红楼梦》出试题，已暗含以《红楼梦》为教材之意。其实新中国成立后，《红楼梦》的一些精粹段落，如"林黛玉进贾府""葫芦僧乱判葫芦案""刘姥姥一进荣国府""王熙凤协理宁国府""大观园试才题对额""不肖种种大承笞挞""抄检大观园"等，均被选入语文课本，曹雪芹的"民主文学"直接走入课堂，"中国教育史"应该有其一席之地。毛泽东在这里讲《红楼梦》试题，其本意在于改变考试中"出怪题、偏题，整学生""考八股文"的现象，以推动教育改革，已含有改革应试教育，提倡素质教育的内涵。

毛泽东肯定曹雪芹及其"民主文学"在教育史上的地位，也就肯定了其在文学史上的地位。

曹雪芹的脂粉气比先生浓得多

曹雪芹的小说《红楼梦》又名《金陵十二钗》。这个书名，据小说第一回介绍为曹雪芹亲题："后因曹雪芹于悼红轩中披阅十载，增删五次，纂成目录，分出章回，则题曰《金陵十二钗》。"

曹雪芹为什么把他一生心血著就的杰作题名《金陵十二钗》呢？据甲戌本《脂砚斋重评石头记》的《凡例》所记：

> 《红楼梦》旨意。是书题名极多。一曰《红楼梦》，是总其全部之名也。又曰《风月宝鉴》，是戒妄动风月之情。又曰《石头记》，是自譬石头所记之事也……
>
> 然此书又名曰《金陵十二钗》，审其名，则必系金陵十二女子也。然通部细搜检去，上中下女子岂止十二人哉？若云其中自有十二个，则又未尝指明白系某某。及至"红楼梦"一回中，亦曾翻出金陵十二钗之簿籍，又有十二支曲可考……
>
> 此书只是着意于闺中。故叙闺中之事切，略涉于外事者则简，不得谓其不均也。

……盖实不敢以写儿女之笔墨，唐突朝廷之上也……

……书中所记何事？又因何而撰是书哉？自云："今风尘碌碌，一事无成。忽念及当日所有之女子，一一细推了去，觉其行止见识皆出于我之上；何堂堂之须眉，诚不若彼一干裙钗？实愧则有余、悔则无益……虽我之罪固不能免，然闺阁中本自历历有人，万不可因我不肖，则一并使其泯灭也。

……故曰"风尘怀闺秀"，乃是第一回题纲正义也。

开卷即云"风尘怀闺秀"，则知作者本意，原为记述当日闺友闺情，并非怨世骂时之书矣。

"凡例"的作者写了这么多话，主要告诉读者两件事：小说的题材就是"写儿女之笔墨""记述当日闺友闺情"，具体说就是记叙"金陵十二钗"等"当日所有之女子"的行止见识；小说的"旨义"（"作者本意"或"题纲正义"）就是"风尘怀闺秀"，使闺阁昭传而不至"泯灭"。

这是批者的点明，抑或作者的声明。当然是"假语村言"，全信则难免上当。但是有一点又不能不承以："红楼梦"是以大量的笔墨写女儿，写女人，写儿女情长，写两性关系。一般把这种情况称为作家在题材选择上的"脂粉气"。

怎样看待作家曹雪芹的"脂粉气"？1945年毛泽东在重庆谈判期间，与著名小说家张恨水讨论过这个问题。

张恨水原名张心远，1895年生于江西。1916—1924年任报社编辑时，创作了第一部长篇言情小说《春明外史》。他在20世纪30年代所写的长篇小说《啼笑因缘》，风靡一时，成为国内第一畅销书，影响甚大。他的《金粉世家》《纸醉金迷》也很有读者。

1945年秋，毛泽东率中共代表团飞抵重庆同国民党当局举行和平谈判。谈判期间，毛泽东抓紧一切时间同在渝的各界知名人士会见，向他们介绍形势并交换意见，宣传共产党的宗旨和政策，从而团结一切可以团结的爱国民主人士。9月13日，毛泽东接见了《新民报》的部分工作人员。张恨水当时任《新民报》副刊编辑，经周恩来介绍，毛泽东认识了张恨水。时隔不久，毛泽东单独会见了张恨水，长谈了两个多小时。

在谈到小说创作时，毛泽东风趣地对张恨水说："在湖南一师读书时，有位绰号叫'袁大胡子'（即国文教员袁吉六）的先生，曾嘲笑我的作文，是新闻记者的手笔，今天遇到了张先生，我可是小巫见大巫了哟。"

张恨水谦逊道："毛先生雄才大略，大笔如椽，我辈小说家，岂敢相比，真是惭愧。正如一些同道所批评的那样，自己的小说脂粉气太浓了些。"
毛泽东道：

"脂粉气也未必有什么不好，我看曹雪芹的脂粉气比先生要浓得多，但《红楼梦》不也一样令我们叹为观止嘛！我以为，文艺作品的好与坏，不能在题材上作统而言之，关键在于我们的作品，是否真实地反映了社会，刻画了社会的人和社会的事，反映出社会的矛盾和斗争。"（陈晋：《文人毛泽东》，上海人民出版社1997年12月版，第262页；武在平：《巨人情怀——毛泽东与中国作家》，中共中央党校出版社1995年11月版，第57页；谭玉琛、李振明：《毛泽东与党外人士》，河北人民出版社1993年3月版，第366页）

张恨水若有所思地点点头。

毛、张谈话涉及文艺理论的一个基本问题：题材与思想和主题（或作家主观思想）的关系。马克思主义文艺观认为，大致相同的题材可以表现不同的思想和主题。1846—1847年，恩格斯在《诗歌和散文中的德国社会主义》一文中说："情节大致相同的同样的题材，在海涅的笔下会变成对德国人的极辛辣的讽刺；而在倍克那里仅仅成了对于把自己和无力地沉溺于幻想的青年人看作同一个人的诗人本身的讽刺。"（《马克思恩格斯全集》第4卷，第236页）20世纪30年代全面抗战前，鲁迅对萧军、陈烟桥说过：

不必问现在要什么，只要问自己能做什么。现在需要的是斗争的文学，如果作者是一个斗争者，那么，无论他写什么，写出来的东西一定是斗争的。就是写咖啡馆跳舞场罢，少爷们和革命者的作品，也决不会一样。（《致萧军》，《鲁迅全集》第10卷，第236页）

单是题材好，是没有用的，还是要技术……（《致陈烟桥》，《鲁迅全集》第10卷，第206页）

"题材决定论"是错误的。看来，不在于写什么，而在于怎样写，在于为什么写。革命者即使写"咖啡馆跳舞场"，也能写出"斗争的文学"。这当然也需要有高超的艺术技巧。曹雪芹的题材虽然有"脂粉气",但他并没有表现风花雪月卿卿我我甚至污秽淫乱的主题。毛泽东说曹雪芹虽然脂粉气比张恨水浓得多,但写出的《红楼梦》却令读者叹为观止。因为曹雪芹在小说中"真实地反映了社会,刻画了社会的人和社会的事,反映出社会的矛盾和斗争"。

其实,作为思想深邃的大文学家,曹雪芹并没有停留在"为闺阁昭传"写几个异样女子的表面层次上,他对"怎样写""为什么写"等问题有更深刻、更成熟也更前卫的思考。请看小说第一回的描写:

> 石头（对空空道人）笑答道："……历来野史皆蹈一辙,莫如我这不借此套者,反倒新奇别致,不过只取其事体情理罢了,又何必拘拘于朝代年纪哉！再者,市井俗人喜看理治之书者甚少,爱适趣闲文者特多。历代野史,或讪谤君相,或贬人妻女,奸淫凶恶,不可胜数。更有一种风月笔墨,其淫秽污臭,屠毒笔墨,坏人子弟,又不可胜数……竟不如我半世亲睹亲闻的这几个女子,虽不敢说强似前代书中所有之人,但事迹原委,亦可以消愁破闷,也有几首歪诗熟话,可以喷饭供酒。至若离合悲欢,兴衰际遇,则又追踪蹑迹,不敢稍加穿凿,徒为供人之目而反失其真传者……再者,亦令世人换新眼目,不比那些胡牵乱扯,忽离忽遇,满纸才人淑女、子建文君红娘小玉等通共熟套之旧稿。我师意为何如？"
>
> 空空道人听如此说,思忖半晌,将《石头记》再检阅一遍,因见上面虽有些指奸责佞贬恶诛邪之语,亦非伤时骂世之旨;及至君仁臣良父慈子孝,凡伦常所关之处,皆是称功颂德,眷眷无穷,实非别书之可比。虽其中大旨谈情,亦不过实录其事,又非假拟妄称,一味淫邀艳约、私订偷盟之可比。因毫不干涉时世,方从头至尾抄录回来,问世传奇。

把"石头"的话和空空道人的结论对看,把作者的正话反说弄明白,人们不难理解:限于"文字狱"的淫威,曹雪芹只能隐讳曲折地表达自己的创作动机和意图。他的书虽然写闺阁儿女私情,但一反"历代野史"的邪气颓风,是那些"淫邀艳约、私订偷盟"之书根本无法可比的。他写的人物"强似前代书中所有之人",他写的世态"只取事体情理",虽然自白是"适趣闲文",但却能"令世人换新眼目"。说是"不干涉时世",却有丰富的社会内容，丰厚的思想内涵，丰裕的认识价值，乃至后人称其为"封建社会末世的百科全书"。

写一部"像《红楼梦》那样的书"

《红楼梦》一经传世，文人层的有识之士即认定其为"说部第一"。在创作上，它无疑是著作家们心仪的范本和标志性著作。几乎尽人皆知，毛泽东是一代文章大家。也许是"惺惺惜惺惺，英雄爱英雄"吧，毛泽东是把曹雪芹视为写作和创作的标杆和楷模的。写一部"像《红楼梦》那样的书"，成为他的一种人生理想。

毛泽东鼓励别人——诗人柯仲平写一部"像《红楼梦》那样的书"！

柯诗人是云南广南县人。1937年11月到延安，致力于诗歌和戏剧的大众化工作，在创作和演出活动中力求体现出民族的风格和特色，得到了毛泽东的关注和支持。

在陕甘宁边区巡回演出的岁月里，柯仲平和群众无所不谈。他特别注意到陕北人民对刘志丹烈士的怀念，认真倾听乡亲们对其英雄事迹的叙说。他决心创作一部长诗，歌颂刘志丹，歌颂党领导下的边区人民的武装斗争历史。柯仲平时时处处留心收集刘志丹的事迹。他从刘志丹的战友、部下和接触过的群众中收集到大量珍贵的资料，他的黄布挎包里积累了一本本写满密密麻麻字迹的笔记本。

1947年夏，柯仲平到河北平山县西柏坡党中央所在地，主持编辑《中国人民文艺丛书》的工作。1948年4月，"丛书"编辑工作临近结束的一天，毛泽东会见了他。毛泽东问："你在这里是'扛长工'还是'打短工'？"柯仲平说"打短工"。毛泽东又问："你把'短工'打完到哪里去？"柯说："到你待过十三年的地方去。"毛泽东说："实际是十二年半。"毛泽东又问："还回去？打算干什么？"柯仲平就把酝酿多年准备创作长诗歌颂刘志丹，歌颂在井冈山道路影响下创建陕甘革命根据地的斗争历史的打算告诉了毛泽东。

> 毛泽东十分理解诗人的心情，对他寄予热切的希望。他鼓励柯仲平多去调查研究，花上十年八年，真正了解一个根据地。并说："人的一生，能写出一部《红楼梦》那样的作品，就很不错了。"（武在平：《巨人情怀——毛泽东与中国作家》，中共中央党

校出版社1995年11月版，第109页）

柯仲平要创作长诗《刘志丹》，毛泽东以《红楼梦》做参照系，鼓励他写出精品力作。

毛泽东自己的人生愿望之一，也是写一部"像《红楼梦》那样的书"！

1961年8月，毛泽东在庐山。一天临睡前，他对卫士张仙朋谈起了他晚年的人生志向：

"我有三大志愿，一是要下放去搞一年工业，搞一年农业，搞半年商业，我不当知识分子，要当劳动者。这样我可以多了解一些情况，我可以多活几年，不吃猪肉，只吃鸡蛋、青菜，安眠药也可以减少。最近25年来，从延安时期起，给我派这么多人，吃得又好，我非常不舒服。我下放可以使我做调查研究，不当官僚，对全国干部也是一个推动。二是要骑马到黄河、长江两岸进行实地考察。我对地质方面缺少知识，要请一位地质学家，还要请一位历史学家和文学家一起去。时间需要两年。最后写部书，把我的一生写进去，把我的缺点、错误统统写进去，让全世界人民去评价我究竟是好人，还是坏人。"

说到这里，停了一下，叹了一口气，又说：

"我这个人啊，好处占百分之七十，坏处占百分之三十，就很满足了。我不隐瞒自己的观点，我就是这样一个人，我不是圣人。"

张仙朋听了毛泽东的肺腑之言，感动极了。这样的话，毛泽东对张仙朋不止说过一次，回到北京后毛泽东又多次谈起这件事，他说：

> 我要写一本书，一本像《红楼梦》那样的书，把我的一生都写进去，把你们也统统写进去，把你也写进去。（张仙朋：《我在毛主席身边十三年》，《毛泽东与山东》，中央文献出版社2003年11月版，第553~554页）

毛泽东把自己一生"都写进去"的书，显然是自传，是史学著作；柯仲平要创作长诗《刘志丹》，显然是诗传，是文学著作。毛泽东和柯仲平都有志未逮，这倒不重要。重要的是在毛泽东的潜意识中，《红楼梦》是精神产品的最高标志，是著作家们毕生追求的目标。自传也罢，诗传也罢，史学著作也罢，文学著作也罢，共同标准是写一部"像《红楼梦》那样的书"。古人有立功、立德、立言为"三不朽"的说法（见《左传》），在毛泽东看来,"立言"的不朽就是"像《红楼梦》那样的书"。曾经有人批评著名作家丁玲鼓吹"一本书主义",毛泽东的"一本书主义"则是:人的一生,能写一部"像《红楼梦》那样的书","就很不错了"!

毛泽东谈的是人生写书(精神生产)的愿望理想,客观上透视出他对曹雪芹的贡献的肯定性评价。当我们仔细分析毛泽东对《红楼梦》在文学史上、文化史上地位的精彩评论,对此会有更为深刻的认识。

在文学上有部《红楼梦》

(阅读感悟之一)

> 我国……工农业不发达,科学技术水平低,除了地大物博,人口众多,历史悠久,以及在文学上有部《红楼梦》等等以外,很多地方不如人家,骄傲不起来。
> 毛泽东:《论十大关系》,《毛泽东文集》第七卷,人民出版社1999年6月版,第43页

《红楼梦》在小说史、文学史、文化史上有着怎样的地位,如何给予评价?这个问题历来为红学评论界和小说读者群所关注。

毛泽东十分看重《红楼梦》这部小说,他以史家洞幽察微的深邃目光,以哲人独特的思维触角,以极具个性化的"毛式"语言,以独到新颖、奇妙绝异的观点,评价了这部小说的宝贵价值和历史地位。

毛泽东对《红楼梦》的崇高评价,不仅影响了一代研红学人,而且影响了数以千万计的广大读者,可以毫不夸张地说,它是20世纪红学成为显学的重要推动力。

在"位置是不很高的"七字旁画了个大问号

《红楼梦》问世二百余年,学人评其地位时低时高。而在五四新文化运动中形成的"新红学派",其代表作家胡适、俞平伯对《红楼梦》评价不高,甚至否定其历史地位。毛泽东不满意"新红学派"对《红楼梦》的轻视和蔑视。早在1953年——

> 他(指毛泽东——引者注)细读过1952年由棠棣出版社出版的俞平伯的《红楼梦研究》,在书上做了不少批画,不少地方,除

批注、画道道外，还画上了问号。……《〈红楼梦〉底风格》一节，画的问号更多，有的一页上就有七八个问号。在这节的开头，俞平伯写道："平心看来，《红楼梦》在世界文学中底位置是不很高的。这一类小说，和一切中国底文学——诗、词、曲——在一个平面上。这类文学底特色，至多不过是个人身世性格底反映。"毛泽东在"位置是不很高的"七字旁画了两条粗线，又画了个大大的问号。（陈晋：《文人毛泽东》，中央文献出版社1997年12月版，第325页）

毛泽东读俞平伯的《红楼梦研究》，对其"《红楼梦》在世界文学中底位置是不很高的"结论大惑不解，"画了个大大的问号"，显然他不同意俞平伯的评价——这与《红楼梦》在他心目中无与伦比的地位大异其趣、大相径庭。

且看俞平伯接下来的评说：

《红楼梦》……总不过是身世之感，牢愁之语。即后来底忏悔了悟，以我从楔子里推想，亦并不能脱去东方思想底窠白；不过因为旧欢难拾，身世飘零，悔恨无从，付诸一哭，于是发而为文章，以自怨自解。其用亦不过破闷醒目，避世消愁而已。故《红楼梦》性质亦与中国式的闲书相似，不得入于近代文学之林。（俞平伯：《红楼梦辨》，人民文学出版社1973年8月版，第93页）

《红楼梦》不仅在世界文学中的位置"不很高"，而且"与中国式的闲书相似，不得入于近代文学之林"——这就是俞平伯对《红楼梦》历史地位的评判，把《红楼梦》从"近代文学之林"中开除了。

"新红学派"的主帅胡适则很贬低《红楼梦》，直到他的晚年，他在给台湾作家高阳的一封信中，还很认真地说过这样一段话：

"我写了几万字的考证，差不多没有说一句赞颂《红楼梦》文学价值的话，大陆上中共清算我，曾指出我只说了一句《红楼梦》只是老老实实地描写这一个坐吃山空、树倒猢狲散的自然趋势，因为如此，所以《红楼梦》是一部自然主义的杰作。此外我从来没有说一句从文学观点赞美《红楼梦》的话。老实说来，我这一句话已过分赞美《红楼梦》了,说书中主角是赤霞宫神瑛侍者投胎的、是衔玉而生的,这样的见解如何能产生一部平淡无奇的自然主义的小说?我曾仔细评量《红楼梦》前八十回里的诗词曲子以及书中所表现思想与文学技术,我平心静气的看法是:雪芹是个有天才而没有机会得到修养训练的文人,他家庭环境、社会环境、往来朋友、中国文学的背景等等,都没有能够给他一个可以得到文学修养训练的机会,更没有能够给他一点思考、发展的机会,在那个贫乏的思想背景里,《红楼梦》的思想见解当然不会高明到哪儿去,《红楼梦》的造诣当然也不会高明到哪儿去。"(转引自王蒙的《双飞翼》,三联书店1996年11月版,第132~133页)

胡适的认知和评判是:

"我常说,《红楼梦》在思想见解上比不上《儒林外史》……《红楼梦》……在文学技术上比不上《海上花》(韩子云),也比不上《儒林外史》——也可以说,还比不上《老残游记》。""我平心静气的看法是:在那些满洲新旧王孙与汉军纨袴子弟的文人之中,曹雪芹要算是天才最高的了,可惜他虽有天才,而他的家庭环境及社会环境,以及当时整个的中国文学背景,都没有可以让他发展思想与修养文学的机会。在那一个浅陋而人人自命风流才士的背景里,《红楼梦》的见解和文学技术当然都不会高明到那儿去。"(胡适1960年11月19日到1961年1月17日给苏雪林和高阳的四封信)(《胡适〈红楼梦〉论述全编》,第289页)

李辰冬教授20世纪40年代写作了《红楼梦研究》一书,1979年他为台湾出版的罗盘的《红楼梦的文学价值》作序,其中介绍他亲耳听到胡适说"红楼梦毫无价值":

十几二十年前,中国广播公司为广播全部红楼梦,整整准备了一年。在正式广播的前夕,约胡适、李玄伯两位先生以及兄弟我——那时他们认为的三位红学专家——座谈,意思是想请三位专家来捧捧场。第一位当然是先请胡先生发言,而胡先生的第一句话,就是"红楼梦毫无价值"。那时主持广播的是邱楠先生,邱先生就问:"胡先生,红楼梦既然毫无价值,那末,我们明天还播不播?"胡先生感到出言有问题了,于是说:"我只讲考证问题,至于价值问题,请李先生(指我)讲好了。"邱先生接着又问:"红楼梦既然毫无价值,您考证它干什么?""我对考证有兴趣,只是为考证而考证"。"红楼梦毫无价值",这是我第一次从胡先生口里听到。我们这种六七十岁年纪的人,从小就喜欢红楼梦而重视它的原因,由于胡先生的提倡,现在从胡先生的口里说它毫无价值,真正难以置信。但后来打听,才知道胡先生讲这样话的不止这一次。红楼梦是否有价值,在罗盘先生这部书里,可以得到明确的解答。(郭豫适:《论"红楼梦毫无价值论"及其他——关于红学研究中的非科学性问题》,《华东师范大学学报》1986年第3期)

也许人们奇怪,"新红学"的开山祖师胡适研究大半辈子《红楼梦》,结论竟然是"《红楼梦》毫无价值",而且再三再四的这样说。试问:既然《红楼梦》"毫无价值",那么研究它还有意义吗?何况,又是那么多人一茬接一茬、一代接一代地研究,岂不是"此公缺典定糊涂",岂不是民族精神的肆意浪费?!这里又出现了一个大悖论:胡适的学术研究是"科学研究",那么几十年研究"毫无价值"的东西,还是"科学研究"吗?

毛泽东当然不同意俞平伯、胡适这些对《红楼梦》几近否定性的评论。据作家管桦撰文介绍,毛泽东生前曾经说过:

> 中国的学者们对《红楼梦》的评价不高,还不如英国的一位教授。那位英国教授认为《红楼梦》超过了托尔斯泰、巴尔扎克和莎士比亚。(管桦:《曹雪芹会哭泣吗?》,《今晚报》1994年9月13日)

毛泽东这里说的"中国的学者"不是指中国所有的学者,只是相对于"英国一位教授"而言的,针对的只是"对《红楼梦》的评价不高"的那些学者。其中,是应该包括俞平伯和胡适两位的(当然在这个问题上俞平伯与胡适有差别,后来俞平伯对《红楼梦》是有肯定性评价的)。"新红学派"对《红楼梦》"评价不高"确是事实。

"中国的学者"中,或者红学家中,对胡适轻视《红楼梦》文学价值的

态度很不满意,并予以批评。著名小说家王蒙在红学专著《双飞翼》(三联书店1996年11月版)批评说:

> 从学问上讲,我一直以为胡适是有学问的,而看了这段话后,我就感觉到,这位博士还是好好地去当他的博士吧,他对文学创作实际上完全是外行。(第133页)
>
> 在给高阳的信里他批评《红楼梦》中没有新的观念,说只须看看它对宝玉"衔玉而生"的叙述,就能得知它的观念没有什么了不起。另外,他说曹雪芹没有受过很好的训练。看了这两条使我感到高明之如胡适,也有马失前蹄的时候。我想这与他处于五四那个时代,沉浸在一种启蒙主义的热情中有关。他希望能看到体现民主主义和科学主义的文学作品,能够找到受过正规学术训练的那样一些作家。这在中国的文学史上找实在是太困难了。"衔玉而生"是《红楼梦》里一个关键的情节,是不可或缺的。你只能从妇产科学的角度说这是胡说八道。你如果愿意用病理学、生理学、医学的观点研究《红楼梦》,也是完全可以的,但你不能用这个方法进行价值判断。不能说符合我这门学问的就是有价值的,不符合我这门学问的就是无价值的。科学的方法是为了认知判断,不是为了进行价值判断。至于说曹雪芹没有受过很好的训练,缺乏很好的学养,这也是一个惊人的论断。培养或出现一个作家与培养一个博士是两路功,如果曹雪芹懂许多哲学原理、文艺学原理和风格流派的话,肯定就没有《红楼梦》了,或没有现在这个样子的《红楼梦》了。胡适还说《红楼梦》没有认真遵守自然主义的规则,而不遵守任何主义的规则正是《红楼梦》的大气和优越性。(第350~352页)

当年发难批评"新红学"的著名"小人物"李希凡,即使在胡适再次在大陆"走红"的今天,也还是说"不敢恭维"胡适对《红楼梦》文学价值和地位的评价:

> 至于说到这位"大学者"的文学见解和艺术修养,对《红楼梦》的理解和评价,则实是不敢恭维,不只表现出他的无知与浅薄,还多多少少带有洋场绅士轻视优秀民族文化遗产的异味,甚

至在他晚年的《与高阳书》（1960年）里，对《红楼梦》还是在坚持他20年代那些浅薄无知的看法……胡适不是熟读"中国古典"的大学问家吗？如果他真正得到了传统文化的"修养和训练"，真正读懂了《红楼梦》，怎么会连曹雪芹及其伟大杰作《红楼梦》的深厚文化底蕴都没有一点体会和认识！像胡适这样大言不惭、根本缺乏读懂《红楼梦》的文学素养的所谓"大学者"，竟还能成为某些人今天高举的"学术"旗帜，莫非也是"红学"研究中令人不解的怪事。实际上这只能说明胡适自己的思想没根底，见解不高明，文学造诣太差劲。就看看他自己的作品吧，我虽读得不多，总还看过白话诗《尝试集》和"游戏的喜剧"《终身大事》，光从他所谓的"修养和训练"看来，那可真是除去"白话"，就剩白水了。（李希凡、李萌：《传神文笔足千秋——〈红楼梦〉人物论？》"后记"，文化艺术出版社2006年6月版，第462页）

写作《红楼梦研究小史稿》及其"续稿"的华东师范大学郭豫适教授则专题批评胡适的"红楼梦毫无价值"谬说：

> 《红楼梦》作为中国古代文学宝库中一颗璀璨的明珠，同时也是可与世界上任何最伟大的文学作品相媲美而毫不逊色的杰作。……意大利有但丁的《神曲》，英格兰有莎士比亚的悲剧，西班牙有塞万提斯的《堂·吉诃德》，德意志有歌德的《浮士德》，法兰西有巴尔扎克的《人间喜剧》，俄罗斯有托尔斯泰的《战争与和平》……我们有曹雪芹的《红楼梦》！……胡适的"红楼梦毫无价值论"是说不通的。倘若《红楼梦》真是毫无价值，包括毫无考证价值，则胡适自己那些《红楼梦》考证文章何从产生？他那些文章包含的价值就与《红楼梦》本身有价值相联系，否则胡适考证文章的价值又何所附丽？所以，"红楼梦毫无价值论"不但否定了在电台上广播《红楼梦》这类普及工作，而且也全盘否定了有关《红楼梦》的一切研究和考证工作，连同胡适自己的工作在内。这个说法并不符合实际，也是令人难以苟同的。（《论"红楼梦毫无价值论"及其他——关于红学研究中的非科学性问题》，《华东师范大学学报》1986年第3期）

《红楼梦》有没有文学价值？它在中国和世界文学史上的地位是低还是高？这在《红楼梦》评论中是个根本性的问题，引起不同红学流派之间的激烈争鸣。

毛泽东不满意"新红学"对《红楼梦》的"评价不高"，这是他多次多角度正确评价《红楼梦》历史地位的逻辑起点。

中国古代小说写得最好的一部

《红楼梦》是小说，是文学作品。毛泽东肯定它的价值，亦首先着眼于它在小说史上和文学史上的地位。

毛泽东对妻子贺子珍说：《红楼梦》是一本难得的好书哩！1927年"秋收起义"之后，毛泽东带领队伍上了井冈山。在寒冷的冬夜，有时毛泽东写文章累了，便放下笔，同贺子珍海阔天空地谈论起来。谈论中，他们之间也会发生一些争论。有一次，贺子珍谈起她喜欢《三国演义》《水浒》，不喜欢《红楼梦》。她说："《红楼梦》里尽是谈情说爱，软绵绵的，没有意思。"毛泽东一听，就反驳她说：

"你这个评价不公正，这是一本难得的好书哩！《红楼梦》里写了两派，一派好，一派不好。贾母、王熙凤、贾政，这是一派，是不好的；贾宝玉、林黛玉、丫鬟，这是一派，是好的。《红楼梦》写了两派的斗争。我看你一定没有仔细读这本书，你要重读一遍。"（王行娟：《贺子珍的路》，作家出版社1985年12月版，第115页）

毛泽东对延安鲁迅艺术学院的学员说：《红楼梦》是部很好的小说！1938年4月28日，毛泽东到学院演讲，讲到作家不仅要有远大的理想，而且要有丰富的生活经验时，他说：

《红楼梦》这部书，现在许多人鄙视它，不愿意提到它，其实《红楼梦》是部很好的小说，特别是它有极丰富的社会史料。（毛泽东：《在鲁迅艺术学院的讲话》，《毛泽东文集》第二卷，人民出版社1993年12月版，第123~124页）

毛泽东对江西省委书记杨尚奎夫人水静说：《红楼梦》可以称为"巨著"！20世纪50年代末在庐山，有一次，江西省委书记杨尚奎夫人水静随丈夫到毛泽东住处"180"办事。毛泽东问水静："你喜欢看什么呢？"水静想也没想，脱口而出："我最爱看小说。"毛泽东笑着说："好嘛，爱好文学的人，一定是热爱生活的人。读过《红楼梦》没有？"水静得意地回答："读过，还读过三遍哩。"毛泽东说："读三遍不够，至少要读五遍以上。"

> 毛泽东仍然笑着说："你知道《红楼梦》里写了多少个人物吗？"这可把水静问住了，水静老老实实地说："不知道，我没有算过。"毛泽东说："一共是327人，从皇帝、贵族，直到老百姓，都写到了，而且性格各异。刘姥姥就是个典型的农民嘛。"毛泽东说："我看凭这点，就可以称为'巨著'。"
>
> "我就喜欢曹雪芹笔下的人物，活灵活现的，可爱极了。"水静说。
>
> "不过《红楼梦》的意义恐怕还远远超出了文学范畴。"毛泽东接着说："它在我们面前展现了一个封建社会的全景，告诉我们一个崩溃着的封建社会是怎样完成它的最后的悲剧的。"毛泽东又举出了一些情节，并一一作了分析。（水静：《特殊的交往——省委第一书记夫人的回忆》，江苏文艺出版社1992年版）

毛泽东对高级干部薄一波说：《红楼梦》是顶好的社会政治小说！1960年春天，毛泽东在中南海颐年堂与薄一波谈话，提到古典小说四大名著。据薄一波回忆：

> 毛泽东同志对《红楼梦》有浓厚的兴趣，讲过这是一部顶好的社会政治小说。（《回忆片断——记毛泽东同志二三事》，《难忘的回忆》，中国青年出版社1985年版）

毛泽东对表侄孙女王海容说：《红楼梦》是一部好书！1965年，王海容在北京外国语学院读书，她到毛泽东家做客时，表示不喜欢《红楼梦》中的人物，毛泽东告诉她：

《红楼梦》可以读，是一部好书。（孔东梅：《改变世界的日子——与王海容谈毛泽东外交往事》，中央文献出版社2006年9月第2版，第35页）

毛泽东对爱将许世友说：《红楼梦》是中国古代小说写得最好的一部！1973年12月21日，毛泽东在军委会议上告诫许世友"要搞点文，文武结合"，"文官务武，武官务文，文武官员都要读点文学"，要求许世友"坚持看五遍《红楼梦》"。毛泽东在这次谈话中评价了《红楼梦》在中国小说史上的地位，他说：

中国古代小说写得好的是这一部，最好的一部。（《谈〈红楼梦〉》，《毛泽东文艺论集》，中央文献出版社2002年4月版，第209~210页）

毛泽东首先把《红楼梦》放在中国古典小说发展的历史长河中，来评价欣赏这颗文学明珠的炫目光彩。中国古典小说源远流长，其间作品汗牛充栋。从秦汉之际的街谈巷议，中经宋元话本，到明清长篇巨制古典小说"四大名著"，目不暇接，数不胜数。但是比较起来，《红楼梦》还是"一本难得的好书"，"是部很好的小说"，是"中国古代小说写得最好的一部"，而且是"顶好的社会政治小说"。毛泽东选择"很好""最好""顶好""难得的好"这些字眼儿，把《红楼梦》推向了古典小说的峰巅和极致。把中国小说史从头细数一遍，也确如毛泽东所评价的那样。《三国演义》《水浒传》《西游记》《儒林外史》《聊斋志异》等古典小说名著，虽然各有自己的成就和特色，但是，我们无法否认，《红楼梦》超越群书，达到了中国小说古典形态的高峰。它的思想容量和艺术蕴含，它的曲折动人的艺术情节，它的多如繁星的个性鲜明、内蕴丰富、光彩照人的典型形象，都达到了中国文学前所未有的高度。

在文学上有部《红楼梦》

在许多情况下，毛泽东评价《红楼梦》的历史地位，眼光和视野突破了小说和文学的界限，扩大到整个中华民族文化领域。

前几年"文化研究"热过一阵子，有一种观点认为《红楼梦》是"文化小说"，是中华民族几千年优秀传统文化的产物和代表。其实，早在半个世纪前，毛泽东似乎就已经把《红楼梦》视为传统文化的优秀代表了。

1956年4月25日，毛泽东在中共中央政治局扩大会议上讲话。这个讲话，就是著名的《论十大关系》。毛泽东讲到"中国与外国的关系"时，其中有一段是：

> 我国过去是殖民地、半殖民地，不是帝国主义，历来受人欺负。工农业不发达，科学技术水平低，除了地大物博，人口众多，历史悠久，以及在文学上有部《红楼梦》等等以外，很多地方不如人家，骄傲不起来。但是，有些人做奴隶做久了，感觉事事不如人，在外国人面前伸不直腰，像《法门寺》里的贾桂一样，人家让他坐，他说站惯了，不想坐。在这方面要鼓点劲，要把民族自信心提高起来，把抗美援朝中提倡的"蔑视美帝国主义"的精神发展起来。（《毛泽东文集》第七卷，人民出版社1999年6月版，第43页）

毛泽东在《论十大关系》品评《红楼梦》，立足点远不止文学层面。仔细分析，可从三个方面理解：

《红楼梦》是中国优秀文化艺术的代表。这部小说代表着中国古代文化艺术的最高成就，概括了民族文化的精华精粹。这当然不是说，中国优秀的文化艺术传统真的只有一部《红楼梦》，而是指以《红楼梦》为代表的光辉灿烂的古代文化遗产。红学家李希凡对毛泽东这段话的理解是："《红楼梦》是中华历史文化立体结晶的精品。它和《三国》《水浒》既不同类型，又不同题材，它更富于文化的内蕴。毛泽东……话虽很简洁，意思却很明确。他是把《红楼梦》作为中华民族文化的最高代表来评价。有人说，他把《红楼梦》抬得太高。我想，多数研究《红楼梦》的人，根据自己的体会，大概不会有这种意见。因为《红楼梦》确有深广的历史文化蕴涵有待于深入开掘和再认识。"（李希凡：《有感于"文献文本文化"的命题——由'99全国中青年红楼梦学术研讨会引起的联想》，《红楼梦学刊》2000年第1辑，第9页）

《红楼梦》是中国国情的基本要素。毛泽东这段话很简单，但言之有物，很能说明问题。在这段话中，他提到了中国的四件大事：第一件，地大物博。这是高天厚地的赐予，是中华民族生存发展的自然环境和物力资源。第二件，人口众多。这是种族庞大滋生繁衍而成的，是中华民族生存发展的人力资源。第三件，历史悠久。这是五千年文明史的演进和积累，是中华民族承前启后继往开来的历史资源。第四件，"在文学上有《红楼梦》"。这是民族精神和民族文化的瑰宝，是中华民族生存发展、开启民智、滋润灵魂的文化资源。九百六十万平方公里疆域，十数亿同胞，五千年历史，一部杰作大书，构成了中国国情的基本要素和显著特色。

《红楼梦》是足令中华民族骄傲，可使中国自立于世界民族之林的资本。毛泽东主张"向外国学习"，承认"每个民族都有它的长处"。但是，他反对妄自菲薄，没有民族自信心。《红楼梦》是中华民族文学之"最"，完全可以与外国顶极文学作品比肩。在中华历史长河中，在我国文学史上数不胜数的作品中，毛泽东情有独钟，单单提及一部《红楼梦》，给它以最恰当的位置，认定它是属于可使中国骄傲的事物和资本。也就是说，在文学上有部《红楼梦》，与地大物博、人口众多、历史悠久一样，足可以提高民族自信心，增强民族自豪感。

按照这个思路，毛泽东还把《红楼梦》与万里长城相提并论。据李希凡披露：

> 《红楼梦》思想艺术成就很高，这是事实。毛泽东就说中国有长城，有《红楼梦》，把它看作中华文化的代表。这是共识。（冯其庸、李希凡、王蒙：《〈红楼梦〉的思想》，《百年红学》，文化艺术出版社2007年4月版，第10页）

长城是古代国防工程，是军事设施；《红楼梦》是文学作品，是精神产品。"中国有长城，有《红楼梦》"，二者一武一文，都是中华民族标志性、代表性的成果。

从五千年文化史、文明史的角度品评《红楼梦》，毛泽东还提出：《红楼梦》是"中国的第五大发明"。

2005年1月11日，著名红学家、中国红学会名誉会长冯其庸《瓜饭楼重校评批〈红楼梦〉》出版座谈会在北京召开。国家新闻出版总署署长兼国家版权局局长石宗源在会上讲话时，提到毛泽东赞扬《红楼梦》是"中国的第五大发明"。他说：

> 《红楼梦》是中国的一部奇书，被誉为中国古典小说的金字

塔。毛泽东同志曾称它是"中国封建社会的百科全书",还称赞它是"中国的第五大发明"。(石宗源:《在〈瓜饭楼重校评批《红楼梦》〉出版座谈会上的讲话》,《红楼梦学刊》2005年第2辑,第13页)

历来,人们以造纸、指南针、印刷术和火药为中华民族文化史上的"四大发明",是对人类的四大贡献。毛泽东认为《红楼梦》取得了我国古典小说的最高成就,是优秀传统文化遗产的代表,对中国文明史的发展产生了巨大的影响,应该列为"中国第五大发明"。这个评价从古国文明的角度,给了《红楼梦》以崇高的荣誉。

对世界的三大贡献

《红楼梦》是中国的,也是世界的。它的水平,它的声誉,它的贡献,都是世界级的。

无论从哪一方面衡量,《红楼梦》在亚洲、在东方、在世界文学史上都是有地位的。

毛泽东的眼界是开阔的,他看到了《红楼梦》对全世界、对整个人类的意义。

1953年底和1954年初,毛泽东在杭州西湖刘庄,一边休假,一边组织几位"秀才"起草第一部《中华人民共和国宪法(草案)》。一天,难得空闲的毛泽东吩咐罗瑞卿把浙江省委书记江华找来打几圈麻将,换种方式休息休息脑筋。闲谈中,毛泽东不无调侃地说:

"我说过,中国对世界有三大贡献,第一是中医,第二是曹雪芹的《红楼梦》,第三是打麻将牌。"(张聿温:《死亡联盟——高饶事件始末》,北京出版社2000年1月版,第324页)

这个关于"三大贡献"的评价,将"麻将牌"添列其间,似乎有调侃之意,其实毛泽东讲得很认真。且不说救死扶伤的中医中药对世界的贡献,即使被视为纯粹是"消遣之物"的麻将牌,毛泽东自有一番与众不同的生活哲理,他解释说:"不要看轻了麻将,牌是184张,要按自己手上的牌,桌上打出来的牌,别家打出来的牌路,来判断自己和每家的输赢趋势。你要是会打麻将牌，就可以更了解偶然性和必然性的关系。麻将牌里有哲学噢。"麻将牌可以予人以哲理，但是与之相比较，中医药和《红楼梦》对世界的贡献更大些。

更多的时候，毛泽东愿意把《红楼梦》与世界文学名著联系起来评论。1955年4月，毛泽东乘车去浙江绍兴东湖。谭启龙、王芳相伴左右，陈伯达、胡乔木、田家英、叶子龙和刘邦俊随后。毛泽东沿着石板铺成的小路，向东湖走去。途中，不知谁说了句"爱此一拳石，玲珑出自然"的诗句。随即，毛泽东和随行的秀才们海阔天空地聊起了《红楼梦》。毛泽东一边走，一边用手比画着，突然，他停住了步子，说：

"《红楼梦》可与世界名著媲美，不简单哪。"（李林达：《情满西湖》，中央文献出版社1993年12月版，第218页）

世界文学名著，尤其是外国著名小说，毛泽东看过一些。法国作家司汤达的《红与黑》、大仲马的《基督山伯爵》和小仲马的《茶花女》，俄国作家托尔斯泰的《战争与和平》、果戈理的《死魂灵》和屠格涅夫的《猎人笔记》，西班牙作家塞万提斯的《堂吉诃德》，以及英国作家夏洛蒂·勃朗特的《简·爱》，等等，他都读过，而且多多少少都评论过。毛泽东将东西方的文学名著放在一起比较，结论是：《红楼梦》可与世界名著媲美！因此他赞赏那位英国教授认为"《红楼梦》（的作者曹雪芹）超过了托尔斯泰、巴尔扎克和莎士比亚"的观点。

1993年，《红楼梦学刊》编辑部组织召开了"纪念毛泽东诞辰100周年座谈会"，著名红学家蒋和森回顾了初次听到毛泽东评论《红楼梦》的情景，他说自己感到很惊奇。蒋和森说：

《红楼梦》确是伟大的世界性名著，比之外国名著，毫不逊色，并且有很多地方更胜一筹。他说，莎士比亚的《罗密欧与朱丽叶》，是写爱情的名著，但它的主人公罗密欧、朱丽叶就不如贾宝玉、林黛玉和薛宝钗那样性格鲜明，而它的描写也不及《红楼梦》的生活化。（《纪念毛泽东诞辰100周年座谈会纪要》，《红楼梦学刊》1993年第4辑，第33~34页）

像英国学者研究莎士比亚和他创作的戏剧形成了"莎学"一样，中国学者研究曹雪芹与《红楼梦》也形成了"红学"。国外有的学者甚至将"红学"与"甲骨学""敦煌学"一起列为关于中国的三门世界性的"显学"。

《红楼梦》是属于世界人民的，它在越来越多的国度拥有读者。据统计，《红楼梦》迄今已有十八种文字六十多种译本在世界各国出版发行，已经并且还将继续获得世界各国愈来愈多的读者的欣赏与赞扬。

看五遍才有发言权

（阅读感悟之二）

> 许世友同志，你现在也看《红楼梦》了吗？要看五遍才有发言权呢。
> 《毛泽东文艺论集》，中央文献出版社2002年4月版，第209页

"《红楼梦》看五遍才有发言权！"毛泽东与别人谈起阅读《红楼梦》，这句话几乎成了他的口头禅。

这也是他读《红楼梦》的深切感悟和经验之谈。

红学家也写过《红楼梦导读》一类普及性读物，但似乎没有人关注《红楼梦》要读几遍。

中国的古典小说很多，优秀的也为数不少。他对别的小说从来没有说过要读五遍，一本也没有说过。唯独对《红楼梦》他说过这样的话。

毛泽东为什么要这样强调呢？道理在什么地方呢？

其一，读五遍才能读懂读通。

毛泽东很喜欢读《红楼梦》，自己反复读。1964年8月18日在北戴河，毛泽东找几个哲学工作者谈话时说：

《红楼梦》我至少读了五遍。（《毛泽东文艺论集》，中央文献出版社2002年9月版，第208页）

至少读五遍，那么至多呢？毛泽东晚年曾对人说：

"《红楼梦》我都读过十几遍了，有的地方也还是没看懂，这个不稀奇嘛！"（张贻玖：《广读天下书》，江苏文艺出版社1993年

12月第1版，第192页）

毛泽东自己看《红楼梦》多遍，他也要求别人这样做。水静是江西省委第一书记杨尚奎的夫人。20世纪60年代前后，作为东道主数次在庐山接待中共中央的高层会议。1959年上半年，有一次，水静随杨尚奎到毛泽东处办事。毛泽东问水静："你喜欢看什么呢？"水静想也没想，便脱口而出："我最爱看小说。"毛泽东笑着说："好嘛，爱好文学的人，一定是热爱生活的人。"

毛泽东又问："读过《红楼梦》没有？""读过，还读过三遍哩。"水静得意地回答说。"读三遍不够，至少要读五遍以上。"接着，毛泽东又谈到了这部小说的人物形象塑造和思想价值。

三十年后，水静在回忆录中写道："如果谁向我作报告，说《红楼梦》非读五遍不可，我未见得能听进去。而主席却像是和我讨论、漫谈，由浅而深，使我极易理解，回去一想，觉得过去读了三遍《红楼梦》，至少有两遍是白读了。后来按照主席说的方法，又读了两遍，收获果然不一样。"（水静：《特殊的交往——省委第一书记夫人的回忆》，江苏文艺出版社1992年版）

所谓三遍五遍，都是在强调多读。即使读了多遍，"有的地方还是没有看懂"。看来，毛泽东强调读多遍，目的还是在真懂。《红楼梦》是古典白话小说，它的故事多数明白如话，谁都能一看就懂。但是，它又不是白水一碗，一眼就能看到底。它确实又有许多难读、难懂、难意会的地方：或神龙见首不见尾，令读者如坠云里雾里；或顾左右而言他，到处都是潜台词；或正话反说寓褒于贬，笔笔皆是反面春秋；或暗度陈仓伏线千里，在不经意中埋下玄机……《红楼梦》写作于"文字狱"盛行的清朝乾隆时代，作者不能不用暗笔、曲笔、妙笔隐藏自己的真正写作意图和思想倾向。所以真正读懂曹雪芹和《红楼梦》，不多读几遍，不下苦功夫是不行的。匆匆一过，浅尝辄止，是读不懂《红楼梦》的。

《红楼梦》作者在卷首介绍了故事的来龙去脉之后，紧接着"题一绝云"："满纸荒唐言，一把辛酸泪。都云作者痴，谁解其中味？"最后一问，是作者对读者能否真正读懂，解开作品深藏的"其中味"的忧虑和担心。正是这个原因，促使作者在小说开头就写道"说起根由虽近荒唐，细按则深有趣味"。"细按"深究"根由"一说，是作者告诉读者如何读懂《红楼梦》的重要方法。为《石头记》作批的脂砚斋也深恐读者难解"其中味"，一再在批语中点拨：

看书人从此细心体贴，方许你看，否则此书哭矣。（"庚辰本"第十二回）

看官闭目熟思，方知趣味。（"庚辰本"第二十二回眉批）

此书表里皆有喻也。（"庚辰本"第十二回）

这正是作者用画家烟云模糊处，观者万不可被作者瞒蔽了去，方是巨眼。（"甲戌本"第一回眉批）

观者记之，不要看这书正面方是会看。（"庚辰本"第十二回）

草草看去，便可惜了作者行文之苦心。（"庚辰本"第四十四回）

对作者"行文之苦心"要"细心体贴"，"草草看去"则"被作者瞒蔽了去"，难知是书"趣味"。这与作者说的"细按则深有趣味"如出一辙。

毛泽东让人们读五遍《红楼梦》，正在于让人们下"细按""熟思"、"细心体贴"的功夫，这样才能具有"巨眼"，才能成为《红楼梦》的"解味人"，解出小说中许多人还不能"解"的"趣味"。

《红楼梦》的难于读懂还在于它内容的丰富和厚重。天津师范大学教授赵建忠说："依照海明威的'冰山理论'，露出水面的冰山只要不一叶障目谁都能看得见，但水面下的冰体恐怕是冰山体积的若干倍。《红楼梦》这部伟大的作品就犹如海洋中的冰山，目光可及之处，已经让人们高山仰止，但目光不可及之处，还蕴藏着更大的能量。其深邃让任何人不能究其底，其广博让任何人不能望其涯。这样说可能又陷入了康德所论的天才作品的'不可知性'，有点'东方神秘主义'，但这恰恰是《红楼梦》眩惑人的真正艺术魅力之所在。"（《二十世纪红学流派的冲突对垒与磨合重构》，《红楼梦学刊》2000年第4辑，第59页）读《红楼梦》，如果只读一两遍，看见的很可能只是"露出水面的冰山"；如果看三五遍，才有希望看到"水面下的冰体"。

其二，读五遍才有发言权。

《红楼梦》读五遍，对"懂"很有意义，对"讲"更有价值。

1947年10月，在瓦窑堡北边大川行军。毛泽东听阎长林说警卫员伍银岭会讲《红楼梦》，便问道："小伍，《红楼梦》你读过几遍？"伍银岭说："看过一遍。"毛泽东笑着摇头：

"只看过一遍,没有发言权。""要讲,起码得看三五遍。"(权延赤:《卫士长谈毛泽东》,北京出版社1989年版,第239页)

有一次,毛泽东问卫士李银桥:"你读过《红楼梦》没有?"李银桥不好意思说:"没有。"毛泽东说:

"你作为一个中国人,既然有阅读能力,不可不读《红楼梦》,不读就不懂中国的封建社会。读一遍也不行,最少看三遍,不看三遍没有发言权。"(白金华:《毛泽东谈作家与作品》,吉林人民出版社1993年12月版,第235页)

1954年3月10日,毛泽东在杭州休息时,有一天爬山,他游兴很高,一边爬一边与身边陪同的同志谈笑风生。他对摄影师侯波说:"你现在看什么书啊?"侯波说:"《红楼梦》。""看得懂吗?"侯波到毛泽东身边工作已经好几年,人熟了,说话也就比较随便,她随口答道:"看故事呗。"毛泽东对她的回答没有直接表示肯定或否定,说:"你要看五遍才有发言权。"侯波说:"我一遍还没看完哪。""一遍没看完也没关系,"毛泽东看了看身边其他同志,又接着说:"那样的社会,那样的家庭,你们没看到过,只能看看故事。"(权延赤:《领袖泪》,求实出版社1989年版)

1973年12月21日,中央军委根据毛泽东12月12日在中央政治局会议上提出大军区司令员对调的建议,发布命令,对八个大军区司令员实行对调。毛泽东接见了各大军区负责人。在接见时,毛泽东把国防部副部长、南京军区司令员许世友从后排叫到前排。

在那次接见中,毛泽东还问许世友看过《红楼梦》没有?许世友回答说看过。毛泽东说:《红楼梦》要看五遍才有发言权,要坚持看五遍。并且指出:你们要搞点文,文武结合嘛!你们只讲武,爱打仗,还要讲点文才行啊!文官务武,武官务文,文武官员都要读点文学。(《许世友回忆录》,解放军出版社1986年版,第616、619~620页;《毛泽东文艺论集》,中央文献出版社2002年4月版,第209页)

看一遍还不能开讲,看五遍才有发言权。所谓"发言权",不过是个形象说法，即对小说的演讲权、解释权和评论权。伍银岭、李银桥、侯波、许世友对《红楼梦》或"没看"，或"读过一遍"，毛泽东说他们还不能"开讲"；只有读过"三五遍"，才取得了"发言"的资格。对《红楼梦》一知半解是不能开讲的，否则讲了很可能出丑，很可能讲不到点子上，很可能失之肤浅。毛泽东一再讲"读五遍才有发言权"，也是对讲授、评论《红楼梦》取严肃严谨的科学态度。

"《红楼梦》看五遍才有发言权"，这似乎是个浅显的道理，但它又是个科学的命题。"春江水暖鸭先知"，有《红楼梦》阅读经验和读书甘苦的人，都承认这句话是真理。这句话流传开以后，也确实鼓动起许许多多的读者一遍又一遍地阅读小说文本，自觉地为取得"发言权"而不懈读书。

这句话流传开超过了半个世纪。直到今天，它还推动着《红楼梦》的阅读。2006年，中国社会科学院文学研究所研究员、红学家刘世德在现代文学馆作《红楼梦》学术演讲，有听众询问："为什么《红楼梦》要至少读三遍？"刘世德答复：

> 《红楼梦》与其他作品不同，是一部细线条的小说，不同于《三国演义》与《水浒传》的粗线条，所以说《红楼梦》是一部写得很精致的作品。
>
> 我的老师吴组缃先生曾经说过，读《红楼梦》就像吃橄榄，刚吃觉得有点苦涩，继续吃，吃出甘甜，吃三四遍才体会出橄榄的好吃。第一口尝不到他的好处。这就像读《红楼梦》，你要多读几遍，才能体会出它的好。初读一遍，只对它的故事感兴趣，与故事无关的并不感兴趣。
>
> 我在大学作了一个调查，问一个学生最感兴趣的人物、情节是什么，他说是刘姥姥。他只看了前面几回没有往后看，因为他是一个大学生，以前没读过《红楼梦》，因为学中文要读《红楼梦》才看，看又没看完，只看了前面，所以最感兴趣的是刘姥姥。当然大多数人最注意的是贾宝玉、林黛玉、薛宝钗，注意这个就对其他的忽略了。比如我上次讲的彩云彩霞的问题。你只注意贾宝玉，就没注意到彩云、彩霞是一个人还是两个人，所以多读《红楼梦》才能懂得《红楼梦》的含义。
>
> 有人说《红楼梦》是百科全书，它能提供许多方面的知识，除了哲理以外，还有人情世故。我们是个礼仪之邦，有许多的礼

节,但许多年轻的同志并不知道我们都有哪些礼节。《红楼梦》描写的贵族大家庭日常生活中的事情,对不同的人应该怎么说话,对待不同的事情应该怎样,礼节上弟弟见了哥哥应该怎么样,儿子对父亲,孙子孙女对祖母应该怎么表现,写的是非常具体生动。有许多话说得非常得体。你读了之后会感觉到,这么说很合适,但我以前没有想到过要这么说。就能给你很大的启发。你越读就越会发现,《红楼梦》中的事情好像就发生在你身边,那些人就在你的身边。所以要多读,总而言之,读一遍是不够的。(《红楼梦之谜——刘世德学术演讲录》第151~152页)

问题的提起与毛泽东"《红楼梦》至少读五遍"的倡议有关,说明它流传至今,影响至今。刘世德的回答,可以看作是对毛泽东这个著名"读红宣言"的准确注解和细密阐述,并预示着它在新的历史时期仍然在吹奏着"读红"的"冲锋号"。

要读后面的部分

（阅读感悟之三）

> 原来，毛主席所教导的是说：高鹗虽然也学了一点曹雪芹的笔法，但是和曹雪芹思想不一致。
>
> 周汝昌：《"半个红学家"的悲哀》，《天津师院学报》，1977年第1期

现在，读《红楼梦》的人大概都知道此书的版本分为两大系统：脂本系统，也称抄本，共八十回，一般称为《石头记》；程本系统，亦称印本或刻本，共一百二十回，一般称为《红楼梦》。

五四新文化运动中，胡适派"新红学"考订：百二十回《红楼梦》，前八十回为曹雪芹创作，后四十回为高鹗续作。

怎样评价《红楼梦》的前八十回和后四十回，这在红学界或普通读者中可谓"智者见智，仁者见仁"，意见纷呈，莫衷一是。对曹雪芹亲撰的前八十回，似乎都是肯定性评价；对高鹗续作的后四十回，大致有三种意见：肯定、否定和一分为二。

毛泽东读《红楼梦》对这个问题的感悟是：曹雪芹和高鹗的思想很不相同；但是，要读后来的部分，即要读后四十回。

著名红学家周汝昌原来在人民文学出版社做编辑工作。据他撰文回忆，20世纪70年代初，出版系统召开过一次人数很多的会议，正式传达了毛泽东的一次谈话。其中，在谈到《红楼梦》原著与续作时，明白指出：

> 前八十回是曹雪芹作的，后四十回是高鹗作的；高鹗学了曹雪芹的一点笔法，但是思想很不相同。（周汝昌：《红楼梦的真故事》，华艺出版社1998年7月版，第239页）

周汝昌在刚刚结束"文革"的1977年初，写过一篇批判"四人帮"的"帮红学"的文章，其中引证毛泽东的话是：

> 高鹗虽然也学了一点曹雪芹的笔法，但是和曹雪芹思想不一致。（周汝昌：《"半个红学家"的悲哀》，《天津师院学报》，1977年第1期）

据周汝昌回忆："这一要点……是周（恩来）总理传达的。"

"前八十回是曹雪芹作的，后四十回是高鹗作的"，这是毛泽东对《红楼梦》作者和续作者的认定。显然，他认同和接受了"新红学"考证派关于《红楼梦》作者的考证结论。这个结论最初见胡适的《红楼梦考证》。直到20世纪70年代，人们大体上都是这样看待《红楼梦》前八十回作者和后四十回续作者的，毛泽东亦然。曹雪芹对《红楼梦》前八十回有无可争议的著作权，这似乎不可动摇。毛泽东身后，不少专家学者以许多无可辩驳的理由证明：程伟元、高鹗是百二十回《红楼梦》的整理修订、印刷出版者，后四十回的续作者已经佚名，无法考证。

"高鹗学了曹雪芹的一点笔法"。这个判断着眼"笔法"，即着眼艺术层面，颇具眼光。后四十回的续作者不管是谁，他都仔细研读了曹雪芹的前八十回，仔细揣摩过曹雪芹的故事走向、人物命运和行文语气。后四十回在艺术上虽然不如前八十回，但也有不少可取之处，有些情节也确实写得精彩。

"但是思想很不相同。"曹雪芹与高鹗（应该说是后四十回佚名作者）、《红楼梦》前八十回与后四十回"思想很不相同"，毛泽东这个判断无疑是正确的。对于续《红楼梦》后四十回的思想和艺术，很长时间以来就有完全相反的看法：

一种看法认为后四十回基本继续了前八十回故事情节趋势，完成了宝黛爱情悲剧结局，写出了贾府的破败衰落，"落了片茫茫白地"，给曹雪芹"补苴完工"（顾颉刚语），使《红楼梦》有了一个情节前后照应、故事有头有尾的完整本子，它是《红楼梦》所有续作中较为出色者，为后世许许多多的读者所接受，对于《红楼梦》的普及、流传和接受，功不可没。

这种观点出现在20世纪20年代初期。那时胡适藏有《红楼梦》程乙本，作《红楼梦考证》时据之研究后四十回，他认为续作者与曹雪芹的萧条之感大致相通，续作的后四十回也就能基本上贯彻曹雪芹的创作意图，写成了一个大悲剧的结局。胡适对此大加赞赏，说：

> 我们平心而论，高鹗补的四十回，虽然比不上前八十回，也确然有不可埋没的好处。他写司棋之死，写鸳鸯之死，写妙玉的遭劫，写凤姐的死，写袭人的嫁，都是很有精彩的小品文字。最可注意的是这些人都写作悲剧的下场。还有那最重要的"木石前盟"一件公案，高鹗居然忍心害理的教黛玉病死，教宝玉出家，作一个大悲剧的结束，打破中国小说的团圆迷信。这一点悲剧的眼光，不能不令人佩服。我们试看高鹗以后，那许多续《红楼梦》和补《红楼梦》的人，那一人不是想把黛玉晴雯都从棺材里扶出来，重新配给宝玉？那一个不是想做一部"团圆"的《红楼梦》？我们这样退一步想，就不能不佩服高鹗的补本了。

和胡适互相通信一起考证《红楼梦》的著名史学家顾颉刚在1921年也说过："我觉得高鹗续作《红楼梦》，他对于本文曾经细细地用过一番功夫，要他的续作恰如雪芹底原意。所以凡是末四十回的事情，至前八十回都能找到他的线索……我觉得他实在没有自出主意，说一句题外的话，只是为雪芹补苴完工罢了。"

另一种看法则认为，后四十回续书简直一无是处。这种观点出现的较早。清朝嘉庆帝时，宗室人物裕瑞即在《枣窗闲笔》中指出：

> ……细审后四十回，断非与前一色笔墨者，其为补著无疑……此四十回，全以前八十回中人名事务苟且敷衍，若草草看去，颇似一色笔墨。细考其用意不佳，多杀风景之处，故知雪芹万不出此下下也……呜呼！此谓为雪芹原书，其谁欺哉？四十回中似此恶劣者，多不胜指，余偶摘一二则论之而已。且其中又无若前八十回中佳趣，令人爱不释手处，诚所谓一善俱无、诸恶备具之物。乃用之滥竽于雪芹原书，苦哉！苦哉！

与裕瑞同时人陈镛也在其《樗散轩丛谈》一书中写道：

> 《红楼梦》一百二十回，第原书仅止八十回，余所目击。后四十回乃刊刻时好事者补续，远逊本来，一无足观。

"用意不佳，多杀风景"、"一善俱无、诸恶备具"、"远逊本来，一无足观"，这几乎是全盘否定了。

五四新文化运动中，"新红学派"主将俞平伯对《红楼梦》注重文学考证。他在《红楼梦辨》中有专篇作《后四十回底批评》。俞平伯仔细考证后，认定后四十回"较有精采，可以仿佛原作的"有六节文字，而"最大的毛病"也有二十条之多。如第一条他批评后四十回用六回书描写"宝玉修举业，中第七名举人"：

> 高鹗费了九牛二虎之力，写了六回书，去叙述这件事，却铸了一个大错。何以呢？（1）宝玉向来骂这些谈经济文章的人是"禄蠹"，怎么会自己学着去做禄蠹？又怎么能以极短之时期，成就举业，高魁乡榜？说他是奇才，决奇不至此。这是太不合情理了，谬一。（2）宝玉高发了，使我们觉得他终于做了举人老爷。有这样一个肠肥腹满的书中主人翁，有何风趣？这是使人不能感动，谬二。（3）雪芹明说："一技无成，半生潦倒"，"风尘碌碌"，"独自己无才不得入选"等语，怎么会平白地中了举人呢？难道曹雪芹也和那些滥俗的小说家一般见识，因自己底落薄，写书中人大阔特阔，以作解嘲吗？既决不是的，那么，高氏补这件事，大违反作者底原意，不得为《红楼梦》底续书，谬三。

曹雪芹在前八十回中描写贾宝玉反对举业，反对"仕途经济"，后四十回却描写贾宝玉热衷读书高中乡魁，俞平伯批评这是"大违反作者底原意"。前八十回预示贾府将彻底衰败，而续书后四十回却描写贾府"沐天恩""延世泽"，败而复兴。俞平伯批评：

> 贾政袭荣府世职，后来孙辈兰桂齐芳。贾珍仍袭宁府三等世职。所抄的家产全发还。贾赦亦遇赦而归。（第一百七，一百十九，一百二十回）

> 这也是高氏利禄熏心底表示。贾赦贾珍无恶不作，岂能仍旧安富尊荣？贾氏自盛而衰，何得家产无恙？这是违反第一个标准了。以文情论，《风月宝鉴》宜看反面，（第十二回，《红楼梦》亦名《风月宝鉴》）应当曲终奏雅，使人猛省作回头想，怎么能写富贵荣华绵绵不绝？这是不合第二标准。以原书底意旨论，宝玉终

于贫穷（第一，第五回），贾氏运终数尽，梦醒南柯（第五，第二十九回），自杀自灭，一败涂地（第七十四回），怎么能"沐天恩""延世泽"呢？这不合第三个标准了。只有贾兰一支后来得享富贵，尚合作者之意；以外这些，无非是向壁虚造之谈。

俞平伯这两条都着眼后四十回的思想与前八十回"原书底意旨""作者之意"的不同，议论既准确又深刻。后四十回在不少地方表现出的是"滥俗的小说家一般见识"，与曹雪芹的冰雪风骨、超凡品格极不相合，根本不同。

对后四十回说了不少好话的胡适，看了俞平伯对其的批评性议论，很赞赏。他自己也举出小红的无结果，香菱的好结果，凤姐的下场，都与前八十回里曹雪芹所暗示的创作意图不相符合。最突出的是贾宝玉的结果，该书开篇明说"一技无成，半生潦倒"，又说"蓬牖茅椽，绳床瓦灶"，岂有"兰桂齐芳"之理？而"悬岩撒手"难道就是出家成仙？胡适把这些版本文字上的问题，同续作者高鹗的身世境遇联系起来考察，指出：

> 写贾宝玉忽然肯做八股文，忽然肯去考举人，也没有道理。高鹗补《红楼梦》时，正当他中举人之后，还没有中进士。如果他补《红楼梦》在乾隆六十年之后，贾宝玉大概非中进士不可了！

对后四十回续书，胡适既肯定其核心部分保存的悲剧结局，又批评其"兰桂齐芳""贾家延世泽"等庸陋之见，分析颇有见地；而且与那时鲁迅等一些人士的看法，简直是不谋而合，或者竟是相谋而合了。

鲁迅在《中国小说史略》和一些杂文中也正确指出，《红楼梦》后四十回等续补者们虽然与"雪芹萧条之感，偶或相通"，但终与曹雪芹"心志绝异"。"是以续书虽亦悲凉，而贾氏终于'兰桂齐芳'，家业复起，殊不类茫茫白地，真成干净者也。"（《中国小说史略》，《鲁迅全集》，人民文学出版社1957年版，第200页）因此，曹雪芹敢于面对"许多死亡"（《〈绛洞花主〉小引》，《鲁迅全集》，人民文学出版社1958年版，第419页），毫不掩饰地暴露了封建地主阶级的种种罪恶，而续书作者则是"闭了眼看"，用"瞒和骗"的手法，"使读者落诬妄中，以为世间委实尽够光明"。鲁迅一针见血地指出，续作者与原作者相比较，有如"类人猿和原人之差还远"。（《论睁了眼看》，《鲁迅全集》，人民文学出版社1956年版，第1卷，

第330页）

毛泽东指出曹雪芹与"高鹗""思想很不相同"，实质是否定后四十回续作者的"意旨"，指出其思想水平不高，有违曹雪芹的原意。

既然如此，又怎样对待后四十回续书呢？毛泽东的态度也很明朗：要读后面的部分。

1975年4月，北京大学讲师芦荻进中南海替患白内障的毛泽东读书。8月13日晚，芦荻向毛泽东请教关于几部中国古典小说的评价问题，由《三国演义》谈到《红楼梦》，有篇采访记述：

> 芦荻说《红楼梦》她只读了一遍半，高鹗的续书不喜欢读。毛泽东说：我读了五遍，要读后来的部分，还特别谈了封建社会中妇女的命运问题。（《毛泽东评水浒的前前后后》）（陈桂声：《水浒评话》，江西教育出版社1999年1月版，第300页）

针对芦荻的"不喜欢读"后四十回续书，毛泽东强调"要读后来的部分"。为此，他再次声明自己对《红楼梦》"读了五遍"。也就是说，后四十回也"读了五遍"。这是有证据的，比如毛泽东经常引用的黛玉的名言"东风压倒西风"，就出自后四十回。不读后四十回，岂能知晓其警语典故。再者，后四十回续书也"学了一点曹雪芹的笔法"，艺术上也有可圈可点之处。"思想很不相同"也是部分的现象，不是全部的、根本的不同。况且，毛泽东主张读书，正面反面的书都要读，有比较才有鉴别。不到洼地显不出高山，不读后四十回，就无从比较前八十回的优秀。大作家王蒙认为后四十回有"接续、收拢与温习"的作用，他说："续作四十回的主要缺陷在于艺术魅力的缺乏。它不再是艺术精品而沦为平常之作，但它仍然帮助读者温习了收拢了前八十回的千头万绪，提供了一种可能的结局，或者可以说是试探了一种结束全书的可能性，满足了绝大多数中国读者读小说希望有头有尾的要求，当然，有利于全书的流通普及，其功不可没。我所希望的，只是人们不必仅从考证的角度就把它全部否定、从根上否定罢了。"（《红楼启示录》，三联书店1991年5月版，第238~239页）他的话，可以作为毛泽东"要读后来的部分"主张的注解。

我是把它当历史读的

(阅读感悟之四)

> 《红楼梦》不仅要当做小说看,而且要当做历史看。他写的是很精细的社会历史。
>
> 毛泽东:《谈〈红楼梦〉》,《毛泽东文艺论集》,中央文献出版社2002年4月版,第206页

尽人皆知:《红楼梦》是小说,是文学作品;不是史传,不是史学著作。读《红楼梦》是艺术欣赏,是美的享受,不是浏览史籍,寻访史迹,了解史事。

但是毛泽东有一条与众有别的读《红楼梦》感悟:《红楼梦》不仅可以当小说看,而且要当历史看。他从《红楼梦》中读出了历史,而且读出了"精细的社会历史"。

鲁迅认为:"《红楼梦》……单是命意,就因读者的眼光而有种种:经学家看见《易》,道学家看见淫,才子看见缠绵,革命家看见排满,流言家看见宫闱秘事……"(《〈绛洞花主〉小引》,《鲁迅全集》,人民文学出版社1958年版,第7卷,第419页)

政治家、革命家、思想家兼具一身的毛泽东"眼光"独特,他在《红楼梦》中"看见"了历史。

其实,这说的是《红楼梦》的阅读层次和阅读深度。

我是把它当历史读的

毛泽东是站在马克思主义的立场,以政治领袖的视角来读《红楼梦》的。他与一般读者一样,读《红楼梦》就是阅读小说;他与一般读者不一样,读《红楼梦》也是阅读历史。

这个阅读体验，大约形成于20世纪60年代前半期。那时，他多次讲过。1961年12月20日，毛泽东在中央政治局常委和各大区第一书记会议上说过：

"《红楼梦》不仅要当做小说看，而且要当做历史看。"（《谈〈红楼梦〉》，《毛泽东文艺论集》，中央文献出版社2002年4月版，第206页）

1964年8月18日，毛泽东在北戴河同吴江、邵铁真、龚育之等哲学工作者谈"分析与综合"问题，毛泽东在谈到自己读《红楼梦》的阅历时说：

《红楼梦》……我是把它当历史读的。开头当故事读，后来当历史读。（《谈〈红楼梦〉》《毛泽东文艺论集》，中央文献出版社2002年4月版，第208页）

1965年前后，在北京师范学院地理系和外语系读书的王海容，星期天偶尔到毛泽东家做客。她是毛泽东的表侄孙女，毛泽东与她谈话时说：

《红楼梦》可以读，是一部好书，读《红楼梦》不是读故事，而是读历史。这是一本历史小说。（孔东梅：《改变世界的日子——与王海容谈毛泽东外交往事》，中央文献出版社2006年8月版，第35页）

这是毛泽东在谈到《红楼梦》的历史价值时，分别在不同的场合对不同对象讲的。它反映了毛泽东读《红楼梦》的一个独特的视角。

毛泽东这几次谈话，表述了一个相同相似的红学观点：把《红楼梦》当历史读，开头当故事（小说）读，后来当历史读。他这个基本观点一旦形成就念念不忘，常在政治局常委、各大区第一书记、哲学家们和青年学生中间交流。

根据接受美学的观点，任何一部艺术作品都具有未定性，不同的接受者会产生不同的审美期望。《红楼梦》作为一部千古杰作，历来对它的理解与欣赏就是见仁见智。对于作品，欣赏者往往要融入自己的立场、观点、思想、经验和现实的需要。

毛泽东读《红楼梦》自有其轨迹。青少年时，当作有趣的故事读。后来投身政治活动，特别是在他掌握了马克思主义学说之后，不是单纯把小说当作文学作品来读，而是将它首先当作社会生活的反映，从考察、解剖历史生活的角度，从社会经济演变的客观规律出发，来理解和欣赏这部不朽的巨著了。当作历史书来读，是一种对社会历史生活的解剖考察。

这在读书层次上，实现了由低到高、由浅向深的发展。在毛泽东看来，读《红楼梦》不停留在故事的表面，要挖掘出它的历史意蕴，实现更高层次的审美期望。

夺取政权时期，马克思主义者大多是职业革命家；掌握政权时期，马克思主义者大多是社会活动家。这种经历和阅历所形成的职业需要和思维定式，使他们读古典小说、读经典小说，往往喜欢从社会历史的角度切入。当然，对于马克思主义文艺评论家的阅读和文学评论着眼点，不应作如是观。

毛泽东的从历史角度切入读《红楼梦》，很容易使人们想起恩格斯、列宁都曾经有过这样的阅读评论现象。

恩格斯评论巴尔扎克的作品《人间喜剧》时说：

"在《人间喜剧》里给我们提供了一部法国'社会'，特别是巴黎'上流社会'的卓越的现实主义历史，他用编年史的方式几乎逐年地把上升的资产阶级在一八一六年至一八四八年这一时期对贵族社会日甚一日的冲击描写出来……在这幅中心图画的四周，他汇集了法国社会的全部历史，我从这里，甚至在经济细节方面（如革命以后动产和不动产的重新分配）所学到的东西，也要比从当时所有职业历史学家、经济学家和统计学家那里学到的全部东西还要多"。（《致玛·哈克奈斯》，《马克思恩格斯选集》第4卷，第462~463页）

恩格斯在《人间喜剧》中看到了"法国社会的全部历史"；列宁读托尔斯泰的小说，则看到了"俄国革命的镜子"：

如果我们看到的是一位真正伟大的艺术家，那末他就一定会在自己的作品中至少反映出革命的某些本质的方面。

作为俄国千百万农民在俄国资产阶级革命前夕的思想和情绪的表现者，托尔斯泰是伟大的。托尔斯泰富于独创性，因为他的全部观点,总的说来,恰恰表现了俄国革命是农民资产阶级革命的特点。从这个角度来看,托尔斯泰观点中的矛盾,的确是一面反映农民在俄国革命中的历史活动所处的各种矛盾状况的镜子。一方面,几百年来农奴制的压迫和改革以后几十年来的加速破产,积下了无数的仇恨和拼命战斗的决心。要求彻底铲除官办的教会,打倒地主和地主政府,消灭一切旧的土地占有形式和占有制度,扫清土地,建立一种自由平等的小农的社会生活来代替警察式的阶级国家,这种要求像一条红线贯穿着农民在俄国革命中的每一个步骤。毫无疑问,托尔斯泰作品的思想内容,与其说符合于抽象的"基督教无政府主义"(这有时被人们看做是他的观点"体系"),不如说更符合于农民的这种愿望。(《列夫·托尔斯泰是俄国革命的镜子》,《列宁全集》第15卷,人民出版社1960年版,第176、182页)

这是恩格斯和列宁把巴尔扎克、托尔斯泰的小说当作历史读,他们读得很成功,读出了小说的深层意蕴。读《红楼梦》这样蕴含丰富社会内容的古典小说,尤其不能忽视历史这个视角。

龚育之、宋贵仑在《"红学"一家言》一文中说,毛泽东"把《红楼梦》当故事读,是读小说的初浅层次。把《红楼梦》当历史读,进到了读小说的较深层次"。"把《红楼梦》当历史读,这是读小说的一个重要的视角,一个高明的视角。"(《毛泽东的读书生活》,三联书店1986年9月版,第222、229页)毛泽东以高明视角解读《红楼梦》进入了较深层次,这个结论是不少红学家、研红学人以至普通读者都认同的。

写的是很精细的社会历史

毛泽东为什么要提出把《红楼梦》当历史读?有人大惑不解。难道毛泽东真的连文学著作和史学著作都分不清吗?难道毛泽东到"二十四史"和《清史稿》里面去认识封建社会、去认识清代社会不是比看《红楼梦》更直接吗?

以毛泽东的深厚学养他当然知道《红楼梦》是脍炙人口的优秀文学作品。他并不排斥把《红楼梦》当小说看,当故事读。但是,他对人对己提出了进一步的要求:把《红楼梦》当历史读。因为他意识到"《红楼梦》写的是很精细的社会历史"。

1938年4月28日，毛泽东在延安鲁迅艺术学院演讲时，就说过：

"《红楼梦》是一部很好的小说，特别是它有极丰富的社会史料。"（《在鲁迅艺术学院的讲话》，《毛泽东文艺论集》，中央文献出版社2002年4月版，第18页）

1961年12月20日，毛泽东在中央政治局常委和各大区第一书记会议上说过：

"《红楼梦》……写的是很精细的社会历史……中国小说写社会历史的只有三部：《红楼梦》《聊斋志异》《金瓶梅》。"（逄先知、金冲及主编：《毛泽东传（1949—1976）》，下册，中央文献出版社2003年12月版，第1189~1190页）

中国"写社会历史"的小说即历史演义小说可谓汗牛充栋，从《开辟演义》到《民国演义》，历朝历代都有史传小说。但是毛泽东偏不提它们，而他认定的"写社会历史"的三部小说又似乎都不是历史小说。按鲁迅的小说分类法，《聊斋志异》属于"志怪小说"；《金瓶梅》和《红楼梦》属于"人情小说"。

那么，毛泽东说的"小说写社会历史"的含义则大可注意。我们还是先看毛泽东对三部小说的解读个案。

先来看毛泽东解读《金瓶梅》的情况。20世纪60年代初期，毛泽东在中央政治局的一次谈话中评论：

你们看过《金瓶梅》没有？这部书写了宋朝的真正社会历史，暴露了封建统治，揭露了统治者和被压迫者的矛盾，也有一部分写得很细致。（《毛泽东文艺论集》，中央文献出版社2002年4月版，第206页）

《金瓶梅》以宋朝为社会背景，内容主要是从《水浒传》"武松杀嫂"一段故事衍生出来的，以恶霸西门庆为全书主线和中心人物。他是破落户出身的市井无赖，开生药铺子，又和一批帮闲结拜十兄弟。本有一妻三妾，偶遇潘金莲，设计谋奸，毒死潘夫武大郎，武松报仇，误杀了李外传，被刺配孟州。西门庆遂娶金莲为妾。先后又娶寡妇孟玉楼、李瓶儿，收了金莲的婢女春梅。后来得了几笔横财，并贿赂蔡京，做了金吾卫副千户的官。从此，勾结官府，贪赃营私，霸占良家妇女，并求药纵欲，最后以服药过量暴死。以后潘金莲、春梅私通女婿陈经济，事发被西门庆正妻吴月娘卖了，金莲为武松所杀。金兵南下，月娘携遗腹子逃乱，梦到她家的因果报应，便令孝哥出家。作者兰陵笑笑生以生动泼辣的方言和讽刺嘲弄的笔锋，把每个人的不同性格和心理，都具体而细腻地刻画出来；将人与人之间的钩心斗角、世态炎凉和拼命往上爬的嘴脸，写得生动逼真，活现在读者眼前。因写的是当前社会的现实，人们的日常生活，具有了独创的艺术风格，传达了大量而饱含深刻的社会经济生活历史内容的信息。所以1956年2月20日毛泽东在听取重工业各部门汇报工作时还评论：《水浒传》反映当时政治情况，《金瓶梅》反映当时经济情况。"

再看毛泽东解读《聊斋志异》的情况。1939年5月5日晚，毛泽东在同萧三交谈中谈到《聊斋志异》。毛泽东说：《聊斋》是封建主义的一种温情主义。"1942年4月下旬的一天，毛泽东在同鲁艺文学系和戏剧系的几个党员教师交谈中说："《聊斋志异》可以当作清朝的史料看。"他举出其中一篇叫作《席方平》的，说那篇就可以作为史科。毛泽东还讲了《聊斋志异》的其他优点。他说："《聊斋志异》是反对八股文的。它描写女子找男人是大胆的。"20世纪60年代，毛泽东同刘松林、邵华谈论到《聊斋志异》时，他曾对《聊斋志异》中的《小谢》一文评价道："一篇好文章，反映了个性解放的强烈要求，人与人的关系应是民主的和平等的。"他还说，《聊斋》中那些善良的做好事的"狐仙"要多些就好了。（白金华：《毛泽东谈作家与作品》，吉林人民出版社1993年12月版，第240~241页）《聊斋志异》系蒲松龄所著的文言短篇小说集。他在《蒲松龄集》中控诉："仕途黑暗，公道不彰，非袖金输璧，不能自达于圣明，真令人愤气填胸。"《聊斋志异》就是在这种思想的指导下写出的。《聊斋志异》表面上写的是鬼狐故事，描写幽冥世界，实际是社会现实生活的投影。蒲松龄采取积极浪漫主义与现实主义相结合的方法，对统治阶级和汉族大官僚们的无比贪婪，任意抢夺财物，劫掠妇女，过着穷奢极欲似魔似鬼的生活，给予了无情的鞭笞；对统治阶级的互相勾结，官官相护，甚至得到朝廷支持而无法无天地横暴搜刮，也给予了揭露；对当时的其他种种黑暗现象，从不同角度通过一系列故事形式都绝妙地进行讽刺和批判。

归结到毛泽东对《红楼梦》的解读，则是《红楼梦》"写的是很精细的社会历史"，"它有丰富的社会史料"。这样看来，《金瓶梅》"写了宋朝的真正社会历史"，《聊斋志异》"可以当作清朝的史料看"，这就是毛泽东说三部小说"写社会历史"的含义。把小说当历史读，是因为小说里面有历史，能够读出历史知识，了解历史信息。这也是毛泽东把《红楼梦》当历史读、读到历史的高度的真正原因。《红楼梦》展现了封建社会形象的历史，反映了社会历史的进步要求。认真阅读这部封建社会百科全书式的小说，既能了解封建社会的历史面貌，又能悟出《红楼梦》是在怎样的历史背景下诞生的。

当做历史材料来学是有益的

据为晚年毛泽东管理图书的徐中远回忆：1967年10月12日毛泽东在同外宾的谈话中还说：

> 不了解点帝王将相，不看古典小说，怎么知道封建主义是什么呢？当做历史材料来学是有益的。（徐中远：《毛泽东读评五部古典小说》，华文出版社1997年1月版，第25页）

这里说的是"古典小说"，显然是应该包括三部"写社会历史"的小说，即包括《红楼梦》在内的。对《红楼梦》等书"当做历史材料来学是有益的"，讲的是把小说当历史读的好处和益处。益处是什么？毛泽东没有太展开，只说可以"知道封建主义是什么"，这已经涉及阅读《红楼梦》的目的和教化作用，笔者将在下一篇中详细论列，此不赘述。

不读《红楼梦》就不懂封建社会

(阅读感悟之五)

> "你要不读一点《红楼梦》,你怎么知道什么叫封建社会?"
>
> 逄先知、金冲及主编:《毛泽东传(1949—1976)》,上册,中央文献出版社2003年12月,第291页。

毛泽东喜欢读《红楼梦》,向别人推荐《红楼梦》,对《红楼梦》情有独钟。那么,毛泽东为什么提倡读这部小说,换句话说,他的读书动机和目的是什么?

毛泽东读《红楼梦》的目的既简单又明确,既新颖又深刻:为知道封建社会、懂得封建社会、推翻封建社会而读《红楼梦》。

"不读《红楼梦》就不懂什么是封建社会。"这又是毛泽东不同于人的读《红楼梦》感悟。在他以前,没有人这样说过。

这个读《红楼梦》目的,为毛泽东首次提出。

这个读《红楼梦》目的,非革命者不能萌动。

这个读《红楼梦》目的,非马克思主义者不能产生。

唯物史观以社会发展史分为原始社会、奴隶社会、封建社会、资本主义社会和共产主义(社会主义)社会五个阶段。毛泽东一生,以反帝反封反官僚资本主义、推倒三座大山为己任。

《红楼梦》诞生于封建时代(虽然其时已产生资本主义生产关系的萌芽),具有浓厚的反封建色彩。

毛泽东生于半封建半殖民地的旧中国,他奋斗一生的事业就包括铲除封建主义;即使打倒了封建势力,革命成功,夺取了全国政权,仍然要清除封建思想。

反封建就不能不了解封建社会。这话倒过来说,就是毛泽东阅读《红楼梦》了解封建社会，是为了更好地反封建。

　　这是产生毛泽东读《红楼梦》目的的主客观条件。

　　"不读《红楼梦》就不懂什么是封建社会。"早在20世纪三四十年代的延安时期，毛泽东就形成了这个红学观点。

　　毛泽东对延安市委书记张汉武说：读《红楼梦》可以看看封建社会是什么样子。1944年夏末秋初，毛泽东和延安市委书记张汉武谈话。张汉武汇报了参加革命后，1934年才开始学习，说自己现在还只能算是一个半文盲。毛泽东说："不是半文盲，也不是高级知识分子，说中等知识分子比较合适，你要抓紧学习，我们都要学习。我每天除工作外，就是读书。你看过《红楼梦》没有？"张汉武回答："没有。"毛泽东就说：

　　　"你想办法找那部书看看，对你来说很有用，那部书好！你可以
　　　练习写东西，还可以看看封建社会是个什么样子！你从懂事就念书，
　　　稍大点就参加革命，虽然接触社会，但不多，要看看书。"（张汉武：
《终生难忘的幸福会见》，《陕西文史资料》第七辑，1980年版）

　　毛泽东对身边的同志说：看《红楼梦》就懂得为什么要推翻封建社会。在延安时期，有一次毛泽东与身边的同志谈要读《红楼梦》时，很有感慨地说：

　　　"还是要看《红楼梦》啊！那里写贪官污吏，写了皇帝王爷，
　　　写了大小地主和平民奴隶。大地主是从小地主里冒出来的。麻雀
　　　虽小五脏俱全。看了这本书就懂了什么是地主阶级，什么是封建
　　　社会，就会明白为什么要推翻它！"（徐中远：《毛泽东读评五部古
典小说》，华文出版社1997年1月第1版，第30页）

　　毛泽东对机要干部孟昭哲、宋志学说：看《红楼梦》可以了解旧社会。河北人孟昭哲1941年8月参加革命。1945年至1986年从事机要工作。解放战争中，他在中前委机要科工作。1947年6月后，他随毛泽东转移到了陕北靖边县小河村。一天晚饭后，他和宋志学坐在河边看一本旧小说。正看得津津有味，毛泽东走过来了，问孟昭哲看的什么书。小孟想：这下可糟了，准得挨批！赶紧站起来说："是《武则天四大奇案》。"毛泽东把书接过去翻了翻说："喜欢看书是好事，看书也是休息。不能什么乱七八糟的书

都看,你们还年轻,缺乏鉴别能力。"毛泽东又问他们看过些什么书,两人回答后,毛泽东说:

"想了解旧社会,看三本书就够了。一本是《水浒传》,反映农民起义的;一本是《红楼梦》,是描写地主封建家庭的;还有一本是《三国志》(指《三国志演义》即《三国演义》——引者注),反映官场斗争的。"又说:"看这三本书也要有分析地看,这才算是会看书。"(孟昭哲:《"喜欢看书是好事"》,《真实的毛泽东》,中央文献出版社2003年11月版,第282页)

毛泽东对警卫员伍银岭等人说:不读《红楼梦》就不知道什么是封建社会。1947年,10月,在瓦窑堡北边大川行军,阎长林说警卫员伍银岭会讲《红楼梦》。毛泽东听了,猛然扭回头,表现出极大兴趣:"是吗?小武!《红楼梦》你读过几遍?"伍银岭说:"看过一遍。"毛泽东笑着摇头:"只看过一遍,没有发言权。"他将大手一伸,张开五指:"要讲,起码得看三五遍。"他环视左右,问:"还有谁看过《红楼梦》?"大家都摇摇头,毛泽东嘿了一声:

"不行哟!要看,你们都要看看《红楼梦》。不读《红楼梦》,就不知道什么是封建社会!"(盛巽昌:《毛泽东与红楼梦》,广西人民出版社1997年5月第1版,第16页)

毛泽东对身边工作人员韩桂馨说:不读《红楼梦》就不懂中国的封建社会。河北人韩桂馨1945年3月参军到延安,1947年至1954年在毛泽东身边工作,照顾李讷。平时,毛泽东很关心她们的文化学习,有机会就和她们谈古论今,政治、文学、历史、地理……谈话的面很广。一次,毛泽东问小韩:"你读过《红楼梦》吗?"小韩说:"没有。"毛泽东开导说:

"你作为一个中国人,又有阅读能力,不可不读《红楼梦》。不读,就不懂中国的封建社会。读一遍,还不行,不看三遍没有发言权。"(韩桂馨:《我在毛主席家中工作》,《真实的毛泽东》,中央文献出版社2003年11月版,第322页)

毛泽东对青年学生王海容说：读《红楼梦》知道什么叫封建社会。1965年毛泽东有一段与王海容关于《红楼梦》的谈话，其中毛泽东教导说：

"你要不读一点《红楼梦》，你怎么知道什么叫封建社会？"（逢先知、金冲及主编：《毛泽东传（1949—1976）》，上册，中央文献出版社2003年12月，第291页；孔东梅：《改变世界的日子——与王海容谈毛泽东外交往事》，中央文献出版社2006年8月版，第35页）

了解封建社会，要读社会发展史方面的著作，这是一般常识。但是，毛泽东却另辟蹊径，告诉人们了解封建社会要读《红楼梦》。他的话令人产生一种印象：《红楼梦》里有封建社会。是的，《红楼梦》里不仅有封建社会，而且是中国封建社会末期的"百科全书"。

2005年1月11日，国家新闻出版总署署长石宗源在著名红学家冯其庸新著《瓜饭楼重校评批〈红楼梦〉》出版座谈会上讲话时，提到毛泽东赞扬《红楼梦》时说：

《红楼梦》是中国的一部奇书，被誉为中国古典小说的金字塔。毛泽东同志曾称它是"中国封建社会的百科全书"……（《红楼梦学刊》2005年第2辑，第13页）

"麻雀虽小，五脏俱全"，《红楼梦》这个"麻雀"，包含着封建社会的"五脏"。红学家王昆仑说："《红楼梦》的确无愧于为集中反映中国封建社会上层组织的一部'百科全书'。它能把古代中国封建社会核心——高级的宗法家庭的组织机构、变化情况、诸种矛盾，通过男女老少各种人物作具体而深刻的描写，使人们看出它全部的真实面貌。在读者粗略的瞭望中，这一个历史悠远、支系繁杂、规模庞大、人口众多的贵族家庭，是一座横宽竖高、五光十色巍巍然的金陵塔。"（王昆仑：《红楼梦人物论》，北京出版社2004年1月版，第121页）

当然，所谓"百科全书"，不过是一种比喻，并不是说《红楼梦》里可以找出封建社会的一切方面。但是，有一点有目共睹，《红楼梦》形象地描写到封建社会的许多方面。读《红楼梦》，确实有能从多角度、多侧面了解封建社会的功效。

毛泽东这个读《红楼梦》目的，激励了属下的读《红楼梦》热情。毛泽东队伍里的成员，绝大部分是五四新文化运动倡导科学与民主时代思潮熏陶出来的战士，反封建是他们的一面思想旗帜。到《红楼梦》中去认识封建社会的召唤，极易引起他们思想的同频共振，激起他们阅读《红楼梦》的兴致。

毛泽东这个读《红楼梦》目的，拓展了《红楼梦》的思想内涵。前毛泽东的读者，不少人到《红楼梦》中去发掘"微言大义"："色空观念"也罢，"宫闱秘史"也罢，"反清复明"也罢，"感叹身世"也罢……在马克思主义传入中国以前，谁的视野都不能不受到时代条件的遮蔽，不可能感悟到《红楼梦》了解和认识封建社会的价值。

毛泽东这个读《红楼梦》目的，强化了《红楼梦》的认识作用。文学作品具有审美作用、认识作用和教育作用。读《红楼梦》以知道什么是封建社会，就使这部小说的认识功能凸显出来。尽管是一部名著，但它毕竟是一部古典文学作品。能把它作为革命者认识封建社会的"教科书"，毛泽东确实慧眼独具。

"不读《红楼梦》就不懂什么是封建社会"，直到今天，这个读《红楼梦》目的仍然在影响着许多红迷。前两年，著名红学家冯其庸在傅光明主持的现代文学馆讲演时，有听众问："请问冯先生，毛泽东曾经说过，可以把《红楼梦》作为一部中国封建社会的百科全书来看，应该怎么样理解？"冯其庸解答说：

> 《红楼梦》这部书确实是内容非常广阔，非常深刻，要了解封建社会，读读《红楼梦》有很大的好处。夸张一点说它是封建社会的百科全书也可以，就是说它反映得真实，反映得丰富，反映的面多，如果是这个意思，我觉得这个完全可以。但如果要到这部书里去找封建社会所有的一切，这就没有这个可能。曹雪芹也不是为写这个封建社会，他是要写自己的思想。我举个例子，《红楼梦》里写到柳湘莲，写到蒋玉菡，蒋玉菡又叫琪官，他是忠顺王府里的戏子，忠顺王爷不能没有他，一定要把他要回去。这反映什么问题呢？实际上是指清代社会的一种普遍风气，养男妓的一种风气，妓女是女的，但明清的时期有一种怪事，欣赏男妓。实际上蒋玉菡就是一个被损害的戏子，也相当于男妓。所以忠顺王爷不能没有他。如果不说穿，不跟当时社会历史对照，你就弄

不清楚这是当时的社会现象。再如刘姥姥吃那个蛋,一下没夹住,掉到地下去了,她可惜地说:一下几两银子没有了。一个蛋几两银子,有这么大的价钱吗?但是你看看清代的笔记,有些大官僚、大地主为了补养自己,他把最好的补品,人参啊,鹿茸啊各样的补品,都拿来喂鸡,让鸡生蛋,然后他吃鸡蛋,那么这一个蛋不是几两银子也就已经差不多了嘛!所以要从这个意义来讲,《红楼梦》给你很多封建社会的知识,那是没有错的……清代后期,道光年间,俄国到中国来的一个人,他就是想了解中国,别人告诉他,你要了解中国你就买一部《红楼梦》。结果在中国把《红楼梦》买回去了……当时外国要了解中国就读《红楼梦》,《红楼梦》就是能帮你了解中国现实的资料。所以我想我们今天还是应该了解过去,提高自己的修养。(冯其庸:《谈谈〈红楼梦〉的思想》,《插图本新解红楼梦》,山东画报出版社,第221~222页)

读《红楼梦》可以"给你很多封建社会的知识",甚至可以帮助外国人"了解中国"。冯其庸对毛泽东的读《红楼梦》目的作了生动详细的阐述,权借高论以结束本篇。

顶好的社会政治小说

(红楼思想之一)

> 毛泽东同志对《红楼梦》有浓厚的兴趣,讲过这是一部顶好的社会政治小说。
> 薄一波:《回忆毛泽东二三事》,《中国出了个毛泽东》,解放军出版社1991年4月版,第230页

小说是分类别的,如志怪小说、传奇小说、神魔小说、讽刺小说、言情小说、历史小说、科幻小说、武打小说、公案小说等等。

《红楼梦》是一部什么书,把它归入小说哪一类,怎样为它进行小说分类定义?自它问世以后,可谓众说纷纭。这关系到如何认定《红楼梦》的思想倾向,甚至是其首要问题。

曹雪芹自己说《红楼梦》不是"理治之书",而是"闲适之书"(《红楼梦》第一回)。当然,此是"假语村言",大有深意。

旧时代有人以《红楼梦》为"言情小说",甚至是"色情小说",以为"诲淫"之书。

鲁迅建构中国小说史,把《红楼梦》归入"人情小说"或"世情小说"之类。(《中国小说史略》或别的杂文)

周汝昌视《红楼梦》为中华民族的一部"文化小说"。他说:"我们应该从'文化小说'这个角度来重新看待它,并应当全力以赴地对这部伟著的文化内涵进行深入的研究。"(《红楼梦与中国文化》)

毛泽东有自己的价值判断:《红楼梦》是一部社会政治小说。

1953年,毛泽东于新中国建立后第一次到杭州,主持新中国第一部宪法的起草。有一次爬五云山,他游兴很高,一边爬一边与身边的摄影师侯波说:"你最近看什么书?"侯波说:"看《红楼梦》。""看得懂吗?"侯波答:"看故事呗。"

毛泽东对她的回答没有表示肯定或否定，说：

"《红楼梦》是一部社会政治小说，读懂它，就知道什么叫封建社会了。"（浙江省毛泽东思想研究中心、中共浙江省委党史研究室：《毛泽东与浙江》，中共党史出版社，1993年11月版，第132页）

申虎成曾任中共中央五大书记警卫科长和毛泽东行政秘书。也是1953年在杭州，毛泽东得知申虎成正在看小说《红楼梦》时，对他说：

"《红楼梦》是一部很好的政治小说，读它就是读历史。小说写了清朝乾隆年间开始走下坡路，曹雪芹借写贾、史、王、薛四大家族的兴衰，揭示了封建社会的腐朽。你们看五遍才有发言权。"（申虎成：《幸福的回忆》，《真实的毛泽东》，中央文献出版社2003年12月版，第247页）

1960年春季的一天，毛泽东与薄一波在中南海颐年堂谈话，其中谈到古典小说四大名著。薄一波回忆：

毛泽东同志对《红楼梦》有浓厚的兴趣，讲过这是一部顶好的社会政治小说。他多次要大家读，说不是读故事，而是读历史，你要不读《红楼梦》，怎么知道什么叫封建社会呢？（薄一波：《回忆毛泽东二三事》，《中国出了个毛泽东》，解放军出版社1991年4月版，第230页）

这里有一个概念的细节需要申明：据笔者阅读的许多资料，毛泽东评说《红楼梦》只使用过"社会政治小说"这个概念，可是在许多评红文章中，却说毛泽东使用的概念是"政治历史小说"。《红楼梦大辞典》中有"政治历史小说"的辞条，其释文是：

此说盛行于七十年代初的"评红热"中。《红旗》杂志1973年第11期发表的《坚持用阶级斗争观点研究〈红楼梦〉》中说："按照马克思主义的阶级观点来分析，《红楼梦》所表现的是以社会阶级斗争为内容的政治主题,是一部政治历史小说。曹雪芹亲身经历过封建贵族家庭由鼎盛而极衰的变迁,看出了整个封建贵族阶级'树倒猢狲散'的覆灭命运……通过贾、史、王、薛四大封建家族衰亡史的描绘,生动地反映了十八世纪中国封建社会阶级斗争的现实。它写的并不是一朝一代的历史实事,却深刻地表现了封建制度必然崩溃的历史趋势……所以,我们说这部小说是一部形象化的封建社会的历史,是封建社会的百科全书。我们应当把它当做历史去读。(第1083页)

应该说,"社会政治小说"与"政治历史小说"两个概念既有相通之处,又有不同之点。两者都强调小说思想内容的政治内涵,这是它们的相通之处。前者强调的侧重点是《红楼梦》的社会现实生活内容,或社会现实政治生活内容,后者强调的侧重点是从《红楼梦》中可以解读出政治历史方面的内容,前者着眼现实,后者着眼历史,这是它们的不同之点。还有,前者为毛泽东所提出,后者为"文革"评红时大批判者所概括。把别

皇恩重元妃省父母

人对《红楼梦》小说类别的定义，稀里糊涂强加在毛泽东的头上也不公道。

两个概念的区分是有价值的。"（政治）历史小说"通常是指小说题材是以真实的历史（政治）事件、历史（政治）人物为创作对象，加上虚构的情节和细节而成的小说。像《三国演义》《隋唐演义》《民国通俗演义》等等，主要事件、主要人物都是历史上实有的。《红楼梦》的创作虽然有事件和人物的原型，但是小说里面没有任何主要人物和主要事件是历史上真有过的。这样的小说是不能称为"历史小说"的。

《红楼梦》可不可以定义为"（社会）政治小说"呢？从一般小说理论上说，是可以的。从题材上看，《红楼梦》写的是封建贵族豪门大家庭的琐细的、日常的生活。表面上，里面没有狂风暴雨波翻浪滚的政治事件和政治斗争，远不像《水浒传》中"智取生辰纲"、《三国演义》中"十八路诸侯讨董卓"那样的"政治"；贾府的头面人物贾母、王熙凤、贾政也不像曹操、刘备、孙权那样是了不起的政治家。但是，《红楼梦》的特殊写法正在于以小写大，以家写国，贾府是封建宗法社会的缩影，贾府的兴盛衰亡演变史承载着封建王朝从盛世走向末世的全部政治信息。以今天的理论思维角度出发，它甚至揭示了封建社会的某些本质方面和规律性的东西。凡是有较深阅读体验的人，都不会把《红楼梦》看成是消愁解闷的"闲适之书"，看成是风花雪月的情爱故事，它里面包含太多、太沉重、太值得思考的社会内容和政治内容。鲁迅称《红楼梦》为"人情"或"世情"小说，是否其道理也在此处？细品毛泽东在定义《红楼梦》为"社会政治小说"时，总是把它与"知道什么是封建社会"联系起来，可见他对"社会政治"内容的具体所指，也可看出他为小说分类定义时是与他的读书目的遥相呼应的。

其实，称《红楼梦》为"社会政治小说"并非从毛泽东开始。

清末侠人说："吾国之小说，莫奇于《红楼梦》，可谓之政治小说，可谓之伦理小说，可谓之社会小说，可谓之哲学小说、道德小说。"（《新小说》1903年第七号）侠人说到"政治小说"与"社会小说"，从两个方面表达出"社会政治小说"的含义。

作者阙名的《乘光舍笔记》一书中也曾说过："《红楼梦》为政治小说，全书所记皆康、雍年间满汉之接构，此意近人多能明。"（一粟编：《红楼梦卷》第二册，第412页）在这里政治小说的具体含义，已经指向"康、雍年间满汉之接构"，即清代中期社会政治生活中满汉民族矛盾的端倪。

徐珂在《清稗类钞》中说："《红楼梦》，可谓之政治小说。于其叙元春归省也,则曰:'当初既把我送到那不得见人的去处',于其叙元妃之疾也,则曰:'反不如寻常贫贱人家娘儿兄妹们常在一块儿'。绝不及皇家一语,而隐然有一专制君主之威在其言外,使人读之而自喻,此其关系于政治上者也。"(一粟编:《红楼梦卷》第二册,第425页)这是从小说元妃省亲的细节对话描写看出反对皇权的政治思想倾向。

索隐派的代表蔡元培说:"《石头记》者,清康熙朝政治小说也。作者持民族主义甚挚。书中本事在吊明之亡,揭清之失,而尤于汉族名士仕清者寓痛惜之意。当时既虑触文网,又欲别开生面,特于本事以上加以数层障幕,使读者有横看成岭侧成峰之状况。"(《石头记索隐》)蔡元培认为《红楼梦》是吊明反满的政治小说,思想有其合理的一面。尽管他的那些说法是望风捕影的玄虚之言,不符合小说的实际,但是由于我国文学和历史中影射索隐的传统根深蒂固,加之辛亥革命后社会上灭清反满情绪的滋长,使蔡元培的说法轻易地被人们接受和一度流行,成为推动旧民主主义革命舆论的新声。

上述事实说明,"(社会)政治小说"是自有红学以来就有的一种说法,并不是后来毛泽东的发明。可是,又不能把上述诸人的"政治小说"定义简单地与毛泽东的"社会政治小说"提法等同起来。人们虽然都用"政治小说"这个概念,但是以不同的动机、从不同的角度、用不同的方法来分析研究《红楼梦》,就得出了对《红楼梦》的"政治"含义的不同认识。阙名的政治是"满汉之接构",蔡元培的政治是"吊明之亡,揭清之失",毛泽东的政治是"懂得封建社会"。

笔者还认为,毛泽东把《红楼梦》定义为"社会政治小说",是受了梁启超对"政治小说"学术阐述的影响。毛泽东青年时代就熟读梁氏的《饮冰室合集》。梁氏在《译印政治小说序》中,把西方一部分在社会政治生活中起过作用的小说称为"政治小说"。梁启超在序中高度评价他所说的政治小说在政治斗争中的重大作用,他说:"在昔欧洲各国变革之始,其魁儒硕学,仁人志士,往往以其身之所经历,及胸中所怀,政治之议论,一寄之于小说。"这种小说为广大群众所阅读可以产生极大的影响,影响了全国的舆论:"往往每一书出,而全国之议论为之一变。"因此,促进了政治的前进:"彼美、英、德、法、奥、意、日本各国政界之日进,则政治小说为功最高焉。"梁氏高度评价政治小说,充分估价小说在政治改革中的作用,这是对小说的社会功能的高度评价。按照梁氏的评价,小说与政治和人生是休戚相关的,是小说决定着政治和人生,由此,梁启超提出:"欲新一国之民,不可不先新一国之小说。"梁氏明确地把小说和政治联系起来,要求小说为改革政治和改良社会服务,这对促进小说创作和理论的发展具有重大意义。但梁氏认为政治小说有"旋转乾坤"支配社会历史变革的作用,则对小说政治作用的评价过头。这种把意识形态强调到社会生活支配力量、决定力量的观点是不妥当的,是一种"文化决定论"的错误的历史观。

毛泽东定义《红楼梦》为"社会政治小说",既有文本依据,又有历史渊源。它深入挖掘了小说的思想内涵,提升了小说的认识价值,拓展了小说的教育功能。

《红楼梦》写"四大家族"

（红楼思想之二）

> 《红楼梦》……第四回"葫芦僧乱判葫芦案"，讲护官符，提到四大家族："贾不假，白玉为堂金作马。阿房宫，三百里，住不下金陵一个史。东海缺少白玉床，龙王来请金陵王。丰年好大雪，珍珠如土金如铁。"《红楼梦》写四大家族……
>
> 《谈〈红楼梦〉》，《毛泽东文艺论集》，中央文献出版社2002年4月版，第208页

《红楼梦》读者谁都知道小说里有贾、史、王、薛四大封建贵族，可对小说是否描写了"四大家族"？意见并不一致。

《红楼梦》第四回中，写应天府府尹贾雨村到任不久，手下门子便送他一张"护官符"，上面写的是金陵一省四家大乡绅贾、史、王、薛的名姓。

门子告诉贾雨村："如今凡作地方官者，皆有一个私单，上面写的是本省最有权有势、极富极贵的大乡绅名姓，各省皆然；倘若不知，一时触犯了这样的人家，不但官爵，只怕连性命还保不成呢！所以绰号叫作'护官符'。"

金陵一省的"护官符"即为四句谚俗口碑，下面并注有其始祖官爵并房次：

贾不假，白玉为堂金作马。宁国荣国二公之后，共二十房分，除宁荣亲派八房在都外，现原籍住者十二房。

阿房宫，三百里，住不下金陵一个史。保龄侯尚书令史公之后，房分共十八，都中现住者十房，原籍现居八房。

东海缺少白玉床，龙王来请金陵王。都太尉统制县伯王公之后，共十二房，都中二房，余在籍。

丰年好大雪，珍珠如土金如铁。紫薇舍人薛公之后，现领内府帑银行商，共八房分。

毛泽东读《红楼梦》，确信曹雪芹描写了"四大家族"，对此印象深

刻，乃至以后评价《红楼梦》的思想倾向，经常提到贾、史、王、薛这四个世家大族。

《红楼梦》是描写"四大家族"的

邓绍基是中国社会科学院文学研究所的研究员，是《红楼梦学刊》编委。1993年12月，毛泽东诞辰100周年纪念活动时，邓绍基撰文回忆：

> 到了60年代初，又听一位同志说，毛主席在一次谈话中提出了《红楼梦》描写四大家族的见解。对此，在我们的（文研所的）讨论中出现两种看法：一种看法认为，说《红楼梦》是描写四大家族的兴衰，是符合这部小说的实际的；还有一种意见认为，《红楼梦》中写有贾、史、王、薛四个贵族家庭，但主要描写的是贾家，即荣、宁二府，因此不妨把毛泽东同志的见解理解为《红楼梦》描写了以贾府为代表的四个贵族家庭的兴衰。持这种看法的同志还猜度毛泽东同志所说"四大家族"带有即兴发挥的成分，因为据有的同志说，毛泽东同志发表这个见解时，在座的人中有《中国四大家族》的作者。毛泽东同志对着那位作者说：你写了一本《中国四大家族》，我看《红楼梦》也是描写的"四大家族"。（邓绍基：《毛泽东与他的古今读书法》，《人民日报》1993年12月16日）

这里说的"《中国四大家族》的作者"，指的是陈伯达。1946年年底，陈伯达写作的《中国四大家族》一书出版，以揭露正在发动内战的国民党政府的反动本质。陈伯达回忆说："当时我和毛主席住处很近。我在写《中国四大家族》的时候，常常去向毛主席请教。书中写及的'正如毛泽东同志所说'，'毛泽东同志指出'，很多是毛主席跟我谈话时的见解。文章写完以后，送给毛主席审阅，他加了一些话。我觉得，毛主席所说的，四大家族集中的庞大财富，正是给中国社会主义前途做准备——这见解很深刻。另外，毛主席还建议我在文章之前加个《题记》，我按照他的意思加了。""中国四大家族"就是蒋介石的蒋家、宋子文的宋家、孔祥熙的孔家和陈果夫陈立夫的陈家。《中国四大家族》开宗明义："全中国人口……有三万万一千万人口还是在四大封建买办银行系统的统治之下，而这四大银行系统的统治者乃是四大封建买办家族……这个四大封建买办银行与四大封建买办家族的统治特点，是经济的与政治的直接合而为一，并且经济的力量是直接利用政治的力量，还利用政治公开强制的掠夺方法，而发展起来。四大家族银行系统直接支配着国民党政权，并且以国民党政权的'国家银行'名义直接操纵半殖民地半封建的旧中国的经济，而四大家族的主人也不但直接统治四大银行，并且直接集中国民党政权的军务、党务、特务、政务、财务的大权，形成了以国民党一党专政为政治形式的、封建买办的法西斯寡头独裁制度。"（叶永烈：《陈伯达传》，人民日报出版社1999年1月版，第231~233页）

毛泽东大概由陈伯达的《中国四大家族》中的蒋、宋、孔、陈，联系到《红楼梦》中的贾、史、王、薛。两个"四大家族"之间，似有某种相似之处。即使是外在的联系，也容易激发人的联想。所以，毛泽东说：你写了一本《中国四大家族》，我看《红楼梦》也是描写的"四大家族"。这确实是他在联想后，产生了对《红楼梦》的新认识。

文研所在讨论后，对毛泽东的判断有两种意见：一种说《红楼梦》描写四大家族的兴衰符合小说的实际，一种认为《红楼梦》中主要描写贾家，不妨把毛泽东的见解理解为小说描写了以贾府为代表的四个贵族家庭的兴衰。其实这两种意见，只着眼小说描写四家的"戏份"，而忽略了作者的写作技巧。曹雪芹是文笔娴熟的大家，他描写四家，或重彩浓墨，或轻描淡写，或连篇累牍，或"不写之写"（脂砚斋语），绝不平分秋色，否则小说情节将毫无变化，呆板滞涩。他把贾、史、王、薛四家都"搬进"大观园来描写，贾家荣宁二府是重点，是主角，其他三家是配角；配角当中又以薛家为主，另外两家为次。有主有次、有重有轻的表达技巧，才能产生互相映带、互相衬托、落英缤纷、绚丽多彩的审美效果。这样看来，"描写了以贾府为代表的四个贵族家庭的兴衰"的意见是对的，它体现了艺术的辩证精神。

还要看到，小说借一纸"护官符"提出了贾、史、王、薛四个典型的封建家族，是把它们作为整体来描写的。它们上通朝廷，下结州县，沟通联络，盘根错节，相互结成了一张庞大而错杂的封建关系网，也展开了全景式的封建末世社会生活画面，这构成了小说内容和情节的大背景大框架。甲戌本《石头记》在门子介绍"这四家皆连络有亲，一损皆损，一荣皆荣，扶持遮饰，俱有照应"的正文旁，有行侧批："早为下半部伏根。"这实际上是提醒读者：四大家族的"荣"与"损"有共同性，它乃是一部小说之"根"，《红楼梦》的下半部就是围绕这里提示的"根"而展开的。所谓"荣"、"损"，亦即兴衰，这为我们理解小说是写封建家族兴衰也提供了启示。

主要是写"四大家族"统治的历史

《红楼梦》写"四大家族"的什么？毛泽东说：主要是写四大家族统治的历史。

1963年5月11日，毛泽东在杭州召开的中央工作会议上的一次谈话中，曾说道：

> "《红楼梦》主要是写四大家族统治的历史……写封建剥削只有一两处。""写奴隶像鸳鸯、晴雯、小红等，都写得好，受害的就是这些人。""统治者二十几人（有人算了说是三十三人），其他都是奴隶，三百多个，鸳鸯、司棋、尤二姐、尤三姐等等。"（陈晋：《毛泽东与文化传统》，中央文献出版社1992年3月版，第134~135页）

据汪澍白介绍，毛泽东在这次谈话中强调用阶级斗争的观点来分析《红楼梦》。他说：

> "最先写四大家族的是曹雪芹。《红楼梦》写的是贾、史、王、薛四大家族，他们是奴隶主，三十三人。写奴隶，如鸳鸯、晴雯、小红等，都是很好的，受害的是这些人。林黛玉不是属于四大家族的。"（汪澍白：《传统下的毛泽东》，中国青年出版社1996年11月版，第155~156页）

陈晋评论："在毛泽东'一分为二'的思维方法中，有统治者，便有被统治者。四大家族之所以具有'统治的历史'，根本上是存在着'奴隶主'和'奴隶'这两个对立的阶级关系。"（引语出处同上）在大观园内外，"四大家族"是奴隶主，是统治者，约二三十人，如贾母、贾赦、邢夫人、贾政、王夫人、贾元春、王熙凤、王子腾、薛姨妈、薛蟠等人；而下人、小厮、丫鬟、嬷嬷则是"受害"的奴隶，是被统治者，约三百人左右，毛泽东举了女奴鸳鸯等人。

所谓四大家族"统治的历史"，是包括奴隶主对奴隶的政治压迫、经济剥削和思想奴役等各个方面的描写的。

金陵四大家族是世袭贵族，既贵且富，富可敌国。

贾家的始祖贾演、贾源军功出身，其后代皆系"武荫之属"。

宁国府的始祖贾演封宁国公（第二回）。其子贾代化袭宁国公（第二回），京营节度使，世袭一等神威将军（第十三回）。其孙贾敬袭宁国公（第二回），丙辰科进士（第十三回）。死后追赐五品之职（第六十三回）。其重孙贾珍袭宁国公（第二回），世袭三品爵威烈将军（第十三回），在小说后四十回革去世职，派往海疆效力赎罪（第一百零七回），仍袭宁国公三等世职（第一百一十九回）。其玄孙贾蓉，江南应天府江宁县监生，捐防护内廷紫禁道御前侍卫龙禁尉（第十三回）。

荣国府的始祖贾源封荣国公（第二回）。其子贾代善袭荣国公（第二回）。其孙贾赦袭荣国公（第二回），现袭一等将军之职（第三回）。在小说后四十回革去世职（第一百零五回），发往台站效力赎罪（第一百零七回），后免罪（一百一十九回）。其重孙贾琏捐同知（第二回）。其孙贾政赐额外主事职衔，入部习学，升员外郎（第二回），点了学差（第三十七回），在小说后四十回升工部郎中（第八十五回），放江西粮道（第九十六回），被参降三级，仍以工部员外上行走（第一百零二回），承袭荣国府世职（一百零七回），俟丁忧服满，仍升工部郎中（第一百一十九回）。其重孙女贾元春：入宫封女史（第二回），封为凤藻宫尚书，加封贤德妃（第十六回）。在小说后四十回谥曰贤淑贵妃（第九十五回）。

史家的始祖是"保龄侯尚书令史公"。尚书令是天子近臣，掌管奏章文书。小说中出场的是世袭保龄侯史鼐，人称"小王爷"（第二十五回）。"保龄侯史鼐又迁委了外省大员，不日要带了家眷去上任。"（第四十九回）。忠靖侯史鼎（第十三回），为史鼐之弟。小说中的贾母是贾代善夫人，又称"史太君"，因娘家系"金陵世勋史侯"。她是贾赦、贾政、贾敏之母，贾宝玉的祖母，林黛玉的外祖母。她是贾府中权力最大、地位最高的老祖宗，是联络贾府与史家的中心人物。

"金陵王"家的始祖是"都太尉统制县伯王公"，他的后人王子腾现任京营节度使，升九省统制，奉旨出都查边（第四回），升九省都检点（第五十三回），在小说后四十回升内阁大学士（第九十五回），死谥文勤公（第九十六回）。王子腾的妹妹王夫人（贾政之妻）、薛姨妈（薛宝钗之母）、王夫人的内侄女王熙凤（贾琏之妻）是"联络有亲"的枢纽。

皇商薛家，始祖"紫薇舍人薛公"。小说中除薛姨妈外，虽然点到薛蟠、薛蝌、薛宝钗、薛宝琴等，却只有薛蟠赖祖父之旧情分，在户部挂虚名、支钱粮。然而薛家不大贵却大富，不仅家有百万之资，而且"现领内府帑银行商"。

"四大家族"的主子们大多是位高权重的封建官僚或世袭贵族，在政治上享有很大的权力或特权。小说第十三回王熙凤协理宁国府，第十五回王熙凤弄权铁槛寺，第十六回贾元春才选凤藻宫，第三十七回贾政点学差，第四十回贾政升工部郎中，第五十六回贾探春兴利除宿弊，第四回贾雨村"乱判葫芦案"……集中描写了"四大家族"头面人物及其帮闲炙手可热的政权、族权和特权。

"四大家族"的经济剥削在小说里集中描写虽然"只有一两次"，但是，许多故事和细节却渗透着大量的经济生活内容。贾氏荣宁二府各有田庄七八处，每年收租各种物品达几百车之多（第五十三回）；王熙凤的娘家与外国打交道，得实惠不少，如王熙凤所说："那时我爷爷单管各国进贡朝贺的事，凡有的外国人来，都是我们家养活。粤、闽、滇、浙所有的洋船货物都是我们家的。"（第十六回）皇商薛家更是四处做生意买卖。这些经济活动使"四大家族"占有了大量的生活资料和生产资料，直接和曲折地剥夺了农民和手工业者的劳动成果。

思想奴役在小说中有大量描写。"四大家族"对族人、下人的文化思想教育基本内容是封建统治阶级的意识形态。贾政和薛宝钗的父亲都关心子女的读书学习，但目的是让宝玉走"仕途经济"，让宝钗守"三从四德"的妇人之道。对下人的教育则是奴化教育。小说第十九回，袭人与宝玉有一番"赎身之论"，可透视出贾府奴化教育的"成果"：乡村女孩花袭人，自幼因家贫被父兄"卖倒死契"进入贾府。可是，当她家稍有余资想赎她时，这位自幼被奴才哲学浸润的女奴，却迷恋"吃穿和主子一样，又不朝打暮骂"，"贾府中从不曾作贱下人"，坚定表白"便拿八人轿也抬不出我去"。袭人是甘于奴才地位的奴才，关键在于她头脑中被灌进了以奴为乐的奴化思想。

从《红楼梦》中看出"四大家族统治的历史"，确实深化了对小说思想主题的认识。

可以看出家长制的不断分裂

1959年12月至1960年2月，毛泽东读苏联《政治经济学（教科书）》

（第三版）时发表的谈话说：中国封建社会的统治形式是家国一体，家庭既是社会的经济生活细胞，又是社会政治统治的基本途径。家庭—家族—宗族—社会，形成环环相扣的宗法家长制政治体制。

毛泽东认为《红楼梦》还体现了作为封建根基的家长制的动摇。他说：

> 我国家长制度的不能巩固是早已开始了。贾琏是贾赦的儿子，不听贾赦的话。王夫人把凤姐笼络过去，可是凤姐想各种办法来积攒自己的私房。荣国府的最高家长是贾母，可是贾赦、贾政各人有各人的打算。可以看出家长制度是在不断分裂中。（陈晋：《毛泽东与文艺传统》，中央文献出版社1992年3月版，第130页）

从《红楼梦》中"可以看出家长制度是在不断分裂中"。毛泽东为此一连举了三个例子。

其一，"荣国府的最高家长是贾母，可是贾赦、贾政各人有各人的打算。"贾府上上下下的人都要看贾母的脸色行事，足见她在这个宗法大家族中的绝对权威。贾母的两个儿子贾赦和贾政，虽然没有公开不听话，但各打各自算盘的事是有的。有一次，贾赦就公然当着贾母的面讲了一个母亲"偏心"的故事，引起贾母的不快。但其他人好像也有这种看法，薛姨妈就曾开玩笑地说过："老太太偏心，多疼小儿子媳妇，也是有的。""小儿子媳妇"指王夫人。这是说贾母"偏心"小儿子这一股。还是这次，贾宝玉、贾环作诗，贾赦对庶出的贾环说："这诗甚是有骨气……将来这世袭的前程定跑不了你袭呢。"贾政听说，忙劝说："不过他胡诌如此，那里就论到后事了。"（第七十五回）世袭，在宗法社会里极其重要，实际是一次权力和财产的再分配。贾赦不说贾政的嫡子宝玉世袭，偏说庶出的贾环世袭，意在挑拨，所以贾政不满意他的胡诌"论后事"。可见兄弟之间的隔阂。

其二，"贾琏是贾赦的儿子，不听贾赦的话。"贾琏是贾赦的儿子，却与媳妇王熙凤一起给贾政、王夫人管家。平时贾琏不听话，事情头上更不听。小说第四十八回，贾赦为搜求石呆子的古扇，不惜重金。贾雨村设法讹石呆子拖欠官银，拿他到衙门逼其变卖家产赔补，把这扇子抄了送给贾赦。逼得石呆子死活不知。贾琏说了一句："为这点子小事，弄得人坑家败业，也不算什么能为！"贾赦听了生气，用板子棍子把贾琏乱打一顿。这件事不在于表明贾琏的正义，而在于父子的离心倾向。

其三，"王夫人把凤姐笼络过去，可是凤姐想各种办法来积攒自己的私房。"凤姐是贾赦的儿媳妇,可她又是王夫人的娘家侄女儿,被王夫人笼络过去管家。表面上,她事无巨细都"回"(报告)王夫人,可好多事她背着姑妈,尤其是她挪用丫鬟月例钱攒私房,则严密封锁消息,不让王夫人和贾母知道。

上面反映的是荣国府内部的三组矛盾:母子矛盾、父子矛盾和姑侄矛盾,虽然从具体事件的内容上自有是非曲直可分,但反映的一个共同点是家长制固有矛盾必然导致它的不断分裂。这从一个侧面表现出宗法制度的行将解体,无可挽回。荣府的命运是这样,宁府的命运是这样,贾、史、王、薛"四大家族"的命运也是这样。

借"四大家族"兴衰揭示封建制度腐朽

《红楼梦》描写"四大家族"统治的历史,这对揭示当时社会生活的本质方面有何种思想意义?对今天的读者有何种认识上的启迪作用?

20世纪60年代初,有一次毛泽东在中南海颐年堂与薄一波谈话,题目广泛地谈到古典小说"四大名著"。1981年,薄一波曾经回忆所谈的关于《红楼梦》的内容:

> "毛泽东同志对《红楼梦》有浓厚的兴趣,讲过这是一部顶好的社会政治小说……这部小说描写的是乾隆年间,清朝开始走下坡路,曹雪芹借贾、史、王、薛'四大家族'的兴衰,揭示了封建制度的腐朽。(薄一波:《毛泽东二三事》,《中国出了个毛泽东》,解放军出版社1991年4月版,第230页;徐中远:《毛泽东读〈红楼梦〉》,《党的文献》1994年第1期)

毛泽东认为《红楼梦》描写"四大家族"兴衰的思想价值,就在于它揭示了封建制度的腐朽。这个红学观点是否成立?有人认为封建世家大族破败衰落这种社会现象,自进入封建社会以来可谓屡见不鲜,贾史王薛的由盛而衰只是这种现象的重现,由此看不出整个封建制度的衰败。还有人说,曹雪芹生活在二百年前,他那时根本不知道什么是封建社会,怎么会揭示封建制度的腐朽?显然,毛泽东不同意这样的见解,他解读《红楼梦》,从"四大家族"的没落中看出了整个封建制度的走向破灭。

从唯物论的认识论上说,这样认识问题是完全可能的,也是正确的。

共性存在于个性之中，一般存在于特殊之中，矛盾的普遍性存在于矛盾的特殊性之中，正所谓"麻雀虽小，五脏俱全"。认识封建宗法社会制度的兴衰，解剖一两个有代表性的封建宗法家庭，就可以一叶知秋，一浪测海。曹雪芹是一位文学家，也是一位以小说为表达手段和思想载体的思想家。他的《红楼梦》通过具体生动的诸个封建大家庭的艺术形象，集中反映了清代"康乾盛世"时期上层社会日益严重的骄奢腐败和贵族世家的衰颓没落，以及主奴之间、贫富之间、上流社会与底层社会之间、正统思想的维护者与离经叛道者之间、官僚贵族与官僚贵族之间愈演愈烈的矛盾。当不少官僚、文人、财主正在醉生梦死沉湎于"盛世"景象时，《红楼梦》却揭示出它所呈现出的种种"末世"的沉重积弊和深刻危机，从"盛世"里发出了种种哀音与危言，指出了这个社会正处于穷途末路。曹雪芹虽然生在二百年前，他的思想也有创造性、前瞻性，但是不可能达到自觉批判封建制度的高度。可是，他那支追踪蹑迹不加虚饰的笔，他那体现着现实主义精神的创作方法，却使他的客观描写渗透出封建制度走向衰落和崩溃的大量信息，反映了某些极有价值的封建社会的本质方面。

　　《红楼梦》中的"四大家族"均系开国勋臣之后，是康乾时期贵族世家的典型，但其光景气象则如小说第二回冷子兴所介绍的："如今生齿日繁，事务日盛，主仆上下，安富尊荣者尽多，运筹谋画者无一；其日用排场费用，又不能将就省俭，如今外面的架子虽未甚倒，内囊却也尽上来了……更有一件大事：谁知这样钟鸣鼎食之家，翰墨诗书之族，如今的儿孙，竟一代不如一代了！"这里，小说作者曹雪芹借冷子兴之口，从享受富贵荣华、荒淫奢侈到后继乏人，即从物质生活的穷奢极欲到精神生活的糜烂颓废，全面而深刻地揭示了这些贵族世家必然衰败的悲剧命运：从经济生活看，"四大家族"表面是府第轩峻，锦衣玉食，花天酒地，一掷千金，但这些豪门却难逃入不敷出、金银散尽、地了场光、一败涂地的悲剧命运；从精神生活看，"四大家族"的成员表面道貌岸然，礼数周全，人模狗样，装腔作势，实则男盗女娼，精神空虚，好事干不来，坏事离不了，人与人之间"一个个就像乌眼鸡似的"（探春语）争斗不止，主奴之间、长幼之间、嫡庶之间、夫妻之间、父子之间、母女之间充满了阴谋、暗算和陷害。这样的家庭，这样的人群，一旦政治危机、经济危机发生，难免"忽剌剌似大厦倾，昏惨惨似灯将尽"，落得白茫茫一片大地真干净。

　　《红楼梦》各具特色地描写了"四大家族"的衰败：

　　贾家的衰败。安富尊荣、骄奢淫逸的贾府，经济上越来越拮据，"出的多进的少"。家庭内部纠纷也愈演愈烈,存在着难以调和的矛盾。同时,这个享有"皇恩永锡"的贵族大家,已开始"从外头杀来"。甄家获罪"抄没了家产",贾雨村又降了职,贾府的处境迅速恶化,"外面的架子"也保不住了。按曹雪芹写的《红楼梦》八十回以后的文稿,贾府后来"事败抄没""子孙流散""金银散尽""好一似食尽鸟投林,落了片白茫茫大地真干净"。

史家的衰败。"金陵世勋史侯家"仍然袭侯或封侯的是史鼐、史鼎,《红楼梦》前八十回虽然没有明显描写他们的行止不轨和家道中落。但是,透过贾母的慨叹和史湘云的苦闷也看出了史家的走下坡路。湘云自幼父母双亡,婶母待她不好,"在家里竟一点儿作不得主"。针线女工都须自己动手,常常做到深夜。每被人问及家计,她便红了眼圈。湘云在贾府,就其身世看其心情,与林黛玉有相似之处,大有孤苦无依、寄人篱下之感。她的结局也是悲剧。侥幸配得青年公子卫若兰,但好景不长,"终久是云散高唐,水涸湘江"(《红楼梦曲》)。贾母死后,她去灵前吊唁,想到从此失去贾母的疼爱,想到自己不幸的身世遭际,便失声痛哭。史湘云豪放不羁开朗放达的性格,与其遭受厄运身无所托的悲惨结局,形成强烈的对比。这使《红楼梦》全书的悲剧色彩更为浓重。

王家的衰败。王家的"主角"王夫人、薛姨妈、王熙凤都"联络有亲"。在贾府,从"哭向金陵事更哀"的判词看,王熙凤的结局十分悲惨。王家的"配角"王子腾初任京营节度使,继升九省统制,他也是个腐败昏官。贾雨村进京陛见,由他累上保本;贾琏为平息鲍二媳妇人命事,又差人去求王子腾摆平。左右都察院审理张华一案,也是贾府倚仗王子腾之势所为。他在"扶持遮饰,俱有照应"即封建裙带关系中发挥了很大的坏作用。王家的另一"配角"是王熙凤之兄、巧姐之舅王仁,他的名字谐音"忘仁"。小说前八十回他仅被提到两次,情节简单。《红楼梦曲·留余庆》一段概括了巧姐的遭遇结局,其中有"休似俺那爱银钱忘骨肉的狠舅奸兄"一句。研究者一般认为"狠舅奸兄"即是指王仁。《红楼梦》后四十回即力图把这个"爱银钱忘骨肉",众人诮为"忘仁"的形象刻画出来。王子腾一死,他抢着主办丧事,弄了几千银子。受到王子腾弟弟王子胜嗔怪后,他又乱指一个日子为王子胜寿日,替着"撒网"收贺礼。凤姐死后,他没捞到好处,就迁怨于贾琏并及巧姐,全不想当日的好处。当得知外藩王爷欲买偏房,先是心动,继而主谋,硬要把巧姐送去,妄想在其中捞一大注银子,只因外藩王爷怕"有干例禁"和刘姥姥相助,巧姐才得免厄运。续作者在此大致遵照曹雪芹原意，写出了金陵王家子孙的不肖之态。王子腾、王仁皆是王家"败家"的种子。

薛家的衰败。薛家"本是书香继世之家"，"现领着内帑钱粮，采办杂料"，是个皇商。这个家的"独根孤种"薛蟠，浑名"呆霸王"，性情奢侈，使钱如土，"终日惟有斗鸡走马、游山玩水而已"，"一应经纪世事全然不知"；而且目无法纪，把人命官司"视为儿戏"。这样的子弟必然败家丧身，即使官府庇护不制裁他，社会上终究会有某种势力制裁他，他自己迟早也会失足。薛蟠偏偏娶了个"内秉风雷之性"的"河东狮"，闹得家反宅乱，加速了薛家的败亡。

贾、史、王、薛四家都一败涂地了，这标志大家庭制度已经走到了尽头，在小说中这一描写是如此的鲜明，如同人们经常形象地说这是一首挽歌，哀怨之音遍被华林，旧制度死亡的阴影攫住了所有愿意思考问题的读者的神经，它那样活灵活现出现在你的眼前，使你清晰地、真切地感触到它的存在。大家庭制度是封建宗法社会的基层组织，这一个制度问题的提出就预兆着整个封建制度的问题将被提出。《红楼梦》正是通过了这些典型的大家庭，反映了整个封建社会的矛盾与面貌。《红楼梦》以前的文学作品，所暴露所反对的东西，还不直接就是封建制度，所反映的阶级矛盾还是被统一在一个制度之中的。而《红楼梦》通过对"四大家族"的描写，则开始了对于制度本身的冲击，封建制度在这里开始失去它往日的权威和力量。这就是《红楼梦》通过"四大家族"兴衰反封建的真正思想深度，这一深度显示出封建制度作用的逐渐削弱，地主阶级统治的日趋瓦解，也就预兆着一个新的制度的将要萌芽，显现着一个新的意识形态的已经出现，这就是《红楼梦》对于它的时代所做的真实的深刻的艺术描写和思想反映。

第四回是个总纲

（红楼思想之三）

> 什么人都不注意《红楼梦》的第四回，那是个总纲，还有《冷子兴演说荣国府》，《好了歌》和注。
> 《谈〈红楼梦〉》，《毛泽东文艺论集》，中央文献出版社2002年4月版，第208页

在毛泽东中南海丰泽园菊香书屋里，有一部藏书——《脂砚斋重评石头记》八十回影印本。毛泽东在上面写下不少读书时的记号。影印本第四回《薄命女偏逢薄命郎 葫芦僧乱判葫芦案》所描写的"护官符"上，有四句谚俗口碑：

> 贾不假，白玉为堂金作马。
> 阿房宫，三百里，住不下金陵一个史。
> 东海缺少白玉床，龙王来请金陵王。
> 丰年好大雪，珍珠如土金如铁。

毛泽东很看重这四句话，与别人谈《红楼梦》，常能一字不差地背诵它。据他身边的工作人员张贻玖、徐中远介绍：

> 在一部《脂砚斋重评石头记》八十回影印本的这句话上，（毛泽东）用铅笔画了三个圈圈。并在这几句话后"雨村……细问这门子，这四家皆连络有亲，一损皆损，一荣皆荣，扶持遮饰，俱有照应的"一段旁密加圈画。（张贻玖：《毛泽东的书房》，工人出版社1987年7月版，第57页；徐中远：《毛泽东读评五部古典小说》，华文出版社1997年1月版，第33页）

"画了三个圈圈","密加圈画",这表明毛泽东对"护官符"上四句"谚俗口碑"和门子介绍一段读得认真,读得仔细,读得有体会,特别圈出,以加深记忆和理解。

张、徐二人记述的是新中国建立以后毛泽东在中南海读《脂砚斋重评石头记》第四回圈画评点的情形。据记载,毛泽东是20世纪60年代初才得到八十回《脂砚斋重评石头记》影印本的。他读影印本的最早时间,不会超过此时。

其实,对"护官符"毛泽东早从延安时期就已经注意到了。久而久之,他对《红楼梦》精神内涵思想主脉的理解,就有了一条独特的体验:第四回是《红楼梦》的总纲。

他向许多人讲解过这个观点。

在延安,毛泽东对长子毛岸英说:读《红楼梦》要掌握要点。

1946年2月,在延安王家坪。毛泽东打量着儿子,满意地笑了。他仔细问了岸英在苏联学习、战斗的情况,又问:"在苏联,你经常读中国书吗?""经常,"岸英说,"能找到的我就找来读。""读过什么书?"读过《红楼梦》《水浒》,还有鲁迅的作品。不过,《红楼梦》里的诗词不大好懂。"

"读《红楼梦》要掌握要点。"毛泽东随口念道:"贾不假,白玉为堂金作马;阿房宫,三百里,住不下金陵一个史;东海缺少白玉床,龙王来请金陵王;丰年好大雪,珍珠如土金如铁。"(徐荣生、臧铁柱:《风云人物的子女们》,华龄出版社1994年版,第6页)

在杭州,毛泽东对秘书田家英等人说:"护官符"是阅读《红楼梦》的一个纲。

1955年4月,毛泽东乘车去浙江绍兴东湖。谭启龙、王芳相随左右,陈伯达、胡乔木、田家英、叶子龙和刘邦俊随后。途中,不知谁说了句"爱此一拳石,玲珑出自然"的诗句。随即,毛泽东和随行的秀才们海阔天空地聊起了《红楼梦》。

毛泽东先声夺人,有声有色地朗诵起《红楼梦》护官符词来:"贾不假,白玉为堂金作马。阿房宫,三百里,住不下金陵一个史。东海缺少白玉床,龙王来请金陵王。丰年好大雪,珍珠如土金如铁。"诵毕,毛泽东侧过身，对田家英说：

"《红楼梦》我读过几遍。第四回《葫芦僧乱判葫芦案》的'护官符'是阅读《红楼梦》的一个纲。"（李林达：《情满西湖》，中央文献出版社1993年12月版，第217页）

"'护官符'以俗谚口碑的形式，概括了'四大家族'的腐朽与没落。它从一个侧面反映了封建社会复杂的阶级斗争。"田家英接过话茬说。

在北戴河，毛泽东对几位哲学工作者说：第四回那是个总纲。

1964年8月18日，正在北戴河避暑的毛泽东邀请几位哲学工作者，一起讨论"分析与综合"这个哲学范畴问题，其中他说：

什么人都不注意《红楼梦》的第四回，那是个总纲，还有《冷子兴演说荣国府》，《好了歌》和注。第四回"葫芦僧乱判葫芦案"，讲护官符，提到四大家族："贾不假，白玉为堂金作马。阿房宫，三百里，住不下金陵一个史。东海缺少白玉床，龙王来请金陵王。丰年好大雪，珍珠如土金如铁。"（毛泽东：《谈〈红楼梦〉》，《毛泽东文艺论集》，中央文献出版社2002年4月版，第208页）

在中南海，毛泽东对表侄孙女王海容说：读《红楼梦》要了解四句话。

王海容是毛泽东的表侄孙女。1965年，在北京师范学院地理系和外语系读书的王海容，有时到中南海做客。毛泽东与她谈读书学习时说：

读《红楼梦》要了解四句话：贾不假，白玉为堂金作马（这说的是贾家）。阿房宫，三百里，住不下金陵一个史（说史家）。东海缺少白玉床，龙王来请金陵王（说王家）。丰年好大雪，珍珠如土金如铁（说薛家）。（张贻玖：《广读天下书》，江苏文艺出版社1993年12月版，第192页；张湛彬：《中南海三代领导集体与共和国文化实录》上卷，中国经济出版社1998年10月版，第73页）

所谓"总纲"，《现代汉语辞典》解释："总的原则、要点；总的纲领。"事物（事情）总的原则、要点、纲领才能称之为"总纲"。毛泽东提出《红楼梦》第四回是"总纲"，其语义也是这个意思，即第四回是《红楼梦》总的原则、要点和纲领。

综合分析毛泽东四次有关《红楼梦》"要点""总纲"的谈话，可以得出三点认识：

葫芦僧判断葫芦案

其一，毛泽东提出的"总纲说"是对《红楼梦》阅读的要求。是读书论，不是评论《红楼梦》。请看证据：他对毛岸英说："读《红楼梦》要掌握要点。"他对王海容说："读《红楼梦》要了解四句话。"他对田家英等人说："'护官符'是阅读《红楼梦》的一个纲。"都是从"阅读"切入的。是对小说读者的指教，并不是对小说评论者的要求。尽人皆知纲举目张的道理。《红楼梦》上百万言，头绪纷繁，人物众多，事件琐细。读这部小说，如果不能提纲挈领，掌握重心，必然眼花缭乱，茫然不解。毛泽东是深谙矛盾论和辩证法的大家，一眼能看透现象认清本质，一招能排除繁杂抓住要点，读书也是如此。读《红楼梦》，他倡导掌握"护官符"上四句话这个要点，也是他抓主要矛盾思想方法的运用成果。毛泽东为《红楼梦》这一长篇巨著点明了纲，点明了阅读此书应持的观点和立场。这是一条成功的读书经验，把"护官符"作为纲领去阅读小说，其收获自会十分可观。

其二，毛泽东的"总纲说"是破旧论立新说。什么是《红楼梦》的总纲（提纲、纲领）？这个问题可说和《红楼梦》与生俱来，是个老掉牙的问题。脂砚斋、评点派诸家以及其后的新旧红学家们，早已注意到并提出了自己的见解，毛泽东又创新说。

论者谈《红楼梦》之纲，有着眼其思想观念的：

脂砚斋与曹雪芹是同时人，他认为《红楼梦》第一回二位仙师对贾宝玉所说的人世间"乐极悲生，人非物换"，"到头一梦，万境归空"这"四句乃一部（书）之总纲。"（甲戌本《脂砚斋重评石头记》第一回脂砚斋朱笔旁批）脂砚斋的总纲为一"空"字。

张新之于清代道光时完成《红楼梦读法》一文，他单拈出一个"情"字作为全书之"纲"。他说："《红楼梦》三字出于第五回，实即十二钗之曲名，是《十二钗》为梦之目，《情僧录》情字为梦之纲。故闲人于前十二回分作三大段：第一段结《石头记》，第二段结《红楼梦》，第三段结《风月宝鉴》，而《情僧录》、《十二钗》一纲一目，在其中矣。"张新之以《情僧录》为"梦之纲"，以《十二钗》为"梦之目"，他的总纲为一"情"字。

张其信在其《红楼梦偶评》（光绪三年宝仁堂刊本）一书中说，《红楼梦》第一回中"因空见色，由色生情，传情入色，自色悟空"这十六个字，"可作释教心传之学，全书宗旨如是"。他把曹雪芹创作《红楼梦》的目的，说成只是宣演佛教的色空观念，则抹杀了《红楼梦》积极的思想意义。

论者谈《红楼梦》之纲，有着眼其艺术构思的：

王希廉也是在清代道光年间完成《红楼梦总评》一文，他分析是书的"结构层次"，提出第五回是"一部《石头记》的纲领"。他说："《石头记》一百二十回，分作二十一段看，方知结构层次。第一回为一段，说作书之缘起，如制艺之起讲，传奇之楔子。第二回为二段，叙宁、荣二府家世，及林、甄、王、史各亲戚，如制艺中之起股，点清题目眉眼，才可发挥意义。三、四回为三段，叙宝钗、黛玉与宝玉聚会之因由。五回为四段，是一部《石头记》之纲领。"为啥"二十一段"的第四段即《红楼梦》第五回是一部书的"纲领"？王希廉没作具体分析，但他提出总纲着眼"结构层次"，是很清楚的。

话石主人的红学著作《红楼梦本义约编》（光绪四年刊本），则认为第二回冷子兴的开场演说，总摄全书，是"全部大纲"。他说："开场演说，笼起全部大纲。以下逐段出题，至游幻起一波，总摄全书，筋节了如指掌。文势已促，故借刘姥姥入手，从远处落墨，以疏文气。中间协理东府，元妃晋封等事，波澜极大，气局却空。至省亲则沉浸秾纤，写尽繁华气象，其实皆是闲文，故借东府演戏一点煞住，归入本文。""演说"即第二回"冷子兴演说荣国府"，"游幻"即第五回"贾宝玉神游太虚境"。话石主人认为第二回是"全部大纲"，第五回"总摄全书"，着眼文势、文气和文章筋节，亦即着眼小说艺术框架结构。

论者谈《红楼梦》之纲，也有同时着眼其思想观念和艺术构思两方面的：

当代红学家俞平伯认为《红楼梦》第一回和第二回是全书的"提纲"。

他在《读红楼梦随笔》中说，该书第一、二回写了"甄士隐去"，"贾雨村言"，"自来看《红楼梦》的不大看重这两回书，或者不喜欢看，或者看不大懂，直到第三回才慢慢地读得津津有味起来"。"这两回书正是全书的关键、提纲，一把总钥匙。……两回书已说明了本书的立意和写法"。(《读〈红楼梦〉随笔·它的独创性》)俞平伯的"提纲"说，是从"立意和写法"切入的，即从《红楼梦》的思想观念和艺术表现两方面来立论的。

毛泽东读《红楼梦》，对上述诸人从《红楼梦》的第一、第二、第五回中提出小说纲领的种种说法不太满意，以为还没有点到位——尽管他也承认这三回书中也有"纲领"的成分。他说"什么人都不注意《红楼梦》的第四回，那是个总纲"。"什么人"大概包括从脂砚斋、王希廉、张新之、张其信、话石主人到俞平伯等人。毛泽东这句话，可以看作是对古人、前人、别人从《红楼梦》的第一、二、五回里面提出小说总纲的种种说法的矫正。他对《红楼梦》总纲的看法与众不同，独出机杼，多有创见。从政治家和历史学家的视角出发，他认为《红楼梦》第四回才是全书的总纲。

小说第四回可说是薛家的"正传"，其主要事件有二：一是"呆霸王"薛蟠的人命案，引出各省都有的"护官符"；一是薛宝钗的进京选秀，薛家入住贾府。头一件事讲英莲被卖做丫头，薛蟠为争买英莲为妾，倚财仗势打死无辜的冯渊，应天府尹贾雨村为了逢迎四大家族，徇私枉法，开脱了薛蟠的罪行。这一回里的"护官符"，其实是贾雨村枉法徇私的根源。就思想内容讲第四回统率全书的价值，因为"薛蟠人命案"是四大家族倚财仗势压迫人民种种罪恶的典型事件。薛蟠所倚之财，所仗之势，就是四大家族的经济实力和政治势力，这种权势的消长过程就是四大家族的盛衰史，也就是《红楼梦》全书的首尾。薛蟠依势杀人，贾雨村徇私枉法，是全书许多同类事件的先导，这类矛盾和事件在书里是贯彻始终的。就艺术结构讲第四回统率全书的价值，读者可以看到"薄命女"英莲的命运是丫头女使、小姐贵妇悲惨命运的前导和缩影；薛蟠入贾府与其子弟合流，会酒观花，聚赌嫖娼，无所不为，这是四大家族尤其是贾家荒淫无耻无法无天罪行丑态的概括；薛宝钗入贾府与宝玉、黛玉结识，从此展开了三人之间的种种关系，引出贾宝玉的恋爱问题和婚姻问题。总之，第四回在艺术构思上的引线穿珠作用比比皆是。由此可见，就主旨或结构来讲第四回都是总纲。

毛泽东的"总纲说"自有真知灼见之处，与他曾经指出的《红楼梦》是四大家族的兴衰史，不仅要把《红楼梦》当作故事读而且要把它当作历史来读的说法是遥相呼应的。这无疑是关于《红楼梦》总纲的新发现，在毛泽东以前，没有任何人这样讲过。有比较才有鉴别。比之脂砚斋的以"空"为纲，比之张新之的以"情"为纲，比之张其信的以"释教心传之学"为"全书宗旨"……毛泽东的"总纲说"确实见人所末见，道人所未道。读《红楼梦》抓住毛泽东所指明的总纲，有利于认识和理解它的丰厚深邃的社会历史内容。

其三，毛泽东的"总纲说"主要指第四回，也包括第一、第二回。对《红楼梦》"纲领"的认定，由于人们的立脚点与着眼点不同，有分歧是正常的。从脂砚斋到俞平伯的《红楼梦》"纲领"说，从思想观念立"纲"也罢，就层次结构谈"纲"也罢，虽然不全对，但也都持之有故，有相当合理成分。因为《红楼梦》前五回，对小说一百二十回整体来说，都有提纲挈领的作用。毛泽东谈"总纲"，观点与俞平伯等人的成说也有交融共鸣之处，或者说毛泽东也部分地接受了他们的思想成果。对毛泽东"总纲说"的内容不能理解得太单一，不能理解得太狭窄，它并不仅仅是指"护官符"，也并不仅仅是指第四回，它还包括第一、第二两回文字。因为毛泽东在讲了"《红楼梦》第四回是总纲"之后，紧接着说："还有《冷子兴演说荣国府》，《好了歌》和注。"对毛泽东这个补充，切不可忽略不计。

我们先看"《好了歌》和注"。小说第一回描写甄士隐家破人亡，贫病交加，光景难熬。一日上街散心，遇一跛足疯道人，口中念歌："世人都晓神仙好，惟有功名忘不了！古今将相在何方？荒冢一堆草没了。世人都晓神仙好，只有金银忘不了！终朝只恨聚无多，及到多时眼闭了。世人都晓神仙好，只有姣妻忘不了！君生日日说恩情，君死又随人去了。世人都晓神仙好，只有儿孙忘不了！痴心父母古来多，孝顺儿孙谁见了？"甄士隐听了问道："你满口说些什么？只听见些'好''了''好''了'。"那道人笑道："你若果听见'好''了'二字，还算你明白。可知世上万般，好便是了，了便是好。若不了，便不好；若要好，须是了。我这歌儿，便名《好了歌》。"甄士隐闻听此话，顿时悟彻，便替《好了歌》作注解："陋室空堂，当年笏满床；衰草枯杨，曾为歌舞场。蛛丝儿结满雕梁，绿纱今又糊在蓬窗上。说什么脂正浓、粉正香，如何两鬓又成霜？昨日黄土陇头送白骨，今宵红灯帐底卧鸳鸯。金满箱，银满箱，展眼乞丐人皆谤。正叹他人命不长，那知自己归来丧！训有方，保不定日后作强梁。择膏粱，谁承望流落在烟花巷！因嫌纱帽小，致使锁枷扛；昨怜破袄寒，今嫌紫蟒长：乱烘烘你方唱罢我登场，反认他乡是故乡。甚荒唐，到头来都是为他人作嫁衣裳。"

跛足道人唱的《好了歌》和甄士隐的《好了歌注》，对小说思想脉络的延伸，对故事情节的发展，对人物遭际的结局，都具有统摄全书贯彻全部的作用。《好了歌》从封建时代人生社会最普遍、最关注的功名、金钱、娇妻、儿孙等方面，即权力观、金钱观、美色观、忠孝观等方面入笔，在"好即是了，了就是好"的色空观念、虚无主义和宿命论外衣的包裹下，生动形象地描述了贵族地主阶级日暮途穷衰微破败的惨淡图景，深刻地揭露和批判了封建统治阶级精神世界的颓废和没落，揭示了封建伦理道德的瓦解和崩溃，表明其已日渐失去维系人心的力量和作用。《好了歌注》则丢掉了《好了歌》中的禅学外壳，代之以严酷的社会现实。把《好了歌》提到的道德危机，扩大到政治、经济领域，用抚今追昔的对比手法，描绘了地主阶级兴衰破败的情景。那种笏满床与陋室空堂、歌舞场与衰草枯杨、雕梁画栋与蜘蛛网、绿纱与蓬窗等典型事物的兴衰对比，实际是封建社会末期各种社会矛盾斗争尖锐化的反映，是封建统治剧烈动荡、分化和"君子之泽，五世而斩"（孟子语）的社会现实的真实写照；那种从金满箱银满箱到转眼乞丐的贫富剧变，实际上表现了封建地主经济的迅速崩溃；那种主仆、亲戚、夫妻、父子之间的无情和虚伪，实际是封建社会末期伦理道德发生深刻危机的反映；那种训有方的膏粱之家的子女沦落烟花巷、不惜作强梁，则反映了封建地主阶级后继无人的严峻现实。这种种政治上的没落，经济上的衰败，道德上的沦丧，正是封建社会末期政治历史环境的艺术概括。《好了歌》和注的思想观念构成了全书的思想基调。

毛泽东说："在中国，则有所谓'天不变，道亦不变'的形而上学的思想，曾经长期地为腐朽了的封建统治阶级所拥护。"（《矛盾论》，《毛泽东选集》第一卷，人民出版社1991年2月版，第301页）曹雪芹在哲学上是反"天、道不变"的形而上学思想的，《好了歌》和注"对世事沧桑、宦海沉浮、贫富更迭、人非物换、"高山为谷，深谷为陵"巨大变化的艺术概括，表述的是"天漏须补，世道剧变"的现实，其客观作用是反封建的，思想意义是积极的，为描绘以贾府为代表的四大家族的衰亡史，提供了广阔而深刻的历史背景。它说明曹雪芹透过所谓"康乾盛世"的表面现象，敏锐而深刻地看出了封建统治阶级不可避免地走向衰亡的历史命运。这个思想，这个辩证史观是贯彻《红楼梦》全书的。

还有，《好了歌注》中所说的种种兴衰、荣枯、悲欢状况，还暗示着、笼罩着小说的具体情节和人物命运。甲戌本《石头记》脂砚斋的批语，指明了此点。如《好了歌注》中"展眼乞丐人皆谤"一句，脂批"甄玉、贾玉一干人",这与庚辰本《石头记》第十九回脂批说贾宝玉后来"寒冬噎酸齑,雪夜围破毡"是一致的,由此看出了曹雪芹在小说八十回后对甄宝玉、贾宝玉命运的安排;再如,"绿纱今又糊在蓬窗上"一句,脂批"雨村一干新荣暴发之家",预示了贾雨村的飞黄腾达;还如,"致使锁枷扛"一句,脂批"贾赦、雨村一干人",两人后来因贪财作恶而获重罪的故事线索就有了伏笔;还如,"保不定日后作强梁"一句,脂批"柳湘莲一干人",小说第六十六回中作者描写薛蟠在平安州遇强盗,透露出柳湘莲"作强梁"的消息……这些表明,《好了歌注》对全书故事情节、人物际遇的提示、统领作用是明显的。

再看小说第二回《冷子兴演说荣国府》。这回书是《红楼梦》框架结构中又一个起统率作用的重要章节。一方面,它通过古董商人冷子兴之口,先大致介绍了荣宁二府主要家庭成员的情况,使读者对这个百年望族的众多成员及其相互关系有一个初步的了解。正如脂砚斋批语指出的:"其演说荣府一篇者,盖因族大人多,若从作者笔下一一叙出,尽一二回不能得明,则成何文字?故借用冷子兴一人略出其大半,使阅者心中已有一荣府隐隐在心,然后用黛玉、宝钗等两三次皴染,则耀然于心中眼中矣。此即画家三染法也。"(甲戌本《石头记》)另一方面,通过冷子兴演说,又点明了贾府现时萧疏的光景和面临的危机,所谓"百足之虫,死而不僵"、"如

冷子兴演说荣国府

今外面的架子虽未甚倒，内囊却也尽上来了。这还是小事，更有一件大事：谁知这样钟鸣鼎食之家，翰墨诗书之族，如今的儿孙，竟一代不如一代了！"这为小说写"末世"封建家族的衰亡定下了基础。古董商冷子兴系统地介绍了荣宁二府错综复杂的宗族关系，枝枝蔓蔓，有条有理，有背景，有人物，不啻是一张经纬清晰的关系网。了解了这些人的关系，不仅便于阅读全书，也更便于了解贾、王、薛、史这封建社会中四大家族的亲上加亲、相互勾连、休戚与共的内在联系。

如此看来，评议毛泽东的《红楼梦》"总纲说"，只讲第四回，不分析他提到的第一、第二两回的相关内容，是不全面、不准确的，容易产生误解，甚至产生曲解。毛泽东提出"总纲说"以后几十年来，对读者、对评者影响都很大。全面梳理文献资料，正确地理解它、解释它，其作用和价值可谓不言而喻。

它是讲阶级斗争的

（红楼思想之四）

> 《红楼梦》写四大家族，阶级斗争激烈……讲历史不拿阶级斗争观点讲，就讲不通。
> 毛泽东：《谈〈红楼梦〉》，《毛泽东文艺论集》，中央文献出版社2002年4月版，第208页

红学词语中有"阶级斗争说"一条，《红楼梦大辞典》关于本条的解释很有趣。该辞典第1083页的释文，只节录毛泽东谈话（1964年8月18日在北戴河与几位哲学工作者的谈话）中例如"《红楼梦》写四大家族，阶级斗争激烈""讲历史不拿阶级斗争观点讲，就讲不通"等语，并不作一个字的解释和评议。读者除了据此知道这一说是源于毛泽东之外，很难从中对"阶级斗争说"的内涵和外延、作用和影响、肯定或否定有个哪怕是梗概的、简单的、初步的了解。

在毛泽东关于《红楼梦》思想性的评论中，"阶级斗争说"影响巨大，而且又与他晚年"以阶级斗争为纲"的错误搅和在一起，问题愈发复杂。所以，对红学中的"阶级斗争说"不能不有所分辨。

以理论渊源上说，毛泽东《红楼梦》评论中的"阶级斗争说"的产生，与他接受马克思主义"阶级斗争学说"有关。毛泽东曾经把阶级斗争视为"认识问题的方法论"，他说：

> 记得我在一九二〇年，第一次看了考茨基著的《阶级斗争》，陈望道翻译的《共产党宣言》，和一个英国人作的《社会主义史》，我才知道人类自有史以来就有阶级斗争，阶级斗争是社会发展的原动力，初步地得到认识问题的方法论。可是这些书上，并没有中国的湖南、湖北，也没有中国的蒋介石和陈独秀。我只取

了它四个字："阶级斗争"，老老实实地来开始研究实际的阶级斗争。……对立统一，阶级斗争，是我们办事的两个出发点。(《关于农村调查》，《毛泽东文集》，人民出版社1993年12月版，第378~380页)

《共产党宣言》是马克思恩格斯的著作，《阶级斗争》与《社会主义史》是介绍马克思主义的著作。1920年是青年毛泽东刚刚接受马克思主义的时期。1949年，毛泽东有一段后来传播甚广的关于阶级斗争的经典论述：

> 阶级斗争，一些阶级胜利了，一些阶级消灭了。这就是历史，这就是几千年的文明史。拿这个观点解释历史的就叫做历史的唯物主义，站在这个观点的反面的是历史的唯心主义。(《丢掉幻想，准备斗争》，《毛泽东选集》第四卷，人民出版社1991年6月版，第1487页)

熟悉现代史的人们都知道，从1920年到1949年，整个中国社会处于激烈的阶级斗争（民族战争）时期。那个时候，毛泽东把阶级斗争观点视为"认识问题的方法论"，并"拿这个观点解释历史"，这无疑是正确的，有益的。

进入新中国，毛泽东不仅"拿这个观点解释历史"，也"拿这个观点解释"《红楼梦》。这样就产生了《红楼梦》评论中的"阶级斗争说"。此中是耶非耶？非一句话能说清楚。

面对红学中的"阶级斗争说"，人们往往探寻追问：《红楼梦》到底讲没讲阶级斗争？《红楼梦》中的阶级斗争情形到底是怎样？毛泽东以马克思主义"阶级斗争学说"观照《红楼梦》到底对不对？

它是讲阶级斗争的

据文献记载，毛泽东最早提出《红楼梦》"是讲阶级斗争的"，是在新中国建立初期。

1954年春天，毛泽东在杭州西湖长住，经常爬山锻炼。3月10日，毛泽东一面登山一面和随行人员说古论今，谈笑风生。他问大家看过《红楼梦》没有？不少人回答说看过。又问都看了几遍？有的回答看了一遍，有的说看了两遍。

毛泽东问站在他身边的一位老大夫看了几遍，老大夫说看了两遍。毛泽东问他看过后有何感想？老大夫想了一下，十分认真地回答说："我发现贾府的那些人都挺讲卫生的，他们每次饭前都要洗手。"他的话音刚落，毛泽东就大笑起来，人们也都笑了。有的同志开玩笑地说："老大夫真是三句话不离本行，到处宣传讲卫生。"大家更加笑了。停了一会儿，毛泽东对大家说：

"《红楼梦》这部书写得很好，它是讲阶级斗争的，要看五遍才能有发言权哩。""多少年来，很多人研究它，并没有真懂。"（张仙朋：《为了人民》，《真实的毛泽东》，中央文献出版社2003年12月版，第642页）

真是各人眼光不同，"智者见智，仁者见仁"。

老大夫是医生，他从《红楼梦》中看到了"讲卫生"。

毛泽东是政治家，他从《红楼梦》中看到了"讲阶级斗争"。

读《红楼梦》，可以允许读者从中读出贾府那些人"讲卫生"；也有人就小说的"医案病例"写出中医保健专著。可是，这是着眼《红楼梦》的知识性，是跟着小说学保健、学医疗。老大夫是做保健医疗工作的，他有他的阅读视角。大家和毛泽东所以大笑，是笑他阅读视角的独特偏向，是笑他"三句话不离本行"。

在毛泽东看来，读《红楼梦》仅从知识性着眼不行。他从小说的思想性着眼，从中看出了阶级斗争。他以为这才是小说的"好处"，也才是对小说的"真懂"。回顾"多少年来"的红学历史，毛泽东感慨万端——"很多人研究它，并没有真懂"！

旧时代的新老红学家不仅不能从《红楼梦》中看出其是讲阶级斗争的，而且有的人还否认小说中的阶级内容，排斥红学中的阶级分析的方法。以三四十年代小有名气的红学家李辰冬为例，他的《红楼梦研究》一书1942年正中书局出版，其中说：

"这本书里往往袭用'某某阶级意识'字样，恐读者将'阶级'二字误会，作一阐明。'阶级'二字，只在示明由经济关系而产生的某一时代，或某一社会集团而言，绝无其他含义。现在一般人提到'阶级意识'时往往联想到阶级斗争,在我们看来,阶级斗争决非历史演变的条件,且在我国既无阶级斗争之可能,也无实行此种斗争之必要……我们每将'阶级'与'阶级斗争'联在一起,因而'阶级'二字成为危险名词。其实,这二字恰可形容某些人在社会经济上的地位,某些作品表现某些社会地位的意识。它们的关系和演变上,如换种眼光看,绝不含任何斗争现象,故'阶级'二字今仍沿用之。"(《自序》)

李辰冬的"阶级论"很有意思:他承认阶级、阶级意识,取"阶级"一词可形容作品中"某些人在社会经济上的地位",取"阶级意识"一词可分析"某些作品表现某些社会地位的意识";他不承认阶级斗争及其在历史演变中的作用,进而认为旧时代的中国没有进行阶级斗争的可能和必要。把这个理论运用到作品分析上,就是人物之间有阶级关系而无阶级斗争。承认阶级而不承认阶级斗争,李辰冬红学研究中的"阶级论"是个很明显的悖论。

阶级是由于人们在一定的社会经济结构中所处的地位不同而形成的社会集团。列宁说:"所谓阶级,就是这样一些大的集团,这些集团在历史上一定社会生产体系中所处的地位不同,对生产资料的关系(这种关系大部分是在法律上明文规定了的)不同,在社会劳动组织中所起的作用不同,因而领得自己所支配的那份社会财富的方式和多寡也不同。所谓阶级,就是这样一些集团,由于它们在一定社会经济结构中所处的地位不同,其中一个集团能够占有另一个集团的劳动。"(《列宁选集》第4卷,第10页)有阶级,才有阶级地位和阶级意识,才有阶级压迫和阶级剥削,也才有阶级对立和阶级反抗,即阶级之间的斗争。《红楼梦》表现了阶级、阶层、阶级意识,也表现了阶级斗争。

> 毛泽东曾对女儿李讷讲,《红楼梦》写了阶级对立、阶级斗争,后来又说《红楼梦》是政治历史小说。(孙伟科:《20世纪红学研究的启示》,《红楼梦学刊》2000年第1辑,第86页注⑤)

《红楼梦》反映的封建社会阶级斗争具有一定的复杂性。小说背景的清代康熙、雍正、乾隆时期,不仅有地主阶级与农民阶级的矛盾,而且存在地主阶级与新兴市民阶层、地主阶级内部政治集团与政治集团、地主阶级内部守旧派与叛逆者、封建主子与家庭奴隶、奴隶阶层反抗派与奴才派的矛盾，这些矛盾渗透进政治生活、经济生活、文化生活的各个方面，形成阶级斗争的政治形式、经济形式和思想形式，具有极大的丰富性与复杂性。现实主义杰作《红楼梦》，以像社会生活本真的样子表现了大观园里外阶级斗争的属性和特征。所以，我们对毛泽东"《红楼梦》是讲阶级斗争的"这句话，不能把其中的"阶级斗争"仅仅理解为只是地主阶级与农民阶级的斗争，仅仅理解为只是政治斗争一种内容和形式。那样，将误解甚至曲解毛泽东的这个评论，也简单化了《红楼梦》的艺术描写的丰富性。

《红楼梦》这部小说在取材和构思上，并非着眼于时代主要阶级的矛盾冲突，书中正面写地主阶级和农民阶级的矛盾不多，但写得很多的是封建主子和家庭奴隶的矛盾和斗争。它主要展示封建世家大族的内部冲突，并由此兼及周围各种交叉的附属的不同性质的矛盾。这是曹雪芹在他那个时代所能达到的自觉意识。对这一点，毛泽东的认识是清楚的。《红楼梦》中家奴们的阶级地位十分低下。他们的根本来源，是由于"生民困苦已极，大臣长吏之家日益饶（富），……因家无衣食将子女入京贱鬻者不可胜数"（蒋骥：《东华录》）。袭人就是为了不让"老子娘饿死"，写下了"死契"，卖到贾家为奴的。奴婢们一入侯门，便完全失去了人身自由，犹如笼中之鸟。封建主子可以任意驱使、侮辱、惩罚，甚至处死。在贾府，封建主子可以骑在家奴头上作威作福，把他们变成供自己享乐的工具。因此，奴婢和主子之间这种欺压与反欺压、奴役和反奴役的斗争，具有阶级斗争的性质。

《红楼梦》所描述的阶级斗争，也包括地主阶级内部新旧思想观念的斗争。贾宝玉和父亲贾政的矛盾，一个要挣脱封建仕途经济的禁锢做自由人，一个要巩固忠臣孝子的观念培养封建官僚，宝玉斥其是"国贼禄蠹"，这已经带有新兴力量和保守力量对抗的性质。贾宝玉和林黛玉这两个贵族青年叛逆者之间的矛盾以及他们的思想苦闷，也是初步的、带有一定新质的民主主义思想和传统封建主义思想展开斗争的表现。归根到底，是阶级斗争的一种反映。

在贾府，不只封建主子分为等级、分为派别；在奴隶当中，由于主子对象不同，和主子的关系不同，也分成不同等级和各种派别，并由此产生了复杂的矛盾和尖锐的冲突，使奴隶阶层发生了分化。封建等级观念和伦理道德的思想统治，以及根深蒂固的奴化教育，也禁锢着许多奴隶的头脑，妨碍着他们团结起来，共同斗争。封建主子的怀柔政策和软化收买，造成了袭人之类津津乐道地赞赏美妙的奴隶生活并对和善的好心的主人感激不尽的少数卑劣的奴才典型。但是，在奴婢中毕竟开始出现了晴雯等意识到自己的奴隶地位而与之做斗争的一批反抗者典型。他们之间的冲突与斗争，是大观园里主奴阶级斗争在奴隶阶层内部的反映。

大观园里还有其他一些阶级斗争的表现形式，比如薛宝钗、林黛玉围绕可不可以看《西厢记》《牡丹亭》一类"闲书"的矛盾，实质是新旧文化观念的冲突。《红楼梦》真实地反映了大观园里阶级斗争的这种复杂性。

承认存在阶级而不承认存在阶级斗争的李辰冬，是这样分析《红楼梦》中阶级和对立阶级之间关系的：

"《红楼梦》的社会由世家（即"绅士阶级"——引者）、平民与奴隶三种阶级组合而成……绅士阶级，并非为一种特别阶层，凡平民而读书上进的，均可为绅士，均可做官，""（绅士与平民）的社会意识……完全相同。"（第73~76页）

"（奴隶）不但与经济无关，且成为寄生的，消耗的……显出两种现象，一为主人对奴隶的宽厚，一为奴隶藉主家的势力，在社会上狐假虎威，胡作非为。"（第76页）

《红楼梦》中的"平民"即农民是不多的，如刘姥姥。它大量描写的是封建主子和家庭奴隶这两个阶层及其矛盾。在封建社会里，封建主子属于地主阶级的一个阶层，他们在政治上或经济上往往带有奴隶主的遗存或色彩，满洲贵族本身是由奴隶社会急剧转入封建社会的，他们身上的奴隶制色彩更浓厚；家庭奴隶则属于农民阶级的一个阶层，他们大部分来源于破产农民——《红楼梦》真实准确细致入微地给予了描述。毛泽东说大观园里主子大约三十余人，奴隶大约三四百人，并说他们之间"阶级斗争激烈"。可是，李辰冬虽然承认"《红楼梦》社会"是由绅士阶级、平民阶级、奴隶阶级"三种阶级组合而成"，但认为绅士阶级是由平民"读书上进"而产生的，两个阶级"社会意识……完全相同"，这等于说科举出身的林如海、贾雨村与平民身份的刘姥姥、王狗儿是"完全相同"的，显然这个结论不符合书中对人物阶级属性的实际描写。他对奴隶阶级属性、地位、特征、异化的分析，使人觉得他实际是站到了绅士阶级的立场上了。比之贾宝玉《芙蓉女儿诔》中对惨死女奴晴雯的深切同情，比之曹雪芹"千红一哭，万艳同悲"控诉中对封建主子罪孽的愤怒声讨，李辰冬有意背离阶级斗争的评红思想观点，是否是一种历史的倒退呢？

就思想性的一个方面来说，或者一个主要方面来说，毛泽东评论"《红楼梦》是讲阶级斗争的"观点，远比背离阶级斗争而曲解小说人物阶级关系的论点平实得多。

一部形象的阶级斗争史

"讲阶级斗争"的书，较多的是历史、政治理论和社会科学方面的书籍。《红楼梦》作为文学作品，作为古典小说，它是怎样讲阶级斗争的，它的讲法与历史著作等书的讲法有哪些不同？

1954年3月，毛泽东一行视察完浙江省绍兴东湖农场后，在谭启龙等人陪同下到东湖参观。休息时，毛泽东便与同事们热烈地议论起了《红楼梦》。议着议着，他突然转过脸来问谭启龙："你看过这部书吗？"谭回答："我在战争年代看过一遍。"毛泽东笑着说：

"读过一遍没有资格参加议论，你最少要读五遍。这部书不仅是一部文学名著，也是一部形象的阶级斗争史，它里面有六条人命。不读《红楼梦》，就不知道中国的封建社会。"（谭启龙：《坚持实事求是深入调查研究》，《缅怀毛泽东》上卷，中央文献出版社1993年7月版，第237~238页）

另据中共浙江省绍兴市委党史研究室的文章《毛泽东在绍兴的足迹》中记载，毛泽东对谭启龙说的话，内容更丰富些：

"《红楼梦》不仅是一部文学名著，而且是一部阶级斗争史。里面有六条人命呢！冯渊、贾瑞、鲍二家、尤三姐、司棋、晴雯……都白白地断送了性命。'红学'派、'新红学'派，他们借研究《红楼梦》，推销他们的主观唯心论，毒害青年人……"（中共浙江省委党史研究室：《毛泽东与浙江》，中共党史出版社，1993年11月第1版，第69页）

毛泽东一则说《红楼梦》是"一部文学名著"，二则说《红楼梦》是"一部形象的阶级斗争史"，修饰词是"文学"和"形象"。也就是说，《红楼梦》讲阶级斗争，既不像政治教科书那样满是冷冰冰政治词语的罗列，也不像忆苦报告那样满是悲惨事件的控诉。它讲得很文学，很形象，很艺术化。

《红楼梦》充分地调动了小说艺术的各种手段，在细节描写、心理刻画、环境渲染、气氛烘托等方面，都能很好地表现各个阶级、各种阶层人物的性格、思想和行为，使人物形象追魂摄魄栩栩如生。比如刘姥姥是乡下生活已滑向困境需要接济的小生产者，她"一进荣国府"，找已联宗的王府嫁给贾政的"二小姐"即王夫人求助，王夫人的内侄女、荣府管家少妇王熙凤接见了刘姥姥，小说描写：

> 那凤姐……粉光脂艳，端端正正坐在那里，手内拿着小铜火箸儿拨手炉内的灰。平儿站在炕沿边，捧着小小的一个填漆茶盘，盘内一个小盖锺儿。凤姐也不接茶，也不抬头，只管拨那灰，慢慢的道："怎么还不请进来？"……刘姥姥在地下已是拜了数拜，问姑奶奶安。

刘姥姥的丈夫王成的先人，已与王熙凤的祖上"联宗"，她们是"一家子"。可此时王熙凤是城里世家大族的管家少奶奶，刘姥姥是家徒四壁的乡下穷老妪。小说这几句细节描写，使王熙凤轻视的目光、矜持的动作和慢吞吞的语调，一下子跃然纸上，绘声绘色地刻画出大权在握的王熙凤对穷亲戚的矜持、傲慢、冰冷的态度。再看刘姥姥，在地下、拜数拜、问安，一连串的动作，写出了她的拘谨、惶恐和不得不伏低就小。如果说这里通过王熙凤和刘姥姥两个处于不同阶级地位人物的交往，形象具体地告诉了读者封建社会的阶级对立，是不能说是曲解古人曹雪芹的。

我们再来看作者对处于同一阶级地位的人物之间思想斗争的形象描写。林黛玉和薛宝钗都是贵族小姐，由于不同的原因住进贾府，她们的思想观念很不相同。小说第四十回，贾母的大丫鬟鸳鸯奉命行酒令，当轮到林黛玉领令时，有这样一段描写：

> 鸳鸯又道："左边一个'天'。"黛玉道："良辰美景奈何天。"宝钗听了，回头看着他，黛玉只顾怕罚，也不理论。鸳鸯道："中间'锦屏'颜色俏。"黛玉道："纱窗也没有红娘报。"

女孩子们饮酒"行令"的细节，对表现林黛玉、薛宝钗两人对立的思想性格，是很精彩的一笔。《西厢记》《牡丹亭》描写了对自由爱情的追求，在某些方面带有反封建色彩，这类文学作品在大观园里面被视为"禁书"。薛宝钗就曾劝林黛玉不要看这类"闲书",以防坏了女儿的心性。《红楼梦》第二十三回《西厢记妙词通戏语　牡丹亭艳曲警芳心》有贾宝玉、林黛玉共同读《西厢》并赞叹其"余香满口"的细节描写。这次行酒令时,黛玉情不自禁脱口而出的这两句戏文,分明是对封建禁令的蔑视、对婚姻自主的追求,是她那个鲜明的叛逆性格的自然流露。正因为如此,薛宝钗的"回头看着他"的简单一笔,也就不是偶然的,饱含着丰富的思想内容。它意味着薛宝钗对林黛玉在饮酒公开场合引用"邪书",思想行为"出格"的敏感、不解甚至是警告。薛宝钗的回头"一看",林黛玉的"不理论",细致入微地刻画出两人内心思想的尖锐对立。

《红楼梦》是通过艺术形象讲阶级斗争的。它首先是文学,是艺术形象,不是刻板的干巴巴的抽象的阶级斗争的政治教科书。在承认是"一部文学名著"的基础上,说《红楼梦》是"一部形象的阶级斗争史",文眼是"形象"二字。舍此去理解毛泽东的《红楼梦》思想"阶级斗争说",则难免误解之歧和曲解之讥。

只有用阶级分析才能读懂《红楼梦》

毛泽东的《红楼梦》思想"阶级斗争说"中,有一个重要观点:只有用阶级分析才能读懂《红楼梦》。学者一般认为毛泽东是在1964年8月明确提出这个思想的。

请看此事亲历亲闻者吴江的回忆:那是我当面聆听毛泽东谈他对《红楼梦》的意见。1964年批判"合二而一",毛泽东也亲自介入,他委托陈伯达找几个人写一篇文章,讲分析(指"一分为二")和综合(指"合二而一")的关系。陈伯达找我、龚育之、关锋三个人,我又拉了《红旗》哲学组的邵铁真共四人,收集资料、撰写提纲。提纲草成,我们赶到北戴河去向毛泽东汇报,将资料和所拟提纲一并送交上去。1964年8月18日上午,毛泽东约我们四个人谈话(陈伯达、康生也在座)。这就是后来在社会流传的毛泽东在北戴河接见哲学工作者的《关于哲学问题的讲话》。我事先想到毛的湖南口音难懂,所以特请也是湖南人的龚育之同志做记录。这次谈话,我们原以为毛泽东要评论我们所拟的提纲,不料他一开口就说:

"有阶级斗争才有哲学,学哲学的同志应当下去,今冬明春就下去(按:指下去搞'四清')。不搞阶级斗争,搞什么哲学?"

接着说:"你们的资料收到了,提纲看了一遍。"接着就谈他对分析和综合的看法,他说:

> 分析在社会上就是阶级斗争。《红楼梦》我看了五遍,只有用阶级分析,知道《红楼梦》是一部四大家族史,才能读得懂《红楼梦》。
>
> 接着他就谈起《红楼梦》来。(吴江:《我与〈红楼梦〉》,《红楼梦学刊》2005年第2辑,第5页)

在这次谈话中,根据中央档案馆保存的谈话记录,毛泽东还说道:

> 《红楼梦》写四大家族,阶级斗争激烈,几十条人命。……讲历史不拿阶级斗争观点讲,就讲不通。《红楼梦》写出来有二百多年了,研究红学的到现在还没有搞清楚,可见问题很难。(《谈〈红楼梦〉》,《毛泽东文艺论集》,中央文献出版社2002年4月版,第208页)

很显然,毛泽东不是一般地谈《红楼梦》与阶级斗争的话题,而是在组织人研究"分析与综合"哲学命题时,从哲学的角度、从思想方法的角度谈此问题。早在1920年前后,毛泽东就找到了阶级斗争这个唯物史观的"认识问题的方法论"。以前,他只是说《红楼梦》是反映阶级斗争的,是形象的阶级斗争史,现在他明确将"阶级斗争观点""阶级分析"方法应用于《红楼梦》阅读和红学研究。

从《红楼梦》阅读的角度看,毛泽东认为运用了"阶级分析"方法,才能读懂《红楼梦》。从《红楼梦》研究的角度看,毛泽东认为不拿"阶级斗争观点"讲《红楼梦》研究的历史即红学史,就讲不通。读书研史,贵在读懂弄通。在毛泽东看来,阅读和研究《红楼梦》,懂与未懂,通与不通,根本在于是否掌握了"阶级(斗争)观点"和"阶级分析"的方法。

所谓阶级观点通常指马克思列宁主义关于阶级和阶级斗争的观点。是历史唯物主义的基本观点之一。马克思列宁主义认为,在存在着阶级和阶级斗争的条件下,分析社会矛盾、社会历史事件的原因和动力,要从社会划分为不同的阶级,以及这些阶级彼此之间的关系出发。《红楼梦》表现的是封建时代的社会生活,分析《红楼梦》的思想主题和人物形象以及红学史上的各种学派,"阶级分析"方法不失为一种科学的方法。

我们再来看当年亲聆毛泽东谈话的吴江四十年后(2005年)对这个问题的理解和阐述:

> ……联想起1964年毛泽东关于《红楼梦》的谈话……倒是(使我对《红楼梦》的理解)有了一些顿悟,至少比过去思考得深了一点。首先我想到"谈话"中所说的"四大家族"、"阶级斗争"的话,并说应当把《红楼梦》当做历史来读,我想,这大致不错,但应当有所补充。中国的奴隶制是宗法性的,封建制也是宗法性的,而中国的宗法制度自来有一个特点,就是各种族、宗族、家族之间实行联姻,即联络有亲,用以扩大势力,并和解统治集团之间的矛盾,这是一种政治行为。中国各民族之间通常实行的和亲政策,亦属此类。如汉朝和匈奴之间、清代皇族与蒙古贵族之间的联姻即有典型性。《红楼梦》中的所谓"四大家族"(贾、史、王、薛)的关系,多为联络有亲。我曾见到过有人参照鲁迅的《中国小说史略》中"贾氏谱大要"编制了四大家族关系表,详尽而复杂,可惜限于篇幅,这里不能转载。其实,贾府的元春入宫为妃这件事,也说明四大家族和当时的皇族也有亲戚关系。中国的封建宗法关系就像是一座束缚人、摧残人性、扼杀人的自由意志的铁笼,并且其中相互间不断发生各种各样说不清道不明的你死我活的残酷斗争——即使是和皇族联姻的大家族,一旦有纷葛,也免不了被抄家、充军、发配为奴,甚至于斩首、株连九族等,无所不为。这哪里是现代的阶级斗争概念所能概括得了的?(吴江:《我与〈红楼梦〉》,《红楼梦学刊》2005年第2辑,第8页)

吴江认为毛泽东关于运用"阶级斗争"观点分析《红楼梦》等论断"大致不错",他还结合《红楼梦》关于"四大家族"、"元春入宫为妃"等情节和事件的描写,"补充"了封建宗法制度下政治斗争、阶级斗争的许多具体内容。他的结论是:封建社会阶级斗争的激烈状况,"哪里是现代的阶级斗争概念所能概括得了的?"吴江说的"现代的阶级斗争概念",应该是人们所认同的马克思主义阶级斗争学说。也就是说,即使是科学系统的"现代的阶级斗争概念"——马克思主义阶级斗争学说,也不能完全概括《红楼梦》里所反映的封建社会阶级斗争的丰富、复杂、激烈情况。这倒符合列宁的论断：理论只能概括生活于万一。《红楼梦》里所描写的阶级斗争内容像实际生活一样丰富，即使人们掌握了阶级分析方法，也不能穷尽对它的研究和认识。

列宁指出："马克思主义给我们指出了一条指导性的线索，使我们能在这种看来迷离混沌的状态中发现规律性。这条线索就是阶级斗争的理论。"阶级斗争，是阶级社会一切社会现象的总根源。《红楼梦》中的许多矛盾（不是一切矛盾），都具备阶级矛盾的性质。运用阶级分析的方法，有利于搞清《红楼梦》所反映的社会现象、阶级关系和历史内容，正确地理解《红楼梦》的主题及其社会价值。

都白白地断送了性命

说到毛泽东提倡运用阶级分析的方法研究《红楼梦》，则有一件红学公案在这里需要提一提：毛泽东讲到《红楼梦》是"一部形象阶级斗争史"时，好举的一个例子是小说里有多少条人命。这件事，"文革评红热"中有人专门写了文章，拨乱反正、解放思想后有人又据此大批毛泽东的"庸俗社会学"。

据笔者查阅资料，毛泽东有三次是这样讲的：

第一次，本文前面已经提到。1954年3月，毛泽东在浙江绍兴东湖农场视察时对谭启龙说：

> "《红楼梦》不仅是一部文学名著，而且是一部阶级斗争史。里面有六条人命呢！冯渊、贾瑞、鲍二家、尤三姐、司棋、晴雯……都白白地断送了性命。（中共浙江省委党史研究室：《毛泽东与浙江》，中共党史出版社，1993年11月第1版，第69页）

第二次，是毛泽东对广东的薛焰讲的。具体时间不甚清楚。薛焰是做公安保卫工作的。一次，毛泽东到广东视察，游泳后在岸上休息，问在身边的薛焰："最近读过些什么书？你看过《红楼梦》吗？"薛焰说："这是一本文艺书，我是搞公安的，没有看过。"毛泽东一听，便认真地对薛焰说：

> "搞公安就不要看？你知道里面有多少条人命案子呀！这是一

部讲阶级斗争的书,应该看看,你最少要看上五遍才能搞清楚。"
(薛焰:《光辉的形象,亲切的教导》,《广州文艺》1977年第5期)

毛泽东点燃一支烟,接着说:

"这里面有你们学习的,书内有四大家族,你知道吗?……"

此后,薛焰多次仔细地阅读了《红楼梦》。

第三次是1964年8月18日在北戴河,毛泽东在与几位哲学家谈话时说的。根据中央档案馆保存的谈话记录,毛泽东谈话中有这样几句:

《红楼梦》写四大家族,阶级斗争激烈,几十条人命。(《谈〈红楼梦〉》,《毛泽东文艺论集》,中央文献出版社2002年4月版,第208页)

薄命女偏逢薄命郎

毛泽东谈《红楼梦》中有多少条人命案，一般总是与"阶级斗争激烈"、阶级压迫残酷——"白白地断送了性命"相联系。马克思恩格斯在《共产党宣言》中说："在阶级斗争接近决战的时期，统治阶级内部的、整个旧社会内部的瓦解过程，就达到非常强烈、非常尖锐的程度。"《红楼梦》中对被奴役、被压迫者死亡相继没有活路的描写，反映出封建"末世"阶级对立无比尖锐、阶级斗争空前激烈的状况。曹雪芹有意在社会大悲剧中连续地写了那么多人命案，贵族女青年和下层女奴隶"千红一哭，万艳同悲"，生命得不到保障，这就揭露了封建统治者的残暴和封建制度的黑暗。毛泽东分析事物常举典型，他敏锐抓住《红楼梦》中六条（几十条）人命案以证明"阶级斗争激烈"，真不知道怎么就把社会学搞"庸俗"了。

毛泽东的红学观点与社会学似乎没有联系。社会学是社会科学中的一门学科。通常认为是研究社会和社会问题的学科，但也有把研究社会组织、社会制度、社会团体生活、人的共同社会生活、社会关系或社会行为的学科等作为社会学的定义者。尚无统一的定义为各方面所一致接受。法国实证主义哲学家孔德在1838年正式提出了"社会学"这一名称。它的研究领域，涉及社会生活的各方面，几乎任何一项人类社会活动，都可同社会学联系在一起。它的基本研究方法是社会调查。马克思主义对资产阶级社会学中的唯心主义理论采取批判的态度，对某些科学的研究方法和通过实地调查收集的大量社会资料，则加以肯定。列宁指出，历史唯物主义的产生，"第一次把社会学提到了科学的水平"，"使科学的社会学的出现成为可能"（《列宁选集》第1卷，第8页）。在唯物史观指导下的社会学，才能揭示出人类社会各个时期的社会结构及其发展的动力和规律。毛泽东主张并亲身实践过对社会问题的调查，但他使用的理论概念不出历史唯物主义观点的范畴，并不曾提到过"社会学"字样，且不说袭用其思想，仅凭他举《红楼梦》中六条（几十条）人命案，就扣上"庸俗社会学"的帽子，对毛泽东的红学观点抡大棒子者，未免在理论上不仅"庸俗"，而且难逃浅薄和栽赃之讥。

要辨别清楚这个问题，不妨看看鲁迅的类似论述。他说贾府死亡破败相继，宝玉屡与"无常"觌面：

> 然荣公府……颓运方至，变故渐多；宝玉在繁华丰厚中，且亦屡与"无常"觌面，先有可卿自经；秦钟夭逝；自又中父妾厌胜之术，几死；继以金钏投井；尤二姐吞金；而所爱之侍儿晴雯

又被遣，随殁。悲凉之雾，遍被华林，然呼吸而领会之者，独宝玉而已。（《中国小说史略》，《鲁迅全集》，人民文学出版社1957年版）

《红楼梦》……单是命意，就因读者的眼光而有种种……在我的眼下的宝玉，却看见他看见许多死亡；证成多所爱者，当大苦恼，因为世上，不幸人多。（《〈绛洞花主〉小引》，《鲁迅全集》，人民文学出版社1958年版，第7卷，第419页）

鲁迅说的《红楼梦》"命意"，即通常人们所说的《红楼梦》的思想主题。鲁迅说：贾宝玉"屡与'无常'觌面"，"看见许多死亡"。"无常"，《现代汉语词典》解释："鬼名，迷信的人相信人将死时有'无常鬼'来勾魂"，"婉辞，指人死。"鲁迅点到的死亡者中有秦可卿、秦钟、金钏、尤二姐、晴雯等五条人命。贾宝玉"看见许多死亡"，其实是曹雪芹描写了许多死亡，造成了小说"悲凉之雾，遍被华林"的悲剧气氛，这实际上也是揭露封建社会"不幸人多"的黑暗现实。可见鲁迅在探讨《红楼梦》的思想价值和社会价值时，也是将其对被奴役、被压迫者死亡的描写作为证据的。这与毛泽东评论《红楼梦》中"阶级斗争激烈"、"都白白地断送了性命"，可谓"英雄所见略同"吧。可是，鲁迅的贾宝玉"看见许多死亡"的红学观点至今被认为是洞幽察微的不易之论，他的"眼光"不曾被怀疑过，他的关于《红楼梦》"命意"的见解仍然被推崇着，为什么毛泽东依据历史唯物主义得出的与鲁迅相同的结论，一时就成了"社会学"的帮衬，而且"庸俗"起来了呢？！其学理依据、客观依据是什么呢？把毛泽东与鲁迅在一个水平线上的红学观点做出完全相反的褒贬评论，这至少有失公道吧。

还有一层，有的论者所以责难毛泽东评红中的"阶级斗争说"，是把"阶级斗争说"与毛泽东晚年"以阶级斗争为纲"的"左"的错误政治主张混淆在一起了。从理论上说，这两者都是依据马克思主义"阶级斗争学说"而派生的。从实践上说，两者提出的时间、涵盖的内容、实际的作用都不相同：《红楼梦》"是讲阶级斗争的"观点提出的时间是1954年；重提阶级斗争，"以阶级斗争为纲"的"左"的主张提出于1962年；把"阶级斗争"作为方法论则是从1920年就开端了的。三者有前有后。讨论问题，认定性质，不能前后错位，因果颠倒。"阶级斗争说"仅仅适用于《红楼梦》阅读和研究领域，"以阶级斗争为纲"则是执政党在一个时期的政治纲领，它渗透和影响到社会生活的方方面面。二者的实际作用，情况更复杂一些。"文革"以前,《红楼梦》研究中"阶级分析",无论是阐述马克思主义"阶级斗争学说"原理,还是对《红楼梦》思想倾向、人物形象的阶级分析,基本是在学术范围之内。如后来成为红学史家的郭豫适的较有影响的红学论文《关于〈红楼梦〉研究中阶级分析问题》(1963年9月1日《解放日报》),即使今天看来,尽管有时代的印痕,有偏"左"的观点,也还是一篇学术探讨性的"阶级论"的分量很重的红学论文。"文革"之中,这类文章流传较广者有如下几篇:

孙文光:《坚持用阶级观点研究〈红楼梦〉》(《红旗》1973年11期)

洪广思、薛仑:《〈红楼梦〉是一部写阶级斗争的书》(《北京日报》,1973年11月2日)

梁 笑:《从〈红楼梦〉看封建社会的阶级斗争》(《北京大学学报》,1973年3期)

辛文彤:《吃人的封建社会 血写的历史——看〈红楼梦〉中的几十条人命》(《北京日报》,1973年11月19日)

"文革"是典型"以阶级斗争为纲"的年代。这几篇以"阶级斗争观点"评红的文章,明显地打着"文革"的烙印,而且有的还出自早已臭名昭著的"梁笑(效)"之手。但是,即使在"文革"中,毛泽东本人也没有指示把"以阶级斗争为纲"贯彻到《红楼梦》研究中去,也不曾授意别人写此类文章;有的评红文章突出了"《红楼梦》是写阶级斗争的"主题,有的评红文章从分析《红楼梦》中的"几十条人命"看封建社会的阶级斗争,毛病出在依据毛泽东从前的评红观点做官样文章,并非毛泽东又有了适应形势的评红"指示"。既然不是毛泽东的本意,强加于他也是不公道的。

关于爱情掩盖政治

(红楼思想之五)

> 真事不能讲，就是政治斗争。吊膀子这些是掩盖它的。
>
> 《谈〈红楼梦〉》，《毛泽东文艺论集》，中央文献出版社2002年4月版，第209页

红学家们所谈到的《红楼梦》思想主题，少说也有十来种。尤以谈《红楼梦》的政治主题和爱情主题最多最显著。

与此相适应，有人说《红楼梦》是政治小说，有人说《红楼梦》是爱情小说——甚至有人说《红楼梦》是"色情"小说。

在小说政治和爱情主题的争论中，二者之间又处于你存我亡、此长彼消的状态。不过也有第三种状态：政治和爱情都存在，但爱情生活的描写掩盖着小说中的政治思想主题。晚年毛泽东就持这种红学观点。

毛泽东这个红学观点由来已久。早年，他就在小说政治与爱情主题的纷争中做出了自己的选择。

谈情说爱与两派斗争

从题材上说，《红楼梦》的内容不像《三国演义》那样全篇是政治集团与政治集团的激烈搏斗，也不像《水浒传》那样通部是统治者与造反者的对垒厮杀，还不像《西游记》那样始终是取经团伙与妖魔鬼怪的斗法逞勇。它里面到处是家庭的琐事，是公子小姐吟诗作赋，是缠绵香软的花前月下；虽然，它的小故事里面有大世界，它的表层平和底下蕴藏着惊涛骇浪……

怎样对待古典小说名著上的这种阅读感受的差异，怎样解读《红楼梦》里面温情脉脉与无情汹汹、"热汤药"与"冷香丸"、平安州里遇强盗

等两极对立的构思和描写？这是它的读者、评者经常关注的话题。早在井冈山当革命"山大王"时期，毛泽东就曾经同贺子珍讨论过此问题。

贺子珍，江西永新人，人称"永新一枝花"。1927年"永新暴动"后随哥哥贺敏学等人奔上井冈山打游击。她智勇兼备，枪笔相应，奔波于崇山峻岭，混迹于"土匪"群中，巾帼不让须眉，是一时风流人物。据晚年的贺子珍回忆：

在井冈山寒冷的冬夜，有时毛泽东写累了便放下笔，同贺子珍海阔天空地谈论起来。谈论中，他们之间也会发生一些争论。有一次，贺子珍谈起她喜欢《三国演义》《水浒传》。

毛泽东说："我也喜欢这两本书。还有《红楼梦》，《红楼梦》也是一本好书。"

贺子珍说："我不喜欢。《红楼梦》才没意思呢。"

毛泽东说："你这个评价可不公正，这是一本难得的好书哩！"

贺子珍说：《红楼梦》里尽是谈情说爱，软绵绵的，没有意思。"

毛泽东一听，说：

"《红楼梦》里也是写斗争的。《红楼梦》写了两派，一派好，一派不好。贾母、王熙凤、贾政，这是一派，是不好的；贾宝玉、林黛玉、丫鬟，这是一派，是好的。《红楼梦》写了两派的斗争。我看你一定没有仔细读这本书，你要重读一遍。"（王行娟：《贺子珍的路》，作家出版社1985年12版，第114~115页）

井冈山上的贺子珍和毛泽东，都"喜欢"《三国演义》和《水浒传》，这在20世纪20年代末期充满"火药味"的红色"武装割据"时期，缘由不言自明。《水浒传》里描写的正是农民造反、"土匪"上山。梁山好汉的冲州撞府，痛击官军，极易引起他们的阅读快感和感情共鸣。《三国演义》中的排兵布阵，文韬武略，足可以启迪他们的军谋政略。

不同意见产生在如何看待《红楼梦》上。

贺子珍"不喜欢"《红楼梦》，因为它"尽是谈情说爱，软绵绵的，没有意思"。"尽是谈情说爱"讲的是小说题材，贺子珍认为《红楼梦》只是一部爱情小说；"软绵绵的"讲的是小说品格，贺子珍认为《红楼梦》只有阴柔，缺少阳刚；"没有意思"讲的是小说阅读感受。枪林弹雨毕竟不是花前月下，在"敌军围困万千重"（毛泽东词句）的井冈山读书，贺子珍感受不出《红楼梦》"有意思",她的结论是"没意思"!

毛泽东却"喜欢"《红楼梦》,并形成了独到的看法:"《红楼梦》里也是写斗争的","《红楼梦》写了两派的斗争","这是一本难得的好书哩!"《红楼梦》里"写斗争","写了两派的斗争",讲的是小说的题材。哪两派斗争?"好的"一派与"不好的"一派。虽然这里还不是"阶级分析","两派"也不等于两个对立的阶级,但是"两派斗争"显然有政治斗争的含义。换句话说,毛泽东认为《红楼梦》是一部政治小说。同样在硝烟弥漫的战争生活中读书,毛泽东读出《红楼梦》是部"难得的好书"!他不仅自己读,还要求贺子珍"重读一遍",以体会其中"两派的斗争"。

贺子珍不喜欢《红楼梦》也有时代背景的原因。文化名人王蒙曾经讲到谢冰心年轻时不喜欢《红楼梦》的情况,颇有典型性:

> 还有一个不喜欢《红楼梦》的人是谢冰心,我不知我在这里传播是不是会让谢老不高兴。她几次跟我当面说她最不喜欢《红楼梦》了。她小时候穿男装,她喜欢《水浒》,喜欢《三国演义》,喜欢斗争。虽然冰心后来是一个淑女的形象,是一个很雅致的形象,但她小时候深受爱国主义热潮的冲击和影响,她的上一辈是参加了甲午中日战争的,结局十分悲惨,所以她致力于斗争,致力于救国救亡。这种心情使她对《红楼梦》不感兴趣。由于不同的处境,不同的经历以及不同的参照系而产生对《红楼梦》不同的看法,也是值得正视的一种历史现象。(王蒙:《双飞翼》,三联书店1996年11月版,第351~352页)

国恨家仇,深重的民族灾难,激烈的反抗斗争,使贺子珍、谢冰心那一代人(女儿男儿都一样)因"致力于斗争,致力于救国救亡"而不喜欢"软绵绵"的《红楼梦》。但是,喜欢男装的淑女谢冰心和喜欢戎装的美女贺子珍,只看到了《红楼梦》"绵软"的一面,忽视了它还有"斗争"的一面。这一面,他们的同代人毛泽东洞若观火般地看到了。

才子佳人与四大家族

《红楼梦》问世后,受到文人学士们的青睐和激赏,随之把它改编成各种文艺作品。新中国成立后,这种改编《红楼梦》成为其他文艺形式的现象也屡见不鲜。

这些改编作品，可以反映出改编者对《红楼梦》思想倾向的理解和把握。

1959年国庆节期间，南京军区前线话剧团进京，参加国庆庆祝活动，公演优秀话剧《东进序曲》。总政治部给该团一个特别任务：为毛泽东等中央领导组织一次小型舞会。地点在勤政殿。

在舞会中间休息的时候，一位年轻的女演员对毛泽东说："主席，过两天我们就要到怀仁堂来演出，您来看戏吧。"毛泽东说，我没有工夫。这位女演员又说了一句："主席，听说您不喜欢看话剧，是不是啊？"毛泽东笑了，话锋一转说："话剧是最有生命力的，是最能反映现实的。"

接着，毛泽东就谈到了《红楼梦》。他说：

"到现在为止，所有演《红楼梦》的戏，都是演的才子佳人。实际上，《红楼梦》是什么？是四大家族剥削、压迫奴隶，以及他们之间的斗争。"毛泽东又说："京剧不改革，没人要看，至少青年人不看。"（田树德：《真相：毛泽东史实80问》，中国青年出版社2002年1月版，第277页）

查一粟（朱南铣、周绍良）编的《红楼梦书录》（增订本），和胡文彬编的《红楼梦叙录》两本工具书，从新中国成立到1959年国庆，10年间"演《红楼梦》的戏曲"真不少。

如夏昉撰越剧《红楼梦》，载《合众剧刊》1952年第二期，从庆生辰到哭灵台八出；吕仲作词、范瑞娟唱越剧《宝玉祭雯》，载《越剧播音集》（1952年版）；江苏省锡剧团编、姚澄等演出的滩簧《红楼梦》，1956年5月13日《解放日报》有徐进的剧评；魏喜奎唱奉天大鼓《宝玉娶亲》，载1956年12月号《北京文艺》；朱寿亭记鼓词《晴雯补裘》、霍树棠述鼓词《黛玉焚稿》等，登载在1957年11月沈阳市文学艺术工作者联合会编印的《鼓词汇集》上；赵清阁撰剧本《贾宝玉和林黛玉》，新文艺出版社1957年12月版；徐进编越剧《红楼梦》，上海文艺出版社1959年第一版……

这些红楼题材戏曲，虽然都取得了某些方面的成绩，但毛泽东并不满意，批评其"都是演的才子佳人"，在《红楼梦》思想深度的挖掘上，改编者的认识还没有达到曹雪芹的思想水平，因为《红楼梦》本来写的是"四大家族剥削、压迫奴隶，以及他们之间的斗争"。也就是说，毛泽东认为

《红楼梦》不是写"才子佳人"之间缠绵故事的爱情小说,而是写贾史王薛"四大家族"封建主与奴隶之间斗争的政治小说。

曹雪芹是反对"才子佳人"小说的。他借书中"石兄"的话表明了自己的创作主张:

> 至若佳人才子等书,则又千部共出一套,且其中终不能不涉于淫滥,以致满纸潘安、子建、西子、文君,不过作者要写出自己的那两首情诗艳赋来,故假拟出男女二人名姓,又必旁出一小人其间拨乱,亦如剧中之小丑然。且环婢开口即者也之乎,非文即理。故逐一看去,悉皆自相矛盾、大不近情理之话,竟不如我半世亲睹亲闻的这几个女子,虽不敢说强似前代书中所有之人,但事迹原委,亦可以消愁破闷。也有几首歪诗熟话,可以喷饭供酒。至若离合悲欢,兴衰际遇,则又追踪蹑迹,不敢稍加穿凿,徒为供人之目而反失其真传者。(第一回)

曹雪芹全面批判了"佳人才子等书",指斥其在形式上千部一套,在语言上非文即理,在思想内容上"涉于淫滥"。他决心依凭半世亲睹亲闻的阅历,追踪蹑迹地写出人世间的"离合悲欢,兴衰际遇",创造出"强似前代书中所有之人"的新的人物形象。应该说,曹雪芹的《红楼梦》实现了他的创作理想,达到了前所未有的思想深度和艺术境界。

毛泽东在与话剧团的演员们谈话剧演出、谈京剧改革、谈红楼题材戏曲的思想内容时,对《红楼梦》改编作品题材和主题的批评似乎苛刻了一点,因为有些戏曲形式是短小精悍的,只能取《红楼梦》一枝一叶来重新安排故事,不能整体有深度地表达《红楼梦》的思想内容。但是,改编者也不能从曹雪芹的思想高度滑下来,把改编作品退化到为曹雪芹反对的"才子佳人之书"的低俗水平。长江后浪推前浪,世上今人胜旧人。今人改编古人曹雪芹的小说为其他文艺形式,在思想和艺术上应力争有所前进,至少不能后退。否则曹公是否会说:我种下的是"龙种",怎么生出的是"跳蚤"?!

当作色情书看待不公道

《红楼梦》不是爱情小说,更不是色情小说。毛泽东批评把《红楼梦》当色情小说的误读。这事与虎将许世友有关。

许世友多年以前在一次干部集训队讲话时,即兴插进去一句话:

> 有人喜欢看《红楼梦》。《红楼梦》写的都是吊膀子的事,有什么好看的?(王宣:《毛泽东之剑》,江苏人民出版社1996年4月版,第189页;吴碧莲:《许世友和他的一家》,春风文艺出版社1998年2月版,第63、267页)

据中南海工作人员喜民回忆:在毛泽东中南海的卧室里,床头经常放着四部供他翻阅的古书,即《三国演义》《东周列国志》《水浒传》和《红楼梦》。毛泽东把《红楼梦》当作封建社会的百科全书,认为不研究它就不懂得封建社会。他还曾号召政治局的同志们利用工余时间每天看一章,坚持看下去。有一次,他问宿将许世友:读完《红楼梦》有何感受?许司令毫不掩饰地说:没什么感受,无非是吊膀子、搂搂抱抱呗。

毛泽东听后诙谐地笑着说:

> 看来你还读得少,没读懂。《红楼梦》至少得读四遍才有发言权。多少年来,人们一直把它当作色情书看待。我看这不公道。(喜民:《魂系中南海》,中国文联出版公司1990年8月版,第93页)

"吊膀子"是一句方言俗语,意为男女之事。使用此语者,多数情况下把爱情、恋情、偷情、奸情混为一谈,一股脑儿反对之,常常当贬义词使用。所以,当许世友说《红楼梦》"无非是吊膀子"时,毛泽东的第一反应是许把此书"当作色情书看待"了。他认为这是对《红楼梦》"读得少,没读懂",或者说是一种误读。

毛泽东感叹:"多少年来,人们一直把它当作色情书看待。"古人称"色情书"为"淫书"。《红楼梦》问世后,"淫书""诲淫诲盗"的骂声不绝于书。

梁恭辰在《劝戒四录》(《北东园笔录》,清同治五年义文斋刊本)中说:"《红楼梦》一书,诲淫之甚者也……以开卷之秦氏入情之始,以卷终之小青为点睛之笔。摹写柔情,婉变万状,启人淫窦,导人邪机。"(孔令境:《中国小说史料》,中华书局1956年版,第185页)

陈其元在《庸闲斋笔记》(清同治十三年刊本)中也说:"淫书以《红楼梦》为最,盖描摹痴男女情性,其字面绝不露一淫字,令人目想神游,

而意为之移，所谓大盗不操干矛也。"（孔令境：《中国小说史料》，中华书局1956年版，第187页）

余治《得一录·收毁淫书局章程》（据清同治八年刊本节录）记载："本局奉宪设立，收毁淫书……《红楼梦》……其他小说之足以诲淫诲盗者，一概严禁收毁。"（一粟：《红楼梦卷》，中华书局1963年12月版，第363页）

丁日昌《江苏省例·查禁淫词小说》也记载："淫词小说，向干例禁，乃近来书贾射利，往往镂板流传，扬波扇焰，……近来兵戈浩劫，未尝非此等踰闲荡检之说默酿其狭。若不严行禁毁，流毒伊于胡底！……计开应禁书目：……《红楼梦》……同治七年四月十五日通饬。"（一粟：《红楼梦卷》，中华书局1963年12月版，第379页）

道学家以《红楼梦》为"淫书"之最之甚者，封建官僚以"淫词小说""足以诲淫诲盗"的罪名下令"严行禁毁"。这种风气清代同治年间最为盛行。流毒所及，直至近现代仍然有人认为《红楼梦》是色情小说而鄙视之。

"《红楼梦》是色情小说"的观点，反映的是封建士大夫的观念。毛泽东一反传统看法，认为现代人再这样评价《红楼梦》很"不公道"。他不满这种对《红楼梦》的讥评和扼杀，从全新的视角肯定该书是"封建社会的百科全书"，"不研究它就不懂得封建社会"。也就是说，《红楼梦》是一部包含反封建思想内容的社会政治小说，看它大有益处。因此，他与封建官吏"禁毁"《红楼梦》的做法"反其道而行之"，不仅要求许世友读懂这部小说，而且号召政治局的同志们利用工余时间每天看一章，坚持看下去。

这才是观察、评价、对待《红楼梦》的公道正理！

"吊膀子"是掩盖政治斗争的

《红楼梦》中有爱情描写，有政治描写，二者各处于什么地位，二者之间的关系是怎样的？晚年毛泽东有一个影响深远的评论："吊膀子"是掩盖政治斗争的。

毛泽东这个评论是针对许世友说的。

原来，毛泽东多次推荐人们读《红楼梦》。上节引述，许世友说过类似"吊膀子"等不以为然的话，反映到毛泽东那里，故毛泽东在1973年11月17日同周恩来等人谈话时说：

"许世友反对读《红楼梦》,说尽是吊膀子。你没有看,怎么知道是吊膀子。你没有调查,就下断语,大概是听什么人说的吧。我则不然,我说它是部政治小说。"(陈晋:《漫议"随陆无武,绛灌无文"——从毛泽东让许世友读〈红楼梦〉说起》,转引自徐文钦《毛泽东读书治国》,中央文献出版社2008年1月版,第346页)

接着,毛泽东还引述了小说中的一些话,诸如"坐山观虎斗""千里搭长棚,没有不散的宴席""不是东风压倒西风,就是西风压倒东风"等,来比喻国际形势,又说:"'大有大的难处',特别对我们有用。"

有了这个缘由,毛泽东让战将许世友读《红楼梦》,也就在情理之中了。

过了一个多月,1973年12月21日,在八大军区司令员互相调动的军委扩大会议上,毛泽东要求许世友"武官务文","读点文学",要把《红楼梦》"读五遍"。接着,他评论曹雪芹的创作动机和创作方法说:

他那是把真事隐去,用假语村言写出来,所以有两个人,一名叫甄士隐,一名叫贾雨村。真事不能讲,就是政治斗争。吊膀子这些是掩盖它的。(《谈〈红楼梦〉》,《毛泽东文艺论集》,中央文献出版社2002年4月版,第209页)

毛泽东这个红学论断,注意到小说中甄士隐和贾雨村两个人物的互相连带,"真"与"假"两种哲学观念的互相补充,"把真事隐去,用假语村言"两种写作方法的互相映衬。在这个基础上,提出了爱情(俗称"吊膀子")掩盖政治斗争的新观点,后来红学界将其简称为"掩盖说"。

改革开放以后,红学界思想解放,有人开始质疑"掩盖说"的提法。有人认为《红楼梦》的题材并不是"政治斗争",因而不存在什么"吊膀子掩盖政治斗争"的问题,所谓"假语村言","真事隐去",指的仅仅是一般小说的典型化过程。这些人虽然也不否定小说"直接写政治斗争生活的地方"还是"有的",但强调的是爱情、婚姻等问题本身具有的独立的意义。有的人则认为:《红楼梦》确有"以'颂圣'、吟讽、杜撰诔文、拉家常以及谈情等等'掩盖政治斗争'的地方,问题在于如何正确理解、说明,不穿凿附会,也不否定爱情等问题本身具有的独立的意义"。还有人具体分析了小说"借情言政"的艺术特点。(孙逊:《红楼梦研究的发展》,《红楼梦与金瓶梅》,宁夏人民出版社1982年版,第335页)

毛泽东所以说"吊膀子"掩盖政治斗争,并非兴之所至的信口开河,他有《红楼梦》文本上的依据,有前人不谋而合的类似见解。

首先,作者曹雪芹就用掩饰之词告诉读者,他在《红楼梦》中以谈情"掩盖"谈政。曹雪芹在小说第一回申明:

> (《石头记》)上面虽有些指奸责佞贬恶诛邪之语,亦非伤时之旨,及至君仁臣良,父慈子孝,凡伦常所关之处,皆是称功颂德,眷眷无穷,实非别书之可比。虽其中大旨谈情,亦不过实录其事,又非假拟妄称一味淫邀艳约,私订偷盟之可比,因毫不干涉时事,方从头至尾抄录回来问世传奇。

这里,曹雪芹阐述了小说宗旨。他举出两种"旨":一种是"谈情之旨",一种是"伤时之旨"。前者即今人所说"爱情主题",后者即今人所说"政治主题"。曹雪芹煞有介事地宣称《红楼梦》只是"实录"情事,毫不干涉"时事";《红楼梦》"大旨谈情",而"非伤时之旨"。小说的故事真的只有"情事"而无"时事"吗?小说的"大旨"真的只是"谈情"而不是"伤时"吗?绝非如此!"指奸责佞,贬恶诛邪"当然是"伤时"的内容,自不待言;"君仁臣良,父慈子孝"只是反话正说,小说中的"君"(今上)何处"仁"过?小说中的"臣"如贾雨村、戴权者流何处"良"过?小说中的"父"如贾政、贾赦一类何处"慈"过?小说中的"子"如贾琏、贾蓉等辈何处"孝"过?实际描写皆是君不仁、臣不良、父不慈、子不孝,"凡伦常所关之处"何曾"称功颂德",更别说"眷眷无穷"了。更可注意的,是脂砚斋于"亦非伤时骂世之旨"、"又非假拟妄称"、"毫不干涉时世"三句旁,朱笔批注同一句话:"要紧句!"这是生怕读者不懂这三句话是反语。去掉其中的"不"字"非"字,才是作者本意。小说本来暗藏"伤时之旨",曹雪芹却申明"大旨谈情",这只能解释为在随时都可能发生的文字狱的淫威下,采取的避祸自保的"掩盖"措施。换句话说,这是曹雪芹在巧妙冲破文网,与文字狱勇敢斗争——这本身亦含有政治行为了。

其次,曹雪芹的合作者、《红楼梦》的首位评点者脂砚斋,也是"掩盖说"的制造者。在甲戌本《脂砚斋重评石头记》《凡例》中,脂砚斋写道:

此书只着意于闺中，故叙闺中之事切，略涉于外事者则简，不得谓其不均也。

此书不敢干涉朝廷，凡有不得不用朝政者，只略用一笔带出，盖实不敢以写儿女之笔墨，唐突朝廷之上也，又不得谓其不备。

开卷即云"风尘怀闺秀"，则知作者本意原为记述当日闺友闺情，并非怨世骂时之书矣，虽一时有涉于世态，然亦不得不叙者，但非其本旨耳，阅者切记之。

《凡例》为脂砚斋所撰，他深知曹雪芹"拟书底里"。所以，他一再声明，真是用心良苦，用意、手法以及语言与曹雪芹都有异曲同工之妙。可知用"闺中之事"掩盖"涉于世态"、用"写儿女之笔墨"掩盖"怨世骂时之书"这件事，二人心照不宣，言中笔下，互相配合。但是，曹雪芹和脂砚斋百密一疏，犯了一个常识性错误，即人们常说的欲盖弥彰，"此地无银三百两，隔壁阿二不曾偷"。心理学上有条定律：越犯忌讳越想解释，越想掩饰越想解释，结果是自己触犯忌讳，自己揭破掩饰。用"谈情"掩盖"谈政"这张窗户纸，是曹雪芹、脂砚斋自己捅破的：他们越怕文字狱越用手段掩饰，越怕读者不明白越想说破，结果在《凡例》和第一回留下了上述文字。

再次，先前的《红楼梦》的读者也看清了该书以情掩政的"庐山真面目"。清人孙渠甫在《石头记微言》中说：

"《石头记》一书，其底里真实之事，皆寓于边僻之处，须看其不要紧处方能得之……书面为谈情之书，书底为伤谗哀怨之书。"

这是颇知《红楼梦》三昧者的评论。孙渠甫"书面"与"书底"之分，"谈情之书"与"伤谗哀怨之书"之别，言简意赅、一针见血地揭出作者用"边僻之处""不要紧处"掩饰"底里真实之事"的真相。说透彻一点，就是"书面"的"谈情"掩饰"书底"的"伤谗哀怨"。

清人文康创作《儿女英雄传》，刻意模仿曹雪芹笔法，很有成绩。观鉴我斋为其作序，其中评价《红楼梦》说：

"《红楼梦》……托微词，伸庄论；假风月，寓雷霆，其有裨世道人心，良非鲜浅。"

"风月"，性情、恋情、爱情之谓也；"雷霆"，社会怨怒、政治风波、思想狂潮之谓也。"假风月，寓雷霆"这六个字，可视为"爱情掩盖政治斗争说"的古代版。"有裨世道人心，良非鲜浅"的教化作用，绝不是对小说爱情感化力量的概括。

作者、评者、读者异口同声说《红楼梦》以谈情掩饰谈政，这在《红楼梦》的文本描写中能够找到足够的证据吗？是的，完全可以做到。毛泽东的评论并非驾空之论，有文本依据的支持。试举几例：

例一：小说第一回描写，甄士隐的女儿甄英莲（即后文之香菱），从幼小起就遭受灾难。那日甄士隐从奶妈怀中抱过小英莲，带她上街看热闹，不意撞见癞头和尚，和尚说："你把这有命无运、累及爹娘之物，抱在怀内作甚？"甲戌本《脂砚斋重评石头记》在"有命无运、累及爹娘"八个字天头上，有几段朱笔眉批：

> 八个字屈死多少英雄？屈死多少忠臣孝子？屈死多少仁人志士？屈死多少词客骚人？今又被作者将此一把眼泪洒与闺阁之中，见得裙钗尚遭逢此数，况天下之男子乎？
>
> 看他所写开卷之第一个女子便用此二语以订终身，则知托言寓意之旨，谁谓独寄兴于一情字耶？
>
> 武侯之三分，武穆之二帝，二贤之恨及今不尽，况今之草芥乎？
>
> 家国君父，事有大小之殊，其理其运其数则略无差异。知运知数者则必谅而后叹也。

说"有命无运、累及爹娘"八个字"屈死"英莲——香菱，这可以理解；但是，说这八个字"屈死"多少英雄、忠臣孝子、仁人志士以及词客骚人，由泪洒"闺阁之中"追踪"天下男子"的"遭逢此数"，则在"书面"上看不出来，难于理解。只有揭开"书底"深层含义，才能豁然开朗。英莲先被拐卖，后又被"呆霸王"薛蟠抢去，终于沦为妾侍，从父母的掌上明珠，陷入不幸的深渊。英莲（香菱）是金陵十二钗副册中人物，香菱判词暗示她是受夏金桂虐待致死的。后四十回续书反写夏金桂自作自受毒死自己，香菱扶正，不符合曹公本意。按照曹雪芹原来设计，写英莲（香菱）就是要写一个绝顶聪明心地善良的小家碧玉，怎样逃脱不了命运的摆布，悲惨地死去。这显示了曹雪芹的悲剧思想——黑暗势力怎样一步一步地吞噬着善良的人们。更为重要的，曹雪芹设计塑造英莲（香菱）这样一个人物，不仅在写她个人的悲惨遭遇，也是全书主题的富有象征意义的故事。在《红楼梦》大悲剧中，它始终是一个陪衬，一个预示和缩影。英莲（香菱）与薛蟠的故事，仅以情事去看，未免辜负了曹公一片苦心。英莲之运，是作者人生困厄之运，是闺阁金钗悲惨遭遇之运，也是"天下男子"生不逢时之运。

脂批又具体联系到三国诸葛亮面对天下三分不能完成统一大业的遗恨，南宋岳飞不能誓师北伐收复失地的惭恨，仰天长叹"二贤之恨及今不尽"！已经是对现实"补天"无路、报国无门的愤恨不平了。"二贤之恨"，亦即作者"无才可去补苍天"之恨，也是"才自精明志自高，生于末世运偏消"的优秀女儿男儿不得施展其抱负之恨。

"托言寓意之旨，谁谓独寄兴于一情字耶？"脂砚斋此一问太必要、太精彩了！它把《红楼梦》是"淫书"、是色情小说、是爱情小说的种种呓语，逼到绝路上去了。不"独寄兴"情字，那么寄兴什么字呢，脂砚斋没有讲，可是那答案昭然若揭。读者谁也不会说这里写的只有英莲（香菱）与薛蟠那让人闹心的情事。否则，如此明白简单的故事还有什么可深探的"托言寓意之旨"。

更深一层，脂砚斋从这八个字叩问治国理家的大学问了。认为个人、世族、国家虽然"事有大小之殊"，然而其理、其运、其数却"略无差异"。这句话的意思是什么？即是说英莲的"有命无运"，象征着闺阁裙钗的"有命无运"，象征着贾府那样豪族巨室的"有命无运"，象征着整个国家的"有命无运"。书中多处讲到"末世"情景和"下世光景"，与此互相映衬。懂得了这些，就是"知运知数者"。

例二：小说第四回是全书的重要一回，此回描写薛蟠强抢民女，纵容豪奴打死了小乡绅之子冯渊。贾雨村从一张"护官符"中，得知事关四大家族，便徇私枉法，乱判此案。作者借门子之口解说"护官符"的含义道："如今凡作地方官者，皆有一个私单，上面写的是本省最有权有势、极富极贵的大乡绅名姓，各省皆然。倘若不知，一时触犯了这样的人家，不但官爵，只怕连性命还保不成呢！所以绰号叫作'护官符'。"小说此回回目下半联："葫芦僧乱判葫芦案"，在"判"字前冠以一个"乱"字，作者批判黑暗司法制度的思想倾向非常鲜明。脂砚斋于此处画龙点睛：

"故用'乱判'二字为题，虽曰不涉世事，或亦有微辞耳。"

作者一再宣称小说"不干涉时事",脂砚斋的批语以"乱判"二字入题为据,自揭隐情,明白告诉读者小说"亦有微辞"。微辞,微言大义之词也。这个故事表面上仍然是薛蟠的情事,但是,"谁谓独寄兴于一情字耶?""乱判"一词用在薛蟠打死人能逍遥法外的"葫芦案"的断案上,表现出作者对当时社会的愤激之情。

例三:小说第十五回写北静王世荣将"圣上亲赐鹡鸰香念珠一串"转赠给宝玉作"贺敬之礼",后来宝玉又转赠给黛玉,黛玉却说:"什么臭男人拿过的,我不要他!""遂掷而不取"。曹雪芹把念珠拟名为"鹡鸰",隐含讥刺之意。"鹡鸰"又作"脊令",一种水鸟。曹雪芹拟名"鹡鸰",乃采用《诗经》中的典故。《诗经·小雅·常(棠)棣》:"脊令在原,兄弟急难。"意谓兄弟要临难相济。表面看,曹雪芹取此名是颂扬"今上"与他兄弟北静王和衷共济的关系,但《常(棠)棣》这首诗还写了兄弟之间的另一种凶险关系,有句名言"兄弟阋于墙",即出于此。阋,争吵。此句诗指兄弟相争吵。后引喻内部纷争,自残骨肉。作为"五经"之首的《诗经》,是当时士子们必读的教科书,可谓普遍熟悉。当读者们读到"鹡鸰"一词时,很容易联想到"兄弟阋于墙"的句子,进而联想到现实政治生活中康熙诸子争夺皇位的大厮杀!这样理解曹雪芹描写"圣上亲赐鹡鸰香念珠"故事情节的思想内涵,有四条根据:(一)甲戌本《脂砚斋重评石头记》第二回有一段脂批:"盖作者实因鹡鸰之悲,棠棣之威(戚),故撰此闺阁庭帏之传。"脂砚斋指出"鹡鸰之悲,棠棣之威(戚)"的生活悲剧、人生创痛是曹雪芹"撰此闺阁庭帏之传"的动因。可见这个情节、这个典故并不是随便设计和引喻的。(二)"鹡鸰香念珠"的情节暗示了小说中贾府兄弟争斗和历史上曹家兄弟失和。贾赦与贾政、宝玉和贾环的明争暗斗贯穿着小说许多章回,尤以第二十五回描写贾环欲用蜡油烫伤宝玉最为阴险恶毒。曹家兄弟之间不和,在确立"接班人"的关键时期至为明显。曹寅死后,继任江宁织造的曹颙不到三年也死了。选谁接班?连康熙帝都知道"曹荃之诸子中""他们弟兄原也不和"(《关于江宁织造曹家档案史料》,中华书局,1975年3月版,第125页)有研究者指出,雍正五年曹家被抄,就有曹頫兄弟告黑状的原因。所以,脂砚斋以"鹡鸰之悲,棠棣之威(戚)"作为雪芹著书的"实因",这是根由之一。(三)据萧奭《永宪录》载:康熙六十一年十一月甲戌,"上……以所带念珠授雍亲王"。雍亲王即后来的雍正帝。康熙帝临终,将自己带的念珠授给雍亲王,此事非同小可。小说十五回世荣亲王的"鹡鸰香念珠"也是"圣上亲赐";康熙临终,诸子夺嫡，后来雍正登极，残杀兄弟。不少红学家认为曹家就是在此次宫廷政变中受株连而衰落的，并据此认为"鹡鸰香念珠"一节是曹雪芹影射上述家事（兄弟失和）、国事（诸王争位）的一个曲笔。（四）《红楼梦》的首次整理出版者程伟元和高鹗已经注意到这"鹡鸰"二字是"碍语"，在程高本中把它改成"蓉苓"。这四条根据，说明贾宝玉与林黛玉的爱情故事中确实隐藏着"伤时骂世"的内容。

例四：《红楼梦》不只故事情节，它的许多诗词也都含有以情掩政的内容。如小说第五回的《红楼梦曲·收尾·飞鸟各投林》：

> 为官的，家业凋零；富贵的，金银散尽；有恩的，死里逃生；无情的，分明报应；欠命的，命已还；欠泪的，泪已尽：冤冤相报实非轻，分离聚合皆前定。欲知命短问前生，老来富贵也真侥幸。看破的，遁入空门；痴迷的，枉送了性命。好一似食尽鸟投林，落了片白茫茫大地真干净！

从爱情小说的观点来解释《红楼梦曲》中这首收尾的曲子，"无情的""欠泪的""分离聚合"等话与感情纠葛、婚恋结局还沾点边。"为官的""富贵的""死里逃生""冤冤相报"等语，与情爱缠绵则已很隔膜。"看破的"，则指凡间红尘；"痴迷的"，也不是为恋情"枉送了性命"。"落了片白茫茫大地真干净！"不仅仅是指大家的爱情婚姻都成了泡影，落下一片情感的白地。它涵盖着更丰富、更深广的人生价值观念和社会内容。正如蔡义江指出的那样："这首曲子是《红楼梦曲》十二曲的总结，它概括地写出了封建社会末期以贾府为代表的贵族家庭中发生的急剧变化，从中表现出整个封建制度和封建阶级正在加速走向灭亡的历史趋势。"（《红楼梦诗词曲赋评注》，团结出版社1992年3月版，第96页）第五回《红楼梦曲》中的"须要退步抽身早"（贾元春），"家富人宁，终有个家亡人散各奔腾"（王熙凤），"忽刺刺似大厦倾，昏惨惨似灯将尽"（王熙凤），"气昂昂头戴簪缨，光灿灿胸悬金印；威赫赫爵位高登，昏惨惨黄泉路近"（李纨），这些话都不像是针对恋爱婚姻悲剧而发，而是针对一种严峻的政治打击来说的。第一回《好了歌》和注中的"古今将相在何方？荒冢一堆草没了"，"陋室空堂，当年笏满床"，"因嫌纱帽小，致使锁枷扛；昨怜破袄寒，今嫌紫蟒长"，"乱烘烘你方唱罢我登场，反认他乡是故乡"等，写的都不是爱情，包含很深的社会政治内容，至为明显。曹雪芹所以这样隐晦地在闺阁、婚姻、爱情的幌子下去写政治，是有难言之隐。《红楼梦》小说中诗词的思想内容，如林黛玉的《葬花吟》《代离别·秋窗风雨夕》，贾宝玉的《芙蓉女儿诔》《姽婳词》，以及群钗的《芦雪广即景联句》等，都可作如是观。

毛泽东是学养深厚经验丰富的大政治家，他读《红楼梦》绝不为曹雪芹的"烟云模糊法"（脂砚斋语）所误导，看出了假中之真，虚中之实；看出了曹雪芹隐真示假以情掩政的良苦用心；看出了其中的政治风云、政治斗争。他从中获取了大量的封建社会的政治生活信息和经验。从小说阅读和解读的角度看，他的"爱情掩盖政治说"是成立的，符合文本实际，可以开启他人思路，因此是站得住脚的。

但是，正像有的论者所指出的那样，"掩盖说"在表述上是有缺陷的。《红楼梦》虽然不能定义为爱情小说，其中有大量爱情悲剧故事是不争的事实，爱情悲剧描写本身的思想艺术价值在古典小说中也是无与伦比的。"掩盖说"容易让人把《红楼梦》中的爱情悲剧描写，理解为仅仅是一种掩盖道具，是政治主题的附庸，这就降低了、贬抑了它的地位和价值。在特定的场合下——比如是与讲过"《红楼梦》里写的都是吊膀子的事"的许世友对话——毛泽东使用了"吊膀子"这个含有贬义的俗语指代书中的爱情悲剧描写，也给不接受"掩盖说"的评论者提供了凭据。

《红楼梦》是政治主题还是爱情主题，毛泽东选择了前者。怎样看待小说中的爱情悲剧呢？毛泽东自有独到的评说，因其超出了本文主题范围，此处不赘，留待别的篇章中讨论。

同一人生观相互结合的爱情

(红楼思想之六)

> "意绵绵段与前段相反,这里是同一人生观相互结合的爱情,像玉一样的光辉,香一样的气氛,绵绵地喷发出来。"
>
> 陈晋:《毛泽东读书笔记解析》,广东人民出版社1996年7月第1版,第1461页

《红楼梦》不是爱情小说,但是有大量爱情生活描写,甚至可以认为贾宝玉与林黛玉的爱情悲剧故事是《红楼梦》的情节主线,书中大大小小许许多多的故事(包括若干形式多样、品类齐全、内涵繁杂的"风月"故事)都围绕这个主线展开。这个说法虽然有些言过其实,如也能举出不少情节、不少人物似乎与这个主线关系不大,但这个说法确实部分地反映了小说的实际,在很长的时间里有一定的影响。

它牵扯到《红楼梦》思想主题的评价:《红楼梦》的思想主题并不就是爱情,但曹雪芹那可圈可点的爱情生活叙述,本身就具有前卫的、新潮的思想价值,无疑丰富了、深化了这部小说的思想主题。

毛泽东虽然认定《红楼梦》的社会政治主题,但他并不排斥小说中爱情生活的描摹,而且亦重视对其积极向上的婚恋观、爱情观的评价和挖掘。

《讲堂录》中的"意淫"说

曹雪芹的婚恋观像小说中多种多样的爱情悲剧生活描写一样,也是多色彩、多角度的,其中"意淫"说就为其首创。

《红楼梦》有一个别名叫《风月宝鉴》。"曰'风月宝鉴',是戒妄动风月之情。"(《红楼梦·凡例》)"风月"一词,旧时指男女恋爱的事情。其

实,这个词在《红楼梦》中包含的内容很广泛,也很复杂:它指情爱,也指性爱;它指"意淫",也指滥淫;它指异性相悦,也指同性相恋;它指理性的爱情,也指乱伦的"扒灰";它指圣洁的卿卿我我,也指俗气的偷鸡摸狗;它的观念是新潮前卫的,如讴歌宝黛纯洁专一的爱情;它的思想是陈旧迂腐的,如骂秦可卿"擅风情,秉月貌,便是败家的根本……宿孽总因情",简直是"美丽女人祸水论"……

总之,《红楼梦》给一些读者留下的印象就是写性写情写"风月"。

1913年,二十岁的青年毛泽东在湖南第一师范(先是四师,后归一师)读书。这年底,国文课老师在课堂上讲解清人方苞(1668—1749)的名文《与翁止园书》,其中连带贬抑了《红楼梦》中的"意淫"说。毛泽东在《讲堂录》中记道:

> 《与翁止园书》戒淫也。淫为万恶本,而意淫之为害,比实事尤甚,当懔懔然如在深渊,如履薄冰。(《毛泽东早期文稿》,湖南出版社1990年7月版,第587页)

《与翁止园书》中有这样的引语:"人必贪财也,而后人疑其盗;必好色也,而后人疑其淫。"故《讲堂录》记此书是"戒淫也"。"如在深渊,如履薄冰"见《诗经·小雅·小旻》。原诗是:"战战兢兢,如临深渊,如履薄冰。"引用到这里,意思是对待"淫"或"意淫"之事,如临渊履冰,要格外小心,谨慎对待,如防水火。

"意淫",语出《红楼梦》第五回:《贾宝玉神游太虚境 警幻仙曲演红楼梦》。说贾宝玉梦游太虚幻境,警幻仙姑对他说:

> "淫虽一理,意则有别。如世之好淫者,不过悦容貌,喜歌舞,调笑无厌,云雨无时,恨不能尽天下之美女供我片时之趣兴,此皆皮肤淫滥之蠢物耳。如尔则天分中生成一段痴情,吾辈推之为'意淫'。'意淫'二字,惟心会而不可口传,可神通而不能语达。汝今独得此二字,在闺阁中,固可为良友,然于世道中未免迂阔怪诡,百口嘲谤,万目睚眦。今既遇令祖宁、荣二公,剖腹深嘱,吾不忍君独为我闺阁增光,见弃于世道,是以特引前来,醉以灵酒,沁以仙茗,警以妙曲,再将吾妹一人,乳名兼美、字可卿者,许配于汝。今夕良时,即可成姻。不过令汝领略

此仙闺幻境之风光尚如此，何况尘境之情景哉！而今后万万解释，改悟前情，委身于经济之道。"

"意淫"一词，为曹雪芹所独创。"滥淫"者，如贾珍、贾琏之于二尤和多姑娘，"意淫"者，如贾宝玉之于林黛玉、晴雯等。"意淫"说，反映了曹雪芹的独于往时的情爱观。它大约与西哲柏拉图的"精神苦恋"有某些相似之处。看警幻仙姑的解释，"意淫"有别于"滥淫"（"好淫"），它为贾宝玉"独得"仅存——"尔则天分中生成一段痴情"；它高雅而神秘——"惟心会而不可口传，可神通而不能语达"。贾宝玉"得此二字"，一方面他将为群芳所容纳，成为闺阁"良友"，并为闺阁"增光"；另一方面他将"见弃于世道"，甚至遭遇"百口嘲谤，万目睚眦"的打击。这无疑是说，"意淫"是"有意"而"无淫"，这是对以往婚恋观、情爱观的一种超越，它必将为世俗之人所不理解。贾宝玉"爱博而心劳"（鲁迅语）证明了这一点。按照小说的整体构思，曹雪芹安排贾宝玉到太虚幻境是"领略此仙闺幻境之风光"，使之"改悟前情"。这当然是"假语村言"。贾宝玉仍然是情痴情种，不改对众多女儿同情爱怜关心呵护的本色。这实质从一个方面反映出贾宝玉（作者曹雪芹）进步的婚恋观、情爱观和女性观。

民国初立时期湖南师范国文老师头脑中的封建意识还颇为浓厚，对《红楼梦》中的"意淫"说并未深究，竟说"意淫之为害，比实事尤甚"，不过是理学家"存天理，灭人欲"、道学先生"万恶淫为首"的"禁欲主义"的老调重弹，抹杀了曹雪芹"意淫"说中的进步精神。

青年毛泽东头脑中的叛逆思想是不少的，他首次接触《红楼梦》，虽然在笔记中写下老师的讲课内容，并未遵从老师的思想。我们这样结论，虽然没有青年毛泽东不同意老师贬抑《红楼梦》婚恋情爱观点的直接证据，但是，在此后不久的毛泽东文稿和爱情诗稿中，我们却看到了间接证据。

1919年11月14日，湖南长沙市21岁的赵五贞女士，被开眼镜店的父亲赵海楼逼迫出嫁，自杀于柑子园街巷的花轿内。赵五贞知书识礼，工裁缝刺绣，友善邻里。后由媒婆撮合，父母包办，许配给富商品古斋少老板吴凤林为继室。赵五贞不愿"填房"，又嫌吴年大貌丑，要求改变婚期，终以"择吉已定"不允。赵五贞的自杀引起湖南社会强烈反响。毛泽东在湖南《大公报》《女界钟》上连续发表十多篇专文，就婚姻问题、恋爱问题多角度、多层次地抨击中国传统婚制、婚俗。这是他一生中论及婚姻、爱情最集中的时候。毛泽东写道：

昨日的（赵女士自杀）事件，是一个很大的事件。这事件背后，是婚姻制度的腐败，社会制度的黑暗，意想的不能独立，恋爱不能自由。……希望有讨论热心的人，对于这一个殉自由殉恋爱的女青年，从各种论点出发，替他呼一声"冤枉"。——《对于赵女士自杀的批评》（1919年11月16日）

不自由，无宁死。雪一般的刀上面，染了怪红的鲜血。柑子园尘秽街中被血洒满，顿化成了庄严的天衢。赵女士的人格也随之涌现出来，顿然光焰万丈。——《赵女士的人格问题》（1919年11月18日）

恋爱是神圣的，是绝对不能代办，不能威迫，不能利诱的！——《婚姻问题敬告男女青年》（1919年11月19日）

男女的关系，依现代主张，应以"恋爱"为中心，恋爱以外，不能被支配于"经济"。所以现代的主张是，"经济各自独立，恋爱的儿童公育"。现代以前则不然，都不知有所谓"恋爱神圣"的道理，男女之间，恋爱只算附属，中心关系还在经济，就是为资本主义所支配。——《女子自立问题》（1919年11月21日）（以上引语均见《毛泽东早期文稿》，湖南出版社1990年7月版，第414~422页）

青年毛泽东乘五四运动（1919年5月4日）反帝反封建、争民主争自由的东风，凭借赵五贞"殉自由殉恋爱"的自杀事件，热烈主张婚姻独立、恋爱自由：婚姻不能由父母包办，恋爱神圣不可侵犯，二者不能受制于"经济"（资本主义——生产资料的占有者）。这个主张，与《红楼梦》中婚恋观虽然有时代的区别，但是在反对"父母之命，媒妁之言"的封建婚姻观、主张恋爱自由上是相通的。比如，赵五贞为抗拒"填房"而自杀，极似《红楼梦》中鸳鸯为反抗强迫为妾而自尽，反映的社会问题在本质上是共通的。

赵五贞事件的讨论深入，就触及生理、心理、欲望、性欲、肉欲、精神的高尚与低下等问题，这与《红楼梦》中警幻仙姑的"淫滥"与"意淫"的宏论颇为接近了。且看毛泽东议论中的精彩片段：

吾人的生活，统言之即是生理上、心理上欲望的满足。欲望因性的差别、年龄的差别、职业的差别、信仰的差别而各不同，而以因年龄有别欲望因而不同一点最为显著。这是东西学者业已证明了的。

吾人的欲望有多种，食欲、性欲、游戏欲、名誉欲、权势欲（一称支配欲）等等皆是。各种欲望当中以"食""性"二者为根本欲望。前者所以维持"现在"，后者所以开发"将来"。

性欲的表现，大体言之，就是恋爱。恋爱这个问题，少年人看得很重，在老头子则视其无足介意。原来夫妇关系，完全是要以恋爱为中心，余事种种都系附属。中国则独将这个问题撇开到一边……直到于今，一看社会里面对于婚姻一事，尚寻不出半点恋爱的影子。社会上既不以恋爱为重，于是婚姻一事除开烧茶、煮饭等奴隶工作以外，便只有那下等的肉欲生活。（所谓性的欲望，所谓恋爱，不仅只有生理的肉欲满足，尚有精神的及社交的高尚欲望满足。）烧茶、煮饭等奴隶工作，是资本主义的结果。

我特在生理上、心理上找出根据，证明子女的婚姻，父母绝对不能干涉。在子女方面，对于父母干涉自己的婚姻，应为绝对的拒绝。必要做到这点，然后资本主义的婚姻才可废止，恋爱中心主义的婚姻才可成立，真正得到恋爱幸福的夫妇才可出现。——《恋爱问题——少年人与老年人》（1919年11月25日）（《毛泽东早期文稿》，湖南出版社1990年7月版，第435~437页）

在婚恋观上，那时青年毛泽东还没有接触马克思主义，接受的是五四运动大潮中"东西学者"的民主和科学的新锐观念。他的思想是惊世骇俗的。他认为人类的生活，即是满足生理、心理欲望，"食欲""性欲"这二者是人们的"根本欲望"；他那时即认识到欲望的"信仰差别"，"性欲的表现，大体言之，就是恋爱"，因此他主张"恋爱中心主义的婚姻"，即是以爱情为基础的婚姻；在满足性欲上，他鄙视"那下等的肉欲生活""生理的肉欲满足"，大概就是《红楼梦》中警幻仙姑批评的"滥淫"，而尊崇"精神的及社交的高尚欲望满足"，这大概类如贾宝玉的"意淫"，并且是发展延伸。

毛泽东是新的婚恋观的倡导者，也是新的婚恋观的实践者。1920年冬季，毛泽东与杨开慧结合。他们的婚姻是真正的新式婚姻。同年11月26日他在写给罗学瓒的信中说：

我听得"向蔡同盟"的事,为之一喜,向蔡已经打破了"怕",实行不要婚约,我想我们正好奉向蔡做首领,组成一个"拒婚同盟"。已有婚约的,解除婚约(我反过人道主义)。没有婚约的,实行不要婚约。(《毛泽东早期文稿》,湖南出版社1990年7月版,第567页)

"向蔡"即向警予与蔡和森,他们的结婚开一代新风。毛泽东与杨开慧的结合紧步其后,即没有媒人,没有种种繁琐礼仪,甚至没有结婚证,而是共同的志趣使他们走到了一起。据毛泽东的表弟文东仙回忆:

我到长沙两年多,1921年9月间,毛主席和杨开慧结婚,在毛泽民租的房子里结的婚(妙高峰),我当时在那里,喊了一桌酒席,6块钱,吃的牛肉炒荬瓜。毛福轩、毛新枚、毛泽覃、王淑兰、毛泽民、赵先桂参加了,毛远智也在。没有别的人来,以前有些先生们讲,要来闹场合。这次结婚没让他们晓得,毛主席讲:今天我和杨开慧结婚,自己家里的人都接了,外婆家有你代表,毛家有毛福轩,其余都是自己的兄弟。毛和杨鞠了一躬就结婚。时间是九月,穿夹衣时,结婚后毛主席带了杨开慧到船山学社去歇,后又在清水塘租了房子。

1921年春夏间,毛泽东创作了目前所见的第一首词,即《虞美人·枕上》(赠杨开慧)。这是一首爱情诗。毛泽东、杨开慧虽未举行任何常规礼仪就结合了,但他们爱之至深,这从《虞美人·枕上》一词可以看出:

堆来枕上愁何状,江海翻波浪。夜长天色总难明,寂寞披衣起坐数寒星。
晓来百念都灰尽,剩有离人影。一钩残月向西流,对此不抛眼泪也无由。

此词系杨开慧好友李淑一根据记忆,让其子记录得以留存。据李淑一回忆:

1920年……开慧和毛泽东正在谈恋爱,共同的革命志向,共同的斗争生活使他们之间产生了真挚的爱情。开慧经常向我谈起毛泽东的为人品质，连恋爱中的"秘密"也告诉我。有一天，我们在流芳岭下散步。开慧告诉我她收到毛泽东赠给她的一首词。我问什么内容，她毫无保留地念给我听，并让我看了词稿。

毛泽东生前不愿将此词公开，独自珍藏，保存于心。直到晚年还在字斟句酌地修改，可见喜爱珍重。

1923年从4月到12月，毛泽东两次与爱妻杨开慧别离到上海、广州工作，不免有些神伤，但他终于摆脱离愁，因为伟大的抱负在召唤着他。他以一首《贺新郎·别友》词赠给杨开慧：

挥手从兹去。更那堪凄然相向，苦情重诉。眼角眉梢都似恨，热泪欲零还住。知误会前番书语。过眼滔滔云共雾，算人间知己吾和汝。人有病，天知否？

今朝霜重东门路，照横塘半天残月，凄清如许。汽笛一声肠已断，从此天涯孤旅。凭割断愁丝恨缕。要似昆仑绝壁，又恰像台风扫寰宇。重比翼，和云翥。

词中"误会"一词，原来毛泽东曾书唐代元稹《菟丝》诗赠开慧，引起妻子误会，诗云："人生莫依倚，依倚事不成。君看菟丝蔓，依倚榛与荆。下有狐兔穴，奔走亦纵横。樵童砍将去，柔蔓与之并。"杨开慧读此诗后，误认为丈夫讽刺自己，不免伤心，丈夫再三解释，一时不通。此次丈夫又将远行，杨开慧欲携儿同往，丈夫不允，二人发生争吵，毛泽东还是独自走了，临别作《贺新郎》。

爱情是人类最神圣美好的东西，是与世长存永恒不息的。"过眼滔滔云共雾，算人间知己吾和汝。"毛泽东敞开心扉，坦陈杨开慧是"人间知己"。几十年后，又称杨开慧为"骄杨"。他们的爱情以互为"知己"为基础。人间真爱，毛泽东坦诚地承认它，大胆地追求它，真实地描写它。他不仅写自己夫妻间的柔情蜜意，离愁别恨，而且还写误会、矛盾和苦恼，这些都是普通人也常有的感情，因此显得情香满纸，真切动人。这其中透视出的婚恋观、爱情观，较之国文老师的"欲为万恶首"，不可同日而语；较之《红楼梦》中同类思想，也是大踏步地前进了。

也只有在这样的思想基础上，他对《红楼梦》中宝黛爱情悲剧的思想潜质，才能悉心体味，深刻挖掘，做出全新的价值判断。

同一人生观相互结合的爱情

《红楼梦》描写了贵族青年贾宝玉、林黛玉那感天动地千古绝唱般的爱情故事。尤其是小说第十九回《情切切良宵花解语 意绵绵静日玉生香》，那是充满诗情画意的宝黛爱情的颂歌。

1954年9月，毛泽东读《红楼梦》此回，在回末空白处批注道：

"情切切之段，是将两种人生观相互冲突的爱情，用花一样的语言切切道出。宝玉与袭人的相爱，两方面都是诚恳的，但他们性格不同，思想有矛盾，无法统一。在袭人看宝玉，是'性格异常，放荡驰纵，任性恣情'。而宝玉对袭人，也只能以'坐八人轿'慰之。"

"意绵绵段与前段相反，这里是同一人生观相互结合的爱情，像玉一样的光辉，香一样的气氛，绵绵地喷发出来。宝玉与黛玉相爱，不仅是真挚的，而且建筑在思想一致的基础上，是任何人不能相比的。故宝玉说：'见了别人，就怪腻的。'他把黛玉比作'真的香玉'。而黛玉向宝玉说：'真正你是我命中的天魔星。'从袭人的口中，听到切切的箴（言），故待之以八人大轿。从黛玉的身上，闻到绵绵的幽香，故比之以优美的童话。"（陈晋：《毛泽东读书笔记解析》，广东人民出版社1996年7月第1版，第1461页；季学原：《毛批〈红楼梦〉点滴》，《羊城晚报》1995年9月5日）

这是毛泽东评《红楼梦》最为细致最为精彩的一笔。就《红楼梦》的一个章回写下如此长篇批注，这在毛泽东评红史上恐怕是为仅见。

毛泽东将小说第十九回分为"情切切段"和"意绵绵段"，而且指出前段写的是"两种人生观相互冲突的爱情"，后段写的是"同一人生观相互结合的爱情"。也就是说，贾宝玉与花袭人的恋情故事，反映了"两种人生观"，在思想基础上是"相互冲突"的；而贾宝玉与林黛玉的爱情故事，则体现出"同一人生观"，在思想基础上是"相互结合"的。这种分法，颇有眼力，透视出曹公深邃的墨法笔意，可谓曹公的千载知音。

我们且随曹公的笔端，先看看"情切切段"的故事：元春省亲之后，荣宁二府人人力倦，各各神疲，只有贾宝玉无事闲暇。这日一早，花袭人被母亲接回家吃年茶去了，宝玉在家玩得没兴，便和小厮茗烟偷偷去袭人家中探望，晚上袭人回来，和宝玉说起日间家里的事，便借母兄要赎他回去之议，趁势对宝玉进行了一番规劝。

贾宝玉初试云雨情

原来袭人"自幼见宝玉性格异常，其淘气憨顽自是出于众小儿之外，更有几件千奇百怪口不能言的毛病儿。近来仗着祖母溺爱，父母亦不能十分严紧拘管，更觉放荡驰纵，任性恣情，最不喜务正。每欲劝时，料不能听。今日可巧有赎身之论，故先用骗词，以探其情，以压其气，然后好下箴规"。果然，袭人说了明年母兄就要"赎她回去"之后，宝玉情有不忍，气已馁堕，泪痕满面，暗自伤心。于是袭人便趁势提出："我另说出两三件事来，你果然依了我，就是你真心留我了，刀搁在脖子上，我也是不出去的了。"三件事的头一件，再不说诸如死后化成灰化成烟之类的疯话；第二件，真喜读书也罢，假喜也罢，只是在老爷或别人跟前做出个喜读书的样子来；第三件，再不可毁僧谤道，调脂弄粉，再不许吃人嘴上搽的胭脂，与那爱红的毛病儿。对于袭人提的三个条件，尤其是第三条，与宝玉平时的主张是大相径庭的。

宝玉所以口口声声表示"都改，都改"，在于袭人说服办法的高明之处：她看准了宝玉的性格脾气，单是说教是没有用的，必须先以"赎身"之事探其情而压其气，而后再行劝诫。这也是袭人被喻为"花解语"的含义，即善解人意、善于说话的识见和涵养。当然，袭人所得到的只是一时的口头许诺，宝玉没有也不可能改变他的本性。第二天，宝玉照样给丫头们"淘漉胭脂膏子"，昨夜情切切之语都属行云流水矣。以后他不时"旧病复发"，不仅洗脸用湘云洗过的残水，而且又欲偷吃胭脂，并内心生出诸如"便权当他们死了，毫无牵挂"之类的疯念。袭人忧虑如旧，宝玉本性难改，就思想秉性来说，两人可谓"冰炭不同炉"，形同水火。

毛泽东看透了宝袭恋情的"思想危机"。发生在贾宝玉与花袭人之间的是主子与奴才的恋情。在"多妻制"的背景下，公子哥儿宝玉与大丫鬟袭人的相爱并不违反常规。两人的态度也是诚恳的，也是自小耳鬓厮磨，其恋情并非"一见钟情"，有个较长的发展积累过程。但是他们"性格不同，思想有矛盾，无法统一。"奴隶袭人却染上了主子的思想秉性，看宝玉是"性格异常，放荡驰纵，任性恣情"。她受封建思想侵蚀而甘心做奴才，并巧言劝说，用"赎身之论"哄骗宝玉，从而规劝他读书"务正"，希图把他从背叛封建的道路上拉回来，客观上成了禁锢捆绑宝玉自由的枷锁。而主子宝玉却思想解放，个性自由，不愿意走袭人所规劝的符合上层贵族身份的人生道路。对袭人的情分，贾宝玉也只能以传统陈腐的女人幸福方式——"坐八人轿"以"慰之"。在爱情的思想基础即人生观上，宝玉与袭人似乎都走向了自己阶级身份的反面。

我们再随曹公的笔端看看"意绵绵段"的故事。"花解语"之后的第二天中午，宝玉来黛玉房中看视，正遇上黛玉在床上歇息。两人有说有笑，情意绵绵，在一起度过了一个静谧温馨的午间。虽是表兄妹之间的家常说笑，却也处处映衬出两人的性格脾气和思想秉性。情愫萌动的黛玉对宝玉是爱之深，对别的少女是防之严。念念不忘的是宝玉与宝钗之间的关系，故玩笑时每不禁自及之。当宝玉闻得黛玉身上一股幽香时，黛玉冷笑道："难道我也有什么'罗汉''真人'给我些香不成？便是得了奇香，也没有亲哥哥亲兄弟弄了花儿、朵儿、霜儿、雪儿替我炮制。我有的是那些俗香罢了。"被宝玉挠得讨饶以后，又忽然笑问道："我有奇香，你有'暖香'没有？"宝玉一时解不来，因问："什么'暖香'？"黛玉点头笑道："蠢才！蠢才！你有玉，人家就有金来配你；人家有'冷香'，你就没有'暖香'去配？"这些地方，写出了黛玉埋在心灵深处的心事，活画出黛玉此时对"金玉良缘"的不安和担忧，同时也透视出她对"木石前盟"的向往与坚持。

本段故事突出了宝黛纯真无邪的童言童趣，描写相当传神。如宝玉提出要和黛玉枕一个枕头，黛玉道："放屁，外头不是枕头？拿一个来枕着。"宝玉嫌脏不要，"黛玉听了，睁开眼，起身笑道：'真真你就是我命中的天魔星！请枕这一个。'说着，将自己枕的推与宝玉"。又如写宝玉挠痒一段："说着翻身起来，将两只手呵了两口，便伸手向黛玉胳肢窝内两肋下乱挠。黛玉素性触痒不禁，宝玉两手伸来乱挠，便笑的喘不过气来，口里说：'宝玉！你再闹，我就恼了。'宝玉方住了手。"这里，言语如闻，动作传神，情趣可爱撩人。

宝玉对黛玉的一往"情痴"在此段也得到了充分的准确的表现。如宝玉走进黛玉房中，只见黛玉睡在那里，他便忙走上前"将黛玉唤醒"。"若是别部书中写此时之宝玉，一进来便生不轨之心，突萌苟且之念，更有许多贼形鬼状等丑态邪言矣。此却反推唤醒他，毫不在意，所谓说不得淫荡是也"（庚辰本《脂砚斋重评石头记》此回批语），又如接着写宝玉硬是要和黛宝枕一个枕头，被黛玉拒绝；又只顾闻黛玉袖中发出的幽香，令人醉魂酥骨，这既"缠绵密秘入微"，"所谓意绵绵也"，又"究竟不犯一些淫意"（庚辰本脂批）。这些地方，若不写充分，无以显示宝玉"情痴"之品格；但若稍一不慎，笔墨有涉淫滥，则又唐突亵渎玉兄对林妹妹一片真情矣。

毛泽东对"意绵绵段"写宝黛爱情看得十分透彻，赞扬其是"建筑在思想一致的基础上"，是"同一人生观相互结合的爱情"。这段描写，可以看出宝、黛二人的感情已经突破两小无猜的阶段，具有了思想秉性一致互相爱慕依恋的性质。作者用细腻的笔触，描写了他们爱情初期无拘无束的甜蜜生活，心心相印的情感交流。贾宝玉同表妹林黛玉是青梅竹马的知音。两个人都具有天真不泯的童心童言，具有不为封建习俗文化所污染的纯洁天性，率真善良，诚心相交，培养出了不为贵族家庭所容的爱情。毛泽东将其称为"优美的童话"。宝黛在爱情基础上所进而企盼的美满结合，反映了具有现代性爱色彩的进步婚姻理想，在《红楼梦》中称这一婚姻理想为"木石前盟"。曹雪芹告诉读者"宝玉与黛玉相爱，不仅是真挚的，而且是任何人不能相比的"。毛泽东的批点，实际上揭示出小说爱情描写最可贵的思想价值。正如后来何其芳所评论的那样：

> 《红楼梦》所描写的贾宝玉和林黛玉的恋爱有一个最重要的特点，就是它是建立在互相了解和思想一致的基础上面。他们是从幼年时候就在一起长大的。他们是在较长时期的生活之中培养了彼此的感情。两小无猜，这也还是过去的文学作品描写过的。但必须有思想一致的基础这却是《红楼梦》才第一次这样明确地写了出来……必须建立在互相了解和思想一致的基础上这样一个爱情的原则，是在今天和将来都仍然适用的。（何其芳：《论红楼梦》，人民文学出版社1958年9月版，第73~74页）

几乎在同一时间里，文学批评家刘大杰在《红楼梦》与《西厢记》《牡丹亭》的爱情描写比较研究中，肯定了《红楼梦》宝黛爱情以同一思想为基础的进步性：

> 我们必须理解，宝玉、黛玉的恋爱，不是过去那些才子佳人的恋爱，也不是那种一见倾心的恋爱。宝玉对于黛玉，不是爱她的美貌，黛玉对于宝玉，不是爱他的荣华。他们的恋爱，经过长期的了解，是稳固地建立在思想同一的基础上。这同一的思想，正是反封建求个性解放的进步思想，这种思想，与当代广大人民的要求，是基本上一致的。在过去的古典文学中，也出现过反封建的追求爱情的光辉形象，但在思想意义的深度上，都比不上贾宝玉和林黛玉。《西厢记》和《牡丹亭》是我们最容易想到的。张生、莺莺因"惊艳"而倾心，柳梦梅、杜丽娘因"惊梦"而相爱，都缺少建立爱情的思想基础。其次，他们追求爱情，但同时也追求科举功名。最后把爱情的幸福，总是归结在功名的成就上。贾宝玉、林黛玉，就完全不同，他们是在反科举反功名的思想基础上，来争取恋爱，来争取个性解放的。在这一点上，宝、黛的反封建，就有更进一步的意义。（《红楼梦的思想与人物》，中华书局1959年新一版，第37页）

毛泽东是用比较的方法分析《红楼梦》第十九回爱情描写的，无疑深化了人们对这个问题的认识。他虽然看到"情切切段"与"意绵绵段"在表达爱情观念上思想价值"相反"，但是曹雪芹两段爱情生活描写却都是一流的。"情切切段"是"用花一样的语言切切道出"，因此标题"花解语"；"意绵绵段"更是"像玉一样的光辉，香一样的气氛，绵绵地喷发出来"，因此标题"玉生香"。曹雪芹的回目标题是在用典。"花解语"从"解语花"一词来。五代·王仁裕《开元天宝遗事·解语花》："明皇秋八月，太液池有千叶白莲数枝盛开，帝与贵戚宴赏焉。左右皆叹羡。久之，帝指贵妃示左右曰：'争如我解语花？'"后常以"解语花"喻善解人意的美人。《红楼梦》第十九回中，"花解语"既与袭人之姓"花"相谐，又概括了袭人苦心谋虑，借"赎身之论"对宝玉痛下箴规的情节。"玉生香"在回目中与"花解语"对举，或谓系指唐肃宗赏赐李辅国玉辟邪香，奇巧非人间所有，其香可闻数百步。见唐代段成式《酉阳杂俎》。"玉生香"也同"花解语"一样，共意双关，既点黛玉之名，又雅谑黛玉袖中发出来的一股幽香。这两种爱情的描写，笔笔精彩，纸上有形有声，让人如见如闻。带动毛泽东的评点文字也如花似玉，笔下生香。

长期以来，红学界普遍认为宝黛之间的知心默契和以共同人生理想为基础的爱情包含着丰富的社会内容，寄寓着作家的美学理想。甚至因比称他们是封建社会的叛逆者，用青春和生命谱写了一曲追求个性解放和美满爱情婚姻的新生活的颂歌。

为什么非林妹妹不可

晚年的毛泽东常常与身边工作人员一起读书谈书，变换方式获得休息。有一次，毛泽东与孟锦云谈起《红楼梦》。他说：

> 人们常说，旁观者清，当事者迷。这话不能绝对地看，有时可是旁观者迷，当事者清，他深受其害嘛。有一次，有人对我说，《红楼梦》里的贾宝玉真是有福不会享，大观园里那么多的丫头、小姐，哪个都不错，为什么非林妹妹不可？这也是旁观者迷呀。所以，不要以为旁观者就一定清。这要看你怎么观。我看要慢慢观，多观几个面，不然，观不对，不但要迷，有的还要执迷不悟，这样的人还不少呢。（郭金荣：《毛泽东的晚年生活》，教育科学出版社1993年2月版，第95页）

"旁观者清，当事者迷"是一句成语。它是前人生活经验的总结，世上确实有"不识庐山真面目，只缘身在此山中"的现象。曹雪芹在构思《红楼梦》艺术框架时，就受到这个思想观点的启示。在小说第二回设计了一个人物叫冷子兴。本回回前诗云："欲知目下兴衰兆，须问旁观冷眼人。""冷眼人"即冷子兴。古董商人冷子兴是贾府管家周瑞的女婿，对贾府内情了如指掌。他与贾雨村为旧日相识，话语投机。当他与贾雨村在扬州郭外村肆中偶遇，便向发问的贾雨村侃侃而谈。先大致介绍了荣宁二府主要家庭成员的情况，使读者初步了解这个百年望族的众多成员及其相互关系；另一方面，他又点明了贾府的"兴衰兆"，即现时萧疏的光景和面临的危机，为人们理解小说是写处于"末世"的一个封建家族的衰亡提供了启示。冷子兴是构成《红楼梦》艺术框架的重要部件，是"旁观者清，当事者迷"这一道理的形象化。

毛泽东引用这句成语，则意在反驳。他从唯物辩证法的观点出发，认为看问题不能绝对化。有的情况下,则是"旁观者迷,当事者清"。为什么会这样?因为当事者"身受其害",感受最深。为了说明问题,毛泽东举了"旁观者"看不清、看不懂《红楼梦》中宝黛爱情故事的例子。"《红楼梦》里的贾宝玉真是有福不会享,大观园里那么多的丫头、小姐,哪个都不错,为什么非林妹妹不可?"——这是旁观者迷惑不解时说出的糊涂话。显然,对宝黛爱情如此评价,是毛泽东无法接受的。

"贾宝玉真是有福不会享"吗?如果把恋情与幸福联系起来,那么,在宝玉那里,不仅情不密者不相爱,而且"道不同者不相谋"。有爱的婚姻是温馨的幸福的,没有爱情的婚姻是苦涩的不幸的。《红楼梦》后四十回,贾宝玉被"掉包计"蒙在鼓里与薛宝钗"成大礼"结婚,当他明白所娶的不是林黛玉时,痴狂如癫,终无意趣,最后"悬崖撒手",出家当了和尚。事实上"金玉良缘"成了死亡婚姻。无爱就是无福,有福者有爱,无福就谈不上"会享"与不会享了。不是宝玉"有福不会享",而是他的爱情是个悲剧,爱成泡影,无福可享。

"那么多的丫头小姐哪个都不错"吗?就容貌、才智、秉性论,大观园中的姑娘们确实个个"都不错",冰清玉洁,妩媚可人。但是,宝玉怎么看?容貌、才智之外,重要的是思想品性是否一致!《红楼梦》第三十二回"诉肺腑心迷活宝玉"中有一段描写宝钗、湘云、黛玉思想差别的段落:

> 正说着,有人来回说:"兴隆街的大爷来了,老爷叫二爷出去会。"宝玉听了,便知是贾雨村来了,心中好不自在。袭人忙去拿衣服。宝玉一面蹬着靴子,一面抱怨道:"有老爷和他坐着就罢了,回回定要见我。"史湘云一边摇着扇子,笑道:"自然你能会宾接客,老爷才叫你出去呢。"宝玉道:"那里是老爷,都是他自己要请我去见的。"湘云笑道:"主雅客来勤。自然你有些警他的好处,他才只要会你。"宝玉道:"罢,罢,我也不敢称雅,俗中又俗的一个俗人,并不愿同这些人往来。"湘云笑道:"还是这个情性不改。如今大了,你就不愿读书去考举人进士的,也该常常的会会这些为官做宰的人们,谈谈讲讲些仕途经济的学问,也好将来应酬世务,日后也有个朋友。没见你成年家只在我们队里搅些什么!"宝玉听了,道:"姑娘请别的姊妹屋里坐坐,我这里仔细污了你知经济学问的。"袭人道:"云姑娘,快别说这话。上回也是宝姑娘也说过一回,他也不管人脸上过的去过不去,他就咳

了一声，拿起脚来走了。这里宝姑娘的话也没说完，见他走了，登时羞的脸通红，说又不是，不说又不是。幸而是宝姑娘，那要是林姑娘，不知又闹到怎么样，哭的怎么样呢。提起这些话来，真真的宝姑娘教人敬重，自己讪了一会子去了。我倒过不去，只当他恼了。谁知过后还是照旧一样，真真有涵养，心地宽大。谁知这一个反倒同他生分了。那林姑娘见你赌气不理他，你得赔多少不是呢。"宝玉道："林姑娘从来说过这些混帐话不曾？若他也说过这些混帐话，我早和他生分了。"袭人和湘云都点头笑道："这原是混帐话。"

贾宝玉就是这样：谁说"仕途经济"的"混帐话"，就与谁"生分"。薛宝钗天生丽质，温柔和顺，恬静贤淑，可是她劝宝玉奔"仕途经济"，走科举道路，两人就貌合神离，相去甚远，是"两股道上跑的车，走的不是一条路"。后来宝钗虽然嫁给了宝玉，那结果是"空对着山中高士晶莹雪"，"纵然是举案齐眉，到底意难平"（《红楼梦曲·终身误》）。史湘云侠骨柔肠，风调俊爽，聪慧敏捷，可她是"知经济学问的"人，也用"混账话"劝宝玉与为官做宰的贾雨村之流来往，终为宝玉所不喜，甚至不顾情面当场下"逐客令"。林黛玉却"自幼不曾劝他去立身扬名"，从来不说"混账话"，与钗、湘二人大不相同。……猛眼一瞧，众金钗"都不错"，可一仔细比较，却大不一样。宝玉对她们也有"生分"与不生分之别。

宝玉对宝钗、湘云、袭人在功名富贵上的世俗态度、保守观念，给予了不留情面的批判，小说中有这样一段描写：

> 或如宝钗辈有时见机导劝，反生起气来，只说："好好的一个清净洁白女儿，也学的钓名沽誉，入了国贼禄鬼之流。这总是前人无故生事，立言竖辞，原为导后世的须眉浊物。不想我生不幸，亦且琼闺绣阁中亦染此风，真真有负天地钟灵毓秀之德！"因此祸延古人，除四书外，竟将别的书焚了。众人见他如此疯颠，也都不向他说这些正经话了。（第三十六回）

宝玉看清楚了：丫头小姐的"清净洁白"也不是绝对的，她们中有些人也染上了世俗的风气，成了须眉浊物的思想同盟，成了"国贼禄鬼"之流，从而"有负天地钟灵毓秀之德"。这样的人，宝玉是不能引为知己，结为爱侣的。

"为什么非林妹妹不可"呢？是的，非林妹妹不可！贾宝玉虽然生活在"多妻制"的时代，又是生活在美女如云的大观园里，他也曾经对宝钗、湘云、晴雯、袭人等女孩或容貌、或才华、或遭遇，失过神，动过情，有过意，但那都是暂时的，程度较浅的。他对黛玉却一往情深，痴心不改。宝玉曾用"参禅"的语言形式，向黛玉明确表白了专一心属黛玉的选择："任凭弱水三千，我只取一瓢饮。"还在小说三十二回亦有明确描写：宝玉与湘云在一处争论"仕途经济"是不是"混帐话"，黛玉赶去瞧个究竟，疑心宝玉与湘云恐借此"做出那风流佳事来"，话里话外调侃宝玉"丢下了什么金，又是什么麒麟，可怎么样呢"，宝玉急于辩解，"筋都暴起来，急的一脸汗"。小说接着写道：

> 宝玉瞅了半天，方说道"你放心"三个字。林黛玉听了，怔了半天，方说道："我有什么不放心的？我不明白这话。你倒说说怎么放心不放心？"宝玉叹了一口气，问道："你果不明白这话？难道我素日在你身上的心都用错了？连你的意思若体贴不着，就难怪你天天为我生气了。"林黛玉道："果然我不明白放心不放心的话。"宝玉点头叹道："好妹妹，你别哄我。果然不明白这话，不但我素日之意白用了，且连你素日待我之意也都辜负了。你皆因总是不放心的原故，才弄了一身病。但凡宽慰些，这病也不得一日重似一日。"林黛玉听了这话，如轰雷掣电，细细思之，竟比自己肺腑中掏出来的还觉恳切，竟有万句言语，满心要说，只是半个字也不能吐，却怔怔的望着他。此时宝玉心中也有万句言语，不知从那一句上说起，却也怔怔的望着黛玉。

宝玉情急发起呆来，又错把送扇子的袭人当成黛玉，一把拉住说道：

> "好妹妹。我的这心事，从来也不敢说，今儿我大胆说出来，死也甘心！我为你也弄了一身的病在这里，又不敢告诉人，只好掩着。只等你的病好了，只怕我的病才得好呢。睡里梦里也忘不了你！"

宝玉"睡里梦里也忘不了"黛玉，把她当成唯一的知己。上引小说第三十六回有这样一句话说黛玉：

> 独有林黛玉自幼不曾劝他去立身扬名等语，所以（宝玉）深敬黛玉。

黛玉也一直把宝玉看作仅有的"知音"，有一次，她对紫鹃说到宝玉：

> "岂不闻俗语说，万两黄金容易得，知心一个也难求。"

可见，黛玉视宝玉为"知心"。互为知己，在二玉之间可谓心心相印，铭心刻骨。所以，如果让贾宝玉谈婚论嫁，则"非林妹妹不可"！以为贾宝玉会看上大观园里别的女孩，这实在看扁了"怡红公子"。

毛泽东主张旁观者看事物要"多观几面"，这同样适用于"观"宝黛爱情。贾宝玉寻求恋人，既看体态的美丽、交往的亲密，又看旨趣的融洽。他不是只观一两面，而是观几面，观全面。不这样就不能理解林妹妹是宝哥哥"唯一的爱"。毛泽东在不经意的漫谈中，深化了对宝黛爱情思想内蕴的理解。

有关宝黛爱情的描写，是《红楼梦》中最有生活质感、最为生动感人、最富理想光彩和社会影响的部分之一。具有极高的艺术欣赏价值，尤为青年读者所喜爱叹赏。毛泽东有关《红楼梦》爱情描写的解读，也是他揭示小说思想价值最透彻、最新鲜、最服人的评论。了解了毛泽东这些意见，那些说毛泽东"爱情掩盖政治说"贬抑了小说爱情描写的价值的论者，是否需要修改自己的观点使其合理呢？

《红楼梦》尊重女性

(红楼思想之七)

> 《金瓶梅》的作者,不尊重女性,《红楼梦》、《聊斋志异》是尊重女性的。
> 《毛泽东文艺论集》,中央文献出版社2002年4月第1版,第207页

《红楼梦》原来有一个别名叫《金陵十二钗》,小说原稿末回"情榜"上有正钗十二,副钗十二,三副四副各十二……有红学家考证,它像《水浒传》描写了一百〇八条绿林好汉一样,写了一百零八位脂粉英雄。

说白了,《红楼梦》是女人的世界,写的是闺阁女流,典型的阴盛阳衰。这隐隐透露出《红楼梦》的妇女观。

宝二哥说女人是水做的

贾宝玉性情乖僻,说话常能冒出一些令人目瞪口呆的奇谈怪论。其实,那往往是新思想的幼芽。他的男人女人"泥水论"就亘古未有。

毛泽东引用贾宝玉的"泥水论",还是在长征路上。

1935年7月,后来成为张闻天夫人的刘英,到中央队当秘书长。据她回忆,在毛儿盖,毛泽东、张闻天等一直商量怎样使一、四方面军团结一致,统一行动。他们还多次耐心地做张国焘等人的工作。有一次,毛泽东去找张国焘谈话,把刘英带去了。一见面,毛泽东就说:

"我给你带水来了!"张国焘一下没转过来:"什么水啊?"毛主席笑着说:"《红楼梦》里的宝二哥不是说男人是泥巴捏的,女人是水做的吗?"(《刘英自述》,人民出版社2005年10月版,第

82页）

张国焘这才恍然大悟，也不由得笑起来。毛泽东同张国焘都是共产党的一大代表，相识很早，但是一向话不投机，现在意见又有分歧，所以毛泽东一开始就说笑话，想制造一个比较轻松的谈话气氛。

毛泽东引用的话——"男人是泥巴捏的，女人是水做的"——见《红楼梦》第二回《贾夫人仙逝扬州城　冷子兴演说荣国府》。这话是贾宝玉（宝二哥）说的，第二回里冷子兴转叙了他的话：

> 女儿是水作的骨肉，男人是泥作的骨肉。我见了女儿，我便清爽；见了男子，便觉浊臭逼人。

小说同一回，江南甄家的公子甄宝玉（贾宝玉的幻身）常对跟他的小厮们说：

> 这女儿两个字，极尊贵、极清净的，比那阿弥陀佛、元始天尊的这两个宝号还更尊荣无对的呢！你们这浊口臭舌，万不可唐突了这两个字，要紧。但凡要说时，必须先用清水香茶漱了口才可。设若失错，便要凿牙穿腮等事。

作品的主角贾宝玉因对妇女问题的特异看法而引起读者注意。他的话确是惊世骇俗。贾宝玉同样思想内容的话，作者在第二十回也写道了：

> 他便料定，原来天生人为万物之灵，凡山川日月之精秀，只钟于女儿，须眉男子不过是些渣滓浊沫而已。因有这个呆念在心，把一切男子都看成混沌浊物，可有可无。

只要稍加分析，便会明白，《红楼梦》这种女水男泥、女清男浊的"怪论"，其思想的内核乃是把根深蒂固的男尊女卑传统观念颠倒过来，认为女性品质优于男子，而且有天渊之别。这种以性别定妍媸优劣的看法，在理论上不是科学的，经不起认真的推敲。可是，我们也不要小看了贾宝玉的"疯话""傻话"，这些"疯话""傻话"背后所隐藏着的思想却一点也不肤浅。在男子"阳清为天"女子"阴浊为地"的封建社会里，在当时特定的历史条件下，曹雪芹"反其道而行之"，这种矫枉过正的行为，是对男权专制社会和传统封建意识的有力挑战，是作者所倡导的一种大胆而又先进的思想。

阅读《红楼梦》前八十回，处处可以感受到作者对大观园少女们的怜爱和同情，对女性的推崇和褒扬，这份感情真挚深厚，这种拥戴态度诚挚，甚至促成了作者强烈的创作冲动：

> 今风尘碌碌，一事无成，忽念及当日所有之女子，一一细考较去，觉其行止见识，皆出于我之上……我之罪固不免，然闺阁中本自历历有人，万不可因我之不肖，自护己短，一并使其泯灭也。（第一回）

所谓"行止见识"不下于男子，甚至在男子"之上"，才正是男女平等观念的新根据。曹雪芹将大观园里美丽聪明的女孩子视作真善美、德才能的化身和象征，不仅一个个"气质美如兰"，而且许多人饱读诗书，识见非凡，"才华馥比仙"。王熙凤富有干才，是"脂粉队里的英雄"，"竟是个男人万不及一的"，就是她掌管了荣国府的管家大权；"俊眼修眉，顾盼神飞"的贾探春，理家时大刀阔斧，兴利除弊，不讲情面，进退有据，颇有几分政治家的风度；《姽婳词》赞扬林四娘的义烈行为，也很有光彩，词中的"纷纷将士只保身""不期忠义明闺阁"与"何事文武立朝纲，不及闺中林四娘"等句子，骂尽了天下男子……真是"闺阁中历历有人"，益见贾府中众多的"堂堂须眉，诚不若彼裙钗"。且不说赦、政、珍、琏、蓉之辈固无足论，就连贾宝玉的才气也远远比不上她们。整部《红楼梦》，男儿们一个个皆是愚庸无能之辈；偌大一个家族，男性竟无一个运筹帷幄之人，实在是一堆蠢汉愚夫渣滓浊沫。

毛泽东在与张国焘开玩笑时提到"宝二哥"的"女水男泥"论，他的本意大概不是暗示张国焘是渣滓浊物，那样求之过深，反而有累毛泽东清德。但是，这至少表明毛泽东对《红楼梦》中的男人女人"泥水论"是接受的，是肯定的，即承认小说中这个进步的思想倾向。长征路上，已是1935年。早在八年前的1927年，毛泽东在作《湖南农民运动考察报告》时，对封建社会里妇女受压迫以及解除这种压迫的问题，对"不正确的男女关系"的问题，就有具体深刻的论述。他指出，在中国封建社会里，女子除了跟男人一样受到政权、族权、神权的支配之外，"还受男子的支配

（夫权）"。又指出，在政权、族权、神权、夫权这四种权力中，"地主政权，是一切权力的基干。地主政权既被打翻，族权、神权、夫权便一概跟着动摇起来"，"农会势盛地方……女子和穷人不能进祠堂吃酒的老例，也被打破。衡山白果地方的女子们，结队拥入祠堂，一屁股坐下便吃酒，族尊老爷们只好听她们的便。""夫权这种东西，自来在贫农中就比较弱一点，因为经济上贫农妇女不能不较富有阶级的女子多参加劳动，所以她们取得对于家事的发言权以至决定权的是比较多些。至近年，农村经济益发破产，男子控制女子的基本条件，业已破坏了。最近农民运动一起，许多地方，妇女跟着组织了乡村女界联合会，妇女抬头的机会已到，夫权便一天一天地动摇起来。""至于家族主义、迷信观念和不正确的男女关系之破坏，乃是政治斗争和经济斗争胜利以后自然而然的结果。"（《毛泽东选集》第一卷，人民出版社1991年6月第2版，第31~33页）这里说的"不正确的男女关系"，是指封建制度下的各种畸形婚姻。在封建社会里，妇女争取平等地位的斗争是反封建斗争的一部分，它在整个反封建斗争中的地位、意义和作用值得肯定。《红楼梦》中"女水男泥"论，是反对压迫妇女的先声，是抵抗男权社会的初步，近代的女权运动，妇女解放和男女平等，与其是一条思想脉络合乎逻辑的发展。毛泽东肯定"宝二哥"的妇女观，则有必然性。

恩格斯的《反杜林论》说："在每一社会中，妇女解放的程度，可作为一般解放之自然尺度。"男女两性的共同解放，才是社会普遍的解放。一个社会，如果只有男性活动的机会，把另一半的女性关闭起来，或排除于社会生活之外，那个社会一定是个专制、横暴、冷酷的社会。离开女性的解放，社会解放就会"半身不遂"。妇女解放以达到男女平等的程度，对于封建社会来说乃是一个全新的观念，它的出现正是突破封建范畴的新的意识形态的萌芽。中国社会历来是男尊女卑，女人多数时期是处在三从四德的地位，在三纲五常的统治下很少有冒尖的机会。而《红楼梦》里的一群巾帼们，却一反潮流胜过了须眉，占上了说了算的职位，这是巨大的进步。

贾宝玉对这些人都是同情的

1961年12月20日，毛泽东在中共中央政治局常委和各大区第一书记会议上的谈话中曾讲道：

> 他的书（指曹雪芹的《红楼梦》——引者注）中写了几百

人，有三四百人，其中只有三十三人是统治阶级，约占十分之一，其他都是被压迫的。牺牲的、死的很多，如鸳鸯、尤二姐、尤三姐、司棋、金钏、晴雯、秦可卿和她的一个丫鬟。秦可卿实际是自杀的，书上看不出来。贾宝玉对这些人都是同情的……《金瓶梅》的作者，不尊重女性，《红楼梦》、《聊斋志异》是尊重女性的。（《毛泽东文艺论集》，中央文献出版社2002年4月第1版，第206~207页）

曹雪芹及其作品不满意封建制度对人的摧残，对宗法家庭中被迫害、被侮辱和被毁灭的人们，特别是对身受迫害地位低下的妇女，表示了莫大的同情。毛泽东说：《红楼梦》是尊重女性的，贾宝玉是同情被压迫的丫鬟的。一是尊重，二是同情。作品的主人公贾宝玉，以平等的态度对待姐姐妹妹，以至奴婢丫鬟，尊重她们的人格，爱护她们的生命。例如，《红楼梦》对家庭戏班的描写，从对十二个女伶生活的叙述中，可看到作者对这些弱女子的同情和关怀。宝玉在花叶茂盛的蔷薇架下，发现有一学戏的女孩子蹲在花下抠土，"用眼随着簪子的起落"方知是"蔷"字，以为她见了这花，因有所感，偶成两句，"在地下画着推敲"。这完全写的是诗情画意。当骤雨打来，他又提醒女孩子，"身上都湿了"，却并不在意自己没有遮雨处。一幅园林小景，写出宝玉情痴。宝玉无事到梨香院，央蔷官唱"袅晴丝"一套，被蔷官冷落。尽管从未有过如此被人弃厌的遭遇，但宝玉却并不烦恼，显出其对人的宽容之心。宝玉将芳官打扮成土番男装，又取"耶律雄奴"的番名；湘云将葵官也扮成小子，李纨将豆官扮成小童，这在男尊女卑的社会里，虽是玩笑，却也充满了他们对这些优伶的呵护同情之心。虽是书中人物所为，实际上是作者自己的思想流露。这些都充分体现了作者思想对时代的超越和进步。

贾宝玉对女性的尊重和同情，常常体现在细微之处。尤三姐曾经评论过贾宝玉的，她这样说过：

姐姐记得，穿孝时咱们同在一处，那日正是和尚们进来绕棺，咱们都在那里站着，他只站在头里挡着人。人说他不知礼，又没眼色。过后他没悄悄的告诉咱们说："姐姐不知道，我并不是没眼色。我想和尚们脏，恐怕气味熏了姐姐们。"接着他吃茶，姐姐又要茶，那个老婆子就拿了他的碗倒。他赶忙说："我吃脏了的,另洗了再拿来。"这两件上,我冷眼看去,原来他在女孩子们前不管怎样都过的去,只不大合外人的式,所以他们不知道。

这些地方,体现出宝玉同情、尊重、关心、呵护少女们是多么细心:若怕挨熏,别人应先避开,我是可以多挨些熏的。还要注意一点:嫌他脏,不独嫌和尚,自己也在被嫌之数——所以自己吃过的茶杯,也是一样脏了的,绝不同于"别人都脏、唯我最干净"的那种思想方式。所以,尤三姐指出这是别人所不能理解的,不合于世人的。宝玉尊重同情的女子都是弱者:黛玉、晴雯、芳官、秦可卿、妙玉、湘云、探春、迎春、平儿、鸳鸯、金钏、香菱、紫鹃、尤二姐、尤三姐,莫不如此。

毛泽东讲《红楼梦》"尊重女性",是与讲"《金瓶梅》的作者不尊重女性"对比着讲的。《金瓶梅》一书也描写了许许多多的女性,西门庆一家妻妾成群,可一个好人都没有。主妇吴月娘阴沉险恶,潘金莲尖酸嫉妒,李瓶儿卑鄙下贱,春梅撒泼粗野,孙雪娥蠢笨痴愚,女人们一个比一个妖冶淫荡……总之是一片黑暗,日月无光,只见毒草成片,不闻香花一朵。读了之后,让人有喘不过气来之感。相比之下,《红楼梦》尊重妇女,一片光明。虽然也写到王熙凤的不检点,但与"淫妇"之诟不可同日而语。就古典小说中的妇女观而言,《红楼梦》比之《金瓶梅》,可说是历史性的进步了。毛泽东看到并指出了这一点。

写女奴"都写得好"

贾宝玉的妇女观在一定程度上即是曹雪芹的妇女观,至少在主要方面是这样。由于曹雪芹对男权社会种种压迫妇女的卑污现象十分愤慨,对屡遭悲剧命运打击的她们怀着强烈的同情心,所以他笔下对妇女尤其对纯洁无瑕聪明伶俐的少女,充满歌颂赞美之意。

1963年5月11日,毛泽东在杭州中央工作会议上的一次谈话中说道:

"《红楼梦》写奴隶像鸳鸯、晴雯、小红等,都写得好,受害的就是这些人。"(陈晋:《毛泽东与文艺传统》,中央文献出版社1992年3月第1版,第135页)

"写奴隶……写得好",毛泽东点到了曹雪芹思想的"闪光点",是其超越前代、当代文学家的明显标志。如果说,《西厢记》成功塑造了女奴红娘光彩照人的艺术形象,《红楼梦》则塑造了鸳鸯、晴雯、小红等女奴脂粉英雄群像,而且个个风采迥然,以不朽之姿矗立于文学画廊。

鸳鸯、晴雯、小红三人,是女奴的代表。《红楼梦》写她们都"写得好":

鸳鸯自重自爱,绝不仗势欺人。她是贾母房中丫鬟,甚得信任。贾母平日倚之若左右手。贾母玩牌,她坐在旁边支招;贾母摆宴,要她充当令官。在贾府的丫头中,她有很高的地位,深得上下各色人等的好感和尊重,可从不做高人一头、压人一头的事。鸳鸯心地善良,多所关爱。迎春的丫头司棋和表弟潘又安幽会,被她无意中撞见。司棋十分惊恐,羞愧难当。但是,鸳鸯不仅不去告发,请功邀赏,反而劝慰司棋安心养病,别因此糟蹋了身体。她的菩萨心肠由此可见一斑。鸳鸯不畏强权,冒死奋争。大老爷贾赦看中她,定要娶她为妾,邢夫人还亲自充当说客。在一般人看来,这是改变处境爬上主子地位的难得机会。她却另有一番见识,坚决拒绝。贾赦逼紧了,她就在贾母面前表示了死的决心:"一刀子抹死了,也不能从命。"(第四十六回)她用自己的凛然正气,回答了无耻之徒的胁迫,表现出世奴女儿宁死不屈的高尚情操。她借助贾母晚年在生活上对她的需要,暂时顶住了贾赦的淫威,使贾赦的谋算泡汤。鸳鸯对自己今后的命运有清醒的认识,她早有盘算。所以贾母一死,她就自杀了,以死抗争。她保持了一个奴隶的清白和自尊,其精神光彩熠熠。

晴雯是金陵十二钗又副册中人物,曹雪芹在小说前八十回就已完成这一极为成功的艺术形象。第五回贾宝玉在太虚幻境观看众金钗册子,劈头就是晴雯的判词,称其"风流灵巧""心比天高",可见她在作家心目中的分量。晴雯是怡红院里仅次于袭人的大丫鬟。她自幼孤零,身居微贱,但标致伶俐,娇憨天真,深得宝玉的喜爱。全书有几处是特写她的"正传":第三十一回晴雯失手跌折了扇子,还出言顶撞宝玉,气得宝玉要将她打发出去,可是到晚间,在晴雯"撕扇子作千金一笑"中,纠葛即烟消云散,在这段晴雯恃宠生嗔,又转嗔为喜的过程中,她纯真而又高洁自尊的品性得到了充分的表现。第五十二回补裘一段,作者对急人所急的晴雯冠以"勇"字,可谓贴切自然。同时,她的聪明精巧和对宝玉的纯情在这一段中也得到了最生动的描写。她本性童真,厌恶一切虚伪的事情,这也早就招致别人的怨恨了,尤其是抄检大观园时,晴雯锋芒毕露的骨气、向不服人的傲气和美丽的容颜使她成了第一个被摧折的目标,及至被王夫人叫去问话，她才省悟已遭暗算。当抄检到怡红院时，她明知来者不善，却"挽着头发闯了进来，豁一声将箱子掀开，两手提着底子，朝天往地下尽情一倒，将所有之物尽都倒出"（第七十四回）。晴雯终于带病被撵出了大观园，在姑舅表哥家的破炕席上恹恹弱息，含恨而亡。晴雯有着美丽的容貌，有着纯洁的心和真挚的爱，但她却被剥夺了爱和生的权利。虽然"红绡帐里，公子多情"；但是"黄土垄中，女儿命薄"。曹雪芹的笔端带着悲愤写下了晴雯的悲剧结局。在七十八回贾宝玉祭奠晴雯的《芙蓉女儿诔》中，表现出对"身为下贱"的女奴晴雯的热烈赞美：

其为质则金玉不足喻其贵，其为性则冰雪不足喻其洁，其为神则星日不足喻其精，其为貌则花月不足喻其色。

翻开中国文学史，有谁用如此美好的词语赞美过一位女奴呢?！

小红是荣国府男仆林之孝的女儿，在怡红院是位居三四等的小丫鬟。容长脸面，细挑身材，俏丽恬净，聪明伶俐。在怡红院，因有袭人、晴雯等大丫鬟在，她自恨没有出头的机会，常有虚度年华和埋没才能的苦闷。有一次房中无人，她乘机接近宝玉，为他进茶，立时受到秋纹等人好一顿抢白（第二十四回）。这使小红明白，在贾府森严的等级制度下，安分守己就难以实现自己的愿望。不久，机会来了。一天，凤姐在大观园山坡上招手，要使唤一个人去向平儿传话。小红冲破阻拦，出色地传了话。凤姐爱其天资聪敏，口齿爽利，向宝玉要来自己使唤。作者还着力描写小红奋力争得爱情，与贾芸一见钟情。李嬷嬷传唤贾芸进园，她巧妙地刺探个中消息；找机会接近贾芸，利用坠儿传递手帕。这一切手段都可见到一个小丫鬟的聪明乖巧。小红的重要作为在八十回以后，可惜原稿迷失无考。

毛泽东看清了：鸳鸯、晴雯、小红等女奴都是"受害"的人。她们出身卑微，地位下贱。但是，《红楼梦》写她们却"写得好"。"好"在把她们当作正常人来写，当有血有肉有灵魂的女人来说，当作不甘心奴隶地位并奋起抗争的英雄人物来写，写她们精神品格的超凡脱俗，写她们智慧才华的不同凡响，写她们抗争奋斗的果决勇敢……这本身就是对男尊女卑传统观念的反叛，是对男权社会的反抗。这不能不说是《红楼梦》的精神亮点。

很早以前就有土地买卖

（红楼思想之八）

> 《红楼梦》……写封建剥削的只有一两处。
> 陈晋：《毛泽东与文艺传统》，中央文献出版社1992年3月第1版，第134页

曹雪芹所处的时代虽然有了一些资本主义生产关系的萌芽，但本质上还是封建社会。封建社会也就是农业社会，它的要素离不开农民、土地、粮食和锄犁等生产工具。小说尽管描写的是城市贵族在大观园内的日常生活，可也没有忘记设计一处"稻香村"。手不扶犁肩不扛粮的贾府贵族老爷夫人、公子小姐，生活中有了农村老妪刘姥姥的介入掺和，分外透进一缕新鲜空气与阳光。

虽然是作为背景或作为穿针引线的次要情节，曹雪芹写到了农村、农业和农民。其间围绕土地和地租结构的故事，数量不多，但发人深省。作为破落贵族子孙的曹雪芹，能够在他的笔下这样关注农民及其生活，也可算是难能可贵了。他达到了在他那个时代所能达到的自觉意识。

对这一点，毛泽东的认识也是清楚的。评论《红楼梦》的思想倾向，这也是他关注的一个侧面。

非"盗贼"去"抢田夺地"

1953年12月，新中国建立后首次依据程乙本整理的《红楼梦》出版发行。小说第一回描写了"葫芦庙中炸供"引起大火，"将一条街烧得如火焰山一般"。甄士隐家在隔壁，早已烧成一片瓦砾场了。书中接着写道：

只有他夫妇并几个家人的性命不曾伤了，急的士隐惟跌足长

叹而已。与妻子商议且到田庄上去住。偏值近年水旱不收，贼盗蜂起，官兵剿捕，田庄上又难以安身，只得将田地都折变了，携了妻子与两个丫鬟投他岳丈家去。（第九页）

1954年9月，毛泽东读《红楼梦》第一回甄士隐家遭火灾后到田庄上去住这一段，写下批语：

"抢田夺地"、"民不安生"，是造成"盗贼蜂起"的原因，非"盗贼"去"抢田夺地"，程本删此二句似非偶然。（季学原：《毛批〈红楼梦〉点滴》，《羊城晚报》1995年9月5日）

这段批语，有评论，也有考证。依据程乙本整理印制的新版《红楼梦》第一回中，并没有"抢田夺地""民不安生"两个成语。毛泽东注意到是"程本删此二句"！也就是新版《红楼梦》无此二句。这说明毛泽东是拿新版程本《红楼梦》与别的版本对比着看书，才发现此问题的。

那么，曹雪芹原稿中是如何写这段的呢？

我们知道，《红楼梦》版本分两大系统：脂本即抄本系统；程本即印本系统。1954年前后，脂本系统并不像现在这样有十二种之多，那时只有甲戌本、己卯本、庚辰本、甲辰本、有正书局戚序本等五种（见俞平伯《脂砚斋红楼梦辑评》，上海文艺协会出版社1954年12月第一版，第8页），其他本子那时还没发现。

影印甲戌本《脂砚斋重评石头记》这一段是：

只有他夫妇并几个家人的性命不曾伤了。急得士隐惟跌足长叹而已。只得与妻子商议，且到田庄上去安身。偏值近年水旱不收，鼠盗蜂起，无非抢粮夺食，鼠窃狗偷，民不安生，因此官兵剿捕，难以安身。士隐只得将田庄都折变了，便携了妻子与两个丫鬟投他岳丈家去。

影印庚辰本《脂砚斋重评石头记》这一段是：

只有他夫妇并几个家人的性命不曾伤了。急得士隐惟跌足长叹而已。只得与妻子商议，且到田庄上去安身。偏值近年水旱不收，鼠盗蜂起，无非抢田夺地，鼠窃狗偷，民不安生，因此官兵剿捕，难以安身。士隐只得将田庄都折变了，便携了妻子与两个丫鬟报（投）他岳丈家去。

庚辰本此段与甲戌本此段基本相同。唯甲戌本"抢粮夺食"在庚辰本为"抢田夺地"。

这样，我们可以据此推断，毛泽东是在比较了脂本（庚辰本）和程本（程乙本）之后，写下上述批注的。

程乙本此段与脂本（影印甲戌本、庚辰本）此段比较，程本改"去安身"为"去住"；改"鼠盗蜂起"为"贼盗蜂起"；删"无非抢粮夺食（抢田夺地），鼠窃狗偷，民不安生，因此"十六字；"难以安身"四字前加"田庄上又"四字；改"将田庄折变了"为"将田地都折变了"。

笔者又核对了脂本系统的甲辰本（影印）此段。此本1953年在山西发现，有梦觉主人序，八十回。第一回此段与程乙本几乎一字不差！也没有"抢田夺地""民不安生"两个成语，也删掉了"无非抢粮夺食，鼠窃狗偷，民不安生，因此"等十六个字。

这说明：程本与甲辰本是有联系的。在程伟元、高鹗整理出版、活字排印《红楼梦》以前，属于脂本系统的甲辰本的底本，或抄写者，就对这段作了修改。毛泽东说"程本删此二句"，现在应该订正为"甲辰本、程本删此二句"。也就是说，首开其端"删此二句"者并不是程伟元、高鹗，而是"佚名"先生。因为脂本在先，程本在后。程伟元和高鹗只是照抄照录而已。

佚名"删此二句"削弱了这段的反封建思想锋芒。为什么要删掉？恐怕是佚名担心此段"碍语"太露，怕触犯森严的文网。早期脂本上的"鼠盗"还不是强盗，只是鼠盗狗偷行为，佚名将其改为"贼盗"，显然为"官兵剿捕"提供了合理性。早期脂本上的"官兵剿捕，难以安身"，强调甄士隐的身不得安罪在剿捕的"官兵"；佚名将此句变成了"贼盗蜂起，官兵剿捕，田庄上又难以安身"，则强调甄士隐的身不得安罪在"贼盗"了，把剿捕官兵的罪孽淡化了。所以，毛泽东说"删此二句似非偶然"，是把佚名消除"碍语"淡化政治的本质要害看透了。

庚辰本上的"抢田夺地""民不安生"确实很扎眼。毛泽东的批语，重点在"抢田夺地"一词上。谁在"抢田夺地"？什么是"贼盗蜂起"的原因？这是曹雪芹所处的清代康、雍、乾三朝封建社会十分尖锐、非常敏感的政治话题。

谁在"抢田夺地"？毛泽东指出：非"盗贼"去"抢田夺地"！也就是说，不是"乱民""暴民"在抢田夺地，而是统治者在抢田夺地。有清一代，最能"抢田夺地"的是清代贵族集团，是大大小小的统治者。"跑马圈地"是清代尤其清初土地政策、经济政策的一大特色，更是其一大弊政。1960年12月30日，毛泽东在中共中央工作会议上听取"坚决退赔，刹住'共产风'"的汇报时，就指出了清统治者"圈农民土地"的弊政：

> 机关、部队、学校圈用群众的土地，要坚决退还，机关、工厂的花园，通通都拿来种菜。今后发展副食品生产，只能开荒地，不能占农民土地。李世民胜利后封功臣，就是采用圈农民土地的办法。清军入关后也是如此。现在是军队、学校都圈地，又不给人家钱，这实际上是封建残余，一定要纠正。（《毛泽东文集》第八卷，人民出版社1999年6月版，第228~229页）

1644年"清军入关"定都北京以后，各级将官在河北京津一带大片平原地区，疯狂野蛮地"跑马圈地"，大量强行"占用农民土地"，建立皇庄、王庄、田庄。所谓"跑马圈地"，就是清朝政府的官员拿着绳子把所经过的地方加以丈量，作为政府的官地。被圈占地区的农民，有的原来就是没有土地的佃农，有的有一点土地，也由此失去了。这些农民有的被迫离开家园，流浪异乡，有的沦为农奴，有的投靠到像《红楼梦》中贾府这类地主家去当奴仆。贾府的十多处田庄就是圈地的一部分。小说第一回小乡宦甄士隐家的田庄，也是清朝统治者这项"土地政策"的产物。圈地充分暴露了封建势力剥夺农民的野蛮性。清朝上层统治集团是"抢田夺地"最大最疯狂的强盗。

什么是"贼盗蜂起"的原因？毛泽东指出："抢田夺地""民不安生"，是造成"贼盗蜂起"的原因！换句话说，是"乱自上作，官逼民反"。统治者抢田夺地，必然结果是民不安生。没有生活出路，就剩下铤而走险造反起义冒死争生存一条路了。毛泽东说过："地主阶级对于农民的残酷的经济剥削和政治压迫，迫使农民多次地举行起义，以反抗地主阶级的统治。"（《毛泽东选集》第二卷，人民出版社1991年6月第2版，第625页）这是毛泽东从理论上回答了"贼盗蜂起"的原因。

像阿Q忌讳头上的癞疤疮一样，"跑马圈地"的清统治者最忌讳有人说"抢田夺地""民不安生"。这是他们的政治心病。曹雪芹在小说第一回假借小乡绅甄士隐生活境况变迁，就用了这样敏感的字眼，引出这样热门的话题，又牵出佚名者流的删改掩饰。由此可见曹公写作小说的良苦用心，可见佚名者流在文网森严时代的无奈心态。

毛泽东批语的可贵之处，在于寥寥数语，揭破隐痛，点到实质，促人深悟个中奥秘。

助长了农民留恋土地的心理

《红楼梦》反映了中国封建社会经济关系的变化。1959年12月至1960年2月，毛泽东在读苏联《政治经济学（教科书）》（第三版）时曾说：

> 我国很早以前就有土地买卖。《红楼梦》里有这样的话："陋室空堂，当年笏满床。衰草枯杨，曾为歌舞场。蛛丝儿结满雕梁，绿纱今又糊在蓬窗上。"这段话说明了在封建社会里，社会关系的兴衰变化，家族的瓦解和崩溃。这种变化造成了土地所有权的不断转移，也助长了农民留恋土地的心理。（龚育之、宋贵仑：《"红学"一家言》，《毛泽东的读书生活》，三联书店1986年9月版，第228页）

毛泽东谈话中的引语出自《红楼梦》第一回《好了歌注》，是前六句"总起"一整段。曹公的《好了歌注》，运用强烈的对比手法，感叹世事之迁，沧桑之变，表面消极、虚无、悲观，实则是对现实社会的深刻揭露和有力批判。这很容易让人们想起古诗句："朝为田舍郎，暮登天子堂；将相本无种，男儿当自强。"孟子也说："君子之泽，五世而斩。"（《孟子》）这种封建时代财产和权力再分配的事情，是经常发生的。

《好了歌注》"总起"一段，十分简要而又形象地概写了贵族之家的兴衰变化，具体到《红楼梦》中是总叙了以贾府为代表的豪门世家的兴衰荣枯。毛泽东从"总起"的字里行间窥测探索到封建社会政治关系（阶级关系）和经济关系的变化，政治关系的变化即"社会关系的兴衰变化，家族的瓦解和崩溃"，经济关系的变化即土地所有权的不断转移。透过这六句歌词去了解封建社会政治经济关系的变迁，从而高屋建瓴地从总的方面把握和认识历史规律，以便知兴亡、鉴得失、明事理，明了整个封建制度的衰败无可挽回的深刻道理。

这是非常独特的感悟，是自有红学以来对《好了歌注》最新鲜的解读。从"总起"六句歌词中体会到"家族的瓦解和崩溃"，这也许不难，也许不少人都能做到；但是，从中体会出"我国很早以前就有土地买卖"，体会到"土地所有权的不断转移"，则很不容易，绝大部分人是看不出、想不到、做不来的。没有深厚的历史唯物主义理论功底，没有对旧中国政治经济状况的深入调查，绝难达到这样的认识程度和读书境界。《红楼梦》中确实也写到了土地买卖和土地兼并。小说第六回写刘姥姥到荣国府认亲，先见到周瑞妻。周瑞妻"因他丈夫昔年争买田地一事，多得狗儿他父亲之力"，于是领刘姥姥去见王熙凤。周瑞是荣府专管土地、地租的管家。刘姥姥的女婿王狗儿的父亲原是小京官，周瑞同王狗儿的父亲相勾结，倚财仗势争买田地。凭借政治权力半买半抢，这也是《红楼梦》社会"土地转移"的一种方式。

如果说《好了歌注》的"总起"，反映封建时代"土地所有权不断转移"的景况还是曲折的，一般人不易看出来；那么，本篇上一节所引的小乡绅甄士隐家遭火灾后生活变化的情节，反映这个"转移"则是直接的，谁都容易看清视明。我们再全部"回放"一遍这个文字并不算长的故事：

> 只可怜甄家在隔壁，早成了一片瓦砾场了。只有他夫妇并几个家人的性命不曾伤了。急得士隐惟跌足长叹而已。只得与妻子商议，且到田庄上去安身。偏值近年水旱不收，鼠盗蜂起，无非抢田夺地，鼠盗狗偷，民不安生，因此官兵剿捕，难以安身。士隐只得将田庄都折变了，便携了妻子与两个丫鬟投他岳丈家去。
>
> 他岳丈名唤封肃，本贯大如州人氏，虽是务农，家中都还殷实。今见女婿这等狼狈而来，心中便有些不乐。幸而士隐还有折变田地的银子未曾用完，拿出来托他随分就价薄置些须房地，为后日衣食之计。那封肃便半哄半赚，些须与他些薄田朽屋。士隐乃读书之人，不惯生理稼穑等事，勉强支持了一二年，越觉穷了下去。封肃每见面时，便说些现成话，且人前人后又怨他们不善过活，只一味好吃懒作等语。士隐知投人不着，心中未免悔恨，再兼上年惊唬，急忿怨痛，已有积伤，暮年之人，贫病交攻，竟渐渐的露出那下世的光景来。

这故事是粗线条的，但也可以清晰看出甄士隐家两次土地所有权"转移"的概况：第一次，因火灾"到田庄上去安身"的甄士隐夫妇，又因为"鼠盗蜂起，无非抢田夺地"而难以安身，只得"将田庄都折变了"；第二次，甄士隐投靠岳父封肃，拿"折变"田庄的银子置办"些须房地"，想不到务农的岳父太"留恋土地"，竟连一点父女、翁婿的亲情都不顾，替姑爷女儿家办事，不仅从中"赚"一把，昧心地只弄给"薄田朽屋"，还在人前人后说风凉话，打击得士隐"露出那下世的光景"，那结果不难想象：人亡地失。

家中"殷实"的封肃是个富裕农民——他能"些须与"出"薄田朽屋"给女婿一家，说明他还有肥田好屋。留恋土地而决绝亲情，不顾女儿家生计活路，封肃"留恋土地的心理"让人发指战栗。封肃的极端利己甚至歹毒，表明他的思想和心态已染上封建统治阶级意识形态的毒素，他的表现在那个时代并非个别，而有代表性和典型性。脂砚斋在戚序本《石头记》"封肃"下夹批"风俗"，甲戌本《石头记》在"大如州人氏"上眉批"托言大概如此之风俗也"，在封肃"心中便有些不乐"句旁批"所以大概之人情如是、风俗如是也"，蒙古王府本《石头记》在"幸而士隐还有折变地的银子未曾用完"句旁批"若非'幸而'，则有不留之意"。四条脂批表达了一个思想主题：作者设计封肃这个人物的"托言"寓意，在于展示时代"大概如此之风俗"；只恋土地金钱不恋亲人亲情，没有银子就是女儿女婿来投奔也"不乐""不留"——"人情如是，风俗如是"，这就是"康乾盛世"人情风俗的艺术写照。

曹公的深刻可谓处处皆是，笔笔不闲。独能领会于此者，唯毛泽东尔。周瑞买地和封肃失地，可以作为毛泽东"我国很早以前就有土地买卖"、"土地所有权的不断转移"评红观点的佐证，把它们与毛泽东评论《好了歌注》"总起"的话联系起来思考，会对其观点有更通透的理解。

写封建剥削只有一两处

《红楼梦》涉及了封建地主和官僚的抢田夺地，涉及了土地买卖，也涉及了庄园主（大地主）的地租剥削。地租剥削是封建剥削的主要形式。

1963年5月11日，毛泽东在杭州中央工作会议上有一次谈话，其中他说：

"《红楼梦》主要是写四大家族统治的历史……写封建剥削的

只有一两处"。(陈晋:《毛泽东与文艺传统》,中央文献出版社1992年3月版,第134页)

《红楼梦》写到的"封建剥削"形式,有地租剥削、高利贷剥削和超经济剥削等多种。

毛泽东说这部小说写封建剥削"只有一两处",那意思在于强调曹雪芹写封建贵族政治生活的比重大,而写其经济生活的比重小。

但是,《红楼梦》的一两处(细算比这要多)"封建剥削"描写,是十分到位的,提供了不差于经济史专著的封建社会经济生活状况,给人以丰富、形象、具体的知识。

《红楼梦》写"封建剥削",以第五十三回"乌庄头交租"最为典型。小说描写,年终岁尾,宁国府准备祭宗祠过新年。这时,远在关外千里之余的黑山村田庄庄头乌进孝,顶风冒雪,押着大车队,带着实物和银两,赶在年前来交租:

> (贾珍)只见小厮手里拿着个禀帖并一篇帐目,回说:"黑山村的乌庄头来了。"贾珍道:"这个老砍头的今儿才来。"说着,贾蓉接过禀帖和帐目,……展开单子看时,只见上面写着:
> "大鹿三十只,獐子五十只,狍子五十只,暹猪二十个,汤猪二十个,龙猪二十个,野猪二十个,家腊猪二十个,野羊二十个,青羊二十个,家汤羊二十个,家风羊二十个,鲟鳇鱼二个,各色杂鱼二百斤,活鸡、鸭、鹅各二百只,风鸡、鸭、鹅二百只,野鸡、兔子各二百对,熊掌二十对,鹿筋二十斤,海参五十斤,鹿舌五十条,牛舌五十条,蛏干二十斤,榛、松、桃、杏穰各二口袋,大对虾五十对,干虾二百斤,银霜炭上等选用一千斤,中等二千斤,柴炭三万斤,御田胭脂米二石,碧糯五十斛,白糯五十斛,粉粳五十斛,杂色粱谷各五十斛,下用常米一千石,各色干菜一车,外卖粱谷、牲口各项之银共折银二千五百两。外门下孝敬哥儿姐儿顽意:活鹿两对,活白兔四对,黑兔四对,活锦鸡两对,西洋鸭两对。"
> 贾珍便命带进他来。一时,只见乌进孝进来……贾珍道:"……我才看那单子上,今年你这老货又来打擂台来了。"乌进孝忙进前了两步,回道:"回爷说,今年年成实在不好。从三月下雨

起，接接连连直到八月，竟没有一连晴过五日。九月里一场碗大的雹子，方近一千三百里地，连人带房并牲口粮食，打伤了上千上万的，所以才这样。小的并不敢说谎。"贾珍皱眉道："我算定了你至少也有五千两银子来，这够作什么的！如今你们一共只剩了八九个庄子，今年倒有两处报了旱涝，你们又打擂台，真真是又教别过年了。"乌进孝道："爷的这地方还算好呢！我兄弟离我那里只一百多里，谁知竟大差了。他现管着那府里八处庄地，比爷这边多着几倍，今年也只这些东西，不过多二三千两银子，也是有饥荒打呢。"贾珍道："正是呢，我这边都可，已没有什么外项大事，不过是一年的费用费些……这一二年倒赔了许多，不和你们要，找谁去！"

"乌庄头交租"说明了"封建剥削"的一些显著特点：

地主和贵族的经济剥削敲骨吸髓繁重残酷。贾府挥金如土的豪华生活是靠剥削农民血汗来支持的。黑山村庄头乌进孝岁末的交租单，各种野牲、家牲三百多个，其中有大鹿、獐子、狍子、暹猪、汤猪、龙猪、野猪、家腊猪、野羊、青羊、家汤羊、家风羊，各种鱼几百斤，各种家禽、野禽几百只，有熊掌、鹿筋、海参等山珍海味，各种柴炭几万斤，种种米几千石，此外还有银子二千五百两。在如此"年成实在不好"的饥荒年，碰上了严重的涝灾和雹灾，农民还得给地主缴纳这么多的实物地租和货币地租。但是贾珍看了交租单还是不满地说："这够做什么的！""不和你们要，找谁去？"这里充分暴露出农民负担的沉重和地主、贵族们本性的贪婪。

剥削手段主要是实物地租和货币地租。乌进孝所交地租中，"下用常米"和其他粮食，是主要农作物，是实物地租；"外卖粱谷牲口各项，折银二千五百两"一项也是一种地租形式，是货币地租。实物地租和货币地租，是法定形式的地租，是地租的主要成分，叫作正租。乌进孝的地租单里，还有大量的家畜、家禽、野味和名贵食品及柴炭。这是宁国府主子在正租的剥削额外，强迫农民交纳的家庭副业产品，这是附加地租。乌进孝的交租单，说明贾府对农民的剥削掠夺非常野蛮残酷，既有实物地租，又有货币地租；既有正租，又有附加地租。真是五花八门，欲壑难填。贾府的主要经济来源是对农民的地租剥削，并以此来维持贵族的豪华生活。

土地占有是地租剥削的基础。贾家有庄园，才有对农民的地租剥削。贾家宁、荣二府各有八九处以上田庄，两府是占有大量土地的大地主。只荣府的地租,"每年也有三五十万来往"。毛泽东指出:"封建的统治阶级——地主、贵族和皇帝,拥有最大部分的土地,而农民则很少土地,或者完全没有土地。农民用自己的工具去耕种地主、贵族和皇室的土地,并将收获的四成、五成、六成、七成甚至八成以上,奉献给地主、贵族和皇室享用。这种农民,实际上还是农奴。"(《毛泽东选集》第二卷,人民出版社1991年6版,第624页)毛泽东科学地总结了封建生产关系,揭示出地主的巨大权力和豪华生活的物质来源是土地的占有和地租的剥削。贾府田庄上劳动的农民,不是自由民,都是农奴;不占有一寸土地是他们被剥削的根本原因。

巨额地租剥削还不够,他们还肆行高利贷剥削和超经济剥削。采用高利盘剥、贪污纳贿、包揽词讼、克扣月钱等等手段来攫取钱财。单是王熙凤用"公费"月例放出去的利钱,不到一年就翻出了上千两的银子;到小说一百○五回贾府被抄家时,从王熙凤和贾琏的房中抄出的房地契竟有两箱子,还有一箱借票。另一个大家族薛家,经营当铺、商号,更是亮出招牌,公开合法地进行掠夺。书中强烈谴责了开当铺放高利贷的剥削行为:"人也太会想钱了","天下老鸹一般黑"!地主和贵族对金钱的追求,永远是无法满足的。他们还利用手中的政治权力,互相勾结起来贪赃枉法,对广大民众包括中小地主进行超经济的掠夺。如王熙凤"弄权铁槛寺",害死两条人命,捞进了三千两银子。诸如此类的事情,"不可胜数"。这也真实地反映了封建社会"末世"所盛行的贪污纳贿、敲诈勒索的腐败风气。

毛泽东从"写封建剥削"的角度研究《红楼梦》中"四大家族统治的历史",着眼于阶级冲突的经济内容,着眼于四大家族统治的经济手段,这有利于人们多侧面认识封建社会内部各种不同性质的矛盾和封建统治阶级的腐朽性。

《红楼梦》写得有点希望

（红楼思想之九）

> 《金瓶梅》没有传开，不只是因为它的淫秽，主要是它只暴露，只写黑暗，虽然写得不错，但人们不爱看。《红楼梦》就不同，写得有点希望么。
>
> 《毛泽东文艺论集》，中央文献出版社2002年4月版，第207~208页

1962年8月，中共中央在北戴河中直俱乐部会议室召开中央工作会议全体大会。毛泽东在会议上讲了阶级问题、形式问题和矛盾问题。8月11日，会议22人中心小组开会，在听取了各组汇报以后，刘少奇、邓小平、陈毅、邓子恢发言。大家汇报说，根据主席指示，集中讨论了原则问题，很有兴趣，热情很高。

毛泽东满意地说："会议抓主要问题、本质问题很需要。……总之，不要尽讲黑暗。"

讲到这里，毛泽东对比《官场现形记》《金瓶梅》和《红楼梦》《西游记》，谈到文学作品的描写黑暗与描写希望问题：

> 有些小说如《官场现形记》等，是光写黑暗的，鲁迅称之为谴责小说。只揭露黑暗，人们不喜欢看。不如《红楼梦》《西游记》使人爱看。《金瓶梅》没有传开，不只是因为它的淫秽，主要是它只暴露，只写黑暗，虽然写得不错，但人们不爱看。《红楼梦》就不同，写得有点希望么。（《毛泽东文艺论集》，中央文献出版社2002年4月版，第207~208页）；《毛泽东传（1949—1976）》下卷，中央文献出版社2003年12月版，第1243页）

《金瓶梅》为暴露小说，《官场现形记》为谴责小说，两部著作的共同弱点是只暴露黑暗，不写光明，缺少理想和希望。因此，相对于《红楼梦》和《西游记》，"人们不爱看"这些没有亮色没有希望的书。

毛泽东说："《金瓶梅》没有传开，不只是因为它的淫秽，主要是它只暴露，只写黑暗，虽然写得不错，但人们不爱看。"《金瓶梅》的作者是兰陵笑笑生，成书时间在《红楼梦》前约百年。这部书的内容主要是从《水浒传》"武松杀嫂"一段衍生出来的，以恶霸西门庆为全书主线和中心人物。他是破落户出身的市井无赖，开生药铺子，又和一批帮闲结拜十兄弟。本有一妻三妾，偶遇潘金莲，又设计谋奸，毒死潘夫武大郎，武松报仇，误杀了李外传，被刺配孟州。西门庆遂娶金莲为妾。先后又娶寡妇孟玉楼、李瓶儿，又收了金莲的婢女春梅。后来得了几笔横财，贿赂蔡京，做了金吾卫副千户的官。从此，勾结官府，贪赃营私，霸占良家妇女，并求药纵欲，最后以服药过量暴死。以后潘金莲、春梅私通女婿陈经济，事发被西门庆正妻吴月娘卖了，金莲为武松所杀。金兵南下，月娘携遗腹子逃乱，梦到她家的因果报应，便令孝哥出家。《金瓶梅》是一部暴露性小说。它以西门庆的家庭为描写中心，这个家庭上通文武百官，下连贩夫走卒，是这个社会矛盾的集中点和缩影。通过它暴露了明代社会政治的黑暗、经济的腐朽、道德的堕落、风尚的肮脏、伦理的沦丧等。作品的中心人物是西门庆，他是个豪商和恶霸的典型，剥削、欺诈、狠毒、贪婪，为了满足自己的私欲，不惜牺牲一切人的利益。在他身上体现了剥削阶级极其丑恶、凶残的本质。潘金莲、李瓶儿、春梅等是被侮辱、被蹂躏的妇女，同时她们也以毒辣的手段欺压别人，她们的行为和遭遇都体现了封建社会的罪恶，她们的死是受封建制度毒害的结果。这部书更严重的缺点是作者对所写的社会现象缺乏鲜明的爱憎感情，对于被剥削被压迫的人很少表示同情，对于压迫者凌辱者也很少表示憎恨，而且对于受苦难的劳动人民，特别是被作践的妇女，时常加以嘲弄。对所写的生活侧面缺乏提炼和典型化，只是客观地暴露出来，甚至对所写的丑恶现象还抱着欣赏的态度。书中大量色情描写，思想庸俗，趣味低级。正如毛泽东所说，《金瓶梅》"只暴露，只写黑暗"，它的阅读效果往往是消极的——"人们不爱看"。

毛泽东评论《官场现形记》说："有些小说如《官场现形记》等，是光写黑暗的，鲁迅称之为谴责小说。只揭露黑暗，人们不喜欢看。"这部小说六十回，清末李宝嘉撰。这是揭露晚清官场腐败的一部最有代表性的谴责小说。它深刻详尽地暴露了封建社会崩溃时期统治阶级内部的腐朽情况，暴露了清政府各级官员贪婪成性，昏聩糊涂，卑鄙龌龊，愚昧无知的丑恶嘴脸；而他们欺压百姓、对强盗卑躬屈膝、认贼作父都达到极点。如小说中受上司之命前往严州剿捕匪盗的官吏胡华若，竟然洗劫了当地一个村庄，并且编造了一个数额六七十万银两的开销而班师回朝。反映了朝廷命官借机洗劫百姓、骗取银两的客观现实，暴露了封建官吏欺上瞒下、视民如寇的社会问题。小说中的文制台，对内淫暴，对洋人则恭顺倍加，典型的奴才走狗姿态。《官场现形记》从不同角度暴露了统治者的昏聩、腐朽，并以其自身的行为，对统治者进行了嘲讽和谴责。《官场现形记》一类谴责小说，虽然有无情揭露鞭挞封建官场和黑暗社会种种病态的优长，但又有明显的弊端：对清王朝的最高统治者抱有幻想，对帝国主义的侵略本质认识不清，看不到前途和光明，不知对新的追求，更提不出解决社会问题的办法。这就使他们的揭露和谴责带有很大的局限性，只能引起人们对封建社会腐朽黑暗的震惊，以"合时人嗜好"，"供闲散者谈笑之资"，（鲁迅《中国小说史略》）不能振奋读者的精神，提高读者的思想，去医治社会的弊病。

毛泽东说《官场现形记》和《金瓶梅》"人们不喜欢看"，主要是它们只暴露黑暗，这是十分深刻的见解，它指出了这两部小说在思想内容方面的严重缺陷。确实，在这两部作品里很难找到实际生活中先进的、健康的影子和积极的、向上的思想。这种文学现象与毛泽东的文艺观大相径庭。早在延安时期，毛泽东即认定：

> 一种艺术作品如果只是单纯地记述现状，而没有对将来的理想的追求，就不能鼓舞人们前进。在现状中看出缺点，同时看出将来的光明和希望，这才是革命的精神，马克思主义者必须有这样的精神。（《在鲁迅艺术学院的讲话》，《毛泽东文集》第二卷，人民出版社1993年12月版，第122页）

社会生活本来存在着现实世界和理想世界两个方面，即使在最黑暗的年代，民众受到最残酷的压迫、凌辱、屠戮的时代，他们对未来的理想，对发展的希望，也不会泯灭，奋斗也不会止息。即使是批判现实的文艺作品，也应该让读者从中"看出将来的光明和希望"；作家如果把生活描绘得一片黑暗，让读者感受的只是悲观绝望，其作品虽然不能说没有一点价值，但是不可能成为优秀的经典的作品。

毛泽东对《红楼梦》给予极高的评价，除了因为这是一部真实地反映

18世纪中国资本主义正在萌芽，封建制度正在走向没落，具有重大历史价值的作品，还因为这部作品在揭露封建家庭和封建社会的黑暗、腐败、丑恶时，并没有对生活失去理想和希望。这是一个很深刻的观察和很深刻的思想。这表明，毛泽东认为，文学在任何时候都不能失掉理想和希望，哪怕是在最黑暗最腐朽的时代。

《红楼梦》的全新的面貌，正在于它是黑暗与光明的交织，腐败与新生的战斗，这与只是暴露黑暗的《金瓶梅》《官场现形记》对照起来是显然有别的。而在这交织争斗之中，我们得到了一个总的印象：那就是封建制度开始解体，走向自己的末世，而新的人物的雏形，新的思想的胚胎，新的制度幼芽，正在孕育产生。

自道其现实主义创作方法

（红楼艺术之一）

毛泽东在《红楼梦》第十九回《情切切良宵花解语 意绵绵静日玉生香》尾部批注道：

"此回是一篇伟大的现实主义的作品。"

"用现实的场面，具体的情节，生活中非说不可的语言，把一个封建叛逆者的形象和性格，生动的渲染出来，自然的流露出来，这是作者现实主义最成功的范例。"

陈晋：《毛泽东读书笔记解析》，广东人民出版社1996年7月第1版，第1461页；季学原：《毛批〈红楼梦〉点滴》，《羊城晚报》1995年9月5日

精神产品按其质量可以区分为产品、成品、精品、极品四个层次。毫无疑问，《红楼梦》是高居于精神产品之巅的，是古典小说中的极品。因为，还没有哪部小说在声誉和实际影响方面与之并驾齐驱，更不用说超过它而胜其一筹了。

曹雪芹的创作经验是丰富的，丰富得令读者目不暇接。说他的小说集古今小说创作经验之大成，恐怕并不是过头的话。在《红楼梦》的艺术经验中，又首推现实主义的创作方法。

毛泽东解读这部古典文学名著，曾多次谈到它的艺术性，而其中评价较高的正是曹雪芹的现实主义创作的成功之处。

作者自道其现实主义创作方法

1995年1月4日《羊城晚报》发表署名季学原的文章：《毛批〈红楼梦〉有意外发现》。说是1957年夏的一天下午，国务院文化部访书专员路工"在康生家中看到了一部毛主席批注的《红楼梦》，极为重视，爱不释手。不久，他终于将此书借回家中研读，并找到相同的版本（1954年人民文学

出版社本），将毛批的字句、标点和阅读符号原原本本抄录下来"。同年9月5日，《羊城晚报》又发表季学原的文章：《毛批〈红楼梦〉点滴》，摘抄了毛批6000多字中的部分文字。

毛泽东在《红楼梦》第一回《甄士隐梦幻识通灵 贾雨村风尘怀闺秀》写下了他的第一个批语：

"此一大段是作者自道其现实主义创作方法。"（季学原：《毛批〈红楼梦〉点滴》，《羊城晚报》1995年9月5日；盛巽昌：《毛泽东与红楼梦》，广西人民出版社1997年5月版，第26页）

所谓"此一大段"即是《红楼梦》第一回中"石头"（作者）与空空道人的一大篇对话，"石头"谈到自己的创作思想：

空空道人遂向石头说道："石兄，你这一段故事，据你自己说有些趣味，故编写在此，意欲问世传奇。据我看来，第一件，无朝代年纪可考；第二件，并无大贤大忠理朝廷治风俗的善政，其中只不过几个异样女子，或情或痴，或小才微善，亦无班姑、蔡女之德能。我纵抄去，恐世人不爱看呢。"

石头笑答道："我师何太痴耶！若云无朝代可考，今我师竟假借汉唐等年纪添缀，又有何难？但我想，历来野史，皆蹈一辙，莫如我这不借此套者，反倒新奇别致，不过只取其事体情理罢了，又何必拘拘于朝代年纪哉！再者，市井俗人喜看理治之书者甚少，爱适趣闲文者特多。历来野史，或讪谤君相，或贬人妻女，奸淫凶恶，不可胜数。更有一种风月笔墨，其淫秽污臭，屠毒笔墨，坏人子弟，又不可胜数。至若佳人才子等书，则又千部共出一套，且其中终不能不涉于淫滥，以致满纸潘安、子建、西子、文君，不过作者要写出自己的那两首情诗艳赋来，故假拟出男女二人名姓，又必旁出一小人其间拨乱，亦如剧中之小丑然。且鬟婢开口即者也之乎，非文即理。故逐一看去，悉皆自相矛盾、大不近情理之话，竟不如我半世亲睹亲闻的这几个女子，虽不敢说强似前代书中所有之人，但事迹原委，亦可以消愁破闷；也有几首歪诗熟话，可以喷饭供酒。至若离合悲欢，兴衰际遇，则又追踪蹑迹，不敢稍加穿凿，徒为供人之目而反失其真传者。今之人，贫者日为衣食所累，富者又怀不足之心，纵然一时稍闲，又有贪淫恋色、好货寻愁之事，那里去有工夫看那理治之书？所以我这一段故事，也不愿世人称奇道妙，也不定要世人喜悦检读，只愿他们当那醉淫饱卧之时，或避世去愁之际，把此一玩，岂不省了些寿命筋力？就比那谋虚逐妄，却也省了口舌是非之害，腿脚奔忙之苦。再者，亦令世人换新眼目，不比那些胡牵乱扯，忽离忽遇，满纸才人淑女、子建文君红娘小玉等通共熟套之旧稿。我师意为何如？"

空空道人听如此说，思忖半晌，将《石头记》再检阅一遍，因见上面虽有些指奸责佞贬恶诛邪之语，亦非伤时骂世之旨；及至君仁臣良父慈子孝，凡伦常所关之处，皆是称功颂德，眷眷无穷，实非别书之可比。虽其中大旨谈情，亦不过实录其事，又非假拟妄称，一味淫邀艳约、私订偷盟之可比。因毫不干涉时世，方从头至尾抄录回来，问世传奇。

看来，毛泽东读《红楼梦》第一回，这段话引起了他的格外关注。石头与空空道人两个人物当然是虚拟，实际上是在为作者代言，说这段话是"作者自道"，是曹雪芹的创作宣言和内心独白，无疑是准确的。曹雪芹"自道"了什么？毛泽东将其概括为"现实主义的创作方法"。现实主义的创作方法是《红楼梦》艺术性的基本方面，它贯彻全书的各个环节，尤其是曹雪芹撰写的前八十回。小说中也有浪漫主义的描写，而且写得色彩纷呈，优美如画，如女娲炼石补天、贾宝玉神游太虚幻境等等。可是，从整体上看，它只是小说的辅助部分，是对现实主义描写的一种衬托和补充。

现实主义文艺理论是20世纪初由西方传入我国的文艺思潮，最初译作"写实主义"，主要包含着对英国、法国和俄国一类以社会现实生活为题材的小说的理论价值描述和判断。后来，苏联马克思主义、列宁主义文艺思想被译介到中国，才采用了"现实主义"这个概念，此时它的内涵则主要是对苏俄现实主义文学的分析和概括。五四新文化运动确立了写实主义在文学中的正宗地位，成为文学创作和文艺批评的最高准则。中国共产党人的文艺理论工作者从上海的"左联"到延安的"文抗"，长时期介绍、阐发和运用了苏联"社会主义的现实主义和革命的浪漫主义"文艺思想原则，其影响延续了半个多世纪。毛泽东批注人民文学出版社出版的《红楼梦》的1954年前后，现实主义的文艺创作和批评原则，仍然受到尊重和推崇，在文艺领域占据着统治地位。

在文艺创作和文艺批评上，毛泽东是主张革命现实主义与革命浪漫主义相结合的。请看他关于这个问题的论述：

> 抗日的现实主义，革命的浪漫主义。（《给延安鲁迅艺术文学院的题词》，1938年）

> 我们主张艺术上的现实主义，但这并不是那种一味模仿自然的记流水账式的"写实"主义者，因为艺术不能只是自然的简单再现。至于艺术上的浪漫主义，并不是完全没有道理的。它有各种不同的情况，有积极的、革命的浪漫主义，也有消极的、复古的浪漫主义。有些人每每望文生义，鄙视浪漫主义，以为浪漫主义就是风花雪月哥哥妹妹的东西。殊不知积极浪漫主义的主要精神是不满现状，用一种革命的热情憧憬将来，这种思潮在历史上曾发生过进步作用。一种艺术作品如果只是单纯地记述现状，而没有对将来的理想的追求，就不能鼓舞人们前进。在现状中看出缺点，同时看出将来的光明和希望，这才是革命的精神，马克思主义者必须有这样的精神。（《在鲁迅艺术学院的讲话》，《毛泽东文艺论集》，中央文献出版社2002年4月版，第16页，1938年）

> 我们马克思主义者是革命的现实主义者，决不作空想。（《抗日战争胜利后的时局和我们的方针》，《毛泽东选集》第4卷，第1078页，1945年）

> 毛泽东同志提倡我们的文学应当是革命的现实主义和革命的浪漫主义的结合……（周扬：《新民歌开拓了诗歌的新道路》，《论革命的现实主义和革命的浪漫主义相结合》，作家出版社1958年版，第6页，1958年）

从1938年到1958年的20年间，现实主义始终是毛泽东文艺观的重要理论支撑点。他在1954年阅读和批注新版《红楼梦》，曹雪芹的文艺主张引起了他的思想共鸣。古典小说名著的创作实践，也为他信奉的这个文艺理论原则提供了物质例证。他写下这句言简意赅的批语，是十分自然的事情。

曹雪芹生活的清代中叶，不可能有"现实主义"这个概念。说曹雪芹"自道其现实主义的创作方法"，这是今人（毛泽东）用现代文艺理论观念和术语对古人（曹雪芹）创作方法的概括和认定。古代虽然没有现实主义这个概念，但是却不乏现实主义的创作实践和现实主义的文艺作品。苏联

"大百科全书"第三十六卷"现实主义"条写道:"现实主义是从艺术上认识客观现实并在艺术中真实地描写客观现实的方法。艺术借助现实主义的方法通过艺术形象(诗的、绘画的、音乐的、舞台的以及其他的形象)达到对于自然现象和社会现象以及人的内心世界的真实的反映。现实主义是与艺术同时产生的。原始艺术最初的萌芽(雕刻的女人像、描绘的动物画),尽管是粗糙的,但在一定程度上已具有现实性。由原始艺术的简朴的艺术手法到有意识地应用现实主义方法,这中间有着一个漫长的现实主义的形成和趋于完善的过程。这一过程是与所有艺术样式的不平衡的、矛盾的发展相联系的。是与力求通过艺术形象来真实地反映生活、反对各种各样的歪曲和虚伪性的斗争相联系的。整个艺术史表明,艺术离开对现实的真实描写,通常就会走向衰落。"(北京师范大学中文系文艺理论教研室编:《文学理论学习参考资料(下)》,春风文艺出版社1982年9月版,第555页)这段话,解释了现实主义的定义,也阐述了现实主义的发展历史。可以肯定,中国古代产生了为数众多的现实主义文艺作品。《红楼梦》不仅在其列,而且是其代表。人们常说"《红楼梦》是现实主义的杰作",其理论根据大概在此。

当然,《红楼梦》的现实主义乃是古典的现实主义;曹雪芹表达自己的现实主义创作方法,也有自己的特殊用语。用曹雪芹自己的话来说,他的创作方法是"只取其事体情理",观其"事迹原委,"以社会生活为泉源,按照社会生活本来的面貌和逻辑,如实写出。"离合悲欢,兴衰际遇,则又追踪蹑迹,不敢稍加穿凿,徒为供人之目而反失其真传",这就是他的现实主义创作方法的一个有自己个性的非常卓越的说明。他的现实主义的创作方法显示了巨大的威力,写出了使读者觉得比真实的社会生活更完美、更真实、更具有欣赏性的人间世界,从中可以掘取人生的感悟和体验。尽管曹雪芹一开始就声明,"将真事隐去",写的是"假语村言",写的是假话(贾化),但一代又一代的读者却总是认为他写的都是真的,并相信一切完全真实。这正是现实主义的巨大成功。

"假作真时真亦假,无为有处有还无",曹雪芹书中这副对联道出了他对真与假、有与无的辩证观念。他在创作上也体现了这种思想方法的辩证精神。他追求生活的本真,极力反对"谋虚逐妄",反对"假拟妄称",反对"胡牵乱扯"。他那"离合悲欢,兴衰际遇,追踪蹑迹,不加穿凿"的创作方法,其出发点是观察生活、表现生活的客观性。他从客观性出发,观察社会现实、生活现实、人生现实。这使他的作品具有令所有读者为之倾倒的真实性。走进他的小说，也就走入了真实生活本身。

曹雪芹的现实主义创作方法不是凭空而来的，它是在清理和扫除小说领域中种种荒谬、机械、模式化创造方法的基础上产生的。他的"自道"，非常不满意文坛现状，充满批判精神。他对小说创作中的三种浊流或曰三种"流行病"进行了颇为深刻的解剖和批判：

一种是对"历来野史"的批判。稗官野史，即指小说家言。曹雪芹认为此类书多为"讪谤君相""贬人妻女"的无聊之作，违背实际生活的"事体情理"，而且形式上"皆蹈一辙"，落入旧套，毫无新奇别致可言。曹雪芹书中虽然表面上不写"理朝廷治风俗的善政（即政治生活）"，但其中也"有些指奸责佞贬恶诛邪之语"，可他写得真实可信，新鲜有趣，不落旧套。

另一种是对"风月笔墨"的批判。风月笔墨是指描写风花雪月、儿女私情的文字，这里专指着意渲染色情的小说作品。明朝末年，政治黑暗，上层统治阶级腐朽不堪，社会风气一派下世光景，色情小说泛滥成灾，这种创作倾向一直影响到曹雪芹生活的清代中叶。曹雪芹用"淫秽污臭，屠毒笔墨，坏人子弟"十二字宣判了此类书的死刑。从写作传统和创作倾向上说，《红楼梦》也曾脱胎于《风月宝鉴》，也曾借鉴过《金瓶梅》的创作经验，书中不仅写情写爱，而且也写色写性，但笔墨雅致洁净，绝不低级下流，读后余香满口，并不坏人心地。

第三种是对"佳人才子"等书的批判。"才子佳人"小说在康熙年间发展到顶峰，成了那一时期占据文坛的"霸主"。充斥文坛的是《平山冷燕》《好逑传》《玉娇梨》之类的"开口'文君'，满篇'子建'，千部一腔，千人一面"的"才子佳人"等书。这些作品的作者，一脑袋功名富贵，于世情概不洞达，像苍蝇逐臭一样，热心于编造"私订终身，落难中举"、"奉旨成婚，夫贵妻荣"之类的"大团圆"故事。曹雪芹指出了此类书的毛病，其一是模式化。千人一面，千部一套，情节大都是"才子穷困正落难，佳人邀约后花园；赴京赶考中状元，欢欢喜喜大团圆"，陈陈相因，不离旧框。其二是无真情。作者只顾写出自己的几首情诗艳赋来，故事情节违背生活逻辑，"自相矛盾，不近情理"。其三是文人腔。不管是文人才子，还是奴仆丫鬟，张口一律"者也之乎"，与生活实际状况相去甚远。《红楼梦》中，什么样的人说什么样的话，贾政与焦大的用语、凤姐与紫娟的声口、贾母与刘姥姥的大实话，绝不在一个档次，绝不是一个特点。

曹雪芹对"才子佳人"等书的批判，除了小说第一回的大段叙述，还见于第五十四回"史太君破陈腐旧套"。他在这一回中借贾母之口说道:"这些书都是一个套子,左不过是些佳人才子,最没趣儿。把人家女儿说的那样坏,还说是佳人,编的连影儿也没有了。开口都是书香门第,父亲不是尚书就是宰相,生一个小姐必是爱如珍宝。这小姐必是通文知礼,无所不晓,竟是个绝代佳人。只一见了一个清俊的男人,不管是亲是友,便想起终身大事来,父母也忘了,书礼也忘了,鬼不成鬼,贼不成贼,那一点儿是佳人?便是满腹文章,做出这些事来,也算不得是佳人了。"贾母还批评"才子佳人"小说是"诌掉了下巴的话"。当然,贾母这番话思想杂糅,除对小说的评论外,也包含着对封建大家庭礼义规范的陈述和对自主婚姻的不满,不能全部看作是曹雪芹的小说观。

当时风靡文坛的,正是这些历来野史、风月笔墨和才子佳人小说。这些东西,虽然其中也有亮点,也有不可磨灭的内容,但相当大的多数乃是有闲文人的凭空杜撰,不过聊以遣兴怡神而已,没有什么大的思想意义可言。至于形式,则千篇一律,公式化、概念化是其显著特点。在这样的情境下,《红楼梦》的出现显然是空谷足音,一时震撼文坛。尽管遭到封建官僚和封建文人的百口嘲谤,但是难以掩饰遮蔽它的现实主义光辉,赢得了各个阶层广大读者群的由衷喜爱。也因为是在这样的情境下,曹雪芹不得不申明自己的文艺主张,向读者作些必要的解释和宣传。同时立在破中,把风月笔墨、"才子佳人"等书的积污尘埃,从理论上扫荡净尽,以树立起"追踪蹑迹"不失其真的现实主义旗帜。

曹雪芹懂得读者心理,尤其了解下层人物的阅读情趣和心态。他说世井俗人"喜看理治之书者甚少,爱看适趣闲文者特多",他还说穷人富人一样,"那里有工夫去看那理治之书"。一个是"理治之书",一个是"适趣闲文",读前者的"甚少",读后者的"特多",这既说明曹雪芹对大众阅读价值取向的洞悉和认同,也说明曹雪芹创作《红楼梦》一书时内心深处对服务对象的自觉选择倾向。这正是他现实主义创作方法的思想情感基础。在曹雪芹的生活时代,"理治之书"较多地反映了统治阶级的意识形态,而"适趣闲文"则在一定程度反映了底层民众的心理、愿望和呼声,前者为世井俗人所厌弃,后者为世井俗人所喜读,则是必然的了。文艺理论家们每每将现实主义与人民性、民主性相提并论,不是没有道理的,二者往往是一而二、二而一的事情。这在曹雪芹的小说创作理论中再次得到证明。

曹雪芹自道其现实主义的创作方法,首先得到脂砚斋的首肯,他在"石头笑答"一段话上批道:"开卷一篇立意,真打破历来小说窠臼。阅其笔，则是《庄子》《离骚》之亚。"这个评价，把《红楼梦》的创作方法放在"历来小说"的大背景中来衡量，指出其"打破"开创之功，可谓一语中的，入木三分。

作家徐迟曾经指出："司马迁在他的《史记·自序》中，写了'原始察终，见盛观衰'八个字，是他的现实主义创作方法的总结。曹雪芹写了十六个字，是'兴衰际遇，按迹寻踪，不加穿凿，致失其真'（徐迟此处引语所据是"程高本"，与"脂本"文字有差异——引者注）。是他的现实主义创作方法的总结。两大文学家都说得很朴素，他们的八字诀和十六字诀都是从生活中得来的高度概括，非常宝贵，非常重要。"（《红楼梦艺术论》，上海文艺出版社1980年5月版，第114页）

鲁迅认为《红楼梦》的深刻正在于它"敢于如实描写，并无讳饰"。（《中国小说的历史变迁》）这是现实主义作品的本质品格，是一切伟大的现实主义文学的共同标志。忠实于现实生活，敢于按照现实生活的本来面貌给予反映，这需要真正艺术家的勇气。曹雪芹的《红楼梦》和过去那些粉饰、掩盖现实矛盾的"瞒"和"骗"的"大团圆"文学大异其趣。《红楼梦》写的是世家的悲剧、爱情的悲剧、社会的悲剧、人生的悲剧，在客观上预示了封建社会将走向"末世"。《红楼梦》式的悲剧作品，在中国文学史上颇为少见，这是因为中国的文人对于人生和社会的真实现象，向来很少正视的勇气。"《红楼梦》中的小悲剧，是社会上常有的事，作者又是比较敢于写实的，而那结果也并不坏。"（《坟·论睁了眼看》）曹雪芹敢于面对现实"睁了眼看"，并决心"编述一纪，以告普天下人"。这是作家自觉运用现实主义创作方法所产生的创作勇气。

此回是现实主义最成功的范例

1954年9月，毛泽东读新版《红楼梦》，在第十九回《情切切良宵花解语 意绵绵静日玉生香》尾部写下了近400字的批语，其中两段是：

"此回是一篇伟大的现实主义的作品。"

"用现实的场面，具体的情节，生活中非说不可的语言，把一个封建叛逆者的形象和性格，生动的渲染出来，自然的流露出来，这是作者现实主义最成功的范例。"

（陈晋：《毛泽东读书笔记解析》，广东人民出版社1996年7月

第1版，第1461页；季学原：《毛批〈红楼梦〉点滴》，《羊城晚报》1995年9月5日）

从批语中可以看出，毛泽东仔细读过第十九回。《红楼梦》虽然回回精彩（指曹雪芹原著前八十回），但第十九回文情并茂，细腻精湛，尤为超绝。毛泽东延续他评点小说第一回"作者自道"的思路，论定此回为"伟大的现实主义的作品"，而且是"作者现实主义最成功的范例"。这个评价自出机杼，亘古未闻。如果说毛泽东在小说第一回的批语是着眼曹雪芹整个创作方法的概括，那么，他在小说第十九回的批语则是解剖了曹雪芹现实主义描写的一个典型范例。

《红楼梦》第十九回主要写的是贾宝玉与贴身大丫鬟袭人、姑表妹林黛玉的两段故事。书中说元春省亲之后，荣宁二府人人力倦，个个神疲，独宝玉是极无事最闲暇的。这日一早，袭人被母亲接回家吃年茶去了，宝玉在家玩得没兴，去东府看了半日戏又觉得怪烦，于是便和茗烟偷偷去袭人家中探望。晚上袭人回来，和宝玉说起日间家里的事，便借母兄要赎她回去之议，趁势对宝玉进行了一番规劝。袭人提出："我另说出两三件事来，你果然依了我，就是你真心留我了，刀搁在脖子上，我也是不出去的了。"三件事的关节点是劝宝玉读四书五经，在老爷或别人跟前做出个喜欢读书的样子来，不可毁僧谤道，不可调脂弄粉，也就是不再多接触女人。对于袭人提的这些条件，宝玉口口声声表示"都改，都改"。可是，袭人所得到的只是一时的口头许诺，宝玉没有也不可能改变他的本性。第二天，宝玉照样给丫头们"淘漉胭脂膏子"，昨夜袭人情切切之语都付诸行云流水。就在袭人"情切切良宵花解语"之后的第二天中午，宝玉来黛玉房中看视，正遇上黛玉在床上歇息。当宝玉闻得黛玉身上一股幽香时，非扯袖子闻一闻不可。黛玉念念不忘的是宝玉与宝钗之间的关系，故玩笑时每不禁言及之。宝玉对付黛玉旁敲侧击的办法，是哈气伸手胳肢黛玉的两肋，黛玉触痒不禁，笑说"再不敢了"。宝玉怕黛玉饭后睡出病来，便讲了一个扬州衙门里小耗子偷香芋的童话，说黛玉是"真正的香玉"。黛玉情知宝玉讲故事"编派"自己，便翻身爬起来拧宝玉，宝玉连连告饶。两人有说有笑情意绵绵地度过了静日的中午。

毛泽东关于第十九回思想价值的批语，笔者在《同一人生观相互结合的爱情》一节讨论过，这里只讨论毛泽东对第十九回现实主义艺术描写的批语。他认为曹雪芹的现实主义描写，在场面和情节、行动和语言、形象和性格等方面，都有杰出表现。

"现实的场面"。场面是生活场景的板块，也是展示人物性格、塑造人物形象的舞台。且看第十九回对宁国府看戏场景的描写：

> 宝玉只和众丫头们掷骰子赶围棋作戏。正在房内顽的没兴头，忽见丫头们来回说："东府珍大爷来请过去看戏、放花灯。"宝玉听了，便命换衣裳……过去看戏。谁想贾珍这边唱的是《丁郎认父》、《黄伯央大摆阴魂阵》，更有《孙行者大闹天宫》、《姜子牙斩将封神》等类的戏文。倏尔神鬼乱出，忽又妖魔毕露，甚至于扬幡过会，号佛行香，锣鼓喊叫之声远闻巷外。满街之人个个都赞："好热闹戏，别人家断不能有的。"宝玉见繁华热闹到如此不堪的田地，只略坐了一坐，便走开各处闲耍。先是进内去和尤氏和丫鬟姬妾说笑了一回，便出二门来。尤氏等仍料他出来看戏，遂也不曾照管。贾珍、贾琏、薛蟠等只顾猜枚行令，百般作乐，也不理论，纵一时不见他在座，只道在里边去了，故也不问。至于跟宝玉的小厮们，那年纪大些的，知宝玉这一来了，必是晚间才散，因此偷空也有去会赌的，也有往亲友家去吃年茶的，更有或嫖或饮的，都私散了，待晚间再来；那小些的，都钻进戏房里瞧热闹去了。

从场面描写艺术上说，"东府看戏"无疑是逼真的、切实的、可信的。这个场面在贾宝玉眼中是"繁华热闹到如此不堪的田地"，演出的是牛鬼蛇神乌烟瘴气的鬼神戏，反映出贾珍、贾琏等人的醉生梦死，从主子到奴才都去追求"精神会餐和感官刺激"，衬托出宁府精神文化生活的空虚糜烂。同时，男主人公贾宝玉"略坐一坐，便走开"，一方面反映出他的纯洁清澈不同流俗，另一方面也表现出他的百无聊赖和内心一时无所倚托，为他出城看望袭人留下伏笔。

"具体的情节"。情节是生活中矛盾进程的艺术反映，是人物性格发展的历史。第十九回书以宝玉的活动为贯穿线，设计了丰富的情节和细节：如宝玉东府看戏、宝玉小书房"捉奸"、宝玉骑马下乡看望袭人、李嬷嬷怡红院瞧宝玉未遇、袭人借口"赎身"吓唬宝玉、袭人箴规宝玉"三件事"、宝玉午日潇湘馆看视黛玉、宝玉给黛讲小耗子偷香芋的童话等等。这些情节，这些故事片断，无一不活灵活现，生动逼真。仿佛就发生在你的身边周围，真切地让你几乎分辨不出哪是小说故事，哪是生活真实。且看宝玉小书房"捉奸"这个"具体的情节"：

宝玉见一个人没有，因想："这里素日有个小书房，内曾挂着一轴美人，极画的得神。今日这般热闹，想那里自然无人，那美人也自然是寂寞的，须得我去望慰他一回。"想着，便往书房里来。刚到窗前，闻得房内有呻吟之韵。宝玉倒唬了一跳：敢是美人活了不成？乃乍着胆子，舔破窗纸，向内一看——那轴美人却不曾活，却是茗烟按着一个女孩子，也干那警幻所训之事。宝玉禁不住大叫："了不得！"一脚踹进门去，将那两个唬开了，抖衣而颤。

茗烟见是宝玉，忙跪求不迭。宝玉道："青天白日，这是怎么说。珍大爷知道，你是死是活？"一面看那丫头，虽不标致，倒还白净，些微亦有动人处，羞的脸红耳赤，低首无言。宝玉跺脚道："还不快跑！"一语提醒了那丫头，飞也似去了。宝玉又赶出去，叫道："你别怕，我是不告诉人的。"急的茗烟在后叫："祖宗，这是分明告诉人了！"宝玉因问："那丫头十几岁了？"茗烟道："大不过十六七岁了。"宝玉道："连他的岁属也不问问，别的自然越发不知了。可见他白认得你了。可怜，可怜！"又问："名字叫什么？"茗烟大笑道："若说出名字来话长，真真新鲜奇文，竟是写不出来的。据他说，他母亲养他的时节做了个梦，梦见得了一匹锦，上面是五色富贵不断头卍字的花样，所以他的名字叫作卍儿。"宝玉听了笑道："真也新奇，想必他将来有些造化。"说着，沉思一会。

毫无疑问，这是一段风月笔墨。但是，曹雪芹写得清新雅致，真切感人。没有任何污浊腐臭的气味。读后只会纯洁灵魂，不致坏人心术。这个情节中写了三个人物：主子宝玉，他的贴身小厮茗烟和小丫鬟卍儿。在情急之下，三个人的行为言语既符合生活逻辑，又各有特色。贾宝玉真如鲁迅所说：爱博而心劳。他不仅时时关心呵护视野所及的每一位女孩子，而且还惦记着小书房画上的美人，怕她"寂寞"，赶去"望慰"，真真"情痴"得可以。他的"捉奸"，并非有意，而是不期而遇。茗烟与卍儿的行为，还算不上爱情，大概只能算是偷情，只能是没有生活自由的（包括两性自然接近的自由）、青春期情窦初开的少男少女的偷吃禁果。宝玉是主子，可他并没有以主子的身份出现。他大叫"了不得"，并不是茗烟与卍儿"干那警幻所训之事"了不得，而是宝玉怕青天白日下奴才做此种事情，被主子贾珍发现将受严惩，不知"是死是活"。他提醒卍儿"快跑"，安慰卍儿"不告诉人"，这都表明他的立场和同情心显然在茗烟和卍儿一面。至于他批评茗烟连卍儿的岁数都没搞清是"白认得你了"，连说"可怜！可怜！"则是他内心深处性爱要以情爱为基础的反映。曹雪芹把这样一个在结构上起铺垫作用的小情节、实际生活中的小镜头写得如此有思想含量，得力于现实主义笔法。宝玉的大叫、踹门、跺脚、赶出去、笑道、沉思，茗烟的跪求、在后叫、道、笑道，卍儿的抖衣而颤、脸红耳赤、低首无言、飞也似去了，宝玉与茗烟那由短促到冗长的对话（反映了两人心情由紧张到舒缓的变化）……都是那样的真实，此时生活真实与艺术真实是完全也是完美统一在一起的，使你觉得此时此刻、此情此景的此人此事，应该如此，也只能如此。

"非说不可的语言"。即规定情景下符合人物个性的语言，符合生活逻辑的语言。第十九回的一些人物语言相当传神。如宝玉提出要和黛玉枕一个枕头，黛玉道："放屁，外头不是枕头？拿一个来枕着。"宝玉以为嬷嬷们枕过，嫌脏不要，"黛玉听了，睁开眼，起身笑道：'真真你就是我命中的天魔星！请枕这一个。'说着，将自己枕的推与宝玉"。

这些话语，把少女黛玉的矜持，黛玉的率性，黛玉的亲昵，以及黛玉情动于衷的无奈，都酣畅淋漓地体现出来了。此回宝玉的语言也不乏精彩之处。如宝玉听袭人说只要依了她几件事就不走了，忙笑道："你说，那几件？我都依你。好姐姐，好亲姐姐，别说两三件，就是两三百件，我也依。"这些话，非常符合喜聚不喜散的"情痴"宝玉的身份声口，非宝玉说不出这样的话，可谓纸上有声有音之语、让人如见如闻之文，其中特别是叠用"好姐姐，好亲姐姐"二语，恰如庚辰本《石头记》脂砚斋批语所云："活见从纸上走一宝玉下来，如闻其呼，见其笑。"

"把一个封建叛逆者的形象和性格，生动的渲染出来，自然的流露出来。"小说第十九回，整回都是以贾宝玉为故事的贯穿线，所有场面、情节、语言都在于塑造宝玉的封建叛逆者形象。恩格斯说："据我看来，现实主义的意思是，除细节的真实外，还要真实地再现典型环境中的典型人物。"（《致玛·哈克奈斯》，《马克思恩格斯选集》第4卷，第461页）第十九回中的贾宝玉的性格有发展，形象更丰满。他与贾珍、贾琏等纨绔子弟迷恋声色的习气开始隔膜，感到宁国府的乌烟瘴气令人窒息，想溜到城外乡下"熟近些的地方"逛逛，去感受行动自由。他骂走仕途经济的人是

"禄蠹",不喜欢读四书五经,毁僧谤道,调脂弄粉,吃女孩嘴上的胭脂,总之,他"行为偏僻性乖张",言语荒唐近狂妄,实质上是他不满意封建制度,追求个性自由和人格平等,追求人生观一致基础上的爱情。而这一切,曹雪芹并不是靠说教来实现的,而是在真实的场面、情节、语言的描绘中,使之生动渲染自然流露出来的。曹雪芹的笔法,达到了现实主义的娴熟境界。毛泽东称许此回为现实主义"最成功的范例",确为不易之论。

没有实际经验写不出"认镫"二字

1938年4月10日,鲁迅艺术学院在延安正式成立。4月28日,毛泽东到"鲁艺"做了题为"怎样做艺术家"的长篇演讲。

这是毛泽东成为马克思主义者以后,第一次就文艺问题特别是革命文艺的创作和发展问题,作较为全面的论述。在这个讲演里他谈到两部中外著名长篇小说的两个相近的细节描写:一是俄国法捷耶夫的《毁灭》关于"上马鞍子"的描写,一是中国曹雪芹的《红楼梦》关于"认镫"上马的描写。

这从一个侧面说明毛泽东阅读作品之细致。他谈及这两个细节描写的用意,是说明作家"创造伟大的作品,首先要从实际斗争中去丰富自己的经验",这正是现实主义创作的一个基本原则。毛泽东说:

> 鲁迅先生在《毁灭》的后记中说到,《毁灭》的作者法捷耶夫是身经游击战争的,他描写调马之术写得很内行。像上马鞍子这类细微的动作,《毁灭》的作者都注意到了,鲁迅先生也注意到了。这告诉我们,大作家不是坐在屋子里凭想象写作的,那样写出来的东西是不行的。《红楼梦》这部书,现在许多人鄙视它,不愿意提到它,其实《红楼梦》是一部很好的小说,特别是它有极丰富的社会史料。比如它描写柳湘莲痛打薛蟠以后便"牵马认镫去了",没有实际经验是写不出"认镫"二字的。事非经过不知难,每每一件小事却有丰富的内容,要从实际生活经验中才会知道。……没有丰富的实际生活经验,无从产生内容充实的艺术作品。要创造伟大的作品,首先要从实际斗争中去丰富自己的经验。艺术家固然要有伟大的理想,但像上马鞍子一类的小事情也要实际地研究。过去一个研究《红楼梦》的人说,他曾切实地把大观园考察过一番。现在你们的"大观园"是全中国,你们这些

青年艺术工作者个个都是大观园中的贾宝玉或林黛玉，要切实地在这个大观园中生活一番，考察一番。（《毛泽东文集》第2卷，人民出版社1993年版，第123~124页）

《毁灭》是法捷耶夫（1901—1956）1926年创作的反映苏联国内战争题材的作品。它描写远东滨海地区一支由工人、农民和知识分子所组成的游击队，在日本干涉军和白匪的追击下进行顽强斗争，最后突出重围时只剩下了19个人，但仍完成了任务的故事。该书于1927年出版。鲁迅曾据日译本译成中文，后据英译本和德译本参校一遍。在该书的《后记》里，鲁迅写有这样一段话："文艺上和实践上的宝玉，其中随在皆是，不但泰茄的景色，夜袭的情形，非身历者不能描写，即开枪和调马之术，书中但以烘托美谛克的受窘者，也都是得于实际的经验，决非幻想的文人所能著笔的。"显然是称道小说在细节描写方面的真实性，并认为是得益于作者"实际的经验"。事实正是这样。作者法捷耶夫的童年和少年时代都是在远东的南乌苏里边区度过的。17岁在海参崴加入布尔什维克，国内战争时期先后参加当地的游击队和红军，同白匪和日本干涉军斗争。没有如此深厚的生活积累，自然写不出远东的"景色"以及"夜袭""开枪""调马"之类，写不出《毁灭》这部革命现实主义的经典之作。

毛泽东读过鲁迅译的《毁灭》这部小说。他在4月28日的讲话中，强调克服艺术创作上的"观念论"，即主观主义，并以《毁灭》对"上马鞍子"的描写及鲁迅的评论为例，提出对"上马鞍之类的小事情也要实际的研究"。

"牵马认镫"见《红楼梦》第四十七回《呆霸王调情遭苦打 冷郎君惧祸走他乡》："（柳）湘莲道：'这么气息，倒熏坏了我，'说着，丢下了薛蟠，便牵马认镫去了。""牵马认镫去了"，短短六个字，一连写了三个动作。牵马和去了，不是骑术中的难题；准确认镫，却要有实际经验。马镫悬在马腹部，没经验的骑手，抬腿上马时认不准马镫，往往一脚踩空，上不去马。而好骑手却能迅速认准马镫，飞身上马。柳湘莲一口气完成牵马、认镫、去了三个动作，说明这位江湖侠客的骑术之好，也说明他想立即摆脱薛蟠的急迫心情。所以，曹雪芹"认镫"二字用得极好，很有实际经验。

毛泽东读《红楼梦》注意到这样细微的生活情节。他在讲话中由《毁灭》的"上马鞍子"联想到《红楼梦》中的"牵马认镫"，也是为了说明，"没有丰富的实际生活经验，无从产生内容充实的艺术作品。"为此，他把整个中国比为"大观园",要求作家、艺术家们到里面去"生活一番,考察一番"。毛泽东在演讲中还说,这种考察,不是"新闻记者的态度",因为新闻记者的考察是"过路人"的考察,而作家、艺术家应该沉下去"下马看花"。没有对生活认真的、细致的、长久的观察,要写出现实主义的作品,那是不可能的事情。

现实主义又不是仅仅要求人们观察生活,实录生活。现实主义并不是把人们的遭遇、生活、见闻或思想随自己的意思描写出来便算完事,而是要在人们所生活、所遭遇、所见闻的森罗万象、纷纷纭纭之中,分别出轻重、主客、本末、深浅来,然后把握住现象的内幕、问题的核心、事物的本质、事实的主要因素和历史的动力等等,择优加以处理,加以组织,技巧地叙述出来。这实在不是一件容易的事情!

曹雪芹的现实主义创作方法使他写出一部具有高度思想性的作品,使他所写的人物,成了一定的阶级和倾向的代表,尤其是主要人物,成了特定时代和特定社会思想的代表,是一定经济范畴的人格化,是一定的阶级关系和阶级利益的承担者。

这就要求作家、艺术家在观察生活的基础上进行思考,给予提炼,得到升华。见到生活现象并不难,难的是怎样能遇到这种现象便把它抓住;不让它打你面前空空滑过,这需要另一种工具,就是社会科学、历史科学、哲学、心理学、生理学或其他艺术等等的造诣。某一种社会现象在常人看来,一文不值,然而在现实主义的文学大家看来,却是极可宝贵的材料或题材。因为伟大的现实主义作家,富有精深的修养,养成一种极明快、极深刻、极锐利的眼光,能从森罗万象、纷纭错杂之中,看出现象的本质和价值,加以合理的处理,把它组织起来,使之成为现实主义的作品。譬如《红楼梦》,若非曹雪芹身历其境,和脂砚斋所说的"亲见亲闻",怎样能写出这样一部伟大的作品?进一步说,即使"亲见亲闻",设使没有曹雪芹那样细心的体会,深刻的思考,也写不出它这样思想深刻内容丰富的小说。

《金瓶梅》是《红楼梦》的老祖宗

(红楼艺术之二)

> 毛泽东说：《水浒》是反映当时政治情况的，《金瓶梅》是反映当时经济情况的，是《红楼梦》的老祖宗，不可不看。
>
> 逄先知、金冲及：《毛泽东传（1949—1976）》，中央文献出版社2003年12月版，第475页

清代中叶的乾隆时期出现《红楼梦》，真如"一山飞峙大江边，跃上葱茏四百旋"的庐山，拔地而起，突兀傲然。

但是，从小说发展史的角度来说，《红楼梦》的出现并非偶然，有其历史的必然性。毛泽东的读红评红，揭示了《红楼梦》在古典小说发展史上的传统性。

1956年2月19—20日，毛泽东为后来写作《论十大关系》做准备，分别听取国务院建筑工业委员会和建筑工业部汇报。一上来，毛泽东问万里是什么地方人。万里答：山东人。又问：

看过《水浒》和《金瓶梅》没有？

答：没有看过。

毛泽东说：

《水浒》是反映当时政治情况的，《金瓶梅》是反映当时经济情况的，是《红楼梦》的老祖宗，不可不看。（逄先知、金冲及主编：《毛泽东传（1949—1976）》，中央文献出版社2003年12月版，第475页）

汇报之前的这个插曲，使会场的气氛一下子活跃起来了。

这大概是毛泽东首次说"《金瓶梅》是《红楼梦》的老祖宗",过了5年,到了1961年12月20日,在中央政治局常委和各大区第一书记会议上,毛泽东对大家说:

> 你们看过《金瓶梅》没有?我推荐你们看一看。这本书写了宋朝的真正社会历史,暴露了封建统治,揭露了统治者和被压迫者的矛盾,也有一部分写得很仔细。《金瓶梅》是《红楼梦》的祖宗,没有《金瓶梅》就写不出《红楼梦》。但是,《金瓶梅》的作者,不尊重女性,《红楼梦》、《聊斋志异》是尊重女性的。(《毛泽东文艺论集》,中央文献出版社2002年4月第1版,第206~207页)

《金瓶梅》是《红楼梦》的祖宗,毛泽东这个结论概括了《红楼梦》评论史上一个来历久远的基本观点。

这个观点滥觞于深知曹雪芹拟书底里的脂砚斋。在"脂批"中,至少有三次明确提到《金瓶梅》与《红楼梦》的关系,讲到后者对前者的继承。

第一次在小说第十三回的批语里(庚辰本)。这一回描写,贾珍为亡媳秦可卿采购名贵棺木,看了几副杉木板皆不中意,最后选中的"原系忠义亲王要的"樯木板。脂砚斋的批语是:"写个个皆知,全无安逸之笔,深得《金瓶梅》壸奥。"《金瓶梅》中也一个发表的情节:陈经济到陈千户家,看了几副板都中等,听说尚举人家有好板,是尚举人父亲在四川成都府做推官时带来,名为桃花洞,及抬来西门庆满心欢喜,应伯爵只顾喝彩。两者写法颇为相似。脂批里"壸奥"一词,意为居室深邃之处,比喻作品的独到之处。脂砚斋点明《红楼梦》深得《金瓶梅》的独到之处。

第二次在《红楼梦》第二十八回(甲戌本)。冯紫英请宝玉、薛蟠、云儿在家饮酒,猜拳行令,吟诗唱曲,此处脂砚斋批:"此段与《金瓶梅》内西门庆、应伯爵在李桂姐家饮酒一回对看,未知孰家生动活泼?"《金瓶梅》第十二回,西门庆与应伯爵等在李桂姐家饮酒唱曲时的情景,与《红楼梦》第二十八回饮酒场面有异曲同工之妙。脂砚斋此处主张把《红楼梦》和《金瓶梅》对看,比较谁更生动活泼,说明了二者的源流关系。

第三次在小说六十六回(庚辰本)。说柳湘莲因尤三姐事对宝玉跌足道:"你们东府里除了那两个石头狮子干净,只怕连猫儿狗儿都不干净。我不做这剩亡八!"此处,有双行夹批云:"奇极之文,趣极之文。《金瓶梅》

中有云'把忘八的脸打绿了'已奇之至,此云'剩忘八',岂不更奇。"此条批语,说明了《红楼梦》与《金瓶梅》在语言方面的承接关系,证明了《红楼梦》深受《金瓶梅》影响。

程高本《红楼梦》的大批评家张新之在《红楼梦读法》中写道:"《红楼梦》……借径在《金瓶梅》……《红楼梦》是暗《金瓶梅》,故曰意淫。《金瓶梅》有'苦孝说',因明以孝字结,此则暗以孝字结。至其隐痛,较作《金瓶》者为尤深。《金瓶》演冷热,此书亦演冷热。《金瓶》演财色,此书亦演财色。"张新之这段话有偏颇之处,如说《红楼梦》"暗以孝字结"似太牵强等,但他比较两书内容上的联系(如说两书都是敷演世态冷热等),还是有眼力的。

可以归入"评点派"著作的张其信的《红楼梦偶评》、诸联的《红楼梦评》、苏曼殊的《学术丛话》等,都谈到金、红两书的关联与比较,但大都零星分散,一两句带过。多角度有系统论述金与红两书之联系的专著,是民国年间阚铎撰写的索隐文字《红楼梦抉微》。此书近170节,主要讲述了金、红两书之间整体风貌以及人物事件之间的关联,还对两书中的一些典章制度进行了考证。阚铎之说,多数是牵强附会的,也有言之成理的。如第二节《"贾语村言"应注重"村"字》,就颇有精彩之笔:"《金》书之淫秽鄙琐,诚非村字不足以尽之。今欲除其村气,故另撰《红楼梦》一书,改为一种富贵秀雅之气。……《红楼》百二十回又由《金瓶梅》百回化出,而改俗为雅,改明为暗。"阚铎比较了两书的审美风格,探究《红楼梦》作者的创作动机。认为《金瓶梅》"淫秽鄙琐",充满"村"气俗气;而《红楼梦》是"改俗为雅",充满了"富贵秀雅之气",曹雪芹的创作动机是对《金瓶梅》不满,"欲除其村气"而另撰一书。这个评说很有见地。

考据派大家俞平伯在《红楼梦研究》中也认为《红楼梦》"脱胎"于《金瓶梅》,在《红楼梦简论》中,论及《红楼梦》的传统性时他说:《红楼梦》的主要观念是'色''空'",而"给它以最直接的影响的则为明代的白话长篇小说《金瓶梅》",并说这种"色空"观念,"明从《金瓶梅》来"。他在《读红楼梦随笔》中说:"《金瓶梅》跟《红楼梦》中的关联尤其密切,它给本书以直接的影响。"《红楼梦》的色空观念是虚无主义的,但它确实受到了《金瓶梅》色空观念的影响,当然,这影响是消极的。据陈东有《金瓶梅诗词文化鉴析》一书分析,在《金瓶梅》起揭示作品思想主题作用的回前诗词和格言中,多处直截了当地宣扬了"功名盖世,无非大梦一场"的虚无思想。小说第一回,作者开宗明义就提出"色情"之说,认为"'情''色'二字，乃一体一用"，"仁人君子，弗合忘之"，进而表明《金瓶梅》这部书，就是要写一个"风情故事"，"奉劝世人，勿为西门庆之后车"。《金瓶梅》在描写薛姑子演诵金刚科时（第五十一回）、吴道官迎殡悬真时（第六十五回）、黄真人炼度荐亡时（第六十六回），以及五台山行脚僧念词时（第八十八回），都赤裸裸地宣扬了虚无主义的色空观念。特别是薛姑子的唱词，历数人世的种种荣枯悲欢，宣扬了人生无常、万境归空的低沉悲哀情调。《红楼梦》的空幻思想，与此大有关联。小说第一回云："篇中间用'梦''幻'等字，却是此书本旨，兼寓提醒阅者之意。"接着又提出那著名的"因空见色，由色生情，传情入色，自色悟空"的十六字"色空"说。作者还时而用这种观念来解释书中所描写的各种社会现象和人物性格，使一些人物和情节蒙上虚无、悲观、梦幻的色彩。《红楼梦》中《好了歌》和《好了歌注》流露出的"好即是了，了即是好"思想，依稀有《金瓶梅》思想的投影。小说第五回更把贾府的衰败归结为"宿孽总因情"，说风情月貌是"败家的根本"。这种解释，反映了作者世界观中落后的一面。当然，虚无主义色空观只是《红楼梦》思想题旨的一个侧面，并非其思想主流。

《金瓶梅》是《红楼梦》的祖宗，毛泽东这个结论概括了明清古典长篇白话小说发展的一条规律。

鲁迅曾经从治小说史的角度，对《金瓶梅》与《红楼梦》的承继关系，尤其对创作上、细节描写上有巨大影响这一点，作过精确的阐述。在《中国小说史略》中，他将明代长篇小说分为讲史、神魔、人情三大主潮。在第19篇《明之人情小说（上）》中，称"世情书"中《金瓶梅》最有名，"作者之于世情，盖诚极洞达，凡所形容，或条畅，或曲折，或刻露而尽相，或幽伏而含讥，或一时并写两面，使之相形，变幻之情，随在显见，同时说部，无以上之"。而《红楼梦》则是被列为"清之人情小说"之冠，作为其杰出代表。指出两书都属于"大率为离合悲欢及发迹变态之事"，"又缘描摹世态，见其炎凉"之情。鲁迅又从文辞和意象上观察，以为《金瓶梅》对《红楼梦》也有影响，"描写世情，尽其情伪，又缘衰世，万事不纲，爱发苦言，每极峻急。"然而《金瓶梅》"时涉隐曲，猥黩者多"。至于说此书之作专以写市井间淫夫荡妇，则与文本殊不符，"缘西门庆故称世家，为搢绅，不惟交通权贵，即士类亦与周旋，著此一家，即骂尽诸色，盖非独描摹下流言行，加以笔伐而已"。鲁迅已从历史的源流、小说的流派上述说清楚了它们之间的关系。

作为人情小说（也称世情书，就是记人事的小说）巅峰之作的《红楼梦》，它不同于敷演帝王将相创世传奇的历史小说《三国演义》，也不同于讴歌英雄豪杰行为的英雄传奇小说《水浒传》，还不同于渲染神魔争斗的神话怪异小说《西游记》，它着力铺排的是现实社会生活中普通家庭的盛衰荣枯，人们的发迹变奏和青年男女的离合悲欢。成书于明万历年间（或说嘉靖时期）的《金瓶梅》是它的奠基之作。关于人情小说的兴起和发展，鲁迅在《小说史大略·清之人情小说》中这样说："人情小说萌发于唐，迄明略有滋长，然同时堕入迂鄙，以才美为归，以名教自饰，……至清有《红楼梦》，乃异军突起，驾一切人情小说而远上之，较之前朝，固与《水浒》《西游》为三绝，以一代言，则三百年中创作之冠冕也。"鲁迅的这一论断，符合人情小说发展历史。唐代传奇《霍小玉传》《李娃传》等，叙写青年男女的离合悲欢，表现人情的翻覆，世道的崎岖，已露世情小说的端倪。明中叶以后，人情小说更为发达，长篇有《金瓶梅》，中篇有《鼓掌绝尘》，短篇有"三言""二拍"中的一些篇章。这些作品，或写人事的成败祸福，或写家庭的兴盛衰落，或写婚姻的离合悲欢，间谈因果，以寓劝惩，掀起第一次人情小说创作的热潮。明末清初，人情小说的创作发生分化，出现不少专写丽情亵语、盛陈因果的异化作品，真正继承了《金瓶梅》写实传统的作品，主要是明末西周生的《醒世姻缘传》和清初随缘下士的《林兰香》。到了清代中叶，《红楼梦》横空出世，借幻说法，把人情小说的创作推向最高峰，也把中国古典小说的艺术水准推向一个新阶段。《红楼梦》写了感人至深、魅力四射的社会、人生和爱情的悲剧，充满现实生活的浓郁气息和丰富深刻的时代内容。

比较《金瓶梅》，它不仅在所谓"家常琐事""儿女闲情"中深刻揭露了封建末世社会的腐朽和黑暗，而且还发掘出埋藏在生活中的诗意，表现了作者崇高的美学理想。所以，《红楼梦》不仅是社会的产物，而且也是历史的产物。没有众多人情小说创作经验的铺垫，没有《金瓶梅》这样较为成熟的人情小说在前面蹚路子，不会突然出现戛戛独造、面貌一新的《红楼梦》。

《金瓶梅》是《红楼梦》的祖宗，毛泽东这个结论指出了《红楼梦》作者在创作时接受《金瓶梅》艺术经验的基本内容。

《金瓶梅》为后来出现的《红楼梦》提供了新的创作思路和新的创作方法。这可从下述几个方面去看：

从创作过程上看。《金瓶梅》出世以前的小说，其成书过程多为"世代积累型"的：先是从正史或稗史资料中演义出街谈巷议的故事传奇，说唱艺人长期说讲演唱,加工提炼,再由有一定文化底蕴的人进行再创作形成稿本,在流传中再经出版者、评点者反复删改点评,终于形成定本(有的有几种形式的定本),如《三国演义》《封神演义》《水浒传》等都是如此。《金瓶梅》则不同,它是此前无依托,此时无榜样,由作者在较短周期内独立创作一手完成的文学作品,因而被称为中国第一部"个人独创型"小说,为后来出现的《红楼梦》《聊斋志异》《儒林外史》等开辟了创作新局面。

从作品题材上看。《金瓶梅》的创作题材,正如毛泽东所说,是"写了宋朝(这是作者假托,实际是指明朝——引者注)的真正社会历史"。而它以前的小说,题材多为历史故事与神话传说,与作者、读者所生活的现实社会可说隔着千山万水,十分隔膜。《金瓶梅》以官僚、恶霸、富商三位一体的封建势力代表人物西门庆及其家庭生活的罪恶史为中心,描绘了一个上自皇帝宰相,下至官僚恶霸、帮闲篾片所构成的丑恶世界,赤裸裸地毫无忌惮地表现中国社会的"病态",全面暴露封建社会末期的黑暗景象。鲁迅在《中国小说史略》中说"作者之于世情,盖诚极洞达",因此"悲愤呜咽"。《金瓶梅》敢于面对现实,描写世情,这种开拓精神无疑给曹雪芹很大的启发。《红楼梦》在题材上同《金瓶梅》是一脉相承的。它通过描写封建贵族家庭的代表——贾府的衰亡史,展现了一幅广阔的社会图景,揭示出封建末世的种种矛盾和斗争,广泛而深入地批判了封建专制制度、官僚制度、婚姻制度、伦理关系等等,并预示腐朽不堪的封建社会和封建统治阶级必然灭亡的历史趋势。曹雪芹选择"赫赫扬扬,已将百载"的封建贵族大家庭贾府,将其置于广阔的社会关系之中,把皇室、王府、官府,以及市民、农民、艺人等各种各样的人物都拉进贾府内,反映的社会生活更广泛更深邃。这比西门一家更具有典型性,更能全面地暴露封建社会末期的时代特征。特别是这个家庭内部表面上温情脉脉,实际上互相倾轧,暴露了世家大族的种种矛盾和危机,这比《金瓶梅》中嫡庶之争更为深刻。《红楼梦》在题材选择上的成功,既是学习《金瓶梅》的结果,又是超越《金瓶梅》的结果。这是中国小说史上创作题材的一大变革,为《红楼梦》以后小说创作提供了一个题材新取向的范本。

从结构布局上看。《金瓶梅》以前的小说,受说唱艺术的影响,多用单线条发展的方式,虽然也有贯穿全书的人物或大事件的始终,但故事和情节若断若续,整体结构松散失衡,如《水浒传》以人物的出场为结构的转换点,写完一个人物的故事再转写另一个人物的故事,所谓"鲁智深传""林冲传""武松传""宋江十回""方腊十回",就是这样形成的。再如《西游记》则以事件的变化为结构的转换点，写完唐僧等人的一"难"再转写他们的另一"难"。依据"九九八十一难"编出四十多个相对独立、互不连属的故事。《金瓶梅》则另辟蹊径，它以西门庆为线索反映社会情态，以潘金莲为线索反映家庭纠葛，两条主线交叉发展，错综复杂，缜密紧凑，全书布局均衡，浑然一个整体。"如常山之蛇，击首尾应，击尾首应，击腰首尾皆应"。清人刘廷玑《在园杂志》评论道：《金瓶梅》"结构铺张，针线缜密，一字不漏，又岂寻常笔墨可到者哉？"这种头绪万千，相互穿插而又针线缜密，如网如罾的布局方法，成为后来出现的《红楼梦》的极好借鉴。《红楼梦》中人物众多，事件纷杂，结构庞大，但作者技法高超，布局主宾分明，纲目清晰，缓急相间，疏密映衬，枝干相连，纵横交错，用贾府兴衰、宝黛爱情把这些事件串联起来，沟通起来，藏络伏脉，首尾照应，追踪蹑迹，在在可寻。先前的小说，结构上难得如此严密，《红楼梦》可说一丝不乱，一滴不漏。《红楼梦》的结构比《金瓶梅》更宏大广阔，更错综复杂，也更云谲波诡，变幻莫测，复杂多样。

从人物刻画上看。《金瓶梅》以社会上的中下层普通人物为描写对象，寻常夫妻、和尚、道士、姑子、相士、卜卦、方士、乐工、优人、妓女、杂戏、商贾，包罗万象，都有刻画。写人，《金瓶梅》的主要笔力又放在作为社会独立存在的妇女身上，让许许多多妇女充当了小说的主角。这为《红楼梦》选择描写对象踩开了新的路径，为曹雪芹刻画大观园中大批妇女形象开了先河。《红楼梦》的人物描写，得益《金瓶梅》之处不少。它所写及的三四百个人物，且不说主要角色贾宝玉、林黛玉、王熙凤、薛宝钗和"金陵十二钗"别的人物等，就是贾府的老爷、太太、少爷、小姐，还有府中的丫鬟、奴仆，以及那些王公侯伯，大小官吏，和尚道士、三姑六婆，乃至市井俗人、庄户人家，都写得栩栩如生，有血有肉，跃然纸上，呼之欲出，是活跃于当时社会舞台的真正的现实人物。与《金瓶梅》里的人物一样，不带少许"神"或"鬼"的性质，完全是日常生活中可以经常遇见的"人"。正如鲁迅在《中国小说的历史变迁》中所说："《红楼梦》……和从前的小说叙好人完全是好，坏人完全是坏的，大不相同，所以其中所叙的人物，都是真的人物。"

从语言运用上看。《金瓶梅》独创性地使用口语化的北方方言（以山东方言为主），善于运用生动的俗语、成语、歇后语，这是借鉴了话本小说的语言特点来进行创作。《红楼梦》师法《金瓶梅》，可曹雪芹又不照搬它的语言风格，《红楼梦》的语言运用更有张力和磁性。比如《金瓶梅》中的俗语"拼着一身剐,敢把皇帝拉下马""千里搭长棚,没有个不散的筵席""一个个都像乌眼鸡似的"等等,《红楼梦》也运用了,但是曹雪芹并非简单袭用,而是把这些语言完全融化在自己的艺术描写里,使其更有思想内涵和表现力。比如,《金瓶梅》中西门庆勾引来旺儿妻子宋蕙莲,来旺儿醉后恨骂西门庆:"这时且由他,只休要撞到我手里!撞着,我定教他白刀子进去,红刀子出来!"曹雪芹在《红楼梦》里描写焦大醉骂贾蓉:"……到如今不报我的恩,反和我充起主子来了!不和我说别的还可,若再说别的,咱们红刀子进去,白刀子出来!"脂砚斋批道:"是醉人口中文法。"同样是运用一条俗语,仅仅把"红""白"两字互换一下位置,却增添不少耐人寻味的东西!曹雪芹的语言功夫,非比寻常。

毛泽东断定"没有《金瓶梅》就写不出《红楼梦》",这是否抬高了《金瓶梅》而贬低了《红楼梦》呢?细品毛泽东的话,没有这个意思。相反,毛泽东比较两书,指出《金瓶梅》的思想缺陷,那就是《金瓶梅》不尊重女性,而《红楼梦》尊重女性。大量地刻画妇女形象,是两书的共性,但两书的妇女观却相去甚远,甚至可以说有天壤之别。《金瓶梅》中的妇女,一个个不是被写成荒淫无耻,阴险狠毒,就是被写成麻木不仁,甘当玩物,从中看出作者兰陵笑笑生对妇女的封建观念和轻视态度。曹雪芹则大异其趣。他虽然也精心塑造了王熙凤、赵姨娘、多姑娘那样的有缺陷的妇女形象,可是另一方面,他一反"男尊女卑"的传统观念,宣称"女儿清爽,男人浊臭",要使"闺阁昭传",热情讴歌了林黛玉、晴雯等一大批"行止见识"远远高出于"堂堂须眉"之上的少女,向酿成"千红一窟(哭)"、"万艳同杯(悲)"的妇女悲剧的封建制度发出了最强烈的控诉。可以说,《红楼梦》虽然"深得《金瓶》壶奥",但是在思想性和艺术性两方面都远远超过了《金瓶梅》,而且克服了《金瓶梅》的许多鄙陋之处。

张其信《红楼梦偶评》认为《红楼梦》"从《金瓶梅》脱胎,妙在割头换象而出之"。

诸联《红楼梦评》说:"《红楼梦》本脱胎于《金瓶梅》,而亵嫚之词,淘汰至尽。中间写情写景,无些黠牙后慧。非特青出于蓝,直是蝉蜕于秽。"(侯忠义、王汝梅主编:《金瓶梅资料汇编》,北京大学出版社1985年12月版,第470页)

后出转优,这是一般的发展规律。《红楼梦》借鉴《金瓶梅》,而不是"脱胎"于《金瓶梅》,在借鉴的基础上是超越《金瓶梅》,正如张其信和诸联评语中所说的"蝉蜕于秽""割头换象"。这反映了小说创作史的发展轨迹。

通过家庭反映社会

（红楼艺术之三）

> 毛泽东很愿意与人谈论问题，有一次，谈起了家庭问题。他说："……你看，那《红楼梦》里写的是几个家庭，主要是一个家庭，《红与黑》不过也是写了一个家庭，可都是有代表性的。通过家庭反映社会，家庭是社会的缩影。所以，我说过，不看《红楼梦》，就不了解中国的封建社会。书中的那些人，都代表了一定的阶级，得这样来看他们的矛盾冲突，矛盾纠葛，矛盾的产生和发展。"
>
> 郭金荣：《毛泽东的晚年生活》，教育科学出版社1993年2月版，第96页

评价《红楼梦》的艺术成就，不能不谈到它在题材选择上对小说创作提供的经验，对小说发展作出的贡献。毛泽东品鉴《红楼梦》的艺术性，曾经简练地把它的题材概括为：通过家庭反映社会。

这个结论产生于毛泽东晚年在中南海书房中一次意趣横生的漫谈。

晚年的毛泽东很愿意与人谈论问题，尤其愿意结合文学作品以闲谈的方式来讨论。

那是在1975年初夏。他让照顾自己生活起居的孟锦云读外国小说《红与黑》和中国小说《红楼梦》。因为这两本小说的题材都是写家庭生活，有一次两人结合小说内容谈起了家庭问题。毛泽东说："至于家庭，我看东西方加在一起，真正幸福的不多，大多是凑凑合合地过……建立家庭时都将将就就的，过起来难免就凑凑合合，表面上平平静静或热热闹闹，内里谁能说得清？越大的家庭，矛盾越多，派系越多，对外越需掩盖，越要装门面。"

说到这里，毛泽东又采用了他惯常采用的引经据典的谈话方式，说到两本小说上来：

"你看，那《红楼梦》里写的是几个家庭，主要是一个家庭。《红与黑》不过也是写了一个家庭，可都是有代表性的。通过家庭反映社会，家庭是社会的缩影。所以，我说过，不看《红楼梦》，就不了解中国的封建社会。书中的那些人，都代表了一定的阶级，得这样来看他们的矛盾冲突，矛盾纠葛，矛盾的产生和发展。"（郭金荣：《毛泽东的晚年生活》，教育科学出版社1993年2月版，第96页）

孟锦云完全被这种漫谈式的学术性探讨迷住了。

毛泽东谈到的可说是《红楼梦》创作的一条基本经验。

通过家庭反映社会，这是我国小说写作题材选择上的一次历史性超越。小说发展历史的常识告诉人们，《红楼梦》在题材的选择上继承了《金瓶梅》以来的传统。在我国长篇小说的发展史上，《金瓶梅》是第一部以描写家庭日常生活为题材来反映社会问题的长篇小说。《金瓶梅》评点家、清初人张竹坡说它是"一部炎凉书"（张评本卷首），鲁迅称之为"人情小说"（《中国小说史略》）。《金瓶梅》问世于16世纪，在此之前，长篇小说的主要题材，依照鲁迅在小说史中的意见，主要有两类：一为"讲史"，一为"神魔"。它们或讴歌叱咤风云的江湖好汉，如《水浒传》；或铺写错综纷繁的历史事件，如《三国演义》；或敷演诡谲虚幻的神魔斗争，如《西游记》。这两大系统，斑驳陆离，异彩纷呈，形成了我国古典长篇小说的传统题材。《金瓶梅》的出现则突破了传统的樊篱，把视野聚焦在一个家庭的日常生活，开拓了小说题材的新局面。鲁迅先生对《金瓶梅》"著此一家，即骂尽诸色"这种小说艺术手段早有评议。他在《中国小说史略》第十九篇评价《金瓶梅》时说："作者之于世情，盖诚极洞达……缘西门庆故称世家，为缙绅，不惟交通权贵，即士类亦与周旋，著此一家，即骂尽诸色，盖非独描摹下流言行，加以笔伐而已。"鲁迅认为《金瓶梅》的艺术成就正是这样，它是"借《水浒传》中之西门庆做主人，写他一家的事迹"，并通过这"一家"，上下勾连，左右映带，暴露出封建统治集团内部生活种种腐败的现实，深刻地反映了明代中叶社会现象的本质，展示了特定时代某一阶级、阶层、社会集团的生活真实，因而其社会内涵远非仅仅局限于一家一户、某人某事的范围，具有更广泛更深刻的典型性。

这种以家庭生活为题材的小说的出现，不是偶然的，它同当时的社会现实有密切关系。明中叶以来，由于资本主义萌芽的滋长，封建社会日趋衰落，进入它的后期，人们日益感到世态的炎凉，人情的冷暖，有些人便出来探讨这种以家庭为中心所反映出的社会生活问题，于是，所谓"世情"小说便应运而生，风靡一时。这就为百年后《红楼梦》这类以家庭生活为题材的更为成熟的长篇小说的产生，开辟了道路，积累了经验，奠定了基础。

在题材选择上，《红楼梦》同《金瓶梅》是血脉贯通同根同源的。曹雪芹选择了"百年望族"贾府这样的封建贵族家庭生活作为描写对象，作者精心描绘了贾府这个"诗礼簪缨之族"逐渐走向衰败，终于"树倒猢狲散""落了片白茫茫大地"的过程，以及在这一过程中它的形形色色的成员的纷繁复杂令人眼花缭乱的活动。在这个封建大家庭里，统治者奢靡铺张，吃喝玩乐，巧取豪夺，无恶不作，过着极端腐朽糜烂的生活，比之西门庆家有过之而无不及。

如毛泽东所说，《红楼梦》所描写的贾府这个家庭是有代表性的。小说细致逼真地描写了纠结在贾府这个封建大家族内部的重重矛盾，如嫡庶之间（贾宝玉与贾环）、主奴之间（王夫人与晴雯、王熙凤与丫鬟）、父子之间（贾政与贾宝玉）、母女之间（赵姨娘与探春）、妻妾之间（如王熙凤与尤二姐、夏金桂与香菱），还有夫妇之间、妯娌之间、亲朋之间、大奴才和小奴才之间、掌权主子与失势主子之间，明枪暗箭，你争我夺，风波频起，纠纷拥集。表面上看，这一家亲骨肉有情有爱，有尊有让，长幼有序，上下按班，似乎温情脉脉，充满"天伦之乐"，实际上，在那欢声笑语之中暗藏着阴谋、倾轧和猜忌，正如王熙凤所形容，或"坐山观虎斗"，或"借剑杀人"，或"站干岸儿，推倒油瓶不扶"，暴露了他们之间赤裸裸的利害关系。更为可贵的是，《红楼梦》写贾府，没有囿于家庭的范围，而是为它安排了广泛的社会关系，通过一些场面和人物，上下牵引，左右勾连，把皇宫、官府、贵族、市民、农家等各种各样的社会关系直接引进了贾府。这样，作品所反映的社会生活就显得非常隐微曲折，深沉广阔。贾府内部矛盾的"小循环"即与整个社会矛盾"大循环"相勾挂，又是整个社会矛盾的缩影，它深刻反映了那个时代的种种日益尖锐的对抗和日趋加剧的危机。这比《金瓶梅》仅只描写嫡庶之间的争斗更深入了一层。

《红楼梦》通过贾府中那些"精明强干的人"，对自己家庭走向衰落发展趋势的认识和判断，指出其表面上显赫奢华，实际上如大厦倾覆一般，很快会"忽喇喇"土崩瓦解。小说第十三回秦可卿给凤姐托梦："如今我们赫赫扬扬，已将百载，一日倘或'乐极生悲'，若应了那句'树倒猢狲散'的俗语，岂不虚称了一世诗书旧族了？"第七十四回探春说："可知这样大族人家，若从外头杀来，一时是杀不死的。这是古人曾说的'百足之虫，死而不僵'，必须先从家里自杀自灭起来，才能一败涂地！"探春还说："咱们倒是一家子亲骨肉呢，一个个不像乌眼鸡似的？恨不得你吃了我，我吃了你。"这几位小说人物的认识洞若观火，是清醒的、明智的，指出了贵族家庭"内里蛀空"，正在自我霉烂，已经不可挽救，它的解体衰亡是不可避免的，这就深化了小说的思想主题。

中国的封建社会是宗法制社会。封建家庭、家族是社会的生活组织形式的基本单位，是社会的细胞。毛泽东对这种社会结构有清醒明确的认识。1939年，陈伯达作《孔子的哲学思想》一文，毛泽东看过后，写信给张闻天，提出的修改意见中有一条涉及家庭与社会（国家）的关系，毛泽东写道：

"家庭中父与子的关系，反映了社会中君与臣的关系"，不如倒过来说："社会中（说国家中似较妥当）君与臣的关系，反映了家庭中父与子的关系"。事实上奴隶社会与封建社会的国家发生以前，家庭是先发生的，原始共产社会末期氏族社会中的家长制，是后来国家形成的先驱，所以是"移孝作忠"而不是移忠作孝。一切国家（政治）都是经济之集中的表现，而在封建国家里家庭则正是当时小生产经济之基本单元，如伯达所说的"基本细胞"，封建国家为了适应它们的集中（封建主义的集中）而出现。（毛泽东：《致张闻天》，《毛泽东书信选集》，人民出版社1984年版，145页）

一个有代表性的家庭生活，完全能够展现出一个国家、一代社会的整体风貌。如果说《金瓶梅》是通过描写一个典型的豪绅恶霸西门庆家庭的兴衰，具体而细微地暴露了明代后期封建社会的冷酷和浑浊的话，那么《红楼梦》则通过描写封建贵族大家庭贾府的衰败过程，真实而深刻地剖析了整个封建社会"末世"的种种腐朽和黑暗，令人信服地看到封建统治阶级不可避免地走向没落的历史命运。《红楼梦》所写的这个"赫赫扬扬，已将百载"的封建贵族大家庭，比西门庆那样一个家庭更有代表性，更能准确反映封建时代衰败期的政治、经济、文化生活面貌，充分体现封建统治阶级的腐朽本质，全面揭示封建伦理观念的陈腐，集中反映封建末世的时代特征。

描述家庭并不囿于家庭，通过家庭描写整个社会，确是《红楼梦》作者艺术创作的特点之一。曹雪芹的艺术奥秘正在于以"家"说"国"，小说第五回"贾宝玉神游太虚幻境"时，警幻仙子向众仙姬转述了宁、荣二公之灵的嘱托：

> "吾家自国朝定鼎以来，功名奕世，富贵传流。虽历百年，奈运终数尽，不可挽回者。故遗之子孙虽多，竟无可以继业。其中惟嫡孙宝玉一人，禀性乖张，生情怪谲，虽聪明灵慧，略可望成，无奈吾家运数合终，恐无人规引入正。"

这段话的潜台词正是以"家"说"国"。贾府随国朝定鼎而兴，现在"运终数尽，不可挽回"，实指大清国运进入"末世"；"子孙虽多，竟无可以继业者"，这"业"当然指"奕世功名"家国大业，子孙不肖，继业无人，实可堪忧，大清国"运数合终"。

《红楼梦》作者曹雪芹的这个艺术手段，似乎早为他创作上的合作者脂砚斋所揭破。脂批首先在这点上给了我们重要的暗示和提醒。小说开卷第一回，写甄士隐的女儿英莲一出场，就被癞头和尚叫作"有命无运累及爹娘之物"。此上甲戌本有眉批指出：

> 看他所写开卷之第一个女子，便用此二语（指"有命无运累及爹娘"——引者注）以订终身，则知托言寓意之旨，谁谓独寄兴于一"情"字耶？
>
> 家国君父，事有大小之殊，其理、其运、其数则略无差异，知运知数者则必谅而后叹也。

这清楚地告诉我们，作者写小女孩英莲"有命无运"，实际上"托言寓意"着封建家族乃至整个封建国家都是"有命无运"这一主旨。其中"家国君父"四字大有深意，在封建宗法社会里，父乃一家之主，君乃一国之主，这里轻轻一笔，实际上是把"君"——最高封建统治者皇帝包括在里面了。家国君父，他们和小说人物只是"事有大小之殊"，"其理、其运、其数则略无差异"。就是说，包括皇帝在内的整个封建统治阶级，这时都已呈现出"运终数尽"的衰败趋势。曹雪芹以小写大，以家说国，相当深刻地揭示了封建社会晚期表面兴盛而实际运终数尽的本质。

描写和解剖家庭可以看清国家政治经济上的一般情况。封建国家的细胞是家庭。把一个家庭描绘细致，分析透彻，可以从中看出社会整体状况。《红楼梦》写的是一个"赫赫扬扬，已将百载"的封建贵族大家庭，这种家庭不是当时的一般家庭的代表，它是统治阶层家庭的代表。我们可以从中体会出这个统治阶层不可避免、无可挽回的悲剧性的历史命运。

曹雪芹通过家庭反映社会的小说艺术手段，自有其高明处。清代二知道人在《红楼梦说梦》一书中，比较汉代司马迁作《史记》与清中叶曹雪芹作《红楼梦》时，写下了这样一段话：

> 太史公纪三十世家，曹雪芹只纪一世家。太史公之书高文典册，曹雪芹之书假语村言，不逮古人远矣。然雪芹纪一世家，能包括百千世家，假语村言不啻晨钟暮鼓，虽稗官者流，宁无裨於名教乎？况马、曹同一穷愁著书，雪芹未受宫刑，此又差胜牛马走者。（《红楼梦卷》，中华书局1980年4月版，第一册，第102页）

二知道人是旧时代的读书人，头脑中还残存着小说是"稗官者流"的迂腐观念。但是，他把小说家曹雪芹与太史公司马迁相提并论，让《史记》与《红楼梦》并驾齐驱，比较研究，并肩评论，指出小说"纪一世家"，即能包括"百千世家"，而且判定其是能"裨於名教"的"晨钟暮鼓"，不能不说是真知灼见。这个评价，仅就表达艺术手段来说，并非凡俗之论，闪烁着真理性的光芒。他甚至说曹雪芹"纪一世家"胜过（"又差胜牛马走者"）司马迁"纪三十世家"，则更是大胆、正确、深刻的卓识。

读过《红楼梦》，读者都会有一种感觉：在了解了贾府事件和人物以后，似乎对那个时代、那个社会的整个情景都有了清晰的乃至深刻的认知。这种阅读感悟，正是产生于以家写国，即通过家庭反映社会的创作技巧。

用假语村言写出来

（红楼梦艺术之四）

> 曹雪芹那是把真事隐去，用假语村言写出来，所以有两个人，一名叫甄士隐，一名叫贾雨村。
> 《毛泽东文艺论集》，中央文献出版社2002年4月版，第209页

  曹雪芹是在文网密布动辄得咎的政治、文化背景下创作《红楼梦》的，他所要表达的许多内容，又无一不是雍正、乾隆朝的"敏感话题"和"热门话题"，比如革职抄家、君暴臣贪、程朱理学、科举制度、仕途经济等等。这就迫使他不得不采取与众不同的创作方法。

  1973年12月21日，毛泽东在同军队高级将领谈话时说：

> 曹雪芹那是把真事隐去，用假语村言写出来，所以有两个人，一名叫甄士隐，一名叫贾雨村。真事不能讲，就是政治斗争。吊膀子这些是掩盖它的。（《毛泽东文艺论集》，中央文献出版社2002年4月版，第209页）

  《红楼梦》第一回回目是：《甄士隐梦幻识通灵 贾雨村风尘怀闺秀》。这个回目中点到两个人物——甄士隐和贾雨村，也暗含着曹雪芹创作《红楼梦》的一大艺术技巧。甲戌本《脂砚斋重评石头记》正文前有一篇《凡例》，其中有一条就披露了雪芹笔意：

> 此书开卷第一回也。作者自云："因曾历过一番梦幻之后，故将真事隐去，而撰此《石头记》一书也。"故曰"甄士隐梦幻识通灵"。但书中所记何事？又因何而撰是书哉？自云："今风尘碌

碌，一事无成。忽念及当日所有之女子。一一细推了去，觉其行止见识皆出于我之上；何堂堂之须眉，诚不若彼一干裙钗？实愧则有余、悔则无益之大无可奈何之日也！当此时，则自欲将已往所赖——上赖天恩，下承祖德。锦衣纨绔之时，饫甘餍美之日，背父母教育之恩，负师兄规训之德，已致今日一事无成、半生潦倒之罪，编述一记，以告普天下人。虽我之罪固不能免，然闺阁中本自历历有人，万不可因我不肖，则一并使其泯灭也。虽今日之茅椽蓬牖，瓦灶绳床，其风晨月夕，阶柳庭花，亦未有伤于我之襟怀笔墨者；何为不用假语村言敷演出一段故事来，以悦人之耳目哉？"故曰"风尘怀闺秀"，乃是第一回题纲正义也。

这则凡例，研究者或说作者所写，或说批者所撰。无论作者，还是批者，肯定是知情者所为。即使是批者所为，他几乎全引作者的话，也可以说是作者的创作自白。这"第一回题纲正义"，作者开宗明义地告诉读者，"将真事隐去，用假语村言"这个话，是自己表述创作思想和方法的特殊用语。

为了体现"示假隐真"的创作意图，曹雪芹特意虚拟创作了两个人物，用谐音法为他们取了名字，甄士隐即"真事隐去"，贾雨村即"假语村言"。《红楼梦》后四十回为无名氏所补缀，第一百二十回叫作《甄士隐详说太虚情 贾雨村归结红楼梦》。这一回回目虽然不是雪芹所撰，但续补者显然在揣摩曹公艺术手段。一部《红楼梦》以这二人始，由此二人终，可见，"示假隐真"的艺术手段不是偶一为之稍纵即逝的权宜之计，而是贯彻全书的根本方法。

以前研究《红楼梦》的人，对此二人没有作过多的分析，只认为他们的名字有谐音象征意义，如此而已。至多不过认为，曹雪芹考虑到当时文字狱的厉害，因而夫子自道自己所写的并非"真事"，而是一些"假语村言"罢了。其实二人的作用大矣。

甄士隐，出现于小说第一回。甄家本为姑苏阊门外葫芦庙旁一小乡宦人家，被本地推为望族，但不幸被一场大火烧成一片瓦砾场，爱女失踪，士隐本人也因贫病交攻，穷愁潦倒，渐渐露出那下世的光景来。一天听了跛道人的《好了歌》，自作《好了歌注》，因而大彻大悟，终于遁入空门。后四十回中甄士隐又出现两次：第一〇三回，他在急流津破庙"坐化"；第一二〇回，他以"福善祸淫"详说太虚情。甲戌本《石头记》有脂砚斋批语云:"不出荣国大族,先写乡宦小家,从小至大,是此书章法。一本地推为望族,宁荣则天下推为望族,叙事有层落。"又曰:"找前伏后,士隐家一段小荣枯至此结住。所谓真不去假焉来也。"(甲戌本第二回)这就告诉我们:甄士隐主要是以一个象征人物、结构人物的身份出现在《红楼梦》中的。小说是以"当地望族"甄士隐家的"小荣枯",引出"天下望族"贾家的大荣枯。由其家室的遭际,人们自然会联想起贾府的由盛而衰,其个人的归宿也成了作品主人公贾宝玉最后走出家门、悬崖撒手的一种预示。甄士隐开头所作"好了歌"解注和最后的"详说太虚情",在某种程度上可以看作是代表作者在阐释对人生和社会的看法,引导着人们对作品的意蕴进行深入的思索。所以,描写甄士隐一家及其本人的遭际的第一回,其情节及象征意义在《红楼梦》艺术结构和思想主题中有着重要的地位和作用。

贾雨村,谐音"假语村";名贾化,谐音"假话";字时飞,谐音"实非";"雨村"是其别号,脂砚斋批道:"雨村者,村言粗语也。言以村粗之言,演出一段假话也。"(甲戌本第一回,甲辰本、王府本批语略有文字差异)总而言之,作者在贾雨村的名、字、号上都赋予了象征性的含义,明确指示着他将在全书中运用的艺术手段。

这位姓贾而不是贾府中人的特殊人物,本为寄居葫芦庙内的一个穷儒,生于末世,却怀有强烈的功名欲望,后来竟借贾家之力(与其联宗),果然平步青云,身为高官。贾雨村是一个贯穿小说始终的人物,始有"风尘怀闺秀",终为"归结红楼梦"。因其升迁起落,都与贾府有着千丝万缕的联系,所以他成了贾家兴衰荣辱的见证人。主要故事集中在前四回,他的象征作用突出,结构作用更为突出:第一回,甄士隐设宴,贾雨村抒怀,那时他还在窘困之境。第二回,他考中得官,娶娇杏做二房,又很快被参罢官,在林如海家坐馆,女学生即为林黛玉,闲游巧遇冷子兴,发"正邪二气"宏论,可以把他看作是作者对历史、人生发表见解的代言人。第三回,由林如海酬报贾雨村引出"接外孙贾母惜孤女",把林黛玉引到贾府;夤缘复职。仗贾府之力谋补实缺。第四回,由他补授应天府,引出"葫芦僧乱判葫芦案",见门子前倨后恭,依"护官符"所示,徇私枉法,放走薛蟠,以为进身之阶;引出了"一损俱损,一荣俱荣"的四大家族,引出了薛家,把薛宝钗又送到了贾府,终于使宝玉、黛玉和宝钗三大主角儿聚到了一起。可见,这四回书,通过贾雨村的行踪,引出了全书的主要人物,介绍了小说的环境和背景,具有明显的结构作用。此后,再没有关于贾雨村的正面描写,但有几处重要侧笔:三十二回,雨村来贾府,定要见宝玉，使宝玉十分反感。四十八回，讹陷坑害石呆子，抄得古扇，奉承贾赦，平儿咒骂他是"没天理的野杂种"。五十三回，贾雨村升官，补授了大司马，协理军机参赞朝政。七十二回，又降了。贾琏等宁可远着他，然而贾政喜欢他，时常来往。后四十回，同雨村相关的情节有：九十二回，听说雨村降了三级，又要升了。一〇三回，在急流津遇甄士隐，名利关心，见死不救。一〇七回，雨村于贾府获罪之际，狠狠踢了一脚。一一七回，有人见雨村带锁被押。一二〇回，雨村得赦，褫籍为民，重遇甄士隐，归结《红楼梦》。小说由他来穿针引线，最为合适。否则，很多复杂内容便无法展开。

《红楼梦》在编撰甄士隐和贾雨村的故事时，写得奇妙反常，深有趣味。象征隐着真事实事的甄士隐，其故事却神奇缥缈，虚幻莫测，使作品蒙上浪漫迷离的艺术色彩；象征虚言假语的贾雨村，其故事却踪迹可循，真实可信，使读者相信那是生活中真有的事实。曹雪芹这支笔正如脂砚斋所批"狡猾之甚"，变化无穷。

毛泽东说《红楼梦》一书是"用假语村言写出来"的，这确实点明了曹雪芹的一条创作原则。曹雪芹"将真事隐去，用假语村言"的艺术手段，包含着从生活原型到艺术形象的典型概括过程，当然也意味着作者避免"文字狱"的难言之隐。有的红学家提出，"示假隐真"不限于一般的典型化方法，还应当领会这部小说的特殊写法，包括以假事敷演、用真事点醒，互相补足、彼此勾连，或正话反说，或以褒为贬，或借题发挥，或隐喻暗示，等等。这才可能以"儿女笔墨"的形式，写出一部具有"怨时骂世"深刻内容的作品。这个意见是有道理的。验之于《红楼梦》全书（前八十回），几乎到处可以找到这样的例证，批书的脂砚斋和畸笏叟也多处点拨指明。这告诉读者，作为艺术手段，作为表达方法，"示假隐真"是贯彻全书的，是曹雪芹的一个根本艺术技巧。毛泽东的话自然有他的道理。

研究曹雪芹"用假语村言写出来"《红楼梦》，很容易让人理解为走到"索隐派"的老路上去了。《红楼梦》究竟有没有隐去的"真事"？这"真事"又是指什么？这并不是一个不可以深入探讨的问题。这是因为，说"假语"中隐藏着"真事"，这话首先是曹雪芹自己说的。对曹雪芹特殊的创作方法和表达方式，我们必须有个正确的理解和合理的解释，既不能像"旧红学"那样做唯心主义、形而上学的索隐，又不能对此视而不见，不承认曹雪芹这个艺术手段。

曹雪芹创造和使用这个艺术手段，并不是为技巧而玩技巧。我们循着知情"批书人"脂砚斋的点拨，细细推究一番，便不难透过"假语"表面而窥其"真事"内幕，并从中理解曹雪芹的文心文胆。

我们来解剖小说第一回甄士隐故事的一个例子。说甄士隐怀抱女儿英莲到街前看热闹，遇到癞头和尚，那和尚念了四句言词，后两句是："好防佳节元宵后，便是烟消火灭时。"脂砚斋于前一句批道："前后一样，不直云'前'而云'后'，是讳知者。"于后一句批道："伏后文。"元宵佳节到了，甄士隐命家人霍启抱女儿英莲去看社火花灯，结果弄丢了英莲。脂砚斋于霍启名下批道："妙！'祸起'也，此因事而命名。"

接着，小说描写了甄士隐家一场更大的灾难：

不想这日三月十五，葫芦庙中炸供，那些和尚不加小心，致使油锅火逸，便烧着窗纸。此方人家多用竹篱木壁者，大抵也因劫数，于是接二连三，牵五挂四，将一条街烧得如火焰山一般。彼时虽有军民来救，那火已成了势，如何救得下？直烧了一夜，方渐渐的熄去，也不知烧了几家。只可怜甄家在隔壁，早已烧成一片瓦砾场了。只有他夫妇并几个家人的性命不曾伤了。急得士隐惟跌足长叹而已。只得与妻子商议，且到田庄上去安身。

甲戌本《石头记》在"接二连三，牵五挂四"两句之上有朱笔眉批："写出南直召祸之实病。"

本来，从小说文本的字面上看，士隐家丢了女儿，烧了房舍，在那个时代的社会生活里也是常有的事，不足为奇，别的小说里类似的情节也司空见惯。描写手段上，也没有甚高之处。似乎只能以"假语村言"视之。可联系脂批的点拨，令读者恍然大悟，觉得意趣大不一样，此间寓意非同一般，隐藏的"真事"昭然若揭：

我们把脂批前后顺序倒过来分析。所谓"南直"，系明代南直隶的略称。明成祖由南京迁都北京后，以旧时江南省所辖各府州直隶南京，时称"南直隶"。清代亦习用此称谓。所谓"南直召祸"，正是南方招祸、江南招祸的意思，即曹雪芹家招致大祸。从胡适考证《红楼梦》以来，人们就逐渐了解到曹家三代四人（曹玺、曹寅、曹颙、曹頫）在江宁（今南京）任织造，前后达六十余年。雍正五年底六年初，曹頫被革职，曹家被抄家，百年旺族一败涂地，"落了片白茫茫大地真干净！"所谓满街"大火"，正是弥天"大祸"；所谓"霍启"，正是"祸起"。

那么，为什么形容火灾的"接二连三，牵五挂四"一语写出了"南直召祸的实病"呢？原来，清代的织造署有三处，康熙晚年的三处织造分别是江宁的曹頫、苏州的李煦、杭州的孙文成，这三家"联络有亲"，被皇帝"视同一体"。这三家都与皇帝、皇室、王府有些瓜葛和特殊关系，不可避免或深或浅地卷入了上层统治阶层的政治斗争中去了。康熙去世，雍正一上台，首先以"亏空"的罪名把李煦革职抄家。雍正四年，李煦继任胡凤翚被革职，惧畏自杀。雍正五年二月，李煦又以"奸党"罪流放"打牲乌拉"（今吉林永吉县乌拉街镇）。同年十二月，以"行为不端""亏空甚多""骚扰驿站"罪又把曹頫革职，转年正月将其抄家，同时以"年已老迈"为名将孙文成撤职。雍正七年二月，李煦死于流放地。此时，曹頫正被"枷号"关在大牢里。"南直召祸"真是"接二连三，牵五挂四"，曹、李、孙三家"一损俱损"，"烟消火灭"。

"南直召祸"又与元宵节这个时间概念大有联系。雍正下令江南总督范时绎查抄江宁曹氏的家，虽然是在五年十二月二十四日，但上谕圣旨经驿站传到江南总督衙门，已是雍正六年元宵节前。故曹家被抄实际上是雍正六年元宵节前。曹雪芹用"假语"隐秘地把他家被抄的时间写进书里，但又在大障眼法（甄士隐家火灾）中设了个小计谋：抄家明明在元宵节前，但书中写的是"元宵后"。脂砚斋一语道破："不直云'前'而云'后'，是讳知者。"他又解释说："'前''后'一样。"为啥"讳知者"？曹雪芹在掩饰被抄家的准确时间，不给"知者"罗织罪名留下把柄，极力避免被人构陷"文字狱"。抄家是永远圣明的当今圣上、最高封建统治者雍正亲自决定的，你敢私下记载在书里，用现在的词儿讲是记"变天账"，是杀无赦的图谋不轨，罪不容诛！这里，脂砚斋也在告诉我们，曹雪芹"用假语村言"写作的良苦用心，曹雪芹也是迫不得已。倘若社会不那么专制，给他言论、撰著自由，允许他诉苦水、揭伤痛、抒愤懑，他还用这样煞费苦心咬文嚼字兜圈子、藏玄机吗？！

葫芦庙这场大火，正是当时封建统治阶级内部激烈的政治斗争风云的形象化比喻。许多贵族家庭其中包括曹家，便正是在这场斗争中"召祸"的。联系甲戌本第五回《红楼梦》曲收尾一段"落了片白茫茫大地真干净"一语下的批语："又照看葫芦庙"，可以推知小说中八十回后的贾府也正是在一场大祸中最终一败涂地的。脂批在"烟消火灭时"一句下批"伏后文"，传达的正是这个信息。

《红楼梦》中，像这样"用假语村言写出"，表面上似乎平淡、似乎浅显，却隐藏着惊心动魄、刀光血影、大起大落、大喜大悲的故事，饱含着令人震撼、令人警醒的人生寓意，可以使读者对社会、对人生大彻大悟大智大慧的内容，如秦可卿出殡、王熙凤协理宁国府、元春省亲、除夕贾氏祭宗祠、姽婳将军林四娘、抄检大观园等等，真可谓数不胜数。但是，我们解剖葫芦庙炸供引起火灾的故事及脂批的提示，足可以使我们窥一斑而见全豹，由点及面地认识到曹雪芹的"贾雨村言"中，历史信息、思想内容的巨大和丰赡，他的这个表现技巧的价值和作用。

还要指出，毛泽东讲《红楼梦》是"用假语村言写出来"的，是指创作方法和写作技巧，而不是指语言运用，或主要不是后者。有的语言研究者，只看"假语村言"的表面含义，把小说中的俗语、谚语、方言都看作是作者使用"假语村言"的证明。在我看来，尽管脂砚斋也讲过"假语村言"就是"以村粗之言，演出一段假话"，但事实上曹雪芹的创作使用的不仅不是粗糙的、没有提纯的"村粗之言"，而是最规范、最标准、最具表现力因而也最有生命力的汉语雅言，他的语言是那样的纯正、细腻、富丽而有质感，赶上并超过了他前代和同代的任何一位语言大师。

刘姥姥进大观园就是这么写的

(红楼梦艺术之五)

> 毛泽东在审阅《西藏革命和尼赫鲁哲学》一文时说:
> 文章的提笔好,看起来一段段不相关,但有内在联系。金圣叹很讲究文章的提笔。《金瓶梅》、《红楼梦》也好,刘姥姥见凤姐一段,开头扯得很远,但却有联系,扯得开,又收得回。
>
> 张素华、边彦军、吴晓梅:《说不尽的毛泽东》下册,辽宁人民出版社、中央文献出版社1995年5月版,第309页

曹雪芹以贾府这个家庭写整个末世社会来作《红楼梦》一部大书,动笔之时,他也犯了难:旧时代的世家大族,非比寻常小户之家,人口众多,家务繁杂,一下子还真不好下笔。但曹雪芹毕竟是"文笔足千秋"的文学大师,他很快找到了入笔的门径。小说第六回开始正面描写贾府:

> 按荣府一宅中合算起来,人口虽不多,从上至下也有三四百丁;事虽不多,一天也有一二十件,竟如乱麻一般,并无个头绪可作纲领。正寻思从那一件事自那一个人写起方妙,恰好忽从千里之外,芥荳之微,小小一个人家,因与荣府略有些瓜葛,这日正往荣府中来。因此便就此一家说来,倒还是个头绪。

这个"小小一个人家"就是刘姥姥一家。这刘姥姥乃是个久经世代的老寡妇,膝下又无儿女,只靠两亩薄田度日。女婿王狗儿把她接家来养活,她十分愿意,遂一心一计帮衬着女儿、女婿,带着外孙板儿过生活。

这王狗儿祖上曾与贾府王夫人的娘家爹——金陵王家联过宗,是为远族。

秋末冬初,王家生活紧巴。刘姥姥自告奋勇去城里贾府,找王夫人告

借。狗儿有些不通，刘姥姥开导说：

"……当日你们原是和金陵王家连过宗的。二十年前，他们看承你们还好；如今自然是你们拉硬屎，不肯去亲近他，故疏远起来。想当初我和女儿还去过一遭。他家的二小姐着实响快，会待人的，倒不拿大。如今现是荣国府贾二老爷的夫人。听得说，如今上了年纪，越发怜贫恤老，最爱斋僧敬道，舍米舍钱的。如今王府虽升了边任，只怕这二姑太太还认得咱们。你何不去走动走动，或者他念旧，有些好处，也未可知。只要他发一点好心，拔一根寒毛比咱们的腰还粗呢。"

于是，刘姥姥带着外孙板儿离村入城，"一进荣国府"。她的两只眼睛如同高性能的摄像机一般，将荣国府里里外外、角角落落、老老少少、男男女女……全方位满时空立体化扫描一遍，贾府人众纷纷亮相，红楼一梦的故事次第展开，波浪推进——

毛泽东解读百万字的《红楼梦》这部大书时，对这个艺术细节烙印深刻，做过批注，也应用于写作实践。

宁荣二府与"小小之家"

1954年9月，毛泽东读新版的《红楼梦》，在第六回《贾宝玉初试云雨情 刘姥姥一进荣国府》回末，写下批语：

第六回从"千里之外，芥豆之微，小小一个人家"起，写得很好。其价值，非新旧红学考据家所能知。一边是宁荣府，一边是小小之家。（季学原：《毛批〈红楼梦〉点滴》，《羊城晚报》1995年9月5日）

万事开头难，写小说也是如此。

《红楼梦》前五回，是全书的"引子"。红楼故事是从第六回真正展开的。贾府人物，老爷公子，夫人小姐，已经在第二回通过"冷子兴演说荣国府"介绍给读者。林黛玉、薛宝钗两个重要角色，也相继出场，或托孤，或选秀，被作者巧妙安排进贾府。人事格局基本奠定，故事主角大都上场，世家事务就要展开。

此时，曹雪芹却没有直接从贾府内部写起，采取"迂回战术"，从外围选取与贾府有点瓜葛的"小小人家"，派刘姥姥进入荣国府，带领读者去领略世家大族的气派风光。曹雪芹用刘姥姥引出故事，推进情节，让她从内里、从近处对贾府进行透视和详察，小说因此而深入细腻地展示了贾府的生活情景。刘姥姥没有直接见到王夫人，而是通过王夫人的陪房周瑞家的，见到了荣国府的"一线"当家人、王夫人的内侄女王熙凤，这就引出了小说另一重要角色，正面进入"阿凤传"。小说这一回写足了贾府的富足、气派和显赫，写足了凤姐儿的威势、心机和伶俐，并为小说后文刘姥姥二进、三进荣国府，为凤姐女儿巧姐的归宿作了必要的铺垫，预设了伏笔。为小说做批的脂砚斋也看到了此点，甲戌本《石头记》第六回回前总批道："此回借刘妪，却是写阿凤正传，并非泛文，且伏二进、三进及巧姐之归着。""此刘妪一进荣国府，用周瑞家的，又过下回无痕，是无一笔写一人文字之笔。"曹雪芹的创作，善于注此而写彼，目送而手挥，绝不用"一笔写一人"的板滞笔法。他写一个刘姥姥，其作用却是展示了贾府一大家。

毛泽东写作阅历非同一般，欣赏水平非比寻常，他以文章大家的眼光，敏锐看到了曹雪芹的艺术才气，看到了他的匠心独运之处，指出作者从刘姥姥入笔，"写得很好"。因为"一边是宁荣府，一边是小小之家"，没有洼地显不出高山，两相对此，不仅增添了作品的生活容量，而且提升了作品的艺术境界。

毛泽东批评新旧红学考据家不知曹雪芹从刘姥姥"小小一个人家"写起的"价值"，不知其所据者何。查评点派、索隐派的研红著作，也有人点出曹雪芹借刘姥姥叙入，文情闲逸，笔法高超的。清人王希廉的《红楼梦回评》，于第六回中批道：

> 头绪万端，真是无从说起。借刘老老叙入，不但文情闲逸，且为巧姐结果伏线。（《红楼梦资料汇编》第550页）

清人陈其泰读《红楼梦》第六回，于"正思从那一件事、那一个人写起方妙"处批道：

> 直至百回之外，才用着刘老老，而此处已见，以为闲文闲事耳。不知名手行文，多在闲处埋根。到得临时，方天然凑泊，不

费经营。譬诸草木有根，逢春自发。人心之灵，与化工争巧。始信文章非小道也。此书在在皆然，举一以待反三。

在第六回回末总评中，陈其泰重申道：

> 贾府房屋规模，以及大小人口，于黛玉来时叙明。此回特表凤姐起居，借村妪眼中一一看出。笔墨着纸，皆有生趣。而此村妪又是凤姐母女传中要紧脚色，安顿在此。闲处埋根。文字一笔作两笔用，非庸手所能及。（陈其泰评、刘操南辑：《桐花凤阁评红楼梦》，天津人民出版社1981年10月版，第64~65页）

民国年间有名为阚铎者，作《红楼梦抉微》一书，大谈《金瓶梅》与《红楼梦》的关系，多无稽之谈，但其中《刘姥姥之与应花子》一节，某些说法又颇有道理：

> 《红》之述刘姥姥云"不知从何处说起"，借一个人为全书线索，即刘姥姥是也。然则全书以清客作线索矣。故终《红楼梦》，刘姥姥皆有关系。《金》之开头便述十兄弟，而应伯爵即已登场，自后时时露面，直到终篇。故《红》特点明"外头老爷们有清客相公陪话，我们也用一个女相公"，此刘姥姥清客帮闲之证据。

阚铎认为，《红楼梦》中的刘姥姥与《金瓶梅》中的应伯爵身份相同，都是清客帮闲；在全书中所占的地位也相同，都是"全书线索"。刘姥姥是不是"清客帮闲"，可以讨论。《红楼梦》的"点明"，也不过是一种机敏的调侃和比喻。阚氏说刘姥姥这条线索贯穿《红楼梦》全书，是有道理的，可以令人接受。

在《红楼梦》中，刘姥姥是个小人物，是个配角，寻常看不见，偶尔上上场，但她却是一个很重要的穿针引线的结构人物。在前八十回中，刘姥姥曾两进荣国府。第六回她一进荣国府打秋风之后，小说三十九回到四十二回，详述她二进荣国府。写她信口开河，凑趣胡编，痴心宝玉反信以为真，偏去寻根究底。在两宴大观园中，她甘当喜剧角色，依本色说话行令，引众人发笑。她酒醉饭饱，迷路失径，误入怡红院，酣睡宝玉床。她临行为王熙凤女儿取名"巧姐"，终于满载而归。曹雪芹还有刘姥姥三进荣国府的描写，可惜原稿迷失，今人已无从看到。后补四十回中，却写了两次刘姥姥进荣国府：第一百一十三回，凤姐儿病入膏肓，将巧姐托付于刘妪；第一百一十九回，刘姥姥将巧姐、平儿接到乡下躲藏起来，并给巧姐说媒。

刘姥姥三（四）进荣国府，深入到荣国府的许多角落，接触了各种各样人物，引出了贾府衣食住行玩的方方面面。小说通过一位乡下老妪的观察、体验和评论，烘云托月般地表现了贾府贵族生活的享乐和奢侈，既写出了贾家"烈火烹油，鲜花着锦"之盛，又预示着贾家终将走向腐朽没落的结局。刘姥姥以局外人的身份，亲眼目睹了贾府的由盛而衰，由衰而败。刘姥姥的三进三出，见证了贾府三次质的变化。她成为这个世家大族兴衰历史的目击者和见证人。同时，她也成了小说情节的一条贯穿线，红楼故事由她而兴起、而发展、而结束，这无疑使小说的结构更缜密，脉络更清晰。毛泽东指出她在小说结构上的作用，真乃英雄巨眼。

刘姥姥进大观园就是这样写的

曹雪芹调遣刘姥姥引领读者进入荣国府（大观园）的表达技巧，毛泽东不仅看到了，写下言简意赅的评点，而且还借鉴到自己的写作中去了。

1958年10月，正当台海局势紧张之期，"炮击金门"震撼着世界。10月26日，毛泽东找田家英、吴冷西谈话，他拿当日发表的《再告台湾同胞书》为例，谈了如何写文章的几点意见。其中一点是：

> 文章要有中心思想，最好是在文章的开头就提出来，也可以说是破题。文告一开头就提出绝大多数人爱国，中国人的事只能由中国人自己解决。这个思想贯串全篇。整个文告，从表面上看，似乎写得很拉杂，不连贯，但重在有内在联系，全篇抓住这个问题不放，中间虽然有穿插，但贯彻这个中心思想。《红楼梦》中描写刘老老进大观园就是这样写的。（吴冷西：《忆毛主席》，新华出版社1995年2月版，第91页）

关于这段话，1993年为纪念毛泽东100周年诞辰，原人民日报社国际部领导成员崔奇接受中央文献研究室工作人员采访时，回忆道：毛泽东同志在1958年10月间同吴冷西的一次谈话中，以10月25日（写作时间，发表时间是10月26日——引者注）国防部《再告台湾同胞书》为例，谈了如何写文章的许多道理。他说：你们报社不会写文章。金圣叹会写。他谈国防部文告的写法是：

> 开头提出问题，绝大多数人爱国。内容贯穿一个中心思想：中国人的事由中国人自己解决。要有内在联系，抓住这个问题不放。应该像刘姥姥进大观园，虽有穿插，但贯穿一个中心。（张素华、边彦军、吴晓梅：《说不尽的毛泽东》下册，辽宁人民出版社、中央文献出版社1995年5月版，第308页）

《再告台湾同胞书》为毛泽东亲笔撰写，以国防部长彭德怀的名义发表。这篇文告现在收入了《毛泽东文集》第七卷。

《红楼梦》是小说，《再告台湾同胞书》是文告，在文章体裁上，二者不一样；但在文法上，二者有共同点。毛泽东解释得很清楚，两者都有中心思想，全篇形散而意联，中心思想一以贯之。《红楼梦》从"千里之外"的小小之家写起，看似节外生枝的"穿插"，实则始终围绕贾府兴衰这个中心讲故事，刘姥姥具有"乱麻"之"头绪"、一部大书之"纲领"的结构意义；《再告台湾同胞书》内容似乎很散乱、"很拉杂"，但是围绕"爱国""中国的事中国人自己解决"的中心来写，结果还是一纲举而万目张。

"《红楼梦》中描写刘老老进大观园就是这样写的"，毛泽东引出这个红楼典故，说明他对曹雪芹的艺术技巧很服膺、很激赏、很钦佩。写作文告之时，曹公笔下的刘姥姥是徘徊脑际的。在隆隆炮声中写文告，借鉴的竟是写乡村老妪的笔法，只有潇洒有如毛泽东者才能有如此文心才情。其实，这个写作技巧，也是毛泽东的夫子自道。田家英、吴冷西是一时大秀才，文坛屠龙手，毛泽东与他们讨论文法，品味文心，"奇文共欣赏，疑义相与析"，共同向学曹公，岂不是难得的一段佳话。

刘姥姥见凤姐一段"扯得开，收得回"

毛泽东是文章大家，尤以诗词、政论最为擅长。千古之下，自成流派。他的文论思想，也是贯通古今，兼取杂收，别具格局，成一家之言。

上一节，笔者引述了崔奇对毛泽东文论思想的回忆和评说，崔奇在回答毛泽东"对于如何写政论文章讲过一些什么珍贵的意见"时，还说过下面一段话。

毛泽东谈文章，很讲究气势。他强调文章要有个中心思想。而在章法结构上又能展得开，收得拢，波浪起伏，跌宕有致。

1959年5月，他在审阅人民日报编辑部起草、经胡乔木大力修改的《西藏革命和尼赫鲁哲学》一文时说：

> 文章的提笔好，看起来一段段不相关，但有内在联系。金圣叹很讲究文章的提笔。《金瓶梅》《红楼梦》也好，刘姥姥见凤姐一段，开头扯得很远，但却有联系，扯得开，又收得回。（张素华、边彦军、吴晓梅：《说不尽的毛泽东》下册，辽宁人民出版社、中央文献出版社1995年5月版，第309页）

1959年，借中国平息西藏反革命叛乱之时，以印度为代表的国际反华势力也反对声一片，《人民日报》发表了多篇政论文章，《西藏革命和尼赫鲁哲学》为其中一篇。

4月底，毛泽东交给胡乔木一项重要写作任务：以《人民日报》编辑部名义，写一篇关于尼赫鲁演说的评论。

尼赫鲁，当时的印度总理。他本来对中国持友好态度。后来，尼赫鲁支持西藏叛乱，转为反华。1959年4月27日，他在印度人民院发表演讲，把西藏平叛说成是"武装干涉"，他表示同情和支持"西藏人的自治愿望"。毛泽东读后，指示《人民日报》于4月30日全文转载尼赫鲁讲演，同时要胡乔木写一篇评论。

早在1956年下半年，胡乔木曾经写有一篇批判赫鲁晓夫的长篇文章《再论无产阶级专政的历史经验》。发表后一时间国际反响强烈。

此次受命，胡乔木倾注全力写出了一篇《再论》式的长篇评论，题曰《西藏革命和尼赫鲁哲学》。

毛泽东很欣赏胡乔木这篇文章，嘱令以"人民日报编辑部根据中共中央政治局扩大会议讨论写成"的名义发表，使此文的"规格"向《再论》看齐。

毛泽东曾说过："胡乔木写过许多好文章，《再论》和《尼赫鲁的哲学》就是他写的嘛！"

1959年5月6日，《人民日报》全文刊载了《西藏革命和尼赫鲁哲学》这篇长文。

胡乔木十分准确地掌握着与尼赫鲁论战的分寸：

"我们现在被迫在自己的评论中同尼赫鲁先生有所争辩，这是我们非常难过的事。尼赫鲁先生是我们尊敬的友好邻邦印度的总理，是世界上有威望的政治家之一。对于我们来说，尤其不能忘记的是，他是一位中国的友人，一位帝国主义的战争政策和侵略政策的反对者。而且，他对于社会进步，也曾经发表过不少开明的言论……"

胡乔木正是在肯定了尼赫鲁的这一面之后，展开了对他的另一面的批判：

"但是，他在一九五九年四月二十七日的讲话中却唱着一种多么不同的调子！"

在这"但是"之后，胡乔木逐条批驳了尼赫鲁关于中国西藏问题的一系列错误论点，最后又回归到希望中印继续友好、共同携手的话题上。

确实，胡乔木的政论提笔出色，纵收有致，很恰当地掌握了分寸，做到了毛泽东所说的"有理，有利，有节"。

此次毛泽东就胡乔木的时评《西藏革命和尼赫鲁哲学》谈政论写作，核心的内容是"文章的提笔"，即文章的开头。他一连举了四个例子：胡乔木文章的"提笔好"，金圣叹对提笔"很讲究"，明清世情小说《金瓶梅》和《红楼梦》的提笔"也好"。胡乔木文章提笔的精彩，已见之于上面的引述；金圣叹文章提笔的讲究，笔者在《毛泽东读〈水浒传〉》中《金圣叹很讲究文章的提笔》一节作过详细分析，此不赘述。《金瓶梅》的提笔，见之于该书第一回《西门庆热结十兄弟 武二郎冷遇亲哥嫂》。清人张竹坡评点《金瓶梅》，他于第一回回前总评中写道：

> 一部一百回，乃于第一回中，如一缕头发，千丝万丝，要在头上一根绳儿扎住。又如一喷壶水，要在一提起来，即一线一线，同时喷出来。今看作者，惟西门庆一人是直说，他如出伯爵等九人是带出，月娘、三房是直叙，别的如桂姐、玳安、玉箫、子虚、瓶儿、吴道官、天福、应宝、吴银儿、武松、武植、金莲、迎儿、敬济、来兴、来保、王婆诸色人等一齐皆出，如喷壶倾水，然却是说话做事，一路有意无意，东拉西扯，便皆叙出，并非另起锅灶，重新下米，真是龙门能事。（朱一玄：《金瓶梅资料汇编》，南开大学出版社2002年6月版，第445页）

张竹坡旨在说明《金瓶梅》"提笔"从西门庆"热结"十兄弟切入，这就像一根绳儿扎住千丝万丝头发、众多水线是从一把喷壶眼儿里喷出一样，使"诸色人等一齐皆出"，这种笔下功夫有如司马迁写《史记》的本领，所谓"真是龙门能事"。

　　毛泽东重点还是讲《红楼梦》的"提笔"写得好。好在什么地方？他也有具体明确的分析。曹公写刘姥姥，"扯得开，收得回"，文笔老辣，技法娴熟。着墨似乎"下笔千言，离题万里"，实则字字都在铺垫，句句不离根本。扯得远，写生计艰难远在乡下的王家；收得回，让刘姥姥的眼睛观察摄取"烈火烹油，鲜花着锦"的贾府。不是文章圣手不能臻此。这反衬出胡乔木文章的开头写得好。胡文本意是"否定"（批判）尼赫鲁的政治哲学，开头却从"肯定"尼赫鲁的政治作为落笔，这似乎把主题搞颠倒了。实际上"肯定"正是反衬"否定"的，证明"否定"的应该和有理，欲擒故纵，欲贬还褒，擒纵褒贬之间，很好体现了对尼赫鲁既斗争又争取的评论本旨。

石头会说话呢

(红楼艺术之六)

> 毛泽东继续说:"石头会说话呢。当年的勘察者早被人们忘掉,倒是石头还在纪念他们。那很可能是第一批勘察家哩……你读过中国的《红楼梦》吗?曹雪芹写的《红楼梦》,又叫《石头记》。"
>
> [苏]尼·费德林:《我所接触的中苏领导人》,新华出版社1995年版,第13~14页;刘杰诚:《毛泽东与斯大林会晤纪实》,中共党史出版社1997年3月版,第169~170页

石头,是人类文化的源头之一。以石头为题材的文学作品在远古神话中即已滥觞,后代文学中更是多有描写。

据考,曹雪芹也是一位爱石、咏石、画石的作家和艺术家。诗友聚会,他"击石作歌声琅琅"(敦诚:《佩刀质酒歌》),雪芹的画石,则有好友敦敏的《题芹圃画石》诗可证:"傲骨如君世已奇,嶙峋更见此支离。醉余奋扫如椽笔,写出胸中磈礧时。"

曹雪芹作小说,开篇就是女娲炼石补天的故事,书名也曾叫《石头记》。

毛泽东是否爱石,史无明文。但石头走入了他的诗词作品,倒是有据可查。1964年春,毛泽东重读《二十四史》,有感写下《贺新郎·读史》词一首,起笔就是:"人猿相揖别。只几个石头磨过,小儿时节。""石头磨过",是说把石头磨成石器,表示人类已进入能制造工具的石器时代,而石器时代只是人类发展的"小儿时节"。大约,女娲炼石补天的神话故事就产生在人类发展史上的石器时代。

毛泽东解读《红楼梦》,注意到石头神话在小说中的象征寓意作用。

1949年12月,毛泽东在出访苏联奔赴莫斯科的列车上,和陪同前来的费德林谈话。据费德林回忆说,当火车放慢速度,快到苏联境内的秋明站

时，望着窗外的毛泽东，突然惊呼："瞧，那边石头上有几个中国字！"费德林朝窗外望去，只见一块石柱上刻着两个大大的中国字："洞门。"汉学家费德林博士解释："洞门"的意思是"通道"或"通道的门"，作用一般是用来标明山洞或峡谷的通道。

"看见了吗？……它不像碑石，也不是建筑师的手笔，你看是什么？博士。"毛泽东问道。

"说不好，我没有看清楚……也许是前来寻找野人参的中国人留下的暗号。西伯利亚的人参很出名呢。"费德林说出了自己的想法。

"那怎么会一直保留到现在？难道现在还有中国人到这块地方来采人参吗？"毛泽东问道。

费德林没法详细回答毛泽东的问题，他的话里似乎还有话。再说费德林又怎么能知道石头上几个汉字的来历呢？他只在心里觉得毛泽东的提问"有意思"。

> 毛泽东继续说："石头会说话呢。当年的勘察者早被人们忘掉，倒是石头还在纪念他们。那很可能是第一批勘察家哩……你读过中国的《红楼梦》吗？曹雪芹写的《红楼梦》，又叫《石头记》。"（尼·费德林：《我所接触的中苏领导人》，新华出版社1995年版，第13~14页；刘杰诚：《毛泽东与斯大林会晤纪实》，中共党史出版社1997年3月北京第1版，第169~170页）

费德林在回忆录中接着写道："这本书我当然不会不知道。它已经译成俄文在莫斯科出版。至于小说的情节，那无关紧要，据我理解，当然毛泽东提起《石头记》，只是借题发挥而已。"

费德林这位汉学家曾经写过介绍和评论《聊斋志异》的文章，对中国的古典小说《红楼梦》他自己说"当然"知道。

毛泽东与费德林的谈话是见景生情的漫侃闲聊借题发挥，由留在石头上的中国字，联想到勘察者的采野人参，联想到"石头还在纪念他们"，联想到"石头还会说话"，联想到《红楼梦》又叫《石头记》，那"话里有话"的话，即包括《红楼梦》也是石头在说话。

漫不经心当中，毛泽东的话里揭示了《红楼梦》艺术手段中的一项基本内容：石头会说话呢。石头，在小说中具有巨大的象征意义和表意作用。

《红楼梦》又叫（或原叫）《石头记》，这在小说正文前面的《凡例》中是有交代的：

> 《红楼梦》旨义：是书题名极多。一曰《红楼梦》，是总其全部之名也。又曰《风月宝鉴》，是戒妄动风月之情。又曰《石头记》，是自譬石头所记之事也。此三名皆书中曾已点睛矣……又如道人亲眼见石上大书一篇故事，则系石头所记之往来，此则《石头记》之点睛处。
>
> 此书开卷第一回也，作者自云：因曾历过一番梦幻之后，故将真事隐去，而撰此《石头记》一书也。

曹雪芹为什么曾经把自己的小说命名为《石头记》？《凡例》告诉读者：因为空空道人亲眼看见，红楼一梦的故事书写在石头上，"系石头所记之往来"，也就是说，将小说命名《石头记》，乃是作者"自譬石头所记之事"。有的以叙述理论研究《红楼梦》的专家，认为"石头"也参与了故事的叙述，是叙述主体之一。所以，在脂砚斋的批点中常常称青埂峰下那块顽石为"石兄"。

《红楼梦》的艺术手段之一，正是让石头"说话"。

《红楼梦》开篇第一回就引述了"女娲炼石补天"的神话，这是我国史前时期的创世神话。炼石补天、抟土造人是女娲氏的创世功绩。曹雪芹要引出自己的故事，对女娲神话进行了大胆的重构。且看他对"石头"的描写：

> 原来女娲氏炼石补天之时，于大荒山无稽崖练成高经十二丈、方经二十四丈顽石三万六千五百零一块。娲皇氏只用了三万六千五百块，只单单剩了一块未用，便弃在此山青埂峰下。谁知此石自经煅炼之后，灵性已通，因见众石俱得补天，独自己无材不堪入选，遂自怨自叹，日夜悲号惭愧。

小说第一回此段告诉读者，这块日夜悲号的"石头"的来历，乃是女娲采五色石以补天所剩下来的。它被弃在了青埂峰下。一日，一僧一道来到峰下石旁，说到红尘中的富贵荣华：

> 此石听了，不觉打动凡心，也想要到人间去享一享这荣华富贵；但自恨粗蠢，不得已，便口吐人言，向那僧道说道："大师，

弟子蠢物，不能见礼了。适闻二位谈那人世间荣耀繁华，心切慕之。弟子质虽粗蠢，性却稍通。况见二师仙形道体，定非凡品，必有补天济世之材，利物济人之德。如蒙发一点慈心，携带弟子得入红尘，在那富贵场中、温柔乡里受享几年，自当永佩洪恩。万劫不忘也。"

石头受到诱惑，"凡心已炽"，因而"口吐人言"（石头会讲话呢），表达了"得入红尘"的殷切希望。僧道二仙为其感动，答应携其下凡。

那僧便念咒书符，大展幻术，将一块大石登时变成一块鲜明莹洁的美玉，且又缩成扇坠大小的可佩可拿。那僧托于掌上，笑道："形体倒也是个宝物了，还只没有实在的好处，须得再镌上数字，使人一见便知是奇物方妙。然后携你到那昌明隆盛之邦，诗礼簪缨之族，花柳繁华地，温柔富贵乡去安身乐业。"石头听了，喜不能禁……

一块扇坠大小"鲜明莹洁的美玉"，它投胎入世托生为《红楼梦》小说的男主角贾宝玉，同时它也是日后贾宝玉戴在脖子上的"通灵宝玉"那个"劳什子"。蠢物顽石已转化为通灵宝玉，已通灵性，和贾宝玉形影不离，可以从旁观察尘世，记录人生。于是，这块通灵宝玉就成了人间喜剧和人生悲剧的旁观者、看剧者、记录者。一旦通灵宝玉离开凡间尘世，回到青埂峰下，仍然还原为蠢物顽石，而它在人间的经历也就镌刻在上面了。

后来，又不知过了几世几劫，因有个空空道人访道求仙，忽从这大荒山无稽崖青埂峰下经过，忽见一大块石上字迹分明，编述历历。空空道人乃从头一看，原来就是无材补天，幻形入世，蒙茫茫大士、渺渺真人携入红尘，历尽离合悲欢炎凉世态的一段故事……空空道人听如此说，思忖半晌，将《石头记》再检阅一遍，因见上面……毫不干涉时世，方从头至尾抄录回来，问世传奇。

这段文字则是说在"一大石上"，字迹分明地写着"无材补天，幻形入世……历尽离合悲欢炎凉世态的一段故事"。空空道人将其从"石头"上抄录回来，传播开去。

这就是《石头记》的来历——即为"石头"上所"记"的故事。

至此，我们应该知晓《石头记》书名的来历和寓意了。从上述几段小说文字看，这里记述的故事之来源，是"石头"思凡入世坠落红尘后经历的过程，而它又是被刻录在"石头"上的。曹雪芹借助"石头"说话，使红楼一梦完成了从远古到现今、从仙境到人世、从玄虚到实际的过渡，成了这部大书引人入胜颇具魅力的缘起。起之久远，缘之神奇。开篇的"石头"神话，在小说中具有极不寻常的意义，成为全部故事情节的核心，成为主角身份的象征。

女娲补天所炼之石是五色石，宝玉出生口中所衔之玉也是"五色花纹缠护"，也显示为补天之石。这块石头，不仅出现在小说开篇之处，而且在它化为美玉之后，时常在关键情节中露面：宝玉出生时口中"含玉"，宝玉初见黛玉因其无玉愤而"摔玉"，书中多次描写袭人等丫鬟小心翼翼地"护玉"，据脂批提示，宝玉在家运颓落之时丧魂落魄而"失玉"，后来有甄宝玉于窘境来"还玉"，小说后四十回的续补者揣摩曹雪芹的艺术构想，于结尾处安排这块玉石回归青埂峰下。石头生不逢时，如英莲一样"有命无运，累及爹娘"。曹雪芹借石头之口，发出了深深的感叹："无才可去补苍天，枉入红尘若许年。"女娲要补的是自然之天，曹雪芹要补的是社会之天、人情之天。石头（作者）不是补天无才，而是补天无运，是用人的统治者没有给予机运，把"通灵宝玉"当成粗蠢顽石遗弃在大荒山下。这些亦真亦幻的情节，以玉石为象征，为贯穿线索，构成红楼一梦故事的中心，构成了贾宝玉的生命历程——即贾宝玉的生命是石头由原始、历劫、回归三个过程构成的。这块纵贯全书的玉石，不仅是道具，是主角，而且是神话，是幻相。它的存在，增添了小说的浪漫情调，虚幻色彩，使其更具艺术魅力，而且无疑深化了作品的主题，使其思想更凝重、更深邃、更有文化维度。已通灵性之石，凝聚着作者的理想、激情、憧憬，也即是性命全系于它。补天，这是石头的使命。石头神话，幻象地表达了全书主题。

在《红楼梦》中，石头神话也是维系宝黛爱情故事情节的纽带。宝玉、黛玉都是"玉"，即是石之贵者，石之美者。宝玉是衔玉而生的石头，黛玉则被宝玉称为"西方有石名黛"，也是石头。曹雪芹为宝黛爱情的前世缘分设计了一则美丽的神话传说：绛珠草生在"西方灵河岸三生石畔"，这也即是青埂峰顽石之旁了（与石头勾挂起来）。宝黛的爱情故事经由了三生情结：前生是顽石和绛珠草，今生是贾宝玉和林黛玉，来生是神瑛侍者和绛珠仙子。石头成了"木石前盟"与"金玉良缘"爱情悲剧的纽带。曹雪芹以其奥妙无穷变化多端的笔法，写出了贾宝玉、林黛玉、薛宝钗对玉的不同态度。黛玉无物与通灵宝玉相对，但他们意气相投，有共同的志向，相互引以为知己。宝钗专在小物件上下功夫，是因为有金锁与通灵宝玉相对，并且"金锁要拣有玉的才可配"。而宝玉则有摔玉、砸玉等举动，对那"劳什子"并无特殊之情。相知也好、口角也好，求爱也好、成婚也好，实都系在这块圆润晶莹的玉上，并以此贯穿于宝、黛、钗爱情和婚姻生活的全过程。

  毛泽东说：石头会说话呢。《红楼梦》有一层象征结构，这一结构可以描述为"顽石—宝玉—顽石"，它与哲学、宗教、文化相关。梅新林先生在《红楼梦哲学精神》一书中指出："石头从神界出发，在俗界变形为贾宝玉，然后又回归于神界之石头，即构成了一个'出发—变形—回归'的生命循环三部曲。这一生命循环三部曲，是由主体、母体与中介三重角色共同演绎完成的。""追本溯源，这一生命循环三部曲又是由源远流长的思凡、悟道、游仙三重模式复合而成的。""《红楼梦》之初名为《石头记》，并以石为主角，由'石'变形为'玉'再回归'石'的三部曲演绎人世的悲欢离合和生命的阴阳消长，即是源远流长的石头神话的一次独特的重述和改装。《红楼梦》，实际上就是一个石头之梦！"（转引自胡文彬《梦里梦外红楼缘》，第173页）这些话从哲学命题和文化源流的角度阐释了小说中石头神话的精神意蕴。

所有剧目与主旨切合

(红楼艺术之七)

> 毛泽东在第十八回《林黛玉误剪香囊袋 荣国府归省庆元宵》批注：
>
> 作者对戏曲极为熟悉，且运用自如。《红楼梦》与《金瓶梅词话》一样，书中所有剧目，不仅为当时流行之名剧，且与本文主旨切合。
>
> 宋培宪：《毛泽东对〈红楼梦〉的解读与评析》，《红楼梦学刊》2000年第四辑，第70页

《红楼梦》是小说，但它"文备众体"，诗词曲赋无所不包。曲又和剧密切相关。《红楼梦》中许多回写到剧目，写到演戏，写到优伶（演员），写到台词。戏曲，在《红楼梦》中发挥了很大作用。

1954年，毛泽东读《红楼梦》，在第十八回《林黛玉误剪香囊袋 荣国府归省庆元宵》中注曰：

> 作者对戏曲极为熟悉，且运用自如。《红楼梦》与《金瓶梅词话》一样，书中所有剧目，不仅为当时流行之名剧，且与本文主旨切合。（宋培宪：《毛泽东对〈红楼梦〉的解读与评析》，《红楼梦学刊》2000年第四辑，第70页）

这个批语虽然批在第十八回，却是就《红楼梦》戏曲描写的整体情况做出的判断分析，而且是与《金瓶梅》同类问题比较研究后做出的结论。所以，这段批示不是对小说中的细枝末节而言的，而是着眼全书的贯通之批。毛泽东指出了一种曹雪芹在创作中贯彻全书的创作方法和艺术技巧。

作者对戏曲极为熟悉

从人才学的理论角度看，曹雪芹的学识系统，是通才的知识结构。他的知识储备中，别的且不论，其戏曲知识是十分丰富的，对前代和当代戏曲"极为熟悉"。雪芹的艺术才能中，表现出对戏曲之道造诣很深。

这首先是他受到家学的强烈熏陶。曹雪芹的祖父曹寅，从康熙二十九年起，任苏州织造两年多。曹寅对昆曲甚为熟悉，不仅自备家庭戏班，而且还从事戏曲创作。流传至今的曹寅创作的剧本还有四个：《北红拂记》《表忠记》《续琵琶》和《太平乐事》。其中《北红拂记》就是曹寅任苏州织造时创作的。苏州的戏曲家尤侗是曹寅的朋友，曾为此剧写了"题记"，而曹家的昆班则在苏州拙政园内演出了尤侗编的戏曲《李白登科记》，一时传为梨园佳话。《太平乐事》一剧共十出，卷首有清中叶大戏剧家、《长生殿》作者洪昇在康熙四十二年十二月写的序文，第九出《卖痴呆》附有评点家的批语："宾白半出曲师王景文，景文侍柳山先生（曹寅号柳山）十年，后搦笔能诗古文辞，年未五十以病殒。"可见曹家不但有优伶，而且有曲师，还能直接帮助曹寅编写剧本。戏曲名人朱音仙，也是曹家的曲师。康熙四十三年春，曹寅曾召集南北名流，举行了大规模的昆曲演出，连演了三天三夜的《长生殿》，并特邀剧作者洪昇到场指导。据清人王朝潇《楝亭词钞序》载录，曹寅本人曾自称"吾曲第一，词次之，诗又次之"。曹寅友人张大受诗《赠曹荔轩司农》云："多才魏公子，援笔诗立成。有时自敷粉，拍袒舞纵横。"说曹寅多才，不仅写诗援笔立成，而且粉墨登场亲自演出。曹雪芹的舅祖李煦任苏州织造三十年，曾掌管戏班供奉皇宫内廷，其子李鼎亲自"串戏"，"演《长生殿》传奇，衣装费至数万"。像长辈、亲友这样豪奢狂热的戏迷，对曹、李两家的子弟亲属都会产生影响。这些梨园盛况，繁华往事，雪芹成年后多多少少会听到长辈们有声有色地追述，至少他是读过祖父的戏曲作品的。据记载推论，曹家爱好戏剧由来已久，到曹雪芹童年时期已有三十年的历史。

雪芹自己也爱好戏曲，并有超绝的戏曲鉴赏功夫。跟这些"戏曲迷"亲朋友好在一起，生活在这样的家庭环境中，很自然地养成了对戏曲的热爱。据善因楼刊本批评新大奇书《红楼梦》的批语记载，曹雪芹本人也曾"放浪形骸，杂优伶中，时演剧以为乐"。宗室后嗣敦诚、敦敏兄弟，是曹雪芹的好友。敦诚的文集是《四松堂集》，其《鹪鹩庵笔麈》记曰："余昔为白香山《琵琶行》传奇一折，诸君题跋，不下几十家。曹雪芹诗末云："白傅诗灵应喜甚，定教蛮素鬼排场。"亦新奇可诵。曹平生为诗大类如此，竟坎坷以终。"诗（断句）当是乾隆二十七年（1762）壬午曹雪芹在敦诚家西园看其"小部梨园"演出，并读了此剧后所作，离他逝世不到两年。敦诚二十九岁，其兄敦敏有《题敬亭〈琵琶行〉填词后二首》编入《懋斋诗钞》壬午年诗，其一曰："西园歌舞久荒凉，小部梨园作散场。漫谱新声谁识得？商音别调断人肠。"其二曰："红牙翠管写离愁，商妇琵琶溢浦秋。读罢乐章频怅怅，青衫不独湿江州。"敦诚的传奇，是改编白居易《琵琶行》一诗的情节而成的戏曲。剧情写白居易被贬江州司马，秋夜送客，遇琵琶女于秋江之上，听其弹曲，共诉不幸遭遇的故事。敦诚的传奇已佚；曹雪芹的诗《题敦诚〈琵琶行传奇〉》，现留存的仅此二句。可略解为：白居易地下之灵有知，我想他一定非常高兴，会教两个善歌能舞的侍妾樊素、小蛮登场排演一番的。白傅，指白居易，他官至太子少傅。《本事诗》："乐天（白居易）姬樊素善歌，小蛮善舞。尝为诗曰：'樱桃樊素口，杨柳小蛮腰。'"雪芹诗存世断句，不仅说明雪芹诗才，而且说明雪芹对戏曲熟悉程度和品鉴层次。

曹、李两家在苏州的梨园经历，曹雪芹自己的戏曲生活，都深刻地影响了他对《红楼梦》的创作，他自觉不自觉将这些家世史事、生活经历当成了汲取创作素材的源泉之一。这使他的小说有现实生活的深厚基础，并富有可触可摸的时代感。比如小说第五十四回，雪芹通过贾母之口说道："他爷爷有一班小戏，偏有一个弹琴的凑了来，即如《西厢记》的《听琴》，《玉簪记》的《琴挑》，《续琵琶》的《胡笳十八拍》，竟成了真的了。"此语泄露了天机，原来《续琵琶》曲本正是雪芹祖父曹寅的杰作。一般来说，小说的情节是虚构的，因而是"假"的；但贾母述出的这个情节包含着生活实事，也是"真"的。"竟成了真的"！曹雪芹特笔点出，似乎非为无意。《脂砚斋重评石头记》第十八回龄官拒演《游园惊梦》，此处有批语说："余历梨园子弟广矣，各各皆然，亦曾与惯养梨园诸世家兄弟谈议及此。""与余三十年前目睹身亲之人现形于纸上，使言《石头记》之为书，情之至极，言之至恰，然非领略过乃事，迷陷过乃情，即观此茫然嚼蜡，亦不知其神妙也。"庚辰本《石头记》第二十二回批语又说："凤姐点戏脂砚执笔事，今知者聊聊（寥寥）矣。"人们知道，批书的脂砚斋、畸笏叟与曹雪芹的关系极其亲密，对曹家旧事十分熟悉，对雪芹作书旨意非常了解，从他俩的两段批语来看，批者对戏班梨园有丰富的阅历和切身的体会，对雪芹写作"原型"和"模特"印象深刻。

雪芹非常熟悉戏曲，在创作小说时运用自如。《红楼梦》在描写家备童伶女班和演出剧目等情况时，都能出色当行，事事贴切。如十六回写贾蔷"下姑苏聘请教习，采买女孩子，置办乐器行头"，后来养成了梨香院龄官、芳官等12位昆曲女伶；二十二回写"贾母内院搭了家常小巧戏台，定了一班新出的小戏，昆、弋两腔俱有"。曹雪芹将家事融入小说中，写来颇为顺手，下笔传神，给读者自然天成之感。

书中剧目为当时流行名剧

《红楼梦》中描写了大量与戏曲生活相关的情节，这种描写是多角度、多侧面、多层次的，或点戏，或演戏，或看戏，或评戏，或引戏文，或用戏语，其数量之多，描绘之细，质量之高，作用之大，是中国古典小说的典范。

这就涉及许多剧目。毛泽东解读《红楼梦》，在与《金瓶梅词话》比较后，认为两书所写到的剧目，皆"为当时流行之名剧"。应该肯定的是，这个判断基本符合小说的实际。虽然《红楼梦》中也有当时不知名的或者被禁演的剧目，但为数较少。

把《红楼梦鉴赏辞典》的"戏曲曲艺"词语条目和《红楼梦大辞典》中的"戏曲"词语条目综合起来看，《红楼梦》先后写到的剧目达40余种，大都是曹雪芹生活的雍正、乾隆两朝较为流行的名剧。小说中点到的剧目如：

元代杂剧作家王实甫的《西厢记》（二十三回）；

元代康进之的《负荆请罪》（三十回）；

元末明初剧作家高明的《琵琶记》之一出《吃糠》（四十二回）；

元明无名氏所撰戏文《荆钗记》之《祭江》（四十三回、四十四回）；

明代剧作家汤显祖"临川四梦"中的《牡丹亭》（二十三回）、《南柯梦》（二十九回）；

明代剧作家高濂传奇《玉簪记》之一出《琴挑》（五十四回）；

明代剧作家徐元的传奇《八义记》（五十四回）；

明末清初剧作家袁于令的代表作《西楼记》（五十三回、五十四回）；

明末清初剧作家李玉《一捧雪》第五出《豪宴》（十八回）；

明末清初剧作家丘园《虎囊弹》传奇中的一出《鲁智深醉闹五台山》

（二十二回）；

  清初范希哲所著传奇剧本《满床笏》（二十九回）；

  清前期陈二白的《双官诰》两出《荣归》和《浩圆》（十一回）；

  清康熙年间剧作家洪昇的《长生殿·弹词》（十一回）；

  清代无名氏（或题张照撰）所作传奇《混元盒》（五十四回）……

  曹雪芹在《红楼梦》小说中点到的这些名剧，有的出自前朝（元、明两代），有的就出自本朝。其作者，则大多是戏剧界赫赫有名的大剧作家，如王实甫、高明、汤显祖、袁于令、李玉等等。前一节已经讲道，康熙朝可在戏剧界坐第一把交椅的洪昇，是曹雪芹祖父曹寅的朋友。他创作的《长生殿》一剧，曹寅的江宁织造署、李煦的苏州织造署都大力演出过，曾经"走红"一时。更有甚者，像戏文《黄伯英大摆阴魂阵》（十九回）则是清宫戏班的演出剧目。

  《红楼梦》写当时流行名剧，艺术真实地反映了王公贵族、仕宦大家的"文化生活"，构成了典型环境的一种文化氛围和高雅情趣。以曹雪芹运用《西厢记》为例来看此意，十分明白：元杂剧《西厢记》，写的是张珙与崔莺莺的爱情故事。《红楼梦》第二十三回宝玉黛玉看《西厢》，第四十二回薛宝钗说她家姊妹兄弟偷看《西厢》，第三十五回、四十回、四十九回宝玉黛玉说的《西厢》曲文，第五十一回薛宝琴打的"蒲东寺怀古"诗谜，第五十四回葵官唱《惠明下书》，贾母说的《西厢·听琴》，第五十八回麝月提到的《拷红》，第六十二回探春说的"恭敬不如从命"，第六十三回邢岫烟说的"僧不僧，俗不俗"……《红楼梦》之所以一再引用《西厢记》，其原因和价值正如徐扶明先生所说："一则作为贾府常演的戏曲剧目，二则表现贾府小姐、丫鬟都熟悉这两个戏，三则概括地反映两种对立思想的冲突，四则这个爱情戏恰好成了宝、黛爱情的催化剂，所谓'《西厢记》妙词通戏语'。"他还说：在《红楼梦》中，《西厢记》和《牡丹亭》可以说是异曲同工，它们主要是唤起了宝玉与黛玉的青春觉醒，揭开了他们蕴藏着爱情的心扉，启发他们要挣脱封建礼教桎梏的愿望，鼓舞他们追求自由婚姻的斗争，所谓"《牡丹亭》艳曲警芳心"。（《红楼梦鉴赏辞典》，上海古籍出版社1988年5月版，第519页）

所用剧目与本旨切合

  《红楼梦》小说中的戏曲描写，尤以第17—18回、第22—23回、第29

回、第54回为集中，戏文曲话，穿插其间，琳琅满目，目不暇接，甚至以演戏看戏作为主要情节、重要内容。曹雪芹这样写，并非漫无目的，而是大有深意寓焉。正如毛泽东所论：书中所有剧目与本文主旨切合。

书中剧目切合题旨揭示。《红楼梦》中点到的一些剧目，从表面上看，不过太太小姐们喜欢看的一两出戏曲罢了。仔细分析，却暗藏玄机，隐藏着作者的思想情绪，揭示着小说的思想主题。如小说第二十九回写贾母带人到清虚观打醮，还愿唱戏。小说中写道：

> 这里贾母与众人上了楼，在正面楼上归坐。凤姐等占了东楼。众丫头等在西楼，轮流伺候。贾珍一时来回："神前拈了戏，头一本《白蛇记》。"贾母问："《白蛇记》是什么故事？"贾珍道："是汉高祖斩蛇方起首的故事。第二本是《满床笏》。"贾母笑道："这倒是第二本上？也罢了。神佛要这样，也只得罢了。"又问第三本，贾珍道："第三本是《南柯梦》。"贾母听了便不言语。贾珍退了下来，至外边预备着申表、焚钱粮、开戏。不在话下。

初一看，《白蛇记》等三出戏也没什么奥秘。但把剧情与小说的细腻描写结合起来分析，则看出曹雪芹大有深意。《白蛇记》演贫贱时的刘邦酒醉行路泽中，路遇白蛇阻道，刘邦挥剑斩之，后毅然起义得天下的故事。这象征起自微贱而后至富贵之意。更为奇妙者，曹雪芹祖父曹寅曾经藏有《汉高祖斩白蛇》剧本（见《楝亭书目》），雪芹写此情节应该有所依托、有所寄寓。《满床笏》是清代常演的生辰上寿等吉庆节日的戏目，演唐代"老令公"郭子仪一门富贵，六十诞辰，七子八婿，齐来贺寿，皆为显宦，笏堆满床的故事，此寓极盛。《南柯梦》是汤显祖根据唐代传奇小说《南柯太守传》改编，演淳于棼梦至大槐安国拜驸马，当太守，显赫荣耀，梦醒后方省悟人生之虚幻的故事。这三个神前拈来的剧目，暗示了贾府由艰难中兴起到鼎盛时期而终至败落衰退的过程。所以，贾母听了前两出戏目是"笑道"，有自喜之词，听说第三本是《南柯一梦》，便不言语，心里有某种不祥之感。写世家大族兴、盛、败这个大思想主题，通过打醮拈戏暗中揭示出来。曹公真乃大手笔，三个剧目加上贾母的心理情绪，淡淡几笔，深意存焉。

书中剧目切合形象塑造。曹雪芹用戏刻画人物形象，可谓笔笔绝妙。点戏能"点"出人物心理，看戏能"看"出人物情态，评戏能"评"出人物个性。在《红楼梦》中，通过细致入微地描写人们看戏时的言行，展示人物的鲜明性格。比如"点戏"，同样是为了讨贾母欢心，薛宝钗点的是《西游记》和《鲁智深醉闹五台山》，王熙凤点的是《刘二当衣》（二十二回），前者是喜剧，迎合中不失自己的贤淑和文雅；后者是闹剧，逢迎中却暴露出自己的张狂和浅白。

小说写看戏，几笔就使人物情态跃然纸上。如第二十二回，贾母掏银子给薛宝钗过生日，小说写道：

> 至上酒席时，贾母又命宝钗点。宝钗点了一出《鲁智深醉闹五台山》。宝玉道："只好点这些戏。"宝钗道："你白听了这几年的戏，那里知道这出戏的好处，排场又好，词藻更妙。"宝玉道："我从来怕这些热闹。"宝钗笑道："要说这一出热闹，你还算不知戏呢。你过来，我告诉你，这一出热闹不热闹。是一套北《点绛唇》，铿锵顿挫，韵律不用说是好的了；只那词藻中有一支《寄生草》，填的极妙，你何曾知道。"宝玉见说的这般好，便凑近来央告："好姐姐，念与我听听。"宝钗便念道：漫揾英雄泪，相离处士家。谢慈悲剃度在莲台下。没缘法，转眼分离乍。赤条条来去无牵挂。那里讨烟蓑雨笠卷单行？一任俺芒鞋破钵随缘化！宝玉听了，喜的拍膝画圈，称赏不已，又赞宝钗无书不知。林黛玉道："安静看戏罢，还没唱《山门》，你倒《妆疯》了。"说的湘云也笑了。于是大家看戏。

这真是一段精彩绝伦的文字，越品越有滋味。曹雪芹利用这一片段，形象而准确地刻画了薛宝钗、贾宝玉、林黛玉和史湘云四个人完全不同的性格特征，可以说个个令人绝倒。

温文儒雅的宝钗知戏懂戏，点戏恰到好处，看戏情趣高雅，论戏很有识见。贾母隆重为她做生日，自豪感使她颇为兴奋，话比平日多，大谈特谈。

单纯直率的宝玉心想口说，心无宿物，心地纯洁。他由不满意宝钗之所为，再到听宝钗的解说而"喜得拍膝画圈"，再到对宝钗所背诵的曲词"称赏不已"，再到由衷夸赞宝钗的"无书不知"，一连串的表情细节，刻画了他单纯直率的性格特征。

寄人篱下的黛玉本来对隆重为宝钗过生日心存妒忌，听宝玉赞扬宝钗，便巧妙地借用戏名，对宝玉予以辛辣的嘲讽。黛玉发泄了不满情绪，话却不露骨,而是旁敲侧击的一种雅谑。反映了黛玉反应灵敏、联想快捷、口才出众的特点。

性情豪爽的湘云,不善掩饰情绪,喜怒形于色,她一下子便听出了黛玉话中的弦外之音,所以她"笑"了。这一笑,笑出了湘云的个性特征,这与她平素总爱"大笑大说"和"英豪阔大宽宏量"的性格特点是一致的。

小说中像这样在看戏论戏中刻画人物性格的情节还有不少。《红楼梦》就是这样,通过描写人们在看戏时的种种表现,深刻地揭示出了人物的内心世界,形象地刻画出了人物的鲜明个性,使平凡的细节,普通的事件,呈现出了无穷的艺术魅力。

书中剧目切合结构搭建。《红楼梦》的艺术结构,既博大,又精微。它有几条叙事线索,如贾府兴衰、宝黛爱情、金陵十二钗的命运;它有几个结构人物,如甄士隐和贾雨村、冷子兴和刘姥姥、茫茫大士和渺渺真人;它有几个贯穿物件,如贾宝玉项上的"命根子"通灵宝玉、宝黛互相传递的诗帕、蒋玉菡腰上扎的松花汗巾;它有几首暗示贾府衰败、人物遭际的诗词曲赋,如《好了歌注》《金陵十二钗图册判词》《红楼梦曲》《春灯谜》《花名签酒令》和《柳絮词》;它提到的戏曲剧目中,不少是与全书结构、故事情节有关的,这些戏曲是《红楼梦》的有机组成部分。

《红楼梦》中戏曲的结构作用,在脂砚斋的批语中就已经有所透露。庚辰本《脂砚斋重评石头记》第十八回贾元春归省时,贾府演戏欢迎她,她点了四出戏,其间有墨笔夹批:

第一出《豪宴》(墨批:《一捧雪》中伏贾家之败)。

第二出《乞巧》(墨批:《长生殿》中伏元妃之死)。

第三出《仙缘》(墨批:《邯郸梦》中伏甄宝玉送玉)。

第四出《离魂》(墨批:《牡丹亭》中伏黛玉死。所点之戏剧伏四事,乃通部书之大过节大关键)。

四出戏隐伏四件事,而且是"通部书之大过节、大关键"。也就是说,这四出戏所隐含着的四件事,是《红楼梦》一书结构的四个关节点和支撑点。我们知道,贾元春是贾府的政治靠山,她的死也就预示着贾府的败亡,而贾府的"落了片白茫茫大地真干净",则将是小说的尾声。林黛玉是《红楼梦》的女主角之一,她的魂归离恨天,也就是小说一条主要叙事线的终结。虽然由于曹雪芹八十回后的原稿"迷失",资料阙如,我们还不知道"甄宝玉送玉"的些许消息,但可以断定它也是《石头记》的情节和故事的关键环节。在小说较为靠前的第十八回,由重要人物贾元春点出预示事件和人物结局的四出戏,这四出戏在小说结构构成上的作用何等重要,几乎不言自明了。正因为这样,直到现在,痴迷于《红楼梦》后几十回情节"探佚"的人们,还以这四出戏的内容和脂砚斋的墨批为线索,为还原《红楼梦》的本来面貌而不懈追寻。

周汝昌先生说:"……雪芹运用的艺术手法是何等奇妙与丰富。他熟习当时流行的戏本,抓住其中的某一中心特点,与他书中的人物事情有相近相通之处,不知不觉地纳入了他的杰构中,让人得到了一种全出意表而又恍然会心的多层次的艺术境界。这种奇趣妙境,别的小说中何从得见?"(《红楼艺术》,人民文学出版社1995年9月版,第165页)

诚哉斯言!

语言是古典小说中最好的

（红楼艺术之八）

> 中国古代小说写得好的是这一部，最好的一部。创造了好多文学语言呢。
>
> 《毛泽东文艺论集》，中央文献出版社2002年4月第1版，第210页

曹雪芹的《红楼梦》对汉语的贡献巨大而久远。

《红楼梦》的艺术成就是多方面的，其语言艺术也出类拔萃无与伦比，有许多地方值得人们去欣赏，去探讨，去借鉴。

毫无疑问，曹雪芹是震古烁今的语言大师，前人曾经赞叹《红楼梦》"神乎其技"。曹雪芹在语言运用上，的确呕尽了心血，因此达到了出神入化的境界。所谓"字字看来皆是血，十年辛苦不寻常"！

《红楼梦》的语言像它讲述的故事和饱含的思想内容一样，曾经感动了一代又一代、一茬又一茬读者，它语言的张力和活力、弹性和磁性，像磁石吸铁那样，使读者拿起书就舍不得放下。

毛泽东盛赞《红楼梦》的语言活力，主张向曹雪芹学习语言艺术。

语言是古典小说中最好的

语言是文学的第一要素，没有语言便没有创作，便没有文学。语言是作家再现生活、表达主题、塑造人物、描写环境、构建情节的不可缺少的工具，而准确、凝练、形象、优美、生动的语言，可使文学作品熠熠生辉，光彩照人，具有强烈的艺术感染力和持久的艺术生命力。因此，文学史上凡是有成就的作家，都十分重视文学语言的锤炼打造。曹雪芹在语言上下过大功夫、苦功夫是不言而喻的。

关于《红楼梦》的语言，毛泽东有一段与学生时代的表侄孙女王海容的谈话，充分说明了他对于这部作品语言美的重视。他说：

> 《红楼梦》可以读，是一部好书……作者语言写得很好，可以学习他的语言，这部小说的语言是所有古典小说中最好的一个。（张贻玖：《广读天下书》，江苏文艺出版社1993年12月版，第192页）

毛泽东曾经高度评价《红楼梦》在文学史、文化史上的崇高地位。他在与王海容谈话时，也高度评价了这部小说的语言成就，认为其语言"是所有古典小说中最好的"。据文献记载，毛泽东曾经读过数十种古典小说，他关于《红楼梦》语言成就的结论，是比较研究之后有根据的见解，是完全站得住脚的正确论定。

曹雪芹创作《红楼梦》是有语言追求和语言理想的。在小说中，曹雪芹反对"之乎者也，非文即理"的陈词滥调，用大众的口语作基础，兼采传统文学语言中有生命的东西，经过锤炼加工，形成简洁精练、优美自然、生动活泼的文学语言，具有很强的表现力和感染力。曹雪芹常常借小说人物之口，说出了自己的语言见解：

小说第二回，提出要文浅意深。这回写贾雨村游智通寺，见寺门上的一副对联是："身后有余忘缩手，眼前无路想回头！"雨村因想道："这两句话，文虽浅近，其意则深。"甲戌本于此有侧批："一部书之总批。"可见，脂砚斋是把"文虽浅近，其意则深"八个字，视为《红楼梦》的语言艺术的总体特征的，这完全合乎小说的实际。

小说第二十七回，提出要忌冗崇简。这回写王熙凤批评一些丫头、老婆子说话"必定把一句话拉长了作两三截儿，咬文咬字，拿着腔儿，哼哼唧唧的"，以为"装蚊子哼哼就是美人了"，夸奖宝玉房中的小丫头红玉"说话虽不多，听那口声就简断"。

小说第三十七回，提出要品先技末。这回写"秋爽斋偶结海棠社"，己卯本于此有夹批评宝钗《咏白海棠》诗云："宝钗诗全是自写身分，讽刺时事，只以品行为先，才技为末。纤巧流荡之词，绮靡秾艳之语，一洗皆尽。非不能也，屑而不为也。"又于"淡极始知花更艳"一句评道："好极，高情巨眼能几人哉？"这里虽是评诗，却同样可以形容《红楼梦》的平实自然的语言风格。平淡正是绚烂至极的表现。读者"高情巨眼"，就可以从这种"淡极"的风格中发现"更艳"的神采。

小说第四十二回，提出语言要撮要删繁。在这回书里，薛宝钗说："将市俗的粗话，撮其要，删其繁，再加润色比方出来。"小说人物薛姑娘的话，曲折地表达了曹雪芹的语言理想，即注意炼字锻句，使语言洗炼简洁，决不冗长拖沓。

为《石头记》作批的脂砚斋，很懂得曹雪芹的语言追求，说《石头记》"通部书所以皆善炼字"。因此他多次评说雪芹锤炼语句调遣文字的精湛之处：

下笔必推敲的准稳，方才用字。（第三回）
用字得神，好看之极。（第九回）
炼字一法……《石头记》中多得其妙。（第十四回）

早在八十年前，俞平伯先生在谈到《红楼梦》的语言特色时说：《红楼梦》用的是当时的纯粹京语，其口吻之流利，叙述描写之活现，真是无以复加。大观园诸女，虽各有其个性，但相差只在几微之间。因书中写的是女子，既无特异事实可言，只能在微异且类似的性格言语态度上着笔，这真是难之又难。《水浒》虽写了一百零八个好汉，但究竟是有筋有骨的文字，可以着力写去。至于《红楼梦》则所叙的无非家庭琐事，闺阁闲情；若稍落板滞，便成了一本家用账簿。此书底好处，以我看来，在细而不纤，巧而不碎，腻而不黏，流而不滑，平淡而不觉其乏味，荡佚而不觉其过火，说得简单一点"恰到好处"，说得 figurative 一点，是"穠不短纤不长"。此《红楼梦》所以能流传久远，雅俗共赏，且使读者反复玩阅百读不厌；真所谓文艺界底尤物，不托飞驰之势，而自致于千里之外的。古人所谓"桃李不言下自成蹊"，实至则名归，决不容其间有所假借。我们看了《红楼梦》，便知这话底不虚了。（《红楼梦辨》，《俞平伯论红楼梦》，上海古籍出版社1988年3月版，第319~320页）

《红楼梦》的语言成就是多方面的。

它在语言运用上最突出的特点，是人物语言的个性化。正如鲁迅所说："《水浒》和《红楼梦》的有些地方，是能使读者由说话看出人来的。"（《花边文学·看书琐记（一）》）如王熙凤的语言特点之一是泼辣、放肆、粗俗。第十五回"王凤姐弄权铁槛寺"，写她对老尼姑说："你是素日知道我的，从来不信什么是阴司地狱报应的，凭是什么事，我说要行就行。你叫他拿三千银子来，我就替他出这口气。""我比不得他们扯篷拉纤的图银子。这三千银子，不过是给打发说去的小厮做盘缠，使他赚几个辛苦钱，我一个钱也不要他的。便是三万两，我此刻也拿的出来。"这些话，不用再加以别的描写、叙述和介绍，就完全活画出这个奸雄式的人物霸气十足、贪婪成性、凶狠残酷、虚伪狡诈的情态和本质。作者正由于运用高度个性化的人物语言，才把众多的人物形象写活了，把他们中间甚至细微的性格差别也区分得清清楚楚。著名小说家王蒙说："《红楼梦》人物语言是高度性格化的，各有己腔，各有己调。王熙凤的快人快语只有晴雯可以与之相比，但晴雯的快语（如揭批袭人）只是任性、尖刻、大胆，王熙凤的快语后面则往往另有目的，或逗笑承欢讨好（当着贾母时），或显示决断才干与追求高效率（处理'工作'时），或充满威胁和要求绝对服从（训斥赵姨娘贾环时）等。特别是人多嘴杂的场面，最见作者功力，硬是写了个'面面俱到'。"（王蒙：《红楼梦启示录》，三联书店1991年5月版，第104页）

《红楼梦》个性化的人物语言，不仅表现在普通的对话中，在文言韵语的吟诗作赋中，也鲜明地表现出来。如第七十六回，史湘云和林黛玉秋夜联句。开朗乐观的史湘云吟了句"寒塘渡鹤影"，林黛玉就联了句只有她才能作出的"冷月葬花魂"。像林黛玉的《葬花词》《风雨词》，贾宝玉的《芙蓉诔》，薛宝钗的《柳絮词》，其语言都是符合个人身份、学养、声口和气质的传神之笔。

这部古典小说名著的叙述语言也是十分传神的。作者善于运用最贴切的词语传达人物喜怒哀乐的神态，深刻而生动地描写人物的言行举止。往往只消一个字，就把人物形神惟妙惟肖地活现出来。庚辰本第十四回中有这么一句："宝玉听说，便猴向凤姐身上，立刻要牌。""猴"字本是名词，这里作动词用了，用得实在是好。一个"猴"字，使宝玉那屈身攀抱、无赖纠缠、求援央告的心理形态，活现纸上，用得妙绝。可程高本《红楼梦》把它改成"挨"字，全句变为："宝玉听说，便挨向凤姐身上，立刻要牌。"一字之差，形神俱变，索然无味。小说第二十三回里有这样一段叙述：宝玉"正和贾母盘算，要这个，要那个，忽见丫鬟来说：'老爷叫宝玉'。宝玉呆了半晌，登时扫了兴，脸上转了色，便拉着贾母，扭的扭股儿糖似的，死也不敢去。"当宝玉不得不去时，是"一步挪不了三寸，蹭到这边来……宝玉只得挨门进去"。见完了贾政，"慢慢的退出去，向金钏儿笑着伸伸舌头，一溜烟去了"。在这里，作者连用了呆、扭、挪、蹭、挨、慢慢的、一溜烟等词，传神地勾画出了贾宝玉滞滞扭扭不愿去又不得不去的矛盾心理，生动逼真地描绘出了他离开老子后的兴奋神情。小说第四十四回，贾琏乘凤姐不在家跟鲍二家的私通，派一个丫头在门外望风。不料凤姐突然回家，书中写那个丫头："一见了凤姐缩头就跑。"一个"缩"字，用得奇绝。这一"缩"字，写尽了丫鬟对凤姐出现的惊恐畏惧，忙不迭地缩头抽身；画尽了丫鬟手忙脚乱去给贾琏通风报信的急迫神态。上述三例，确实是作者对人物形神观察入微得来的绝妙用语。

俗语和谚语在《红楼梦》中运用得也十分巧妙。试举几例：

刘姥姥对她女婿王狗儿说："姑爷！你别喷着我多嘴，咱们村庄人，那一个不是老老诚诚，守多大碗吃多大的饭。"（第六回）

凤姐道："嗳！往苏杭走了一趟回来，也该见些世面了，还是这么'眼馋肚饱'的！"（第十六回）

"那薛老大也是'吃着碗里看着锅里'的。"（第十六回）

"孩子们已长的这么大了，'没吃过猪肉，也看过猪跑。'大爷派他去，原不过是个'坐纛旗儿'。"（第十六回）

宝钗见问，悄悄的咂嘴点头笑道："亏你今夜不过如此，将来金殿对策，你大约连'赵钱孙李'都忘了呢。"（第十八回）

李嬷嬷叹道："……那宝玉是个丈八的灯台，照见人家，照不见自家的。"（第十九回）

晴雯说："白眉赤眼儿的，作什么去呢？"

王熙凤说："我是'耗子尾上长疮——多少脓血儿'！"（六十八回）

……曹雪芹大量吸取这些生动活泼的语汇，恰如其分地运用到作品中，准确地传达出说话人的声调语气，使读者闻其声如见其人的表情动作。小说中谚语的运用很合乎说话人的身份性格。像"瘦死的骆驼比马还大呢。凭它怎样，你老拔一根寒毛比我们腰还壮哩"！（第六回）一听就知道是出自刘姥姥之口。因为它合乎这个"久经世代"的、染有市民习气的庄稼人的身份。有些谚语虽然只一两句话，作者却寄予它深刻的含义。如"千里搭长棚，没有不散的筵席"（二十六回），寓意深长地预示了贾府的衰亡破败。曹雪芹对俗语和谚语的运用，使小说增添了强烈的艺术感染力，充满了浓厚的生活气息。

"语言是古典小说中最好的"，《红楼梦》当之无愧！

创造了好多文学语言呢

《红楼梦》的语言成就，不仅表现在曹雪芹很好地继承了中国古典小说的优秀传统，而且表现在他的创造性发展。

1973年12月下旬，八大军区司令员对调时，毛泽东在中南海春藕斋召见军队高级将领。在这次召见中，毛泽东专门讲了中国古典小说《红楼梦》。其中，他说道：

> 中国古代小说写得好的是这一部，最好的一部。创造了好多文学语言呢。（中共中央文献研究室：《毛泽东文艺论集》，中央文献出版社2002年4月版，第210页）

创造了好多文学语言！毛泽东认为，《红楼梦》的文学语言成就，不仅在于它的继承性，而且更在于它的创造性。

可谓曹雪芹知音的戚蓼生在《石头记序》中说：

> 吾闻绛树两歌，一声在喉，一声在鼻；黄华二牍，左腕能楷，右腕能草。神乎技矣！吾未之见也。今则两歌而不分喉鼻，二牍而无区乎左右；一声也而两歌，一手也而二牍：此万万所不能有之事，不可得之奇，而竟得之《石头记》一书。嘻！异矣。夫敷华掞藻，立意遣词，无一落前人窠臼，此固有目共赏，姑不具论。第观其蕴于心抒于手也，注彼而写此，目送而手挥，似谲而正，似则而淫，如《春秋》之有微词，史家之多曲笔。

戚蓼生极口称赞了曹雪芹小说语言极致绝顶的表现能力，以及这种能力亘古未有的独创性。他过去只听说"绛树两歌，黄华二牍"，而今他在《石头记》里却看到了"一声两歌，一手二牍"的语言奇迹。曹雪芹的小说语言"无一落前人窠臼"，这点读者有目共睹。"似谲而正，似则而淫"是说语言既神奇诡谲，又平淡朴实；既遵循法则，又恣肆酣畅：语言风格是既对立又统一的。同时，戚蓼生也指出《红楼梦》"如《春秋》之有微词，史家之多曲笔"，寓意深远，思想深邃，绝不是思想苍白、内涵浅淡的陈言旧语。

《红楼梦》作者摒弃旧八股陈腐旧套的死板语言，以日常口语白话即作者自己所说的"假语村言"为工具，创造出鲜活通俗而又富有高雅风韵的文学语言，自觉地创作了在那个时代令人耳目一新的白话文学。这部小说语言的流畅、凝练和富于表现力，可以毫不夸张地说，已经达到了炉火纯青的地步。《红楼梦》的语言艺术在文学史和语言史上是一次突破，具有很强的创新意义，前代和同代为数众多的文言小说、才子佳人小说不可相提并论，更不可比肩而立。曹雪芹的语言艺术表现才能，一方面很好地继承了中国古典小说的优秀传统，另一方面又超过了他以前的任何一位作家。

　　在《红楼梦》以前，也曾经出现过一些在语言方面造诣很高的长篇小说，如《水浒传》和《金瓶梅》。这两部小说在语言艺术上，比之《红楼梦》虽然各有千秋，但并非平分秋色。如果综合衡量，这两部书的语言都有逊色之处。《水浒传》的语言是富有天才特色的，可惜它还间杂着一些未经打磨的方言土语，叙事行文也不及《红楼梦》的纯熟畅达，因此有时显得不够洗练，以至有些生涩之感。《金瓶梅》的作者兰陵笑笑生，也是纯熟地掌握了方言和俗语的，可惜没有对语言进行艺术加工，有些人物对话拖沓冗长，常常保留着语言的自然形态，精芜不分，内涵有限，有些地方堆砌辞藻，累赘臃肿。《红楼梦》也采用大量生活化口头语汇，却不令人产生琐碎、芜杂、粗糙的感觉。这部小说的语言，虽然还留有一些文言的残屑，却并不妨碍它的清澈和纯净的美质。从它语句的声调中，常常使读者感到流动着音乐旋律的美感。它明畅而无浅露之弊，洗练而无刻削之痕，富丽而无炫耀之病。这都是由于作家曹雪芹不仅大量地汲取了生活中的大众语言，博采古典文学各家语言所长，而且加以辛勤打磨、锤炼升华。因此在语言艺术上，《红楼梦》继《水浒传》和《金瓶梅》之后，成为我国古典小说创作中的又一个典型汉语范本。

　　曹雪芹是出色的语言大师。他不仅懂得正统官话，而且懂得民间口语；不仅熟悉上流社会的语言习惯，而且掌握下层大众的话语习俗；不仅有良好的正统文学的语言修养，精通诗词文赋的遣词造句规则，而且有深厚的民间文学的语言功底，熟稔时曲、酒令、灯谜、笑话的构词用字方法等等。曹雪芹深厚的语言素养和丰富的语言储备，为他创造小说语言准备了充分的条件。在写作《红楼梦》的过程中，他淋漓尽致地发挥了他那高超的语言艺术水平，从而为后世留下了这部精妙绝伦、异彩纷呈的语言艺术精品，令历代读者拍案称奇，一致叫好。

作家徐迟对曹雪芹小说语言的创新发展有独到的领悟。他的思想跳跃性很大，笔下流溢着敬佩，用散文式的语句写下自己的体会。摘引数段，以飨读者：

(1)《红楼梦》的语言，十分完美，不借老套，洗旧翻新。虽然距今又两个多世纪了，还是鲜龙活跳的。竟然直到今天依然活在我们口头，并比我们今天好些人的口头语言还完美呢……读起这部小说来，总是为它的生动语言感到惊讶，感到亲切。

(2)《红楼梦》还是第一个，大量地，绘声绘影地写下了奴隶阶级、下层劳动人民、广大人民群众的口语，白话，各种村言，俚语、民谣、民歌。它们是被压迫阶级的声音，道出了被压迫阶级的衷曲。这一点，只有少数文学家做到了。屈原是用了民歌的。司马迁只记录了例如"夥颐，涉之为王沉沉者"似的一些民间语言，就这一句也了不得。罗贯中、蒲松龄、吴敬梓只能时或得之，并没有能够更多地做到，而曹雪芹做到的，超过了白居易、施耐庵。

(3)《红楼梦》扫清了中国语言的积秽，引进了新鲜活泼的语言，提炼了中国语言的精华，创造了现代中国的散文。

(4)曹雪芹记录和提炼了现代中国的语言，就像十三四世纪的但丁对于现代意大利语言，十五六世纪的马丁·路德对于现代德意志散文，十六七世纪的莎士比亚对于现代英语，十八九世纪的普希金对于现代俄罗斯语言所贡献的一样。

(5)在我国现代语言发展史中，《红楼梦》第一个成功地记录和提炼了一直到今天我们仍然在说着写着的语言文字，因此《红楼梦》的出现，就是我国近代的一次语言革命。它简直是惊蛰的春雷。它为现代中国语言破了土，并奠了基，建筑了一座精美绝伦的大观园，作为典型环境的榜样示范。（徐迟：《红楼梦艺术论》，上海文艺出版社1980年版，第117~123页）

徐迟这些话，评论了《红楼梦》文学语言的新鲜活力，在语言发展史上的开创性贡献，对汉语中陈腐旧套污秽积垢的扫除，以及其永久的价值和生命力。如果把它们作为曹雪芹"创造了好多文学语言"命题的注脚，是很到位的。

可以学习他的语言

在本篇第一节引语中曾经介绍过，毛泽东在与表侄孙女王海容的谈话中，提到《红楼梦》的语言，还说过"作者的语言写得很好，可以学习他的语言"这句话。向曹雪芹学习语言艺术，这是毛泽东对青年人的希望，也反映了毛泽东的文论思想和写作甘苦。毛泽东的著作表明，他曾经为学习语言下过常人想象不到的功夫，包括从《红楼梦》中学习语言。他常说的"东风压倒西风""舍得一身剐，敢把皇帝拉下马""大有大的难处""赤条条来去无牵挂"，就是引自小说《红楼梦》，是他学习曹雪芹语言并成功运用的例证。

《红楼梦》中的语言值得后人师法的地方实在太多太多。曹雪芹构造的"假语村言"，写下的"满纸荒唐言"，其实都是留给后人的"冰雪文"（敦诚语），都是晶莹剔透的不朽文字，是纯洁、精美语言的宝库。

从语言积累的角度说，《红楼梦》可说是学习标准汉语语言的规范教材。比如方言土语，小说中有很多生动活泼又言浅意深的语汇，原来仅在市井民间口耳相传，经曹雪芹沙里淘金，选精拔萃，写入《红楼梦》以后，便成为民族的瑰宝，更广泛地流布开来。比如：扯篷拉纤、老天拔地、拿糖作醋、酸文假醋、黑眉乌嘴、倚娇作媚、人去不中留、登高必跌重、山高遮不住太阳、那个耗子不偷油、糊涂油蒙了心、看人下菜碟儿、千里搭长棚——没有不散的筵席、吃着碗里瞧着锅里、老脸厚皮、心巧嘴乖、明是一盆火、暗是一把刀、巴高望上、吃醋拈酸、烈火烹油、鲜花着锦、等等，这些词汇，都已作为大众公认的熟语格言，沿用至今。《红楼梦》中的语言资料丰富得很。

从语言运用的角度说，从《红楼梦》不但能学到使用汉语的一般规则，而且能够学到使用语言的高超技巧。什么人说什么话，什么情况下用什么词儿，快人快语，蠢人拙语，恶人刁语，浅人酸语，甜言蜜语，伶牙俐齿，绝妙好词……都有大量的实证，都有成功的范例。无论读哪一章，无论翻哪一页，都会学到使用语言的技巧和经验。

有读书体会、有写作甘苦的毛泽东告诉人们："语言这东西，不是随便可以学好的，非下苦功不可。第一，要向人民群众学习语言。第二，要从外国语言中吸收我们所需要的成分。第三，我们还要学习古人语言中有生命的东西。由于我们没有努力学习语言，古人语言中的许多还有生气的东西我们就没有充分地合理地利用。当然我们坚决反对去用已经死了的语汇和典故，这是确定了的，但是好的仍然有用的东西还是应该继承。"（《反对党八股》，《毛泽东选集》第三卷，人民出版社1991年6月第二版，第837页）

《红楼梦》语言中，"有生命的东西"是那样富裕丰厚，以至使人读这本书就产生走入语言宝山的感慨。阅读《红楼梦》吧，学习曹雪芹吧，如此，我们才能"合理地利用"其中有生气的语汇和典故。

而且人物性格各异

（红楼艺术之九）

> 毛泽东仍然笑着说："你知道《红楼梦》里写了多少个人物吗？"这可把水静问住了，水静老老实实地说："不知道，我没有算过。""一共是327人，从皇帝、贵族，直到老百姓，都写到了，而且性格各异。刘老老就是个典型的农民嘛。"毛泽东说："我看凭这点，就可以称为'巨著'。"
>
> ——水静：《特殊的交往——省委第一书记夫人的回忆》，江苏文艺出版社1992年版

水静是江西省委书记杨尚奎的夫人。20世纪60年代前后，作为东道主数次在庐山接待中共中央的上层会议。1959年上半年，有一次会议之间，毛泽东与水静谈起《红楼梦》。谈了一阵，毛泽东笑着问水静：

"你知道《红楼梦》里写了多少个人物吗？"

这可把水静问住了，水静老老实实地说："不知道，我没有算过。"

"一共是三百二十七人，从皇帝、贵族，直到老百姓，都写到了，而且性格各异。刘老老就是个典型的农民嘛。"毛泽东说："我看凭这点，就可以称为'巨著'。"（水静：《特殊的交往——省委第一书记夫人的回忆》，江苏文艺出版社1992年版；许祖范等：《毛泽东幽默趣谈》，山东人民出版社1995年版，第160~161页）

"我就喜欢曹雪芹笔下的人物，活灵活现的，可爱极了。"水静说。

"不过《红楼梦》的意义恐怕还远远超出了文学范畴，"毛泽东接着说，"它在我们面前展现了一个封建社会的全景，告诉我们一个崩溃着的封

建社会是怎样完成它的最后的悲剧的。"毛泽东又举出了一些情节，并一一作了分析。

这是一次关于《红楼梦》人物形象的漫谈，毛泽东的话也并不多，可其中却包括几层意思：小说塑造了众多的人物形象，塑造了各种人物形象，塑造了性格各异的人物形象。因此，可以称其为巨著。

毛泽东说红楼人物"一共是三百二十七人"，这说的是《红楼梦》人物形象众多。

《红楼梦》中究竟有多少人物？历来说法不一。但毛泽东看到的统计资料是三百二十七人。我们按时间顺序先看一下1959年以前一些"红迷"或红学家的统计：

清嘉庆间，诸联《红楼评梦》说："总核书中人数，除无姓名及古人不算外，共男子二百三十二人，女子一百八十九人，亦云夥矣。"约清嘉庆间，姜祺《红楼梦诗自序》说："其于人焉，男子二百三十五，女子二百一十三。"清同光间，寿芝《红楼梦谱》，分类收入人名。计男子二百零六人，女子一百九十二人，合计三百九十八人。清代评点派人物姚燮的《红楼梦》加评本，有"明斋主人总评"，其中说：总核其中人数，除无姓名及古人不算外，共男子二百三十二人，女子一百八十九人。也就是说，男女人数相加，共四百二十一人。在姚燮这段话上有批语：据姜季南云：男子二百三十五人，女子二百十三人。两者相加，为四百四十八人——这是包括高鹗所续的后四十回在内的。

民国初年，星白《红楼梦人谱》，收男子三百九十七人，女子三百二十四人，合计七百三十一人。民国九年，颍川红光《红楼梦人名表》，共收人物四百七十余人。民国三十六年，赵苕狂《红楼梦人名辞典》，收主要人物，各撰小传，计男子四十二人，女子六十四人，合计一百○六人。此非总人数，应是主要人物和次要人物重要。

其实，小说家曹雪芹虽然头脑中不一定有"红楼人物"这个概念，但小说中却有"贾府人口"大致的估算和交代：最引人注目的是第六回，写到荣府中"一宅人合算起来，人口虽不多，从上到下，也有三四百丁"。这说的是荣府，不包括宁府，即不是贾府的全部人数。第五十二回，丫鬟麝月道："……家里上千的人，你也跑来，我也跑来，我们认人问姓，还认不清呢！"这"上千人"，大约就是两府人丁的总数了。第六十八回，善姐儿道："我们奶奶天天承应了老太太，又要承应这边太太，那边太太，这些妯娌姐妹，上下几百男女，天天都来等她的话。""几百男女"是天天等着听王熙凤号令的人，不是贾府人丁的总数，但也可见府里人员之多。续补的第一百〇六回，写贾府抄家后，贾政叫赖大将合府里管事的家人的花名册子拿来，一齐点了一点，除去贾赦入官的人，尚有三十余家，共男女二百一十二名。

《红楼梦》写贾府有这么多人，并非是曹雪芹毫无根据的随意虚构，他是以一定的事实为依据的：清人福格《听雨丛谈》卷五"满汉官员准用家人数目"条记载，康熙间总督巡抚等"外任官员"，所带奴婢多至数百人，甚至上千人。曹雪芹的曾祖曹玺、祖父曹寅、舅祖李煦都是"外任官员"，家口和仆人都为数不少。曹雪芹舅祖李煦家，雍正元年被抄之时，逮捕"李煦家属十五名口"、"仆人二百十七名"。（雍正元年六月十四日和硕庄亲王允禄等面奏、雍正二年十月十六日允禄等奏折）曹雪芹家，在极盛时人口究竟有多少，史无记载。至雍正五年底六年初，曹頫被革职抄家时，还有"家人大小男女共一百十四口"（见雍正六年三月三日江宁织造隋赫德奏折）。而那时，曹家已经窘迫衰落，大非昔日之盛况了！可以推知，曹家在鼎盛之时，人口当有四五百人不算离谱。曹雪芹在小说中写世家大族的贾府，有千儿八百口，并非无稽之谈。

有一个事情要弄清楚：《红楼梦》究竟写了多少人物，这很难得出一个精确的数字。因为人们统计的标准不一样，依据的版本不一样。比如，什么人是"红楼人物"？理解上就差距很大。有的统计者见了人名就统计上，把东汉人贾复、三国时人曹操、南宋人秦桧等历史人物都算了进去，这显然不合适。人名、人数、人丁并非全都够得上是小说"人物"。

说《红楼梦》写了三百余人，这应该是指有情节、有故事、有活动的"红楼人物"。虽然我们还不能确指毛泽东依据的是那一说，但一般的统计者大体上认定"红楼人物"在三四百之间，毛泽东举出这个数字，只是以此证明《红楼梦》善写人物罢了。

毛泽东说《红楼梦》"从皇帝、贵族，直到老百姓，都写到了"，这说的是红楼人物的多样性。即塑造了各种各样的人物形象。

《红楼梦》全书所展开的生活是十分广阔的，作者描写了社会各个层面、各种类别的人物：皇帝、王爷、贵妃、宦官、皇商、皂隶、门子、西宾、老爷、少爷、太太、小姐、丫鬟、小厮、仆人、村女、村妪、伶人、娼妓、尼姑、道婆、道士、清客、帮闲、地痞、混混、簸片、小有产者。清人姚燮编著的《红楼梦类索》，在《人索》编中所叙述的各类人物有：贾氏本族及王公勋戚，杂流人品。据其所录，《红楼梦》中王公勋戚内外官爵东平郡王、南安郡王等九十四人，贾氏本族贾敷、贾珠、贾环等三十四人，贾氏亲属邢德全、王仁、薛蟠等十六人，门客詹光、单聘仁等七人，家人童仆来升、赖升、赖大等六十九人，杂流人品冯紫英、冷子兴等六十二人，贾氏内属史太君、邢氏、王氏等二十三人，贾氏亲眷邢嫂子、薛姨妈等十八人，乳娘仆妇王嬷嬷、李嬷嬷等五十六人，妾婢赵姨娘、袭人等八十三人，女伶龄官、芳官等十二人，女冠妙玉、净虚等十一人，又女属拾余周贵妃、刘姥姥等三十四人，还有警幻仙姑、空空道士、茫茫真人等神仙僧道十三人。总之，三教九流，五行八作，这些人物，足以形成一个有代表性的社会天地。

在各类人物中，曹雪芹又重点描写了数十个人物，这些人物都是各方面人物的代表。清末民初的成之在《评红楼梦》中说："《红楼梦》中之人物为十二钗。所谓十二钗者，乃作者取以代表世界上十二种人物者也。"就是说《红楼梦》中的人物是具有代表性的。当然，红楼人物绝不止"十二钗"，只是说她们有代表性而已。这些人物给读者留下了挥之不去的印象。正如何其芳所说："仅就我们读后留有鲜明印象，以至长久不能忘记的人物而论，也至少是数十计。"（《论〈红楼梦〉》）这一点，不能不认为是十分难能可贵的。

《红楼梦》中有些典型人物的塑造达到了世界文学史上第一流的艺术水平。像大观园里的与社会有广泛联系的各色人物脸谱，即便在文学巨著中也是少见的。许多生活中的人，被曹雪芹带进了大观园，都是至今仍令读者觉得是生活在自己周围的真的人物。《红楼梦》一书最成功之处，正在于它塑造人物达到了出类拔萃顶端极致的艺术巅峰，使古今中外多少小说名家相形见绌。

《红楼梦》塑造的人物形象，一是多样性，二是典型性。正如李希凡所说：恩格斯在《给敏·考茨基》的信中曾说过：文学作品的人物，应该"每个人都是典型，但同时又是一定的单个人，正如老黑格尔所说的，是一个'这个'"。在中国小说史也包括世界小说史上，能达到这样典型创造的高境界的，《红楼梦》应该是名列前茅，所谓曹雪芹笔下的人物，"如过江之鲫"，决非过誉。（李希凡：《"传统的思想和写法都打破了"——序周中明〈红楼梦的艺术创新〉》，《红楼梦学刊》2002年第4辑，第157页）

毛泽东还认为《红楼梦》中人物不仅众多，"而且性格各异"，形象鲜明。他举出刘姥姥这个典型形象作为例证，小说中塑造得非常成功的人物形象不胜枚举。

曹雪芹不愧为横绝千古的天才艺术大师，经他手塑造出的红楼人物，使人感到既是真人，又有活力，栩栩如生，令人难忘，超出象外，遗貌取神。清代二知道人在《红楼梦说梦》中指明："盲左班马之书，实事传神也；曹雪芹之书，虚事传神也。"曹书人物传神，一点不假。每个人物的个性都很鲜明，神态毕肖，呼之欲出，具有不灭的生命力。曹雪芹刻画的人物有几百人之多，但很难找出一个人与另一个人是重复的，一点雷同也没有。在描写人物的手法上，曹雪芹不是做简单的照相，而是深入到人物的灵魂，把具有各种不同特点的人写得活灵活现，有血有肉。他不仅擅长观察了解人物的外在表现，而且更擅长抓住人物的心理活动。读过小说，闭上眼睛仔细琢磨一下，一个人有一个人的性格，一个人有一个人的身份，一个人有一个人的语言，一个人有一个人的行为方式。尤其是其中为数最多的女人，更是刻画入微，一说话就知道是谁，一颦一笑就使这个人仿佛从书中走出来。他能通过细纤之笔，把年龄相仿、性格相近的少女，仔细区分开来，把最微小的特征纤毫毕露地镂刻出来，以充分表现出人的活力来，使人物得到永生。如黛玉与晴雯、宝钗与袭人、鸳鸯与尤三姐、贾宝玉与甄宝玉、贾珍与贾琏，虽然性格的某些方面相近，但也仅仅是相近而已，却没有理由把他们等同起来，重叠起来，不像有的文学作品塑造的人物没有个性，重复雷同，毫无差别可言。譬如鸳鸯的烈性与尤三姐的烈性不同，而尤三姐的豪爽与史湘云的豪爽又不相同，至于林黛玉与妙玉都是孤高成性，但她们也不相同。

《红楼梦》善于写人，尤其善于写年轻女性，它描绘了一群鲜明生动、美丽纯洁而又薄命不幸的女性形象。曹雪芹对林黛玉、贾探春、薛宝琴那样具有文化修养的贵族女性固然赞美，对那些受奴役、被压迫、生活在社会底层因而失去文化教养的丫鬟婢女，笔下也同样写下许多赞美之词，使她们不仅容貌可人，而且心地善良，纯洁美丽。她们身上闪烁着人性的崇高而纯洁的情感，不惜以生命来殉理想的刚毅豪爽之气，凛然不可侵犯的人的尊严。她们的灵魂美和性格美，在贾府那些丑恶、庸俗、肮脏的灵魂群中，构成了美好和丑恶、纯真和虚伪、善良和罪恶的鲜明对照，这种心灵对比所产生的撞击加深了小说人物形象的感染力。这是令读者难以忘怀的、浮雕群像似的年轻女性群体：冰雪聪明的黛玉、贤惠温柔的宝钗、豪放潇洒的湘云、敏捷干练的探春、文采斐然的宝琴、刚烈不屈的鸳鸯、俊俏平和的平儿、纯情细心的紫鹃、犀利激烈的晴雯、痴心钟情的芳官……个个刻画入微，跃然纸上，使读者如闻其声，如睹其容，如见其人。小说家端木蕻良曾经指出："红楼梦里人物的出场入场，一颦一笑，来踪去脉，口角眉梢，心头话尾，舌尖牙缝，歌哭笑骂，正经胡调……没有一处不是活灵活现。"这话或许有些夸张，但《红楼梦》中的人物描写达到了至境，则是不争的事实。

曹雪芹还写出了人物性格的复杂性。每个人物的性格具有多彩多姿的特征，像雕塑似的承受着各种不同光线的照射，立体地呈现在读者面前。鲁迅在《中国小说史略》中指出："……说到《红楼梦》的价值，可是在中国底小说中实在是不可多得的。其要点在敢于如实描写，并无讳饰，和从前的小说叙好人完全是好的、坏人完全是坏的，大不相同，所以其中所叙的人物，都是真的人物。"对红楼人物，很难用好人与坏人、正面人物与反面人物、肯定形象与否定形象的概念来概括。比如有人说贾宝玉是个光彩照人的正面形象，可作者偏写他的愚顽不肖，他的癖性乖张，他的纨绔习气；他主张进步的妇女观，说女人是水做的，一见了就令人清爽，可他见一个爱一个，似乎又有"泛爱""乱爱"之嫌；他对黛玉爱得刻骨铭心，可对宝钗、湘云、袭人、晴雯，以至妙玉、二丫头也情动于心；他不分等级不看贵贱，把下人奴仆当人看待，可也时而摆出主子的架势，踢丫鬟的窝心脚。比如有人说王熙凤是个心狠手毒、十恶不赦的封建统治者形象，可王熙凤也有怜悯贫穷的刘姥姥、大刀阔斧地整治宁国府、对宝黛爱情持理解支持态度等正面行为和思想亮点，其他如黛玉、宝钗、袭人、秦可卿、尤三姐甚至贾琏、薛蟠者，性格都是多棱镜，只用好人坏人的抽象概念去论定他们的形象，则必然犯思想方法片面性的错误。

清朝道光时人王雪香，从"金无足赤，世无完人"的价值角度评论"金陵十二钗"："王熙凤无德而有才，故才亦不正；元春才德固好，而寿既不永、福亦不久；迎春是无能，不是有德；探春有才德，非全美；惜春是偏僻之性，非才非德；黛玉一味痴情，心地褊窄，德固不美，只有文墨之才；宝钗却是有德有才，虽寿不可知，而福薄已见；妙玉才德近于怪诞，故身陷盗贼；史湘云是旷达一流，不是正经才德；巧姐才德平平；秦氏不足论，均非福寿之器。此十二钗所以俱隶薄命司也。"王雪香以封建的德才观、福寿观论人，其价值取向有迂腐之处姑且不论，他的评论从两面看红楼人物形象则是可取的。《红楼梦》塑造的人物，不仅摆脱了"千人一面""千人一腔"的旧模式，达到了一个人一个样的新水平，而且达到了一个人"几个性"的高度，即性格的多样性、复杂性和丰富性。社会生活中的人们，性格本来是复杂的、多色调的，文学作品中的人物面貌也应该如此。

但是《红楼梦》以前的小说中的人物描写，性格单一性的占主导地位。《红楼梦》中的许多人物让读者相信完全是真的，就在于作者写出了人物性格的复杂性。小说中所描述的令人喜爱可赞的人物，并非是十全十美的，这符合生活真实。宝钗体贴人情，豁达从时，但她世故圆滑；黛玉真诚钟情，宁为玉碎，不为瓦全，但她心胸狭隘，话语尖刻，小性儿；探春高雅脱俗，柔中有刚，有理家之才，但她对生母未免过于绝情；袭人温柔和顺，忍让不争，善于摆平理顺关系，但她有俗气及至媚气；晴雯疾恶如仇，敢怒敢爱，犀利尖锐，但她恃宠傲物，欺压小丫头……正是因为她们有令人欣赏之处，又都有各自的不足，故而才会显得血肉丰满，真实可信，也才会产生一种强烈的艺术美。曹雪芹摆脱了传统的"金要足赤，人要完人"的创作框架，充分注意从多方位、多侧面、多层次、多程度地表现人物的思想、情操、品质乃至外貌，创造出了"和从前的小说叙好人完全是好的，坏人完全是坏的，大不相同"的"真的人物"。红楼人物来源于生活而又经过艺术的再创造，从而获得了艺术上的高度真实性。

著名红学家吴世昌教授曾经用对比的方法得出结论："莎翁（莎士比亚）和曹雪芹在他们的作品中都创造了四百多个人物，但莎翁的人物，分配在三十多个剧本中，而且许多王侯、侍从、男女仆人，性格大致相类；在不同剧本中'跑龙套'的人物原不必有多大的区别。而曹雪芹的四百多个人物，却严密地组织在一个大单位中，各人的面目、性格、身份、语言都不相同，不可互易，也不能弄错。"《红楼梦》在艺术上取得的巨大成就，首先表现在善于刻画人物上，而且是成群地、系列地塑造出来。在这部小说中，不仅像贾宝玉、林黛玉、薛宝钗、王熙凤、贾探春、刘姥姥等形象，都是具有世界创作水平的艺术典型，还有其他许多人物，如晴雯、尤三姐、贾政、贾母以及袭人、史湘云、薛宝琴等等放在次要地位来描写的人物，也无一不是写得血肉饱满的艺术形象。《红楼梦》的出现为中国和世界的文学画廊，增添了一群从未有过的人物形象。

文学中的一个革命家

(红楼人物·贾宝玉之一)

> 毛主席对《红楼梦》的推崇却是一贯的，早在瑞金时就跟我讲过，贾宝玉是我国文学中的一个革命家。
> 孙琴安、李师贞：《毛泽东与著名作家》，人民文学出版社2003年11月版，第222页

曹雪芹笔下的贾宝玉横空出世，立新刷艳18世纪的中国文坛！这是亘古未有的艺术形象，令所有的文学批评家顿感思钝笔拙，找不出恰当的概念和词汇来评价这个魅力四射的小说人物。

最初批点《石头记》的脂砚斋和畸笏叟，还是曹雪芹的亲近之人，自诩深知"拟书底里"，但是他们面对贾宝玉时，也立刻感觉到思想和语言的困窘。

庚辰本《红楼梦》第十九回，在贾宝玉说"没的我们这种浊物倒生在这（深堂大院）里"句子下，有两段双行小字夹批：

妙号！后文又曰"须眉浊物"之称。今古未有之一人，始有此今古未有之妙称妙号。

这皆是宝玉意中心中确实之念，非前勉强之词，所以谓今古未有之一人耳。听其囫囵不解之言，察其幽微感触之心，审其痴妄委婉之意，皆今古未见之人，亦是未见之文字。说不得贤，说不得愚，说不得不肖；说不得善，说不得恶；说不得正大光明，说不得混账恶赖；说不得聪明才俊，说不得庸俗平凡；说不得好色好淫，说不得情痴情种；恰恰只有一颦儿可对，令他人徒加评论，总未摸着他二人是何等脱胎，何等心臆，何等骨肉。余阅此书，亦爱其文字耳，实亦不能评出此二人终是何等人物。后观

"情榜"评曰:"宝玉情不情,黛玉情情。"此二评自在评痴之上,亦属囫囵不解,妙甚!

"脂批"作者惊讶于宝玉自称"须眉浊物",惊诧于他说"囫囵不解之言",惊奇于他是"今古未有之一人",惊叹于"实亦不能评出此二人(包括颦儿黛玉)终是何等人物",所以连用十一处"说不得",结果还是"囫囵不解"!

脂批引"情榜"作者自评宝玉"情不情",其实曹公借小说人物之口多处为宝玉下考语:在仙界他是"神瑛侍者",出世前二仙称宝玉为"顽石",或自称为"石兄",王夫人称儿子为"混世魔王",贾母称嫡孙为"孽障",警幻仙姑称其为"天下古今第一淫人",嫂子李纨称其旧号"绛洞花主",薛宝钗称其为"无事忙"和"富贵闲人",黛玉称其为"魇魔星",在诗社黛玉又称其别号"怡红公子",贾琏小厮兴儿评论他"说的话人也不懂,干的事人也不知",傅试家的两个婆子议论他"外头好里头糊涂,中看不中吃的",多数人不懂宝玉,视其为"疯傻痴呆"……如此看来,曹公笔下之宝玉也是"多棱镜",难于定评。

直到今天,对贾宝玉的评论还是众说纷纭,莫衷一是。李希凡的《"行为偏僻性乖张"——贾宝玉论》可以视为研究贾宝玉的最新成果。他说过这样一些话:

> 《红楼梦》的男主人公贾宝玉,……是小说中最重要的"主体"人物,是作者许多重要思想理念的主要承载者,是小说中最具有时代意义的文学典型。在曹雪芹所营造的"理想国"大观园里,贾宝玉位列"群艳之冠"(脂砚斋语),乃"众星捧月"的第一位主人公。
>
> 如果说,《红楼梦》是在"寓暴露和批判于封建社会上层建筑与贵族宗法统治的真实描写中,完成了对它的否定",那么,对小说男女主人公的典型形象的创造,是集中而深刻地显示了贵族青年叛逆者的人性觉醒!应当说,《红楼梦》所表现的鲜明的思想倾向,一方面继承了明代以及清初启蒙思想的精华,也曲折地反映了曹雪芹所处时代初步的民主主义和人文思想的内蕴。这种思想倾向从曹雪芹浓墨重彩所塑造的男主人公——贾宝玉身上也看得更分明、更深沉、更具有时代精神的亮采。

贾宝玉是封建末世贵族青年的叛逆者，是一个有着复杂性格与丰富精神内蕴的时代典型，是一个"真的人物"。（《传神文笔足千秋——〈红楼梦〉人物论》，文化艺术出版社2006年6月版，第98~99、103页）

毛泽东品评红楼人物，较早进入他思维视野的就是贾宝玉和林黛玉。从井冈山到长征路，从延河边到北京城，评说"宝二哥"是他热情永驻的话题。他对怡红公子的定位，确实与众不同：他认为这位女孩子堆里的"混世魔王"是大观园里的革命家。

文学中的一个革命家

在井冈山，毛泽东告诉贺子珍大观园里分为两派，贾宝玉属于"好的一派"；可是到了中央革命根据地瑞金，他的认识又有了新的发展，他对文化人冯雪峰说：贾宝玉是我国文学中的一个革命家。

冯雪峰是文化战线的重要人物。瑞金时期与毛泽东接触频繁，常谈论文学、文艺和文化战线的事情。20世纪30年代中期，受党组织委托到上海做文坛的统一战线工作，与鲁迅等左翼作家合作有年。1954年后，累受批判，运交华盖。

晚年，友人蒋路常来看望磨难中的冯雪峰，两人有时也谈论到毛泽东。有一次，冯雪峰对蒋路说：

"毛主席晚年出于政治上的考虑而改变了自己原先对《水浒》的评价，这一点也使我感到遗憾不过。毛主席对《红楼梦》的推崇却是一贯的，早在瑞金时就跟我讲过，贾宝玉是我国文学中的一个革命家。"（孙琴安、李师贞：《毛泽东与著名作家》，人民文学出版社2003年11月版，第222页）

另一个生活道路更为坎坷的文艺理论家胡风，蹲过多年监狱之后获得平反，他在回忆录中也说到过这件事情：

一九三六年冯雪峰从陕北被中央派回到上海的时候对我谈到过，毛主席爱看《红楼梦》，长征中书丢光了（当是马列主义以外的书），只保留着一部《红楼梦》；闲谈中说过"贾宝玉是近代史上第一个大革命家"。（《胡风全集》1999年版，第一卷，第316页）

从瑞金到长征，从长征到陕北，共产党还被他的敌人斥为"流寇"时，毛泽东在与冯雪峰的"闲谈"中，称贾宝玉是"我国文学中的一个革命家"。细想这也没什么奇怪的，因为"闲谈"的参与者们本身都是响当当的革命家。他们到古典文学作品中去寻找"革命家"，那意思正在于寻求革命的文学支持。宝玉这位"革命家"是"文学中的"，也就是宝玉比之大观园中其他的人，是个革命派罢了。根据什么说贾宝玉是"革命家"？毛泽东没做具体展开。他不是在作论文，仅仅在闲谈中阐述个结论罢了。

到了陕北，毛泽东在与作家、艺术家的交流中，提到《红楼梦》仍持"宝二哥"是"革命家"的观点。不过，他的思想又有了发展。

刚到陕北，党中央驻地在保安。那时，丁玲等几个文化人从上海、南京等地辗转来到保安。

1936年冬的一个傍晚，毛泽东专程看望来此不久的丁玲。他们谈得十分投机，当时和丁玲同住一间窑洞的李夫，对这次谈话有专文记载，其中一段是：

> 毛泽东曾做了一篇关于《红楼梦》的文章，有好几万字长。毛泽东说贾宝玉是可以转变成为一个革命者的。（张晓京：《毛泽东与丁玲》，《中国第一人毛泽东》，湖南人民出版社1999年3月版，第201页）

这个话，不只私下对几个文化人讲了。延安抗日军政大学建立后，常常邀请毛泽东去讲演。1937年5月，毛泽东在抗大讲演中有这样一段话：

> "《红楼梦》的贾宝玉，要是生在今天，就不是去当和尚，而是参加革命了。"（湖北省社科院：《忆董老》（第二辑），湖北人民出版社1982年版，第66页）

"贾宝玉是可以转变为一个革命者的"，这话隐含着贾宝玉是本阶级的叛逆。毛泽东与丁玲谈话这样评价贾宝玉，作用不只是评价贾宝玉艺术形象的思想价值，更为主要的是他在引证贾宝玉的例子，来说明出身剥削阶级的人"可以转变为一个革命者"。这些话对于出身地主家庭的丁玲等人能够参加革命,能够奔赴红都保安,无疑是个肯定,是个激励。这是易于在丁玲、李夫等人中引起思想共鸣的。当然,说"贾宝玉是可以转变为一个革命者的",首先在于他思想中已具备着"转变"的潜质,倘若说贾珍贾琏"可以转变为一个革命者"则是笑谈。

"贾宝玉要是生在今天,就不是去当和尚,而是参加革命了"。《红楼梦》后四十回,苦闷彷徨的贾宝玉"梦醒了找不到出路",唯有"悬崖撒手",抛妻舍子,消极遁世,出家当了和尚,这是时代使然。毛泽东所说的"今天",已是由旧民主主义革命进入新民主主义革命的时代,迷茫中、求索中的青年都可以找到实现理想人生目标的途径,到延安来"参加革命",再也用不着看破红尘遁入空门了。这也进一步说清了贾宝玉这个典型形象的认识价值。

不满意封建制度的小说人物

长征路上,毛泽东对刘英说:贾宝玉鄙视仕途经济。

1935年遵义会议后,后来成为张闻天夫人的刘英到中央队当秘书长。据刘英回忆说:

> "(毛泽东)对中国的历史、小说熟极了,闲扯起来滔滔不绝,津津有味。《红楼梦》尤其读得熟。有一回他问我:……'《红楼梦》里你最喜欢哪一个?'我说:'当然是林妹妹了。'他连连摇头,说:'《红楼梦》里最招人喜欢的是贾宝玉。他鄙视仕途经济,反抗旧的一套,有叛逆精神,是革命家。'"(《刘英自述》,人民出版社2005年10月版,第71页)。

"仕途经济"里的"经济",并不是现代经济工作、经济建设里面"经济"的含义,而是指经邦济世、治国理民之意。《红楼梦》第四回"经济世事"、第五回"经济之道"都是这类意思。"仕途经济"是指通过"学而优则仕"的道路,去做官为宦。仕途,做官的道路。经济,经国济民的大事,实际上是通过科举道路当封建官僚,当封建主子。

《红楼梦》第三十二回,史湘云劝贾宝玉"也该常会会这些为官作宦的,谈讲谈讲那些仕途经济,也好将来应酬事务"。贾宝玉听了"大觉逆耳",很不客气地当面讽刺说:"姑娘请别的姊妹屋里坐坐罢,我这里仔细腌臜了你知经济学问的!"袭人忙解释说,薛宝钗也曾向贾宝玉说过类似的话,贾宝玉"也不管人脸上过的去过不去,他就咳了一声,拿起脚来走了",使薛宝钗"登时羞的脸通红"。贾宝玉接着说,林黛玉是从来不讲这些"混账话"的,"若他也说过这些混帐话,我早和他生分了。"《红楼梦》第三十六回写贾宝玉"最厌峨冠礼服贺吊往还等事","宝钗辈有时见机劝导",宝玉反生气起来,"只说好好的一个清净洁白女儿,也学得沽名钓誉,入了国贼禄鬼之流"。"独有林黛玉自幼不曾劝他去立身扬名等语,所以深敬黛玉。"贾宝玉把从科举道路爬进统治阶级队伍的人称为"国贼禄鬼",这是从来没有的对仕途经济的严厉批判和声讨。小说中的这些描写,在宝玉、黛玉与宝钗、湘云、袭人的思想冲突中,突出了贾宝玉鄙视封建家长(亦即封建制度)所规定的仕宦道路,争取个性解放思想自由的反封建精神。

贾宝玉不仅反对仕途经济,而且"反抗旧的一套",因此毛泽东评论他有"叛逆精神",是"革命家"。这个评论思路一直在延伸。1955年春季,

贾宝玉神游太虚境

毛泽东乘车去浙江绍兴东湖。途中，他与随行的田家英、胡乔木等秀才们海阔天空地聊起了《红楼梦》。从荣国府谈到宁国府，从晴雯、袭人、香菱讲到王熙凤、林黛玉、贾宝玉。

> "贾宝玉在曹雪芹笔下是封建家族的逆子。"毛泽东以赞赏的口气说："贾宝玉的叛逆思想，在当时那个特定的时代里，具有进步意义嘛。"（李林达：《情满西湖——毛泽东在浙江纪实》，中央文献出版社1993年12月第1版，第218页）

这段话的核心是论证贾宝玉叛逆思想的时代价值和进步意义。"特定的时代"在历史上即"康乾盛世"，在《红楼梦》小说里和脂砚斋批语中即累累出现的"末世"，如"作者之意，原只写末世，此已是贾府之末世了"，"可知书中之荣府已是末世了"。（甲戌本《脂砚斋重评石头记》第二回夹批）。作者和批者又常把"末世"和"运"联系起来，如王熙凤"凡鸟偏从末世来"，如贾探春"生于末世运偏消"（第五回），贾雨村"生于末世，父母祖宗根基已尽"（第二回）等等。"末世"，并非只是荣宁二府的末世，而是《红楼梦》所反映时代处于末世；消运，并非只是王熙凤、贾探春、贾雨村的消运，而是那一代人、一群"凡鸟"的华盖运。贾宝玉反对仕途经济等叛逆思想，是"末世"的凤凰涅槃，是对传统观念的反叛，并由此滋生新观念的萌芽，亦即一种新的思想启蒙。这正是贾宝玉叛逆思想的历史进步性——他是末世的凡鸟，他也是新世的凤凰。

到了晚年，毛泽东对贾宝玉有了深思熟虑的定评。1962年1月在"七千人大会"上，他评论了《红楼梦》的产生时代和社会背景，同时也给贾宝玉以考语：

> 清朝乾隆时代，……就是产生贾宝玉这种不满意封建制度的小说人物的时代。（《毛泽东文集》第八卷，人民出版社1999年6月版，第301页）

贾宝玉到底是什么样的文学人物？毛泽东的答案是：不满意封建制度的小说人物。这个评价是很高的，贾宝玉作为文学典型形象，他的思想价值在于反封建，"不满意封建制度"，对于封建社会的一些主要制度，如皇权制度、科举制度、婚姻制度、奴婢制度、礼仪制度等，贾宝玉或嘲讽、或批判、或背离，都或多或少、或深或浅地表示过"不满意"——这在他那个时代，这在大观园里，已经很不简单，很了不起了；这个评价也是很有分寸的：贾宝玉的反封建很有限，既不是全盘推倒，也不是彻底造反，仅仅是在大观园里发发牢骚，搞点恶作剧，捅点小乱子，仅仅是"不满意"而已——也不能要求贾宝玉的思想前卫到脱离那个时代的程度。

他觉得女孩受压嘛

毛泽东晚年，一次与身边工作人员孟锦云讨论《红楼梦》。小孟说："我同情林黛玉，可不喜欢贾宝玉，他对那么多女孩都好，这叫什么事啊，一点都不专一。"

对小孟提出的话题，毛泽东的看法是：

"贾宝玉，是个很有性格的男孩哩。他对女孩好，那是因他觉得女孩受压嘛。大观园里的女孩总比那些男人干净得多，你还不懂贾宝玉。"（郭金荣：《毛泽东的晚年生活》，教育科学出版社1993年2月第1版，第166~167页）

小孟以常人的眼光评价贾宝玉，对贾宝玉"对那么多女孩都好"很不理解，给予批评。毛泽东却不以为然，他喜欢从相反的方面去分析事物，而且总能得出些比较准确的判断。因为他不仅看到了人们容易看到的那一方面，也看到了人们不容易看到、极易忽略的那一面。

"大观园里的女孩总比那些男人干净得多"，这是贾宝玉的"男女观"，他认为男人个个不干净，"凡女儿个个是好的"（第七十七回）。《红楼梦》所重点描写的贾府里，男人皆是庸庸碌碌浑浑噩噩之辈，荒淫酒色，浊臭逼人，偌大一个家族运筹谋划的竟无一人，实在是一堆渣滓浊沫。《红楼梦》里的大批女性，"气质美如兰，才华阜比仙"，许多人饱读诗书，吟诗作对，富于才情。比较起来，男性赦、政、珍、琏、蓉之辈固无足论，就连贾宝玉自己的文才也远远比不上。更何况，"红紫万千谁治国？裙钗一二可齐家"，贾府中众多的"堂堂须眉，诚不若彼裙钗"，真是"闺阁中历历有人"。

贾宝玉"对女孩好"，不只对贵族小姐们好，更可贵的是他对"身为下贱"的丫鬟们即女奴们好，"那是因他觉得女孩受压嘛"。"受压"的女孩，如金钏、晴雯、鸳鸯、芳官、司棋、四儿等人，她们或受辱投井、或被害早夭，或遭驱逐嫁人，备受蹂躏摧残，贾宝玉对她们表示了极大的同情，在当时条件下想方设法给予呵护、照顾和安慰。这里面已经包含着对压迫女奴制度的反抗，对女权的呼唤，把这看成是"对那么多女孩都好，这叫什么事啊"的观点，显然是表层看问题的世俗偏见。

当然，贾宝玉是贵族公子哥儿，在多妻制的历史背景下，他的"女权革命"处于初兴乍起的阶段，有很大的局限性。对女性，他也有另一面——"泛若不系之舟"似的"无明无夜和姐妹鬼混"（第三十一回），"那边腻了过来"（第二十一回）。毛泽东读《红楼梦》，十分细心，也发现了"贾宝玉总是离不开女人"的毛病，并举此例来说明文艺创作中的一个理论原则。

那是20世纪50年代初全国第二次文代会前后的事。1953年10月第二次"文代会"以前，文艺界对英雄人物的创造等文艺理论问题有很大分歧。关于英雄人物的创造，《文艺报》曾组织了讨论，陈企霞起草了结论。对这些问题，周扬等人与冯雪峰等人之间，观点上明显不一致。第二次"文代会"，曾由冯雪峰准备大会报告，后来没有通过。冯雪峰把部分报告在《文艺报》上发表了。中央通过了周扬的报告。

在关于创造英雄人物能不能写品质性的缺点问题上，毛泽东表示同意周扬报告中的思想观点，他风趣地说：

> 人都是有缺点的，所以英雄人物当然也有缺点。但是，文艺作品中的英雄人物不一定都写他的缺点。像贾宝玉总是离不开女人，而鲁智深却从来没考虑到女人。为了创造典型有意识地夸张或忽略某些方面是应该的。（李捷、于俊道：《东方巨人毛泽东》，解放军出版社1996年1月版，第871页）

"贾宝玉总是离不开女人"，确实是文学作品中的英雄人物（反封建的先知先觉者）贾宝玉的"缺点"。他虽拥有姣妻美妾，还"无明无夜和姐妹们鬼混"。他和丫头们无法无天，"凡世上所无之事，都顽耍出来"了（第七十九回）。他既爱"闲静似娇花照水，行动如弱柳扶风"的林妹妹，又爱"脸若银盆，眼似水杏"的宝姐姐（第二十八回），更爱"鲜艳妩媚大似宝钗，袅娜风流又如黛玉"的秦可卿（第五回）。他和袭人偷试云雨情（第六回），他和五儿鬼混（一〇九回）。他调戏金钏、彩霞，和妙玉关系暧昧。他瞅见袭人的两姨姐，就想弄到家来，他为刘姥姥胡诌的那个雪地姑娘

"盘算了一夜",甚至对墙上的美人图,也遐想不已。他爱吃女孩儿嘴上的口红(其实就是变相的接吻),他把脸凑到鸳鸯脖子上闻那香气,并不住地用手摩挲。贾宝玉的泛爱遭到香菱的批评,说他是一个"亲近不得的人"(第二十四回)。

毛泽东举出贾宝玉泛爱的例子,本意是并不认为英雄是"高大全"的,因为他承认英雄也有缺点,为了创造典型也可以写到这些缺点,贾宝玉就有缺点。另一层含义,他也客观地评价了贾宝玉对待女性的另一面,即贾宝玉的"总是离不开女人"——可否将其称为贾宝玉的泛爱主义?

毛泽东赞赏贾宝玉同情被压迫女孩的初级女权主义,不赞成他的泛爱主义,辩证地评论了宝玉的女性观和婚恋观。毛泽东把宝玉的泛爱视为缺点,但他并不反对宝黛感情深厚思想一致的爱情。因为他自己创作的诗词中,如《贺新郎·别友》《蝶恋花·答李淑一》《虞美人·枕上》《七律·答友人》也是对人间至爱的热情讴歌。

全不肯劳动的公子哥儿

（红楼人物·贾宝玉之二）

> 贾宝玉不能料理自己的生活，连吃饭、穿衣都要丫头服侍，这种全不肯劳动的公子哥儿，无论如何是不会革命的！
>
> 《新体育》1959年第1期

  毛泽东多方面地对贾宝玉作了肯定性评价，但是，他也绝不掩饰贾宝玉的缺陷和局限性。尤其谈到新时期革命青年的标准时，他更强调宝黛不足为训。

  1951年秋天的一个夜晚，毛泽东在中南海接见了"湖南一师"时期的老同学周世钊等几位湖南教育界人士。当谈话的主题转到了湖南过去一些参加五四运动的人物的现状时，大家提到，当时很活跃、敢说敢为的某女同志，因为身体羸弱，疾病纠缠，目前参加工作和学习都有困难，闷守在家里，感到处在新的时代不能为革命事业贡献力量，心里常怀着掉队、落后的苦闷。

  毛泽东闻听此事，表示十分惋惜。他说："这是不注意体育运动的结果。"

  停了一会儿，毛泽东接着说："你们都是干教育工作的，应该把青少年的体育运动看得比什么都重要。必须记住：有志参加革命工作的人必须锻炼身体，使身体健强，精力充沛，才能担负起艰巨复杂的工作。"

  周世钊等似有所感，表示一定不能忽视学生的体育运动。毛泽东又继续说：

  "大家不是读过《红楼梦》吗？《红楼梦》中两位主角：一位是贾宝玉，一位是林黛玉。依我看来，这两位都不太高明。贾宝玉不能料理自己的生活，连吃饭穿衣都要丫头服侍，这种全不肯劳动的公子哥儿，无论如何是不会革命的！林黛玉多愁善感，常好哭脸，她瘦弱多病，只好住在潇湘馆，吐血，闹肺病，又怎么能革命呢？我们不需要这样的青年！我们今天需要的青年是有活力，有热情，有干劲和坚强意志的革命青年！"（周彦瑜、吴美潮：《毛泽东与周世钊》，吉林人民出版社1993年4月版，第134~135页）

接着，毛泽东又说：

"今天的青年学生应该既有文化，又会劳动；既用脑，又用手；既能文，又能武的全面发展的新人。男的绝不要学贾宝玉，女的绝不要学林黛玉。"（周彦瑜、吴美潮：《毛泽东与周世钊》，吉林人民出版社1993年4月版，第135页）

上述谈话的主要内容，1959年第1期《新体育》杂志曾经公开发表过。发表稿全文如下：

《红楼梦》里两位主角，一位是贾宝玉，一位是林黛玉。依我看来，这两位都不大高明。贾宝玉不能料理自己的生活，连吃饭、穿衣都要丫头服侍，这种全不肯劳动的公子哥儿，无论如何是不会革命的！林黛玉多愁善感，常常哭脸。她脆弱，她多病，只好住在潇湘馆，吐血、闹肺病，又怎么能够革命呢！我们不需要这样的青年！我们今天需要的青年是有活力，有热情，有干劲的革命青年！

贾宝玉毕竟生活在"花柳繁华地，温柔富贵乡"的国公府里，没有实际生活能力。《红楼梦》第三回介绍他的两首《西江月》尽管以贬寓褒，但说他"潦倒不通世务"、"富贵不知乐业"，则是他作为贵族公子哥生活的真实描绘。贵族家庭的"世务"和"乐业"，还不是"劳力"的劳动，只是"劳心"的管理，可宝玉对此还是"不通""不知"。所以，《西江月》中说他是"纨袴膏粱"，则反映了这方面的实情。

贾公子有时也"劳动"，如帮小厮丫鬟们的忙，"每每甘心为诸丫鬟充役"（三十六回）。不过这不是自食其力的劳动，只能说他有限地打破了主子和奴才的等级界限，不摆主子的架子。贾宝玉有时也与农民交流。那一次秦可卿死了,贾府全家到铁槛寺去办丧事,到了农舍村庄,贾宝玉对农民生活发生兴趣。看见炕上一个纺纱织布的车子,用手去摸抚摇转。他看见许多农具用品,都一一问明它们的名称和用处。并且点头道:"怪道古人诗上说:谁知盘中餐,粒粒皆辛苦。正为此也。"(第十五回)从这些描写中,可以看出贾宝玉与农民思想的初步交流,可以看出他对农民辛苦劳作的某些同情。

但是,他还不可能成为真正的劳动者阶级。贾宝玉的反封建,贾宝玉的叛逆,还只是在思想层面上打转转。他反对君权,反对科举制度,反对孔孟之道和程朱理学,反对"委身于经济之道"……从这些方面看,他是"文学中的一个革命家";但是,他还是饭来张口衣来伸手的"富贵闲人",还是不会料理生活的公子哥儿,还是不劳而获的剥削者……从这些方面看,他"无论如何是不会革命的!"尤其是在进入社会主义革命和建设的新时期,"革命"的内涵已包括革命者本身必须是自食其力、不剥削他人劳动成果的劳动者的情况下,社会需要的青年应该是"有活力,有热情,有干劲的革命青年",而不是"全不肯劳动的"的贾宝玉!

▎贾宝玉奇缘识金锁

所以，对子女后人的家庭教育，对青年学子的思想教育，毛泽东都主张"莫学贾宝玉"！

1960年的北京之秋，凉风仿佛来得比往年早一些。西郊香山的枫叶红了，红得诱人。

一个星期天的下午，毛泽东带了李敏、李讷、毛远新、孔令华和王博文一起游香山。

在香山，孩子们玩得很开心，毛泽东也神采飞扬，兴奋不已。十几岁的毛远新闲不住，总要一个人跑东跑西地去摘枫叶，几次被李讷喊回来："就你淘气，你也不小了！"

"跑跑好么！"毛泽东不在意地说，"男孩子就应该有个男孩子的样子，莫学《红楼梦》里的贾宝玉"（邱延生：《历史的真言——李银桥在毛泽东身边工作纪实》，新华出版社2000年7月版，第797页）

"怎么样？伯父都支持我呢！"毛远新扬了脸对李讷说。"我不管！"李讷抓住毛远新的胳膊说，"你再乱跑，看我不使劲揍你！"

"莫学《红楼梦》里的贾宝玉"！这是毛泽东对子侄们的告诫。他不怕他们"淘气"、不怕他们"乱跑"，他主张体育锻炼，主张参加劳动，这是他的"庭训"。"男孩子就应该有个男孩子的样子"，也就是要有强健的体魄，勇武的精神，大丈夫的气概。他不喜欢贾宝玉的女性化和脂粉气，而喜欢男孩子的阳刚之气。他深知"君子之泽，五世而斩"（《孟子》）的道理，所以他要求青年人要"野蛮其体魄，文明其精神"（《毛泽东早期文稿》）。

是个很有头脑的女孩

(红楼人物·林黛玉之一)

> 林黛玉有句话讲得好:"不是东风压倒西风,就是西风压倒东风。"她是个很有头脑的女孩子哩。但是她的小性儿也够人受的。
>
> 郭金荣:《毛泽东的晚年生活》,教育科学出版社1993年2月版,第167页

《红楼梦》有段骈文形容黛玉:"闲静似娇花照水,行动如弱柳扶风。心较比干多一窍,病如西子胜三分。"曹雪芹这段骈文生动刻画了林黛玉的外貌形象和性格特征,道出了她的孱弱多病,忧郁孤寂,多愁善感;也道出了她的缠绵爱情,超凡脱俗,不合潮流……几乎是她悲剧一生的写照。

林黛玉是位容貌俏丽、心地纯洁、富有才情、感情细腻的贵族少女,是曹雪芹花费笔墨最多并贯穿《红楼梦》全书的女主人公。她与贾宝玉生死相恋的爱情悲剧故事,使整部小说散发着浓郁的感伤气氛和透视出悲剧美的深切意蕴。《红楼梦》问世传奇以来,林黛玉成功的艺术形象,她那妩媚可人的气质容貌,她那个性鲜明的性格特征,她那出类拔萃的才华学识,倾倒了古往今来的无数读者。可以肯定地说,如果《红楼梦》缺少了林黛玉和贾宝玉,那么这部现实主义巨著将因此而逊色许多,其影响将大打折扣,甚至被淹没于书海而无闻。这不是危言耸听。

早在井冈山时期,毛泽东就称林黛玉与贾宝玉、众丫鬟是"好的"一派,对其基本方面给予肯定。以后,毛泽东多次评议到这位林小姐,且多有独出机杼之处。

林黛玉不是四大家族的

1963年5月11日,毛泽东在杭州中央工作会议上的一次谈话中,讲到

了《红楼梦》里的林黛玉。他说：

> 《红楼梦》主要是写四大家族统治的历史，他们是奴隶主，一共三十三个人……林黛玉不是四大家族的。（陈晋：《毛泽东与文艺传统》，中央文献出版社1992年3月版，第134~135页）

历来研红文章，评价林黛玉的文字为数不少。但是，"林黛玉不是四大家族的"这个观点，实为毛泽东首倡。这个观点，是解开林黛玉思想、性格、行为独特性的一把钥匙。懂得了这个观点，林黛玉那些令人迷惑的言语，那些令人奇怪的举止，都可以得到合理的解释。

《红楼梦》主要是写以贾氏为代表的贾、史、王、薛"四大家族"的，这"四大家族"的主要成员是处于统治地位的奴隶主。林黛玉虽然是贾母的外孙女，但是，她父母双亡，家道中落，只好依附外婆家生活。毛泽东把她划到了"四大家族"的圈外。请先看她的出身：

> ……今岁鹾政点的是林如海。这林如海姓林名海，表字如海，乃是前科的探花，今已升至兰台寺大夫，本贯姑苏人氏，今钦点出为巡盐御史，到任方一月有余。原来这林如海之祖，曾袭过列侯，今到如海，业经五世。起初时，只封袭三世，因当今隆恩盛德，远迈前代，额外加恩，至如海之父，又袭了一代；至如海，便从科第出身。虽系钟鼎之家，却亦是书香之族。只可惜这林家支庶不盛，子孙有限，虽有几门，却与如海俱是堂族而已，没甚亲支嫡派的。今如海年已四十，只有一个三岁之子，偏又于去岁死了。虽有几房姬妾，奈他命中无子，亦无可如何之事。今只有嫡妻贾氏，生得一女，乳名黛玉，年方五岁。夫妻无子，故爱如珍宝，且又见他聪明清秀，便也欲使他读书识得几个字，不过假充养子之意，聊解膝下荒凉之叹。（第二回）

林黛玉祖上三代袭封列侯，一代加恩袭封。她父亲林如海"科第出身"，官至兰台寺大夫，又钦点为巡盐御史——这是个难得的肥差。林家本是富裕的公侯之家，可是，天不假年，黛玉母亲贾敏随夫上任，不久病死在任所；黛玉父亲林如海忽然身染重疾，于次年九月殁。林家族中无人，唯一的继承人、侯府千金林黛玉，因父母双亡而变得一文不名，一无所有。小说第四十五回，林黛玉于病中向薛宝钗诉说心事："你又如何比我呢，你又有母亲，又有哥哥，这里又有买卖地土，家里又仍旧有房有地，你只不过挨在亲戚分上，说走就走了，我是一无所有的了……"这说明黛玉家里一无人丁，二无房屋，三无地土，四无买卖，在财产皆无的情况下，她只能仰仗别人，寄生贾府，想要离开也不可能。这是她产生孤苦无依寄人篱下种种感叹的根本原因。

家境急转直下的林黛玉，虽然有外祖母可依凭，经济生活还一时不用忧愁，但是她时时感受到世态炎凉人情冷暖。小说第二十七回，林黛玉的《葬花吟》一诗，就清楚地表明了黛玉受环境压迫的生活景况。蔡义江教授评论：这首诗并非一味哀伤凄恻，其中仍然有着一种抑塞不平之气。"柳丝榆荚自芳菲，不管桃飘与李飞"，就寄有对世态炎凉、人情冷暖的愤懑；"一年三百六十日，风刀霜剑严相逼"，岂不是对长期迫害着她的冷酷无情的现实的控诉？"愿奴胁下生双翼，随花飞到天尽头。天尽头，何处有香丘？未若锦囊收艳骨，一抔净土掩风流。质本洁来还洁去，强于污淖陷渠沟。"则是在幻想自由幸福而不可得时，所表现出来的那种不愿受辱被污、不甘低头屈服的孤傲不阿的性格。这是从诗中看到了黛玉的生活环境，看到了环境对黛玉的压迫。

排斥在"四大家族"之外、无依无靠的林黛玉必然受到种种歧视和不公平的待遇。这在第七十四回抄检大观园一幕中表现得尤为惊心骇目。抄检大观园总领队王熙凤，对邢夫人的陪房王善保家的说："要抄检只抄检咱们自己家的人，薛大姑娘屋里，断乎检抄不得的。"王善保家的笑应道："这个自然。"二人一头说一头迈步进了潇湘馆，翻箱倒笼起来……若说不抄亲戚，黛玉也是亲戚；若说抄检亲戚，薛宝钗也是亲戚，可为什么偏偏只抄林黛玉呢？黛玉的丫头紫鹃与雪雁更不在话下。夏金桂曾向宝蟾说："不抄亲戚，屁，尽是王家人向着王家人。"薛姨妈、王夫人是王熙凤的娘家姑母，薛宝钗是王熙凤的姑家表妹，王熙凤独揽着荣国府的大权，并变尽法儿笼络着贾母。王熙凤提醒王善保家的不抄薛宝钗，从一个侧面反映出"四大家族"之间的"扶持遮饰，俱有照应"。林黛玉被划到"四大家族"之外，孤身无靠，在贾府内部派系相互残杀相互构陷的斗争中，黛玉这位娇弱女子只能是祭坛上的牺牲。

"林黛玉不是四大家族的"也影响到她与贾宝玉的爱情与婚姻。贾府上下之人，都长着一双看问题的"经济眼光"。他们该是如何看待"我是一无所有的"林姑娘，又该是如何看待"珍珠如土金如铁"的薛宝钗，令人可想而知。在封建社会里，婚姻建立在财产的基础上。林黛玉在爱情上的失败，失去经济基础应是个排除不了的原因。早有论者说，贾府贵而不富，薛家富而不贵；一个找经济靠山，一个找政治靠山，是促成二宝婚姻的一个重要因素，也是形成宝黛爱情悲剧的经济原因。宝黛的"木石前盟"抵抗不了现实生活中的政治联姻和经济联姻，所以他们的"空劳牵挂"是必然的。

是个很有头脑的女孩

在潇湘馆中深居简出的林黛玉并非不谙世事，她不仅天资聪颖，而且思想成熟，较其他女孩子看问题深刻独到，略胜一筹。毛泽东称她"很有头脑"。

1975年，暮年的毛泽东在中南海菊香书屋的书房里，与护士孟锦云谈《红楼梦》，说林黛玉，小孟说她同情林黛玉的悲剧命运，毛泽东则说：

> "林黛玉有句话讲得好：'不是东风压倒西风，就是西风压倒东风'，她是个很有头脑的女孩子哩。但是她的小性儿也够人受的。"（郭金荣：《毛泽东的晚年生活》，教育科学出版社1993年2月版，第167页）

《红楼梦》第八十二回描写：宝玉上学之后，闲暇的袭人边做活计边想到：自己终身是宝玉的"偏房"，怕宝玉娶了一个厉害的正配，"自己便是尤二姐、香菱的后身"。袭人素来看着贾母、王夫人光景及凤姐儿往往露出话来，自然是宝玉娶黛玉无疑。于是，她走到黛玉处去探听口气：

> 紫鹃也笑道："姐姐信他的话！我说宝二爷上了学，宝姑娘又隔断了，连香菱也不过来，自然是闷的。"袭人道："你还提香菱呢，这才苦呢，撞着这位太岁奶奶，难为他怎么过！"把手伸着两个指头道："说起来，比他还利害，连外头的脸面都不顾了。"黛玉接着道："他也够受了，尤二姑娘怎么死了！"袭人道："可不是。想来都是一个人，不过名分里头差些，何苦这样毒？外面名声也不好听。"黛玉从不闻袭人背地里说人，今听此话有因，便说道："这也难说。但凡家庭之事，不是东风压了西风，就是西风压了东风。"袭人道："做了旁边人，心里先怯了，那里倒敢去欺负

人呢。"

"不是东风压了西风,就是西风压了东风",比喻两种势力的斗争,一方总要压倒另一方。袭人到黛玉处试探口气,黛玉便以此语喻"但凡家庭之事",不是这一方压倒那一方,就是那一方压倒这一方。话里话外,使袭人明白了她要知道的情势和道理。

紫鹃、袭人、黛玉三人的对话,评论了贾府两个歹毒的事件:"太岁奶奶"夏金桂刻薄地折磨香菱,"凤辣子"王熙凤设计害死了尤二姐。这两个事件,反映了多妻制时代,"正配"迫害"偏房"即妻压迫妾的残酷性。鲁迅称这是"女界的内战"。

此时袭人自认是"偏房",她从妾的地位和立场出发,同情香菱和尤二姐,谴责夏金桂和王熙凤,用"不顾脸面""名声不好"等话对她们进行舆论打击。她的理论基础是:都是人,名分差些(所谓正室和偏房),"何苦这样毒?"这个理论有些人性论的味道,重点是指责妻的歹毒,不把名分低的妾当人。反映了袭人在为妾鸣不平,争地位。同时,这些话也是袭人对预料中宝玉"正配"林黛玉的试探。

此时的林黛玉还不是谁人(包括宝玉)之妻,所以,"正配"的立场既不鲜明,也不自觉。她把妻和妾放在了对等的地位(不是平等的地位),双方都有压倒对方的可能。她朦胧中不同意袭人的"名分说",用了个"这也难说"的委婉的修辞法给予否定。她的"压倒论",有些斗争哲学的味道。"不是东风压了西风,就是西风压了东风",这句话转化为现实内容,岂不等于说:不是"正室"压了"偏房",就是"偏房"压了"正室"。黛玉只承认妻和妾的此消彼长,而不承认双方能够和平共处,这也是大观园现实中妻妾之争、嫡庶之争的反映。黛玉的言行,似乎对袭人的试探给了明确的答复。

苏州姑娘林黛玉的"压倒论",观察的是"家

林黛玉俏语谑娇音

庭之事"，处理的是妻妾矛盾。作为一种价值取向，毛泽东将其作为评价林黛玉思想倾向的依据。"不是西风压了东风，就是东风压了西风"，是一句反映了社会生活规律的话。很经典、很精辟、很有力。毛泽东由这个细节描写生发开来，评论林黛玉"很有头脑"，即林小姐很有思想，这个评论很好地把握了林黛玉形象的突出特征。

同时，毛泽东也批评了林黛玉的缺点。一句"她的小性儿也够人受的"，将黛玉的主要缺陷一览无余地点了出来。

林黛玉确实存在性格方面的明显毛病，她心胸狭隘，使小性儿，好挑剔，话语尖锐，甚至刻薄，令人难以接受；黛玉又爱哭哭啼啼吵吵闹闹，令人觉得不合群，难以相处。她周围有不少人看到了这一点。心直口快的史湘云就曾当着贾宝玉的面，说林黛玉是"小性儿，行动爱恼人，会辖治你"的人。聪明伶俐的小丫鬟红玉则说："林姑娘嘴里又爱刻薄人，心里又细。"奶母李嬷嬷也说过："真真这林姐儿，说出一句话来，比刀子还尖。"宝玉的贴身大丫鬟袭人，则比较宝钗与黛玉的性格长短，说薛宝钗如何"有涵养，心地宽大"。"要是林姑娘，不知又闹到怎么样，哭的怎么样呢？"这四个人，都零距离与黛玉打过交道，很了解黛玉的脾气秉性，她们对黛玉的种种评论决非凿空之言。

思想敏锐很有见地，性格乖僻难以容人，是林黛玉形象特征的两个突出方面。毛泽东漫评林小姐，几达定论。

林黛玉写的诗全能背下来

林黛玉出身于书香门第，寄生于外祖母贾家，表兄弟和表姊妹也都读书识礼，吟诗作画。文化环境的熏陶，加上她聪敏好学，书不离手，因此颇有才华，于诗词一道，尤见其长。黛玉是大观园诗坛魁首。

诗人毛泽东读《红楼梦》，尤喜大观园的诗人林黛玉的诗作。据他的长女李敏回忆：

> 1952年，由于李敏小时候在苏联长大，上学后她的中文水平一直很差，毛泽东重点帮助她提高中文水平，他还指导李敏读《红楼梦》。李敏惊异地发现，爸爸的记忆力竟然那么好，《红楼梦》中的好多段落，他都背得上来。林黛玉所写的诗，他全部能背下来。（王行娟：《李敏·贺子珍与毛泽东》，中国文联出版社

1993年4月版，第170页）

红楼诗坛，林黛玉的诗词数量最多，她写的诗"全部"共有十四题二十一首。林黛玉的诗词虽然也有应酬之作，绝大多数在质量上是上乘的、最好的，其中名篇有《葬花吟》《题帕诗》《代别离·秋窗风雨夕》《五美吟》《桃花行》和《中秋夜大观园即景联句》等。林黛玉诗如其人，作品符合自己的个性、修养、特点。黛玉作《桃花行》，宝玉一看便知出于谁手——"宝玉看了并不称赞，却滚下泪来，便知出自黛玉"。宝琴诳他说是自己写的，宝玉不相信，说"这声调口气，迥乎不像蘅芜之体"，还说"姐姐断不许妹妹有此伤悼语句，妹妹虽有此才，是断不肯作的。比不得林妹妹曾经离丧，作此哀音"（第七十回）。这些话表明林黛玉的诗词自成一派，即林派"潇湘子稿"，区别于薛宝钗、薛宝琴的薛派"蘅芜之体"。贾宝玉评出了林派诗作内容上多有"伤悼语句"，产生其诗格特征的渊源是"曾经离丧，作此哀音"。这些个性鲜明的诗作，是形成林黛玉性格特征的有机部分。试想，如果没有《葬花吟》《题帕诗》《代别离》《桃花行》这几首沁人心脾的佳作，林黛玉的形象和有关黛玉的故事情节将会受到多大的损失。

林黛玉的诗毛泽东"全部能背下来"，可见十分喜爱。以诗风格论，毛泽东的诗词雄阔超迈舒朗豪放，与林黛玉诗词的哀婉怅惘悲痛凄凉，不是同调。毛泽东的诗词绝大部分可归入豪放派，林黛玉的作品非婉约派莫属。虽然如此，毛泽东喜欢林黛玉的诗词自有其道理。他曾经说过：

> 词有婉约、豪放两派，各有兴会，应当兼读。读婉约派久了，厌倦了，要改读豪放派。豪放派读久了，又厌倦了，应当改读婉约派。我的兴趣偏于豪放，不废婉约。婉约派中有许多意境苍凉而又优美的词……婉约派中的一味儿女情长，豪放派中的一味铜琶铁板，读久了，都令人厌倦的。人的心情是复杂的，有所偏但仍是复杂的。所谓复杂，就是对立统一。人的心情，经常有对立的成分，不是单一的，是可以分析的。词的婉约、豪放两派，在一个人读起来，有时喜欢前者，有时喜欢后者，就是一例。（《毛泽东读文史古籍批语集》，中央文献出版社1993年11月版，第27页）

毛泽东说这段话时，刚刚读完北宋范仲淹的《苏幕遮》《渔家傲》两首词。他说:"范仲淹的上两首词,介于婉约与豪放两派之间,可算中间派吧;但基本上仍属婉约,既苍凉又优美,使人不厌读。"(同上)可见,以豪放见长的毛泽东"不废婉约",也喜读苍凉优美的婉约派作品。林黛玉的诗作,大都哀婉凄美,毛泽东喜欢到皆可背诵,是完全可以理解的。这也表明,他对曹雪芹笔下这个女性人物形象,也是由衷喜爱的。

细读相关文献资料,笔者还觉得毛泽东创作《七律·答友人》一诗时,很可能受了《红楼梦》中林黛玉起社写诗创作活动的某些影响,小说第三十七回大观园起诗社时,众人商定改去俗名用雅号:

> 黛玉道:"既然定要起诗社,咱们都是诗翁了,先把这些姐妹叔嫂的字样改了才不俗。"……探春因笑(对黛玉)道:"……我已替你想了个极当的美号了。"又向众人道,"当日娥皇女英洒泪在竹上成斑,故今斑竹又名湘妃竹。如今他住的是潇湘馆,他又爱哭,将来他想林姐夫,那些竹子也是要变成斑竹的。以后都叫他作'潇湘妃子'就完了。"大家听说,都拍手叫妙。林黛玉低了头方不言语。

请读者注意"斑竹""湘妃竹""潇湘馆""潇湘妃子"等词语和娥皇、女英哭舜帝的典故。曹雪芹这段描写,或以为是黛玉的谶语。观其用了"黛玉低了头方不言语"一句,似大有深意在。

1961年的某日,毛泽东的老友、当时任北京农业大学校长的林业专家乐天宇,带科研小组回到家乡九嶷山区进行科学考察时,同也在湖南做社会调查的湖南省副省长周世钊、武汉大学校长李达会合了。乐天宇20世纪40年代在延安担任边区林业局局长、自然科学院农科主任。当时,他常有机会和毛泽东见面。毛泽东对他说过:"宁远有座九嶷山,那里有斑竹,我很喜欢。"还表示,以后有机会要去九嶷山看看。

三位湖南老友重逢,自然地想起了他们共同的老友毛泽东。他们商定,送几件九嶷山的纪念品给毛泽东,并附诗相赠。三人合送一根九嶷山的斑竹给毛泽东,李达还送一支斑竹管毛笔,并写了一首咏九嶷山的诗,周世钊则另送一幅内有东汉文学家蔡邕的文章的墨刻,乐天宇送一条幅,上半截是蔡邕的《九嶷山颂》,落款为"九嶷山人"。其诗曰:"三分石耸楚天极,大气磅礴驱舞龙。南接三千罗浮秀,北压七二衡山雄。西播都庞越城雨,东嘘大庾骑田虹。我来瞻仰钦虞德,五风十雨惠无穷。为谋山河添锦秀，访松问柏谒石枞。瑶汉同胞殷古谊，长林共护紫霞红。于今风雨更调顺，大好景光盛世同。"

毛泽东收到故乡友人所赠的礼物和诗作，非常高兴，无限遐思梦想，回到芙蓉之国的九嶷、洞庭，挥笔写下一首意境悠悠的《七律·答友人》：

> 九嶷山上白云飞，帝子乘风下翠微。
> 斑竹一枝千滴泪，红霞万朵百重衣。
> 洞庭波涌连天雪，长岛人歌动地诗。
> 我欲因之梦寥廓，芙蓉国里尽朝晖。

毛泽东曾经为自己这首诗做解释："'九嶷山'，即苍梧山，在湖南省南部。""'红霞'，指帝子衣服。"（《毛泽东诗词集》，中央文献出版社1996年9月版，第260页）晚年，他又曾向助读老师自述："人对自己的童年，自己的故乡，过去的旧侣，感情总是很深的，很难忘记的，到老年就更容易回忆，怀念这些。"又说：

> "'斑竹一枝千滴泪，红霞万朵百重衣'就是怀念杨开慧的，杨开慧就是霞姑嘛！可是现在有的解释却不是这样，不符合我的思想。"（杨建业：《在毛主席身边读书——访北京大学中文系讲师芦荻》，《学习毛泽东》，上海人民出版社1979年8月版，第426页）

《七律·答友人》无疑别具风采与情韵，我们更注重的是颔联。诗人睹物思人，浮想联翩，想象着九嶷山的斑竹，想象着帝子的泪痕，想象着九嶷山的娥皇峰、女英峰，寄托着对夫人杨开慧的怀念。因为杨开慧就是霞姑。这里诗的意境，诗的语言，与曹雪芹小说中桃花诗社林黛玉获"潇湘妃子"美号一段，其构思和神韵，既各有千秋，又何其相似！

还没有确凿的证据说毛泽东创作《七律·答友人》，就是从《红楼梦》这段关于林黛玉的描写中获得灵感，我们仅仅指出其神似，仅录以备考，期待高明者的考证。

身上发出的一种香

（红楼人物·林黛玉之二）

> ……以后自由资产阶级还会拿它的软弱性经常影响我们，因为它有那样一种性质，好像《红楼梦》上的林黛玉洗澡后身上发出的那样一种"香"，自由资产阶级身上也出了那样一种"香"，这种香就是"软弱香"。
>
> 《毛泽东文集》第三卷，人民出版社1996年8月版，第317页

文学作品所塑造的艺术典型，往往具有巨大的认识价值。林黛玉作为曹雪芹笔下最为成功的艺术形象，其认识价值是广泛的。直到现在，人们还是有意无意地称那些模样俊俏、聪颖机敏、才气灵动的女孩子为"林黛玉"。何其芳称这是典型的"共名"。

潇湘馆主林黛玉还"生活"在现实世界里，毛泽东也常常拿她说事，借她明理。

林黛玉身上发出的一种香

1945年4月24日，毛泽东在中国共产党第七次全国代表大会上作口头政治报告。在讲路线问题时，毛泽东说：

> 放弃斗争，只要团结，或者不注重斗争，马马虎虎地斗一下，但是斗得不恰当、不起劲，这是小资产阶级软弱性的表现。小资产阶级还有另外一种性质，叫革命性。他们革命是革的，但是有点软弱。现在已经完全证明软弱是不对的……以后自由资产阶级还会拿它的软弱性经常影响我们，因为它有那样一种性质，好像《红楼梦》上的林黛玉洗澡后身上发出的那样一种"香"，自

由资产阶级身上也出了那样一种"香",这种香就是"软弱香"。它出了那种"香"就要找市场出卖,有目的地向我们延安送,给我们党以坏的影响。(《毛泽东文集》第三卷,人民出版社1996年8月版,第316~317页)

"林黛玉身上发出一种香"的细腻描写,是在小说第十九回《情切切良宵花解语 意绵绵静日玉生香》里面:

> 宝玉……只闻得一股幽香,却是从黛玉袖中发出,闻之令人醉魂酥骨。宝玉一把便将黛玉的袖子拉住,要瞧笼着何物。黛玉笑道:"冬寒十月,谁带什么香呢。"宝玉笑道:"既然如此,这香是那里来的?"黛玉道:"连我也不知道。想必是柜子里头的香气,衣服上熏染的也未可知。"宝玉摇头道;"未必。这香的气味奇怪,不是那些香饼子、香球子、香袋子的香。"黛玉冷笑道:"难道我也有什么'罗汉''真人'给我些香不成?便是得了奇香,也没有亲哥哥亲兄弟弄了花儿、朵儿、霜儿、雪儿替我炮制。我有的是那些俗香罢了。"

毛泽东在讲话中提到两种香:林黛玉身上发出的那样一种幽香和自由资产阶级身上的"软弱香"。其实,这两种"香"并没有必然联系。一种是生理现象,一种是社会现象。毛泽东所以要这样说,不过是一种思维联想,是联类而及,意义在于造成一种积极的语言效果。黛玉身上的香是花季少女的幽香,它沁人心脾,令贾宝玉醉魂酥骨;自由资产阶级身上的"软弱香",是其两面性(革命性与软弱性)的一种表现,它也要"找市场出卖",给无产阶级政党"以坏的影响"。如果说黛玉之香是清香诱人的话,那么自由资产阶级的"软弱香"则污浊害人。

林妹妹自然不愿嫁给焦大

1947年10月,转战陕北的毛泽东住在一个村庄里。警卫排长阎长林带几名战士参加村里的土改工作,了解到一位地主怕斗争,急三火四把十八岁的女儿嫁给了刚刚翻身的三十多岁的村长。毛泽东听了汇报。

"我们住的村子还能出这种事?"毛泽东有些诧异,"如果村长被拉过去,替地主办事,这个村的土地改革怎么能搞好?"

阎长林汇报:"群众意见很大,现在全村都在嚷嚷这件事。"

毛泽东在屋内踱步几圈,望着阎长林:"告诉陆定一和叶子龙,让机关党委立刻组织一批干部,参加这个村的土改工作。情况要随时向我汇报……"

毛泽东和江青谈及地主闺女嫁给三十多岁的村长时,不无忧虑地说:

"林妹妹自然不会愿意嫁给焦大。可是,怎么办呢?"

江青说,可以宣布无效。毛泽东说:

"简单……嫁给谁?嫁哪里去?难道找个薛蟠式的人物,那更糟!"(权延赤:《卫士长谈毛泽东》,北京出版社1989年版,第279页)

毛泽东说"林妹妹自然不会愿意嫁给焦大",是暗引鲁迅的名言。1930年3月,鲁迅作《"硬译"与"文学的阶级性"》一文,其中说道:

文学不借人,也无以表示"性",一用人,而且还在阶级社会里,即断不能免掉所属的阶级性,无需加以"束缚",实乃出于必然。自然,"喜怒哀乐,人之情也",然而穷人决无开交易所折本的懊恼,煤油大王那会知道北京捡煤渣老婆子身受的酸辛,饥区的灾民,大约总不去种兰花,像阔人的老太爷一样,贾府上的焦大,也不爱林妹妹的。(《鲁迅全集》,人民文学出版社1957年版,第4卷,第164~165页)

焦大是宁国府老仆。他的故事主要见于小说第七回。他自幼跟着宁国府老太爷出过几回兵,从死人堆里把老太爷背出来得了命。仗着这些功劳情分,一直被主子另眼看重。如今老了,见贾府儿孙偷鸡戏狗,扒灰养汉,便趁醉酒破口大骂,还要往祠堂里哭老太爷去,落到被捆起来塞了一嘴马粪的悲惨下场。

鲁迅说"贾府上的焦大也不爱林妹妹的",毛泽东说"林妹妹自然不会愿意嫁给焦大",取义都在于林妹妹是侯府千金小姐,焦大是宁府世仆老奴,且不说他们的长相、年龄相去甚远,其身份地位、教养素质更为天地悬隔。他们之间不可能产生爱情,也不能结成婚姻。

难能可贵的是，在进行土地改革斗地主的背景下，毛泽东没有简单地用阶级斗争观点处理这件事情。在他的潜意识里，土改与婚姻完全是性质不同的两个问题，地主女儿等同于林妹妹，村长等同于焦大，毛泽东看出了地主女儿的出嫁是不情愿的，他的话表明他同情这位"林妹妹"。他所以不赞成"宣布无效"的简单办法，是他担心地主女儿"找个薛蟠式的人物更糟"。解放战争历史大转折年代这个小插曲，毛泽东用林妹妹、焦大、薛蟠三个红楼人物不可能产生的关系，巧妙地表达了自己的思想倾向，处理了土地改革中"不该发生的故事"。

女同志不同于林黛玉

1938年5月中旬，一天，毛泽东来到鲁迅艺术学院，给学员们做报告。讲到鲁艺与社会的关系，他说：

> 《红楼梦》里有个大观园，大观园里有个林黛玉、贾宝玉。你们鲁艺是个小观园。你们也就是林黛玉、贾宝玉。

说到这里，毛泽东两只手臂抱在胸前，笑了起来。

> 但是，我们的女同志不同于林黛玉只会哭。我们的女同志比林黛玉好多了，会唱歌，会演戏，将来还要到前方打仗。抗日民主根据地就是大观园。你们的大观园在太行山、吕梁山。（何其芳：《何其芳文集》第三卷，人民文学出版社1983年版）

毛泽东对"林黛玉只会哭"持批评态度。

忧愁多泪是曹雪芹塑造的林黛玉形象区别于他人的一个显著方面。第一回中黛玉还没登场，象征她身世的绛珠仙草还泪的故事，就寓含了她的性格和命运；黛玉早年父母双亡，寄居贾府，敏感多愁；《红楼梦曲》中《枉凝眉》一支则专写宝黛爱情的曲折多难，犹如镜花水月，黛玉终至泪尽；八十回以后林黛玉的故事，脂砚斋有若干提示，如二十二回批语：黛玉"将来泪尽夭亡"。

林黛玉和贾宝玉在蔑视权势渴望自由的思想基础上，互为知己，由两小无猜而发展为真挚的爱情。这爱情给林黛玉带来更多痛苦的眼泪，更给她添上一种难以痊愈的"心病"。面对强大的封建势力，她不能主宰自己的婚姻，无力抗争。于是她"不是愁眉，便是长叹"，落花与眼泪成为她悲苦命运的象征，如她那首著名的《桃花行》所说："泪眼观花泪易干，泪干春尽花憔悴。"这种强烈的悲剧感与幻灭感既是对自身命运的悲悼，也是对不合理封建制度的控诉。

但是，只会流泪哭泣，毕竟太懦弱。这种态度为新时代的革命者所不取。毛泽东赞扬"我们的女同志比林黛玉好多了，会唱歌，会演戏，将来还要到前方打仗"。毛泽东不喜欢林黛玉多愁善感好哭泣的性格，要求鲁迅艺术学院的年轻人不要学她，这是很有道理的。毛泽东本人，大半生历经坎坷，不屈不挠，是具有乐观主义的革命者。所以，他不接受林黛玉哭哭啼啼的悲情主义。

战争年代不需要悲情主义，和平年代也不需要林黛玉式的多愁善感。

在关于贾宝玉一文，笔者已经引述过：1951年秋天的一个夜晚，毛泽东在中南海接见了周世钊等几位湖南教育界人士。当谈话的主题转到不能忽视学生的体育运动时，毛泽东说：

"《红楼梦》中两位主角：一位是贾宝玉，一位是林黛玉。依我看来，这两位都不太高明。……林黛玉多愁善感，常好哭脸，她瘦弱多病，只好住在潇湘馆，吐血，闹肺病，又怎么能革命呢？我们不需要这样的青年！我们今天需要的青年是有活力，有热情，有干劲和坚强意志的革命青年！"（周彦瑜、吴美潮：《毛泽东与周世钊》，吉林人民出版社1993年4月版，第134~135页）

细读《红楼梦》，就会发现林黛玉最突出的毛病是多愁善感，性情脆弱，经不起风吹草动，经常泪流满面。她的这些气质证明了她是因各种疾病积累成抑郁症。这种神经过敏，身心不断惊动，在《红楼梦》中可以随时都能找到痕迹。史湘云联诗前对她说："我也和你一样（处境），我就不似你这样心窄。"有一次，湘云心直口快，说黛玉像戏台上的小旦龄官。黛玉马上感到受了侮辱，怒形于色。事后，她又责问宝玉："我原是给你们取笑儿的，拿着我比戏子，给众人取笑。"真有点小肚鸡肠了。多愁善感，一草一木都可以勾起林黛玉的烦恼和哀愁，有人曾形象地作过精彩描述：

看到竹影参差，苔痕浓淡，发出红颜薄命、孀母弱弟俱无的哀叹。见秋风疏雨，叶落花谢，又产生寄人篱下、孤寂无依之感，发出"秋花惨淡秋草黄，耿耿秋灯秋夜长，已觉秋窗秋不尽，那堪风雨助凄凉"的感伤。大观园内的欢声笑语，人情冷暖，更引起她低声饮泣，暗暗悲伤。宝钗佩戴的金锁，湘云身上的金麒麟，屡屡使她见而生忌，想而生畏。

以林黛玉这样的性格，她不可能快乐、舒畅，其结果必然是压抑、郁闷、忌恨，对生活缺乏美好的愿望和信心。林黛玉本是一位多才多艺的女才人，就是因为身体多病、性格抑郁的弱点，使她不但埋没了才华，而且泪尽夭亡。

分析林黛玉的艺术形象，也关注她的生理疾病和心理疾患，这是毛泽东独特的评论视角。可以阅读《红楼梦》，可以欣赏林黛玉，但是，今天"我们不需要（林黛玉）这样的青年！我们今天需要的青年是有活力，有热情，有干劲和坚强意志的革命青年"！

取黛玉所长，弃黛玉所短，也是毛泽东对文化遗产"取其精华，弃其糟粕"方针的具体体现。

不学林黛玉　要学花木兰

1960年某天早上，机要员小李送文件到毛泽东的菊香书屋。毛泽东吩咐了工作上的事，又问小李参加民兵没有？

"参加啦！我是去年参加的。"小李回答。

小李想起随身带的一个笔记本里，正好有一张参加民兵训练时拍的照片，便从口袋里取出来，说："我还有一张扶着枪的照片呢。"

毛泽东接过照片，坐在椅上饶有兴趣地仔细端详着照片。"好英武的模样哟！"

毛泽东放下照片，点燃一支烟，望着窗外，沉思起来。他有了诗意的感受，在想着为小李的照片题诗。一会儿，毛泽东顺手拿过一本小册子，翻到有半页空白的地方，龙飞凤舞地写下一首七绝：

飒爽英姿五尺枪，曙光初照演兵场。
中华儿女多奇志，不重红装重武装。

放下本子，毛泽东说：

"哎，你们年轻人就是要有志气，不要学林黛玉，要学花木兰、穆桂英哟！"毛泽东爽朗地笑起来。（龚国基：《毛泽东与诗》，中国文联出版社1998年6月版，第145~146页）

毛泽东又将诗重新念了一遍，略为沉吟，说："把'重'字改成'爱'字，就顺口多喽！"

花木兰是我国著名乐府诗《木兰辞》中一个女扮男装、替父从征的爱国女英雄形象。辞中有"万里赴戎机，关山度若飞。朔气传金柝，寒光照铁衣。将军百战死，壮士十年归"的诗句，赞扬木兰的勇武和战功。千百年来，该诗流传甚广，脍炙人口。

穆桂英是著名"杨家将"故事中杨宗保的妻子，是能够冲锋陷阵挂帅出征的巾帼英雄。京剧著名剧目《穆桂英挂帅》表现她精通武艺，弓马娴熟，有杀敌爱国的火热心肠，在抗辽战争中率领杨家将屡立战功。

毛泽东还说过：

全民皆兵。有壮气壮胆的作用。我就赞成唱点穆桂英、《洪州城》那些讲打的戏。《梁山伯与祝英台》也可以唱。要少一点，祝英台太斯文。女将穆桂英比较好，还有花木兰。（《毛泽东遗物事典》，红旗出版社1996年11月出版，第477页）

在大办民兵、全民皆兵的历史背景下，就林黛玉与花木兰、穆桂英比较而言，毛泽东当然不会选择弱不禁风不能上阵的林黛玉当作效法的榜样，而披甲挥枪果敢勇武的花木兰、穆桂英则应是人们（尤其是女性）心目中的偶像。毛泽东对林黛玉的"放弃"，正是着眼于她的弱点。至于有的《红楼梦》续书中的林黛玉领兵出战阵前破敌的故事，已不在毛泽东的视野之内，亦不在本文的议论之中了。

凤姐这个人物写得好

(红楼人物·王熙凤)

> 1958年4月6日,在汉口会议上的讲话,再次说到刘姥姥向王熙凤借钱的例子。他说:
>
> 凤姐这个人很厉害,有人说她为治世之能臣,乱世之奸雄。
>
> 边彦军:《毛泽东论〈红楼梦〉》,《红楼梦学刊》1993年第4辑,第24页

毛泽东臧否红楼人物,对王熙凤直言不讳,一说此人"写得好",一说此人"很厉害"。能被毛泽东视为"很厉害"的人(包括文学中的人物形象),实不多见。

王熙凤精明、果断、细心、公道、快嘴、灵活,赢得了荣府最高家长贾母和公婆、叔婶、姨娘及一干兄弟姊妹的赏识和认可。她本是荣府大房贾赦之子贾琏的媳妇,贾政之妻王夫人的内侄女儿。过门不久,一概听命于姑母王夫人,过二房这边执掌一应内务。上有老祖宗贾母、贾政、王夫人,下有众兄弟姐妹,还有家人仆妇,王熙凤如果没有过人的胆识才干,是不敢来理这个千头万绪的线团子的。

《红楼梦》第六回,周瑞家的跟刘姥姥说:"如今有客来,都是凤姑娘周旋接待,今儿宁可不见太太,倒得见他一面,才不枉走这一遭儿。"刘姥姥啧啧赞叹:"这位凤姑娘,今年不过十八九岁罢了,就这等有本事,当这样的家,可是难得的!"周瑞家的乐了:"这位凤姑娘虽小,行事却比别人都大呢,如今出挑得美人儿一般的模样,少说些有一万个心眼子,再要赌口齿,十个会说的男人也说不过她呢!"贾珍也夸凤姐:"从小儿玩笑时就有杀伐决断,如今出了阁,越发历练老成了。"凤姐当家理财、待人接物最主要的秘诀还不在她能说会道、厉害果断,而在于她深深懂得与人相处的交际手段:见什么人,说什么话;遇什么事,出什么策。故而,无论是撒

泼的姨娘，还是顽劣叔侄兄弟，抑或那帮惯会倚老卖老的嬷嬷媳妇，无不对他敬畏有加，就连她的婆婆邢夫人，平日打起小算盘来，也得防着凤姐三分。秦可卿这样论凤姐："你是个脂粉队里的英雄，连那些束带顶冠的男子也不能过你……"

治世能臣　乱世奸雄

毛泽东评论凤姐，借用的是《三国志》中的典故，把她与魏武帝曹操相提并论。

1958年4月6日毛泽东在武汉会议上讲话，说到刘姥姥一进荣国府向王熙凤求助的例子。他说：

> 开右派大会，各大城市（三十万人口以上）都要开。要主要负责同志去讲话，讲透一些。首先一训，然后一拉。训则凄凄惨惨，冷冷清清；拉则全身受热，通身舒畅，指明前途，使他有希望。像刘姥姥进大观园借钱一样，开始凤姐表示冷淡，后来很热情，搞得刘姥姥很高兴。凤姐这个人很厉害，有人说她为治世之能臣，乱世之奸雄。（边彦军：《毛泽东论〈红楼梦〉》，《红楼梦学刊》1993年第4辑，第24页）

正好一年之后，在上海召开的党的八届七中全会最后一天——1959年4月5日，毛泽东在会议上讲话，一共讲了十六个问题，其中的一条是"解放思想"，他从自己的秘书李锐讲起：

> 李锐怕鬼，要改。要解放思想，不要怕鬼。现在我们同志中有一种空气很不健康，怕挨整，以为总不知有哪一天要整到他头上来，所以谨小慎微。好嘛，公事公办。怕什么？只要不杀头就行，其他都可以，戴机会主义帽子，记过，撤职，开除党籍，老婆离婚。"舍得一身剐，敢把皇帝拉下马"。王熙凤乃是治世之能臣，乱世之奸雄。

读《红楼梦》，评价王熙凤是"治世之能臣，乱世之奸雄"，早有此说。曹雪芹的知情人、合作者脂砚斋批阅《红楼梦》时，首倡此说。在己卯本、庚辰本第十六回夹批中，就提到王熙凤与贾雨村是"乱世奸雄"：

> 一段收拾过阿凤心机胆量，真与雨村是对乱世之奸雄。后文不必细写其事，则知其平生之作为，回首时无怪乎其惨痛之态，使天下痴心人同来一警，或可期共入于恬然自得之乡矣。脂砚。

蒙府本《红楼梦》第六十八回的回前批则曰：

> 余读《左氏》见郑庄，读《后汉》见魏武，谓古之大奸巨猾，惟此为最。今读《石头记》，又见凤姐作威作福，用柔用刚，占步高，留步宽，杀得死，救得活，天生此等人，斫丧元气不少。

批者说，春秋时的郑庄公他把弟弟共叔段赶出了郑国，东汉末的曹操篡夺了汉的政权，大奸巨猾以此为最了。但凤姐作威作福，用柔用刚，……比起郑庄公、魏武帝来有过之而无不及。天生这种人，使国家的元气、人民的生气受到很大的损伤。批者把凤姐既比作郑庄公，又比作曹孟德，因为他们作恶的本性是一致的。

清人涂瀛作《红楼梦论赞》，其中在《王熙凤赞》中写道：

> 凤姐治世之能臣，乱世之奸雄也。向使贾母不老，必能驾驭其才，如（汉）高祖之于韩（信）、彭（越），安知不为贾氏福？无如王夫人、李纨昏柔愚懦，有如汉献，适以启奸人窥伺之心。英雄之不贞，亦时势使然也。"骑虎难下"，岂欺人语哉！然亦太自喜矣。

"治世之能臣，乱世之奸雄"，语出《三国志·魏书·武帝纪》注引孙盛《异同杂语》：

> 太祖尝私入中常侍张让室，让觉之。乃舞手戟于庭，逾垣而出。才武绝人，莫之能害。博览群书，特好兵法，抄集诸家兵法，名曰《接要》，又注孙武十三篇，皆传于世。
>
> 尝问许子将："我何如人？"子将不答。固问之，子将曰："子治世之能臣，乱世之奸雄。"太祖大笑。

许子将即许劭，他好品评人物。能臣即有才能的臣子，奸雄即结党弄权的官僚。年轻的曹操，才武绝人，精通兵法，是很自信的。许劭对他的评论，虽然明显地带有贬抑揶揄的成分，曹操也毫不介意，并且得意地大笑。这正反映出他那一心想轰轰烈烈地干一番事业的精神状态。

第六十五回，作者借贾琏小厮兴儿的嘴评论凤姐：

> 心里歹毒，口里尖快……如今合家大小除了老太太、太太两个人，没有不恨他的，只不过面子情儿怕他。皆因他一时看的人都不及他，只一味哄着老太太、太太两个人喜欢，他说一是一，说二是二，没人敢拦他。又恨不得把银子钱省下来堆成山，好叫老太太、太太说他会过日子，殊不知苦了下人，他讨好儿。估着有好事，他就不等别人去说，他先抓尖儿。或有了不好事或他自己错了，他便一缩头推到别人身上来，他还在旁边拨火儿。如今连他正经婆婆大太太都嫌了他，说他"雀儿拣着旺处飞"，黑母鸡一窝儿，自家的事不管，倒替人家去瞎张罗"。若不是老太太在头里，早叫他过去了。

尤二姐说，要去找凤姐。兴儿连忙摆手说：

> 奶奶千万不要去，我告诉奶奶，一辈子别见他才好。嘴甜心苦，两面三刀，上头一脸笑，脚下使绊子，明是一盆火，暗是一把刀，都占全了。

归纳一下，评价凤姐乃"治世之能臣，乱世之奸雄"，毛泽东举出小说中的例证有两条：一是凤姐接待刘姥姥先冷后热，搞得刘姥姥很高兴，毛泽东评价凤辣子"很厉害"；二是凤姐说"舍得一身剐，敢把皇帝拉下马"，很有勇气胆量，在封建时代敢说这句犯忌的话，不能将阿凤仅以女流之辈视之。男仆兴儿的评说，可以作为"治世之能臣，乱世之奸雄"的注脚，而主要是后一句话的注脚。

通观《红楼梦》全部，凤姐"治世能臣"超群的管理才华和精湛的组织能力，浓墨重彩的描写首推"协理宁国府"。小说第十三回秦可卿死后，贾珍和尤氏因操办丧事悲痛过度相继病倒，贾珍便请凤姐帮忙料理家事。凤姐"素日最喜揽事，好卖弄能干"，在王夫人点头同意下，凤姐当场走马上任。宁府的弊病，凤姐早已看透，她理出五件原因："头一件，是人口混杂，遗失东西；二件，事无专管，临期推诿；三件，需用过费，滥支冒领；四件，任无大小，苦乐不均；五件，家人豪纵，有脸者不能服钤束，无脸者不能上进。"面对宁府的陈规陋习，凤姐暗下决心要碰一碰，破一破。宁国府里的总管赖升得知凤姐要来协理家务，忙传令众奴仆："每日大家早来晚散，宁可辛苦这一月，过后再歇息，别把老脸面扔了。那是个有名的烈货，脸酸心硬，一时恼了，不认人的！"凤姐自个更是直言不讳："既托了我，我就说不得要讨你们嫌了。我可比不得你们奶奶好性儿，诸事由得你们。再别说你们'这府里原是这么样'的话，如今可要依着我行，错我一点儿，管不得谁是有脸的，谁是没脸的，一例清白处治。"不出数日，宁国府在凤姐的管理下，一切人事杂务，迎来送往，各负其责，井然有序，那些"偷安窃取"之事，一概遁形匿迹。凤姐"洒爽风流，典则俊雅"，使得宁府上下无不叹服。真是"万紫千红谁治国？一二裙钗可齐家"。

王昆仑评价凤姐："在中国古典著作中，不容易找到以如此紧张强烈的腕力写成的人物典型。凤姐不是《左传》的郑庄公、《史记》的汉高祖，也不是《金瓶梅》的潘金莲或《聊斋》的仇大娘。比较起来使人能联想到的也许是《三国演义》的曹操吧！行将垮台的封建家庭和行将垮台的封建王朝，有着共同的规律，它们的当权者也会有着相类似的性格和作用。在《三国演义》作者笔下，不许'几人称王、几人称帝'的是曹操，支持汉朝统治残局的是曹操；挖空汉皇朝实际统治权只留一个空壳子的是曹操，加速地结束了汉代统治的也是曹操。凤姐在贾府的使命从某一种限度内看来颇有一些类似。《三国演义》的读者恨曹操，骂曹操，曹操死了想曹操。《红楼梦》的读者恨凤姐，骂凤姐，不见凤姐想凤姐。作者刻画出一个聪明、漂亮、能干、狠毒的'凤辣子'，不但使她充分具有那个时代人物典型的真实性，也赋予她以吸引读者极大的魔力，足证这个人物的社会意义之不可忽视。"（《红楼梦人物论》，北京出版社2004年1月版，第152页）

能臣也罢，奸雄也罢，郑庄也罢，魏武也罢，总之，毛泽东欣赏的是阿凤的胆识勇气和管理才干。《红楼梦》第五回金陵十二钗册子王熙凤的判词："凡鸟偏从末世来，都知爱慕此生才。"作者曹雪芹对阿凤这个巾帼女杰，怀着一种十分矛盾的心情：爱慕其才，悲叹其运。毛泽东呢？做"右派"的工作借鉴王熙凤的方法，提倡"解放思想，不要怕鬼"则看好王熙凤的品格，二者的依据又都是对王熙凤"治世能臣，乱世奸雄"的认识。

想办法积攒私房

如果说从政治上看待王熙凤，毛泽东取其"能臣"的才干的话，那么从经济上看待王熙凤，毛泽东则注意到这位贾府新贵不择手段地聚敛财富。1959年12月至1960年2月，毛泽东带领学习小组读苏联的《政治经济学（教科书）》（第三版），毛泽东谈到我国封建家长制度的不断分裂，其中举到王熙凤的例子：

> "王夫人把凤姐笼络过去，可是凤姐想各种办法来积攒自己的私房……各人又有各人的打算。"（《毛泽东文艺论集》，中央文献出版社2002年4月版，第206页）

凤姐的贪财，凤姐的聚敛，书中有不少描写：凤姐包揽讼案，从中渔利。如小说第十五回，水月庵住持净虚求她办一件转聘婚姻的事，凤姐说："你叫他拿三千银子来，我就替他出这口气。"赤裸裸地贪赃枉法。凤姐还利用职权，收受贿赂。第二十四回，贾芸要弄个事情做做，走凤姐的门路，用借来的十五两三钱银子买了一盒冰片麝香，趁凤姐出门时送上去。贾芸第二次找凤姐时，就得到种树的差使。凤姐最惯常的发财手段，是挪用月钱，放高利贷。小说第三十九回，平儿与袭人的对话就泄露了此中的"天机"：

> 袭人又叫住（平儿）问道："这个月的月钱，连老太太和太太还没放呢，是为什么？"平儿见问，忙转身至袭人跟前，见方近无人，才悄悄说道："你快别问，横竖再迟几天就放了。"袭人笑道："这是为什么，唬得你这样？"平儿悄悄告诉他道："这个月的月钱，我们奶奶早已支了，放给人使呢。等别处的利钱收了来，凑齐了才放呢。因为是你，我才告诉你，你可不许告诉一个人去。"袭人道："难道他还短钱使，还没个足厌？何苦还操这心。"平儿笑道："何曾不是呢。这几年拿着这一项银子，翻出有几百来了。他的公费月例又使不着，十两八两零碎攒了放出去，只他这梯己利钱，一年不到，上千的银子呢。"袭人笑道："拿着我们的

钱,你们主子奴才赚利钱,哄的我们呆呆的等着。"(第三十九回)

凤姐是贾府管家人,她管大金库,还攒小金库(私房)。袭人议论她"没个足厌",正揭出了这位少壮当权者的贪婪本性。王熙凤有"公费月例"偏不使,攒着放出去,变成"梯己利钱";"月钱"本是奴仆每个月微少的那么点零用钱,可王熙凤到月了也不发,放出去"赚利钱"。毛泽东批评王熙凤"想各种办法来积攒自己的私房",点准了这位管家少奶奶以权谋私的"穴位"。

凤姐这个人物写得好

1964年,毛泽东与王海容有一段关于《红楼梦》的谈话。其中提到凤姐这个人物形象的塑造,他说:

"《红楼梦》可以读,……你看曹雪芹把那个凤姐写活了,凤姐这个人物写得好,要你就写不出来。"(孔东梅:《改变世界的日子——与王海容谈毛泽东外交往事》,中央文献出版社2006年8月版,第35页;张贻玖:《广读天下书》,江苏文艺出版社1993年12月,第192页)

毛泽东很欣赏《红楼梦》塑造人物形象的艺术性。他与王海容有关《红楼梦》的这段谈话,不仅称赞作品的语言好,也称赞了作品的人物形象刻画得非常成功!他说作者把凤姐写活了,具体怎么个"活"法,没有细讲,也没有举例子说明。我们不妨看一下小说中描写她的实例。

《红楼梦》第三回,王熙凤人未出场,声音先到,真可谓先声夺人,给读者留下的印象不可磨灭:

一语未了,只听后院中有人笑声,说:"我来迟了,不曾迎接远客!"黛玉纳罕道:"这些人个个皆敛声屏气,恭肃严整如此,这来者系谁,这样放诞无礼?"心下想时,只见一群媳妇丫鬟围拥着一个人从后房门进来。

这个人打扮与众姑娘不同,彩绣辉煌,恍若神妃仙子:头上戴着金丝八宝攒珠髻,绾着朝阳五凤挂珠钗;项上带着赤金盘螭璎珞圈；裙边系着豆绿宫绦，双衡比目玫瑰佩；身上穿着缕金百蝶穿花大红洋缎窄裥袄，外罩五彩刻丝石青银鼠褂；下着翡翠撒花洋绉裙。一双丹凤三角眼，两弯柳叶吊梢眉，身量苗条，体格风骚，粉面含春威不露，丹唇未启笑先闻。

黛玉连忙起身接见。贾母笑道："你不认得他，他是我们这里有名的一个泼皮破落户儿，南省俗谓作'辣子'，你只叫他'凤辣子'就是了。"黛玉正不知以何称呼，只见众姊妹都忙告诉他道："这是琏嫂子。"黛玉虽不识，也曾听见母亲说过，大舅贾赦之子贾琏，娶的就是二舅母王氏之内侄女，自幼假充男儿教养的，学名王熙凤。黛玉忙陪笑见礼，以"嫂"呼之。

这熙凤携着黛玉的手，上下细细打量了一回，仍送至贾母身边坐下，因笑道："天下真有这样标致的人物，我今儿才算见了！况且这通身的气派，竟不像老祖宗的外孙女儿，竟是个嫡亲的孙女，怨不得老祖宗天天口头心头一时不忘。只可怜我这妹妹这样命苦，怎么姑妈偏就去世了！"说着，便用帕拭泪。贾母笑道："我才好了，你倒来招我。你妹妹远路才来，身子又弱，也才劝住了，快再休提前话。"

这熙凤听了，忙转悲为喜道："正是呢！我一见了妹妹，一心都在他身上了，又是喜欢，又是伤心，竟忘记了老祖宗。该打，该打！"又忙携黛玉之手，问："妹妹几岁了？可也上过学？现吃什么药？在这里不要想家，想要什么吃的、什么玩的，只管告诉我；丫头老婆们不好了，也只管告诉我。"一面又问婆子们，"林姑娘的行李东西可搬进来了？带了几个人来？你们赶早打扫两间下房，让他们去歇歇。"

这是一段谁看了谁都叫好的文字，把王熙凤活脱脱凸显出来，就像在看电影的特写镜头，似乎觉得这一切正在眼前发生，你就是现场耳闻目睹这一切的林黛玉。王熙凤的身段容貌，王熙凤的举手投足，写得笔笔精工，处处到位，这还在其次，更显著的是王熙凤的言谈话语，王熙凤的待人接物，把一个百伶百俐随机应变的贵族少妇展示无遗。王熙凤句句话围绕着黛玉转，可句句话落脚点都在老祖宗贾母那里。她说她"忘记了老祖宗该打"，其实她的悲喜愁乐都以老祖宗为转移。她要把接待老祖宗的"心肝肉儿"做得八面玲珑天衣无缝。只这几百字，就把一位漂亮、青春、活泼、机敏，暗藏玄机,讨好八方,权力在手,底气十足的美人儿形神兼备地描绘出来。读了这段,毛泽东"把凤姐写活了"的评论就有了具体内容,就有了注脚。

王熙凤的"出场",也是王熙凤的"专场"。自从她一上场,她就成了场面的实际主宰。这几百字也为王熙凤在小说中的总体表现定了型。《红楼梦》里写凤辣子,多侧面,大纵深,她可说是千面千手人物。王熙凤的面孔变化多端:她是公府威严的当家人,又是嗜财如命的高利贷者;她是曲意承欢妙趣横生的可人儿,又是骂大街抓破脸的泼妇;她是妒火中烧的醋坛子,又是招蜂惹蝶的狐狸精;她是凌虐下人的奴隶主,又是悲天悯人的慈善家;她是暴跳如雷的母老虎,又是滚在长辈怀里撒娇的依人小鸟;她是自由恋爱的保护人,又是婚姻悲剧的制造者;她满面春风人怜爱,又狗脸生霜人切齿。王熙凤形象的多面性,说明曹雪芹没有把她脸谱化。王熙凤的"活",首先在于她的"真"——生活中实有的人,真实的人。

当内务部长的材料

晚年的毛泽东对《红楼梦》的理解更为深透,对王熙凤的评价也更为独到。当然,他有他那独特的标准。有些评价,猛听起来,似乎像是漫不经心地说笑话,但若细心地咀嚼起来,却又不得不承认他有他的角度,他有他的道理。据他的护士孟锦云回忆:

> 毛泽东对王熙凤的评价甚高,认为王熙凤是当内务部长的材料,称赞她有战略头脑。一次他风趣地举例说:
> "王熙凤处理尤二姐'事件',真是有理、有利、有节哟。"
> 他还说王熙凤善使两把杀人不见血的飞刀。
> "你看,她把个贾瑞弄得死而无怨,至死不悟。"(郭金荣:《毛泽东的晚年生活》,教育科学出版社1993年2月版,第92页)

所谓王熙凤是"当内务部长的材料",具体指的还应该是她"协理宁国府"时体现的理家才干,这在本文第一节已经提到,此处不赘。王熙凤管理荣国府也是心中有数,分派恰当,调度有方,辖制中矩,是个合格称职出类拔萃的管家奶奶;"称赞她有战略头脑",具体所指大约是王熙凤看得透,拿得定,虑事周,观人准,颇有领导风度胆识,并非鼠目寸光的庸常之辈。小说第五十五回探春理家,接连采取几道招法,有了一些政绩。她听了平儿的汇报，连说"好好好"，接着谋划起来，有一长篇"虑后事"的演讲，可说是"荣国府的治家形势和纲领"，反映出这位"内务部长"的"战略头脑"：

"你知道，我这几年生了多少省俭的法子，一家子大约也没个不背地里恨我的。我如今也是骑上老虎了。虽然看破些，无奈一时也难宽放；二则家里出去的多，进来的少。凡百大小事仍是照着老祖宗手里的规矩，却一年进的产业又不及先时。多省俭了，外人又笑话，老太太、太太也受委屈，家下人也抱怨刻薄；若不趁早儿料理省俭之计，再几年就都赔尽了。"

这段话是分析荣府"出多进少"的现状，实行"省俭之计"治家方针的必要以及引起各方面反映的情况。平儿插话，指出荣府今后还要有的几大项开支："可不是这话！将来还有三四位姑娘，还有两三个小爷，一位老太太，这几件大事未完呢。"凤姐儿笑道：

"我也虑到这里，倒也够了：宝玉和林妹妹他两个一娶一嫁，可以使不着官中的钱，老太太自有梯己拿出来。二姑娘是大老爷那边的，也不算。剩了三四个，满破着每人花上一万银子。环哥娶亲有限，花上三千两银子，不拘那里省一抿子也就够了。老太太事出来，一应都是全了的，不过零星杂项，便费也满破三五千两。如今再俭省些，陆续也就够了。"

"事预则立，不预则废。"这是王熙凤"虑后事"针对几大项开支的"经费支出预案"，可说未雨绸缪，考虑周详，有对策，有办法。可任何事情都要有人去办，没有人才万事皆空。接下来，王熙凤"虑"到了组织人事问题，用她自己的话说是能帮她的"膀臂"：

"我正愁没个膀臂。虽有个宝玉，他又不是这里头的货，纵收伏了他也不中用。大奶奶是个佛爷，也不中用。二姑娘更不中用，亦且不是这屋里的人。四姑娘小呢。兰小子更小。环儿更是个燎毛的小冻猫子，只等有热灶火坑让他钻去罢。真真一个娘肚子里跑出这个天悬地隔的两个人来，我想到这里就不伏。再者林丫头和宝姑娘他两个倒好，偏又都是亲戚，又不好管咱家务事。况且一个是美人灯儿，风吹吹就坏了，一个是拿定了主意，'不干己事不张口，一问摇头三不知'，也难十分去问他。倒只剩了三姑娘一个，心里嘴里都也来的，又是咱家的正人，太太又疼他，虽然面上淡淡的，皆因是赵姨娘那老东西闹的，心里却是和宝玉一样呢。比不得环儿，实在令人难疼，要依我的性早撑出去了。如今他既有这主意，正该和他协同，大家做个膀臂，我也不孤不独了。按正理，天理良心上论，咱们有他这个人帮着，咱们也省些心，于太太的事也有些益。若按私心藏奸上论，我也太行毒了，也该抽头退步。回头看了看，再要穷追苦克，人恨极了，暗地里笑里藏刀，咱们两个才四个眼睛，两个心，一时不防，倒弄坏了。趁着紧溜之中，他出头一料理，众人就把往日咱们的恨暂可解了。"

这简直是荣国府的"人才考察档案"。王熙凤认为荣国府里的男人贾宝玉、贾兰、贾环皆"不中用"，大奶奶邢夫人、二姑娘迎春、四姑娘惜春也"不中用"，林丫头和薛姑娘是亲戚不能用，只有三姑娘探春"来的"，可以"做个膀臂"。这个人才队伍分析不能说看得不透、用得不明。为了和有能力的探春"协同"合作，王熙凤甚至对探春理家的整治先拿自己和宝玉开刀，清理不合理开支，也很理解支持，她告诉平儿：

"还有一件，我虽知你极明白，恐怕你心里挽不过来，如今嘱咐你：他虽是姑娘家，心里却事事明白，不过是言语谨慎；他又比我知书识字，更利害一层了。如今俗语'擒贼必先擒王'，他如今要作法开端，一定是先拿我开端。倘或他要驳我的事，你可别分辩，你只越恭敬，越说驳的是才好。千万别想着怕我没脸，和他一犟，就不好了。"

作为大观园核心领导成员，王熙凤能做到这一条，太难能可贵了！"正人先正己，擒贼先擒王"，王熙凤同意探春"先拿我开端"，不管是出于真心，还是出于无奈，都是令人赞佩的有头脑、有胸怀、有政治家风度的举措。自视甚高的王熙凤坦然承认探春"比我知书识字，更利害一层"，是一种"知人者智，自知者明"的行为，很不简单。

毛泽东在漫谈中，还举到凤姐"处理尤二姐'事件'"和弄死贾瑞，并称许前者"有理、有利、有节",评论后者"把个贾瑞弄得死而无怨,至死不悟"。

王熙凤弄死贾瑞之事,见《红楼梦》第十二回《王熙凤毒设相思局　贾天祥正照风月鉴》。故事大意是:贾瑞调戏嫂子凤姐儿,欲行苟且之事,王熙凤虚意周旋,连设圈套,害得贾瑞单相思,一病不起,终至夭亡。

王熙凤"处理尤二姐'事件'",见《红楼梦》第六十九回《弄小巧用借剑杀人　觉大限吞生金自逝》。故事梗概是,贾琏偷取尤二姐为妾,凤姐知情后,用计骗得尤二姐以为她"是个好人",乖乖跟着她搬进大观园。尤二姐一进园,凤姐调换丫头为难她,指使尤二姐的未婚夫张华去官府告贾琏的状,派人带三百两银子去打点都察院,官司一起,她就以此为由兴师问罪大闹宁府,对尤氏、贾蓉母子尽情辱骂恐吓,下密令派人设法"务将张华治死,方剪草除根,保住自己名声"。凤姐又散布尤二姐"在家做女孩儿就不干净",在精神上打击她,煽动贾琏宠妾秋桐去斗二姐,借刀杀人。尤二姐终于忍受不住种种折磨和打击,最后吞金自尽。

王熙凤心怀杀机,脸上却笑得甜蜜。这两个人命事件,都表现了她那"嘴甜心苦,两面三刀"的性格特点。毛泽东说"王熙凤善使两把杀人不见血的飞刀",即抨击了封建主子的阴险、残暴、毒辣本性。贾瑞固然可恶。他是极不堪的没落的纨绔子弟,无一善可陈。除了贪淫好色之外,别无所长。他这是自讨耻辱,咎由自取。但从凤姐方面讲也太歹毒了。贾瑞言语调戏,按她的身份地位,只需正言警告,即可正其邪心歹念。但凤姐明明猜透其意,却以"假意含笑"逗其上钩,使对方心痒迷惑,连连上当。种种诡计,生动具体地展示了凤姐性格中狠毒的侧面。曹雪芹用"毒设"二字入题,即含有抨击凤姐的思想倾向。

凤姐害死尤二姐,毛泽东感叹其"真是有理、有利、有节"。此评大概也是"漫不经心地说笑话",但观点剑走偏锋,大可商榷。在多妻制的社会背景下,尤二姐的偷嫁与贾瑞的淫邪不可同日而语。她也是被侮辱、受损害、遭压迫的人。王熙凤"处理尤二姐事件"的全过程,施行了一系列阴谋诡计,淋漓尽致地表现出阴狠毒辣狡猾奸诈的个性,以及设圈套、布陷阱、诡计多端的本事。如果说"有节",就是一步一步地将尤二姐逼上绝路;如果说"有利",那是闹得满园不得安宁、心中唯有自我的极端私利;如果说"有理",王熙凤在这个事件中唯一可讲的"理"就是与贾琏的"偷娶"多妻做斗争是正确的,那样就是在维护女权,可惜王熙凤争斗的理由并不在此,她对贾琏拥有平儿、秋桐两个妾,只是妒忌,并不反对这项制度。以此论之，她的害死尤二姐，无道"理"可讲，无正义可言。

多重性格的王熙凤真的被曹公写活了！红楼人物中，她是毛泽东特意点出"写得好"的。她有能力，可也用它干坏事；她很贪婪，可也扶危济困；她掐尖儿，可也让人三分儿；她强悍激烈，可也软弱亏损。她是称职合格的大管家，可她的经验做法许多不值得借鉴；她是名副其实的阴谋家，可她眼明嘴快有啥说啥似不藏奸……爱她恨她，都有根据；褒她贬她，都有理由——毛泽东评红视野下的王熙凤，也是这个样子。这并不奇怪。

探春不过是代理

(红楼人物·贾探春)

> 我们的宣传有时也太刺耳,玫瑰花虽然可爱,但是刺多扎手,"羊肉好吃烫得慌"。对于那些绅士,玫瑰花虽可爱,但因为刺多他们不大喜欢。他们喜欢薛宝钗,不喜欢探春。
>
> 《毛泽东文集》第三卷,人民出版社1996年8月版,第317页

贾府中的女儿有"四春":元春、迎春、探春、惜春。探春,称三小姐。《红楼梦》描写年轻女性,描写贵族小姐,紧随林黛玉、薛宝钗、史湘云之后的,就数三小姐探春了。在小说的"金陵十二钗"中,探春的"戏份"不少。曹雪芹笔下对她还是倾力描绘的。

林黛玉进荣国府时,贾家迎、探、惜三位小姐依次来见,书中有这样一段文字描写探春的肖像神态:"削肩细腰,长挑身材,鸭蛋脸儿,俊眼修眉,顾盼神飞,文彩精华,见之忘俗。"探春,这时正是一位亭亭玉立的花季少女。

小说第五回,贾宝玉神游太虚幻境,在薄命司看到探春的判词,前两句是:"才自清明志自高,生于末世运偏消。"对她的才华与命运作了暗示和安排。

作为文学作品中的艺术形象,探春有鲜明的个性,她留给读者的印象是不可磨灭的。她留给毛泽东的印象如何呢?

他们不喜欢探春

探春最初出现在毛泽东的评论视野,是20世纪40年代中期。1945年4月24日,在中国共产党第七次全国代表大会上,毛泽东在口头报告中说:

"我们的宣传有时也太刺耳,玫瑰花虽然可爱,但是刺多扎手,'羊肉好吃烫得慌'。对于那些绅士,玫瑰花虽可爱,但因为刺多他们不大喜欢。他们喜欢薛宝钗,不喜欢探春。"(《毛泽东文集》第三卷,人民出版社1996年8月版,第317页)

"羊肉好吃烫得慌"、"玫瑰花可爱但刺多"等句,见《红楼梦》第六十五回《贾二舍偷娶尤二姨 尤三姐思嫁柳二郎》。小说中尤二姐偷着嫁给贾琏做妾,她又惦记着妹妹尤三姐的婚事:

> 二姐在枕边衾内,也常劝贾琏说:"你和珍大哥商议商议,拣个熟的人,把三丫头聘了罢。留着他不是常法子,终久要生出事来,怎么处?"贾琏道:"前日我曾回过大哥的,他只是舍不得。我说,'是块肥羊肉,只是烫的慌;玫瑰花儿可爱,刺大扎手。咱们未必降的住,正经拣个人聘了罢。'"

这里的"三丫头"指的是尤三姐,"是块肥羊肉,只是烫的慌;玫瑰花儿可爱,刺大扎手"这两句俗语,指的是尤三姐既长得漂亮,又难于"降住"的意思。

也是在小说第六十五回,贾琏的小厮兴儿向尤二姐介绍贾府元、迎、探、惜四位小姐,说到三小姐探春,兴儿道:

> "……三姑娘的浑名是'玫瑰花'。"尤氏姊妹忙笑问何意。兴儿笑道:"玫瑰花又红又香,无人不爱的,只是刺戳手。也是一位神道,可惜不是太太养的,'老鸹窝里出凤凰。'"

这里的"三姑娘"指的是贾府三小姐贾探春。第六十五回写的两个"三姐"都是"玫瑰花"性格——好看好香好扎手。毛泽东的引语,把贾琏形容尤三姐和兴儿形容贾探春的话合二为一了。但是,毛泽东讲的是贾府三小姐贾探春。

在大观园众闺秀中,探春确实是一位个性突出的人物。"才自清明志自高",她既聪明而又有才华。她的特征是书卷气多于脂粉气,治事的干才掩过了她的闺阁风度,她一言一动,落落大方,比起宝玉二哥来,有时更胜于男子气概。她有和男子一争短长的雄心。她发起组织"海棠诗社"时写信给贾宝玉："孰谓莲社之雄才，独许须眉？直以东山之雅会，让余脂粉。"（三十七回）探春日常生活一向谨严，另一方面是谁也碰不得。正如平儿对众媳妇所说："他是个姑娘家，不肯发威动怒，这是他尊重，你们就藐视欺负他。果然招他动了大气……太太也得让他一二分，二奶奶也不敢怎样……奶奶在这些大姑子小姑子里头，也就只单怕他五分儿。"当探春发了脾气的时候，连最有地位的平儿也吓得"不敢以往日喜乐之时相待，只一边垂手默侍"。当探春吃饭的时候，"众媳妇皆在廊下静候……此时里面惟闻微嗽之声，不闻碗箸之响。"（第五十五回）在贾府的老少爷们面前，有这样严肃的场景吗？

探春既谨慎又好强，绝不容许别人损害她的人格尊严。王夫人抄检大观园时，到了探春院内，探春命丫鬟秉烛开门而待，就令人感到气势不凡，当众人来后，动手搜查，探春不仅不慌，且不卑不亢嬉笑怒骂："我们的丫头自然都是些贼，我就是头一个窝主……我的东西倒许你们搜阅，要想搜我的丫头这可不能，我原比众人歹毒，凡丫头所有的东西我都知道，都在我这里间收着……"王善保家的认为探春是"庶出"，自己又要"趁势作脸"，竟敢拉起探春衣襟，故意一掀，显示自己有胆量，敢于"太岁头上动土"。不意只听"啪"的一声，王善保家的早着了探春一巴掌。探春登时大怒，指着王善保家的问道："你是什么东西，敢来拉扯我的衣裳！……你就狗仗人势，天天作耗，在我们跟前逞脸……由着你们欺负：你就错了主意了！……"探春不仅刚烈，而且理智，此时此刻还说出了一句警句："你们别忙，自然你们抄的日子有呢！你们今日早起不是议论甄家，自己盼着好好的抄家，果然今日真抄了！咱们也渐渐的来了！可知这样大族人家，若从外头杀来，一时是杀不死的。这可是古人说的'百足之虫，死而不僵'，必须先从家里自杀自灭起来，才能一败涂地呢！"（见第七十四回）此处可看出探春杀伐决断、胆略识见绝非等闲之辈。这个贾家的"三姑娘"真像兴儿所说的，是一朵"玫瑰花儿"，"又红又香，只是有刺扎手"。难怪众人送她雅号"镇山太岁"。

毛泽东这里还提到《红楼梦》中的另一重要角色薛宝钗。宝钗容貌丰美，风流妩媚，而举止娴雅，品格端方，通情达理，随分从时。在第五回十二钗册子中，宝钗的判词"可叹停机德"一句隐括宝钗的品格。书中对宝钗藏愚守拙，罕言寡语，端庄自重，远嫌避祸，会做人，善应酬的处世方式有多方面的刻画，诸如二十二回过生日悉依贾母所好，二十七回扑蝶使金蝉脱壳之计，三十七回帮湘云设东道，五十七回替岫烟赎棉衣，五十六回参与理家，施小惠全大体，等等。她因此赢得贾府上上下下交口称赞。

毛泽东引用贾探春和薛宝钗两个人物，谈的是宣传工作的两种状态和两种效果：他们喜欢薛宝钗，不喜欢探春。这是大智慧者十分有趣的比喻。"他们"即"那些绅士"，此处指自由资产阶级。"薛宝钗"指代宣传上温和柔软循循善诱的状态，这可达到令受众"可爱"的宣传效果；"贾探春"指代宣传上生硬冷峻强迫灌输的状态，结果是刺多扎手汤热烫嘴，受众觉得"太刺耳"，宣传效果不好。

"玫瑰花可爱"，"又红又香"，是比喻"我们"的宣传内容是好道理，是真理。但是，宣传手段不能太生硬，不能"有刺"。道理再好，人家听了"刺耳"，产生逆反心理，岂不是事与愿违？

戚序本《红楼梦》于五十六回回末总评说："探春看得透，拿得定，说得出，办得来，是有才干者，故赠以'敏'字。"毛泽东谈贾探春是在讲宣传艺术和技巧。可惜，"才自清明志自高"、有政治家风度的贾府三小姐，充当了一把宣传手段上的"反面典型"。看看她那些慷慨激昂的演讲，虽然正义在手，真理在胸，但词锋犀利语挟风雷，确令浑浑噩噩的贾府一干人众一时难于理解，更难接受。

从宣传技巧上说，"他们不喜欢探春"，毛泽东也不喜欢探春。

探春也当过家

探春的才能，最动人之处是"当家理财"。毛泽东读《红楼梦》，曾经评论过"探春也当过家"。

1962年5月7日，毛泽东在杭州会议上说：

> 《红楼梦》第二回上，冷子兴讲贾府"安富尊荣者尽多，运筹谋划者无一"，讲得太过。探春也当过家，不过她是代理。但是，贾家也就是那么垮下来的。（陈晋：《毛泽东与文艺传统》，中央文献出版社1992年3月第1版，第130页；陶鲁笳：《一个省委书记回忆毛主席》，山西人民出版社1993年版，第53~54页）

冷子兴讲贾府"运筹谋划者无一"，是说贾府发生了"接班人"危机。毛泽东认为这话"讲得太过"。举例说探春也"代理"过当家人，意思说探春曾经是个"运筹谋划者"。小说第五十五和第五十六回，讲到贾府由盛转衰时，不仅坐吃山空，财务拮据，"一线领导"王熙凤也身体出了毛病，"小月"流产了，"在家一月不能理事"，"王夫人便觉失了膀臂"，大观园一时出现"领导危机"。王夫人无奈，提议由李纨、探春、宝钗"三驾马车"组成"临时领导班子"，共同管理大观园。

在新的临时领导层，三姑娘探春素有"政治风度"的美誉，她的善于管家理财，与"凤辣子"王熙凤大有不同。她兴利除弊，把个三四百口的大家院治理得井然有序，使大观园走出只是消费的低谷，成了有收入的经营性园林，这在贾府无疑是破天荒的举动，连在家养病的凤辣子也在暗中为她叫好。

探春管家理财，以改良大观园管理制度为突破口，以开源节流增加收入为目标。她从赖大家花园的经营办法中得到启发，决定实行"承包责任制"：

"在园子里的所有老妈妈中，拣出几个本分老成能知园圃的事，派准他们收拾料理，也不必要他们交租纳税，只问他们一年可孝敬些什么"。

改革旧的管理方法，实行"承包"，给老妈妈们一点自主权，改变以往干与不干一个样，干好干差一个样的状况。作为组织领导者，探春对这样做的好处十分明确，她归纳为四点：

"一则园子有专定之人修理，花木自有一年好似一年的，也不用临时忙乱；二则也不致作践，白辜负了东西；三则老妈妈们也可借此小补，不枉年日在园中辛苦；四则亦可省了这些花儿匠山子匠打扫人等的工资。"

临时"班子"另一位成员李纨，总结这样做的效益是：

"省钱事小，第一有人打扫，专司其职，又许他们去卖钱。使之以权，动之以利，再无不尽职的了。"

探春小姐"代理"管事使大观园出现了新生面——"因近日将园中分与婆子料理各司各业，皆在忙时；也有修竹的，也有种树的，也有栽花的，也有种豆的，池中又有驾娘们行着船夹泥的，种藕的"。春燕姑娘"她一得了这地方,比得了永远基业还利害,每日早起晚睡,自己辛苦了还不算,每日逼着我们来照看,生恐有人糟蹋"。老祝妈在葡萄架底下拿着掸子赶马蜂,以免葡萄受损失。普遍增强了责任感。

细读探春"代理"管家的故事,令人称道的地方不少。她的为政勤勉,处事公道,更是给读者留下深刻印象。她用的"办公室"是元妃省亲时太监们的起坐间,午饭由"工作人员"送到"办公室"。有要事她除了和李纨、宝钗商量,有时还叫平儿谈意见,从不独断。每于夜间针线之暇,临寝之先,还要到各处巡查一番。说来也巧,探春刚理家,贾府男仆、舅舅赵国基死了,她不顾情面,"按例"拨发二十两银子作丧葬费,不搞特殊化。这时凤姐派平儿来说:"再添些(银子)也使得。"生母赵姨娘为此来大吵大闹,说:"如今你舅舅死了,你多给了二三十两银子,难道太太就不依你?"探春宣言不能随便添减银子"施恩",驳回了凤姐的面子,顶住了生母的吵闹,还是坚持断事以"旧例"不让步。正因为探春有如此作为,所以才赢得了"镇山太岁"的雅号。

"贾家也就是那么垮下来的",尽管三小姐贾探春"才自精明志自高",可是她纵然有三头六臂,也无法从根本上改变贾家后继乏人的状况。探春虽然比王熙凤"更利害一层",但是贾府的男人却"一代不如一代",有一两个能人仍然无法扭转这个家庭衰败的局面。贾家的"垮下来",原因之一是垮在了缺乏"运筹谋划"之人。毛泽东不全同意冷子兴的意见,肯定了探春的当家主政,同时也指出贾府依然衰败了的事实和必然性。探春是贾府破落时期有希望"中兴"的人物,可惜她"生于末世运偏消",已经独木难支无力回天了。

您想让我当探春

探春也曾经"走进"毛泽东的家庭生活。

那是他的长女李敏结婚那一年。1959年,李敏进入了人生的一个关键时期。自从1947年回国,1949年来到父亲身边,一晃十年过去了。对于爱女的长大,毛泽东既感到高兴,又有些怅惘,这意味着女儿在不久的将来,将结婚离他而去。

毛泽东一向鼓励儿女要自立,不要倚靠父辈生活。但是,在李敏即将毕业的时候,他产生了一种想法,这就是把李敏留在身边。他爱这个女儿,非常希望常常见到她,并由她来照顾自己的生活。有一次,李敏从学校回来，毛泽东对她说：

"你高中要毕业了，毕业以后你来帮我管家吧！""您想让我当探春呀，"李敏调皮地说。她看过《红楼梦》，对探春代管家务兴利除弊的故事有深刻的印象。"可惜我当不了探春，我没有探春的管家才能，您不怕我把家管砸了？""能力嘛，锻炼锻炼就提高了。"毛泽东还企图说服李敏。"我的中文水平太差，常常词不达意，我真怕管不好。"李敏说的是心里话。（王行娟：《李敏·贺子珍与毛泽东》，中国文联出版社1993年4月版，第194页）

父女对话，探讨要不要由李敏"管家"问题。交谈的共同媒介是《红楼梦》中"探春管家"故事，显然双方对这个故事都烂熟于心。女儿的核心观点是"我没有探春的管家才能"，父亲的核心观点是：锻炼可以提高能力。意思是女儿通过管家实践，也可以具备"探春的管家才能"。当时的"中国第一家庭"，情况也不简单：家中有毛泽东的妻子江青，长子毛岸英的遗孀刘松林，次子毛岸青，小女儿李讷；江青的一位姐姐和外甥王博文；毛泽东的侄子毛远新；此时李敏也有了男朋友孔令华……这些人虽然说不上派别林立，但家庭矛盾时有发生，李敏的"怕管不好"并非推托之词。不过，在毛泽东的内心里，还是希望女儿李敏具备探春管家之才的。

荣国府的最高家长

（红楼人物·贾母）

> 荣国府的最高家长是贾母，可是贾赦、贾政各人又有各人的打算。
> 《毛泽东文艺论集》，中央文献出版社2002年4月版，第206页

贾母是曹雪芹塑造的封建贵族老夫人的典型的艺术形象。在贾府几百号人中，可谓德高望重，很有权威。

草舍居士在《红楼梦偶论》中颂扬贾母："人称之曰老夫人，尊重之至也，而答刘姥姥颂扬，则自称曰'老废物'；人称之曰老寿星，尊敬之至也，而答凤奶奶祷媚，则自称曰'老妖精'；人称之曰老封君，尊贵之至也，而为宝钗饰居，则自称曰'老婆子'；人称之曰老祖宗，尊亲之至也，而为宝黛勃豀，则自称为'老冤家'。""盖其康健也兴高，有老佛爷之欢喜；抑和平也福厚，有老菩萨之慈悲。夫固非倚老卖老之诸老货、老风流、老东西所可同日而语也。所以老当益壮，年逾八旬，整理两府而井井有条，贾府年高有德者老太太一人尔。"草舍居士评出了贾母尊重之至、尊敬之至、尊贵之至和尊亲之至。总之，贾母是贾府宗法社会的"宝塔尖"，是这个豪门大院里的最高家长。

毛泽东正是从这个角度评论贾母的，他有时甚至以贾母自况。

贾母是最高家长

1959年12月至1960年2月，毛泽东带领读书小组读苏联《政治经济学（教科书）》（第三版）。他的谈话中有这样的内容：

《红楼梦》中就可以看出家长制度在不断分裂中……荣国府的最高家长是贾母，可是贾赦、贾政各人又有各人的打算。（《毛泽东文艺论集》，中央文献出版社2002年4月版，第206页）

毛泽东对贾母的评论只有一句话：荣国府的最高家长。这句评论，可以概括全书中的贾母形象。

贾母，贾赦、贾政、贾敏之母，贾宝玉之祖母，林黛玉之外祖母。荣国府的老太君；因娘家系金陵世勋史侯，故亦称史太君。她是贾府中地位最高的老祖宗，小说第二回通过冷子兴之口已作约略介绍；第三回黛玉进府来依时，贾母正式登场。

贾母是贯穿全书的主要人物之一，几乎和书中许多人物的故事都有关系，全书一半以上的回次都有贾母形象出现。她初嫁贾府，正值荣宁两府功名鼎盛，家业兴旺之时，又曾经历过数次接驾的世面。如今虽然世转时移，年事已高，贾府也已大不如前，然而她寿高、资深、威重，在家族中依然具有崇高的地位。她是维护家族封建秩序的重要支柱，又是家族封建秩序的象征。

贾母这位"老祖宗"平时言谈之中，也常以自豪的口吻，回忆起她年轻时代是如何见多识广、富有才华以及办事果敢麻利。言下之意，尽管孙子媳妇王熙凤是能干事的，但要和她年轻时比，还差一大截子。一次，薛宝钗对贾母说："我来了这么几年，留神看起来，凤丫头凭她怎么巧，再巧不过老太太去。"贾母接着说："我如今老了，那里还巧什么，当日我像凤丫头这么大年纪，比她还来得呢。"来得，就是能干。

中国古代曾经长期处于宗法制的社会中。贾府就是宗法制家庭的典型代表。中国封建社会的宗法制度和伦理道德，使贾母在封建大家庭里居于"太君"的地位，拥有无上的权威。在贾府的权力宝塔中，体现这个制度的最高权威人物自然是"老祖宗"贾母。

贾母的权威究竟有多大？可以说在大观园的每一个角落里，都可以呼吸到贾母权威的空气。先看几件与贾母有关的几个人物和事件：

第三十九回，李纨、宝钗、湘云、探春等品评各房里的大丫鬟，李纨道："大小都有个天理。比如老太太屋里，要没那个鸳鸯如何使得。从太太起，那一个敢驳老太太的回。现在他敢驳回，偏老太太只听他一个人的话。"从王夫人起，谁也不敢"驳回"贾母，可见其地位之高、权威之重。

第六十三回"寿怡红群芳开夜宴"时，林之孝家的一伙因查上夜的人来到怡红院，她特别教训贾宝玉说，袭人、晴雯原是老太太的丫鬟，不能叫名字的，虽然她们在怡红院，"到底是老太太、太太的人，还该嘴里尊重些才是"。在讲"辈分"的贾府，即使是公子哥贾宝玉，对从祖母和母亲身边派来怡红院的丫鬟，也不应直呼她们的名字，否则是"眼里没有长辈"。并进一步发挥说："别说是三五代的陈人，现从老太太、太太屋里拨过来的，便是老太太、太太屋里的猫儿、狗儿，轻易也伤他不的。这才是受过调教的公子行事。"说来说去，还是贾母的地位、威严和权势在起作用。

程本《红楼梦》第七十四回抄检大观园时，王善保家的和晴雯发生冲突，晴雯指着她的脸说："你说你是太太打发来的，我还是老太太打发来的呢！"显然，"老太太"即贾母"打发来"的人，要比"太太"即王夫人"打发来"的人，更厉害一层。这也反映了老太太的绝对权威，体现了宗法制度的威力。

作为一位有着皇亲国戚的"太君"，作为一位封建社会制度下的"全权"家长，贾母一生都处于奴仆前呼后拥、锦衣玉食的环境之中。当面对贾府的富贵荣华转眼云散烟消之时，贾母表现得比任何人都沉着、冷静、坚强。她唯一的理想就是看到荣宁两府人丁兴旺，使祖宗的基业得以继承发扬。在后来宁荣两府都已衰败几欲坍塌时，她的这种理想之光得到了极度放射，同时也体现了贾母性格中坚毅刚强、临危不乱的一面。八十回后贾府被抄。面对家运乖蹇，家业破败，她开箱倒笼，把历年积蓄全部拿出，按情况分给各房儿孙过日子，尽到老祖宗对这个家庭的最后责任，表现出一个深明大义，享得起富贵，又经得起风雨的老人的气度。

在《红楼梦》塑造的众多女性人物形象中，贾母不是主角，胜似主角。她是荣府最高权威的象征，亦是大家供奉着的一尊活菩萨。贾母这个封建社会制度下的"家长"，在小说里第一次出场就已进入了古稀之年，但这也正是作者的匠心独运。她之于《红楼梦》的重要性，主要是代表那个典型的封建宗法制度。

我是《红楼梦》里的老夫人

作为有血有肉的人物角色，贾母这个形象刻画得十分丰满，具有代表性。在贾府，她大权在握，可是她很放权，甘心"退居二线"，当甩手掌柜，优哉游哉乐逍遥。

在《红楼梦》的人物形象中，毛泽东唯一自况的，即是贾母。真是怪哉！

那是在1955年7月，第一届全国人民代表大会第二次会议在北京举行之时。末代皇帝溥仪的七叔爱新觉罗·载涛，作为满族代表出席了会议。7月5日，大会中间休息，周恩来总理看见载涛，热情地向他问候，并将他介绍给毛泽东。

"这是载涛先生，溥仪的叔父。"

毛泽东听到介绍，热情地同载涛握手，并问起了载涛的家庭生活和工作情况，最后指着身旁的周总理，风趣地对载涛说：

"我是《红楼梦》里的老夫人，不大管事；他才是掌家的，有什么事可以找他。"（揣振宇：《万方乐奏》，中央文献出版社1995年版，第212页）

"我是《红楼梦》里的老夫人"，这是毛泽东以贾母自况。"不大管事"，并不是什么事都不管；只是超脱一点，不管具体事务，关乎全局的大事，还是抓得很紧。说政务院总理周恩来"是掌家的"，确实如此。当然，这里都是比喻，不可把毛泽东的比喻看得太死。如果以为毛泽东等于贾母，周恩来等于贾府的王夫人或王熙凤，这样太机械了，影响对毛泽东谈话主旨的理解。

以贾府论，贾母威望高，阖府上下老老少少都听命于她。贾母有权，但她并不掌权问事，上上下下却又无不仰承她的颜色和讨取她的欢心。机灵的凤姐，就是因为利用一切机会和手段在她的面前讨好逗乐，因而取得了她的宠爱与信任，得以在荣国府中稳稳握住了管家的权柄。贾母年纪大了，膝下有那么一大帮孙男孙女，完全没有必要事必躬亲。她把家政大权交给了王夫人，特别是交给王熙凤去对付，除非是发生一些重大事件非得她亲自处理不可时，才过问一下。她这种超脱掌舵法，使她虽然年纪大了，但身体却很硬朗。在把家政委托给媳妇王夫人和孙媳王熙凤之后，他日常就只带领着孙儿孙女们游玩宴乐，安享晚年。毛泽东虽然是借贾母说事，可也评出了这个小说人物的主要言行特征。

就毛泽东与人交际的特点来说，他对战友、朋友、亲友关爱有加，众口皆碑。他对载涛也不是"不大管事"。毛泽东与载涛素不相识，可是1950年8月在李济深的推荐下，毛泽东亲自签名发布了"中央人民政府人民革命军事委员会委任令"："兹委任载涛为中国人民解放军炮兵司令部马政局顾问"。载涛简直不敢相信，他这个早被世人遗忘的封建贵族，前清王爷，眨眼间成了神圣的中国人民解放军的一员。他非常感戴共产党、毛泽东的知遇之恩。有一次，载涛家的房子角上塌了一个大窟窿，无钱修补。这件事不知怎么被毛泽东知道了，在一次有教育界人士参加的座谈会上，毛泽东说："从我的稿费中拿出2000元，给先生修房。"由此可见，毛泽东爱人之深，"管事"之细。

刘姥姥是个典型的农民

(红楼人物·刘姥姥)

> 1958年4月6日 毛泽东在汉口会议上讲话,说到刘姥姥向王熙凤借钱的例子:
> 像刘姥姥进大观园借钱一样,开始凤姐表示冷淡,后来很热情,搞得刘姥姥很高兴。
> 边彦军:《毛泽东论〈红楼梦〉》,《红楼梦学刊》1993年第4辑,第24页

刘姥姥,一位乡下老妪的身影,突然出现在极富极贵之家的贾府,混迹在夫人小姐、丫头仆妇之间,她那鄙俗而幽默的话语,粗蠢而世故的举止;那在自嘲中自爱、自欺中欺人的进退;那满含辛酸和眼泪的笑声、无靠求助时的一心助人……像春日的和风,为满是富贵味的贾府吹进清新空气;像雨后的彩虹,绘出一道亮丽的风景。

毛泽东喜欢刘姥姥这个人物,也许因为她是一方代表。

知不知道刘姥姥这个人物

1954—1958年,胡敏珍在中南海警卫部队的文工队工作。毛泽东对文工队的小战士,政治上很关心,为他们讲解国内外的重大问题,耐心地解答大家的提问。有一次,毛泽东问胡敏珍在读什么书?胡敏珍回答:正在读《红楼梦》。毛泽东告诉胡敏珍,他已经研究过好多遍这部书,让大家也认真地读一读。

当时,毛泽东还问胡敏珍:"知不知道刘姥姥这个人物?""刘姥姥是什么阶级出身?"(李树谦:《毛泽东的文艺世界》,辽宁教育出版社1993年版,第41页)

类似的问题毛泽东也问过姜泗长等人。姜泗长曾在美国芝加哥大学医学院深造。新中国成立后，历任解放军第四军医大学附属医院副院长、耳鼻咽喉科主任；解放军总医院副院长、耳鼻咽喉科主任。1974年12月，姜泗长被派到毛泽东身边做保健医生。在毛泽东身边稍长些的医生告诉姜泗长：毛主席常爱提问题，要有思想准备。为此，姜泗长闲下来时就读书。后来，他又听说毛泽东爱提《红楼梦》中的问题，就借来《红楼梦》阅读。毛泽东说，看懂《红楼梦》至少要读三遍，可姜泗长只大概地翻过一遍，里面的人物关系都没搞清。对政治不敏感、对社会不能完全理解的姜泗长，一时也理解不了《红楼梦》。要搞懂贾府在儿女情长、嬉笑怒骂中最终走向衰败，并理解这是必然的结局……这对于大脑只对医学感兴趣的他来说，似乎有一定困难。为了应对毛泽东提出的各式各样的问题，医生们在空闲时间，常围在一起讨论曹雪芹和鲁迅笔下的人物。没几天，毛泽东果然向几位医生提出了问题：

"《红楼梦》里麝月是谁的丫鬟？"

"刘姥姥最喜欢大观园里的人是谁？"（罗元生：《姜泗长为晚年毛泽东做保健医生》，《党史博览》2007年第3期）

当时在场的人没有一个能回答出来。姜泗长还没有看完《红楼梦》，他知道那里面有几百个人物。要记住这么多人物，还要搞清楚谁和谁是什么关系，这哪里是看一遍就能记住的。

毛泽东与没怎么读《红楼梦》的文工队员胡敏珍、保健医生姜泗长漫谈，他围绕刘姥姥的几次提问，可说大体上是常识一类的知识点。可探讨的不在这些问题是深是浅，而在于毛泽东对刘姥姥这个人物形象的关注和整体把握。"知不知道刘姥姥这个人物？""刘姥姥是什么阶级出身？""刘姥姥最喜欢大观园里的人是谁？"不仅要知道小说中有这个人物，而且更要了解这个人物的阶级出身和人际交往，对人物做出阶级分析。

村姥姥是信口开河

刘姥姥是乡下农家老妪，早年丧偶，膝下无儿，依傍女婿生活。因见女婿王狗儿生活艰难，想起曾与金陵王家联过宗，先前还曾见过王家二小姐——如今贾府的王夫人，就舍着老脸携带外孙板儿去贾府求告，希望得到一点帮助。这便是著名的"刘姥姥一进荣国府"的故事。这次求见，竟获意外成功，凤姐送她二十两银子。"刘姥姥二进荣国府"描写更加丰富，包括从三十九到四十二数回。这次刘姥姥投了贾母的缘法。贾母想和一个积年的老人家说话，正巧遇上刘姥姥。刘姥姥世故凑趣，信口胡编，贾宝玉心痴，信以为实。刘姥姥跟随贾母游览大观园，"把古往今来没见过的，没吃过的，没听见过的，都经验了"。（第四十二回）整个游园的过程中，处处表现了乡村贫困的农家生活与腐朽豪华贵族生活的悬殊，对比鲜明。刘姥姥虽是村野中人，但老于世故，知理识趣，随机应变，颇得众人欢心。酒宴上鸳鸯、凤姐等拿刘姥姥当女篾片捉弄，但刘姥姥知道这是小辈们要讨老太太的欢喜，也便甘心扮演这样的角色。于此，更见刘姥姥家境的困难和求助的辛酸。临走时，凤姐为了讨个吉利，请刘姥姥给女儿取名。刘姥姥为她取名巧儿，意思是"遇难成祥，逢凶化吉，都从这'巧'字上来"。（第四十二回）刘姥姥三进荣国府，已是后四十回。此时贾府已经败落。据小说第五回巧姐判词说："势败休云贵，家亡莫论亲，偶因济刘氏，巧得遇恩人。"贾府势败后，骨肉相残，巧姐被"狠舅奸兄"（据第五回《红楼梦曲·留余庆》）所卖，而为贾府盛时接济过的刘姥姥所救，这里固然有规劝世人济困扶穷的意思，但更重要的还在于贾府败落骨肉相残的背景下，突出和歌颂了一位农村老妇知恩仗义的壮举。作者通过这个人物的观察和感受，极写贾府的富贵奢华和兴衰变化，大大地扩展了作品的生活容量。

毛泽东对刘姥姥这个红楼人物一连串的追问，意在不仅"知道"，而且"知深"。

刘姥姥是个典型的农民

"刘姥姥是什么阶级出身？"胡敏珍是如何回答的，文献中没有记载。不过，毛泽东自己却明确地说：刘姥姥是个典型的农民。她出身于农民阶级。

20世纪50年代末，有一次江西省委书记杨尚奎的夫人水静，随杨尚奎到庐山毛泽东临时住处办事，与毛泽东聊起《红楼梦》。毛泽东问："你知道《红楼梦》里写了多少个人物吗？"这可把水静问住了，她老老实实地说："不知道，我没有算过。"

"一共是327人，从皇帝、贵族，直到老百姓，都写到了，而且性格各异。刘姥姥就是个典型的农民嘛。"（水静：《特殊的交往——省委第一书记夫人的回忆》，江苏文艺出版社；许祖范等：《毛泽东幽默趣谈》，山东人民出版社1995年版，第160~161页）

刘姥姥的阶级出身，《红楼梦》中虽然没有单独特意介绍，但在涉及她的文字中，是可以体会出来的：

这刘姥姥乃是个积年的老寡妇，膝下又无儿女，只靠两亩薄田度日。今者女婿接来养活，岂不愿意，遂一心一计，帮趁着女儿女婿过活起来。

狗儿未免心中烦虑，吃了几杯闷酒，在家闲寻气恼……刘姥姥看不过，乃劝道："姑爷，你别嗔着我多嘴。咱们村庄人，那一个不是老老诚诚的，守多大碗儿吃多大的饭。……"（第六回）

口称"咱们村庄人"，说明刘姥姥生活在农村；"靠两亩薄田度日"，说明刘姥姥只有少许生产资料，大约连下中农都算不上；依赖姑爷"养活"，说明她丧失了生活自为能力；"守多大碗儿吃多大的饭"，是自耕农有干吃干无干吃稀的典型心理状态。如此看来，刘姥姥顶多算个自由民。

刘姥姥农民的社会地位和生产、生活情况，《红楼梦》里没有直接交代。但是，通过刘姥姥在贾府闲聊时介绍一般农民的状况，可以从中侧面了解一些，刘姥姥说：

我们村庄上种地种菜，每年每日，春夏秋冬，风里雨里，那有个坐着的空儿，天天都是在那地头子上作歇马凉亭，……（第39回）

我们成日家和树林子做街坊，困了枕着他睡，乏了靠着他坐；荒年间饿了还吃他；……"（第41回）

刘姥姥的话道出了农民的艰辛苦难。"那有个坐着的空儿"，反映了农民的繁忙劳累。他们一年到头，风吹日晒，披星戴月，辛辛苦苦地干农活，所收获的谷物，却通过地租，大部分被送进地主的仓库，供他们挥霍享乐。农民自己却缺吃少穿，吃糠咽菜；遇上灾荒，或发生意外事故，还只能宿树林，吃树皮，过着牛马不如的生活。

农民刘姥姥也有时赶上好年景，便带着"枣子倭瓜并些野菜"去看富贵的亲戚贾府王夫人。这就是"刘姥姥二进荣国府"。刘姥姥对平儿说：

> 早要来请姑奶奶的安看姑娘来的，因为庄家忙。好容易今年多打了两石粮食，瓜果菜蔬也丰盛。这是头一起摘下来的，并没敢卖呢，留的尖儿孝敬姑奶奶姑娘们尝尝：姑娘们天天山珍海味的也吃腻了，这个吃个野意儿，也算是我们的穷心。（第三十九回）

"多打了两石粮食"是"好容易"，表达的意思是"好艰难"，好不容易；"留的尖儿孝敬"，既出于农民的诚心厚意，也是一种无奈；尽"穷心"，不是自嫌客套，是贫苦农民的告白。

刘姥姥的精神生活、文化生活也是典型农民式的。小说第四十回，贾府宴会行酒令，贾宝玉和几位小姐对令后，轮到刘姥姥：

> 原是凤姐儿和鸳鸯都要听刘姥姥的笑话，故意都令说错，都罚了。至王夫人，鸳鸯代说了个，下便该刘姥姥。刘姥姥道："我们庄家人闲了，也常会几个人弄这个，但不如说的这么好听。少不得我也试一试。"众人都笑道："容易说的。你只管说，不相干。"鸳鸯笑道："左边'四四'是个人。"刘姥姥听了，想了半日，说道："是个庄家人罢。"众人哄堂笑了。贾母笑道："说的好，就是这样说。"刘姥姥也笑道："我们庄家人，不过是现成的本色，众位别笑。"鸳鸯道："中间'三四'绿配红。"刘姥姥道："大火烧了毛毛虫。"众人笑道："这是有的，还说你的本色。"鸳鸯道："右边'幺四'真好看。"刘姥姥道："一个萝卜一头蒜。"众人又笑了。鸳鸯笑道："凑成便是一枝花。"刘姥姥两只手比着，说道："花儿落了结个大倭瓜。"众人大笑起来。

公子小姐们行令对令"好听"，是为雅；刘姥姥对令体现了庄家人"现成的本色"是为俗。虽然刘姥姥满口萝卜、蒜头、倭瓜、毛毛虫……都是土话俚语,却机智诙谐,是她在日常生活和劳动中所见惯的景物和亲身经验,可说是通俗而有新意,表现出她这个深通世情、生活经验丰富而又从事劳动的农村妇女的本色,并不逊于大观园中公子小姐的词语风雅,内容空泛。刘姥姥的对令有意装憨卖傻,连说土话:说"是个庄稼人吧",显得呆头呆脑;"大火烧了毛毛虫"的造句,说得又可笑,又贴切;"花儿落了结个大倭瓜"这句话加上手势,说得又新鲜,又别致。她的令俗得很,也妙得很,逗得那些老老少少的贵族妇女和丫鬟婆子大笑不止,让他们痛痛快快地开了一次心。在这场"小品"大赛中,小说文眼在刘姥姥,是她拔了头筹。她就是走进贾府的"赵本山"。

从阶级出身到行为方式,从物质生活到精神生活,刘姥姥正如毛泽东所说,是个"典型的农民"!

在20世纪50年代后期,不少研红学人发表文章对刘姥姥这个人物形象做阶级分析,对刘姥姥的"阶级出身"颇有争议。据朱琪《红楼书声中学教材中的红楼梦篇目浅探》一文介绍:

> 1956年到1957年是"新中国中学语文课本的第一次改革",其中心是将中学语文划分为文学、汉语两部分。在当时的教材中选入了《刘姥姥一进荣国府》和《诉肺腑》两篇课文。这两篇课文分别选自通行本《红楼梦》的第六回和第三十二回,两篇课文后来都曾引起轩然大波。《刘姥姥一进荣国府》的主要内容是讲述贾府的远房亲戚刘姥姥为生计所迫,不得不远赴京城向贾家求助的情节。这一情节入选教材,在1957年到1958年的"左"倾政治风潮中大受批判,批判的主要观点是认为该情节是对劳动人民的污蔑,无助于学生树立共产主义人生观,并且容易引发学生对剥削阶级享乐生活的向往。从红学史的角度挖掘,这种论调由来已久,早在1954年之前,关于刘姥姥的形象在红学界已经有了广泛而激烈的争论。对于刘姥姥这一人物阶级身份的定性,冯沅君在《谈刘老老》(文中刘姥姥的"姥"作"老",均按原文,下同)一文中认为"她和真正的农民之间还有距离","事实上作者并未将她作为正牌的劳动人民的形象来刻画塑造",而周培桐、张葆莘、李大珂的文章《刘老老是怎样的一个人?》则肯定她为"在封建制度下被压迫、被剥削、被侮辱、被损害的人","是一个自食其力

的、贫穷困苦的、在晚年遭受饥寒威胁的劳动妇女"。课文《刘姥姥一进荣国府》所引起的批判正是后一种结论的延续,后来毛泽东也公开表示支持这种观点,一句"刘姥姥就是个典型的农民嘛"为刘姥姥正了名。(《红楼梦学刊》2007年第3辑)

看来,毛泽东于20世纪50年代后期对身边人员提问"刘姥姥是什么阶级出身?"自己又说:"刘姥姥就是个典型的农民嘛!"这些并非是兴之所至,信口开河。他对红楼人物刘姥姥的讨论很关注,对小说中关于刘姥佬的描写也仔细看过,并有自己的倾向性意见。

像刘姥姥借钱

刘姥姥进入毛泽东的评论视野,也进入毛泽东的引用范围。1958年4月6日在武汉会议上的讲话,说到刘姥姥向王熙凤求助的例子。他说:

> 开右派大会,各大城市(三十万人口以上)都要开。要主要负责同志去讲话,讲透一些。首先一训,然后一拉。训则凄凄惨惨,冷冷清清;拉则全身受热,通身舒畅,指明前途,使他有希望。像刘姥姥进大观园借钱一样,开始凤姐表示冷淡,后来很热情,搞得刘姥姥很高兴。凤姐这个人很厉害,有人说她为治世之能臣,乱世之奸雄。(边彦军:《毛泽东论〈红楼梦〉》,《红楼梦学刊》1993年第4辑,第24页)

毛泽东的秘书李锐在回忆录中也提到这段讲话:

> 开右派大会,他们还料不到有这样的事情,就等于皇恩大赦。各大城市(30万人口以上的大城市)都要开。要主要负责同志去讲话。讲透一些,首先一训,然后一拉。训则凄凄惨惨,冷冷清清;拉则全身发热,通身舒畅,有了希望,像刘姥姥借钱。凤姐为治世之能臣,乱世之奸雄。

"刘姥姥借钱(求助)"的故事,发生在小说第六回,即"刘姥姥一进荣国府"之时:

这里刘姥姥心神方定,才又说道:"今日我带了你侄儿来,也不为别的,只因他老子娘在家里,连吃的都没有。如今天又冷了,越想没个派头儿,只得带了你侄儿奔了你老来。"……凤姐笑道:"且请坐下,听我告诉你老人家。方才的意思,我已知道了。若论亲戚之间,原该不等上门来就该有照应才是。但如今家内杂事太烦,太太渐上了年纪,一时想不到也是有的。况是我近来接着管些事,都不知道这些亲戚们。二则外头看着虽是烈烈轰轰的,殊不知大有大的艰难去处,说与人也未必信罢。今儿你既老远的来了,又是头一次见我张口,怎好叫你空回去呢。可巧昨儿太太给我的丫头们做衣裳的二十两银子,我还没动呢,你若不嫌少,就暂且先拿了去罢。"那刘姥姥先听见告艰难,只当是没有,心里便突突的;后来听见给他二十两,喜的又浑身发痒起来,说道:"嗳,我也是知道艰难的。但俗语说的:'瘦死的骆驼比马大',凭他怎样,你老拔根寒毛比我们的腰还粗呢!"

刘姥姥到贾府找王夫人求助,王夫人委托的管家人王熙凤接待了她。开始,王熙凤故意"告艰难",刘姥姥"只当是没有,心里便突突的";王熙凤话锋一转,说给二十两银子,"很热情,搞得刘姥姥很高兴"。毛泽东准确地把握了刘姥姥的此时此刻的心理和表情。他讲各大城市做右派的工作,对他们要像王熙凤对待刘姥姥的办法,有训有拉,最终让他们感到"全身受热,通身舒畅",明确前途和希望——这个比喻,是典型的毛式比喻。

五年之后,毛泽东在讲话中再次引用"刘姥姥借钱(求助)"这段故事,不过这次谈的不是"开右派大会",而是谈如何看美苏两国之"大"。1963年9月28日,在中央工作会议上谈到国际形势时,毛泽东说:

> 我总相信《红楼梦》的作者借小说人物的口说的一句话,大有大的难处。这句话把刘姥姥吓得冷了半截。现在美苏两国确实很困难,他们到处碰钉子。不要忘记这一点。也是《红楼梦》写的,冷子兴讲贾府衰败下来了,贾雨村不信,说我到荣国府街上看过,还不错。冷子兴便说,亏你还是进士出身,原来不通。古人有言,"百足之虫,死而未僵",死了,但是没有倒。(陈晋:

《毛泽东与文艺传统》，中央文献出版社1992年3月版，第110页）

"这句话把刘姥姥吓得冷了半截"，即指王熙凤"告艰难"，刘姥姥吓得"心里便突突的"。刘姥姥的惊悸害怕有着复杂的背景和原因，毛泽东引用这个人物典故时，很好地把握了她的心理特征和行为状态，说明他了解作者曹雪芹塑造这个人物的主旨和用心。

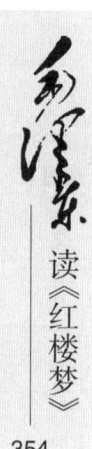

敢把皇帝拉下马

（征引运用之一）

> 毛泽东插话：巴金对我说杂文难写，我说有两条，一条是共产党整风，整好了，就有自由批评的环境了；还有一条是，彻底的唯物论者是不怕什么的。王熙凤有言，"舍得一身剐，敢把皇帝拉下马"。当然，讲真理，也有选择时机的问题。
>
> 陈晋：《文人毛泽东》，上海人民出版社1997年12月第1版，第421页

《红楼梦》是语言的宝库，许多精彩的语句，具有丰富的社会生活内容和厚重的思想内涵。征引运用《红楼梦》中那些富有表现力的语句和名言，以便更有力、更活泼、更新鲜地表达思想观点，是毛泽东读此书的一大特色。

毛泽东表达要有无所畏惧的精神状态时，常讲到"舍得一身剐，敢把皇帝拉下马"这句话。这句话正是来自《红楼梦》中女强人王熙凤之口。

小说中的"凤辣子"王熙凤是个敢想敢说敢做的人物，她口头常用的一句俗语——"拼着一身剐，敢把皇帝拉下马"——颇能凸显此人的秉性脾气，行事特征。

此语见《红楼梦》第六十八回《苦尤娘赚入大观园 酸凤姐大闹宁国府》。说贾琏偷娶尤二姐，王熙凤设计挑唆尤二姐的未婚夫张华告状，她自己借机大吵大闹，哭诉："半空里又跑出一个张华来告了一状……求人去打听这张华是什么人，这样大胆。打听了两日，谁知是个无赖的花子。……如今正是急了，冻死饿死也是个死；现在有这个理他抓着，纵然死了，死的倒比冻死饿死还值些。怎么怨的他告呢……俗语说：拼着一身剐，敢把皇帝拉下马。他穷疯了的人，什么事作不出来。况且他又拿着这满理，不告等请不成？"

按王熙凤的推理：穷疯了、逼急了的张华"什么事作不出来"。他敢告状，"敢把皇帝拉下马"。其实，这也是王熙凤的行事风格。

剐，即割肉离骨，封建时代一种极其残酷的刑罚，叫凌迟刑。"舍得一身剐，敢把皇帝拉下马"，谓不惜身受极刑，敢于造皇帝的反，把他拉下马来。这是一种大无畏的革命精神。

张学良敢把老蒋拉下马

1936年，日本帝国主义不断扩大对中国的侵略，蒋介石仍然坚持不抵抗政策，继续扩大内战。以张学良为首的东北军和以杨虎城为首的十七路军，奉命在陕甘一带进攻红军，多次被红军击败，因此他们逐渐认识到"剿共"是没有出路的。加之中共和红军为了建立抗日民族统一战线，对两军做了大量的争取工作，坚定了张、杨联共抗日的决心，并要求蒋介石联共抗日。

但是，蒋介石一意孤行，坚持反共内战政策。12月初，蒋再次到西安督战，逼迫张杨加紧"剿共"，并屠杀当地的抗日青年。张杨出于爱国热情和对蒋之激愤，在"哭谏"无效后，毅然采取"兵谏"，于12日发动了"西安事变"，在临潼华清池扣留了蒋介石，并囚禁了国民党十几名军政大员，逼蒋联共抗日。

事变发生后，南京政权内部亲日派竭力策动"讨伐"，扩大内战，以取代蒋介石之统治权力。中国共产党从民族利益出发，主张和平解决西安事变，即派周恩来、秦邦宪、叶剑英等到西安调停，争取蒋介石抗日。经周恩来等人耐心宣传抗日民族统一战线的政策，并与蒋介石进行谈判，12月24日蒋介石被迫接受"停止内战，联共抗日"等条件。25日蒋被释放回南京。

西安事变的和平解决，成为时局转换的枢纽，对推动国共再次合作，团结抗日，起了重大作用。

1937年2月，在周恩来的亲自安排下，刘仲容从西安来到了延安，见到了毛泽东，两人谈的第一个话题自然是西安事变。

毛泽东说：

"刘先生在西安见了张少帅么？张学良、杨虎城两将军发动兵谏，真了不起，真是'舍得一身剐，敢把皇帝拉下马'，为中华民族做了件了不起的大好事,为抗日救国立了一个大功。可惜的是,少帅,少帅,年少轻率,感情冲动之下,陪蒋去南京,自己送上门给他报复。但是,我们应看到,西安事变之后,全国各党各派各军各省都在讲抗战,蒋介石打内战的做法,遭到了全国人民的反对,已行不通了。"(何仁学、董琳、晨立:《真理、真情与魅力:毛泽东争取国民党高级将领纪实》,广东人民出版社2000年10月第1版,第406页)

刘仲容说:"张学良、杨虎城两将军我都见了面。两将军救国救亡的精神和意志给了我很深很深的印象。"

张学良敢把不抗日的蒋介石这位"皇帝"拉下马,这件事给毛泽东留下深刻的烙印。

据范明在《枣园初见毛主席》一文中回忆:1942年12月,他到延安毛泽东住处汇报工作后,毛泽东招待他吃饭。

毛泽东首先把辣椒烀豆腐夹了一大块,拌着米饭香甜地吃起来,并说:"辣椒!辣椒!不但可以下饭,还可以加强革命性,辣椒为用大矣哉,请大家多吃呀!"

毛泽东看范明老是在夹吃菠菜豆腐,便顺手夹了一块辣椒肉放在他的碗里说:"怎么你们关中冷娃不爱吃辣椒?"

"爱吃!比湖南人吃辣椒还凶!"范明顺口回答。

"噢!还有比湖南人吃辣椒凶的人,怎么个吃法?"毛泽东笑着问。

"油泼辣子夹蒸馍。"范明认真地说。

"啊!好厉害!拿辣椒夹蒸馍,比我们辣椒拌米饭还凶,你们拿辣椒夹馍馍,怎么个吃法?"毛泽东用筷子夹起了块米饭,绕个大圈说:

"不是用油泼辣子夹蒸馍,而是用盐馍夹油泼辣子!由此可见,关中民俗强悍,敢于把皇帝拉下马,大闹西安事变,缚住苍龙,逼蒋抗日和爱吃油泼辣子夹蒸馍大大地有关系哟!"(范明:《枣园初见毛主席》,《党的文献》1995年第3期,第62页)

毛泽东诙谐地为他爱吃辣椒的"革命性强"理论找"根据"。

毛泽东与刘仲容、范明谈话时,皆征引"舍得一身剐,敢把皇帝拉下马"这句话来称扬张学良的无私无畏奋争精神。国难当头,民族濒危,张少帅以国事为先，以大义为重，弃私怨而抒公愤，息党争而雪寇仇，劝谏、哭谏、兵谏，不避杀身砍头之祸，力劝蒋介石停止内战举国御敌。张氏虽然为此终身监禁，但终不失为"丈夫怒而天下安"的无畏勇士、历史功臣和民族伟人。

我是"敢把皇帝拉下马"的人

毛泽东对待"皇帝"的态度，也是要敢于把他"拉下马"！

1947年10月初，毛泽东仍然在转战陕北的途中。一天夜深了，毛泽东停下手中笔，吸着烟想休息一下。

服侍在侧的卫士李银桥这时心中一动，悄悄问毛泽东："主席，你下巴上的那颗痦子是'吉祥'痣吧？"

毛泽东笑了笑，轻声问道："你听谁说这是'吉祥'痣呢？这是迷信呢！"

"我娘说的！"李银桥神秘地说，"我参军前我娘就告诉我了！"

"你母亲是怎么对你讲的呀？"毛泽东很感兴趣地问。

"我娘在村上见到过你的大像，说你下巴上的这颗痦子是颗神痦子。"李银桥煞有介事地说，"她还说你'命大福大造化大'，无论遇到什么困难都能'逢凶化吉，遇难呈祥'，将来一准儿能够当'皇上'，都是你这颗痦子保着你呢！"

毛泽东禁不住哈哈大笑起来："你娘也好迷信哩！"

李银桥反问道："你早先还说我娘信佛是心善呢，怎么又说是迷信呢？"

"你母亲信佛心善好嘛！"毛泽东依然笑意不减地说，"托你母亲的福，我们都会'逢凶化吉，遇难呈祥'的，但是要奋斗呢！"

李银桥高兴了："我娘说的没错吧！"

毛泽东渐渐收敛了笑容，说："不要提做'皇上'的事，我们是为人民服务的，共产党人和人民政府，哪有做'皇上'的道理呀！"

李银桥依然坚持说："反正是我娘说的……"

毛泽东不得不对李银桥说："做领导人可以，做皇帝不行；中国的皇帝早被人民推翻了、打倒了，我们就是为了推翻封建主义、资本主义和帝国主义才起来革命的嘛，这些道理你李银桥应该懂得的！"

"这我懂！"李银桥点头说，"革命队伍里没有皇上，但你是全国人民的领袖呢！"

"领袖和皇帝可大不相同呦!"毛泽东语重心长地说,"领袖也是人民当中的一员,是劳动人民一分子,是为大多数劳动人民服务的,我毛泽东是劳动人民的儿子,永远不会做皇帝!我是一个'舍得一身剐,敢把皇帝拉下马'的人哩!"(邸延生:《历史的真言——李银桥在毛泽东身边工作纪实》,新华出版社2000年7月第1版,第102页)

这是统帅与卫兵之间十分有趣的讨论。少不更事的卫士出于对人民领袖的热爱,以民间面相学的观点为依据,得出"吉祥痣,当皇帝"的结论,混淆了群众领袖与封建皇帝的区别。毛泽东则循循善诱,通俗透彻地讲解了领袖与皇帝的"大不相同"。毛泽东的"皇权观"有两点:永远不做皇帝;敢把皇帝拉下马。

这后一点并非毛泽东的张狂自许,纵观他的一生:辛亥革命打倒清王朝皇帝溥仪,抗日战争打倒日本"天皇"和伪满洲国皇帝,三年解放战争打垮打跑"独夫民贼"蒋介石……毛泽东可谓无役不与。

"舍得一身剐,敢把皇帝拉下马",体现了勇于牺牲敢于奋斗的革命精神。不怕流血牺牲,不怕粉身碎骨,敢于革命,敢于造反,敢把皇帝拉下马,正是毛泽东精神境界和政治品格的一大亮点。前者有他的名诗为证:"为有牺牲多壮志,敢叫日月换新天。"后者有他的名言为证:"马克思主义的道理千条万绪,归根结底,就是一句话:'造反有理!'"

这是古人王熙凤说的

1956年11月,中国共产党第八届中央委员会第二次全体会议在北京召开。11月15日,毛泽东在会议总结讲话中讲了四个问题:经济、国际形势、中苏关系和大民主小民主。

毛泽东为什么讲"大民主小民主问题"?因为中共八届二次会议前有几位司局长一级的知识分子干部,主张要大民主,说小民主不过瘾。他们要搞的"大民主",就是采用西方资产阶级的国会制度,学西方的"议会民主""新闻自由""言论自由"那一套。毛泽东认为"他们这种主张缺乏马克思主义观点,缺乏阶级观点,是错误的"。

因此,讲话中的第四个问题专门谈了此点,他说:

"民主是一个方法,看用在谁人身上,看干什么事情。我们是爱好大民主的。我们爱好的是无产阶级领导下的大民主。我们发动群众斗蒋介石，斗了二十几年，把他斗垮了；土地改革运动，农民群众起来斗地主阶级，斗了三年，取得了土地。那都是大民主。'三反'是斗那些被资产阶级腐蚀的工作人员，'五反'是斗资产阶级，狠狠地斗了一下。那都是轰轰烈烈的群众运动，也都是大民主。早几天群众到英国驻华代办处去示威，在北京天安门广场上几十万人开大会，支援埃及反抗英法侵略。这也是大民主，是反对帝国主义。这样的大民主，我们为什么不爱好呢？我们的确是爱好的。这种大民主是对付谁的呢？对付帝国主义、封建主义、官僚资本主义，对付资本主义。"

接着，他又说道：

"现在再搞大民主，我也赞成。你们怕群众上街，我不怕，来他几十万也不怕。'舍得一身剐，敢把皇帝拉下马'。这是古人有言，其人叫王熙凤，又名凤姐儿，就是她说的。无产阶级发动的大民主是对付阶级敌人的。民族敌人（无非是帝国主义，外国垄断资产阶级）也是阶级敌人。大民主也可以用来对付官僚主义者。"
（《在中国共产党第八届中央委员会第二次全体会议上的讲话》）

毛泽东说的"大民主"不同于"西方资产阶级的国会制度"。它是在"无产阶级领导下的大民主"，即反对帝、官、封这"三座大山"的"轰轰烈烈的群众运动"。

这里有个具体问题，就是怕不怕群众上街游行。毛泽东的态度是"不怕"。他的理论根据和文化心理是挑明了的，即《红楼梦》中王凤姐儿说的那句名言。共产党人把群众路线作为自己基本的工作方针，哪有共产党怕群众的道理。大民主从根本上说是对付帝、官、封三大敌人的，我们何怕之有？！当然，有人把"群众上街"视为"闹乱子"。毛泽东后来在《关于正确处理人民内部矛盾的问题》一文中，则认为"乱子"有两重性：是坏事也是好事，坏事可以转化为好事。

这里还有个问题，毛泽东本来认为大民主是对付帝、官、封这些"阶级敌人"的，但是这里他又把"大民主"的"对付"对象延伸了——"也可以用来对付官僚主义者"。由对外转向了对内，这也许是后来发明"四大"（大鸣、大放、大字报、大辩论）的滥觞吧，以致后来发展到"文化大革命"中的大内乱。这说明曾经正确、起过积极作用的大民主，一旦用错了对象，一旦超越了限度，就会走向反面而起消极作用。

不过，当时毛泽东的大脑还是沿着"不怕"群众上街、欢迎群众搞"四大"的思路考虑问题的。

1957年3月，党中央准备在党内整风，发动党内外群众鸣放。这时，中国共产党召开了新中国成立后十分重要的全国宣传工作会议。为整风做宣传舆论的准备。

3月12日，毛泽东在全国宣传工作会议作长篇主题讲话。毛泽东在阐述"整风"的作用时认为，中国共产党要负起"改革和建设我们的社会"的历史使命，就要进行无所畏惧的奋斗。他说："为了达到建设新中国的目的，对于什么困难我们共产党人也是无所畏惧的。但是仅仅依靠我们还不够。我们还需要有一批党外的志士仁人，他们能够按照社会主义、共产主义的方向，同我们一起来为改革和建设我们的社会而无所畏惧地奋斗。"

毛泽东继续说道：

"彻底的唯物主义者是无所畏惧的，我们希望一切同我们共同奋斗的人能够勇敢地负起责任，克服困难，不要怕挫折，不要怕有人议论讥笑，也不要怕向我们共产党人提批评建议。'舍得一身剐，敢把皇帝拉下马'，我们在为社会主义共产主义而斗争的时候，必须有这种大无畏的精神。"（《毛泽东文集》第七卷，人民出版社1999年6月版，第275~276页）

从现实需要来说，整风当中共产党人的无所畏惧精神主要表现在"不要怕"挫折、讥笑和批评上，也就是以"舍得一身剐，敢把皇帝拉下马"的勇气和意志，迎接整风中狂风暴雨霹雳闪电的考验，过好整风这一关。扩而大之，毛泽东希望共产党员和一切"共同奋斗的人"，为事业奋斗时都要有"这种大无畏的精神"。

4月初，毛泽东南下杭州，召集四省一市的书记来谈谈思想工作。

有几位书记分别发表了不同的意见，毛泽东一一做了回答。一位市委书记说："主席，我认为一定要放，另一条是要耐心说服……"

毛泽东兴奋地说：

"无非是大骂一顿，彻底唯物论者，怕什么？王凤姐说得好：'舍得一身剐，敢把皇帝拉下马。'"（朱仲丽：《我知道的毛泽东》，

中国青年出版社1998年4月北京第1版，第665页）

"我是又怕又不怕。"另一位书记忧心忡忡。

毛泽东接着说："又怕又不怕，又高兴又不高兴，问题是又解决又未解决……人的生活本身就是辩证法，我也是又怕又不怕，如敌人围剿时，每次我都忧虑，但都把敌人打退了，只是第五次围剿没有打退，是路线犯了错误。一个人犯点错误，检讨一下，有什么怕的！"

又是"不怕"！又是"王熙凤说得好"！不怕"群众上街"，不怕"议论讥笑"，不怕"大骂一顿"……不要忧心忡忡，不要畏首畏尾，彻底的唯物论者是无所畏惧的——毛泽东就是这样教育和引导各级干部。

总之，在政治生活中，执政的共产党人必须有一种"舍得一身剐，敢把皇帝拉下马"的大无畏的战斗精神和英勇气概。

彻底的唯物论者就敢写

这种无所畏惧的奋斗精神在写文章时也很需要。

1957年3月10日，全国宣传工作会议期间，毛泽东召集新闻出版界部分代表开了一次座谈会，在会上谈了新闻工作中的若干重要问题。

当时，有的文化人担心政治空气太严肃，人们还敢不敢大胆写文章。有人问毛泽东：鲁迅要是活着还敢不敢写文章？毛泽东在座谈时有意回答说：

"有人问，鲁迅现在活着会怎么样？我看鲁迅活着，他敢写也不敢写。在不正常的空气下面，他也会不写的，但更多的可能是会写。俗话说得好：'舍得一身剐，敢把皇帝拉下马。'鲁迅是真正的马克思主义者，是彻底的唯物论者。真正的马克思主义者，彻底的唯物论者，是无所畏惧的，所以他会写。现在有些作家不敢写，有两种情况：一种情况，是我们没有为他们创造敢写的环境，他们怕挨整；还有一种情况，就是他们本身唯物论未学通。是彻底的唯物论者就敢写。"（《毛泽东新闻工作文选》，新华出版社1983年12月版，第190页）

鲁迅活着还敢不敢写文章？这个问题提得很尖锐。毛泽东回答得很坦诚，设想了两种可能性：政治空气"不正常"，鲁迅"也不会写的"；但是，鲁迅"敢写"的可能会"更多"。

为什么会这样？因为掌握了马克思主义的鲁迅是彻底的唯物论者，具有"舍得一身剐，敢把皇帝拉下马"这种无所畏惧的战斗精神。敢写与不敢写，关键在于主观上有敢写的精神。

同时，毛泽东也没有忽略事物的另一面——"创造敢写的环境"。主观上敢写的精神，与客观上敢写的环境相结合，才能出现敢写的局面。

4月初，毛泽东在杭州，有人汇报上海杂文写作情况时，毛泽东插话：

"巴金对我说杂文难写，我说有两条，一条是共产党整风，整好了，就有自由批评的环境了；还有一条是彻底的唯物论者是不怕什么的。王熙凤有言，'舍得一身剐，敢把皇帝拉下马'。当然，讲真理，也有选择时机的问题。"（陈晋：《文人毛泽东》，上海人民出版社1997年12月版，第421页）

还是强调两个方面："自由批评的环境"即是"敢写的环境"，敢写的精神内涵还是以"王熙凤有言"作注脚。不过，当时毛泽东思想中的主导方面还是强调敢写的精神。毛泽东评论巴金"杂文难写"的观点，回答鲁迅活着"敢写不敢写"提问的阐述，侧重点都在于作家要有敢于批评、敢于写作的精神状态和境界。

要有王熙凤"舍得一身剐"的精神

1958年3月22日，中央正在召开"成都会议"。毛泽东在这一天的讲话提纲中写道：

有话不说，则相当危险。……

怕带（戴）机会主义帽子，怕撤职，怕开除党籍，怕老婆老公离婚，怕坐班房，怕杀头，六怕不好，都要准备。难道为了这些就不说话了吗？

"舍得一身剁（剐），敢把黄（皇）帝拉下马。"（《建国以来毛泽东文稿》第七册，中央文献出版社1992年8月第1版，第117页）

1959年4月,中共中央八届七中全会在上海举行。毛泽东提出:

> 在党内要造成有话就讲、有缺点就改进的空气;号召大家学习海瑞精神,要舍得一身剐,敢把皇帝拉下马,要求中央委员们敢讲真话,不怕警告、降职、撤职、开除党籍,不怕离婚、杀头,要敢于坚持真理。(李林达:《情满西湖》,中央文献出版社1993年版,第95页)

1959年7月,毛泽东在"庐山会议"前期和湖南省委书记周小舟、副书记周惠,秘书李锐、田家英等谈话。在谈到这次会议有压力时,毛泽东说:

> "不要有压力。我在上海会议说了,不敢讲话无非是六怕:怕警告,怕降级,怕没有面子,怕开除党籍,怕杀头,怕离婚。岳飞就是杀头才出名的嘛。王熙凤说,舍得一身剐,敢把皇帝拉下马。言者无罪嘛。转告大家,也不要那么沉重……在肯定成绩伟大的前提下,中央愿意听取各种意见。但要保护干部群众的积极性,不能泼冷水,不能泄气。我希望大家尽快统一认识,改正缺点,好继续跃进。"(贾思楠:《毛泽东人际交往实录》,江苏文艺出版社1989年版,第185~186页)

20世纪50年代末期,毛泽东多次讲到要"敢讲真话"。这是因为1956年的批评"反冒进",1957年的"反右"斗争扩大化,造成了党内党外一时之间"万马齐喑"的局面,人们都缄口默言,不愿讲话,更不敢讲真话。毛泽东有鉴于此,多次倡导"要有王熙凤的精神",即敢想敢说敢做。

在这几次讲话中,他把"舍得一身剐"的勇敢牺牲精神,具体发展为"六不怕"。以为有了"六不怕",就可以"看破红尘",能够达到誓死坚持真理的境界。孔子说:"朝闻道,夕死可矣!"其敢讲真话、坚持真理的精神,可与之相提并论。

东风压倒西风

（征引运用之二）

> 世界上现在有两股风：东风，西风。中国有句成语："不是东风压倒西风，就是西风压倒东风。"我认为目前形势的特点是东风压倒西风，也就是说，社会主义的力量，对于帝国主义的力量占了压倒的优势。
>
> 《建国以来毛泽东文稿》第六册，中央文献出版社1992年版，第630页

《红楼梦》中"不是东风压了西风，就是西风压了东风"这句话，毛泽东常常引用。这句话出现在小说第八十二回。

1933年，鲁迅曾在《娘儿们也不行》一文中写道："请慈母性的娘儿们来治理罢，那也是不行的。林黛玉说：'不是东风压倒西风，就是西风压倒东风'，这就是女界的'内战'，也是永远不息的意思。"

"不是东风压倒西风，就是西风压倒东风"，比喻两种势力的斗争，一方总要压倒另一方。

毛泽东对《红楼梦》中这句名言早就熟知。1935年在长征路上，刘英是中央队的秘书长。后来她成为中央临时总负责人张闻天的夫人。那时，刘英每天都能见到毛泽东，了解毛的生活情趣和业余爱好。70年后，她回忆说：

> 毛泽东……对中国的历史、小说熟极了，闲扯起来滔滔不绝，津津有味。《红楼梦》尤其读得熟。有一回他问我："你知道'不是东风压倒西风，就是西风压倒东风'这句话是谁说的？"我说："黛玉的'葬花词'我背得，这句话哪个知道。"他得意地说："就是这位苏州姑娘说的啊！"（刘英：《刘英自述》，人民出版社2005年10月版，第71页）

毛泽东常用林黛玉这句名言来评估判断党内思想斗争、社会政治斗争、国际外交斗争势力的消长、力量的对比和趋势的发展状态。

在路线上没有调和余地

1957年4月27日，中共中央发出《关于整风运动的指示》，决定在全党开展以正确处理人民内部矛盾为主题，以反对官僚主义、宗派主义和主观主义为内容的整风运动。

4月30日，毛泽东在天安门城楼上邀集了民主党派负责人和无党派人士座谈，就共产党整风和统一战线等问题发表了谈话，鼓舞了党外人士向共产党提批评意见、帮助共产党整风的政治积极性。

这期间，由于共产党的整风运动普遍开展起来，社会上确有极少数资产阶级右派分子妄图从根本上否定共产党的领导和新生的社会主义制度，甚至想取代共产党的领导；许多党的领导人和普通工农群众也确实对此不满，甚至义愤填膺。反映情况的简报材料纷纷送到中南海、送到毛泽东及其他中央首长的案头。

5月中上旬的一天，毛泽东邀集了周恩来、刘少奇、朱德、陈云、林彪、邓小平、李先念、薄一波等人到颐年堂议事，谈及党外一些人借共产党整风之际，要从根本上否定共产党的领导和社会主义制度，毛泽东率先不答应了。因为这是一个重大原则问题，周恩来和刘少奇、邓小平等人都表示坚决不能容忍。毛泽东认为这些人不是帮助共产党，而是反对共产党。

毛泽东对在座的中央领导说："我们党进行整风，是要反对和克服党内存在的官僚主义、宗派主义和主观主义，防止脱离群众，防止腐败变质。而党外的一些人却想借这个机会，推翻共产党，那不行！坚决不行！"

毛泽东又说："现在，中国还要不要共产党的领导？还要不要搞社会主义？我的回答是，要搞！中国没有共产党不行！中国不搞社会主义也不行！"

5月15日，毛泽东写了《事情正在起变化》一文，供党内干部学习。文章强调要认清形势，注意右派的进攻。

6月8日，毛泽东为中共中央起草的《关于组织力量准备反击右派分子进攻的指示》发出，对反击右派作了部署。这一指示，是发起反右斗争的一个标志，大规模的反右派斗争随即在全国范围展开了。

同日，毛泽东为《人民日报》起草的社论《这是为什么?》发表。反击极少数右派分子的进攻随之扩大到全国各个领域的各个行业、各个部门。

6月14日，毛泽东以《人民日报》编辑部的名义写的《文汇报在一个时期内的资产阶级方向》一文发表。7月1日，毛泽东为《人民日报》写的社论《文汇报的资产阶级方向应当批判》发表。毛泽东在文章中说：

"文汇报写了检讨文章，方向似乎改了，又写了许多反映正面路线的新闻和文章，这些当然是好的。但是还觉不足。好像唱戏一样，有些演员演反派人物很像，演正派人物老是不大像，装腔作势，不大自然。这也很难。不是东风压倒西风，就是西风压倒东风，在路线问题上没有调和的余地。编辑和记者中有许多人原在旧轨道上生活惯了的，一下子改变，大不容易。大势所趋，不改也得改，是勉强的，不愉快的。说是轻松愉快，这句话具有人们常有的礼貌性质。这是人之常情，应予原谅。严重的是文汇报编辑部，这个编辑部是该报闹资产阶级方向期间挂帅印的，包袱沉重，不易解脱。"（《建国以来毛泽东文稿》第六册，中央文献出版社1992年1月版，第529~530页）

7月9日，毛泽东在上海干部会议上发表讲话，再次强调了一定要打退资产阶级右派的进攻。

7月17日，毛泽东在山东沿海城市青岛主持召开了省市委书记会议，着重讨论了反右派斗争的问题。会议期间，毛泽东写了《一九五七年夏季的形势》一文，正确提出"造成一个又有集中又有民主，又有纪律又有自由，又有统一意志，又有个人心情舒畅、生动活泼，那样一种政治局面"。

这里谈的已不是党内斗争，而是社会上的政治斗争。毛泽东为了佐证自己的观点，再次引用了"我们的古人"林小姐的名言。1957年春夏两季共产党的整风，其目的是整掉自身的官僚主义、宗派主义和主观主义，以提高执政能力，而社会上确实有少部分人违背这个整党宗旨，借机向党进攻，要求共产党"下台"。毛泽东认为，这不是帮共产党整风，而是向共产党夺权。《文汇报》在几个月的时间里，"发表了大量表现资产阶级观点而并不准备批判的文章和带煽动性的报道"，做了"向无产阶级猖狂进攻的喉舌"，毛泽东两次亲笔写了批评《文汇报》的编辑部署名文章和社论，引用小说人物林黛玉的话，判定"在路线问题上没有调和的余地"，并指出刮这个"西风"的原因是在"旧轨道上生活惯了"。毛泽东写这篇社论狠狠地批评了《文汇报》，目的还是希望《文汇报》不刮"西风"刮"东风"，像《光明日报》那样"恢复了读者的信任，像一张社会主义的报纸"。他在社论中引用林小姐的话，也在于一目了然地说清事情的发展态势。

目前形势的特点是东风压倒西风

1957年11月2日，毛泽东率中国党政代表团访问苏联，参加十月革命40周年庆祝活动和出席有64个国家的共产党和工人党参加的代表会议。

11月17日，毛泽东冒雪在莫斯科接见了中国的留学生和实习生。毛泽东首先向留学生、实习生问好，然后向他们说：

世界是你们的，也是我们的，但归根结底是你们的。你们青年人朝气蓬勃，正在兴旺时期，好像早晨八、九点钟的太阳。希望寄托在你们身上。

毛泽东的话，比喻生动，风趣幽默，非常有感染力和鼓动性，引起了留学生和实习生们的笑声和掌声。

接着，毛泽东在讲话中给大家谈了当前国际形势，他首先指出，十月社会主义革命是人类历史上一个转折点，两个人造卫星上了天，六十几个国家的共产党到莫斯科来庆祝十月革命节，这是一个新的转折点。社会主义力量超过了帝国主义力量。我们社会主义阵营要有个头，这个头就是苏联，敌人也有一个头，就是美国。如果没有头，力量就会削弱。毛泽东说：

世界的风向变了。社会主义阵营和资本主义阵营之间的斗争不是西风压倒东风，就是东风压倒西风。现在全世界共有二十七亿人口，社会主义各国的人口将近十亿，独立了的旧殖民地国家的人口有七亿多，正在争取独立或者争取完全独立以及不属于帝国主义阵营的资本主义国家人口有六亿，帝国主义阵营的人口不过四亿左右，而且他们的内部是分裂的。那里会发生"地震"。现在不是西风压倒东风，而是东风压倒西风。（《建国以来毛泽东文稿》第六册，中央文献出版社1992年版，第650页）

毛泽东说到这里，大厅里响起了一阵暴风雨般的掌声。

11月18日，毛泽东在莫斯科共产党和工人党代表会议上的讲演中，对当时的国际形势，继续用《红楼梦》中的成语做比喻，他说：

"现在我感觉到国际形势到了一个新的转折点。世界上现在有两股风：东风，西风。中国有句成语：不是东风压倒西风，就是西风压倒东风。我认为目前形势的特点是东风压倒西风，也就是说，社会主义的力量，对于帝国主义的力量占了压倒的优势。"（《建国以来毛泽东文稿》第六册，中央文献出版社1992年版，第630页）

在谈到"十月革命"是整个人类历史发展的转折点，并举出了当时世界东方、西方发生的一些事件之后，毛泽东又说：

"今年，一九五七年，形势大为不同了。我们的天上是一片光明，西方的天上是一片乌云。我们很乐观，而他们呢，却是惶惶不安。两个卫星上天，使他们睡不着觉。六十几国共产党在莫斯科开会是从来没有过的事，从来也没有这样大的规模。但是在社会主义阵营各国中，在各国共产党中，特别是在各国人民中，还有相当多的人总相信美国了不起。你看，它还有那么多钢，有那么多飞机大炮。我们的比他们的少。西方国家无数的报纸、广播电台天天吹，美国之音，自由欧洲电台等等吹得神乎其神，于是乎造成一种假象，欺骗了相当多的一部分人。我们就要揭穿这种欺骗。我有十件证据来说明这个问题：究竟是他们行还是我们行，究竟是东风压倒西风，还是西风压倒东风？"《建国以来毛泽东文稿》第六册，中央文献出版社1992年版，第631~632页）

毛泽东列举了第二次世界大战消灭希特勒法西斯、中国革命打垮蒋介石集团、朝鲜战争把美国入侵军赶到"三八线"以南、越南战争打败法国人、苏联两颗卫星上天等"十件证据"，来回答自己提出的问题。其间，他预测说：

"现在还要估计一种情况，就是想发动战争的疯子，他们可能把原子弹、氢弹到处摔。他们摔，我们也摔，这就打得一塌糊涂，这就要损失人。问题要放在最坏的基点上来考虑……我们中国还没有建设好，我们希望和平。但是如果帝国主义硬要打仗，我们也只好横下一条心，打了仗再建设。每天怕战争，战争来了你有什么办法呢？我先是说东风压倒西风，战争打不起来，现在再就如果发生了战争的情况，作了这些补充的说明，这样两种可能性都估计到了。（《建国以来毛泽东文稿》第六册，中央文献出版社1992年版，第635~636页）

讲了十件证明社会主义阵营越来越有力量的大事件以后，毛泽东对比双方力量的消长状况，接着说：

"落后国家强些，还是先进国家强些？印度强些，还是英国强些？印尼强些，还是荷兰强些？阿尔及利亚强些，还是法国强些？我看所有帝国主义都是下午六点钟的太阳，而我们呢，是早上六点钟的太阳。于是乎转折点就来了。就是说，西方国家抛到后边了，我们大大占了上风了。一定不是西风压倒东风，因为西风是那么微弱。一定是东风压倒西风，因为我们强大。"（《建国以来毛泽东文稿》第六册，中央文献出版社1992年版，第636页）

最后，毛泽东作出结论：

"我非常高兴，非常庆幸我们的会议开得很团结。这次大会反映了全世界无产阶级和人民的上升的朝气，东风压倒西风这么一种形势。"（《建国以来毛泽东文稿》第六册，中央文献出版社1992年版，第639页）

这是毛泽东在国际讲坛上一次极为精彩的演讲，先后六次引用林黛玉的话，为他的演讲增添了文采和活力，也创造了一句后来流行甚广、使用频率极高的名言：东风压倒西风。

从当时的世界格局来看，国际力量的抗衡和均衡，均来自以美国为首的西方帝国主义阵营和以苏联为首的东方社会主义阵营。这是第二次世界大战结束以后国际格局的基本态势。毛泽东将其形象地喻为刮两种风：东风与西风。国际斗争的发展趋势，即是东风和西风谁的力量威猛，谁压倒谁的问题。

当时的中国刚刚革命胜利不久，是政治上、人口上的大国、强国，同时也是经济上的小国、穷国。在这样的情况下，毛泽东审时度势，不畏强权，主动在我，透彻看出、勇敢喊出"一定是东风压倒西风"！这无疑体现了已经站起来的中国人民的坚定信心和非凡勇气，塑造了中国人民在国际舞台应有的身姿和形象。

"一定是东风压倒西风！"这句口号极大地鼓舞了中国人民的民族自信心。

东风已压西风倒

毛泽东借助林黛玉话语创造的政治名言，确实体现了毛泽东的政治智慧和文化性格。

20世纪50年代末，有一次毛泽东回到长沙，宴请湖南的耆宿。曹典球老先生应邀，刘少奇的表兄、湖南文史馆成员成秉真老先生亦在座。席间，曹典球吟七律一首谢呈毛泽东。诗曰：

> 船山星火昔时明，莽莽乾坤事远征。
> 百代王侯归粪土，万方穷白庆新生。
> 东风已压西风倒，好事常由坏事成。
> 幸接谦光如宿愿，只惭无以答升平。

曹典球后来说："当时毛主席看后，对诗的颔联和颈联评价很高，赞声不绝。（谈石城：《曹典球赠诗毛泽东》，《长沙晚报》1987年12月27日；转引自刘汉民：《毛泽东谈文说艺实录》，长江文艺出版社1992年5月版，第111页）

这首七律的"颈联"，后一句出自毛泽东的名著《关于正确处理人民内部矛盾的问题》，这篇文章专门有一节讨论《坏事能否变成好事？》文中说："在我们的社会中，群众闹事是坏事，是我们所不赞成的。但是这种事件发生以后，又可以促使我们接受教训，克服官僚主义，教育干部和群众。从这一点上说来，坏事也可以转变成为好事。乱子有二重性。我们可以用这个观点去看待一切乱子。……总之，我们必须学会全面地看问题，不但要看到事物的正面，也要看到它的反面。在一定的条件下，坏的东西可以引出好的结果，好的东西也可以引出坏的结果。老子在二千多年以前就说过：'祸兮福所倚，福兮祸所伏。'"（《毛泽东著作选读》下册，人民出

版社1986年8月版,第793页)

这首七律"颈联"的前一句,则是对毛泽东1957年底以来几次谈"东风压倒西风"思想观点的诗意概括。"东风已压西风倒,好事常由坏事成",前一句讲外事,后一句讲内政,都较为准确地浓缩熔铸了毛泽东的最新思维成果,所以毛泽东对其"评价很高,赞声不绝"。同时,也表明了毛泽东"东风压倒西风"的论断逐渐为党内外群众所接受,变成了指导原则和精神动力。

这是苏州姑娘林黛玉讲的

1958年5月,中国共产党八大二次会议召开。毛泽东在会上提出了"鼓足干劲,力争上游,多快好省地建设社会主义"的总路线。在这次会议上,毛泽东多次发表了讲话。

5月20日下午,他作了第三次讲话。这次讲话共谈了八个问题,口若悬河,文采斐然,生动有力。在谈到"插红旗辨风向"时,他说:"插红旗,辨别方向。红旗就是我们的五星红旗。横竖是要插旗子的。是插红旗还是插白旗?世界上没有不插旗子的地方,南极也要插旗子,不是'美'就是'苏'。可惜我们没有去,什么时候去一下,将来开一个团到南极去。凡是有人的地方都有旗子。不是红旗就是白旗,还有灰色的旗子。去年五、六月学校、机关究竟插什么旗子?双方都在争夺,我们要插红旗,资产阶级要插白旗。现在有少数落后合作社、工厂、机关、学校,他们那里不是白旗就是灰旗。我们应当到落后的地方做一做工作,发动群众,贴大字报,把红旗插起来。横竖要插旗子的。合作社,生产队都要插旗子。"

说到这里,毛泽东的讲话转向他极擅长的旁征博引,由不做"闭口道士"联想到《儒林外史》,他说:"不要做闭口道士。道士要说文、唱文,要吹吹打打的。不讲话像什么?虚伪的谦虚,低级趣味的谦虚——就是闭口道士,应当批判。有一种舆论是怀着低级趣味的情绪,不敢挺身

病潇湘痴魂惊恶梦

而出，不敢想，不敢说，不敢做。这是从《儒林外史》那里来的。"

也许是因为提到了小说《儒林外史》，他再一次联想到《红楼梦》中小说人物林黛玉的名句：

> "为了插旗子，就要提高嗅觉，学会辨别风向，看刮什么风。'不是东风压倒西风，就是西风压倒东风。'这是苏州姑娘林黛玉讲的。世界总是分党派的，社会上的人总是分为左、中、右三种，有的处于落后状态，有的处于中间状态，有的处于先进状态。现在的任务是：先进的要争取中间的人，改造落后的人。"

"这是苏州姑娘林黛玉讲的"，显然，毛泽东讲话之时，是联想到《红楼梦》八十二回林黛玉这位"苏州姑娘"。

那时，"插旗帜"成为一时风尚。表现积极"插红旗"，表现消极"拔白旗"。

红旗与白旗、鼓劲与泄劲、闭口与开口、先进与落后、敢说与怕说、敢做与怕做……在毛泽东的眼里，这对立的双方就是"东风"与"西风"的具体表现，前者压倒了后者，就是贯彻了"总路线"，就能推动生产和经济建设的"大跃进"。

他再次请出"苏州姑娘林黛玉"是为"大跃进"鼓劲，后来证明这里有急躁冒进"左"的错误。1958年底毛泽东自己也发现了这个错误，连续开会进行纠正，可惜纠"左"并不彻底，1959年"庐山会议"之后又转向"反右"，使"大跃进"的错误延伸下去了。

总结一个"东风压倒西风"

1958年9月5日至8日，第十五次最高国务会议在北京举行。毛泽东在会上先后有三次讲话。9月5日讲话中谈到国际形势时，毛泽东指出：

> 国际形势，我们历来有个观点，总是乐观的。后来总结为一个"东风压倒西风"。（《建国以来毛泽东文稿》第七册，中央文献出版社1992年8月第1版，第383~384页）

这个讲话，9月9日的《人民日报》发表了经毛泽东亲自审阅的"新闻

稿",其中写道:

> 毛泽东主席说,目前的形势对全世界争取和平的人民有利。在谈到国际形势的时候,毛主席指出:总的趋势是东风压倒西风。(《建国以来毛泽东文稿》第七册,中央文献出版社1992年8月第1版,第406页)

"新闻稿"还写道:毛主席说,美帝国主义九年来侵占了我国领土台湾,不久以前又派遣它的武装部队侵占了黎巴嫩。美国在全世界许多国家建立了几百个军事基地。中国领土台湾,黎巴嫩以及所有美国在外国的军事基地,都是套在美帝国主义脖子上的绞索。不是别人而是美国人自己制造这种绞索,并把它套在自己的脖子上,而把绞索的另一端交给了中国人民、阿拉伯各国人民和全世界一切爱和平反侵略的人民。美国侵略者在这些地方停留得越久,套在它的头上的绞索就将越紧。

毛泽东主席又说,美帝国主义在全世界到处制造紧张局势,以期达到它侵略和奴役各国人民的目的。美帝国主义自以为紧张局势总是对它自己有利,但是事实是,美国制造的这些紧张局势走向了美国人愿望的反面,它起了动员全世界人民起来反对美国侵略者的作用。

总结一个"东风压倒西风"——这是毛泽东对20世纪50年代末国际形势发展趋势总的概括,这个概括仍然借助《红楼梦》的成语,体现了毛泽东那无处不在的革命乐观精神。

"绞索论"是毛泽东又一创造,它是以"东风论"为基础的。帝国主义到处侵略,"西风"狂刮,貌似强大。但是它每侵占一个地方,就背上一个沉重的包袱,为自己脖子套上一根"绞索",是在给自己布陷阱,掘坟墓。被侵占地区的人民把"绞索"拉紧了,"西风"就会不断衰弱,"东风"就会逐渐强劲。

毛泽东把"东风压倒西风"说成"历来有个观点",说明此时他已经自觉地将其作为观察国际问题的基本原则和立场。

杜勒斯对"东风压倒西风"表示惊恐

1959年2月2日,新华通讯社编印的《参考资料》第2672期以《杜勒斯谈如何抵挡东风》为题,全文登载了美国国务卿杜勒斯1月31日在纽约州

律师协会授奖宴会上的演说。毛泽东阅后,在这篇报道的旁边加写了批语:

"畏战争、畏革命,想要维持现状。如果出现革命,那是不合所谓正义和平的,应当立即以战争去扑灭。如果出现战争,也是一样。扑灭革命和革命战争,永保资本统治,这是杜勒斯的目的。帝国主义者已基本上转到维持现状的立场。"(《建国以来毛泽东文稿》第八册,中央文献出版社1993年1月版,第82页)

同年11月,毛泽东在杭州召开了一次小范围的会议,讨论当时的国际形势。在开会之前,他让秘书找出杜勒斯关于和平演变的一些讲话,送给他看。会上毛泽东将批注连同杜勒斯三次讲话的全文印发给与会同志。对杜勒斯1958年12月4日在加利福尼亚州商会发表的题为《对远东的政策》的演说,毛泽东批注:

杜勒斯在这篇演说中对东风压倒西风,对世界力量对比越来越不利于帝国主义的形势表示惊恐。(中共中央文献研究室、中央档案馆《党的文献》编辑部编:《毛泽东重要著作和思想形成始末》,人民出版社1993年12月版,第347~348页)

毛泽东"东风压倒西风"的观点,是对国际势力消长的充满辩证思维的睿智论断。

"东风压倒西风"!毛泽东的呼喊,山呼海啸,形成了掀天揭地的震撼力量——这正是毛泽东政治魅力之所在。

被压迫民族和人民因此受到鼓舞,受到激励,精神振作,奋起反抗;帝国主义者也因此而惊惧,而恐慌,而惶惶不可终日。

东风要占优势

1962年12月21日,毛泽东在同华东各省市委书记谈话中提出:

"宣传部门应多读书,也包括看戏。有害的戏少,好戏也少,两头小中间大。帝王将相、才子佳人多起来,有点西风压倒东风。东风要占优势。《梁山泊与祝英台》不出粮食,《采茶灯》不采茶。旧的剧团多了些。文工团反映现代生活,不错。又说,《杨门女将》、《摆宴》还是好的,搞清一色也不行。要去分析,不分析就说服不了他们。"(陈晋:《毛泽东与文艺传统》,中央文献出版社1992年3月版,第274页)

20世纪60年代初,戏曲改革呼声很高。中央高层领导如毛泽东、周恩来对此事抓得很紧,亲自指导。当时戏曲改革走两条路:改写历史题材和新编现代题材。据《关于建国以来党的若干历史问题的决议》记载:1962年八届十中全会以后,"左"的错误在政治和思想文化方面还有发展,表现在文艺领域,就是"对一些文艺作品、学术观点和文艺界、学术界的一些代表人物进行了错误的、过火的政治批判"。这样的气氛,影响到戏曲改革的正常发展,使旧剧目、旧题材的改编越来越困难。戏改的路子强力转向新编现代题材方面,逐渐发展成唯一的方面。两条路子变成了一条路子。

客观地说,毛泽东此时对戏曲界的总体评价,还比较有分寸,并不是一片漆黑,日月无光。他说,好戏、有害的戏和中间状态的戏,总的状况是"两头小中间大"。表现在题材方面,"西风压倒东风"只是"有点",并不是十分严重,也就表现在写帝王将相才子佳人"多起来"。他主张"东风要占优势",其具体含义无非是多"反映现代生活"。这个要求即使今天看来也没有错。对待旧戏,他认为《杨门女将》《摆宴》"还是好的"。东风占优势也不是把旧戏旧剧一风吹,要保留和改写其中比较"好的"。此时,他反对搞"清一色"。在思想方法上,他还是讲"具体分析"的辩证法,以为非如此不能说服人们。

可惜,后来"左"的错误如荒原蔓延的野草,到处疯长。在戏曲改革上,搞了"清一色"的绝对化,只剩八个"样板戏"了。

这一句不宜在这个时候讲

1964年11月6日,中共中央对外联络部副部长、中苏友好协会副会长刘宁一在北京庆祝十月革命四十七周年大会上的讲话中提道:"我们所处的时代是东风压倒西风的时代。"对此,毛泽东加写了批语:

"这一句,不宜在这个时候讲。"(《建国以来毛泽东文稿》第十一册,中央文献出版社1996年8月版,第218~219页)

毛泽东删去了刘宁一"讲稿"中的这句话。

为什么在1964年底"这个时候"不宜讲"东风压倒西风"这句话呢？这与当时的国际国内形势有关。在国际上，随着美苏两大国紧张关系的缓和，东西两大集团冷战局面逐渐走向结束。另一方面，随着20世纪50年代末60年代初"中苏两党大论战"的展开，国际共运内部力量也在分化，"社会主义阵营"已不是1957年提出"东风压倒西风"时的状况。从国内来说，我国刚刚经历"三年困难时期"的考验，国民经济正在重新调整，恢复发展。在这个时候，即使从策略出发，也不宜再讲"这一句"。

毛泽东说过，政策和策略是党的生命。不能审时度势，不能时移事易，不能随机应变，绝不是出色的战略家。"东风压倒西风"这句话，什么时候当讲，什么时机不该讲，毛泽东把握得恰到好处。讲，以长民族志气；不讲，以避对手锐气。

林黛玉有句话讲得好

1975年，暮年的毛泽东已走向生命的终点。在中南海菊香书屋的书房里，他与护士孟锦云谈《红楼梦》，说林黛玉，小孟说她同情林黛玉的悲剧命运，毛泽东则说：

"林黛玉有句话讲得好：'不是东风压倒西风，就是西风压倒东风'，她是个很有头脑的女孩子哩。"（郭金荣：《毛泽东的晚年生活》，教育科学出版社1993年2月版，第167页）

"不是西风压倒东风，就是东风压倒西风"，是一句反映了社会生活规律的话，经典、精辟、有力。

毛泽东借用这句话，说明正必压邪，反映一种历史的大势。在他的视野内，"东风"是无产阶级政治方向，是社会主义阵营，是人民力量，是鼓劲插红旗，是现代题材的戏剧……"西风"是资产阶级政治方向，是资本主义阵营，是帝国主义分子，是泄劲插白旗，是有害的旧戏旧剧……他把"东风"和"西风"的内容放大了，扩展了，丰富了，升华了。

毛泽东的借用，最值得称道的还是在国际风云激荡变幻中敢于喊出"东风压倒西风"的口号。

试想，林小姐弱不禁风，她说出的"东风"，充其量只是微风罢了。

国际形势是东风压倒西风！这个口号一经毛泽东在国际讲坛上喊出，则无异于撼天动地的狂飙飓风。站起来的中国人民有权力、有信心说这句话。

即使在今天的世界上，我们仍然可以说：东风压倒西风。这个"东风"就是发展与和平两大潮流。

不知大有大的难处

(征引运用之三)

> 毛泽东在最高国务会议的结束语中,用王熙凤对刘姥姥说的一句话"大有大的难处"来说明大国的事情也并不那么好办。
>
> 龚育之、宋贵仑:《"红学"一家言》,《毛泽东的读书生活》,三联书店1986年9月版,第230页

"不知大有大的难处",见《红楼梦》第六回《贾宝玉初试云雨情 刘姥姥一进荣国府》。这一回说穷门小户王家的老妪刘姥姥,是贾府贾政妻子王夫人、贾琏妻子王熙凤娘家的"联宗"亲戚,刘姥姥只因家中"连吃的都没有",来到贾府找王夫人挪动借贷,"凤姐笑道:'……我近来接着管些事,都不知道这些亲戚们。二则外头看着虽是烈烈轰轰的,殊不知大有大的艰难去处,说与人也未必信罢了。'"

刘姥姥听了这话,以为凤姐儿是在哭穷"告艰难",其实王熙凤也说出了贾府这个"大家"的另一面,就是在"烈火烹油,鲜花著锦"的繁华遮掩下的"艰难去处"。况且贾府此时是由盛而衰,正如小说第二回冷子兴所说:"如今外面的架子虽未甚倒,内囊却也尽上来了。"

其实,王熙凤的话,说出了"大家"的发展史和辩证法。"不知大有大的难处",《红楼梦》中的王熙凤以之观察"大家";读《红楼梦》的毛泽东以之观察"大国"。

多次提起"大有大的难处"这句话

徐涛是毛泽东的保健医生,在毛泽东身边工作多年。1953年至1957年,任毛泽东主席专职保健医生。20世纪60年代又多次调回中南海在毛泽

东主席身边工作。1971年至1972年任毛泽东主席医疗组副组长。

1993年，毛泽东百年诞辰，徐涛写作了回忆文章：《毛泽东勤奋刻苦读书学习的生活》。其中讲到毛泽东读书学习的目的"是为社会主义建设想增加知识的深度和广度"，徐涛举例说：

> 他多次对我说："我们中国是个大国，可是一穷二白呀！"谈话中也常引用《红楼梦》中的语言，有一次他说："刘姥姥一进荣国府中，她向凤姐哭穷时，凤姐说的话你还记得吗？"我说记不起来了。他说："外面看着虽是烈烈轰轰，不知大有大的难处。"主席很欣赏这句话，多次提起。又像说《红楼梦》，又像自言自语。这都是在1954年建国之初，全国各建设方面都需要提出一整套的适合新中国的方针、政策、口号、措施来，要管理好这样的大国，"大有大的难处"真是他日夜思虑的焦点。（徐新民：《在毛泽东身边》，中共中央党校出版社1993年版，第212页）

新中国成立之初，毛泽东多次提起《红楼梦》中"大有大的难处"这句话。那时，毛泽东所以"欣赏"它，是其能够启示人们正确认识当时中国的国情。

那时候，毛泽东还说过，中国是政治上、人口上的大国，又是经济上的穷国。

"不知大有大的难处"，中国虽然幅员广阔人口众多，但是近百年来的积贫积弱内忧外患，使它变成了"艰难去处"很多的"穷大家"。

20世纪50年代初期，新中国在战争的废墟上刚刚建立起来，百废待兴，百业待举。这个"大家"的所谓"难处"，用毛泽东的话讲就是"一穷二白"。"穷"指经济上贫穷落后，工业极不发达，农业亦十分原始，生产力低下；"白"指文化上水平甚低，教育上不去，文盲遍于国中，科学技术不发展。这样一个"大家"怎样管理？怎样建设？毛泽东怎能不日夜焦思。新中国也正是从克服自身的"难处"着手建设的。

"待从头收拾旧河山"，毛泽东开始了把贫穷大国建设成社会主义富裕强国的艰难探索。

"不知大有大的难处"这句有一定哲理性的话，经毛泽东的借鉴运用，转化成了新中国走向富强的历史逻辑起点。

大国的事情也并不那么好办

"不知大有大的难处",毛泽东以此来观察本国,也以此来观察世界上的大国强国,那结论又别有深意。

据龚育之、宋贵仑撰写的文章《"红学"一家言》介绍:

> 1957年3月1日,毛泽东在最高国务会议的结束语中,用王熙凤对刘姥姥说的一句话"大有大的难处"来说明大国的事情也并不那么好办……他在他的一些文章和与一些谈话中多次引用《红楼梦》中的故事和语言来说明现实问题。(《毛泽东的读书生活》,三联书店1986年9月版,第230页)

笔者检索已发表的文献,还没见毛泽东1957年3月1日在最高国务会议上讲的结束语的全文。因此,这里说的"大国的事情"还一时不知指哪个国家的哪件事情。后来笔者查《建国以来毛泽东文稿》第六册,1957年3月1日毛泽东写下了《在第十一次最高国务会议作结束语的提纲》。"提纲"中涉及"大国的事情"只有一句话:

> 美国的经济危机,美国同各国的矛盾。(《建国以来毛泽东文稿》第六册,中央文献出版社1992年1月版,第362页)

很显然,"大国的事情"指美国的经济危机和政治危机(与各国的矛盾)——美国这个超级大国、世界强国也有自己"不那么好办"的"难处"。

贾府和美国,在"大有大的难处"上,有相似相通之处——至少毛泽东是这样看的。

贾府表面上烈烈轰轰,"烈火烹油,鲜花着锦",世袭高官,已历百年,但是内部酝酿隐藏着经济危机和政治危机。

贾府的经济危机是入不敷出寅吃卯粮。贾府是仕宦大家,其经济来源主要有:皇帝"恩赏"、俸银禄米和地租房租。皇帝"恩赏"只是象征性的,而且还不如在皇上、娘娘身上花费掉的多。小说第五十三回,贾蓉笑道:"(皇帝娘娘)纵赏银子,不过一百两金子,才值了一千两银子,够一年的什么?这二年那一年不多赔出几千银子来!头一年省亲连盖花园子

（指贾元春省亲盖大观园——引者注），你算算那一注共花了多少，就知道了。再两年再一回省亲，只怕就精穷了。"据书中描写，贾妃省亲共用银三万余两。贾府俸银收入也很少。贾政任工部员外郎，是一个不大的五品京官，俸银禄米也极有限。还是小说第五十三回描写，宁府的地租一年也只折合三千两银子，难怪贾珍要摇头皱眉，说道："这够作什么的。"收入不多，贾府主子们又挥霍惯了。讲排场，讲面子，讲吃喝，讲穿戴，请客送礼，做寿宴饮，吟诗取乐，几无虚日。如此浩繁的开支，哪能不寅吃卯粮，坐吃山空！小说第一百〇六回，贾政急得跺脚道："岂知好几年头里已就寅年用了卯年的……为什么不败呢！"

贾府的政治危机首先是内部激烈的争权夺宠，尔虞我诈。贾政、王夫人和内侄女王熙凤作为二房却博得贾母宠信，掌握管家实权。贾赦邢夫人作为长房岂能甘心，便找机会造舆论，暗刺贾母"偏心"。邢夫人利用"绣春囊事件"搞窝里斗，制造事端，打击二房，在自己家里大肆抄检起来。贾政的侍妾赵姨娘也嫉恨掌权的王熙凤和正出的贾宝玉，使用阴暗的手段，图谋加害这两个人，其目的也是为了夺取继承权。长房的贾赦又支持赵姨娘的儿子贾环，故意当着贾政和宝玉的面称赞贾环，还说："这世袭的前程跑不了你袭呢。"贾环甚至推倒燃烧的热蜡，去烫伤宝玉。钩心斗角，打击陷害，无所不用其极。在这个家庭里，正如探春小姐所说："一个个不像乌眼鸡似的？恨不得你吃了我，我吃了你。"贾府的政治危机还表现在社交上勾结官府，包揽词讼，招接匪类，恃强凌弱，欺压良善。这方面的例子不胜枚举。贾府内政外交都趋腐败崩溃之势。

美国表面上"大"得很，而另一方面却持续不断地发生各种各样的经济、政治危机。

经济危机一般指资本主义再生产过程中爆发的周期性的生产过剩危机。美国第二次世界大战后的经济危机降临，大量商品卖不出去，企业纷纷倒闭，生产大幅度下降，失业工人急剧增多，信用关系遭到严重破坏，物价下降，现金奇缺，整个社会经济生活陷于极端混乱和瘫痪状态。美国虽然经济高度发展，号称"金元帝国"，但在二战后的十年里也频频发生规模不等的经济危机，使美国社会内部矛盾重重。美国对外实行侵略和干涉别国内政的政策。它到处谋求霸权，建立军事基地，战线拉得很长，摊子铺得很大，每年付出庞大的军费开支。对外加紧军事扩张和经济掠夺，不可避免地引起了国内人民和世界各国人民以及广大中小国家的反抗和不满。美国到处树敌，势必到处挨打。

贾府是一面巨大的镜子，"大有大的难处"是一种观察问题的视角。毛泽东睿智的洞鉴：贾府的"难处"照出了美国的"难处"。

美苏都碰到了许多困难

当代世界大国的困境，同小说中贾府的困境，可谓"似曾相似乃尔"。

> 1963年9月28日，毛泽东在中共中央工作会议上讲国际形势，他说：
> "大家担心的是形势问题，尤其是国际形势。有些同志担心苏、美合作对我们不利。我总相信《红楼梦》上王熙凤说的那句话，'大有大的难处'。现在，美、苏两国都很困难。美国政策委员会主席罗斯特曾发表一篇文章，基调是说美、苏都碰到了许多困难，而且是没法解决的。我也不认识这个人，他同我的某些想法不谋而合，差不多。美国不论国内、国际到处都碰钉子；赫鲁晓夫也是这样。不要忘记这一点。还是《红楼梦》上冷子兴说的，'百脚之虫，死而不僵。'美国《锤与钢》杂志也说：美国像一株空了的大树，里边已被虫子咬空了，外边还枝叶茂盛。"（《毛泽东文集》第八卷，人民出版社1999年6月版，第343页）

这个讲话还有另一种"版本"。对毛泽东与传统文化的研究很有广度与深度的陈晋先生，早在1992年出版的《毛泽东与传统文化》一书中，披露的这个讲话的另一种记录是：

> 我总相信《红楼梦》的作者借小说人物的口说的一句话，"大有大的难处。"这句话把刘姥姥吓得冷了半截。现在美苏两国确实很困难，他们到处碰钉子。不要忘记这一点。也是《红楼梦》写的，冷子兴讲贾府衰败下来了，贾雨村不信，说我到荣国府街上看过，还不错。冷子兴便说，亏你还是进士出身，原来不通。古人有言，"百足之虫，死而未僵"，死了，但是没有倒。（陈晋：《毛泽东与文艺传统》，中央文献出版社1992年3月版，第110页）

两段比较，《文选》中毛泽东讲美国的资料多些，陈晋的引述中讲《红楼梦》中的故事细节多些。两者互补，更显现出讲话原貌。两段话的主旨都一样：美、苏两大国"大有大的难处"。

这次谈话，毛泽东除了引证王熙凤的话，还引证了冷子兴的话。"百足之虫，死而不僵"见《红楼梦》第二回《贾夫人仙逝扬州城 冷子兴演说荣国府》："子兴笑道：'亏你是进士出身，原来不通！古人有言：'百足之虫，死而不僵。'如今虽说不似先年那样兴盛，较之平常仕宦之家，到底气象不同。"

20世纪60年代上半期，美国和苏联确为世界两大强国。它们放弃"冷战"政策而互相"合作"，会不会对我们"不利"呢？为此，毛泽东就国际格局提出了"两个中间地带"的外交思想："我看中间地带有两个，一个是亚、非、拉，一个是欧洲。日本、加拿大对美国是不满意的。以戴高乐为代表的，有六国共同市场，都是些强大的资本主义国家。东方的日本，是个强大的资本主义国家，对美国不满意，对苏联也不满意。东欧各国对苏联赫鲁晓夫就那么满意？我不相信。情况还在发展，矛盾还在暴露。过去几年法国人闹独立性，但没有闹到今天这样的程度。苏联与东欧各国的矛盾也有明显发展，关系紧张得很。什么缓和国际形势，不要信那一套。苏、美达成协议，我看不那么容易。"（《毛泽东文集》第八卷，人民出版社1999年6月版，第343~344页）

毛泽东从"大有大的难处"思想基点出发，看到"枝叶繁茂"的美国和苏联这两棵大树的另一面是被虫子咬空了。意思是说美国和苏联都有虚弱的一面，他们的"指挥棒"都不怎么灵。日本、加拿大、法国、欧洲"六国共同市场"、"东欧各国"或对美国，或对苏联都"不满意"，都在"闹独立性"以摆脱大国控制。美苏两大国"到处碰钉子"，确实很困难，毛泽东告诉人们"不要忘记这一点"。

毛泽东借助《红楼梦》中的俗语阐发新的外交思想，比喻形象，说理透彻，机警睿智。听这样的演说，看这样的文字，大有顿使迷惑变清醒、混沌得澄清之感受。

"大有大的难处"对我们特别有用

1973年12月21日，毛泽东召集军队一些高级将领谈话。他对许世友讲起了《红楼梦》，说："你现在也看《红楼梦》了吗？要看五遍才有发言权呢。"

毛泽东为什么让许世友读《红楼梦》呢？原来，毛泽东多次推荐人们读《红楼梦》。文化水平不高的许世友说过一些不以为然的话，反映到毛泽东那里，故毛泽东在1973年11月17日同周恩来等人谈话时，说许世友反对读《红楼梦》是"没有调查，就下断语"。他自己则认为《红楼梦》"是部政治小说"。

> 接着，(毛泽东)还引述了小说中的一些话，诸如"坐山观虎斗"，"千里搭长棚，没有不散的宴席"，"不是东风压倒西风，就是西风压倒东风"等，来比喻国际形势，又说："'大有大的难处'，特别对我们有用。"（陈晋：《漫议"随陆无武，绛灌无文"——从毛泽东让许世友读〈红楼梦〉说起》，转引自徐文钦《毛泽东读书治国》，中央文献出版社2008年1月版，第345页）

为什么"'大有大的难处'，特别对我们有用"？毛泽东判断《红楼梦》是部"政治小说"，里面的一些俗语格言蕴含着丰富的政治经验，说出了治乱兴衰的一些规律。"大有大的难处"说出了大国的另一面，是辩证地看待大国之"大"。毛泽东希望许世友等高级干部克服"随陆无武，绛灌无文"的偏颇，"文官务武，武官务文"，熟读《红楼梦》，提高文化修养和政治素质，才兼文武，大事清醒。这些核心层高级干部本身承载着治理"大国"的重任，外部又面临着"超级大国"的挑战，所以，懂得"大有大的难处"辩证法对他们"特别有用"！

党员干部警惕受人包围

（征引运用之四）

> 毛泽东……在文章和谈话中经常引用《红楼梦》中的故事和语言，并同我们的现实生活联系起来。例如：在"三反"的时候，用"贾政做官"的故事，来教育共产党员干部警惕受人包围……
>
> 龚育之、逄先知等：《毛泽东读书生活》，三联书店1986年9月第1版，第230页

《红楼梦》中的贾政是荣国府名义上的掌门人，又是贾家唯一在朝为官者，也是小说中一个主要人物。他的官不是凭实绩争得的，也不是凭才学考取的，而是凭祖上的功劳世袭的。贾政的祖父贾源、贾演，跟随主子出兵打天下，立下汗马功劳，获得了荣国公、宁国公的封爵，从而"勋业有光照日月，功名无间及儿孙"。在世袭的封建社会里，贾家的后人自然命该做官。贾政就是靠父亲贾代善临终时奏本，当上工部主事的，后又凭皇恩祖德晋升为工部员外郎。世袭为官者，由于没有实践经验，难免才能平庸，遇事进退失据，也为心怀叵测的属下"包围"上司留下了空间。

"贾政当官"这种现象，在封建社会极有典型意义。在现实社会中，这种社会现象也时有所见，甚至为数不少。因此，解剖"贾政当官"故事以明事理，可以以古鉴今。据龚育之、逄先知等介绍：

> 毛泽东……在文章和谈话中经常引用《红楼梦》中的故事和语言，并同我们的现实生活联系起来。例如：在"三反"的时候，用"贾政做官"的故事，来教育共产党员干部警惕受人包围……（《毛泽东读书生活》，三联书店1986年9月版，第230页）

"三反"运动，是指1951年12月在党和国家机关内部开始的反贪污、

反浪费、反官僚主义的运动。从性质上说,是无产阶级政党反对资产阶级腐蚀的严重斗争,也是改造国家机关、移风易俗的社会改革运动。

在我国新民主主义革命胜利以后一个时期内,由于中国民族资产阶级的两面性和中国经济的落后,还需要尽可能地利用城乡私人资本主义的积极性,以利于国民经济的恢复和发展。新中国成立初期,我们党同民族资产阶级继续实行合作。实行的经济建设的根本方针,是以公私兼顾、劳资两利、城乡互助、内外交流的政策,达到发展生产、繁荣经济之目的。这个方针是正确的。但是,在我们人民民主专政的国家里,资本主义的存在和发展,不可能像资本主义国家那样任其泛滥,而要根据经济发展的要求从各个方面对私人资本主义的消极因素加以限制。这样,就不可避免地要产生限制和反限制的斗争。

这种斗争又必然会反映到党和国家机关内部来。资产阶级采取各种办法腐蚀党和国家机关工作人员。1950年初,围绕着稳定市场物价,无产阶级同资产阶级展开了争夺国民经济领导权的较量,投机资本受到了严重打击。此后,随着调整工商业政策的实施,随着新解放区土地改革的进行,广大农民购买力的提高和抗美援朝中政府对私营工商业加工订货的增加,私人资本主义经济有了较大的发展。1951年,民族资产阶级获得了在国民党反动统治二十二年期间所从来未有过的利润。然而,民族资产阶级中的很多人并不感到满足。有不少资本家出于唯利是图、投机取巧的恶劣本性和强烈的发展资本主义的欲望,竭力想摆脱国家的限制。他们采取种种不法手段,破坏国家经济建设和国防建设事业,破坏抗美援朝。他们用"打进来"、"拉出去"的办法,向党、政、军、民内部特别是向财政经济机关内部派遣和安置他们的经济坐探,放肆地进行行贿、偷税漏税、盗骗国家财产、偷工减料和盗窃国家经济情报,向工人阶级和共产党实行猖狂的进攻,党政军机关、人民团体和经济部门的贪污、浪费、官僚主义现象有所滋长,不少干部在政治上、思想上受到腐蚀,一些经过枪林弹雨考验的老党员、老干部,被资产阶级的糖衣炮弹所击中。

1951年11月,毛泽东尖锐地指出:"必须严重地注意干部被资产阶级腐蚀发生严重贪污行为这一事实","我们需要来一次全党的大清理……才能停止很多党员被资产阶级所腐蚀的极大危险现象"。(《毛泽东选集》第5卷,第53页)12月1日,中共中央发出《关于实行精兵简政,增产节约,反对贪污、反对浪费和反对官僚主义的决定》,全国规模的"三反"运动开始了。

"三反"运动是一个深刻有力的整党运动。在运动的基础上,按照党员标准，对党员进行登记、审查和处理，并对所属干部作一次深刻的考察和了解，坚决清除贪污蜕化分子，撤换那些严重的官僚主义分子和居功自傲、不求上进、消极疲沓、毫不称职的分子的领导职务，大胆地提拔一批德才兼备的优秀分子到各种工作的领导岗位上来。"三反"运动有力地抵制了资产阶级对革命队伍的腐蚀，清除了内部的一批腐败分子，教育和挽救了一批干部，纯洁了党的肌体，树立了廉洁朴素的社会风尚，加强了执政党和国家机关的建设，使我们党和国家更加生气勃勃。

毛泽东在"三反"运动中讲《红楼梦》"贾政做官"故事，现实针对性一目了然。

一般研红者皆称贾政是"假正"的谐音。如果真是这样，贾政一名显然有贬义。考察贾政周围的人的名字，此说似乎有些道理。《红楼梦》第八回，借贾宝玉的眼光，用烘云托月的办法把贾政的身边人一股脑儿搬了出来，甲戌本于每个人的名字之处都有脂批：

> 门下清客相公詹光（脂侧批：妙！盖沾光之意。）
> 单聘仁（脂侧批：更妙，盖善于骗人之意。）
> 管库房的总领名唤吴新登（脂侧批：妙！盖云无星戥也。）
> 仓上的头目名戴良（脂侧批：盖云大量也）
> 独有一个买办名唤钱华（脂夹批：亦钱开花之意）

前两个人，属风气问题：沾谁的光？自然是沾贾政的光。骗谁人？自然是骗别人，也包括骗断事不明的"政老爹"。身边是此等"沾光""骗人"者，这官当得是否"正"，不言自明。

后三个人，属经济问题：库房总领吴新登是杆没有准星的秤，管仓头目戴良使财物"大量"外流，买办钱华只知道让钱开花（大把花钱）。靠这样一些人理财管库，不出贪污不出浪费不出亏空是不可能的。

贾政身边之人的名字如此谐音，岂无深意？这没有别的解释，无非烘托出贾政当官是被一批清客、政客、小人"包围"着罢了。

清客们"包围"贾政的办法，平时主要是溜须拍马，顺情说好话，满足政老爹前呼后拥的虚荣心。小说中"大观园试才题对额 荣国府归省庆元宵"一回，众清客跟着贾政，带着宝玉，为新建的大观园各处亭台楼阁"题匾额对联"。每题一处，只要贾政"点头微笑"，众清客早已"称赞不已"。众人知道贾政要试宝玉的功业进益，当宝玉于山口镜面白石处提出题上"曲径通幽处",众清客齐声叫好:"是极!二世兄天分高,才情远,不似我们读腐了书的。"其实,宝玉不过借用了一句旧诗,还没显示什么才情,众清客就胡乱叫好,那心思用意显然让贾政高兴而头脑发晕而已。字里行间,封建官场恭维吹捧的酸腐之气,扑面而来。

历来,"拍马"是为了"骑马","包围"官僚的目的也正是为了利用乃至取而代之。小说第九十九回贾政放外任到外省做官,带去的家奴李十儿是个刁钻耍滑很有心计的家伙,他为了"多捞银钱",用计把贾政身边的人驱走,自己掌控了官衙处事大权,把贾政架空了。书中写道:

> 李十儿便自己做起威福,钩连内外一气的哄着贾政办事,反觉得事事周到,件件随心。所以贾政不但不疑,反多相信。便有几处揭报,上司见贾政古朴忠厚,也不查察。惟是幕友们耳目最长,见得如此,得便用言规谏,无奈贾政不信……

这样的"包围"无异于大权旁落,岂能处理好公务,岂能不出各种问题!可贾政却浑然不觉,悲夫!

在"三反"运动中,毛泽东以《红楼梦》中"贾政做官"的故事为反面教材,教育党员干部防止被"沾光""骗人""无星戥""李十儿"等人"包围",可说是找到了好教材,点到了要害处。因为小说中的贾政被清客奴仆"包围",与现实中某些干部被偷税漏税偷工减料的不法资本家"包围",具有一种同构关系——这是贾政当庸官和某些干部当贪官的共性原因。反贪污、反浪费、反官僚就不能不反"包围"。

党员干部尤其是党员领导干部,一旦周围有了"包围圈",必然脱离群众,脱离实

贾政等

际,闭目塞听,拒谏饰非;必然喜欢阿谀奉承,排斥正直,任用非人;必然为溜须拍马者所左右、所掌控,浑浑噩噩,庸庸碌碌,在其位,失其政。日渐官僚化是其必然归宿。

再把这个问题放到更大的历史范围去看,其实它是典型的封建残余。诸葛亮是杰出的封建时代的政治家,他在著名的《出师表》中就说:"亲贤臣,远小人,此先汉所以兴隆也;亲小人,远贤臣,此后汉所以倾颓也。先帝在时,每与臣论此事,未尝不叹息痛恨于桓灵也。"这是诸葛亮对西汉与东汉两朝兴衰历史经验一个侧面的总结。所谓"亲小人",即是被小人"包围"。西汉的汉高祖刘邦、汉武帝刘彻还是能任用贤能之士的,而东汉末年的汉桓帝刘志、汉灵帝刘宏则被宦官、贵戚等人所包围,朝政日非,内乱不止。

如此看来,受人"包围"的"贾政做官"现象,是封建官僚体制孕育的毒瘤。它的退出历史舞台不是一个短时期的事情,也不是一件轻而易举的事情。"党员干部警惕受人包围",这对于执政党的建设来说,何其重要!

毛泽东提醒各级干部:不要学"贾政做官"!警惕受人包围!!

贾府运筹谋划者无人

（征引运用之五）

> 他还风趣地说："《红楼梦》第二回中，冷子兴说，荣宁两府'主仆上下都是安富尊荣，运筹谋画的竟无一个'，贾家不就是这样垮下来的么！"
>
> 陶鲁笳：《毛主席教我们当省委书记》，中央文献出版社1996年8月版，第40页

古人曰：守成难于创业。因为杯满则溢，月盈则亏。盛衰之机，要在得人。《红楼梦》描写世家大族衰败的历史教训，足可以警醒读者吸取教训。其中之一是说贾府之败在于安富尊荣，后继无人，此则启示人们治家治国重在造就培养勤勉敬谨、奋发有为的后代是为至要。

毛泽东则把这一条与干部参加劳动联系起来思考。

1957年，中共中央发出了干部参加劳动的指示。山西省昔阳县委在县委书记带动下，经过多年实践，干部参加劳动一年好于一年，以至形成了县、社、大队、生产队四级干部参加劳动的新风尚。

1963年5月，在中央召开的杭州会议期间，毛泽东重谈干部参加劳动问题。他十分重视昔阳县创造的经验，并在浙江省七个关于干部参加劳动的好材料上作了长篇批示。

毛泽东把干部参加劳动看作是一个"极端重大的问题"。他在杭州会议讲话中以昔阳县干部参加劳动为例，讲了此事与巩固执政党地位的关系：

"支部书记不参加劳动还不是'保甲长'！干部不参加劳动就可能变成国民党。很多问题，一参加劳动都可解决，至少可以减少一些贪污、多吃多占，可以向上反映一些真实情况，整党整团就好办了，就能把我们的支部掌握在劳动者积极分子手里。所以干部参加劳动是百年大计，是保证领导权始终掌握在劳动者手中的大问题。"

他还风趣地说：

"《红楼梦》第二回中，冷子兴说，荣宁两府'主仆上下都是安富尊荣，运筹谋画的竟无一个'，贾家不就是这样垮下来的么！"（陶鲁笳：《毛主席教我们当省委书记》，中央文献出版社1996年8月版，第40页）

在这里，毛泽东把干部参加劳动看作是无产阶级政党同资产阶级政党相区别的标志之一，因而把它同加强党的建设联系起来了。

毛泽东引证的冷子兴这段话，很能体现《红楼梦》的主题思想倾向。脂砚斋对这段话有言词沉痛的批语。来看一下甲戌本《脂砚斋重评石头记》小说原文和脂批：

冷子兴笑道："……（贾府）如今虽说不及先年那样兴盛，较之平常仕宦之家，到底气象不同。如今生齿日繁，事务日盛，主仆上下，安富尊荣者尽多，运筹谋画者无一［脂批：二语乃今古富贵世家之大病］；其日用排场费用，又不能将就省俭，如今外面的架子虽未甚倒［朱笔旁批："甚"字好！盖已"半倒"矣］，内囊却也尽上来了。这还是小事。更有一件大事：谁知这样钟鸣鼎食之家，翰墨诗书之族［朱笔旁批：两句写出荣府］，如今的儿孙，竟一代不如一代了！"［朱眉脂批：文是极好之文，理是必有之理，话则极痛极悲之话］雨村听说，也纳罕道："这样诗礼之家，岂有不善教育之理？别门不知，只说这宁、荣二宅，是最教子有方的。"

《红楼梦》对贾府上下的安富尊荣子孙不肖痛心疾首极力谴责，希望世人从中得到戒惧警醒。

脂砚斋对此同样表示十分痛心，指出安富尊荣谋划无人"乃今古富贵世家之大病"，指出"一代不如一代"之语是作者"极痛极悲之话"。

就此，脂砚斋还有一些沉痛的批语：

此书"为纨绔设鉴。"（第四回）

"有'魂托凤姐''贾家后事'二件，岂是安富尊荣坐享人能

想得到者。"(第十二回)

当在宝玉面前摆了一桌子果品,而袭人还觉得宝玉"总无可吃之物"时,脂批"可为后生过分之戒,叹叹!"(第十九回)

"玉兄毫无一正事,只知安富尊荣。"(第二十六回)

"子孙不肖,招接匪类,不知创业艰难,当知瞬息荣华,暂时欢乐,无异于烈火烹油,鲜花着锦,岂得久乎?!"(第三十八回)

这几处脂批,都在指出小说的题旨之一是在揭安富尊荣之失,其警诫之意力透纸背!

安富尊荣必然导致奋斗精神衰退,导致一代不如一代,这是贾府日渐衰败的根本原因。《红楼梦》开篇对此就有暗示。小说第一回《好了歌》第四段:"世人都晓神仙好,只有儿孙忘不了;痴心父母古来多,孝顺儿孙谁见了!"《好了歌注》第四段:"训有方,保不定日后作强梁;择膏粱,谁承望流落在烟花巷。"甲戌本朱笔眉批:"一段儿女死后无凭,生前空为筹划计算,痴心不了。"这两个第四段加上脂批,概略揭示描写出贾府这样的贵族家庭后继无人的悲剧:号称"训子有方"的贵族名门的长辈,希望子孙承家继业,其实这只是父母"空为筹划计算"的痴心罢了,他们没有培养出一个"孝顺儿女",随着家族的破败,儿孙流散甚至落到男盗(作强梁)女娼(烟花巷)的可悲境地。真是"一代不如一代"!

贾府老少爷们,文不能握笔,武不能操枪,肩不能负担,手不能提篮,守摊且不能,更何谈创业?!贾敬"一味好道,只爱烧丹炼汞,余者一概不在心上"。贾赦"高乐不了",好色嗜酒,贾府里的丫头略为平头正脸的,他就意马心猿不放手,而且仗势称霸,无恶不作,仅仅为占有石呆子的二十把旧扇子,就陷人入罪,使其倾家荡产,死活不知。贾政似正而庸,治家为政皆无作为。贾珍、贾琏、贾环、贾蓉一干人,更是每况愈下,不干正事干坏事,不走正路走邪

贾瑞等

道，吃喝嫖赌，骄奢淫逸，都是不成器的下流坯子。难怪焦大醉后痛骂"你祖宗九死一生挣下这个家业"，到如今"你们做官儿，享荣华，受富贵"，"每日家偷狗戏鸡，扒灰的扒灰，养小叔子的养小叔子"。如此一类，贾府岂有不败之理？

《红楼梦》第七十五回写贾府众人中秋赏月，酒醉歌酣之际，忽听贾府祠堂旁边传来叹息之声，听者无不毛发悚然。这一寓意深刻之笔寄托着作者的良苦用心：靠祖宗老本享乐无度，不思进取，必然坐吃山空，一朝覆亡！艰难足以兴国，逸乐难免亡身；创业者成于艰难奋战，继业者败于安富尊荣。创业先祖面对败家不肖子孙岂能不长长叹息。

"贾家不就是这样垮下来的么！"这是毛泽东总结的贾府衰落破败的历史教训。有道是："艰难困苦，玉汝于成。"一个大族家庭的兴盛繁华靠的是人的奋斗精神，它的衰败破灭也是由人的精神状态的衰退导致的。扩而大之，一个政治集团、一个统治阶级、一个民族、一个国家的兴衰荣辱，概莫能外。成由勤俭败由奢。事业有成，在于人才辈出，在于勤勉敬业，在于艰苦奋斗。

"贾家不就是这样垮下来的么！"这是毛泽东借贾府衰败向人们发出的恳切忠告。这位饱览史籍熟悉历代兴衰的政治家，从《红楼梦》所揭示的社会变革规律中，反证出干部参加劳动以保持旺盛的奋斗精神，以保持纯朴的劳动人民本色的极端重要性。从巩固政权，稳定江山来说，这是"百年大计"！

"贾家不就是这样垮下来的么！"人们啊！请记住贾府的沉痛教训！请记住毛泽东的恳切忠告！！

没有不散的筵席

（征引运用之六）

> 在一九五八年召开的成都会议上，用小红说的"千里搭长棚，没有不散的筵席"来说明聚散的辩证法和"没有一件事情不是相互转化的"。
>
> 龚育之、逄先知等：《毛泽东的读书生活》，三联书店 1986年9月，第230页

《红楼梦》中有些语言很有思想质感，很有辩证意蕴。其中，"千里搭长棚，没有不散的筵席"就讲清了聚与散的辩证转化。对此语毛泽东颇为关注，曾经在解释哲学观点时引用。

1958年3月9日至26日，中共中央在成都郊外金牛坝宾馆，召开了有中央各部门负责人和各省、市、自治区党委第一书记参加的中央政治局扩大会议，简称"成都会议"。

会议总结了过去几年的工作，研究了社会主义建设的有关问题。讨论通过了计划和预算、发展中央工业和发展地方工业同时并举、农业机械化等方面的37个文件。

会议期间，毛泽东始终处于兴奋状态。他在18天中，除了在听各省汇报时不断插话外，一连发表了六次长篇讲话（3月9日、10日、20日、22日、25日、26日），那气势真可谓思如泉涌，口若悬河，"高屋建瓴，势如破竹"（毛泽东在会议讲话中的用语）。

毛泽东在讲话中指出我国当前社会主义建设高潮的出现及其原因，认为鼓足干劲、力争上游、多快好省地建设社会主义总路线正在创造中，还有待证明。他较多地谈到思想方法问题，分析了教条主义在党的历史上所造成的危险及其产生的原因，提出要尊重唯物论、尊重辩证法，大讲矛盾的互相转化，提倡坚持原则与独创精神相结合，提倡敢讲话讲真话，还列

举古今中外著名人物，说明总是青年人胜过老年人，学问少的人胜过学问多的人，总是后来居上，号召解放思想，破除迷信。

在成都会议上，毛泽东主张要举出很多实例来说明辩证法的概念：

毛泽东批评有些领导干部头脑发热，为了抢先，急于求成，把指标抬得那么高，只知道要群众苦战，不顾有无条件办得到。他们的脑子里没有辩证法，而只有形而上学。高级干部要有辩证的思维方法。要注意调节生产节奏，不论工业、农业和其他各项工作都要在多快好省、鼓足干劲、力争上游的总路线的基础上，波浪式地前进。就是说，不应直线式地前进，也不应大起大落。这就要辩证地看待缓与急、劳与逸、苦战与休整这样几对矛盾着的对立面。这几对矛盾都是相互对立的，但又都有同一性。因为有同一性，所以在一定条件下能够相互转化。缓转化为急，急又转化为缓；劳转化为逸，逸又转化为劳；苦战转化为休整，休整又转化为苦战。只有缓而没有急，就无所谓缓；只有劳而没有逸，就不能劳；两个战役之间必须有一次休整、补充、练兵，才有利于再战。这些都是规律。人们只有自觉地运用这些规律，才能够使各项工作有节奏地波浪式地前进。

他在讲到"开会"与"散会"互相转化时说：

"开会走向反面，转化为散会。只要一开会就包含着散会的因素，我们不能在成都开一万年的会，《红楼梦》里说：'千里搭长棚，没有个不散的筵席。'这是真理。散会以后，问题积起来了，又转化为开会。"（《毛泽东文集》第七卷，人民出版社1999年6月版，第372页）

"千里搭长棚，没有不散的筵席"，见《红楼梦》第二十六回《蜂腰桥设言传心事　潇湘馆春困发幽情》：

佳蕙点头想了一会，道："……昨儿老太太因宝玉病了这些日子，说跟着伏侍的这些人都辛苦了，如今身上好了，各处还完了愿，叫把跟着的人都按着等儿赏他们。我们算年纪小，上不去，我也不抱怨，像你怎么不算在里头？我心里就不服，袭人哪怕他得十分儿，也不恼他，原该的。说良心话，谁还敢比他呢？别说他素日殷勤小心，便是不殷勤小心，也拼不得，可气晴雯、绮霞他们这几个，都算在上等里去，仗着老子娘的脸面，众人倒捧着他去，你说可气不可气？"

红玉道："也不见着气他们，俗话说的好，'千里搭长棚，没有个不散的筵席'谁守谁一辈子呢？不过三年五载，各人干各人的去了，那时谁还管谁呢？"

这两句话不觉感动了佳蕙的心肠，由不得眼睛红了，又不好意思好端端的哭，只得勉强笑道："你这话说的却是，昨儿宝玉还说，明儿怎么样收拾房子，怎么样做衣裳，倒像有几百年的熬煎。"

贾府的丫鬟是分为等级的，佳蕙和红玉（小红）是怡红院贾宝玉身边的小丫鬟，身份等级不如袭人、晴雯、绮霰这些大丫鬟。贾母"按着等儿"对丫鬟们论"功"行赏时，佳蕙替红玉抱不平。红玉是很有识见的女奴，她引用俗语说出了聚散的辩证转化关系。俗语包括两个空间概念：长棚和筵席；红玉使用了两个时间概念："一辈子"与"三五载"。

贾宝玉处于享受的地位，是喜聚不喜散的，因此布置"收拾房子做衣服"；红玉、佳蕙处于"熬煎"的地位，所以喜散不喜聚，希望走向自由，"各人干各人的去"。

在《红楼梦》一书中，红玉这种"盛筵必散"的思想还出现过几次，这反映了作者世界观的一个侧面。小说第十三回长房少奶奶秦可卿临死前托梦凤姐，以"盛筵必散"的俗语告诫其不可只顾眼前的繁华，要安排好退路；小说三十一回写林黛玉"喜散不喜聚"，因为"人有聚就有散"；甲戌本"凡例"有句诗云："浮生着甚苦奔忙，盛席华筵终散场"。物极必反，盛筵必散，《红楼梦》作者（包括批者）把此类的人生感悟熔铸在小说中，深化了作品的思想主题。明了这一点，也可以说找到了理解小说悲剧结局思想题旨的一把钥匙。

毛泽东借小说人物红玉的话，佐证他对开会与散会互相转化哲学观点的阐述。他同时谈了缓与急、劳与逸、苦战与休整、睡眠与起床、团结与分歧、生产与消费、建设与破坏、播种与收获、春夏与秋冬、生与死、资产阶级与无产阶级、战争与和平、地主与农民、量变与质变、有限与无限、资本主义与社会主义的转化关系和转化形态。毛泽东的结论是："没有一种事情不是互相转化的。"

毛泽东借用《红楼梦》中的俗话解释哲学观点，使深奥的哲学命题一下子变得鲜活灵动起来，也一下子拉近了哲学与听众的距离。古代的有生活感悟的丫鬟小红谈人生哲理,谈聚合与分散的辩证关系,启示现代人们搞社会主义建设要波浪式地前进,辩证性地发展,这是多么新鲜有趣而又多么实际可用的学问啊!

就在这次讲话中毛泽东说:"要举丰富的例子,搞几十个、百把个例子,来说明对立的统一和互相转化的概念,才能搞通思想,提高认识。""讲这些,是为了解放思想,把思想活泼一下。脑子一固定,就很危险。要教育干部,中央、省、地、县四级干部很重要,包括各个系统,有几十万人。要多想,不要死背经典著作,而要开动脑筋,使思想活泼起来。"

举《红楼梦》小说人物红玉的话,来说明聚与散"对立的统一和互相转化的概念",是毛泽东通俗解释唯物辩证法"使思想活泼起来"的典型范例。

白茫茫大地真干净

（征引运用之七）

> "唉，落了片白茫茫大地真干净！""唉，还是烧了好，烧了三年盖瓦房，不烧十年住草房，我看朝鲜也可坏事变好事。"
>
> 侯波：《毛泽东身边二三事》，《毛泽东与浙江》，中共党史出版社1993年11月版，第131~132、221~222页

据毛泽东身边的摄影师侯波回忆：

1954年3月，毛泽东在杭州。有一天，登五云山。上到山腰一个亭子里，毛泽东看亭子上的对联，侯波向山下一望，哟！一处房子着火了。南方的草房，几根木架，围上泥糊竹篱笆，盖上厚厚的稻草就成了。草房一着火就无法扑灭，只能把屋里值点钱的东西抢出来就算了，房子只有让它烧去。

"哎呀，着火了！"侯波惊叫着。

毛泽东回过身来，看了一眼，不慌不忙地说："着火好。烧了好，烧了好！"

"咦，着火还好？"侯波有些惊讶。

"不烧了，他就老住茅草房。"

"那烧了，他住哪里呀？人家盖不起瓦房才住草房呀！"

"嗯，看来是你说的有理。那怎么办呢？烧了到哪里住呢？"毛泽东沉思不语，良久望着烟火。好一会儿，他才自言自语地说：

"唉，落了片白茫茫大地真干净！""唉，还是烧了好，烧了三年盖瓦房，不烧十年住草房，我看朝鲜也可坏事变好事。"（侯波：《毛泽东身边二三事》，《毛泽东与浙江》，中共党史出版社

1993年11月版，第131~132、221~222页）

侯波感慨地写道：哎呀！他还念《红楼梦》上的诗句。毛泽东又想事情了，一拐弯，又想到停战不久，还是一片废墟的朝鲜去了！他的思想太活跃了，太深沉了，考虑的问题是我们常常所料不及的。

"落了片白茫茫大地真干净！"语出《红楼梦》第五回《红楼梦曲》十四首中的《收尾·飞鸟各投林》：

> 为官的，家业凋零；富贵的，金银散尽；有恩的，死里逃生；无情的，分明报应。欠命的，命已还；欠泪的，泪已尽。冤冤相报实非轻，分离聚合皆前定。欲知命短问前生，老来富贵也真侥幸。看破的，遁入空门；痴迷的，枉送了性命。好一似食尽鸟投林，落了片白茫茫大地真干净！

《收尾·飞鸟各投林》是曹雪芹对《红楼梦》组曲内容和整部小说的概括，它总写贾宝玉、众金钗的不幸结局和贾府最终"食尽鸟飞，终落白地"的衰败景象，从整体上再现了封建时代以贾府为代表的封建家族必然衰败的历史悲剧命运，进一步描绘了封建世家大族子孙流散、家破人亡、彻底败亡的惨淡图景，形象地揭示了封建末世地主阶级分崩离析、不可收拾的混乱状态。

曲中"好一似食尽鸟投林，落了片白茫茫大地真干净"这结尾两句，是全曲的点睛之笔，概括得十分有力，把封建贵族阶级的彻底破败作了一个形象而又深刻的描绘。同时，从小说艺术上说，使人们可以窥见全书结局的完整构思，显现了曹雪芹现实主义的艺术匠心。

毛泽东为什么会由草房失火联想到朝鲜战火？这里面的中介当然是《红楼梦》中"落了片白茫茫大地真干净"这句曲词，而这很可能与曹雪芹"真事隐去，假语存焉"的独特的写作技巧有关。我们知道，据脂砚斋的批语，《红楼梦》第一回描写甄家"着火"就隐喻着贾府将来"召祸"：

> 不想这日三月十五，葫芦庙中炸供，那些和尚不加小心，致使油锅火逸，便烧着窗纸。此方人家多用竹篱木壁者，大抵也因劫数，于是接二连三，牵五挂四，将一条街烧得如火焰山一般。彼时虽有军民来救，那火已成了势，如何救得下？直烧了一夜，

方渐渐的熄去，也不知烧了几家。只可怜甄家在隔壁，早已烧成一片瓦砾场了。只有他夫妇并几个家人的性命不曾伤了。急得士隐惟跌足长叹而已。

甲戌本脂砚斋眉批："写出南直召祸之实病。"

"南直"是"南直隶"的简称。明代永乐初年，明成祖从南京应天府（清代改江宁府，今南京）迁都于北京后，称南京和直隶南京的地区（相当今江苏、安徽二省）为南直隶。清初以南直隶为江南省，辖境依旧。脂砚斋笔下的"南直"，可理解为指江宁织造曹家，进而理解为是指小说中的贾府。

红学考据家们把曹雪芹关于"甄家着火"的描写与脂砚斋"南直召祸"的批语联系起来考证，得出的结论大体是：小说中所描写的不是凭空想象，有着隐蔽的史事。江宁"着火"（"召祸"）显然是政治事件，而且连累了许多人家。康熙去世，雍正上台，苏州织造李家、江宁织造曹家、杭州织造孙家，"接二连三，牵五挂四"，或罢免，或革职，或流放，都没有逃过"劫数"。小说中贾史王薛四大家族"一损俱损"的描写，正是这种彼此牵连获罪的政治灾祸的倒影波光。

毛泽东从五云山草房"失火"联想到《红楼梦》中江南甄家的"着火"，联想到"茫茫白地"，进而联想到烧进邻邦的"战火"及其战后的重建。真可谓"心骛八极，思通万里"。他与侯波的对话蕴含着领袖的幽默情趣和开阔胸襟，考虑问题的基点总比常人高出一筹。草房烧了，对于农民来说，总是坏事，可是毛泽东却说烧了好，烧了三年盖瓦房，不烧十年住草房；帝国主义者把战火燃遍朝鲜，毁坏了朝鲜的三千里江山，这显然是坏事，但毛泽东却看得更远，说"坏事可以变成好事"，朝鲜是有希望的。停战不久的朝鲜，还是一片废墟，毛泽东却从这里看到了曙光和新生。毛泽东的思维总是具有前瞻性和辩证性。

需要指出的是，曹雪芹和脂砚斋在揭示封建贵族阶级悲剧历史命运的同时，也流露出虚无主义的思想倾向，他们把本阶级的没落当作社会历史的末日，使小说涂上了一层哀伤凄婉的悲观色彩。毛泽东在"坏事"面前，在征引"终落白地"感伤曲词之时，一反悲观主义情绪，使沉闷变得开朗，抑郁变成轻松，给人一种积极向上昂扬奋进的心境和情怀。这正是他点石成金化朽为奇的高明之处。

其实各有各的心事

(征引运用之八)

> **毛泽东答道**：各有各的心事。贾母一死，大家都哭，各有各的目的。如果一样就没有个性了。哭是一个共性，至于个人想的，伤心之处不同，那是个性。我劝人们去看柳嫂子同秦显家的争夺厨房那几回。
>
> 陈晋：《毛泽东读书笔记解析》下册，广东人民出版社1996年7月版，第1463页

"文化大革命"后期，许多有头脑的人对没完没了的政治运动已经丧失了热情，开始以各种各样的方式关注国计民生问题。那时，低工资是普遍现象，物资匮乏到处可见。人们把提高工资待遇，改善生活条件的希望，寄托在党的十大和四届人大会议的召开上。

不过，一些"文革"新贵如王洪文、张春桥、江青、姚文元者流却不这样想，他们把党的十大和四届人大的召开，看成是权力再分配的天赐良机，摩拳擦掌，跃跃欲试，以攫取更大权力。

1973年7月4日，毛泽东同王洪文、张春桥谈话。当时，有人提道：一些干部群众盼十大，开过十大开人大，人大一开就要解决工资问题。

毛泽东并没有就事论事回答这个问题，而是意味深长地谈起了小说《红楼梦》中的一些细节描写。他说：

各有各的心事。贾母一死，大家都哭，各有各的目的。如果一样就没有个性了。哭是一个共性，至于个人想的，伤心之处不同，那是个性。我劝人们去看柳嫂子同秦显家的争夺厨房那几回。（陈晋：《毛泽东读书笔记解析》下册，广东人民出版社1996年7月版，第1463页）

贾母是贾府的"老祖宗",是贾家这个宗法大家族权力的"宝塔尖",是贾府政治经济生活旋涡的中心,她的举手投足、主观意志和思想倾向,左右着贾府事态的发展方向,甚至决定着一些子孙后人的人生命运。因此,她的生老病死备受关注。她病了,有人哭;她死了,更有人哭。

请看小说第一〇六回"贾太君祷天消祸患"的描写。说贾府被抄家革职后,"贾母见祖宗世职革去,现在子孙在监质审,邢夫人尤氏等日夜啼哭,凤姐病在垂危,虽有宝玉宝钗在侧,只可解劝,不能分忧,所以日夜不宁,思前想后,眼泪不干"。贾母愁眉不展,忧患成疾,众人大放悲声:

>……王夫人带了宝玉、宝钗过来请晚安,见贾母悲伤,三人也大哭起来。宝钗更有一层苦楚:想哥哥也在外监,将来要处决,不知可减缓否,翁姑虽然无事,眼见家业萧条;宝玉依然疯傻,毫无志气。想到后来终身,更比贾母王夫人哭得更痛。宝玉见宝钗如此大恸,他亦有一番悲戚。想的是老太太年老不得安,老爷太太见此光景不免悲伤,众姐妹风流云散,一日少似一日。追想在园中吟诗起社,何等热闹,自从林妹妹一死,我郁闷到今,又有宝姐姐过来,未便时常悲切。见他忧兄思母,日夜难得笑容,今见他悲哀欲绝,心里更加不忍,竟嚎啕大哭。鸳鸯、彩云、莺儿、袭人见他们如此,也各有所思,便也呜咽起来。余者丫头们看得伤心,也便陪哭,竟无人解慰。

这里或痛哭,或大哭,或陪哭;或大恸,或号啕,或呜咽;或悲伤,或悲戚,或悲哀,总之各有苦楚,"各有所思"。

《红楼梦》第一百一十回"史太君寿终归地府",众人哭的原因又进一层:

>且说史湘云因他女婿病着,贾母死后只来的一次,屈指算是后日送殡,不能不去。又见他女婿的病已成痨症,暂且不妨,只得坐夜前一日过来。想起贾母素日疼他,又想到自己命苦,刚配了一个才貌双全的男人,性情又好,偏偏的得了冤孽症候,不过挨日子罢了。于是更加悲痛,直哭了半夜。鸳鸯等再三劝慰不止。宝玉瞅着也不胜悲伤,又不好上前去劝,见他淡妆素服,不

敷脂粉，更比未出嫁的时候犹胜几分。转念又看宝琴等淡素装饰，自有一种天生丰韵。独有宝钗浑身孝服，那知道比寻常穿颜色时更有一番雅致。心里想道："所以千红万紫终让梅花为魁，殊不知并非为梅花开的早，竟是'洁白清香'四字是不可及的了。但只这时候若有林妹妹也是这样打扮，又不知怎样的丰韵了！"想到这里，不觉的心酸起来，那泪珠便直滚滚的下来了，趁着贾母的事，不妨放声大哭。众人正劝湘云不止，外间又添出一个哭的来了。大家只道是想着贾母疼他的好处，所以伤悲，岂知他们两个人各自有各自的心事。

贾母死后，史湘云哭的是自己无依无靠的身世命运，贾宝玉哭的是雅致丰韵的众金钗"花落水流红"的悲剧结局，众人则以为他们哭的是"想着贾母疼他的好处"，其实，大家所以哭，"各自有各自的心事"。

毛泽东谈贾母之死众人之哭的故事，重点在于说明"各有各的心事"，在于说明事物是共性与个性相统一的哲学观点。大家都哭，这是共性；伤心之处不同，这是个性。共性与个性是唯物辩证法的一对范畴，到了毛泽东的口头嘴上，如此通俗晓畅。毛泽东这样讲，在于引导人们正确认识干部群众盼望召开党的十大和四届人大的各种思想反应和实际要求。大家都盼望召开全国两大，这是共性；可盼望召开全国两大的心理动机不同，这是个性。

盼望"解决工资问题"，这是相当多数干部群众的要求，当然是正义的、合理的要求。毛泽东历来以改进工作方法注意群众生活为党的优良传统，他在"文革"之中，仍然承认"解决工资问题"为群众的"心事"，也是

贾太君祷天消祸患

他晚年在犯"左"的错误的情况下，保持群众观点、关心群众生活的具体体现。只是"文革"之时，只增长"革命热情"，不增长工资待遇，毛泽东纵然有心于此，也是无能为力。真正解决工资问题，提高人民群众物质文化生活水平，且日有所进，还是改革开放以后，当然这是后话。

毛泽东与王洪文、张春桥谈话时讲《红楼梦》，讲的是小说中的两段故事："贾母之死"与"争夺厨房"。前一个故事在小说的临近结尾处，后一个故事却在小说的中间。小说第六十回、六十一回、六十二回所描写的"争夺厨房"，即"柳嫂子同秦显家的争夺厨房那几回"的故事。

细品毛泽东的此次谈话，大段是讲"贾母之死"众人之哭各有各自的心事，与有人盼望召开四届人大涨工资很切题。那么，他为什么突然宕开一句，说"我劝人们去看柳嫂子同秦显家的争夺厨房那几回"呢？他劝谁读这个故事？为什么劝读这个故事？

须知，"贾母之死"与"争夺厨房"是情节互不统属、文脉互不相连的两个故事，"争夺厨房"对认识"涨工资"的思想反映和物质需求，似乎毫无帮助。

"贾母之死"与"争夺厨房"没有联系，但它们对认识酝酿召开党的十大和四届人大的社会反映却是都有价值的。联系当时的谈话历史背景分析，毛泽东"劝人们去看"这段故事，其中大有深意在！

我们还是先来看大文豪曹公的描写，弄明白故事的情节和蕴含的思想：

"富而好礼"的贾府内部，充满了倾轧、猜忌、钩心斗角、你争我夺的现象。"厨房风波"便是其中的一个特写镜头。

"争夺厨房"的主角是柳嫂子和秦显家的。柳嫂子是贾府内厨房女佣，柳五儿的母亲。秦显家的是荣府贾政的男仆秦显的媳妇，是大观园东南角子上夜的婆子。秦显是贾府二小姐迎春贴身大丫鬟司棋的叔叔，他的女人自然是司棋的婶娘。

"争夺厨房"的故事是这样的：

先是宝玉的丫头芳官在厨房内戏说要吃糕，遭到探春的丫头小蝉的拒绝；管厨房的柳嫂子有求于芳官，便大献殷勤给芳官端来了自己的一碟糕；芳官用糕打雀儿玩存心气小蝉，于是引起小蝉的反唇相讥及对柳嫂子的不满。

不久，迎春的丫头司棋，叫小丫头莲花儿来厨房要碗鸡蛋糕儿，却被柳嫂子拒绝。柳嫂子厚此薄彼的结果，使恼怒的司棋带人砸了厨房。

至此，作者通过这两个小波澜，已将种种矛盾交织在柳嫂子身上。而柳家母女身在矛盾的旋涡之中却浑然不觉，当柳家的姑娘五儿送茯苓霜给芳官回来，被林之孝家的怀疑盘问之时，耿耿于怀的小蝉和莲花儿乘机诬告柳家母女偷盗；而"和她母女不和的那些人，巴不得一时撵出他们去"，纷纷投石下井。于是，一股早已潜伏着的暗流，终于掀起轩然大波。

柳家母女面临毒打和发卖的处罚，司棋、秦显家的两人乘机钻空子买通林之孝家的，代司其职，接管了厨房，谋取了执掌厨房的差事。秦显家的"一朝权在手，便把令来行"，她在一天时间里，接收厨房，查看亏空，打点送礼，约请同事，忙得不亦乐乎。

最后，由于宝玉出面将事情全揽在自己身上，又亏平儿"大事化为小事，小事化为无事"的处理，柳家母女冤情大白，才得以获释，又回到内厨房管事。而"司棋等人空兴头了一阵"，秦显家的忽闻柳家的无事，仍司原职，只好"偃旗息鼓，垂头丧气，卷包而出"。一场风波暂时归于平息。

《红楼梦》作者在"柳嫂子同秦显家的争夺厨房"的故事里，写出了贾府下层仆役之间的复杂关系和她们之间的钩心斗角。柳嫂子同秦显家的之争，实质是厨房重地的领导权、控制权之争，曲折地反映了各房大丫鬟、管事婆子和大小姐即上层主子之间的种种夺权反夺权、控制反控制的矛盾和争斗。

明白了小说中"争夺厨房"故事的这层含义，就不难明白毛泽东"劝人们去看"这个故事的良苦用心。他劝读这个故事的"人们"，是应该包括想乘召开党的十大和四届人大之机扩大权力的王洪文、张春桥、江青、姚文元一伙的。

"文化大革命"中，毛泽东虽然重用过"四人帮"一伙，但对他们的政治野心是有所警觉，并多次给予严厉的批评。同样在1973年，江青在一次政治局扩大会议上，借题发挥，攻击和诬陷周恩来总理"迫不及待地要代替主席"。1973年12月9日，毛泽东在中南海会见尼泊尔国王。会见完毕后，他在同周恩来、王洪文等人的谈话中，针对江青的攻击和诬陷说：不是总理迫不及待，是她（指江青）迫不及待。

中共十大后，王洪文、张春桥、江青、姚文元在政治局内结成"四人帮"。对此，毛泽东多次提出尖锐批评。1974年7月17日，毛泽东当着中央政治局委员的面批评江青说："你要注意呢？别人对你有意见，又不好当面对你讲，你也不知道。不要设两个工厂，一个叫铁钢工厂，一个叫帽子工厂，动不动就给人戴大帽子，不好呢，要注意呢。"又说："她算上海帮呢？你们要注意呢？不要搞成四人小宗派呢？"这是第一次提到"四人帮"，批评他们分裂党的宗派主义。江青在"文化大革命"中到处招摇撞骗，说她代表毛泽东来看大家了。针对这一点，毛泽东讲："她不代表我，她只代表她自己。""总而言之，她代表她自己。"毛泽东还说江青"错误也是难改的"。

毛泽东发现江青、张春桥、王洪文、姚文元搞"四人帮"后，对新选的接班人王洪文很快就感到失望。王洪文不行，毛泽东准备进一步重用复出后的邓小平。1974年4月，邓小平率中国政府代表团出席联合国第六届特别会议，并在大会发言，阐述了毛泽东关于划分三个世界的战略和我国的外交政策。邓小平出席联大，引起了国际舆论的关注，有的推测邓小平为周恩来的接替者，中国未来的总理。以前，毛泽东会见外宾有周恩来、王洪文参加。从5月开始，周恩来、王洪文、邓小平同时参加，但邓小平坐的位子是以前周恩来坐的，与毛泽东挨得近，中间只隔一个外宾。王洪文的位子离毛泽东的远了，中间隔着周恩来。到9月毛泽东见外宾时，王洪文已不再参加。在周恩来住院时，只由邓小平陪同会见。看来，毛泽东要邓小平接替周恩来并支撑中国政局的想法是存在的。毛泽东的这一想法当然会得到周恩来及党政军的大批老干部的支持。

如同林彪集团想利用四届人大抢班夺权一样，"四人帮"也想利用四届人大组阁夺权。但毛泽东不答应。1974年10月，毛泽东决定让邓小平出任第一副总理。"四人帮"得知后大为不满，加紧密谋，商量对策。10月17日，江青发难大闹政治局，围攻邓小平。第二天，派王洪文秘密飞到长沙，向毛泽东告状，阻挠邓小平出任第一副总理。王洪文造谣说："北京大有庐山会议味道"，他是"冒着危险来的"。又说：周总理虽然有重病，住在医院，但昼夜都忙着找人谈话，经常去总理那里的有小平、剑英、先念等同志。他们这些人在这时来往得这样频繁和四届人大的人事安排有关。王洪文同时吹捧张春桥、姚文元、江青。王洪文去长沙的目的是想告周恩来和其他领导同志的状，结果碰了一鼻子灰。毛泽东说：有意见当面谈，这么搞不好。你回去要多找总理和剑英同志谈，不要跟江青搞在一起，你要注意她。但王洪文没有听毛泽东的话，继续进行帮派活动。

10月20日，毛泽东在听取唐闻生、王海容汇报后，表示：总理还是总理，四届人大的筹备工作和人事安排由总理主持，并提议邓小平任第一副总理、党的副主席、军委副主席兼总参谋长。

11月12日，毛泽东又批示告诫江青："不要多露面，不要批文件，不要由你组阁（当后台老板），你积怨甚多，要团结多数，至嘱。""人贵有自知之明，又及。"江青不听毛泽东的告诫，11月19日写信给毛泽东，先假意作了几句检讨："愧对主席的期望"、"缺乏自知之明"、"对自己不能恰当的一分为二"。然后又狡辩说："自九大以后，我基本上是闲人，没有分配我什么工作，目前更甚。"针对江青继续伸手要权这一点，毛泽东再次批评："你的职务就是研究国内外动态，这已经是大任务了。此事我对你说了多次，不要说没有工作。此嘱。"但江青野心不死，要求唐闻生、王海容给她带口信，去长沙时向毛泽东转达她的意见：由王洪文任副委员长，排在朱德、董必武之后。毛泽东听了唐闻生、王海容的转达后说："江青有野心。她是想叫王洪文做委员长，她自己作党的主席。"毛泽东批评可谓一针见血，直击要害。

1974年12月23日，周恩来抱病和王洪文一起到长沙向毛泽东汇报四届人大的筹备情况。毛泽东称赞邓小平"人才难得，政治思想强"，再次提议邓小平任第一副总理、中共中央副主席、军委副主席兼总参谋长，要邓小平在京主持工作。同时，他又指出："江青有野心，有没有，我看是有的。"批评王洪文，"你不要搞'四人帮'，不要搞宗派，搞宗派要摔跤的。"王洪文挨批后，在长沙写了一份很不像样子的检讨，但没有交。

1975年1月，中共十届三中全会和四届人大相继召开。邓小平正式出任中共中央副主席、国务院副总理、中共中央军委副主席兼总参谋长。江青组阁夺权的阴谋未能得逞。会后，周恩来病重，在毛泽东的支持下，邓小平实际上主持中央日常工作，代总理主持国务会议。

江青组阁失败，十分恼火。在四届人大后，她把唐闻生、王海容找去，情绪十分激动地几乎把所有的政治局委员大骂了一遍，并一定要唐闻生、王海容把她的意见报告毛泽东。毛泽东听了唐闻生、王海容的报告说："她看得起的人没有几个，只有一个，她自己。"唐闻生、王海容问："你呢？"毛泽东说："不在她眼里。"又说："将来她会跟所有的人闹翻。现在人家也是敷衍她。我死了以后，她会闹事。"毛泽东的这些话说得很透彻，他深知江青的为人和政治野心。可江青缺乏自知之明，想做女皇。毛泽东料到：在他死后，江青要闹事，但不会有好结果。

果如《红楼梦》所言：因嫌纱帽小，致使枷锁扛。"四人帮"终因"闹事"夺权而被绳之以法。比之秦显家的"偃旗息鼓，卷包而退"，要悲惨多矣！

如果说"贾母之死"的故事是毛泽东针对"涨工资"等合理要求讲的，那么"争夺厨房"的故事则是针对违规违法的"权力"要求讲的。这针对的当然包括"四人帮"。可"四人帮"自己却不这样看。

毛泽东"劝人们去看"《红楼梦》中"争夺厨房"的故事,当面听取谈话的王洪文、张春桥不以为然。以为"人们"中不包括自己,没有把"秦显家的"夺权失败当成自己的"权力宝鉴",并从中接受经验教训,反而紧紧地步其后尘,成了现实政治生活中的"秦显家的"。当然他们不是夺"厨房"的小权,而是要夺中央最高领导权,结果"登高必跌重",跌到了地上最肮脏的地方去了。

陈毅有句名诗:"手莫伸,伸手必被捉!"毛泽东劝人们读《红楼梦》中"争夺厨房"的故事,其警诫之意,与陈毅诗意,是相近的。

贾宝玉的命根与国民党的军队

（征引运用之九）

> 大观园里贾宝玉的命根是系在颈上的一块石头，国民党的命根是它的军队，怎么好说不"保障"，或者虽有"保障"而不"确实"呢？
>
> 《毛泽东选集》第四卷，人民出版社1991年版，第1382~1383页

看《红楼梦》，大概都知道贾宝玉颈上系着一块石头叫"通灵宝玉"。据书中描写，宝玉衔玉而生，这玉不仅大有来历，而且关乎宝玉的生死祸福，所以贾母称其是宝玉的"命根子"，服侍宝玉的仆妇丫鬟，尤其是贴身大丫鬟袭人，时时刻刻都牵挂着"通灵宝玉"，唯恐丢失。

毛泽东于1927年秋收起义后带着队伍上了井冈山，经常与"围剿"的国民党军队作战。令人意想不到的是，他把贾宝玉颈上的石头与国民党的军队联系到一起。

据萧克将军回忆：1928年，井冈山斗争的前期，我们许多同志不懂得中国革命战争的特点，不习惯于新的作战形式——游击战术。毛泽东主席就教导我们：

> 大观园里贾宝玉的命根子是颈上那块石头，国民党的命根子是它的军队。只有消灭敌人，缴了他的枪，抓到俘虏，才能挖掉他的命根子。（《永铭在心的亲切教诲》，《怀念毛泽东同志》，人民文学出版社1980年版，第16页）

"贾宝玉的命根子是颈上那块石头"，见《红楼梦》第三回《贾雨村夤缘复旧职　林黛玉抛父进京都》：

宝玉……又问黛玉："可也有玉没有？"众人不解其语，黛玉便忖度着因他有玉，故问我有也无，因答道："我没有那个。想来那玉是一件罕物，岂能人人有的。"宝玉听了，登时发作起痴狂病来，摘下那玉，就狠命摔去，骂道："什么罕物，连人之高低不择，还说'通灵'不'通灵'呢！我也不要这劳什子了！"吓的众人一拥争去拾玉。贾母急的搂了宝玉道："孽障！你生气，要打骂人容易，何苦摔那命根子！"宝玉满面泪痕泣道："家里姐姐妹妹都没有，单我有，我说没趣；如今来了这么一个神仙似的妹妹也没有，可知这不是个好东西。"

贾宝玉的命根子是颈上那块石头。

国民党的命根子是它的军队。

毛泽东借用《红楼梦》中的故事典故，阐明了一个极为重要的事理："通灵宝玉"失落了，贾宝玉就丧魂落魄，痴迷呆傻，性命不保；军队被打败、被歼灭，国民党、蒋介石就会彻底败亡。贾宝玉与国民党这两者，在有"命根子"这一点上，是有联系的。

制伏贾宝玉，根本的办法是打掉"通灵宝玉"；打倒国民党，关键是首先消灭它的军事力量，缴枪抓俘虏，叫它彻底"赔本"，挖掉它的"命根子"。这是红军游击战的根本指导原则。

贾宝玉和国民党、石头和军队，交汇点是"命根子"——两句话，喻体和本体摆在一起，对照鲜明，真切而形象地反映了事物的本质。毛泽东的比喻生动而新鲜、深邃而通俗。红军官兵，一听就懂。毛泽东是用形象语言通俗解释重大问题的能手。

从1927年到1949年，中国革命战争经历了22年。1949年前

宝玉

后，人民解放军取得辽沈、淮海、平津"三大战役"的胜利，国民党反动政府的军事力量遭到了毁灭性的打击，蒋家王朝也摇摇欲坠，败局已定。蒋介石不甘心于失败，国民党欲求得喘息之机，又玩起"和平谈判"的花招，企图以此来保持反革命力量。于是，在1949年的元旦，蒋介石发表了一篇文告，他声称："只要共党一有和平的诚意，能作确切的表示，政府必开诚相见，愿与商讨停止战争，恢复和平的具体方法。"但是，蒋介石又提出一些为中国共产党、人民解放军和全国人民所不能接受的条件，如保存伪宪法、伪法统和伪军队等作为谈判的基础。1月4日，毛泽东揭露了这一秘密。在《评战犯求和》一文中指出：

"'军队有确实的保障'——这是买办地主阶级的命根，虽然已被可恶的人民解放军歼灭了几百万，但是现在还剩下一百几十万，务须'保障'而且'确实'。倘若'保障'而不'确实'，买办地主阶级就没有了本钱，'法统'还是要'中断'，国民党匪帮还是要灭亡，一切大中小战犯还是要被捉拿治罪。大观园里贾宝玉的命根是系在颈上的一块石头，国民党的命根是它的军队，怎么好说不'保障'，或者虽有'保障'而不'确实'呢？"（《毛泽东选集》第四卷，人民出版社1991年版，第1382~1383页）

《评战犯求和》一文，这是揭露国民党政府利用和平谈判来保存反革命实力的一系列评论中的第一篇。很明显，蒋介石的这个求和声明是虚伪的、骗人的，毫无诚意的。蒋介石一向以军事进攻和和平谈判两手来对付革命力量，在他军事进攻失败后，就乞灵于和平谈判，以谈判取得时间，整顿军队，实行反扑。这次也是如此，求和也是为备战。蒋介石一面求和，一面又加紧了战争的部署。如，他命令心腹将领汤恩伯负责长江防务，妄图凭长江天险阻挡人民解放军渡江南进；他任命陈诚为台湾省政府主席兼警备司令；他还任命了蒋经国为国民党台湾省党部主任委员。同时，蒋介石还拟定了一项利用和谈，争取在3至6个月内，在长江以南重新编练200万国民党军队的计划。

毛泽东认为，蒋介石声明中最要害的一条是国民党"军队有确实的保障"。蒋介石是靠军队起家的，当时他还有一百几十万军队，这是他最后的"本钱"，反动统治赖以苟延残喘。毛泽东再次借用《红楼梦》中贾宝玉颈上的石头，剖析蒋介石"军队有确实的保障"和谈条件的真正用心是"保障"买办地主阶级的"本钱"。

贾宝玉狠命摔掉"劳什子"通灵宝玉,"吓的众人一拥争去拾玉",可见这块石头在众人眼中心中重比"命根子"。毛泽东处于战略劣势时,主张打游击消灭国民党军的有生力量,挖掉它的命根子;毛泽东处于战略优势时,及时揭露国民党的和谈骗局,不允许国民党"确实保障"它的"命根子"军队。

毛泽东于贾宝玉颈上那块石头所得多矣!

主要参考文献资料

毛泽东著作

《毛泽东选集》(一—四卷),人民出版社1991年6月第2版。
《毛泽东文集》(一—八卷),人民出版社1993年12月—1999年6月版。
《建国以来毛泽东文稿》(1—13卷),中央文献出版社1987年11月—1998年1月版。
《毛泽东军事文集》(一—六卷),军事科学出版社 中央文献出版社1993年12月版。
《毛泽东著作选读》(上、下册),人民出版社1986年8月版。
《毛泽东西藏工作文选》,中央文献出版社、中国藏学出版社2001年5月版。
《毛泽东早期文稿》,湖南出版社1990年7月版。
《毛泽东外交文集》,中央文献出版社 世界知识出版社1994年12月版。
《毛泽东文艺论集》,中央文献出版社2002年4月版。
《毛泽东新闻工作文选》,新华出版社1983年12月版。
《毛泽东书信选集》,人民出版社1984年1月版。
《毛泽东读文史古籍批语集》,中央文献出版社1993年11月版。
《毛泽东哲学著作批注集》,中央文献出版社1988年3月版。
《毛泽东诗词集》,中央文献出版社1996年9月版。
《毛泽东在七大的报告和讲话集》,中央文献出版社1995年4月版。

研究毛泽东专著

《毛泽东传（1893—1949）》，金冲及主编，中央文献出版社1996年8月版。

《毛泽东传（1949—1976）》（上、下册），逄先知、金冲及主编，中央文献出版社2003年12月版。

《毛泽东年谱（1893—1949）》（上、中、下卷），逄先知主编，人民出版社 中央文献出版社1993年12月版。

《毛泽东读书笔记解析》，陈晋主编，广东人民出版社1996年7月版。

《文人毛泽东》，陈晋著，上海人民出版社1997年12月版。

《毛泽东之魂》，陈晋著，吉林人民出版社1993年10月版。

《说不尽的毛泽东》（上、下册），张素华、边彦军、吴晓梅，中央文献出版社、辽宁人民出版社1993年12月版。

《警卫毛泽东纪事》，阎长林著，吉林人民出版社1992年3月版。

《历史的真言——李银桥在毛泽东身边工作纪实》，邸延生著，新华出版社2000年7月版。

《缅怀毛泽东》（上、下册），编辑组，中央文献出版社1993年7月版。

《毛泽东妙用诗词》，吴直雄著，京华出版社1998年12月版。

《中国第一人——毛泽东》，胡真编，湖南人民出版社1999年1月版。

《毛泽东与中国史学》，王子今著，中共中央党校出版社1993年11月版。

《毛泽东和中国文学》，董学文著，春风文艺出版社1994年6月版。

《毛泽东与名人》，孙琴安、李师贞著，江苏人民出版社1993年2月版。

《毛泽东与中国文学》，孙琴安著，重庆出版社2000年6月版。

研究毛泽东读《红楼梦》论文

《读〈红楼梦〉》，《毛泽东早年读书生活》，李锐，辽宁人民出版社1992年4月版，第33~40页。

《〈红楼梦〉写的是很精细的社会历史》，《毛泽东读评五部古典小说》，徐中远，华文出版社，1997年1月版，第1~71页。

《毛泽东为什么要发动一场全国性的〈红楼梦〉大辩论？》，《〈红楼梦〉中的悬案》，胡邦炜，四川人民出版社1994年6月版，第344~356页。

《红楼奇梦 古今绝笔——清代小说家曹雪芹》，陈锋、王翰，《毛泽东瞩目的文人骚客》，长江文艺出版社2000年5月版，第369~375页。

《〈红楼梦〉要看五遍才有发言权》，《跟毛泽东学读书》，莫志斌、陈特水，中央文献出版社2003年3月版，第192~198页。

《〈红楼梦〉是一部顶好的社会政治小说》，《听毛泽东讲中国》，时镒，红旗出版社2003年7月版，第343~351页。

《关于〈红楼梦〉》，《毛泽东评说中国历史》，赵以武主编，广东人民出版社2003年3月版，第515~522页。

《〈红楼梦〉是中国古典小说写得最好的一部》，《毛泽东评点古今诗书文章》，柳文郁、唐夫主编，红旗出版社1998年9月版，第1254~1261页。

《毛泽东圈注史传诗文集成·文赋卷·红楼梦》，费振刚、董学文，吉林人民出版社1996年9月版，第657~669页。

《从〈红楼梦〉写四大家族激烈斗争到"我认为现在形势的特点是'东风压倒西风'"》，《毛泽东的智源》，成林，海南出版社2001年10月版，第335~342页。

《红楼梦》文献资料

《脂砚斋重评石头记》（甲戌校本），作家出版社2000年12月版。

《脂砚斋重评石头记》（庚辰本），人民文学出版社1975年影印本。

《红楼梦》（新校本），中国艺术研究院红楼梦研究所校注，人民文学出版社1982年版。

《关于江宁织造曹家档案史料》，故宫博物院明清档案部编，中华书局1975年版。

《李煦奏折》，故宫博物院明清档案部编，中华书局1976年版。

《楝亭集》，曹寅撰，上海古籍出版社1978年清人别集丛刊本。

《古典文学研究资料汇编·红楼梦卷》，一粟编，中华书局1963年版。

《红楼梦书录》，一粟编，上海古籍出版社1981年版。

《红楼梦叙录》，胡文彬编著，吉林人民出版社1980年6月版。

《脂砚斋红楼梦辑评》，俞平伯辑，上海文艺联合出版社1954年12月版。

《红楼梦研究参考资料选辑》（1—4辑），人民文学出版社1973年至1978年版。

《红楼梦问题讨论集》（1—4册），作家出版社1955年出版。

《红楼梦考证》，胡适著，上海书店1980年印行之《中国章回小说考证》本。

《胡适红楼梦研究论述全编》，上海古籍出版社1988年版。

《红楼梦辨》，俞平伯著，人民文学出版社1973年8月版。

《红楼梦研究》，俞平伯著，人民文学出版社1973年8月版。

《红楼梦新证》，周汝昌著，1953年上海棠棣出版社初版；1976年人民文学出版社增订再版；1998华艺出版社新版。

《献芹集》，周汝昌著，山西人民出版社1985年版。

《曹雪芹丛考》，吴恩裕著，上海古籍出版社1980年版。

《曹雪芹佚著浅探》，吴恩裕著，天津人民出版社1979年版。

《红楼梦探源》，吴世昌著，上海古籍出版社1980年版。

《红学评议·外篇》，戴不凡著，文化艺术出版社1991年版。

《红楼梦论源》，朱淡文著，江苏古籍出版社1992年版。

《曹学叙论》，冯其庸著，光明日报出版社1992年版。

《红楼一家言》，高阳著，三联书店2001年1月版。

《石头记索隐》，蔡元培著，上海商务印书馆1917年铅印本。

《红楼梦评论》，王国维著，上海古籍书店1983年影印版。

《红楼梦研究》，李辰冬著，正中书局1945年印行。

《红楼梦人物论》，王昆仑著，国际文化服务社1948年初版，1983年三联书店重版。

《红楼梦评论集》，李希凡、蓝翎著，作家出版社1957年版。

《红楼梦的思想与人物》，刘大杰著，上海古典文学出版社1956年版。

《论红楼梦》，何其芳著，人民文学出版社1958年9月版。

《红楼梦论稿》，蒋和森著，人民文学出版社1959年初版，1981年再版。

《红楼梦概说》，蒋和森著，上海古籍出版社1979年版。

《漫说红楼》，张毕来著，人民文学出版社1978年9月版。

《论凤姐》，王朝闻著，百花文艺出版社1980年4月版。

《红楼梦艺术论》，徐迟著，上海文艺出版社1980年5月版。

《红楼梦的语言艺术》，周中明著，漓江出版社1982年版。

《红楼梦纵横谈》，林冠夫著，广西人民出版社1985年版。

《红楼梦的背景与人物》，朱眉叔著，辽宁大学出版社1986年版。

《红楼梦艺术技巧论》，傅憎享著，春风文艺出版社1986年版。

《红学：1954》，孙玉明，北京图书馆出版社2003年2月版。
《红楼梦新论》，刘梦溪著，中国社会科学出版社1982年版。
《红楼梦与百年中国》，刘梦溪，中央编译出版社2005年6月版。
《红学通史》（上下册），陈维昭，上海人民出版社2005年9月版。
《红楼争鸣二百年》，白盾、汪大白，天津人民出版社2007年11月版。
《百年红学》，闵虹主编，文化艺术出版社2007年12月版。

后　记

　　任何严肃认真的思想劳作，都会获得创立创新的愉悦；任何严肃认真的思想劳作，也都不会是轻而易举的事情。"得来全不费工夫"是因为有了"踏破铁鞋无觅处"的厚重铺垫。

　　在写作毛泽东读古典小说"四大名著"的过程中，我有意将《毛泽东读〈红楼梦〉》放在最后来写。这倒不是因为在"四大名著"中《红楼梦》最为晚出，而是因为在我的预感中写作这本书将是一次艰难的远征。

　　写作真如那句流行语：痛并快乐着。写作《毛泽东读〈红楼梦〉》，我感受到从来没有过的写作兴奋、愉悦和快乐，这里有新的发现，有新的感悟，令人觉得如同兄弟俩到了"太阳山"、阿里巴巴打开了宝库的大门。不过，他们发现的是有价的金银财宝，我要去发现的却是无价的文化瑰宝。

　　当然，写作的快乐不会发生于"采菊东篱下，悠然见南山"那样悠闲之际，它产生于"为求一字稳，耐得半宵寒"的艰辛付出之后。写作《毛泽东读〈红楼梦〉》，我也感受到从来没有过的敬畏、困惑和艰巨，这里有知识的难点，有学术的高峰，艰难跋涉之状，殚精竭虑之累，可想而知。

　　《红楼梦》是中国古典小说的艺术峰巅，红学是20世纪中国世界级的"显学"，毛泽东是20世纪中国和世界无与伦比的大政治家、大文化人，面对如此三座高峰，你不能不产生"仰之弥高，钻之弥深"之慨，岂能滥充狂狷之士而不敬之畏之！研究《红楼梦》，有红学在；研究毛泽东，有毛学在；写作《毛泽东读〈红楼梦〉》，则要两学兼具。缺其一则不成学问，浅其二则不能动笔。所谓"敬畏"，并非要做思想的懦夫和侏儒，而是深知红学是一门博大精深的学问，是一门正在蓬勃发展的学问，是一门魅力无穷而又到处是沼泽陷阱的学问,是一门热点不少、热潮不断、热情不减的学问,任何人以浅薄、浮躁、敷衍、轻狂的态度对待它,都会很快出丑,都难免"更向荒唐演大荒"的结局。所以,你要看得远些,就要知道敬畏,重视前人的成果,站到巨人的肩上,唯一的选择是首先面壁十年,扎扎实实当好学生,"板凳要坐十年冷,文章不写一句空"。

为此,我的写作准备长达十余年。图书馆查阅的资料不计,仅个人购买收藏的红学著作即达600余册,自剪自订专题报刊资料五册千余篇,自编自印的红学论文、资料集几十种。研究《红楼梦》,还要懂点满学和清前史,这方面的书也购求、阅读、翻查了百余种。为此,一家报社的文艺部主任派记者写我收藏红学专著的报道。其实,我本意不在收藏——那只能算副产品而已。

我读《红楼梦》起步不算晚,对红学感兴趣也不迟,只是与"研究"搭点边则是写作毛泽东解读"四大名著"之后。我几近痴狂地"恶补"红学,从需要到喜欢,从喜欢到痴迷,冥顽不化,不能自拔,"不到黄河心不死,到了黄河不死心",凡评点派、题吟派、索隐派、考证派、小说批评派以及归不到什么派的红学著作,通通阅读、圈点、记笔记、归纳提纲,着实做了一些。也时常掩卷久思,在心里与红学家们"对话",围绕探索的题目撞击思想的火花,时时地问难学者的成说,更时时推倒自己的陋见、浅见和初见。

我对胡适、俞平伯、周汝昌、李希凡、何其芳、冯其庸等开一代新风、对红学发展贡献显赫的红学大家,对吴恩裕、吴世昌、刘大杰、王昆仑、邓绍基、刘世德、蒋和森、张毕来、胡文彬、蔡义江、吕启祥、张庆善、孙玉明等著作等身的红学专家,对许许多多前卫新锐的研红学人,折服敬服之心,难于言表;问学向学之意,萦回脑际;对他们那费尽心血的笔墨,总恨读得太少,懂得太浅。毛泽东的红学思想不是凭空产生的,它对现当代红学家的学术成果有继承、有批判、有发展,更大的是有影响,只有了解红学发展的全部历史(至少是了解二十世纪的红学史),只有掌握这些与毛泽东有着各种各样联系的红学家的相关著作,只有把毛泽东的红学思想放在整个红学历史发展的长河中去考察,才能准确无误接近真理的理解、阐扬、评价毛泽东的红学思想。

我对报刊上的红学报道、动态、争论、专论、书评,有文必读,那意思也在于钻故纸堆而不忘呼吸新鲜空气,感受时代思潮的脉动,始终保持思想的活力和清新。令我更关心的是各种媒体涉及毛泽东红学观点的评论和争辩，这使我直接了解了人们如何看待毛泽东派红学的态度，意见相同者不盲目引为同调而沾沾自喜于人多势众，意见相左者不轻率排斥为异己而愤愤责难其荒诞不经，细心揣摩人家立论的可取之处，可贵之点，不断地反思自己的观点，自问"是否有不周延、不妥帖、不实际的地方"，不断取长补短，完善观点，丰富思想。切记不能观点守旧，思想僵化；切记不可硬性拔高，故意贬低；切记不要感情用事，主观臆说。它们都是学人之大忌，撰著之痼疾，不可不严加提防。

但是，我深知在不知不觉中"撞"上了一个重大的红学学术课题。"毛泽东读《红楼梦》"这个选题本身的规定性，决定了它的写作难度：它不仅关系到毛泽东"一家"的红学之言，而且关系到毛泽东"一派"的红学之论，它直接影响了半个世纪甚至更长历史时期的红学趋势和走向，影响了一代乃至更多研红学人的学术成果和学术命运。毛泽东身后，关于这"一家"具体学术观点的争论，关于这"一派"整体学术地位的评价，聚讼纷纭，此起彼伏，时急时缓，从无歇时，经常两种对立观点"公说公有理，婆说婆有道"，令人目不暇接，也令人无所遵循。

在我积累资料动笔写作的日日夜夜里，经常可以听到看到种种新论，时时左右我的思路，影响我的判断。这样的境况下把"毛泽东与《红楼梦》"作为研究的专题；在这样的语境下撰写《毛泽东读〈红楼梦〉》专著，欲求思想观点创新，思维空间太窄小；希冀议论纵横捭阖，思想维度太局促。不是左右逢源，而是左右为难。嚼别人嚼过的馍没有味道，说别人说过的话没有意思，你必须另起炉灶，另辟蹊径，寻求思想的创新之路。

毛泽东身后三十多年来，"毛泽东读《红楼梦》"一直是热门话题。冷僻议题易于创新思想，热门话题易于激活思想。热议"毛泽东派红学"虽然压缩了专题研究和写作者的活动空间，但是从另一方面看，同时也给予专题研究和写作者以极大帮助。这也许是"有一弊必有一利"、"有所失必有所得"的辩证法使然吧。群体思维活动具有水涨船高的特点，广泛接触研究"毛泽东派红学"的论文论著，闻听各家各派的议论话头，使我摆脱了在低层次开掘和在初级阶段徘徊的不利，站立点相对较高，起跑线相对靠前，虽然离集大成的撰著梦想还路途遥遥，但总在不间断地告别幼稚。以我的学识学养，研究这样一个难题，撰写这样一本大书，实难胜任。为此，当这本书付梓的时候，我首先感谢先哲时贤学术成果对我的滋养教育。

毛泽东解读"四大名著"这四部书，尤以"毛泽东读《红楼梦》"这个题目资料最多，内容最丰。读者或许会问，按照这部书的主旨，它应该评论到1954年毛泽东发动和组织的"批俞评红"运动，评论到1973年与毛泽东很有关联的"文革评红热"，为什么本书没有涉及这些历史事件呢？是的，毛泽东的红学史部分，本书原计划都在其内，写作中感到把这部分单划出来独立成帙更好些，这样本书分量也够，又不致冗长。毛泽东与红学史部分写成专著，有利于问题的详尽展开和充分探讨。这是本书掷笔时，需要向读者讲明的。

丛书后记

——我这样写毛泽东读"四大名著"

庄子曾经说过一句大实话:"其作始也简,其将毕也必巨。"(《庄子·人世间》)事情开始的时候比较简单,事情将要完毕的时候比较繁巨,这反映了一般事物的发展规律。我写作毛泽东读"四大名著"也是如此。二十年前,我只是积累了一些毛泽东谈关云长、诸葛亮、孙悟空和贾宝玉的资料,写了诸如《关云长不如彭老总》《关圣帝君一个土豪也不曾打倒》等几篇短文,那目的也只是写点随笔札记自我欣赏,并没有想到发表,更不用说要写成四大本书了。但从那时起,对此事就很留心,读书看报,每有所得,欣然忘食,不间断地积累材料,日渐丰饶。资料越来越多,思路越来越清,切块扒堆,条分缕析,渐渐地由写几篇文发展到写几部书了。

毛泽东是真正"读书破万卷"的人。有关他解读和运用"四大名著"的记载,我收集和梳理到的就有数百处之多,这还仅仅是我目力所及的,没有披露的、我无缘见到的,还不知有多少。毛泽东解读和运用"四大名著"资料众多,经验丰富。那么,怎样把这些资料和经验梳理顺畅撰著成书呢?研究和写作中,我给自己树了标杆,想努力实现一些目标。

对于这个专题的资料占有,我的态度当然是"韩信将兵,多多益善",没有全面性是谈不上权威性的。我广泛搜求,查阅了数百种图书,翻阅了难以数计的报刊,日有所积,月有所累,共得毛泽东读"四大名著"资料800余条,在同类著述中大约是占有资料最多的。可毛泽东政治活动时间之长,实践范围之广,决定了他与"四大名著"发生联系的资料之多,我相信还有相当部分资料没有披露,或披露出来不为笔者所知,"全面"也只能是相对的。随着时间的推移,肯定还会有新的资料披露出来,这方面的情形肯定是"譬如积薪,后来居上"。找到的资料,也并非"剜到筐里就是菜",还要进行考据的工作。不用说,凡是从《毛泽东选集》《毛泽东文集》《建国以来毛泽东文稿》等公开出版的毛泽东著作中查到的资料是权威的;党史军史著作中的资料是权威的;严肃的回忆录、纪实文学之类,一般也是可信的;而有些报告文学、纪实文学乃至回忆录中的资料的可信度则要大打折扣,有些则明显让人信不过,笔者的办法是尽量查到资料的原始出处。有些资料是可信的,录自当事人的回忆,但传闻异辞,在这种情况下,优先采录较客观、准确、真实的。本书在介绍毛泽东运用"四大名著"情节、人物、典故的背景时,实际上涉及的是党史和军史的历史资料,为保证这些资料的准确性,凡是有可能的,我都与《毛泽东年谱》、《毛泽东传》等权威性著作作了核校。这套丛书的资料,其实都是史料,都应该有信史的特征。这是上不辜伟人,中不欺今人,下不负后人的态度。

　　曾经有几位朋友与我侃过一个共同的话题:毛泽东解读古典小说"四大名著",其他三种资料都很丰富,唯独《西游记》的资料没见多少,能写成一部书吗?内中透出些许的担忧。起初,我也有这样的顾虑。尽人皆知,研究得有丰富的文献资料,否则研究将是无源之水无本之木。缺少资料的全面性谈不上结论的权威性。研究《西游记》当然也是这样。顾虑和担心也有好处,它促使我处处用心寻觅资料,扩大搜索范围,广泛寻求帮助。数年前,我弟弟志先也加盟到这项工作中来,他把我处自备的、外借的、友情赞助的有关毛泽东的全部文献资料重新梳理一遍,所获为数不少,专题资料越来越多了。为了节省我的时间,他录制了后两部书的大部分资料。毛泽东读《西游记》的资料重点挖掘,这个专题的资料虽然较之其他三大名著略逊,但也还不失丰富,仅毛泽东谈孙悟空即达四五十次之多。那么,以前人们对专题资料的顾虑和担忧是怎样产生的呢?我分析原因大略有三点:当时这方面资料披露较少,不为人注意;以前没有关注这方面情况,印象浅淡;小说主要人物形象太少,毛泽东说来说去只有唐僧师徒四人,似乎形只影单。其实,毛泽东对"四大名著"都很热爱,解读和运用的实例都为数不少,只要用心收集,较为全面地占有资料是办得到的。

　　占有了资料,怎样结构全书?这个问题解决不好,书稿很可能会杂乱无章。这里有两个时空系统,一个是毛泽东读"四大名著"历史过程的时空系统,一个是"四大名著"故事本身发展的时空系统。依据这两个时空系统可以有三种书稿结构:一种是按照毛泽东的实践经历,写出他在不同时期不同历史阶段读"四大名著"的情况;一种是按照四部小说故事的发展脉络，写出毛泽东读"四大名著"的各种情况；一种是把两个时空系统组合交叉在一起，以"四大名著"情节延伸、故事发展、人物形象为经，以毛泽东解读和运用"四大名著"的内容为纬，结构全书。本套书采用的基本上是第三种办法，但又不太拘泥于此。首先，笔者把要表达的内容分为若干单元。第一个单元是毛泽东对"四大名著"文本的阅读，对小说作者的评论；第二个单元是毛泽东对"四大名著"思想和艺术的借鉴；第三个单元是毛泽东对"四大名著"词语典故和故事典故的运用；第四个单元是毛泽东对"四大名著"人物形象的漫议、鉴赏和征引。《自序》是全景鸟瞰，各篇是个案透视。这样的谋篇布局使结构均衡些。但是，即使这样，有些同类内容，只能分散开讲，比如毛泽东借鉴三国故事阐述人才思想的内容，在《三国都有知识分子》《群英会上的英雄大多年轻》《错用关羽马谡》《曹操懂用人之道》《刘备这个人会用人》《"青年团员"周瑜挂帅》等篇章中都涉及了。

毫无疑问，写作此套书是为了总结借鉴伟人的读书经验，弘扬优秀传统文化。作为大思想家、大文化人，毛泽东的思想无疑是敏锐深邃的，深挖细察他漫评漫议"四大名著"所包容的思想内涵和人生价值，既挖掘到位，解释透彻，亮出底牌，又不牵强附会，坐地拔高，胡乱引申，使读者有所思，有所悟，有所启迪。要爬上这个陡坡，确非易事，但没有理由不努力去做。当然，这不是要去玩弄谁也不懂的新名词新概念，故弄玄虚。真理是朴素的，深刻是易晓的。这就要求行文生动而不呆板，流畅而不晦涩。语言通俗，段落短小，乃至"背景"几近讲故事，尽量做到寓理于事，理从事出，追求深入浅出浑然天成的行文境界。虽然做起来十分不易，但努力为之。

毛泽东对"四大名著"的解读和运用，其特点如同冰山——据说冰山只有六分之一浮出水面，而六分之五是沉在水下的。毛泽东评说"四大名著"，往往言约旨丰，语言少少许而内涵多多许。在当时的历史背景、语言环境和接受对象面前，极易理解。而今天人们要明了全部内容，就要给予扩展，给予说明，给予阐发。有朋友说，这是"解释学"的治学方法，或许如此。比如毛泽东在20世纪50年代问身边工作人员："刘姥姥是什么阶级出身？"毛泽东为什么这样发问，小说中对刘姥姥阶级属性如何描写，对人物做阶级分析是否属于文艺学范畴？涉及不少社会背景和理论问题；再比如，20世纪60年代他在战备会议上问："刘备为什么能在这里（四川）立国？"只是一句以问代答的问话，但有些读者可能要问：刘备在四川立国是怎么回事？毛泽东为什么要这样讲？类似的情况还有许多。因此，对毛泽东的评说和征引，本套书力图做到讲清三个方面：讲清评说的具体历史背景，知晓事情的来龙去脉；介绍小说中相关的情节、人物、词语，使读者（尤其是不熟悉"四大名著"的读者）对毛泽东评说征引的小说内容有个完整的把握；在做到前两点的基础上，揭示毛泽东解读和运用的微妙之处，欣赏其智言睿语的丰富内涵和无限风光。至此，毛泽东的读书经验也就水到渠成瓜熟蒂落地显现出来。当然，这种准确的介绍根基于实事求是的态度，没有客观的态度无所谓准确，更无所谓正确。这里有一个怎样对待毛泽东"讲错了""用错了"的问题。把小说的思想内容混淆了，把人物经历张冠李戴了，把故事情节记错了，这个问题并不难办，指出来恢复小说本来面貌也就罢了。毛泽东的评说不少是即兴之语，信手拈来，并没有核对原书，要求征引的内容百分之百的准确，是不实际的。对"用错了"的情况则要多费些笔墨，具体分析产生错误的背景和原因，指出错误的程度和影响，不"为尊者讳"。这种是其所是、非其所非的客观态度，是伟人生前所倡导的对待事物的科学态度；坚持这种态度，无损伟人的形象，只能增加伟人的光辉。道理很简单——他留给我们的宝贵遗训，还在生活中发挥积极作用。

毫无疑问，要实现上述写作目标，需要个人的艰辛付出，也需要各方面的鼎力支持。所谓"一个篱笆三个桩，一个好汉三个帮"。况且，在写作上我从来不是"好汉"，更需要帮助。爬格子的日日夜夜，我荣幸地得到了来自各个方面的鼓励和支持。我的直接领导孙大发中将曾经细心地指出我书稿中的笔误，使我下笔时更加谨慎和用心。战友、文友、朋友刘嘉恩、郭宝山、黄永贤、冯连旗、王群、贾凤山、杜传友、高潮、高光辉、王传荣、苏文愚、张景山、曾福林、韩宝琛、张巨德、张宝印、张传相、蔡书成、王玉华、胡世宗、姜宝才、胡承山、张昌富、白金华，对我的援助和支持，使我永难忘怀。我的同事多年来的理解、鼓励、支持，更使我如鱼得水，勤勉奋力，大得工作和研究的乐趣。

中国红学会副会长胡文彬先生、沈阳军区一级作家李占恒、政治部组织部部长刘伯和、技术侦查局副局长任志生、前进报社编辑王任飞、网上经营图书的"大银鱼家"的经理常红，把个人珍藏的或搜求到红学、毛学和其他古代文学文献资料毫不吝惜地送给我（有的红学图书、红学资料珍藏几达半个世纪或几十年！），以作研究之用，令我感动唏嘘，推动我脚步不停笔耕不辍。《刊授党校》杂志社的陈力、刘东来、张炜，早在《毛泽东读〈三国演义〉》没有全部完稿之际，即抽出毛泽东借三国故事谈哲学的篇章，连载达两年之久，对我的激励和鞭策，如同电池板遇上充电器，代步车出了加油站。辽宁省图书馆的姜猛、刘晓霞、余荣全，沈阳市图书馆的李冬红，沈阳市大东区图书馆的王文风、李天福，沈阳军区图书馆的邹亚琴、唐华，辽宁民族研究所图书室的李琳镐，有求必应，解决了许多资料难题。学校老师赵春阳，学生梁慧颖、董博文、张洁，帮我网上查找资料和扫描图片，出了不少力气。

为写这套书，我几乎投进去所有的业余时间，节假日和双休日更是在所不辞了。头几年，我还不会摆弄电脑，女儿文斐和女婿德龙，经常工作在电脑旁，前两部书稿都是他们打的。电脑的技术故障，一直是德龙在解决。四部书全部写完，又是女儿女婿选配制作了全部插图。我们都上班忙工作，下班忙书稿，家务活自然较多的推给了妻去做。她那时每天教学，学校离家远，很忙，很辛苦。但是，她保障家里的"后勤"，不以为苦，却常以为自豪。一家人为此同心协力，其乐融融。其间，央视数次重播"四大名著"的电视连续剧，漫议"四大名著"就成了家人闲聊时的话题，不用说这是一种很好的家庭文化氛围。亲人的支持，也是我持之以恒写作的动力。

此套书的出版，得到了辽宁出版集团万卷出版公司李英健社长、编辑室王会鹏主任悉心指导和全力帮助，在此致以衷心的感谢！

董志新　于沈城三八里凯旋楼
2009年3月20日

得力于万卷出版公司社长王维良、副总编辑王会鹏的大力支持和热情指导，得益于编辑朱婷婷、齐丽丽的精心地编辑和细心地校核，这套书获得重印机会。此次重印，按照出版要求，在保持原貌的情况下，对个别不准确的史实、错讹文字、技术性差错做了少许订正以负责于读者。

作者补记
2021年2月18日